In politisch brisanter Zeit hat Franz Werfel sich immer zu Wort gemeldet – augenblicksbezogen, doch stets gegen eine materialistisch-realistische Weltdeutung. Vor allem als er erkannte, wie gedankenlos die Menschen seiner Zeit die Ersatzreligionen – die marxistische wie die nationalsozialistische Ideologie – annahmen, bezog er die zeitlose Problematik des Gottesglaubens in seine Äußerungen ein und transponierte sie aus der rein theologischen »in das Gebiet der allgemein menschlichen Betrachtung«. »Leben heißt, sich mitteilen, das ist einen inneren Prozeß nach außen kehren«, lautete einer seiner Grundsätze. Mit zuweilen »oratorisch beschwörendem Ton« kritisierte Werfel in Reden und Aufsätzen seine völlig säkularisierte, d. h. von der Religion abgefallene Umwelt, prangerte er die »tiefste Ungläubigkeit an, die den allgemeinen Materialismus ausmacht«, und warnte er davor, daß der Mensch im Konflikt des Glaubens und Unglaubens »zum gottverlassenen Intellekt zusammenschrumpft«. In seinem letzten Lebensjahr faßte er, Pascals ›Pensées‹, Novalis' ›Fragmente‹ und Jean Pauls ›Bemerkungen über uns närrische Menschen‹ als Vorbildern folgend, seine aphoristischen Aufzeichnungen und Notizen seit dem Jahr 1914 zu ›Theologumena‹ zusammen. Verstreut blieben zu seiner Zeit die charakterisierenden Bildnisse, die er von seinen Freunden und von ihm bewunderten Künstlern, allen voran Giuseppe Verdi, zeichnete. Und auch hier findet sich immer wieder, mal anklingend, mal ausdrücklich, die Erinnerung an die religio, die Bindung des einzelnen an »das wahre Sein« – Werfels Lebensüberzeugung.

Am 10. September 1890 wird Franz Werfel in Prag geboren; als Schüler schreibt er Gedichte und entwirft Dramen. Karl Kraus veröffentlicht später in seiner Zeitschrift ›Die Fackel‹ Gedichte von ihm. 1914 wird Werfel zum Militärdienst eingezogen; 1915 lernt er im Garnisonsspital in Prag Gertrud Spirk kennen, will sie heiraten – doch 1917 begegnet er Alma Mahler-Gropius, mit der er bis zu seinem Lebensende verbunden bleibt; er siedelt nach Wien über. Zu dieser Zeit sind bereits mehrere Gedichtbände von ihm erschienen, er hat kritische, pazifistische Aufsätze veröffentlicht. 1919 erscheint seine erste große Erzählung ›Nicht der Mörder, der Ermordete ist schuldig‹, 1921 wird sein Drama ›Spiegelmensch‹ an mehreren deutschen Bühnen aufgeführt. In den nächsten Jahren entstehen die berühmten Novellen wie ›Der Tod des Kleinbürgers‹ und ›Kleine Verhältnisse‹, die Romane ›Der Abituriententag‹ und ›Die Geschwister von Neapel‹. Dazwischen veröffentlicht er immer wieder Gedichte. 1929 heiratet er Alma Mahler. 1933 erscheinen ›Die vierzig Tage des Musa Dagh‹ – eine Mahnung an die Menschlichkeit; im gleichen Jahr werden seine Bücher in Deutschland verbrannt. 1938, als Hitlers Truppen in Österreich einmarschieren, hält sich Werfel in Capri auf – seine Emigration beginnt. 1940 wird Werfel in Paris an die Spitze der Auslieferungsliste der Deutschen gesetzt. Mit Alma und einigen Freunden, darunter Golo Mann, flüchtet er zu Fuß über die Pyrenäen nach Spanien. ›Das Lied von Bernadette‹ schreibt er als Dank für seine Errettung. Von Lissabon bringt sie ein Schiff nach New York. Die letzten Jahre verlebt Werfel in Los Angeles, Kalifornien. Am 26. August 1945 erliegt er seinem schweren Herzleiden.

Franz Werfel
Gesammelte Werke
in Einzelbänden

Herausgegeben von Knut Beck

Franz Werfel
»Leben heißt, sich mitteilen«

Betrachtungen, Reden, Aphorismen

Fischer
Taschenbuch
Verlag

Veröffentlicht im Fischer Taschenbuch Verlag GmbH,
Frankfurt am Main, Oktober 1992

Lizenzausgabe mit freundlicher Genehmigung
des S. Fischer Verlags GmbH, Frankfurt am Main

Umschlagentwurf: Buchholz / Hinsch / Hensinger
Gesamtherstellung: Clausen & Bosse, Leck
Printed in Germany
ISBN 3-596-29465-7

Gedruckt auf chlor- und säurefreiem Papier

Inhalt

Porträts

Betrachtungen zum Zeitgeschehen

Ein Ulan

Max Scheler nennt in einem Aufsatz den Krieg ein metaphysisches Erwachen. Wir selbst haben in vielen Augenblicken, da uns die sittliche Großmacht des deutschen Volkes, das wunderbare Gesicht eines Soldaten, das schlagende Herz der Städte mit tausend Begeisterungen überfiel, diesen Krieg gegen Niedertracht und Politik gutgeheißen.

Aber ist es recht, daß wir den Rausch und die Liebe, die in uns doppelt erwacht sind, auf ein Ding tun, das schlecht ist, höllisch, aus dem nichts Gutes kommt, dessen letztes Ziel die Macht ist, und nicht die Liebe?

In seinem symbolischen Volk hat Gott die Wahrheit dieses Herbstes sichtbar gemacht.

In den Kavalleriekämpfen in Galizien ritt auf österreichischer Seite ein polnisch jüdischer Ulan eine Attacke mit. Als das Mêlée sich entwickelte, holte der Ulan mit einem Säbelhieb einen feindlichen Reiter vom Pferde. Eh dieser aber aus dem Sattel sank, griff er hintenüber in die Luft und rief schauerlich langsam, in einem ungeheueren Entsetzen die ersten Worte von seinem und seines Feindes Glaubensbekenntnis: »Schema Jisroel.«

Der österreichische Ulan wurde in demselben Kampf leicht verwundet. Als man ihn auf den Hilfsplatz brachte, war er wahnsinnig. Jetzt sitzt er stumm, mit verwahrlostem Bart, blind, doch mit dem blinden Blick des Ödipus, in einem Prager Lazarett.

Seine Seele hat erkannt, als der Bruder von seiner Hand stürzte. Er ist metaphysisch erwacht und wacht so sehr, daß es für ihn niemals mehr den bequemen Schlaf des Lebens geben wird.

Und ich sage, dieser Wahnsinnige, der arme polnische Jude, ist ein vollendeterer Mensch als alle Krieger, die sich an die

Schrecken der Schlacht gewöhnen. Er ist das Idealbild einer späteren besseren Menschheit, die sich nicht mehr wird töten können, weil ihr Schlaf nicht mehr so tief sein wird. Der Krieg wird nicht mit der durchgeführten Interessengemeinschaft aufhören, sondern mit dem leichteren Schlaf, dem heikleren Gewissen und der Bereitschaft zum metaphysischen Erwachen. Mit der Gefahr, daß jeder Soldat wahnsinnig wird, weil jeder *erkennen muß*. Und zum Teufel mit allen, die das »Reich Gottes auf Erden« nicht für die einzige Gewißheit halten.

Für die Erkennenden aber bleibt eins zu tun, sich nicht nach dem Wind zu drehn, sondern zu erwecken, zu lehren, zu bessern!

Fragment gegen das Männergeschlecht

Gezwungen, viele Monate lang nur unter Männern, in der rein »männlichen Gesellschaft« zu leben, habe ich manche sonderbare Erfahrung machen müssen.

Eine alte Beobachtung war mir folgendes schon immer gewesen:

Ein Mädchen, das mit seiner Puppe spielt, ist ganz schon die Mutter mit dem Kind; es spielt ja nicht, es erfüllt nur ein Sinnbild mit all seiner wirklichen Liebe, Sorge und Sorgfalt.

Der Schutzmann, der an jener Ecke steht (er blickt auf seine Stiefel, kreist um sich selbst, schreitet knapp, fühlt Helmfunkeln auf seinem Kopf), ist er nicht ganz der Knabe, der gravitätisch in seiner kleinen Uniform auf und ab geht? Sein Knabenspiel ist nicht das Sinnbild seines männlichen Berufs, die kleine Nachahmung einstigen Amtes, nein, ganz im Gegenteil, sein Amt, sein männlicher Beruf ist Sinnbild und Nachahmung jenes alten Knabenspiels.

Diese Bemerkung sah ich in diesen Kriegszeiten und -räumen immer wieder von neuem bestätigt.

Einige junge Offiziere fanden sich in einer Feldkantine zusammen. Ich konnte vom Nebentisch ihrem Gerede zuhören. Sie begrüßten einander nicht mit ihrem Namen, sondern als ginge das bei weitem über die menschliche Wesenheit hinaus, mit der Bezeichnung ihrer Diensteinteilung.

»Servus, Stationskommandant«, rief der eine, der andere: »Servus, Telephonoffizier«, der dritte: »Servus, Aufklärer«, und so weiter. Sie blieben mit Leidenschaft beim Spiel. Ihnen war alles Wesen und Wirkliche verstellt durch eine gegenseitige unbewußte Abmachung, ein Spiel zu spielen, dessen kodizierte Regeln man gleichsam erst durch den Akt der Unterschrift anerkennen muß, um es dann bitterernst zu nehmen.

Wer ein richtiger Junge gewesen ist, weiß, welcher Aufwand

von Leidenschaft, Schmerz, ernstlicher Hingabe, vielleicht von keiner Hingabe und Leidenschaft der Erwachsenen je erreicht, bei jedem Spiel dabei ist.

Wie gespenstisch ist doch die Eigenschaft des männlichen Naturells, mit zusammengebissenen Zähnen des Eifers, am Wesen vorbei dem Wahn sich hinzuwerfen, wenn diesem Wahn nur durch ein Arrangement ihm auferlegter Gesetze ein Schein von Lebenslogik verliehen ist. (Taktik, Sport, Karten, Wette, Umstand, Ehrgesetz.)

Die Offiziere in jener Kantine sprachen nur über Krieg. Aber der Krieg hatte in ihrem Munde nichts von der Erscheinung, die er in Wirklichkeit ist.

Geschütze, das waren nicht Maschinen, die mit Sprengstoff gefüllte Metallgefäße weithin schleudern, damit sie am Ziel krepieren und möglichst vielen Menschen das Leben kosten; nein, diese wahrhafte Realität war den verbildeten Gehirnen verlorengegangen, oder besser, von je verloren gewesen.

Geschütze, das waren komplizierte Spielzeuge mit einem interessanten Regelmechanismus, mit denen auf beiden Seiten ein aufregend abgekarteter Sport getrieben wurde, gleichsam ein gewaltiges Feuer-Lawn-Tennis. – Der Begriff des Tötens und Getötetwerdens war in diesen Köpfen gar nicht vorhanden, sondern peripherisch gleichgültig als eine Floskel da, die den großen Nutzen hat, dem, der in der Lage ist zu töten und getötet zu werden, die grandiose Vorrangstellung des Helden zu geben.

Wer immer aus der Realität des Todes hauchen durfte, dem trocknete der süße Wahn den Angstschweiß, und sogleich war ihm der Tod wieder stolze Phrase.

Spiel und Verspieltheit bis zum Aberwitz, Verspieltheit noch dazu, die sich durch riesige wissenschaftliche Terminologie wichtig macht. Was müssen wir hören? Auch die Wissenschaftlichkeit eine Form der unsagbaren Männerverspieltheit? – Gewiß und mehr noch als manches andere. Die Welt wird von allen Seiten mit Nomenklatur angegriffen, nirgends aber gefaßt. Warum? Weil in dem Angreifer nie Welt ist. Steht er draußen, ist sie drinnen, steht er drinnen, ist sie draußen.

Die Wissenschaftlichkeit scheint das transsubstantiierte böse Gewissen der männlichen Verspieltheit zu sein, das aufgeblasene Kauderwelsch, in das sich ein Knabe flüchtet, der einen Regenwurm zerschneidet und sein Schuldgefühl mit dem Ausruf »Vivisektion« beschwichtigt.

Und erst die Begriffe, die diesem Wissenschaftlichen untergeordnet sind!

Da ist vor allem die Sachlichkeit, ein Wort, das heute von allen Selbstbetrügern und Weltbelügnern im Maul geführt wird. Sachlichkeit ist die Kunst, das lebendige Ding zu erwürgen, damit das Aas der Sache übrigbleibe, das man ohne Widerstand beherrschen kann. Und auf dieses Sich-Bemächtigen kommt es dem Verspielten an, denn der Spieltrieb, wie wir ihn gesehen haben, kennt keine Realität, kein in sich geschlossenes und ruhendes Leben, sondern nur die Spannung von Oben und Unten, Macht und Ohnmacht, Sieg und Niederlage.

Aber wir sind von Prometheus auf den Oberingenieur herabgekommen.

Ein solcher Oberingenieur sagte mir einmal: »Man wird dereinst dieses Zeitalter das ›sachliche‹ nennen.« »Gewiß«, gab ich ihm zur Antwort, »weil es uns gelungen ist, das Wesen aus unserm Augenkreis zu verjagen.«

Im Grunde hält diese menschliche, oder besser gesagt, männliche Gesellschaft nicht die Gottesfurcht, nicht das Vernunftgesetz, nicht der Lebenswille zusammen, sondern der Comment, das ungeheuerlichste Produkt der Männerverspieltheit. Es scheint, daß für diese Mannheit die zehn Gebote nicht aus dem Pentateuch stammen, sondern aus dem Ehrenkodex des Barbagitti.

Krieg wird geführt, jene höchste Tollheit mit höchster Methode, aber über die Realität brandiger Glieder, zermalmter Kadaver, Eiterjauche und Gewimmer hinweg jammern die Sekundanten, daß das Völkerrecht gebrochen sei. Ein Mörder rauft sich die Haare, daß er sein Opfer nicht kunstgerecht umgebracht habe; schwerverwundete Duellanten geraten in Verzweiflung, weil es unklar ist, ob es eine Beleidigung zweiten oder dritten

Grades war; ein Ehrenrat erbleicht, ein Komitee streitet haßentbrannt über die Wahl roter und weißer Schleifen, in einer Antichambre schaudert eine Schar von Fräcken nahem Ordenssegen entgegen...

Das Gute in einem Irrenhause ist, daß die Tollen mit ihrem Wahn allein bleiben, daß sie in ihrem Garten aneinander vorbei monologisieren, daß sie keine mittlere Narrenproportionale haben, innerhalb derer sie sich verständigen könnten. Wenn das nicht wäre, wehe den Wärtern und der Ordnung des Hauses.

Die Tobsüchtigen Europas haben aber diese mittlere Irrsinnsproportionale, die Gespenstersphäre, in der der Veitstanz es bis zur Quadrille bringen dürfte. Eine Myriade Papageien entflog den Käfigen der vielen Tanten. Nun sitzen sie auf einer Riesenesche und verstehen vorzüglich ihr Geplärre.

Für das Wahnmedium dieser Verständigung ist aber von den politischen Kerzenweibern und den superklugen Mäulchenspitzern ein scheußliches Fremdwort hervorkokettiert worden. Mentalität heißt es und bezeichnet die verrückte Geistesverfassung, in der bübisch verranntes An-der-Welt-Vorbeisehen sich heilig ernst nimmt.

Nein – die großen Worte sagen wenig: Militarismus, Kapitalismus. Der Grund liegt in der fürchterlich weltunaufgewachten Knabenverspieltheit, in der grausigen Fiktivität des Männergeschlechts.

Einen Orden haben zu wollen – ist keine Eitelkeit. Eitel ist zum Beispiel ein Mensch, der in jeder Straßenauslage sich spiegelt und es nicht fünf Minuten lang aushalten kann, seinen wirklichen oder eingebildeten Wert nicht bestätigt zu sehen.

Die Ordens- und Medaillenstreberei ist eine Geisteskrankheit, zu der sich allerdings ein Großteil der Streber freiwillig entschließt, aus der niedrigen Instinktlosigkeit des Mannes heraus, der nicht unterscheiden kann zwischen heiliger Wirklichkeit und Humbug, zwischen Wert und Geltung, die selbst die Geltung des durchschautesten Blödsinns anerkennt, sofern diese Geltung nur gilt. Wenn es heute für den zukömmlichen Gruß gälte, vor einem mächtigen Mann sein Wasser abzuschlagen, die Herren hielten das bald für selbstverständlich.

Allerdings gab es Völker von viel holderen Gebräuchen, als diese europäische Buschmannschaft sich nur träumen lassen kann.

Bernal Días del Castillo, ein spanischer Soldat, der unter Ferdinand Cortéz den Raubzug nach Mexiko mitmachte, berichtet in seinen Memoiren, daß Montezuma, der Kaiser der Azteken, dem Manne, der sich durch Rat und Tat verdient machte, die Rose zu überreichen pflegte, die er in seinem schönen gepflegten Haar trug.

Wie feinfühlig ist diese Sitte, etwas Lebendiges, Flüchtiges zu schenken, eine Rose, die das doppelte Freudengefühl verleiht, das des Lobes und der natürlichen Schönheit, das nicht mit kaltem Metall ein Leben an eine unwahre Stunde kettet, sondern vergänglich, wie ein Wort, wie ein Kuß, die freie adelige Gabe einer Liebesregung ist.

Dagegen sich ein Kreuz an die Brust hängen...

Das bringen doch nur die Scheinmenschen fertig, die von sich behaupten, sie wären des Glaubens, daß ihr anerkannter Heiland an dem Kreuze gestorben wäre, dessen Symbol das Kreuz ist, das sie als Zeichen ihres irdischen Ruhmes an der Brust tragen.

Es gilt nun den tieferen Naturgrund für die Verspieltheit, Fiktivität und Wahnsucht des Männer-Geschlechts zu finden.

Sollte uns da nicht – (man möge den biologischen Dilettantismus verzeihen) – sollte uns da nicht symbolisch der Bienenstaat belehren können?

Die Drohne ist die überaus verdeutlichende Karikatur des männlichen Standes in der Schöpfung. Sie ist das Wesen, das ewig ausgeschlossen ist aus dem ungeheuren Geheimnis der kosmischen Fruchtbarkeit. Trillionen Samen sind da, aber nur *ein Schoß*, *einen* zu empfangen, ihn zu hüten und reifen zu lassen.

Die Königin schwirrt in den Juli auf, ein Schwarm von närrischen Eitlen ihr nach, nicht ihr, der Majestät, sondern einem Blendwerk von Befriedigung nach, die selbst dem nicht zuteil wird, den das Schicksal zur Befruchtung auserkoren hat. Dann kommt die lächerliche Schlacht, die Rache an den Nutzlos-Eitlen.

Der Mann ist ausgeschlossen aus dem höchsten Urgeheimnis des Lebewesens. (Mit seinem wachsenden Schlüssel gerät selbst Faust nicht in die Sphäre der Mütter. – Goethe täuscht uns da.)

Dem organischen Leben bringt der Mann keinen anderen Tribut als den der Verwesung.

Die Natur überlistet ihn, indem sie ihm immer den Hexentrank reicht, mit dem er das Spiegelbild der Helena sehen kann, darein er sich verspritzt. Das Spiegelbild aber zerrinnt, und er muß erkennen, daß die Hexe ihn durch peinliche Ermüdung um die wahre Befriedigung geprellt hat.

Indes hat das Spiegelbild, das ihn empfing und ihm zerrann, ein tieferes Leben gewonnen, als ihm je beschieden sein kann.

Daß dem Manne das Geheimnis des Empfangens, des Tragens, das hohe Schmerz-Glück des Gebärens versagt bleibt, daß er nur die Blamage des Verlustes erfährt, daß er innerhalb der kosmischen Unsterblichkeit nur eine Clown-Rolle spielt, das halte ich für die Ursache jenes großen Unruhezustandes, aus dem sowohl unendlich der Wahn als auch unendlich das Werk steigen muß.

Das männliche Wesen fühlt, daß es für die Unsterblichkeit der Natur nur etwas Ungenügendes leistet, darum prangt das Männchen mit prunkvollem Pelze – und im weiteren Sinne darum stieg es zur Höhe jenes Gebirges empor, von dem die Welt Gottes und die Welt der Geister geschaut wird.

Aber was zwischen dem Tal der prächtigen Pelze und dem Gipfel des Horeb liegt, ist die Welt des Wahns, der Verspieltheit, des Scheindurstes.

Trotz deiner hohen Werke, Mann, bist du dennoch der prahlerische Faulenzer der Natur.

Das Weib ist selig, wenn es dich empfangen hat, es behält dich, es gebiert dich wieder.

Nur du bist das animal tristissimum post, ante et inter coitum.

Du bestenfalls idealistischer Windbeutel du!

Brief an einen Staatsmann

Euere Exzellenz!

Als ich vor einigen Wochen die Ehre hatte, von Eurer Exzellenz zu einer Promenade geladen zu werden, schien es uns, wenn ich nicht irre, nachher beiden, daß unser von idealer Erregung erfülltes Gespräch vollkommen, ohne jeden Rest und in gegenseitiger Übereinstimmung, zu Ende geführt worden sei.

Und dennoch ließen mir seit jenem Nachmittage heftige Gewissensbisse keine Ruhe.

Ich hatte mich, mein verehrter und bewunderter Freund, zu sehr Ihrer so reizvollen und entflammenden Übermacht ausgeliefert; ich muß gestehen, auch Ihr Vorsprung an Öffentlichkeit ließ mich nicht ganz sicher in meiner Gegenrede sein; vor allem aber überwältigte mich wiederum die bei einem Manne Ihrer Stellung ungeahnte Freiheit, Weite, Gütigkeit Ihrer Ansichten so sehr, daß ich selbst völlig an den Himmel glaubte, den Sie vor mir aufbauten.

Oft erstaune ich noch, wenn ich daran denke, wie damals die Rollen unseres Standes vertauscht waren. Sie waren der enthusiastische Romantiker, als Sie in Ihrer unvergeßlichen, mit soviel Scharfsinn an die Erde gebundenen Utopie schwärmten, während ich Ihnen, verführt und doch mit einem geheimen, unverständlichen Schmerz in der Seele, beistimmte.

Gewiß erinnern Sie sich noch.

Sie entwickelten den Traum eines neuen Staates und hatten auch die Güte, auf die schöpferische Stellung der Poesie in diesem Staate einzugehen. Sie gelangten zur Aufstellung eines Zwecks der Dichtkunst innerhalb des Staates, gleichsam zu einer erhabenen Bureaukratie der Dichter. Ich war in jener Stunde sehr einverstanden.

Jetzt aber erlauben Sie mir, Exzellenz, daß ich mit einigen Bemerkungen mein Gewissen zu erleichtern und mich zu korrigieren versuche.

Sie sprachen vor allem davon, wie zur Errichtung dieses neuen Staates ein Zusammenschluß der erkennenden, geistigen Menschen nötig sei, wie sehr alle Interessen des forschenden und genießenden Lebens zurücktreten müßten vor der einen und einzigen Tendenz, an die Stelle dieses bestehenden unbegreiflichen menschlichen Zusammenlebens eine vernünftig durchdachte, gute und gerechte Welt zu setzen.

Sie bewiesen, wie gering alle Werte vor dem einen Unwert seien: daß der Reservist und Vater von fünf Kindern gezwungen werde, in den Krieg zu gehen. Daß gerade Sie das sagen mußten, der Sie vielleicht demnächst Ihre Unterschrift unter das Dokument einer Heeresforderung werden setzen müssen. – Nicht nur mir wären die Tränen im Auge gestanden. – Schließlich faßten Sie Ihre Betrachtungen im Postulat einer hohen Tugend zusammen, die Sie Aktivismus nannten. Mit diesem Worte leugneten Sie alle Seitenwege der Seele, alle Dunkelheiten, Zweifel, Melancholien gegenüber der einen Pflicht, ewig und ohne sich Ruhe zu gönnen, den verantwortlichen Schmerz über das Miserable der menschlichen Organisation in Werk zu verwandeln.

Ich fiel Ihnen begeistert ins Wort und ging mit Ihren Gedanken weiter. Welchen Sinn hätte eine Dichtung, so sagte ich, aus welcher Teufelei müßte sie geboren sein, wenn sie nicht in ihrer Essenz, ja in der Zusammensetzung ihrer Atome die Tatsache enthielte, daß heute auf der Landstraße ein Pferd zu Tode geprügelt worden ist, daß ein unerbittlicher Mann morgen wegen einer menschlichen, edlen Tat zur Hinrichtung geht.

Sie zogen noch eine eindeutigere Auffassung vor, verhöhnten alle Kunst, Darstellung von Leidenschaften, die psychologischen Einsichten, die schönen Gefühle, die hinreißende Musik, die Selbstvernichtung um der Vollendung willen, nannten das alles unmoralisch, unnötig, egozentrisch, einen bösen Zeitvertreib, solange der Stand der Zivilisation über das Priestergeheul und die Menschenopfer der Azteken noch nicht hinausgekommen sei.

Oh wie recht haben Sie, und doch hatte ich mir am Anfang vorgenommen, Ihnen nicht ganz recht zu geben. Vielleicht hat mich die Unbeirrbarkeit Ihres Glaubens an die Aktivität, an den positivistischen Tumult ein wenig frappiert, vielleicht auch Ihre so sichere und ausgezeichnete Staatstheorie. Vielleicht wurde noch dadurch mein Zweifel erregt, daß ich bei Ihnen so wenig Zweifel fand, bei Ihnen, einem Politiker, der doch sonst vor solchen Methoden gerade skeptisch wird. Und dann noch eins! Mein Gehör ist empfindlich gegen Unbedingtes, gegen Überzeugtes, gegen alles, was so rechtschaffen klingt, ohne sich selbst des schrecklichen Risses bewußt zu werden, den der Unbeglücktere in jeder Position sieht, die er ausspannt. (Oft muß ich selbst gegen die Revolution revoltieren.) Ich hörte Sie sprechen, ich fühle die Lust, die Sie beim Gelingen einer Periode haben, in der Sie vom Zusammenschluß der Geistigen reden, und denke daran, wie sehr Sie mich sofort hassen würden, wenn mir im Gespräch eine noch schönere Periode gelänge. Übrigens mußten Sie damals an diesem Punkte unseres Gesprächs meine Gedanken erraten haben, denn Sie behaupteten gleich, es handle sich gar nicht um die Vollendung der Seele des einzelnen, um das Problem der Sünde und individuellen Besserung, überhaupt um die Auseinandersetzung der Einzelperson, dies wäre letzten Endes alles unethisch und nichtig jener sozialen Werkheiligkeit gegenüber, die den neuen vom alten Menschen unterscheiden solle.

Erlauben Sie, daß ich mich hier ein wenig von Ihnen abwende.

Das Versteckspiel vor den Mißlungenheiten der Person, die moralische Autoobskuranz ist es, was mir alle Optimisten und Utopisten so verdächtig macht. Ich fürchte nur zu sehr, daß sich der Individualismus der gestrigen Geistigkeit in einen Universalismus von morgen verwandelt, wobei der einzige letzte ehrliche Erkenntnisschmerz, der Schmerz der Vereinsamung, der endgültigen Einsamkeit nämlich, um den Spottpreis einer niemals erlebten, ehrgeizig erlogenen, allgemeinen Zugewandtheit verschachert wird!

Es ist eine Gewaltsamkeit, wenn der Outsider von 1914 ein Jahr später nationalökonomisch denkt, Barrikaden aus Sätzen baut, ohne daß das Uhrwerk der Hysterie in seiner Seele einen anderen Gang geht als früher. Verzeihen Sie mir, wenn ich Ihrem Idealismus entgegentrete, aber in Ihrem ganzen Bau vermute ich einen Irrtum.

Für Sie ist alle Verwandlung dennoch ein wenig Polizeibegriff. Sie glauben an politische Medikamente, an die veränderte Disziplinarordnung. Sie verachten den Menschen noch, indem Sie ihn lieben. Wenn Sie die innere Vollkommenheit des Menschen der Vortrefflichkeit seines Gemeinwesens hintansetzen, so heben Sie nicht eine höhere Lebensform über eine niedrige empor, sondern denken durchaus nur im Sinne des Militärs.

Die action directe aber, die Sie von der Literatur wünschen, und hauptsächlich über diesen Punkt wollte ich sprechen, scheint mir allzu konstruiert, allzu theoretisch zu sein.

Lassen Sie mich Ihrem »politischen Sinn der Poesie«, den Sie an jenem Nachmittag behaupteten, den meinen entgegensetzen.

Wie Sie kann ich mir kein amoralisches Dichtwerk vorstellen, eventuell ein antimoralisches, vielleicht sogar eines (ich weiß allerdings keins), worin dem Bösen recht gegeben wird, obgleich in einem solchen Gedicht selbst das Bekenntnis zum Bösen ein moralisches sein wird.

Da jedes Gedicht eine Materialisation der Frage nach dem Sinn ist, kann ich mir auch kein anderes Gedicht denken, als ein tragisches. (Objektiv ist ja auch jedes Menschenschicksal tragisch, indem es an der Katastrophe der Geburt und des Todes teilnimmt, und nur mangelndes Bewußtsein läßt Idyllen zu.)

Das ewige unerbittliche Bewußtsein vom Schöpfungsfehler, die lebendige Erkenntnis vom obersten Mißlungenheitskoeffizienten und seine Korrektur zu sein, das scheint mir die beste Definition der Dichtung.

Alle Poesie stellt eine Verwandlung dar, die Verwandlung der Wirklichkeit in die Richtigkeit, die Verwandlung der Sündhaftigkeit in die Erlöstheit, die Verwandlung der Welt in die Vorwelt (ins Paradies). Verzeihen Sie meine abgekürzte allegorische Ausdrucksweise. Deutlicher gesprochen: Was ist Ödipus auf der ersten, was auf der letzten Seite, was Raskolnikow, was das Mädchen des Mahadö?

Es handelt sich um das Wesen der dichterischen Zeit, die gänzlich anders verläuft, in andern Minuten, als die Zeit der Welt! Diese Zeit geht eben nicht hin, Stunde um Stunde, Tag für Tag, eins unverbunden dem andern, sie ist maßlos persönlich, schlägt jeder Gestalt anders, hat einen Anfang und ein Ende, und Anfang und Ende drängen gegeneinander und türmen die Welle in der Mitte auf.

Das Erlebnis dieser anderen, gar nicht mitteilbaren Zeit, dieser erkennenden, unter anderen Gravitationen stehenden Zeit, drängt den Dichter schmerzlich aus jener Welt hinaus, an der Sie und ich teilnehmen.

Und gerade diese geistige tragische Zeit und die Verwandlungen, die in ihr geschehen, stehen der politischen Zeit gegenüber, in der unsere Utopien von damals handelten.

Oh wie wenig gelingt es mir, Ihnen mit dieser Spitzfindigkeit das zu sagen, wie kontradiktorisch für mich die Begriffe Poesie und Politik sind!

Der Politiker sieht Komplexe, Ganzheiten, Abkürzungen, Ideen, Wirklichkeiten abstrakten Grades und ihre konstruktiven Beziehungen. Er ist ein Betrogener, ein Glaubensekstatiker jenes sozialen Ichs, jenes Ichs Fürdieandern, das entweder mechanisch sich irgendeiner Gemeinschaft einordnet oder komödiantisch vor ihr einhertanzt. Er, der deutlichste aller Realisten, ist der trunkenste Utopist, denn er übersieht von Berufs wegen die Summe von Eitelkeit, Todesangst, Schlafengehn, Melancholie, Leichtsinn, Zweifel, Trägheit, kurz das Wahrhaftige, das Ego per se ipse, die Ananke, das Gesetz, nach dem wir angetreten und ewig unverbindbare Gestirne neben- und umeinanderkreisen müssen, nur für jenes Auge organisiert, von dem wir nichts wissen.

Die Schwindsucht seiner Revolutionen ist daraus zu erklären, daß er, extremer Idealist, nur Abstraktionen sieht, wie Stände,

Nationen, Klassen, Menschheiten, von denen er die Leute sogar zu überzeugen vermag. Was bedeutet das aber? Über ihn triumphiert die Bosheit der Macht, die das Raffinement hat, für ihre tollen und irrsinnigen Zwecke nicht nur das soziale, sondern das wahrhafte Ich zu mobilisieren. Denn z. B. der Militarismus, der doch allen Gesetzen der menschlichen Natur widerspricht (Feigheit, Trägheit, Angst vor Mord), hat das Raffinement, auseinanderliegende Dinge, wie Eitelkeit, Opfermut, Auszeichnungssucht, Trieb, den Nächsten zu übertreffen, Kühnheit, Trägheit, Feigheit, in der Brust des einzelnen so zu organisieren, daß er geradezu gegen den Menschen möglich wird.

Der Dichter ist außerstande, die politische Abstraktion zu verstehen; er lügt, wenn er an Nationen und Stände zu glauben vorgibt. Er ist ohne Ende destruktiv, maßloser Anarchist, denn seine Augen haben nicht jene allgemeine Einstellung, um das Gefüge des Staates zu sehen; sie sehen nicht das Verbindende, das äußere Medium, gleichsam die farbige Luft, die den andern zwischen allen Dingen erscheint. Er sieht diese Luft nicht, er sieht nichts, er sieht hindurch!

Er versteht die Ordnung von Gesetzen, Ämtern, Pflichten und Erlässen nicht, seine Auffassungsgabe in dieser Richtung steht nicht höher als die einer armen alten Gemüsefrau. Er kennt nur deren Haß gegen jene Schicksalsmacht, die noch neben der natürlichen ihn beherrscht, ob sie nun Monarchie oder Republik heißt, und ich wage nicht zu glauben, daß dieser Haß vor dem herrlichst utopischen Staat erlöschen würde.

Für den Typus Politiker ist der Begriff Demokratie in einer Wahlkampagne beschlossen, der Dichter erlebt die unnachahmliche, ewig gleiche Bewegung, mit der die zum Tanze aufgeforderte Frau sich erhebt, mag es im schmierigsten Bordell sein oder auf einem Fürstenball. – Ihm fehlt der Wille und die Souveränität, mit der ein Volksmann die Menschheit in dem unübersehbaren Aufzug sieht, zu dem er von einer Rampe aus spricht. Er sieht zuviel Gesichter. Vor einer Menge mag sein Herz stumm bleiben, wenn ihm vor einem verlaufenen Kinde die Menschheit einfällt.

Der pazifistische Politiker wird den Kampf gegen den Krieg (in der Hauptsache) mit einem Angriff auf die Kriegspartei beginnen, Tolstoij setzt sich zum Korporal und will ihn überreden.

Ich habe in sehr unvollkommener Weise versucht, meine Stellung zu unserem Gespräch richtigzustellen.

Ich weiß aber gewiß, daß Sie viel erraten werden! Vor allem das eine, wie wenig sich meine damalige Meinung in der prinzipiellen Frage des Umsturzes geändert hat. Ich bitte Sie nach wie vor, mich und Menschen, die meines Herzens sind, für Ihr Werk anzustellen, in den niederen Beschäftigungen, zu denen eben unsere geringe Weltläufigkeit fähig ist. Warnen möchte ich Sie nur vor uns Literaten, wenn wir die Entdeckung machen sollten, daß Vereine und Zusammenschlüsse zu gründen seien, und daß das Heil der Welt in tumultuarer Dialektik liege, und auch für uns am Anfang die Tat gewesen sei!

Des Dichters Zweck aber scheint mir keinesfalls der zu sein, für die Revolution die Trompete zu blasen. Er stürmt andere Bastillen, oh unwiderstehliches Dynamit der Ein-Sicht! Er ist da, das Leben unerträglich und heilig zu machen, und Dich, oh Leser, bis zu den Schatten zu verfolgen!

Vergeben Sie mir diese Worte
und erlauben Sie, daß ich
mich verabschiede
... usw.

Betrachtung über den Krieg von morgen, angestellt im Jänner 1938

I

Denke ich an meine Dienstzeit in der k. u. k. Armee zurück, so erinnere ich mich genau eines strategisch-taktischen Lehrbuches, das zum »Schulgebrauch« für Einjährig-Freiwillige bestimmt war. Die ersten Seiten dieses roten Büchleins haben auf mich einen nachhaltigeren Eindruck gemacht, enthielten sie doch in säuberlich ausgefeilten Definitionen die allgemeinen, man möchte beinahe sagen, die philosophischen Grundsätze von Krieg und Kriegsführung. Ausgehend von der berühmten Formel, wonach der Krieg erst dann in seine sittlichen Rechte tritt, wenn alle anderen politischen Mittel erschöpft sind, entwickelten jene einsilbig klassischen Paragraphen die Reihenfolge der Ereignisse und Akte, die nach dem Versagen der Diplomatie mit eherner Notwendigkeit zu erfolgen hätten; und sie entwickelten sie in einem feierlich knappen Ton, als ob es sich nicht um menschliche Konventionen, sondern um ewige Naturgesetze handelte. Mit der Überreichung des Ultimatums (in französischer Sprache) begann das Vorspiel des wohlgeregelten Dramas. Nach Zurückweisung dieses gemessenen Aktenstükkes beschloß ein pathetischer Abbruch der diplomatischen Beziehungen in dumpfen Akkorden den kurzen Prolog. Nun setzte mit frischen, schneidenden Klängen die Exposition des ersten Aktes ein: Kriegserklärung und gleichzeitig allgemeiner Mobilmachungsbefehl. Die Exposition brauchte ihre Zeit. Man mußte ja die beiderseits kraft der Wehrpflicht verursachten »Volksheere« auf die Beine bringen, abgesehen von den Linientruppen, soundsoviele Jahrgänge der Reserve, der Landwehr und des Landsturms. Was die sogenannten Volksheere jener Zeit anbelangt, so bestanden sie zum größten Teil aus politisch gestaltlosen Massen, die ohne Ausnahme vom Kriege überrascht wurden und von seinen Ursachen und Zielen eine sehr verschwommene Vorstellung hatten. Sie zogen in heiterer Gemütsverfassung mit munteren Liedern ins Feld, weil Millionen Männer sich vom Alltag erlöst fühlten, weil nach endlos langer Friedenszeit das Schlachtgemetzel einen sagenhaft unwirklichen Traum bedeutete und weil sie – dies der wichtigste Grund – nur eine ganz bescheidene Menge von politischem Affekt anno dazumal an die Front mitbrachten. Mit heutigen Maßen gemessen, fällt die nationalpatriotische Leidenschaft dieser Zeit, soweit sie in den breiten Massen vorhanden war, nur wenig ins Gewicht. Bis zum Jahre 1914 war der Krieg die ausschließliche Angelegenheit einer Oberklasse und der sie repräsentierenden Kasten. Die uniformierten Völker standen ihm als einer Veranstaltung der Herren innerlich fremd gegenüber. Ihr Selbstgefühl unterschied sich im wesentlichen nur wenig von dem der Söldnerheere aus vergangenen Zeitläuften. Sie waren bis gegen Ende des Weltkrieges nichts als Instrument, das für Zwecke arbeitet, welche es selbst nicht durchführen kann.

Dies alles beweist, daß die Militärform der Barockzeit sich in mancher Beziehung noch bis zum Weltkrieg erstreckt. Durchaus barocken Geist atmen die erwähnten Eingangsparagraphen jenes k. u. k. Lehrbüchleins. Nach der Exposition von Kriegserklärung und Mobilisierung setzte die treibende Szene des »Aufmarsches« ein. Dabei wurde stillschweigend angenommen, daß keiner der Gegner die Konvention durchbrach und ein unfaires Spiel trieb, indem er die einzelnen Phasen des wohlgeregelten Dramas tückisch vertauschte und die Mobilisierung zum Beispiel verhülltermaßen vor dem Ultimatum durchführte, um Zeit zu gewinnen. Es ging wie bei einem Duell zu. Die Ehrenhaftigkeit oder zumindest der Schein der Ehrenhaftigkeit wurden nach Vorschrift gewahrt. Die Frist des Aufmarsches bedeutete jenseits der strategischen Bewegung den Salut der Fechter, den diese einander durch Heben und Senken des Degens leisten. Ein klärendes Beispiel. Der serbische Generalstabschef Putnik wurde von der Kriegserklärung in Karlsbad überrascht, wo er die Kur gebrauchte. Kaiser Franz Joseph aber stellte ihm einen eigenen Salonwagen zur Verfügung, damit er rechtzeitig in Belgrad eintreffe, um den Aufmarsch seiner Armee durchzuführen. Die Tat eines echt barocken Kavaliers, dem auch noch in der bewußten Entscheidungsstunde zwischen Tod und Leben die Ehre über jedem Vorteil steht.

Wir sehen somit, daß die Kriegspraxis von 1914 noch auf zwei grundlegenden Tatsachen beruhte, die heute aus der Welt verschwunden sind: Auf der Ehrenregel des in den einzelnen Offizierskorps nachlebenden barocken Berufssoldatentums (eine Ehrenregel, die gewisse Übervorteilungen des Gegners ausschloß) und auf den in Volksheeren als willenloses Instrument zusammengefaßten apolitischen Massen.

Was sich in diesen Tatsachen ausdrückt, entspricht auch gewissen anderen Vorstellungsweisen der Epoche, die im Abgrund des großen Krieges versank. Es sei hier nur das Weltbild der mechanistischen Physik mit ihrem starren Raumgerüst und ihren unbewegten Maßen flüchtig erwähnt. Nicht anders rechnete die damalige Lehre vom Krieg mit starren Fronten, vorrelativen Richtungen und unverändertem »Menschenmaterial«. Begann man von der ökonomischen Seite eines Krieges gerade etwas zu ahnen, die psychische und ideologische war nicht vorhanden. Ein oberstes Gesetz verbot unter schwerster Strafandrohung dem Soldaten jede politische Betätigung, ja, sogar jegliches politische Fühlen. Er war herausgeschält aus seinem Volk und dazu berufen, als Werkzeug der legitimen Macht die Waffe gegen seine eigenen Brüder nicht anders zu richten als gegen den erklärten Feind. Die politische Indifferenz der Armeen bildete das Fundament der alten Reiche.

In dem roten Lehrbuch vom Anfang des zwanzigsten Jahrhunderts schloß der erste Akt des Krieges mit dem beginnenden »Rencontre«. An dieses prächtige Wort erinnere ich mich noch, das ähnlich wie das Wort »Mêlée« Fahnengeflatter, rhythmisch steigende Rosse und malerische Gefallene hervorzaubert. Das Rencontre hat, so ungefähr lautet jene alte Formel, den Zweck, ins Land des Feindes den Kampf zu tragen und endlich seine Hauptstadt einzunehmen.

Nicht ganz so einfach entwickelte sich das Rencontre des Weltkrieges, dem zwölf Millionen Männer ihr Leben opfern mußten. Und dennoch, so polyfrontal sich dieser Krieg auch zeigte, so vielfältige Koordinationen er auch erforderte, seine Fronten waren unveränderlich klar, Freund und Feind geordnet und nicht zu vertauschen, die Stoßrichtungen eindeutig. Es war ein Krieg des starren Raumsystems wie die Kabinettskriege vor ihm, ein gleichsam eindimensionaler Krieg.

2

Ein neuer Krieg droht. Worin wird er sich von dem letzten unterscheiden? Bis vor kurzem konnte man oft der Meinung begegnen, daß der Unterschied zwischen dem drohenden und dem abgelaufenen Kriege sich hauptsächlich in der Fülle phantastisch vermehrter und verschärfter Technizismen offenbaren werde, als da sind: Gewaltige Luftflotten, motorisierte Armeen, chemische Kampfmittel aller Arten. Die Vertreter dieser Meinung sind durch die inzwischen ausgebrochenen Episodenkriege in Abessinien, in China und vor allem durch den spanischen Bürgerkrieg eines Besseren belehrt worden. Die Technik spielt in der Strategie nur dann eine entscheidende Rolle, wenn sie durch geheimgehaltene Erfindungen die taktische Überlegenheit einer der kämpfenden Parteien auf die Dauer zu sichern vermag. Als klassisches Beispiel dafür kann das Zündnadelgewehr im Feldzug von 1866 gelten, das den Preußen eine rasante Feuerüberlegenheit gegenüber dem veralteten Vorderlader der Österreicher verschaffte. Unter denselben technischen Rüstungsbedingungen aber ist es für die Entscheidung höchst gleichgültig, ob sich die Gegner mit Pfeil und Speer oder mit Luftbomben, Giftgas und Bazillenwolken bekämpfen. Das Potential der Vernichtung, wie hoch immer es getrieben wird, bleibt ja auf beiden Seiten gleich. Auch hat es sich gezeigt, daß es mit hoher Wahrscheinlichkeit zu Anfang des drohenden Krieges keine Waffe geben wird, die nicht schon am Ende des Weltkrieges bekannt war. Der unzweifelhafte Unterschied der strategischen Grundsituation muß auf einem anderen als dem technischen Gebiete gesucht werden.

Es wurde hier in Anlehnung an physikalische Begriffe vom »starren Raumprinzip« des vergangenen Krieges gesprochen. Was soll unter diesem Ausdruck verstanden werden?

Bis zum Jahre 1914 stellten die Nationen im Sinne der Kriegsführung eine leidliche Einheit dar. (Der komplizierte Fall Österreich-Ungarns sei hier ausgenommen.) Diese Nationen wurden von der herrschenden Oberklasse, ihren mittelständischen Vasallen und der farblosen großen Masse gebildet, die vor dem letzten Kriegswinter politischen Affekt nur in geringem Maße besaß. Der Mangel dieses Affekts, das Fehlen jeder eigengerichteten Tendenz war es gerade, was die große Masse innerhalb der Nationen zum Soldatentum im alten Sinne tauglich machte. Im Worte »Soldat« klingt der Sold an. Den Söldner kann man überallhin führen. Er steht zu seiner Fahne, ohne viel über die Sache nachzudenken, für die er kämpft. Das ist seine Tugend.

So auch konnten die Volksheere des Jahres 1914 ohne Schwierigkeit gegen jeden Gegner geführt werden, den die Regierungen bestimmten. Wie wenig überzeugungskräftige Propaganda war notwendig! Ein verhältnismäßig so unbedeutsames Ereignis wie der Fürstenmord in Serajewo genügte, Zehntausenden von sonst ganz vernünftigen Menschen ein Weltschlachten als unentrinnbar erscheinen zu lassen. Die jenseits der allgemeinen Teilnahme wirkenden Regierungen ordneten mit oder ohne Unterstützung der Parlamente die Mobilmachung an und damit gut. Es war ein elementares Schicksal, wogegen sich aufzubäumen einigen verrückten Sonderlingen überlassen blieb. Die Nationen waren in jeder Weise koalisierbar. Wie die Obrigkeit den Feind bestimmte, so hatte sie auch den Verbündeten gewählt. Das »Volk« kannte beide ebenso wenig wie den Zweck des ganzen Unternehmens. Dies war der Grund, warum trotz des aufgestachelten Nationalpatriotismus in Wirklichkeit kein Volk das andere haßte. Eine Erscheinung wie das, was man heute »Ideologische Fronten« nennt, wäre den Menschen von damals unbegreiflich erschienen.

Die Generalstäbe durften mit festen, sicheren Größen rechnen. Die sicherste war die jeweilige Armee, ein Werkzeug ohne Eigenbewegung, ein beliebig knet- und dehnbarer Stoff, der sich bis an die Elastizitätsgrenze ausnützen ließ. Gewiß, jedes Heer besaß eine Seele, die instand gehalten werden mußte. Diese Seele aber war bloß die psychische Kehrseite der physischen Notdurft. Mit Bewußtsein, Überzeugung, Intention, Zielstrebigkeit hatte sie nur in Ausnahmsfällen zu tun. Die Verhältnisse lagen im großen und ganzen bei Freund und Feind gleich. So verwickelt sich auch mit fortschreitender Kriegsdauer das Spiel gestaltete, der Stratege konnte, wie auf dem Schachbrett, immer in einer Richtung operieren, ohne daß Bauern und Läufer selbsttätige Züge unternahmen und die Felder ineinanderzufließen begannen. Bis zur Stunde des Zusammenbruches, die demgemäß die Strategen (Ludendorff) am wenigsten vorbereitet fand.

Mit diesen einst so festen und unverrückbaren Tatsachen ist angedeutet, was in dem Ausdruck »starres Raumprinzip« des alten Krieges verstanden sein möchte, ein Koordinatensystem nämlich, kraft dessen man alle wichtigen Situationen der Front und des Hinterlandes errechnen konnte. Dieses Prinzip ist nunmehr verschwunden. »Der Aufstand der Massen«, der bereits 1917 in Erscheinung trat, hat ihm ein Ende bereitet; zugleich aber auch dem L'art pour l'art jener Kriegskunst, wie sie sich in den Köpfen der Strategen und Politiker von 1914 malte. Vor allem: In dem drohenden Rencontre wird es keine Soldaten mehr geben, das heißt, keine politisch intentionslosen Waffenträger. Der Begriff des Soldaten hat dem weit älteren Begriff des Kriegers Platz gemacht. Der Krieger aber schlägt sich nicht, weil der Offizier es befiehlt, für eine Sache, die nicht die seine ist. Der Krieger opfert das Leben für seine eigene Sache, Überzeugung, Religion oder das, was in seinem Herzen die Stelle der Religion einnimmt.

3

Aufstand der Massen! Das bedeutet eine mit bisher unbekannter Gewalt fortschreitende Individuation innerhalb der unteren Volksschichten. An Stelle des passiven, intentionslosen Menschenmaterials tritt nun ein aufgewühltes Menschenmeer voll neuer Lebensbegehrlichkeiten, voll ungeahnter Geltungstriebe, voll fanatischer Machtansprüche. Hervorgerufen wurde diese fiebrische Individuation durch den Mißbrauch der Massen im Weltkrieg, gefördert durch die riesige Ausbreitung der neuen technischen Bildungsmittel (Film und Radio), verschärft durch die große Arbeitskrise mit ihren Hekatomben aufgeopferter Existenzen. Der Aufstand erfolgte in den verschiedenen Ländern mit verschiedener Geschwindigkeit und Vehemenz. Je tiefer die Wunden waren, die eine Nation und ihr Herrschaftssystem im Weltkrieg empfangen hatten, um so rascher und unerbittlicher trat die Reaktion ein. Rußland machte den Anfang. Hier zeigte sich das kriegsgeborene Vergeltungsmotiv am reinsten. Das Menschenmaterial, die Unterklasse, rottete die Oberklasse völlig aus. In anderen Ländern (Italien, Ungarn, Deutschland usw.) gelang es den stärkeren Oberklassen mit Hilfe eines durch seine Proletarisierung erbitterten Mittelstandes, den Gegenstoß des Menschenmaterials aufzufangen und ihn in eine andere Richtung umzubiegen. Auch hier ließ sich die fortschreitende Individuation der Massen nicht ersticken, bekam aber im Sinne der Oberklasse ein neues, radikal nationalistisches Vorzeichen, durch das Zauberwort »Ordnung« verklärt. In der dritten Staatengruppe endlich, die von den westlichen Siegermächten gebildet wird, war die erwähnte Individuation schon vor dem Kriege im Werden begriffen. Infolgedessen und auf Grund des militärischen Sieges entwickelte sich hier der Aufstand der Massen nur schrittweise, ohne bisher die geltenden Herrschaftssysteme gestürzt zu haben.

Wir sehen somit drei Stufen, drei Grade, drei Arten desselben Vorganges überall. Diese Dreistufigkeit oder Dreiartigkeit bedeutet einen starken Potentialunterschied zwischen den Nationen und Systemen. Der politische Potentialunterschied aber erzeugt einen dialektischen Strom, dessen Spannung von Tag zu Tag wächst. Er wird durch die Worte »Kommunismus, Faschismus, Demokratie« so ungelenk gekennzeichnet wie jede andere Lebenserscheinung durch den sprachlichen Begriff. Es liegt jedoch keineswegs in der Aufgabe der vorliegenden Betrachtung, sich in die wahre Wirklichkeit jener Begriffe zu versenken. Einzig und allein ihr Einfluß auf Form und Führung eines neuen Krieges soll hier untersucht werden.

Vor folgende Tatsachen sieht sich die künftige Kriegspolitik gestellt: Das starre Raumprinzip, mit dem die ehemalige Strategie rechnen konnte, ist aufgehoben. Die farblosen Volksheere von 1914 gehören endgültig der Vergangenheit an. Nicht mehr wird aus seiner friedlichen Beschäftigung der nichtsahnende Untertan aufgeschreckt, »einrückend gemacht« und durch feldgraue Verkleidung in einen Soldaten, das heißt, in ein leicht brauchbares Werkzeug ohne Eigenleben verwandelt werden. Jetzt rückt ein geeichter und vielumschmeichelter Parteigenosse allenthalben ein, das Ohr vollgestopft mit bellenden Ideologien, das Herz voll dumpfer Fanatismen. Ein Krieg ohne innenpolitische Sinngebung kann daher heute nicht mehr entfesselt werden. Der verwöhnte Parteigenosse ist ja kein Soldat, kein abstrakter Held von gestern, sondern ein Krieger, der für den Sieg seiner religionssurrogierenden Weltanschauung kämpft. Dadurch gerät das erste Mal seit undenklichen Zeiten die Staatsführung in verzweifelte Abhängigkeit zu den Parteimassen und mit ihr die Kriegsführung. Letztere darf nicht wie bisher mit affektlosen Formationen arbeiten, die frei zu koalieren und leicht zu bewegen sind, sondern mit gefährlich durchpolitisierten Heeren, ungemein empfindlichen Organismen, die nicht nur kommandiert, sondern ununterbrochen umworben werden wollen. Der Führer wird so zum Pantoffelhelden der Geführten.

Das barock-militärische Kernwort »Kuschen und weiterdienen« hat seinen Sinn verloren. Dem Soldaten alter Zeit genügte der barsche Tagesbefehl vollkommen. In dem drohenden Weltkrieg wird es wahrscheinlich hüben und drüben bei jedem Bataillon politische Seelenwarte geben müssen, welche die wichtigsten Parteischlagworte unausgesetzt wiederholen, um das Affektfieber nicht sinken zu lassen.

Versuchen wir, dieses Fieber zu diagnostizieren. Zu dem heute aufs äußerste verschärften nationalpatriotischen Affekt ist ein anderer getreten, der sich im Jahre 1914 noch kaum geregt hat. Er ist weit mehr, als das Wort »sozial« oder »sozialistisch« ausdrückt, er ist der Pubertätsschauer der jugendlichen Massen und der sich in ihnen emporkämpfenden Individuation und Differenzierung. In gröbster Vereinfachung kann man demnach von zwei alleinherrschenden Affekten sprechen, dem rechtsgerichteten und dem linksgerichteten. In allen Völkern sind beide Affekte am Werk, wühlt Rechts und Links, gleichgültig, welcher Partei- und Regierungsform diese Völker unterworfen sind. Seltsam ist es aber, daß die entgegengesetzten Affekte sich nicht immer ausschließen, sondern in einigen Fällen trüben, mischen und sogar chemische Verbindungen eingehen.

Wenn man in neuerlich grober Vereinfachung die Großmächte in Despotien und Demokratien einteilen will, ergibt sich folgendes Bild: Alle diese Staaten stellen Kräfteparallelogramme dar, deren Seiten von Rechts und Links gebildet werden. Die Neigung der Resultante wird von der mächtigeren Seite bestimmt. In der russischen Despotie herrscht nach völliger Vernichtung der Oberklasse scheinbar uneingeschränkt der linke Affekt. Dennoch gilt das Gleichnis des Kräfteparallelogramms auch für Rußland, denn die Resultante fällt nicht mit der linken Seite zu einer Linie zusammen. Der rechte, der nationalpatriotische Affekt, wächst dort von Jahr zu Jahr und erzwingt eine scharfe Abweichung vom ursprünglichen Ideal und Personal. In Italien und Deutschland sind es die gleichen Verhältnisse mit umgekehrter Bedeutung. Die Gefühlsweise der Oberklasse und des ihr dienstbaren Mittelstandes hat den Sieg errungen. Trotzdem erzwingt hier auch ohne sichtbare Opposition die linke Seite eine Resultante mit immer stärkerer Winkelneigung. Sie äußert sich in ununterbrochener Umräucherung der Unterklasse sowie in dem betäubenden Versuch, ihr auszureden, daß sie und ihr wesenseigenes Affektverhalten überhaupt existieren; Narkotisierung des Klassenkampfes, der zuliebe die siegreiche Oberschicht Opfer um Opfer bringen muß und allgemach unter das Diktat der unterworfenen Plebejermasse zu geraten droht.

Zum Wesen der Despotie gehört die Verschleierung der tatsächlichen Verhältnisse. Diese treten in den Demokratien offen zutage. Es erübrigt sich, zu erwähnen, daß in England, in den Vereinigten Staaten und in Frankreich das Ringen zwischen dem rechts- und dem linksgerichteten Affekt in erbittertem Gange ist. Bleibt es in England in gesittetem Gleichgewicht, so neigt sich in Amerika und gar in Frankreich die offizielle Waagschale deutlich nach der linken Seite.

Was bedeuten aber diese allbekannten Sachverhalte für eine kriegspsychologische Betrachtung wie diese hier?

Sie verraten uns, daß der drohende Weltkrieg kein eindeutiger Völkerkrieg sein wird, wie der letzte es war. Sie verraten uns, *daß quer durch die nationalen Fronten ein allumfassender Bürgerkrieg laufen wird*, wie ihn der Planet noch nicht erlebt hat. Die Frage ist nur, in welchem Zeitpunkt und an welchem Ort er aus dem Zustand der Latenz heraustreten und offenbar werden darf.

Die Kriegsführung aller Nationen hat demnach mit völlig neuen Voraussetzungen zu rechnen. Der eindimensionale Krieg vergangener Epochen entspricht nicht mehr der Wirklichkeit, denn in den eigenen Reihen zieht der Gegner mit zu Felde, während zugleich im feindlichen Schützengraben der Verbündete liegt. Mag sich im Augenblick des neuen Weltbrandes der Nationalismus noch so heftig übersteigern, trotzdem – wie könnte zum Beispiel ein radikal rechts gesinnter Franzose mit vollem Einsatz seiner Person gegen einen Feind kämpfen, der seiner eigenen politischen Religion zum Siege verhelfen will? Wenn dieser Franzose nicht mehr als seine Pflicht erfüllt, so weiß er doch, daß er damit dem verhaßtesten aller Gegner, dem inneren Feind, einen Triumph bereitet und dessen Reich zu befestigen hilft. Indem er sein Land vor dem äußeren Feinde rettet, liefert er es an den inneren aus. Welche unabsehbaren Konflikte müssen durch derartige Alternativen entstehen, von denen keine der künftigen Fronten verschont bleiben kann. Gerade weil der verhaltene soziale Affekt heute weit stärker zu sein scheint als der laut dröhnende nationalpatriotische, ralliieren sich die Staaten nach ihrer herrschenden Gesinnung und bilden die bekannten »ideologischen Blocks«. Darin äußert sich das im Grunde irrationale Bestreben, Bündnisse nicht nach geographisch-strategischen Gesichtspunkten zu schließen, sondern um jeden Preis hohe Millionenziffern zugunsten der eigenen Parteianschauung zu vereinigen. Zu diesem Zwecke geht der radikale Blinde mit dem zähnefletschenden Lahmen, koste es, was es wolle.

All dies beweist, daß die neue Kriegspolitik und Strategie auf beiden Seiten hundert ungelösten Rätseln wird ins Auge sehen müssen. Die Heere, einst sichere Werkzeuge des militärischen Führerwillens, werden in dem Augenblick, wenn die Linientruppen verbraucht sind und die aufgepeitschten Parteimassen nachrücken, unbekannte und unheimliche Größen sein. Die linken Demokratien werden vermutlich nicht wissen, wieweit ihre Oberklasse zuverlässig ist, die rechten Despotien in bange Zweifel geraten, wie lange ihnen die narkotisierte Opposition die Treue hält. Das blutige Spiel ist von allem Anfang an vieldeutig und mehrdimensional. Freund und Feind sind nicht ganz klargestellt. Die Geschosse schwersten Kalibers können sich leicht in Bumerangs verwandeln. Vielleicht wird die große Strategie des drohenden Völkerkrieges nach den ersten Belastungsproben in dem verzweifelten Versuch bestehen, dem allgemeinen frontauflösenden Bürgerkrieg der Welt zuvorzukommen. Dann dürfte es freilich zu spät sein. Denn das kommende Völkerringen kann seiner Natur nach nichts anderes sein als die tragische Maske, hinter der sich die entscheidende Auseinandersetzung der zeitbedeutenden Massenaffekte einen Augenblick lang verbirgt.

4

Wichtiger als jemals in der Kriegsgeschichte wird diesmal der Anfang sein, das heißt die Ausgangsposition der feindlichen Mächte. Die Despotien wissen das besser als die Demokratien und machen daher schon heute die gewaltigsten Anstrengungen, eine günstige Ausgangsposition zu gewinnen. Die Demokratien haben sich noch immer nicht von dem barocken Formalismus freigemacht, wie er auf den ersten Seiten jenes k. u. k. Lehrbüchleins verzeichnet stand. Die feierliche Reihenfolge von Ultimatum, Kriegserklärung, Mobilisierung und Aufmarsch dürfte sich aber morgen bestimmt nicht mehr wiederholen. Die Zeiten der fechterischen Ehrenbezeigung sind vorüber.

Derartige Konventionen haben die gegenseitige Absicht zur Voraussetzung, den furchtbaren Möglichkeiten des menschlichen Vernichtungstriebes Schranken zu setzen. Auch das sogenannte Naturrecht erfließt nicht aus der Natur, sondern aus der göttlich-vernünftigen Entscheidung des Menschen zum Guten. Dieses Gute aber wächst nicht am Baume dieser Welt, sondern ist die Frucht einer geistigen Überwelt. Trotz der entsetzlichen Grausamkeiten des letzten Weltkrieges, wie es zum Beispiel der Massenmord an den Armeniern war, blieb die Konvention eines allgemeinen Völkerrechts aufrecht. Wird aber dieses schwache Völkerrecht seine Geltung behaupten können, wenn sich das ansteckende Prinzip durchsetzt: »Recht ist, was dem eigenen Volke (lies: der weltanschaulichen Partei) Nutzen bringt.« Die einzige völkerrechtliche Sicherung wäre in diesem Falle die Furcht vor der Vergeltung, vor dem Aug-um-Aug und Zahn-um-Zahn. Der Strom des Affekts müßte dann aber nur eine gewisse Hochspannung erreichen, damit auch diese Sicherung durchschmelze. Wer kann heute sagen, ob man nicht im zweiten Jahr des drohenden Weltkrieges das Statut des Roten Kreuzes aufheben und alle Gefangenen gegenseitig umbringen wird, Verwundete und Unverwundete?

Mit imposanter Bewußtheit ringen die Diktaturen um die überlegene Ausgangsposition. Sie zeigen der in dieser Beziehung veralteten Gegnerwelt, daß die psychologischen Grundlagen der künftigen Kriegführung mindestens ebenso wichtig sind wie die materiell-ökonomischen. Da der Krieg ihre eigentliche Lebensform ist, warten sie nicht erst seinen Ausbruch ab, sondern führen ihn schon, ehe er manifest wird. Mag dies auch widerspruchsvoll klingen, durch die wachsenden Erfolge des unerklärten Krieges hoffen sie, den erklärten Krieg abzuwenden; denn dieser enthüllt unerbittlich auf die Dauer immer die wirklichen Kraftverhältnisse. Die Diktaturen halten daher sowohl den möglichen Feind im eigenen Lande wie auch den möglichen Verbündeten der Gegenfront unablässig unter propagandistischem Trommelfeuer. Sie haben damit ein neues strategisches Gesetz entdeckt, das Gesetz von der politischen Zersetzung des gegnerischen Aufmarsches in Friedenszeiten. Dies ist in Wahrheit ebenso ein strategisches Gesetz, wie die neue Propaganda eine echte Kriegswaffe ist, wichtiger vermutlich als Tanks und Luftgeschwader. Wie altfränkisch bescheiden werden sich neben ihr die Presseämter des Weltkrieges ausnehmen, in denen man brave Märchenerzähler versammelte, um daheim dem hungrigen Zeitungsleser empfindsame Frontgeschichten vorzusetzen. Der Soldat im Graben hegte eine leise Verachtung für diese Märchenerzähler. Morgen werden sie ein Elitekorps und ihm übergeordnet sein. Die Propaganda ist übrigens die einzige Waffe, die seit Ende des Weltkrieges eine grundlegende technische Neuerung erfahren hat. Der Rundfunk war vorher nicht in der Welt. Da sich die Ätherwellen um Grenzen nicht kümmern, kann er zum furchtbarsten aller Kriegsmittel werden. Doch welche technische Vollkommenheit das In-den-Feind-hinein-Funken auch erreichen sollte, weit wichtiger ist die moralische oder, besser, die amoralische Seite dieser Kunst. Aller Propaganda ist wesensgemäß der Entschluß zum äußersten Zynismus in Verfolgung ihres Zieles. Unter ihrem Ansturm muß die letzte Spur von Wahrheit, Objektivität, Urteilskraft, Intellekt, Anständigkeit, Feingefühl rettungslos vergehen. Wenn kein Wunder geschieht, wird nicht nur der Hagel der Geschosse, sondern auch der Aschenregen der Lüge die weiße Menschheit begraben.

Es liegt in der Natur der Dinge, daß die Demokratien im Gegensatz zu den Diktaturen außerstande sind, den Kampf um eine günstige Ausgangssituation zu führen. Hier wird die politische Freiheit zur Waffe, die sich gegen ihren Eigentümer kehrt. Da der latente Bürgerkrieg zwischen linker und rechter Intention diese Länder offen beherrscht, sind sie außenpolitisch so gut wie gelähmt. Große Teile der Bevölkerung führen unverfolgt die Sache des Feindes, der dadurch schon in die heimische Front eingebrochen ist. Während auf Seite der rechten Despotien jeder Vorstoß wohlberechnet, die Zielrichtung klar, die kleinste Bewegung, die winzigste Äußerung absichtsvoll ist, bieten die Demokratien ein Bild des Schwankens und Geschütteltseins. Die Zielrichtungen durchkreuzen sich hier immerfort. Will die eine Partei des Volkes eine ihr lebenswichtige Position wahren, erfindet die andere sogleich ein Mittel, um sie daran zu hindern: (Nichteinmischung, Isolationspolitik und so weiter). Was jenseits der demokratischen Grenze unzweifelhafter Landesverrat wäre, gilt diesseits als selbstverständliches politisches Recht. Der innere Dualismus zwingt diese Staaten dazu, dem Gegner, sportlich gesprochen, immer mehr vorzugeben. Die Verbündeten werden dadurch unsicher und fallen ab. Zugleich aber strömt durch hundert Breschen und Lücken der propagandistische Dampf der feindlichen Gesinnung ins Land, die ja für weite Kreise die eigene, die ersehnte Gesinnung ist.

Dies sind gewichtige Nachteile für die künftige Kriegführung der Demokratien. Ihnen stehen freilich nicht minder gewichtige Vorteile entgegen: Reichtum, Weltbesitz, Menschenzahl, unerschöpfliche Hilfsquellen. Und dann – was sich als motorische Sehnsucht aller Geknechteten unbedingt auswirken wird – die höhere sittliche Lebensform, die sie darstellen. Freilich ist es noch keineswegs ausgemacht, daß es all diesen Staaten gelingen wird, die demokratische Verfassung bis zum offenen Ausbruch der Feindseligkeiten aufrecht zu erhalten.

Jeder Versuch, die Grundtatsachen des künftigen Weltkriegs zu klären, führt zu einer unstatthaften Vergröberung. Auch dieser. Undurchdringlich erhebt sich vor dem forschenden Blick die Vieldeutigkeit und Mehrdimensionalität des herandrohenden Geschehens. Wenn die Formel von dem durch alle Völkerfronten quergelagerten Bürgerkrieg auch zweifellos richtig ist, so erhellt sie doch nicht alles. Antwortlose Fragen steigen auf: Auf welche Seite werden die mittleren und kleinen Staaten fallen, die heute noch schwanken? Wird jeweils die geographisch-realpolitische Notwendigkeit über den extremen Parteieffekt siegen oder umgekehrt? Wie werden sich die farbigen Rassen verhalten? Kann man von der Jugend, die dem Anschein nach überall einen neuen biologischen Typus vorstellt, irgendwelche ungeahnte Überraschungen und Entscheidungen erwarten? Und dann: Jeder weltzerspaltende Krieg entwickelt mit fortschreitender Dauer ein ungeheures X, an dem jegliche Berechnung zerschellt.

Vor diesem geheimnisvollen Ungeheuer erkaltet die schreibende Hand. Der Soldat kämpft nur gegen den Soldaten, der Krieger gegen das feindliche Volk als Ganzes. Die Griechen zerstörten Ilion, töteten alle Männer und führten sämtliche Frauen in die Sklaverei. Wird dieser antike Brauch wieder entstehen, durch die Technik millionenfach verschärft? Wenn das kommende Völkerringen sich zum allgemeinen Bürgerkrieg verjüngt, wenn Rechts oder Links gesiegt haben werden, wird dann völlige Zerstörung, Ausrottung und Deportation die Folge sein? Da Rechts und Links – im Drang der Ereignisse notwendig ihr noch unbekanntes Extrem erreichend – dynamische Prinzipien sind, können sie kaum haltmachen, bevor der Träger der verhaßten Gegen-Ideologie auch physisch vollkommen vernichtet ist. Welch ein Grauen! Denn gerade zwischen und über Links und Rechts schweben jene geheiligten Werte, die uns manchmal noch diese Erde nicht als Hölle erscheinen lassen.

Das Geschenk der Tschechen an Europa

Seit vielen Wochen ist das kleine tschechische Volk einem Ansturm ausgesetzt, wie ihn erbarmungsloser, verschlagener, zynischer die Geschichte nicht kennt. Schreckerfüllt sehen die Augen Europas diesem Treiben zu. Dieses Europa scheint wie durch Schlangenblicke gebannt zu sein. Es windet sich diplomatisch hin und her, fleht den Mörder an, mit dem Todesstoß noch zu warten, fordert das Opfer auf, vernünftig zu sein und ist sich seiner eigenen ungeheuren Übermacht weder moralisch noch materiell bewußt. Es ist nicht nur die Angst vor dem Kriege, die alle menschlichen Menschen erschüttert und die europäischen Demokratien jener entscheidenden Durchschlagskraft beraubt, welche einzig den Frieden bewahren könnte. Da ist noch eine andere Ursache im beklemmenden Spiel, die den Angreifer unbewußt kräftigt und den Angegriffenen mit guten Ratschlägen näher und näher an den Abgrund drängt. Immer wieder kann man im Westen die Frage hören: »Wer sind überhaupt diese Tschechen, für deren Lebensproblem nach knappen zwanzig Jahren wiederum ein Ozean unseres besten Blutes vergossen werden soll? Ist dieses kleine Volk so wichtig, daß die Existenz der weißen Menschheit für seine Existenz noch einmal gefährdet werde? Welche äußerste Notwendigkeit besteht, einen neuen Staat zu verteidigen, den es vor den Friedensverträgen noch gar nicht gegeben hat?«

Diese und ähnliche Fragen beweisen, daß eine der Ursachen der Lähmung darin liegt, daß Europa blutwenig von diesem Volke weiß, von seiner Art und seiner geschichtlichen Aufgabe, obgleich es beinahe dreizehn Jahrhunderte in seiner innersten Mitte lebt. Sonderbar genug, diese Unwissenheit über ein wichtiges Organ des eigenen Körpers. Die Leute wissen so ungefähr, warum sie Herz, Lunge, Leber und Nieren haben. Sollte aber jemand nach dem Sinn der Milz oder Schilddrüse fragen, dürfte es bei der Antwort schon hapern. Die Ärzte freilich sollten keinem Zweifel unterliegen.

Bis tief ins dreizehnte Jahrhundert hinein und noch länger war das Gebiet des heutigen Deutschlands zum Teil slawisch besiedelt, und zwar östlich der Elbe in großer Dichte. Sogar in der Mark Brandenburg, dem Kernlande des Preußentums, herrschten noch in erstaunlich später Zeit slawische Herzöge. Daß die Preußen selbst, die ehemaligen Pruzzen, ein slawischer Stamm sind, dürfte manchen Franzosen und Engländer überraschen, der im preußischen Junker oder im rotnackigen Ostelbier den Prototyp deutscher Eigenart und Arteigenheit bestaunt. (Es muß übrigens ein noch nicht formuliertes Gesetz geben, das in einem gemischtrassigen Gebiet die unterliegende Rasse zwingt, die Eigenschaften der siegreichen Rasse nicht nur nachzuahmen, sondern komödiantisch zu übertreiben. Demgemäß sind die »echten« Preußen unechte Herrenmenschen und komödiantische Ordensritter.) Der gewaltige Germanisierungsprozeß, der unter den Saliern im Deutschen Reich einsetzte, räumte mit den elbslawischen Stämmen allgemach auf. Am längsten hielten sich die Wenden und Sorben. Doch auch sie verschwanden bis auf ein paar museale Reste. Wie die Wasserzungen einer weit ins Land gedrungenen Hochflut trocknete das slawische Element aus oder trat in das östliche Dämmergrau zurück. Ein einziger Stammesverband erhielt sich, gewann den Aggregatzustand eines Volkes, gründete einen Staat und wuchs zur Nation. Das war das glorreiche und ewig gefährdete Schicksal der Tschechen.

Selbst diejenigen, welche eine höhere Lenkung der Geschichte leugnen, müssen zugeben, daß kein Ablauf ohne Kausalität und Finalität denkbar ist. Nichts Seiendes besteht ohne Grund und Zielintention, und wäre auch das Ziel seines Daseins nur das Dableiben. Daß die Tschechen unter den schwersten Bedingungen als Volk dageblieben sind, hat den zureichendsten aller Gründe, den geographischen. Das auf die Spitze gestellte Viereck Böhmens, dieser flache, weite, von genauen Bergwällen umrandete Kessel, ist neben dem Brenner die bedeutsamste

Wasserscheide Europas. Das von der Natur als unteilbare Einheit klassisch gemeißelte Land entsendet sein Stromsystem nach dem deutschen Norden, ohne von diesem auch nur einen einzigen Flußlauf zu empfangen. Der unbestreitbar deutliche Wille der Natur setzt hier der deutschen Expansion die vernünftige Grenze. Die geographische Gestaltung beweist somit, daß dieses an Schätzen reiche Böhmen dem kargen Deutschland von seiner Fülle so manches Gut abgeben, aber von ihm nichts Gutes zurückempfangen kann. Und wahrhaftig, wie die geschichtliche Erfahrung lehrt, war es immer wieder Krieg und Kriegsdrohung, was vom Norden her ins Land brach. Wie Wellenbrecher stehen die Randgebirge dem fremden Anspruch im Wege. Manchmal schlug die imperialistische Springflut sturmgepeitscht über diese Wellenbrecher. Davon ist ein breites Band nationalen Brackwassers zurückgeblieben. Das sind die sogenannten Sudetendeutschen. (Wo tote Wasser sind, gibt es Stechmücken.) Bis zur Mitte des neunzehnten Jahrhunderts, bis zur Schlacht von Sadowa, dachten die Sudetendeutschen nicht daran, gegen die Geographie aufzubegehren und die Einheit Böhmens zu zerreißen. Nach Bismarcks Sieg wurden sie plötzlich Preußenverehrer. Bismarck aber schüttelte sie ab. Obwohl er das vielzitierte Wort gesprochen hat, »wer Böhmen hat, der hat Europa«, scheute er zurück, nach Böhmen zu greifen. Er wußte, daß dieser Zugriff eine Sünde wider die Natur und damit wider die Geschichte gewesen wäre. Von Bismarcks Gewissensskrupeln sind die Herren des Dritten Reiches frei.

Seit den Zeiten der sogenannten Völkerwanderung sitzen die Tschechen in den fruchtbaren Ebenen Böhmens und in den beiden Nebenländern des Systems, in Mähren und Schlesien. (Es ist nicht unwichtig, festzustellen, daß sie, ein ackerbauender Stamm, zugleich mit dem Hirten-, Reiter- und Kriegervolk der Ungarn in Zentraleuropa aufgetaucht sind.) Haben wir die geographische Struktur ihres Siedlungsgebietes als Grund dafür erkannt, daß sie dem Schicksal der anderen Elbeslawen entgangen sind, so zeigt uns die Geschichte selbst das Intentionsspiel, den Sinn ihres Überlebens. Innerhalb des europäischen

Körpers bedeuten die Tschechen das Organ des Gleichgewichts. Ohne das tschechische Volk gäbe es in Mittel- und in Osteuropa keine kleinen Völker mehr. Ohne die Geschichte der Tschechen wären nach und nach die Slowaken, die Polen, die Ruthenen, die Kroaten, die Slowenen, die Serben, die Rumänen und auch die Ungarn in den Hades der Geschichtslosigkeit untergetaucht und man würde sich ihrer nur als ausgestorbener Namen entsinnen. Ohne den tragischen Kampf der Tschechen für Europa stünden heute den vierzig Millionen Franzosen und vierzig Millionen Engländern mehr als zweihundert Millionen kriegsentschlossener Germanen gegenüber. Vermutlich aber wäre die europäische Partie des Westens schon vor einem Jahrhundert verloren gewesen. Der Kampf der Tschechen für Europa kam aber nicht nur dem Westen zugute, sondern ebenso den besten Kräften des wahren Deutschtums. Dieses Deutschtum wäre rettungslos in jener (verhundertfachten) Bastardierung untergegangen, die uns am »preußischen« Typus erschreckt. Denn mit Haut und Haar verschlungene Völker rebellieren dumpf im Selbstbewußtsein des Siegers, machen es krank und bringen »Rassentheorien« hervor wie Ekzeme. Sie handeln nach dem bewährten Prinzip: »Haltet den Dieb.«

Dreizehn Jahrhunderte auf der Wacht! Dreizehn Jahrhunderte in beständiger, oft hoffnungsloser Verteidigung, an stürzende Zinnen geklammert, mit dem eigenen Leib die Breschen stopfend! Selten gibt es einige Stunden der Ruhe, des Aufatmens, wo man sich den Schweiß abwischen darf. Eine solche Stunde schlug nach dem Weltkrieg. Sie war kurz und das Erwachen hart. Welch ein geschichtliches Schicksal, ehrenwert und schrecklich zugleich!

Schon früh erkennen die Tschechen den Sinn ihrer Lage. Sie wenden ihre Augen nach dem Westen, dessen Gleichgewicht sie in ihrem Lande behüten. Es ist kein mittelalterlich dynastischer Zufall, daß sie einen Franzosen zu ihrem König machen, Jehan von Luxemburg, den ritterlichen Helden von Crecy. Sein Sohn, Karl IV., einer der größten Herrscher der Frührenaissance, bringt den Tschechen das goldene Zeitalter, eine lange Stunde des Aufatmens. Er macht Prag zur Residenz des Heilig Römischen Reiches Deutscher Nation, er gründet dort die erste Universität Deutschlands. Er zieht große Architekten, Maler, Troubadours und Pariser Professoren nach Prag. Das Volk kommt materiell und geistig zu Kräften. Mit der fortgeschrittenen Gesinnung des Westens dringen die neuen Ideen ein. Die Schriften des englischen Theologen Wiclif erwecken ein religiöses Genie, Johannes Hus. Hus ist mehr als ein eifernder Reformator, der seinen Haß gegen den römischen Statthalter Christi in das weiße Gewand der Liebe zu Christus kleidet. Er überragt an franziskanischer Reinheit alle Reformatoren, die seine Nachfolger sind. Er ist kein polternder Kompromißler wie Luther, kein starrer Menschenhasser wie Calvin, deshalb auch endet er auf dem Holzstoß und nicht seine Feinde. Sein Tod entfesselt eine der bedeutungsvollsten Revolutionen der Geschichte. Im Hussitismus tritt das slawische, man möchte beinahe sagen, das tolstoijanische Weltgefühl zum erstenmal ins Licht des europäischen Bewußtseins. Ein einfaches Bauernvolk, ein Volk schwerblütiger Männer und gütig frommer Mütter gelangt plötzlich zum ungeheuren Erlebnis der wahren Christlichkeit. Dieses Volk beginnt das Wort Gottes beim Wort zu nehmen. Es will als ganze Nation Ernst machen mit dem evangelischen Leben. Ein geplagter Stamm, ewig zwischen Sein und Nichtsein schwebend, fragt: »Warum immer nur Kampf und Haß!?« Der Herr gebietet Liebe und Besitzlosigkeit. Gehorchen wir ihm! Die Welt jedoch ist nicht so geartet, um solche Vorsätze zu dulden. Es sind weniger die geistlichen Mächte, die rot sehen vor Wut, als die weltlichen. (Zwei der mächtigsten Kirchenfürsten der Zeit, die Legaten Giuliano de Cesarini und Enea Silvio Piccolomini, sympathisierten auf den Konzilien von Konstanz und Basel offen mit den Ketzern.) Der deutsche Kaiser aber sammelt ein »Kreuzheer« nach dem andern, um den Hussiten den Garaus zu machen. »Intervention« nennt man das heute, und könnte vergleichsweise hinzufügen »fascistische Intervention«, ohne die Dinge zu fälschen. Diese Reichsheere bestehen nämlich aus Rittern und Strauchrittern, aus Abenteurern, gepreßtem, zusammengetrommeltem Gesindel und dumpfem Schlachtvieh. Die echten »Gottesreiter«, wie die Hussiten sich nennen, schlagen die Intervention ein ums andere Mal aufs Haupt. Keine Übermacht hält der reinen Gesinnung stand. Lange Zeit wenigstens. Die Gottesreiter, die auszogen, um den Seelenfrieden zu finden, wurden gezwungen, ihr militärisches Genie zu entdecken. Es gibt jahrzehntelang kein Kriegsvolk in Europa, das ihnen strategisch und taktisch gewachsen ist. Ihr Name schon ist Schrecken und Sieg. Doch dann kommt auch für sie die Nacht, die überfällige. Die gesamte Strauchritterschaft des Reiches ist stärker als sie. Sie senden verzweifelte Hilferufe nach Westen. Haben sie nicht Freunde dort, wie Philibert, Erzbischof von Paris? Der Westen schweigt. Finsternis senkt sich über Böhmens verwüstete Haine und Fluren.

Der Hussitismus ist ein Gipfel der tschechischen Geschichte, die immer denselben Rhythmus zeigt: kurzer Aufschwung, jäher Absturz, langes Dunkel. So war es in jener Periode, die man summarisch den »Dreißigjährigen Krieg« betitelt. Damals schenkte die tschechische Niederlage der Welt ein anderes ethisches Genie, den edlen böhmischen Bruder, den Archipädagogen und Verfasser des ›Orbis pictus‹, Jan Comenius. Er war ein Emigrant, wanderte gen Westen und ist begraben in Holland. Den letzten Aufschwung der tschechischen Geschichte haben wir selbst erlebt. Im Weltkrieg erfüllte sie unter paradoxen Bedingungen die ihr gesetzte Aufgabe, der Pfahl im Fleische des deutschen Imperialismus zu sein und eine Gleichgewichtsverschiebung zuungunsten des Westens nicht zu dulden. Jetzt scheint sich der dreitaktige Rhythmus dieser tragischen Nationalgeschichte wiederholen zu wollen, furchtbarer als je. Wird auf den kurzen Aufschwung ein jäher Absturz folgen und auf den jähen Absturz die lange Nacht, die endgültige Nacht vielleicht? Wird Europa es ertragen, daß ein kleines Volk, ein friedliches Volk der Männer und der Mütter ausgelöscht werde wie irgendein wilder Stamm der Vorzeit? Und dies nach dreizehnhundert Jahren blutiger Selbstbehauptung? Wird damit allen kleinen Völkern gegenüber ein fröhliches »Pereant sequentes«

ermöglicht werden? Wie lange soll die unschuldige Frage im Westen umgehen: »Wer sind eigentlich diese unglücklichen Tschechen, um derentwillen wir Glückliche so peinlich beunruhigt werden?« Wann endlich wird die klare Antwort tausendfach erschallen: die Tschechen haben für *unsere* Sache gekämpft, nicht nur seit zwanzig Jahren, sondern seit Jahrhunderten. Wenn wir jetzt nicht fanatisch entschlossen für *ihre* Sache kämpfen, werden wir unseren eigenen Untergang besiegelt haben.

Die kulturelle Einheit Böhmens

Es heißt von den frühweltlichen Echsen, die von der Wissenschaft die »Schreck-Saurier« genannt werden, daß sie durch ihren bloßen Anblick das Nervenzentrum der Beutetiere lähmten. Keines der Opfer vermochte sich zu rühren. Wir erleben ähnliches. Politische Schreck-Saurier werfen ihre Riesenschatten nach Ost und West. Sie lähmen das Nervenzentrum der Beuteländer, ehe sie diese verschlingen. Doch nicht nur den Kleinen, auch den Großen ergehts ebenso. Sie, die von sich behaupten, an Recht und Sitte noch zu glauben, fallen vor dem frechen Revisionismus des Dschungels in tiefe Erstarrung. Ein prähistorisches Weltalter scheint anzubrechen. Die Menschheit wird zur Strafe für ihre technische Überheblichkeit durch die Hölle einer verschollenen Entwicklungsform gejagt.

Ich will mich gar nicht auf die ideellen Errungenschaften des christlichen Äons berufen, auf Nächstenliebe, Feindesliebe, Gotteskindschaft aller, auf Erbarmen und Erlösung. Wir halten noch nicht einmal bei den Werten der Edda. Die Heiligkeit der Verträge ist ein unbekanntes Zukunftswort. Männer der City, die nicht fünf Schillinge verlieren können, ohne einen Rechtsanwalt zu bemühen, sie begeben sich in Demut zu den Ungeheuern, um auf ihrem Altar das beschworene Recht der Schwachen zu opfern. Mit dem gelähmten Nervenzentrum allein läßt sich das nicht erklären und auch nicht mit der bloßen Angst vor dem Krieg. In dieser Schwäche verbirgt sich ein sanft verhehltes Einverstandensein, ein heimlich bewunderndes Sympathisieren. Ist nicht eine Jugend herangewachsen, die kein anderes Ideal hat als den motorisierten Kretinismus? Findet nicht jede Teufelei ihre Fürsprecher, wenn sie nur schnittig ist und einen Rekord schlägt? Adam und Eva haben vergebens vom Baum der Erkenntnis gegessen, dessen Frucht Gutes vom Bösen zu unterscheiden lehrt. Der moralische Dschungel schießt überall in die

Halme und wartet nur auf die Entstehung der verschiedenen Saurier-Typen.

Sie haben das arme Österreich verschlungen. Jetzt liegt ihre grimmige Tatze auf Böhmen, Mähren, Schlesien. Jene Lähmung der Beutetiere und der großen Nachbarn wird durch zweierlei bewirkt: durch den Anblick ihrer Machtparade und durch die Verspritzung eines Lügengeifers, wie ihn bewußter, unverschämter, giftiger dieser Planet nicht kennt. Sie haben von Österreich behauptet, sein Volk sehne sich ohne Ausnahme nach der Heimkehr ins Mutterreich. Welche Verdrehung in diesem Wort! Nicht das zusammengestoppelte Großpreußen, Österreich war diese Mutter, die diese Parvenus langsam während zweier Jahrhunderte gemordet haben. Jetzt erklären sie, die Tschechoslowakei sei ein nationaler Flickenstaat, dem die Sudentendeutschen seit 1918 durch Vergewaltigung angehören; dieser Staat müsse daher verschwinden. Die Welt aber, seit Erfindung des Autos eine Schulschwänzerin und Ignorantin, glaubt ihnen aufs Wort und nickt überzeugt.

Wie sieht nun gegenüber dieser unfaßbaren Propaganda die tausendjährige wohldokumentierte Wahrheit aus? Die Länder der heiligen Wenzelskrone, Böhmen, Mähren, Schlesien, sind seit dem frühen Mittelalter der unteilbare Kern des Staates. Von keiner Willkür, sondern von geographischen Gesetzen politisch gestaltet, haben sie wie kaum ein anderer Teil Europas im Laufe der Jahrhunderte ihre äußere Struktur nicht gewandelt. Hier bedeutet das Verlangen nach »Grenzberichtigungen« die brutale Zerreißung einer natur- und geschichtsgegebenen Einheit, deren Folgen für den ganzen Kontinent unabsehbar sind. Das »nationale Heimverlangen« der Sudetendeutschen ist, wenn man von einigen besessenen Rauschebärten und politischen Geschäftemachern absieht, eine Erfindung der letzten Zeit. Seitdem es eine böhmische Geschichte gibt, leben die Deutschen im Lande. Tschechische Herzöge und Könige zogen sie heran, schützten sie, gewährleisteten ihnen Art, Recht und Freiheit.

Im Jahre 1178 erließ Herzog Sobeslav II. folgende Ordonnanz an die Deutschen: »Ich, Sobeslav, Herzog von Böhmen, tue kund allen Gegenwärtigen und Zukünftigen, daß ich in meinen Schutz aufnehme die Deutschen... Ich gewähre diesen Deutschen zu leben nach dem Gesetz und der Gerechtsame der Deutschen. Ihr sollt es wissen, daß die Deutschen freie Leute sind.« König Přemysl Ottokar II., einer der größten tschechischen Herrscher, begünstigte die Deutschen in jeder Weise, zog sie von Sachsen und Bayern her ins innere Böhmen, besetzte die hohen Beamtenstellen mit ihnen und belehnte sie mit den reichsten Pfründen des Landes. Im fünfzehnten und sechzehnten Jahrhundert, als die Tschechen einen Nationalstaat besaßen wie heute, nahm die Zahl der deutschen Bevölkerung und ihr Einfluß so mächtig zu, daß sich ganze Landstriche germanisierten. Diese Tatsache, in der Epoche höchster tschechischer Machtentfaltung statthabend, veranlaßt den ehrenwerten Vater böhmischer Geschichte, Franz Palacký, zu nachdenklichen Betrachtungen. Daß während der habsburgischen Jahrhunderte die Deutschen und nicht die Tschechen die herrschende und verwaltende Nation waren, ist noch in frischer Erinnerung. Was aber schließlich und endlich die junge demokratische Republik anbelangt, so setzte schon ihre fortgeschrittene Verfassung, die das Recht der Persönlichkeit vorbildlich schützt, einer rachsüchtigen nationalistischen Unterdrückungspolitik enge Grenzen.

Es kann nicht geleugnet werden, daß im ersten Siegesrausch 1918 derartige Tendenzen vorhanden waren und sich zum Schaden der Zukunft auswirkten. Den Notstand in den Sudetenbergen jedoch darauf zurückzuführen, ist wiederum nur eine propagandistische Lüge. In diesen Gebieten der Leineweber und Heimarbeiter herrscht seit eh und je Notstand, der mit der Wirtschaftsform, aber nicht mit der Regierungsform zusammenhängt. (Nicht zufällig heißt dort ein altes Städtchen »Wassersuppen«.) Trotz allem, in den letzten zwanzig Jahren sind Fehler begangen worden. Wenn man freilich daran denkt, wie die Schreck-Saurier, die sich des deutschen Volkes bemächtigt haben, ihre Minderheiten behandeln und noch behandeln werden, erstirbt einem jeder Einwand im Munde.

Es ist wahr. Die beiden Nationen Böhmens stehen seit tausend Jahren im Kampf. Dieser Kampf aber hat sie nicht geschädigt, sondern ihre Kräfte frisch erhalten. Dieser Kampf war recht eigentlich eine aggressive Form der fruchtbaren Symbiose. Wollte man nach Saurier-Art die Großelternpaare der Tschechen und Deutschen in Böhmen erforschen, träte eine heillose Verwirrung zutage. Rechtsherum, linksherum, alles verkehrt! – Die wesentlichste Wahrheit aber ist: Nie im Verlaufe ihrer ganzen Geschichte bis zum Ausbruch des Nationalsozialismus haben die böhmischen Deutschen separatistische Neigungen gezeigt. Nicht einmal während der hussitischen Revolution dachten sie daran, die einzigartige Einheit ihres Heimatlandes zu zerreißen und sich irgendwelchen sächsischen oder bayerischen Dynasten anzuschließen. Sie träumten in keinem Augenblick vom Norden. Sie standen mit dem Gesicht gen Süden, wie ihr geographisches Gesetz es heißt. Während Habsburgs Herrschaft waren sie in ihrer überwältigenden Mehrheit austropetal. Keiner von ihnen dachte beim Umsturz im Jahre 1918 daran, sich an Großpreußen anzuschließen, und nur ein Teil wollte beim verkleinerten Österreich bleiben. Ebensowenig verspürten diese Sudetendeutschen jemals eine Neigung zu staatlicher Selbständigkeit. Die Geschichte kennt kein sudentendeutsches Herzogtum, auch nicht im geschlossenen, dichtbesiedelten Sprachgebiet. Dieser Sachverhalt ist von höchster Beweiskraft. Er lehrt uns, daß der deutsch-böhmische Stamm keine staatsbildende Kraft hat und nur im streitbaren Zusammenhang mit den Tschechen sein Eigenwesen bewahrt. Auch für ihn ist der »Anschluß« ein widersinniger Selbstmord. Die Besten unter den Deutschböhmen haben das immer gewußt und wissen es auch heute.

Ein kultureller Selbstmord vor allem! Die Länder der Wenzelskrone mit ihrer Hauptstadt Prag sind eine eigene Welt. Zwei nationale Ursprünglichkeiten vermischten sich im Kampf und bringen einen Strom reinster Fruchtbarkeit hervor. In Böhmen lag das edle Modell des Völkerstaates Österreich. Böhmen, Mähren, Schlesien und auch die Slowakei bildeten das große Reservoir der Talente, durch deren Gaben das alte Österreich dem modernen Nationalismus so lange Widerstand leisten konnte. Ein kurzer Auszug von Namen möge jede andere Begründung ersetzen. Er beschränkt sich nur auf die neuere Zeit und erhebt auf Vollständigkeit keinen Anspruch. Aus Böhmen und seinen Nebenländern kamen im neunzehnten Jahrhundert folgende Gelehrte: der Geschichtsschreiber Franz Palacký, der Philosoph und Staatsgründer T. G. Masaryk, der Philosoph und Physiker Ernst Mach, der Philosoph, Philanthrop und Erfinder Popper-Lynkeus, die großen Lehrer des Sozialismus Karl Kautsky und Victor Adler, der Physiker und Philosoph Bolzano und Sigmund Freud, der Begründer der Psychoanalyse. Aus Böhmen und seinen Nebenländern stammen folgende große Musiker: Willibald Ritter von Gluck, Friedrich Smetana, Antonin Dvóřak, Gustav Mahler, Josef Šuk, Leos Jaňček, der Komponist der ›Jenufa‹, einer Oper, die unsterblich sein wird. Mozart und C. M. [von] Weber haben in Böhmen eine zweite Heimat besessen. Folgende Dichter und Schriftsteller höchsten Ranges sind aufzuzählen: Adalbert Stifter, Jan Neruda, Otokar Březina, der gewaltige Lyriker, Rainer Maria Rilke und Franz Kafka. Es sei auch erwähnt, daß die Familien Hugo von Hofmannsthals, Arthur Schnitzlers, Peter Altenbergs, Richard Beer-Hofmanns und Max Reinhardts aus dieser Welt stammen.

Die Namen ließen sich endlos vermehren. Doch schon diese wenigen aus einem verhältnismäßig kurzen Zeitabschnitt legen Zeugnis ab für die Eigenart und Fruchtbarkeit einer organischen Einheit, die jetzt zerrissen werden soll, zum Unheil der Deutschen nicht weniger als zum Unheil der Tschechen. Es handelt sich dabei wahrhaftig nicht allein um das tragische Los der Tschechen. Die uralte Kultur Böhmens voll mystischen Geistes und klarer Menschlichkeit, die uralte Geschichte Böhmens stirbt unter den Händen des hohnlachenden »Chirurgen« und seiner ebenso unrühmlichen wie ahnungslosen Assistenten. Unwissenheit schützt vor Strafe nicht. Das gilt nur für den Privatmann. Der Politiker bleibt straflos, wenn er nicht gerade in die Hände des feindlichen Häuptlings fällt. Der Teufel holt Böhmen. Puritanische Christen geben ihm den Segen. Wir aber wahren unsere Seele und rufen laut: Es ist ein Verbrechen an der Menschlichkeit!

Das Geschenk Israels an die Menschheit
Eine Liste mit Kommentar

Jesus von Nazareth, Christus.

Gotteskünder der Bibel: Mose, der die Zehn Gebote offenbarte. – Der Prophet Jesaja. – Der Prophet Jeremia, der für alle Zeiten Qual und Erhebung des politischen Wahrheitssagers symbolisiert. – Der Prophet Deuterojesaja, der als erster die Idee des für die Welt leidenden und sich opfernden Messias sang, den ohnmächtigen Knecht Gottes, der kein Ansehen hatte und bespien ward. – Der Prophet Ezechiel, der die ungeheure Vision der Auferstehung des Totenreiches in schaurig erhabene Worte bannte. – Der Jahvist und der Elohist, die klar erzählten die Geschichten des alten Bundes, von der Weltschöpfung angefangen bis zu König David. Sie riefen hervor die Gestalten und die Namen, mit denen die Menschen sich bis heute nennen. – Die Verfasser des Psalmenbuchs, in dessen Gedichten das religiöse Fühlen von zweieinhalb Jahrtausenden und Milliarden Seelen gestiftet wurde. An welchem Ort und an welchem Morgen auch immer ein Priester die Messe liest, lebt einer der Psalmen auf. – Der Verfasser des Buches Hiob, das die Frage nach dem Übel in der Welt erschöpfend stellt und unübertroffen beantwortet, zum Trost unzähliger Generationen. Ohne Hiob gäbe es keinen Sinn im Leiden, gäbe es weder Goethes ›Faust‹ noch auch Dostojewskis ›Idioten‹ und ›Brüder Karamasow‹. – Der Verfasser des Hohenliedes, der Dichtung, in der zum erstenmal die Geschlechtsliebe in die seelische Sphäre gehoben wird. Ohne sie gäbe es nicht ›Romeo und Julia‹ und nicht ›Tristan und Isolde‹. – Der Verfasser des Kohelet, der die Form der Aphoristik begründet und als Vorbild illusionsfreier Lebensweisheit in die Zeiten hinauswirkt, von Marc Aurel bis Nietzsche. – Die Evangelisten: Markus, Matthäus, Lukas. – Petrus, der Führer und Fels, auf dem die Kirche steht. – Paulus aus Tarsos, diese Wundermischung des größten Theologen und größten Geistespraktikers, der als einzelner, kranker und schwacher Mann das römische Weltreich zerstörte, indem er die christlichen Urgemeinden wie Dynamitkapseln zwischen die Quadern des Riesenbaus zwängte. – Johannes auf Patmos, der Mann der Apokalypse, dieser bildertrunkenen Geheimschrift, von der nicht nur alle europäische Mystik herstammt, sondern der chiliastische Schwung jeder Revolution, bis zur Französischen.

Die nach- und außerbiblischen Gotteskünder und Weisen:

Hillel, das Haupt einer berühmten Schule. Hundert Jahre vor Christus lehrte er, daß sich der ganze Sinn der heiligen Schrift in den Worten erschöpfe: »Liebe deinen Nächsten wie dich selbst.« Er prägte auch das Sprichwort: »Was du nicht willst, daß man dir tu, das füg' auch keinem anderen zu.« – Philo von Alexandrien, der vornehmste Assimilant seit dem ägyptischen Joseph. Er versuchte eine philosophische Brücke zu bauen zwischen der biblischen und der platonischen Lehre. Damit begründete er ein klassisches Verfahren des Ausgleichs zweier heterogener Welten, das auf die europäische Kultur unabsehbaren Einfluß gewann, wie das Schaffen Goethes es beweist. – Die großen Rabbinen Gamaliel, Rabbi Akiba, Jochanan ben Sakkai. Diese Riesengestalten retteten die Schrift und das Gesetz aus dem Zusammenbruch nach der Zerstörung Jerusalems unter Titus und legten den Grund zum talmudischen Werk.

Basilides und einige andre Gnostiker, tiefe Denker und Theosophen, die auf die Geistesgestaltung der späten Antike starke Wirkung übten. – Moses Maimonides, der Archiphilosoph des jüdischen Mittelalters, dessen Leistung in der Welt unsterblich fortbesteht, weil das Werk Thomas von Aquins ihr zu großem Dank verpflichtet ist. – Isaak Lurja und die Kabbalisten. Das Buch ›Sohar‹ ist neben der ›Offenbarung‹ Johannis der Hauptquell westlicher Initiation und tönt bis ins achtzehnte Jahrhundert nach. Tauler, Jakob Böhme, Angelus Silesius und Swedenborg sind ohne die Kabbala ebensowenig zu denken wie der Rationalist Comenius, die Rosenkreuzer, die Alchimisten, die Illuminaten und schließlich die Freimaurer. – Baruch Spinoza, der Brillenschleifer, dem Anschein nach ein Apostat. Er übersetzt das fromme Hebräisch seiner Seele in das kristallene Philosophenlatein des neuen antitheologischen Zeitgeistes. Was er für die Entwicklung des europäischen und insonderheit des deutschen Geistes bedeutete, erhärtet der Name seines größten Verehrers und Jüngers: Goethe.

Weise, Gelehrte, Empörer und Propheten der neueren Zeit: Unter den Aufklärern Moses Mendelssohn, dessen sanfte kluge Wesenheit das Vorbild darbot für Lessings Meisterwerk ›Nathan der Weise‹. – Die Kirchenväter des Sozialismus, Moses Heß, Karl Marx, Ferdinand Lassalle. Sie nannten sich »historische Materialisten«. Das aber, was man gemeiniglich Materialismus nennt, war weniger ihres Wesens als das Wesen der völlig säkularisierten, d. h. von der Religion abgefallenen europäischen Umwelt. Ohne es zu ahnen, schufen sie in der irreligiösen Form des neunzehnten Jahrhunderts eine Metastase der Religion, denn auch sie übersetzten nur in die Sprache des Zeitgeistes die angeerbte urbiblische Forderung nach der Befreiung der Menschenseele von jeglicher Sklaverei durch niedrige dämonische Mächte. Sie entfesselten damit die zweite entscheidende Weltbewegung nach Christus. Alles Zeitgeschehen ist von ihr abhängig, ob es sie fanatisch bejaht, ob es sie blutig haßt und auszurotten sucht. – Folgende Philosophen und Gelehrte der letzten Generationen: Hermann Cohen, der, ein zweiter Philo, die Ethik der Bibel mit der Lehre Kants in Übereinstimmung zu bringen suchte. – Henri Bergson, der die moderne Philosophie aus der Umklammerung der kantianischen Scholastik befreite und ihr den Mut, Weltweisheit zu sein, wiedergab. Edmund Husserl, der Phänomenologe, ein radikaler Erneuerer und Vertiefer in der »Anschauung« der Wirklichkeit. – Der Arzt Ehrlich, unermüdlicher Wohltäter der Menschheit, Drachentöter der Syphilis. – Albert Einstein, der Physiker. Ein Brennpunkt des sich in der menschlichen Vernunft offenbarenden Weltgeistes. Nach Ptolemäus, Kopernikus, Kepler, Newton bringt er als erster wieder einen völligen Umsturz unsrer kosmischen Vorstellungen, einen Umsturz, der noch manches Jahrzehnt brauchen wird, um sich zu vollenden. – Sigmund Freud, ein neuer Hermes Psychopompos, Geleiter der Seelen in die Unterwelt ihres Selbst. Auch er, antireligiös wie Marx, führt nur den religiösen, den biblischen Auftrag seines Blutes aus in den Formen von Heut und Hier: Im finstern, im heidnischen (unbewußten) Bezirk der Seele wirken falsche Mächte, Abgötter, Götzen. Durch Beschwören und Bekennen gebannt, werden sie ans Licht der Vernunft gehoben und damit aufgehoben. In einem Beicht- und Bußritus entsühnt sich die kranke (die gottverlassene) Seele zu Reinheit und Gesundheit. Das Gewand der »vorurteilslos kritischen Wissenschaft« verhüllt eine religiöse und ethische Prozedur der Reinigung, die dem biblischen Fühlen genau entspricht. In ihr liegt die vielleicht tiefste Ursache des weltumspannenden Einflusses, den Freud und die Psychoanalyse gewann.

Die Musik: Die Bibel ist das einzige Dokument der Antike, in der uns ein reich besetztes Orchester begegnet, vorzüglich in der Erzählung vom Tempelbau. Trompeten und Posaunen werden erwähnt, mehrere Arten von Holzbläsern, Harfen und andre Saiteninstrumente, Tamburins, Kessel- und Handpauken. Zugleich lernen wir ein wohlausgebildetes Chorwesen kennen, nach Stimmgruppen geordnet, das einem eigenen Stamm anvertraut ist, den Kindern Asaphs. Die geheimnisvollen Bezeichnungen der Baemen verraten ferner, daß die Aufführungen dieser Berufsmusiker unter der Leitung von »Sangesmeistern« standen, den Dirigenten dieses großen Klangkörpers, und daß eine reiche und vielfarbige Formenwelt im Sinne von Intonation, Tempo, Instrumentation vorhanden und festgelegt war. Das Psalmenbuch ist zugleich eine große Sammlung von Partituren, von denen wir nur die kaum verständlichen Überschriften lesen können, die uns die Tonart der einzelnen Stücke und die berühmtesten Komponisten nennen. Die Gelehrten gehen angesichts dieses überzeugenden Materials gewiß nicht fehl, wenn sie in den geistlichen Konzerten des alten Tempels die ersten Anzeichen einer polyphonen Vokal- und Instrumentalmusik in der Geschichte zu vermuten meinen, einer Musik jedenfalls, die selbständiger und verzweigter gewesen sein muß als die viel spätere der griechischen Tragödie. Der Tradition gemäß hat sich diese Musik durch die christlichen Urgemeinden ins Abendland gerettet, um dort, mit hellenistischen Elementen vermischt, im gregorianischen Gesange neu zu erblühen. Da dieser aber der Vater aller europäischen Musik ist, kann man mit Fug die althebräische ihre Mutter nennen. – Der wesentliche Beitrag Israels zur neueren Musik beginnt mit einem Nichtmusiker, mit Lorenzo Da Ponte, der Mozart die dichterische Gelegenheit für seine Opern schuf: ›Le nozze di Figaro‹ und ›Don Giovanni‹. – Felix Mendelssohn-Bartholdy: Seine Musik zum ›Sommernachtstraum‹, das unbegreifliche Werk eines Knaben, legte den Grund zur musikalischen Romantik. Ohne den Elfenreigen aus dieser Suite wäre Schumann nicht zu denken, weder Berlioz (›Fee Mab‹) noch das Schneetreiben von Achteln und Sechzehnteln in Verdis ›Falstaff‹. Mit Mendelssohns ›Hebriden‹ und seiner ›Fingalsgrotte‹ beginnt die Landschaftsmalerei in der Musik. Sie erwecken die Tongemälde Wagners und wirken unerloschen nach in den Sirenenrufen und im Brandungstaumel Debussys. Dieser edle und reine Künstler hat überdies Johann Sebastian Bach der völligen Vergessenheit entrissen und als erster dessen ›Matthäuspassion‹ zur Aufführung gebracht. – Giacomo Meyerbeer, der gekrönte König der Großen Oper, der Richard Strauss seines Jahrhunderts. Er mischte bis dahin unbekannte Farben und Ekstasen. Auf ihm beruht in unzähligen Einzelheiten die ganze moderne Instrumentationskunst. Darüber hinaus fielen ihm Melodien ein, die leben. Eine davon in Ges-Dur aus den ›Hugenotten‹ wurde richtunggebend für die wagnerische Diktion und die gesamte Nachfolge. Wagner bewunderte ihn zuerst, um ihn dann als Gottseibeiuns des »Judentums in der Musik« zu hassen und zu zwacken. Es ist wahr, Meyerbeers Texte sind alle auffällig zusammengeflickt, großsprecherisch, langatmig und voll leeren Schaugepränges. Das aber ist mehr die Schuld Scribes und andrer Scribenten der Librettofabrik. Seine geschichtlichen Stoffe sind immer wieder religiöser Natur. In diesem tiefen Ernst eines leichtfertigen Spiels offenbart sich, jenseits jeder Absicht, das Gesetz seines Blutes. – In Jacques Offenbach erreicht die von Juden geschriebene europäische Musik ihren Gipfel. Er beherrscht seine Zeit unter der Maske ihres maître de plaisir. Er richtet diese Zeit, indem er sie zum Tanzen bringt. Alles bei ihm ist luftiger, fegender Rhythmus, und doch bebt sein Lied von der keuschesten Melodie. Dieser größte aller Irreführer galt als lasziv, brünstig, unanständig. Nach Wagners bösem Wort ging von ihm Wärme aus, aber die Wärme des Düngerhaufens. So betrog er, ein unenträtselbarer Dissimulant, die Welt, die er entzückte. Erst in den nachgelassenen ›Hoffmanns Erzählungen‹ lüpfte er einen Zipfel seiner Unterwelt, die anders aussah als die, in die sein Orpheus hinabsteigt. Offenbach und sein Dichter Ludovic Halévy schufen in ihren Travestien der Götter und Helden eine verwegene dramatische Form, die eine unübersehbare Literatur einschließlich Bernard Shaws hervorgerufen und zugleich ein für allemal übertroffen hat. – Gustav Mahler ist nach Beethoven, Brahms, Bruckner der letzte große Symphoniker der deutschen Musik. Er singt in sehr seltsamer Weise den Schwanengesang der österreichischen Völkergemeinschaft in der geliebten Landschaft. Das Ende fühlend, nimmt er in seinem schönsten Werk als ruheloser Wanderer Abschied von der ganzen »lieben Erde«. Seine langen erschütternden Melodien gehn den Aufgeschlossenen in einer erhebenden Art an die Nerven. Mahlers starke Auswirkung wurde durch die deutsche Verfemung unterbrochen.

Schriftsteller und Dichter in enger Auswahl: Jehuda ben Halevy, ein Stern der Treue. – Heinrich Heine, einer der größten Lyriker aller Zeiten und Völker. Neben Goethe war er es, der die bei weitem reichste Anzahl deutscher volkstümlicher Gedichte schuf. Da Schubert, Schumann und unzählige andere seine Verse vertonten, ist er einer der Erzväter des »deutschen Liedes« geworden. Seine letzten Gedichte, eigentümlich aufgelockerte Sprachgebilde, die in ihrem Realismus vor keiner nackten Bezeichnung zurückschrecken, leiten die lyrische Revolution des neuen Zeitalters ein, auf die Dichtung aller Völker Einfluß übend. – Ludwig Börne, Heines Feind, ein Prosaist von stärkstem Charakter, Polemiker und Satiriker. Sein Deutsch ist makellos und voll gegenwärtigen Lebens. – Jaroslav Vrchlicky, der große tschechische Sprachschöpfer, der dieser Sprache durch seine schier unendliche Arbeitskraft die Weltliteratur erschließt. – Der weltberühmte Däne Georg Brandes. Sein Name steht hier für viele andere seinesgleichen, die als scharfe wägende Geister Kritiker und Künder der Großen sind, die durch eine einzigartige Einfühlungskraft die Verbindung von Volk zu Volk schlagen und dadurch der Erkenntnis und Selbsterkenntnis des Menschengeschlechtes dienen. – Paul Heyse, der erste Nobelpreisträger, ein heute verkannter und vergessener Dichter, dessen Novellen und Vers-Epen durch ihre klassizistische Form erstaunliche Abgründe der Seele verbergen. – Hugo von Hofmannsthal, der edelste aller österreichischen Poeten. Sein geistiger und seelischer Organismus ist ein Wunder an Feingefühl, unbestechlichem Takt und an einer humanen Bildung, die der heutigen Generation unbegreiflich ist. – Marcel Proust, Erneuerer des modernen Romans. Auf der Suche nach »der verlorenen Zeit« erreicht seine Introversion den Grad einer Genauigkeit, die ebenso beispiellos wie bestürzend ist. Seinen Einfluß auf das Schrifttum kann man noch gar nicht abschätzen. – Arthur Schnitzler, Arzt und Naturforscher unter den Dichtern. In Dramen und Novellen gestaltet er die Agonie des Wiener Bürgertums. Seine ›Liebelei‹ ist eine unvergängliche Volksballade der kleinen Leute und der großen Liebe in Wien. – Jakob Wassermann, ein unerschöpflicher Märchenerzähler unseres Lebens. Seine Erfindungsgabe wetteifert mit der moralisch-künstlerischen Mühe seiner Arbeitsleistung, die immer wieder, der ererbten Natur hörig, um die Idee der Gerechtigkeit kreist. – Franz Kafka, der jung starb, hat nur ein fragmentarisches Werk hinterlassen.

Wer aber dieses Werk wirklich kennt, muß in Kafka einen der unerbittlichen Geister aus der Reihe Pascals und Kierkegaards verehren; er muß vor einem ganz und gar neuartigen Künstler in Staunen verfallen, der die Ergebnisse seines tödlichen Seelenkonflikts, Gleichnisse und Bilder von schwindelerregender Tiefe, in die bescheidenste Darstellung, in die einfachste Sprache kleidet.

Damit endet unsere Liste, die auf die Nennung der lebenden Meister sowie auf die Charakterisierung von Männern der Tat wie Disraeli, Manin, Sonnenfels, Herzl, Rathenau und vieler anderer bewußt verzichtet. Sie wurde ohne jeden Behelf, nur »aus dem Kopf« auf das Papier geworfen und ist daher notwendig voll von Lücken und wahrscheinlich auch voll von Ungenauigkeiten. Malerische Begabungen hoher Ordnung wie zum Beispiel Israels und Max Liebermann wurden gar nicht erwähnt, ebensowenig wie di minorum gentium der Musik Halévy, Rubinstein, Goldmark, Hiller, Bruch, Franchetti, Wolf-Ferrari, Schreker, ganz zu schweigen von bedeutenden Neuerern wie Schönberg.

Der Beitrag Israels zur Menschheitskultur besteht aber nicht nur aus den namhaften Werken, sondern mehr noch aus dem Phantasiegut, das namenlos die Welt durchdringt. Wo wäre, um nur das Wichtigste zu nennen, die gesamte Malerei Europas ohne biblische Stoffe? Wo wäre der blinde Isaak, wo der weinende Saul Rembrandts? Doch auch alle Sprachen würden um Hunderte von wuchtigen und geisterfüllten Bildern ärmer werden, deren Herkunft den Menschen jeglicher Zunge nicht mehr bewußt ist. Betrachten wir einmal Israel ohne metaphysischen Hintergrund nur als Volk unter Völkern. Ein kleines Volk wahrscheinlich, nur halb so groß ungefähr als die polnische oder rumänische Nation, von denen es tief verachtet wird. Ein dunkles Gebot zwingt dieses Volk ohne Land und ohne Sprache, alles, was im Geiste sein ist, an andere zu verschenken und nichts für sich selbst zu behalten. Das große Warum seines nimmermüden Herzens findet stets dieselbe Antwort: Austreibung und Wanderschaft. Israel ist wieder einmal im Aufbruch, den Sack auf dem Rücken und in der Tasche keinen gültigen Paß. Ängstlich tritt es unter die guten Völker, die ihm noch Einlaß gewähren (wie lange?) und hebt die Hände. Es bittet um sein Leben, das nur in der Gunst besteht, das Gut seiner Seele verschenken zu dürfen und nichts für sich zu behalten.

Heimkehr ins Reich

Dies ist die Fastnacht der tollen Verdrehungen. Die Begriffe sind seekrank geworden. Rechtsherum, linksherum, alles verkehrt. Das Älteste funkelt uns plötzlich jugendlich an, das Neue, soeben noch triumphierend, liegt da in welker röchelnder Agonie. Wahrhaftig, Rechts und Links, diese braven Ausgeburten der klassischen Parlaments-Geographie, sind durcheinandergeschüttelt worden bis zur Unkenntlichkeit. Der Geist der Geschichte spielt Blindekuh mit uns. Eine der tollsten Verdrehungen lautet: »Heimkehr ins Reich«. Erfunden wurde die Formel am elften März 1938 von Großpreußen und gemünzt wurde sie auf Österreich. Was aber ist das Reich? Und wer kehrt heim?

Vor mehr als hundertunddreißig Jahren verschwand der Name des Heilig Römischen Reiches Deutscher Nation von den Tafeln der Geschichte. Dieses gewaltige Ereignis vollzog sich auf dem Höhepunkt der napoleonischen Epoche ziemlich unauffällig dadurch, daß sich die österreichische Monarchie von den deutschen Stammesfürstentümern und Kleinstaaten, mit denen sie bis dahin in einem traditionsmorschen Zusammenhang geblieben war, nun vollständig lostrennte. In Wirklichkeit jedoch bestand jenes heilige Imperium Romanum in Gestalt des österreichischen Kaisertums lebendig fort; es hatte sich nur, in Verteidigung gedrängt, auf die Linie des geringeren Widerstandes zurückgezogen und seine Kräfte gesammelt: Das Palladium der Reichsidee blieb einzig innerhalb seiner Grenzen, wenn auch verborgen und beinahe vergessen. Jenseits der Grenzen aber, in deutschen Landen, die das dämonenbannende Palladium verloren hatten, entwickelte sich die Kraft der uralten losgebundenen Gegengötter, die sich des geheimnisvollen Zwangs nun und für immer ledig glaubten. 1813, das Jahr der »nationalen Erhebung«, und die deutsche Romantik in vielen Erscheinungen sind Stufen dieser Entwicklung, die schon ein halb Jahrhundert früher von dem Deutschenhasser Friedrich dem Zweiten eingeleitet worden war, diesem totalsten aller Zyniker der Macht. Jene alten Dämonen aber, die einst Karl der Große und Bonifatius ausgerottet hatten, rissen unter dem neuen Namen des Nationalismus die Herrschaft an sich, und sie zögerten nicht, je nach Bedarf sich mit den modernsten Geistesströmungen der Naturwissenschaft und des werdenden Sozialismus zu verbünden. Sie sind es auch, die dem deutschen Nationalismus jene menschenfresserischen Ober- und Untertöne verleihen, jene überhebliche Giftigkeit und verbissene Rauflust von Anfang an, die man z. B. in dem edeln und großmütigen Risorgimento der Italiener vergeblich suchen wird. Da die Deutschen sich seit Luther Schritt für Schritt von der übergeordnet universalen Reichsidee abgewandt hatten, mußte es so kommen und nicht anders. Traurig ist es nur, daß sich die kleinen Völker zwischen Alpen und Karpaten keinen besseren als diesen deutschen Nationalismus zum Muster ihres eigenen Erwachens nehmen. Die Geschichte ihres Erwachens ist zugleich die Krankengeschichte des alten Reiches.

Ich gehöre nicht zu den Deterministen, die jedes Faktum für unausweichbar halten und im Zuge der Weltgeschichte kein »Wenn« und kein »Hätte« gelten lassen. Meiner Überzeugung nach wäre der Krieg von 1914 leicht zu vermeiden gewesen. Die Schuld an ihm trug eine ebenso schwächliche wie kraftmeierische, von Großpreußen gegängelte Oberschicht in Wien, von der ein Teil sich jetzt logischerweise des leidenschaftlichsten Führerkults befleißigen soll. War aber der verbrecherische Krieg nicht aufzuhalten, hätte sich nicht wenigstens Saint-Germain vermeiden lassen, dieser Schädelgrundbruch Europas? Wer trägt die Schuld an der Zerstörung? Man kann nur entgegnen: Schuld an dieser Zerstörung trägt die Ohnmacht des menschlichen Intellekts, der eine politische Situation nicht für drei Wochen, geschweige denn für ein Jahrzehnt vorausberechnen kann. Weder Sieger noch Besiegte ahnten in ihrem Rausche, in ihrer Not, daß die Vernichtung des uralten Imperium Romanum in Gestalt des österreichischen Völkerstaates gar bald ihre eigene Vernichtung nahe bringen würde. Und doch! Vielleicht ist es gut so. Vielleicht müßten wir singen: Jubilate, exsultate! Erst unser Leiden, erst die tragische Katharsis, durch welche nicht nur die Österreicher, Verbannte daheim und hier, hindurchgehen müssen, sondern ebenso Tschechen und Ungarn, erst dieses Reinigungsfeuer läßt in Tausenden Seelen die Idee des völkerverbindenden Reiches als Sehnsucht und als Notwendigkeit auferstehen.

Ideae ante res, heißt es. Man kann den antiken Satz erweitern: Ideae ante et post res. Denn Ideen sind nichts anderes als dauernde geistige Gestaltungsprinzipien, die sich – wenn auch zeitweilig scheinbar aufgehoben – die Wirklichkeit immer wieder und in immer neuen Formen unterwerfen. Ein blanker Nationalstaat ist noch lange kein Reich, mag er auch über Kolonien gebieten. Erst das Hinzutreten eines geistigen Gestaltungsprinzips, einer übergeordneten Idee, einer allmenschlichen Sendung, der er machtvoll und bewußt dient, erteilt ihm die Weihe des Reiches.

Doch noch in dem kleinen, verstümmelten Österreich nach 1918 war irgendwo das Palladium verborgen. Die wenigsten wußten darum, aber in dem, was man österreichische Menschlichkeit, Ironie, Anmut nannte, tat sich die Ahnung des verschollenen Heiligtums kund. Die Preußen, die frech die alte Kaiserkrone geraubt haben, sie werden den unsichtbaren Schatz nicht finden.

Das Reich, von dem wir hier als von einer dauernden Idee im Wandel der Formen reden, hat ein Emigrant gegründet, der fromme Troerheld Aeneas, der, aus Ilions Zusammenbruche fliehend, nach hundert Grenzgefahren, Aufenthaltsschwierigkeiten und, wie es sich für einen erfahrenen Réfugié gehört, nach Kenntnisnahme der Unterwelt endlich an Latiums Küste landete. Nicht sein eigener Machttrieb, sondern die Vorsehung, der Wille der Götter bringt den oft Widerstrebenden durch Kampf und Elend ans Ziel, wie's uns Vergil in reinen und süßen Versen lehrt. Sonderbare Sage! Nicht in Blut und Boden, nicht in Art und Rasse liegt der Ursprung des weltbeherrschenden Roms; nein, ein ganz und gar Fremder kommt übers Meer gefahren, ein Asiate, ein Entblößter, ein Verhärmter, ein Umhergejagter ohne irdische Heimat mehr. Nach den kleinbürgerlichen Vorstellungen, die heute allgültig sind, ist dieser Mann demnach etwas höchst Verdächtiges, ja sogleich Auszuweisendes. Nichts andres nennt er sein als eine göttliche Sendung, einen prophetischen Geist und eine in der Unterwelt erprobte Seelenkraft. Dieser zarte Troer und kein Machtlümmel oder Muskelflegel der latinischen Gefilde wird Stifter des wahren Imperiums, das von Romulus zu Cäsar, von Augustus zu Karl dem Großen und von diesem bis zu den letzten Habsburgern reicht. Was will uns die Mythe heimlich damit anvertrauen? Sie lehrt, daß derjenige, welcher auserkoren ist, vor Gott und Menschen die legitime Macht auszuüben, von anderswoher kommt, durch Not und Tod gegangen ist und die Prüfungen des Exils bestanden hat. Sie lehrt ferner, daß nur jener das Recht besitzt, das bindende, ausgleichende Imperium über Völker und Rassen zu errichten, der in sich selbst die Volkheit überwunden, der das sacrificium nationis gebracht hat. Als Aeneas den Fuß auf italienischen Boden setzte, hatte er den Troer für immer abgetan.

Sacrificium nationis, die Aufopferung der dämonischen, erdgebundenen, blutbedingten, ehrgeizzerfressenen Triebe unserer Seele zugunsten einer höheren, weltumspannenden Einigung, ist das nicht die ewige Reichsidee, die Idee Österreichs? Hatte nicht der »Gelernte Österreicher« in sich die Volkheit des Deutschen, Tschechen, Slowenen usw. überwunden, um ein neuer Mensch zu werden, farbloser vielleicht, aber freier und gerechter als vorher? Menschen dieser ideal abstrakten Art waren Prinz Eugen, Grillparzer, Franz Joseph, doch ebenso auch Th. G. Masaryk, den das Schicksal dazu bestimmt hatte, die letztvergangene Erscheinungsform des Reiches zu zerstören. Neben diesen symbolischen Leuchten aber wirkten abertausend Namenlose jeglicher Art und Rasse, die vielgeschmähten »Hofräte«, welche das Wunderwerk jener gerechten, supranationalen Verwaltung schufen, vor dem sich selbst ein fanatischer Anhänger der italienischen Revolution wie Stendhal vorbehaltlos beugte.

Die erwachenden Nationen haben das Werk vernichtet, Zug

um Zug. Zuletzt drangen die gottlosen Horden, von denen der Aufruhr gegen den allmenschlichen Geist ausging, grölend, plündernd, mordend in Wien ein. Sie löschten nicht nur die Existenz, sondern sogar den Namen Österreichs aus, denn in der dumpfen Angst der Missetäter fürchten sie selbst das Wort, das ihr Verbrechen anklagt. Sie fürchten den Namen mit Recht. Die Idee, die er ausdrückt, ist, mächtiger als je, bereit, Wirklichkeit anzunehmen.

Wir wissen nicht, in welcher Gestalt das alt-neue Reich sich erstrecken wird. Wir wissen aber, daß es zwischen Rhein und Schwarzem Meer unter dem ungeheuren Atmosphärendruck von Terror und Verzweiflung hervorwächst wie ein Kristall, von Tag zu Tag. Wir wissen nicht, mit welcher politischen Form und Verfassung das Reich ins Leben treten wird. Wir wissen aber zumindest, daß die totale Hysterie des Nationalismus und die kriminelle Pöbelherrschaft gebrochen sein werden, wenn es aufersteht. Wir wissen aber noch mehr. Die Schäden und Übel der vergangenen Erscheinungsform Österreichs, die aus der Feudalzeit mitgeschleppten Privilegismen und Halbheiten, werden nicht mit auferstehen. Die allmenschliche Idee in ihrer fortgeschrittenen Ausprägung will nicht nur ein supranationales, sondern ein wahrhaft soziales Reich schaffen, das erste soziale Reich auf Erden vielleicht, unabhängig von Klassenherrschaft und ökonomischen Theoremen, eine Gemeinschaft der f r e i e n Seelen, die lang erträumte civitas humana.

Wie reich sind wir doch in unserm Exil, wie lang auch immer es dauern möge, reicher als andre! Denn in einer Welt der vollkommenen Verwirrung und Verdrehung wissen wir, festen Glaubens und Willens, w o h i n wir heimkehren werden.

Unser Weg geht weiter

Es ist nicht leicht für mich, über das zu sprechen, was brennt wie Feuer. Ich bin nur einer von jenen Hunderttausenden, welche das betäubende Schicksal unseres Stammes an sich selbst erlitten haben, einer von jenen Unzähligen, denen ihr früheres Leben in schmerzlichen Nebel sich aufgelöst hat, Heimat, Sicherheit, Haus, Besitz, Familie, Werk und Namen. Immer wieder gilt es, Antwort zu geben auf die furchtbare Frage: »Was sollen wir tun?« Ich kann nur zaghaft versuchen, der anderen Frage ins Antlitz zu schauen: »Wie sollen wir es verstehen?«

Wie sollen wir verstehen, was da geschieht, beinah schon seit einem Jahrzehnt? Wie sollen wir diesen Haß des Abgrunds verstehen, der sich schrecklicher als je um eine Menschenart sammelt, die einige Jahrtausende schon ihr Leben unter den Völkern erhält? Antisemitismus? Was für ein törichtes, schwaches und ungenaues Wort für dieses diabolische Phänomen! Die Juden, diese Blutzeugen der Rassentheorie, mögen sein, was sie wollen, eine Rasse sind sie nicht. Das beweist in seinem Wirken kein Geringerer als Professor Günther, das Oberhaupt der nationalsozialistischen Rassenforschung. Beruht also der Antisemitismus nur auf ökonomischen und soziologischen Ursachen? Sind die jüdischen Kaufleute, Industrielle, Bankiers etc. ausschließlich als Parasiten reich geworden, während die nichtjüdischen Millionäre ihr Geld einzig und allein durch Ethik verdient haben? Ich habe gefunden, daß in der Welt seit eh und je zwei schlimme Märchen umgehen: Erstens, daß die Juden so besonders reich, und zweitens, daß sie so besonders gescheit sind. Der Haß ruht immer auf einer Überschätzung des von ihm gewählten Objekts. Oberflächlich gesehen, spielen Artverschiedenheit, Konkurrenz, Neid, die sogenannten biologischen Gründe eine Rolle im Antisemitismus, sie erklären ihn aber keinesfalls. Sie sind das moderne Kostüm einer tausendjährigen Erscheinung, die sich den historischen Bedingungen gemäß immer anders zu verkleiden wußte.

In früheren Zeitläuften war der Judenhaß jeweils provinziell begrenzt. Heute, in unsrer technischen Zeit, ist er planetar. Möge niemand glauben, daß es auf dieser Erde einen Fußbreit gesellschaftlichen Bodens gibt, der nicht vulkanisch unterwühlt ist! Möge niemand mutmaßen, daß hier oder dort, wo Juden leben, nicht dasselbe geschehen könne wie in Europa. Es kann geschehen, schlimmer noch und in unbekannten Ausmaßen. Wie also sollen wir diesen unwandelbaren Haß verstehen? Ich werde so unbescheiden sein, einige Zeilen zu zitieren, die ich vor mehr als zwanzig Jahren niedergeschrieben habe. Sie lauten: »Israel hat der Welt einen Gott geschenkt. Jedes Geschenk bedeutet eine Art von Demütigung des Beschenkten. Proportional mit der Größe der Wohltat wächst der seelische Widerstand des Empfängers.«

Israel hat der Welt einen Gott geschenkt, ohne es selbst zu wollen. Es ist ein merkwürdiger Gott, ein Gott, der im aufreizendsten Widerspruch steht zu allen anderen Göttern vor ihm. Diese babylonischen, ägyptischen, griechischen Gottheiten gaben sich zufrieden mit den ihnen gewidmeten Opferdiensten und Mysterien, sie griffen sozusagen nicht über ihr Fach als Götter hinaus. Israels Gott hingegen greift unablässig über sein theologisches Fach hinaus. Er stellt das Menschentier auf den Kopf. Er ist ein ewiger Forderer. Da fordert er z. B.: »Du sollst deinen Nächsten lieben wie dich selbst.« »Warum soll ich meinen Nächsten lieben«, fragt das Menschentier im Naturzustand, »ich muß mich ja vor diesem bösen Kerl verteidigen und auf meiner Hut sein?« Der Forderer aber fordert noch Verrückteres: »Du sollst den Lohn des Arbeiters nicht nach Sonnenuntergang im Hause behalten!« »Du sollst den Fremdling, der in deinen Toren weilt, nicht unterdrücken!« Dem Menschentier im Naturzustand brummt der Kopf von all diesem »Du sollst – Du sollst – Du sollst«. »Wen andern bitte soll ich unterdrücken«, fragt es naiv, »als den Fremdling in meinen Toren? Er hat ja keine Waffen und ist schwach.«

In seiner evangelischen Ausweitung wird Israels Gott noch paradoxer: »Liebe deine Feinde«, befiehlt er, »verzeihe denen, die dich hassen! Wenn dich einer auf die rechte Backe schlägt, so reiche ihm die linke dar!« Das Menschentier blinzelt hilflos. Diese Forderungen sind praktisch so unerfüllbar, daß sie gerade dadurch eine mythische Heiligkeit gewinnen.

Seit zweitausend Jahren ist Israels Gott mittels der großen biblischen Religionen der offizielle Gott der Erde. Das heißt, seit zweitausend Jahren bestimmt der jüdische Geist die innere Haltung und das moralische Schicksal der wichtigsten Nationen. Der jüdische Geist ist ein paradoxer Geist. Er will den natürlichen Menschen vom Zwang der Natur befreien und ihn zum Ebenbild dessen emporheben, was er als das nächste Gute und Heilige erträumt. Zweitausend Jahre schon seufzt der natürliche Mensch, »der Mensch der Völker«, »der Goj« unter diesem ihm aufgezwungenen Paradox des ewig unerfüllbaren »Du sollst – Du sollst – Du sollst«. Er sehnt sich danach, das zu sein, was er ist, Natur, ein Wesen jenseits von Gut und Böse, spielend-schöpferische Kraft wie Meer und Wolken, Fluß und Gebirg. Die Wissenschaft kommt seiner dumpfen Rebellion zu Hilfe. Sie hat ihm die metaphysischen und theologischen Hemmungen aus dem Weg geräumt. Die Philosophie der letzten Generationen vollendete das Befreiungswerk. Man denke nur an Nietzsche! Und jetzt ist der technische Fortschritt sein stärkster Verbündeter im Kampf gegen die alten Werte. Als eine soziale Revolution von ungeheurer Tragweite erscheint uns das, was heute in der Welt vorgeht. Es ist auch in der äußeren Form eine soziale Revolution. In der innersten Wirklichkeit ist es viel mehr. Es ist der gewaltigste Religionskrieg aller Zeiten, den die Menschheit gegen das zweitausendjährige Paradox führt, gegen Israels Geist, den biblischen Geist in all seinen Ausprägungen. Keine schrecklicheren Kriege kennt die Geschichte als Religionskriege. Und nun begreifen wir auch, warum der moderne Antisemitismus, der Judenhaß unserer Tage so unausdenklich grauenhafte Formen annimmt.

Es geht diesmal nicht wie früher um Entrechtung und Ausplünderung von jüdischen Volksteilen in gewissen Ländern. Es geht um weit mehr. Es geht um alles. Das Ziel des Feindes ist die völlige Ausrottung des jüdischen Geistes von diesem Planeten, und zwar in all seinen Formen und Konsequenzen. Damit aber Israels Gott und Geist von diesem Planeten verschwinde, muß vorerst der physische Träger dieses Geistes bis zum letzten Mann vernichtet sein, das jüdische Volk. Denn solange noch ein einziger Jude lebt, kann die Flamme des fordernden Geistes weiterzünden. Hierin sieht der Judenhaß diabolisch klar. Wie Israels Geist seinen physischen Träger, so besitzt auch der Antisemitismus den seinen. Dies ist nicht nur der Nationalsozialismus, der Faschismus in seinen verschiedenen Farben, es ist ein neuer biologischer Typus der heutigen Jugend, der sich quer durch alle Kontinente und Völker und Klassen erstreckt. Man kann diesem neuen Typus dutzendweise auf der Straße begegnen. Er wartet hier und überall auf seine Stunde. In meinem letzten Buch habe ich diesen Typus »den motorisierten Golem« genannt. Er träumt mit sonderbarem Fanatismus von einer wertfreien, geist- und seelenlosen Welt, die einer technisch durchorganisierten Gefrier-Hölle gleicht. – Gegen diesen entsetzlichen Feind geht der Krieg. Er ist wahrhaftig ein heiliger Krieg. Wie furchtbar nur, daß die Fronten so sehr verwischt sind und daß der Feind überall in den eigenen Reihen steht. Im vordersten Sturm dieses heiligen Krieges kämpft England. (Ist es nur ein symbolischer Zufall, daß die Puritaner den Ursprung der britischen Nation von den zehn verlorenen Stämmen Israels herleiten?) Fällt England, so fällt die amerikanische Demokratie. Fallen England und die amerikanische Demokratie, so hat die letzte Stunde des jüdischen Volkes geschlagen und sein langer Wanderweg hat das Ende erreicht. Sinkt das Judentum dahin, so verblassen die christlichen Kirchen zu leeren Schatten und verschwinden schnell. Die Anstrengung jeder geistigen Kultur wird abgeworfen, und der Mensch darf wieder sein, was er auf seiner niedrigsten Stufe war, ein technisch begabtes Tier.

Es darf nicht geschehen! Dieser verzweifelte Schrei entringt sich unsrer Brust. England darf nicht fallen! Die amerikanische

Demokratie darf nicht nachstürzen. Der Weg des jüdischen Volkes, des biblischen Geistes darf nicht zu Ende sein! Wir Juden kämpfen heute mehr als um den Bestand unserer Gemeinden in der Diaspora, um mehr als um das Aufbauwerk in Palästina, ja, um mehr als um unser Leben. Wir kämpfen den Gotteskampf um das Heil der ganzen Welt.

In diesen Worten liegt mein Glaube! Es ist eines der großen Geheimnisse der Menschheitsgeschichte, daß Israel von Zeit zu Zeit immer wieder den Gotteskampf um das Heil der Welt kämpfen muß, ob dieses Volk will oder nicht. Darin, wenn irgendwo, liegt der Beweis seiner »Auserwähltheit«, oder richtiger und bescheidener gesagt, seiner »Ausgesondertheit« unter den Völkern. Es wäre aber ganz und gar verfehlt, wenn dieser Glaube uns hochmütig und stolz machen sollte. Nein, er ruft uns zur Selbsterkenntnis auf, zur Buße und zum Opfer. Als Individuen sind wir keineswegs besser, sondern in mancher Beziehung schlechter, schwächer, unvollkommener als jenes Wesen, das ich den »natürlichen Menschen« genannt habe. Mit ironischer Zweideutigkeit gesagt, wir verdienen es gar nicht, daß es uns so schlecht geht, daß wir so viel leiden müssen. Als einzelne verdienen wir es gar nicht, daß vom Sein oder Nichtsein unseres sonderbaren Stammes das geistige und politische Schicksal des ganzen Menschengeschlechtes abhängt. Wer solchen Erkenntnissen wirklich nahe kommt, erschauert bis ins Herz vor dieser Verkettung.

Darum ist alles zu wenig, was geschieht. Darum genügen die Opfer nicht an Geld und Gut, an Unterstützung und Hilfe, die unser Gewissen so schnell beruhigen. Allzu viele glauben noch, ihnen persönlich gelte der Vernichtungswille des Feindes nicht. Solange wir unser Bewußtsein noch nicht vollgetrunken haben mit dem Sinn dieses Geschehens, mit der furchtbaren Notwendigkeit, in die wir geschleudert sind, solange werden wir schlechte Krieger sein. Wir aber haben gute Krieger zu sein in diesem größten und gefährlichsten Augenblick unserer Geschichte!

Nur ein Weg zur deutschen Rettung

Die Niederlage Deutschlands, wie sie in den bedingungslosen Kapitulationen von Reims und Berlin für alle Zeiten niedergelegt ward, ist ein Faktum, das seinesgleichen in der Weltgeschichte nicht hat. Man kann Deutschlands Zusammenbruch nicht mit der Niederlage der Karthager vergleichen und nicht einmal mit den größten militärischen Katastrophen, die zur Ausrottung ganzer Völker führten. Daß Deutschland materiell, strategisch, technisch und auf jedem andern äußeren Gebiet in Grund und Boden vernichtet ist, das bedeutet für die Zukunft Europas eine sehr wichtige Wendung. Aber es ist lange nicht das Wichtigste. Deutschland ist moralisch niedergeschmettert worden, wobei das Wort »moralisch« sehr schwach und ungenau das Wesentliche ausdrückt. In Wirklichkeit war der Nationalsozialismus eine der ungeheuerlichsten Rebellionen gegen den christlich-abendländischen Geist. Er war dem deutschen Volk nicht von außen aufgezwungen, sondern wuchs beinahe als eine geistesgeschichtliche Notwendigkeit aus der häretischen Entwicklung eines spastischen, kranken Nationalismus, wie er von Fichte über Bismarck sich zu solchen Verzerrungen wie Moeller van den Bruck und Rosenberg entwickelt hatte. Daneben läuft die Linie von Schopenhauer über Nietzsche zu Spengler, die denselben Nihilismus auf philosophischem Gebiet verkündet. (Zum mindesten ist die Wurzel gemeinsam, wenn auch die Blütensterne dieser Geister in anderer Richtung blicken.)

Um das große Geschehnis dieser Tage recht zu verstehen, müssen wir uns immer wieder ins Bewußtsein rufen, daß nicht eine Armee, ein Staat, eine Partei, ja ein ganzes Volk geschlagen sei, sondern ein alter böser Geist, ein fratzenhafter Dämon, von dem dieses Volk in seiner letzten Epoche besessen war. Es gibt deshalb, um Deutschlands Seele und damit auch seinen Körper zu retten, nur einen einzigen Weg: den deutschen Menschen es bewußt zu machen, daß sie von einem Höllengeiste besessen waren, daß die Grauensbilder von Buchenwald, Dachau und Maidanek kein Zufall sind, keine Untat von verantwortungslosen Mordgesellen, sondern ein Ausdruck jener Dämonisiertheit, der ein ganzes Volk freiwillig unterworfen war und für welches nun jedes Individuum jenes Volkes zu leiden hat. Es gibt keinen andern Weg für Deutschland und für den deutschen Menschen als den der inneren Reinigung vom Gemeinverbrechen. Es müssen vor allem die geistigen und politischen Individuen erstens zur Klarheit, zweitens zur Reue und drittens zur Buße gebracht werden. Wenn es möglich ist, die Deutschen von der moralischen Erstarrung, in der sie sich gegenwärtig befinden, zu erlösen, wenn es möglich ist, die innere Verhärtung durch die nationalsozialistische Ketzerei aufzutauen und aufzuschmelzen, dann besteht die Hoffnung, daß der deutsche Geist einen neuen Frühling erleben wird. Es gibt für deutsche Schriftsteller, deutsche Gelehrte, deutsche Künstler heute keine andere Aufgabe als jene Glut und Wärme zu erzeugen, die zu der großen Schneeschmelze führen möge. Wehe all jenen Eitlen, Hochmütigen, Stolzen und Starren, die aus dem schrecklichen Geschehnis nichts anderes saugen können als ewige Bitterkeit und Vergeltungssucht.

Zwischen Oben und Unten

»Das eigentliche, einzige und tiefste Thema der Welt- und Menschengeschichte, dem alle übrigen untergeordnet sind, bleibt der Konflikt des Glaubens und Unglaubens.«

Johann Wolfgang von Goethe
›Noten und Abhandlungen zum besseren Verständnis des West-östlichen Diwans. Israel in der Wüste‹

Realismus und Innerlichkeit

Es ist Ihnen, meine Damen und Herren, angekündigt worden, daß ich heute über Fragen der Kunst einiges sagen werde. Ich will nun gleich am Anfang (mag es auch für manche eine Enttäuschung sein) mit Nachdruck feststellen, daß ich nicht über irgendwelche ästhetische Probleme zu sprechen gedenke, nicht über Musik, Malerei, Drama und Roman, nicht über Psychologie des Künstlers und dergleichen. Die kurze Stunde, die mir gegeben ist und die mir persönlich sehr warm am Herzen liegt, möchte ich nicht an diese gewiß höchst interessanten und bedeutsamen Dinge verschwenden. Es ist sehr schwer, nach einem Erdbeben eine Unterhaltung über die Architektur der eingestürzten Häuser zu führen. Ich bitte Sie daher um Ihre gütige Aufmerksamkeit für ein Thema, das die Kunst und ihr Lebensreich völlig umfaßt. Mit umschreibenden Worten könnte es etwa lauten: »Die Innerlichkeit des Menschen und die Todesgefahr, die sie bedroht.«

Sie haben gewiß bis zum Überdruß häufig in Zeitungen, Vorträgen und Gesprächen die Meinung gehört, daß wir in einer Zeit des radikalen Realismus leben. Beneidenswert hellsichtige Autoren haben diese ebenso anerkannte wie abgedroschene Wahrheit geprüft, analysiert und neue prophetische Ausblicke aus ihr geholt. Sie haben uns Europäern die ideologische Zange gezeigt, zwischen deren Kiefern die überalterte Kultur ihres Todes wartet. Sie haben mit Recht die beiden tödlichen Zangenkiefer Amerika und Rußland benannt. Und die Klügsten unter ihnen stellten die Identität dieser beißenden Gegensätze fest. Die Vereinigten Staaten und die vereinigten Sowjetrepubliken sind identisch in ihrem radikalen Realismus. Die einen haben die marxische Dogmatik streng russisch-orthodoxer Färbung. Rufen wir uns ihren obersten Grundsatz kurz ins Gedächtnis! Der Mensch als Einzel- und Gruppenwesen ist ein Produkt der ökonomischen Dynamik. Das, was die vorwissenschaftliche Welt »Seele« nannte, bedeutet nur den psychologischen Überbau dieser Dynamik. Das innere Leben des Menschen ist völlig determiniert, ein Abfallprodukt sozusagen des wirtschaftlichen Chemismus. Und die bolschewistische Lehre von den letzten Dingen, die offizielle Sowjet-Eschatologie? Gelingt es dereinst der menschlichen Organisation, die anarchischen Erdkräfte, mithin auch die Wirtschaftskräfte, zu bändigen, wird in der »klassenlosen Gesellschaftsordnung« eine (chiliastisch-messianische) Stabilisierung des Seelenlebens eintreten. Zugunsten des Massenbewußtseins wird der individuelle Affekt- und Willensinhalt herabgeschraubt sein wie eine Lampe, wodurch der bestmögliche irdische Glückszustand gewährleistet ist. (Leidvernichtung durch Kollektivität, ein fernöstlicher Zug.) Amerika besitzt demgegenüber keine offizielle Dogmatik, es hat jedoch den Behaviorismus. Dieses nicht minder seltsame als abscheuliche Wort bedeutet eine psychologische Lehre, die drüben immer mehr Anhänger gewinnt und die, einem weisen Amerikareisenden zufolge, ein unschätzbares Symbol transatlantischer Geistesverfassung ist. Erkennt Sigmund Freud als echter Nachfahre Schopenhauers und Wagners noch zwei allgewaltige Triebdämonen an, denen der innere Mensch tragisch unterworfen sei, Tod und Liebe, so ist für Doktor Watson, den Vater des sympathischen Wortwürmchens Behaviorismus, der innere Mensch überhaupt nur mehr ein Hampelmann. An den Fäden von Funktionen und Reaktionen pariert diese mittelmäßige Marionette, und jeder Esel kann die Schnüre der Pädagogik ziehen, um das gewünschte Muster herzustellen. Auch hier die kollektivistische Sehnsucht nach dem menschlichen Fertigfabrikat. Im übrigen soll in den Vereinigten Staaten die kollektive Massendisziplin in Wirklichkeit schon herrschen. Jedermann trägt den gleichen Hut und dieselbe Meinung. Darüber will und darf ich mich aber keines Urteils vermessen. Ich stehe noch vor einer Expedition nach Amerika und bin daher auf die Reisebeschreibungen der vorhandenen Jules Vernes angewiesen.

Es gehört aber heute nicht zu unserem Vorsatz, über Amerika

oder Rußland uns den Kopf zu zerbrechen, über Wert und Unwert politischer Theorien oder Daseinsformen. Wenn ich diese gewaltigen Neuwelten erwähne, so nur als die Exponenten des radikal-realistischen Lebensgefühles, dem sich kein anderes modernes Land heute entziehen kann. Was an der amerikanischen oder bolschewistischen Form und Gesinnung gigantisch verzerrt erscheint, durchdringt, wenn auch als abgeschwächte Überzeugung, den modernen Deutschen, Engländer, Franzosen und Italiener, mag er in seiner Vordergründigkeit auch der verstockteste Erzreaktionär sein.

Ich spreche hier mit voller Absicht vom Realismus und nicht vom Materialismus, der, wenn man ihn nicht als banale Redensart mißbraucht, denkgemäß als engerer Begriff dem Realismus untergeordnet ist. Das Wort Realismus blickt auf eine lange Geschichte zurück. Schon in der Scholastik des Mittelalters spielt es eine Rolle. Die großen Ketzer Waldus, Wiclif, Hus waren Realisten im Gegensatz zu den Nominalisten der Orthodoxie. Zu Beginn des neunzehnten Jahrhunderts gewinnt es seine allgemeinste Bedeutung als ein Fachausdruck der Kunst. Im Kampf gegen Stil-, Symbol- und Idealisierungsstreben der klassisch-romantischen Richtungen wird die Wirklichkeit entdeckt. Eine große Tat! Wir verdanken ihr das Zeitalter Balzacs, Zolas, Dostojewskis, Tolstoijs, Manets und seine Nachfolger.

Was aber bedeutet, abgesehen von historischen Feststellungen, in allgemeinstem Kultursinn das Wort »Realismus«? Die Antwort muß klar lauten, Realismus sei das unmittelbare Verhalten der Menschen zu den Dingen des Lebens, die vorurteilsloseste Art seiner Beziehung zur Natur, ungetrübt durch religiöse, politische oder andere Abstraktionen.

Wir kommen nun zum entscheidenden Punkt. Entspricht der radikale Realismus unseres Zeitalters dieser gültigen Definition? Ist er wirklich des Menschen neugeboren-inniges Verhalten zur Natur, die vorurteilslose Beziehung zu allen Lebensdingen, die Überwindung aller Abstraktionen?

Ehe ich diese Frage mit Nein erwidere, bitte ich Sie um einen kleinen Denkeinhalt. Wenn das Leben ein uferloser Strom ist, so tanzt das Gesamtbewußtsein der Menschheit wie ein kleines Blättchen auf diesem Strom, vor- und rückwärts gerissen, nach rechts und links gewirbelt, meist aber im Kreise gedreht. Da das Gedächtnis für den Zickzack dieser Bewegungen unendlich kurz ist, da ferner das Ufer als Orientierungspunkt nicht existiert, so kann selbst das erleuchtetste Atom dieses Bewußtseins sich über alles Mögliche Meinungen bilden, nur nicht über die Richtung seines Weges, womit Begriffe wie Fortschritt, Evolution, Entwicklung usw. erkenntnismäßig erledigt sind. Die neue Forschung beginnt zu ahnen, daß der Erdstern schon viele großartige Kulturäonen in sich zurückgesaugt hat, angesichts derer die sogenannte historische Menschheit ein unbeträchtliches Splitterchen darstellt. Der modernen Kulturphilosophie, allen »Auf- und Untergängen des Abendlandes« haftet darum immer etwas Gewolltes und Spielerisches an, weshalb ich Sie, meinerseits wenigstens, höflich um Entschuldigung bitte.

In einem einzigen Punkt hat der radikale Realismus der letzten Jahrzehnte das Programm erfüllt, das in seinem Namen liegt. Er nähert den Menschen seinem Körper an, in einer bis dahin unbegreiflichen Weise. Man kann sehr wohl von einer Entdeckung, ja Eroberung des menschlichen Leibes durch den Menschen sprechen. Ich denke nicht nur an Hygiene, Sport, Freiluftleben, Badegetümmel, Frauenkleidung, sondern an eine noch weit intensivere Anfreundung des Menschen mit seinem körperlichen Selbst, die sich historisch noch gar nicht auswirken konnte. Diese Großtat des modernen Realismus hat, wie wir gleich sehen werden, einen ungemein symbolischen Sinn: Horror vacui! Die verhungernde Innerlichkeit des Menschen stürzt sich auf das nächstliegende Objekt, auf den Körper. Es ist dies ein Rückzug aus der völlig entwirklichten Welt auf den einzigen Weideplatz gleichsam, der noch Nahrung bietet. Die moderne Körperkultur, der angebetete Leib ist das Gegenteil dessen, wovon Zeitpropheten weissagen, er ist – man verzeihe dieses Bild – das letzte Hemd, das der radikale Realismus der menschlichen Seele übrig läßt.

Wie? Realismus ist Entwirklichung? Ja, diese Behauptung

wollen wir stichhaltig erhärten. Die Geschichte kennt kaum eine derealisiertere, eine abstraktere Epoche als diese Gegenwart, die vor Wirklichkeit zu platzen vermeint. Nehmen wir das Beispiel der Technik!

Die Wanderung ist die realste Art, ein Stück Welt kennenzulernen. Die Eisenbahnfahrt entrealisiert die Strecke und der Flug hebt die Wirklichkeit der überflogenen Gegend völlig zu einem zweidimensional filmhaften Schwarz-Weiß-Eindruck auf. Man könnte fast ein Gesetz statuieren: Die Realität nimmt mit dem Vollkommenheitsgrad ihrer technischen Bewältigung quadratisch ab.

Mißverstehen Sie mich, bitte, nicht! Ich rede um Gottes willen nicht der Postkutsche das Wort. Persönlich lieb ich nichts mehr als eine Autofahrt im 100-Kilometer-Tempo. Die Seufzer um eine verlorene Gemütlichkeit sind der feigste und widerlichste Ausdruck unheilbarer Spießerseelen. Technik ist unser furchtbares Schicksal. Wir dürfen ihm nicht unterliegen.

Ferner: Der Bauer – darin sind wir uns einig – ist im Sinne unserer Definition der realste Mensch. Als ein Stück Natur ändert er sich ebensowenig wie die Natur. Seine Arbeit ist seit Jahrtausenden die gleiche. Durch die Industrialisierung der Welt aber sind große Massen des Bauernstandes proletarisiert worden. Wie sieht nun die Realität des Arbeiters aus? Er steht in der Maschinenhalle und macht ein und denselben taylorisierten Handgriff sechsmal in der Minute acht Stunden lang. Gibt es etwas Unwirklicheres, Menschenunwürdigeres, Höllischeres? Nicht wegen der schweren Arbeit – die Arbeit des Bauern ist weit schwerer –, sondern wegen der Irrealität, der Abstraktheit dieser Arbeit ist die Fabrik eine Hölle. Darum schon kann es für einen gerechten Menschen keine brennendere Frage geben als die Arbeiterfrage.

Ferner: Die russische, die amerikanische Technik plant die Ausschaltung der bäuerlichen Kleinwirtschaft, die Vernichtung der Urzelle der bisherigen Gesellschaft durch unermeßlich ausgedehnte Getreidefarmen. Ob der Plan einen praktischen Sinn hat und die Verbesserung der Produktion gewährleistet, kann ich nicht beurteilen. Eins steht fest, gelingt er, so verschwindet der letzte Rest der Erdverbundenheit und die Pan-Nomadisierung der Menschheit ist durchgeführt.

Schon nach diesen wenigen Beispielen kommen wir zu dem Schluß, daß der radikale Realismus, der theoretisch mit seinen hundert Unterdisziplinen (historischer Materialismus, Biologismus, Pragmatismus, Positivismus, Ökonomismus) die Welt beherrscht, gerade das Gegenteil von dem ist, was er bedeuten will. Aber es hat keinen Zweck, um Worte zu streiten, selbst wenn sie lügen. Es handelt sich ja um keine bloße Theorie, sondern um eine Gesinnung. Jede Gesinnung wertet. Jede Wertung spaltet. Jede Spaltung wirkt fanatisch aggressiv. Der Feind, das Haßobjekt der Realgesinnung, ist die Innerlichkeit des Menschen, seine Seele, der schöpferische Geist.

Warum dieser Haß und woher? Er hat eine doppelte Verursachung: Eine ewig metaphysische und eine zeitlich historische. Die erste ewige ist der luziferisch-prometheische Versuch, das Jetzt und Hier Gott gegenüber autonom zu machen. Die zweite Verursachung, die historische, entspringt den invertierten Minderwertigkeitsgefühlen kulturloser Völker oder Gesellschaftsklassen, die über kulturüberlegene Stämme und Gruppen physisch obsiegen. Die aggressive Realgesinnung wird in der Geschichte immer dann offenbar, wenn sich ein nationaler oder sozialer Schichtwechsel vollzieht. Als die siegreichen Barbaren in das verfeinerte Rom kamen, haben sie gewiß die innere Unsicherheit des Plebejers mit dem Bewußtsein seines unverwüstlichen Realismus beruhigt. Mochten die römischen Damen immerhin hundert Parfümflakons auf ihrem Toilettetisch stehen haben, die Germanin daheim war doch die bessere Hausfrau. Hernando Cortez reagierte den Überlegenheitseindruck der aztekischen Kultur durch ein Bombardement Mexikos aus seinen Kanonen ab. Heutzutage ist im Munde jedes Flegels das Wort Intellektueller oder gar Ästhet ein beliebter Schimpfname.

Auch die Geburtsstunde der modernen Realgesinnung fällt in ein Zeitalter des gesellschaftlichen Schichtwechsels, in die Epoche der Französischen Revolution. Eine Welt hoher Vergeistigung ging im Wirbel unter. Sie versank natürlich mit Recht. In einem langfristigen Prozeß hatte sich der Geist von seiner metaphysisch-religiösen Wurzel abgelöst. Er beherrschte zwar dem Scheine nach die Gesellschaft noch immer, zog sich aber selbst in tödlichen Zweifel. (Der Weg von den Enzyklopädisten zu Kants Erkenntnistheorie.) Skepsis reimt sich immer auf Sepsis. Der Geist starb an Geistvergiftung. Ein zynischer Sumpf blieb übrig, dessen Regiment der neue Mann, der Bürger, nun übernehmen sollte. Wer seinen Thron behaupten will, muß der Welt ein schlagkräftig-faßbares Ideal bieten. In diese dialektische Notwendigkeit versetzt, sah sich der Bürger nach einem bürgerlichen Ideal um. Was fand er in der alten Gesellschaft vor? Die beiden großen Idealkategorien, die es gibt, seitdem geschichtliche Menschheit existiert: Das heroisch-ritterliche und das asketisch-religiöse. Diesen höchsten Werten fühlte sich der Neuling nicht gewachsen. Was war er bisher gewesen? Ein Krämer, ein Pfeffersack, ein Besitzanhäufer, von dem herrschenden Geiste und den geltenden Wertungen mißachtet. Der reine Gegensatz zum Priester oder zum Ritter. Eines aber hatte er nie gekannt und nie verstanden: Den Müßiggang, der alles Geistes Anfang ist. Er plagte sich, er schuftete, tagaus tagein, sorgenvoll, ruhelos. Warum? War das Leben so schwer? Keine Spur! Das Leben war nur leer. Um Müßiggang zu ertragen, muß man ein Kapitalist an Innerlichkeit sein. Der Lazzarone, der auf dem Misthaufen liegt und pfeift, hat Musik. – Immerhin! Die Arbeit war die äußerste Form der Selbstlosigkeit, zu der die neue Schicht taugte. Und so erschuf sie denn das Ideal der Arbeit, das, als alleinseligmachende Leistungsmoral, bis zum heutigen Tag regiert.

Ein verblüffend neues Ideal war's freilich. Was immer als unfein gegolten, nun galt es auf einmal als höchster Wert. (In Parenthese: Leute, die was auf sich halten, sprechen noch heute vom »Frühstück«, wenn sie das Mittagessen meinen. Ein Fossil der tagschläferischen Rokokogesinnung und ihrer stolzen Arbeitsscheu, dieses Frühstück.)

Das Arbeits-Ideal, der neue Lebenssinn des Bürgers, wirkte

als ungeheurer Impuls. Das erstemal seit Menschengedenken triumphierte da ein Ideal, das nicht lebensgefährlich war und für das man sich noch etwas kaufen konnte. Zauberhaft schnell verwandelte sich die Welt. Dem materiellen Impuls erlag sie masochistischer, als sie je einem geistigen erlegen ist. Webstühle und Spindeln besserten und mehrten sich traumschnell, Zwergfabriken wuchsen zu qualmenden Kolossen, den heiteren Kern der Städte umringten riesige Vorstädte mit endlosen schwindsucht- und selbstmordfördernden Fassaden – kurz, das alte abgeleierte Lied. Der Krämer war nun zum Industriellen geworden, zum sorgendurchfurchten »Mann der Wirtschaft«, diese Wirtschaft selbst zur absoluten, selbstherrscherlichen, unbestrittenen Weltmacht. Aus sich allein hätte der Krämer das Werk nicht schaffen können. Er brauchte einen Verbündeten, oder besser, einen schöpferischen Heloten. Es gelang ihm, zu einem beträchtlichen Teil den Geist nach und nach der modernen Realgesinnung mit ihrem Arbeitsideal zu unterwerfen. Der Pastors-, Lehrers-, Beamten-, Kleinbürgerssohn war bisher in eine der vielen kleinen Universitätsstädte gegangen, um Theologie, Philosophie und fortschrittlichsten Falles die Rechte zu studieren. Jeder dieser jungen Leute, in Deutschland wenigstens, hatte Oden, Sonette, von elegischen Distichen ganz zu schweigen, in seiner Schublade. Aus einigen dieser Jünglinge wurden die großen Dichter und Philosophen, aus den anderen vorzügliche Leser, Hörer, Kenner und Empfinder. Ihr äußeres Leben verlief kümmerlich, aber da die Möglichkeiten klein und die inneren Entschädigungen groß waren, litten sie nicht. Alle zusammen bildeten den fruchtbaren Humus des goldenen Zeitalters deutscher Literatur.

Die Realgesinnung auf ihrem Siegeszuge durfte es aber nicht dulden, daß ihr solche Talente und Kräfte an phantastischen Müßiggang verlorengehen. Die sogenannte neue Wirklichkeit machte ihre Rechte geltend. Sie brauchte maschinelle Erfindungen, um die Produktionskosten herabzusetzen, um Löhne zu ersparen, um die Konkurrenz zu schlagen, um den Transport zu verbilligen, um schwarz-magisch Absatz aus dem Nichts zu zaubern. Die Arcana der neuen Physik, der neuen Naturwissenschaft, mußten aus ihrer Formelschrift erlöst und zum praktischen Dienst assentiert werden. Da sperrte die Mehrzahl der angehenden Hölderlins und Hegels ihre Schubladen und Herzen zu und begann zu basteln. Macht lockte, Geld und Welt, während der Lorbeer ein edles, aber seltenes und auch dann nicht nahrhaftes Gewächs ist. Zum Fabrikanten, zum Unternehmer trat nunmehr der Erfinder, der Techniker. Und sie hatten beide Glück miteinander. Denn die umworbensten Götter dieser Zeit heißen bekanntlich Industriekapitän und Chefingenieur, Namen, in denen sich die aktuelle Allmacht blitzend verkörpert.

Wiederholen wir noch einmal: Die moderne Realgesinnung entspringt psychologisch dem invertierten Minderwertigkeitsgefühl einer heraufkommenden Kaste, die der alten Kulturüberlegenheit keinen Wert entgegenzusetzen hat. Um sich vor der heroischen und asketisch-religiösen Rangordnung zu behaupten, erschafft sie ein eigenes Ideal, das ihr nach Herkunft, Wesen und Geschichte immanent ist: Das Ideal der Arbeit! Unter Arbeit begreift sie nichts anderes als ökonomische Tätigkeit, das heißt fieberhafte Einwirkung auf Gütererzeugung und deren Konsum; mit anderen Worten Gelderwerb. Extra pecuniam non est vita. – Das geht so weit, daß schon am Ende des siebzehnten Jahrhunderts (das den neuen Zustand vorbereitet) der puritanische Traktatenverfasser Richard Baxter aus Cambridge behauptet, daß von zwei geschäftlichen Wegen der lukrativere auch der christlichere sei. Ein Vorbote der Prosperity-Metaphysik, wie man sieht. – Der sinnlose Sinn der »Arbeit« ist es nicht, Bedürfnisse zu befriedigen, sondern Bedürfnisse hervorzurufen. Zu diesem Zwecke münzt sie die Ergebnisse der exakten Wissenschaften in Technik um. Dadurch aber, daß ihr ganzes Trachten von je auf die V e r n o t w e n d i g u n g des U n n ö t i g e n gerichtet ist, beweist die Realgesinnung ihren durchaus irrealen Charakter. Die furchtbarste und beweiskräftigste Folge ihrer fundamentalen Irrealität ist die Proletarisierung, das heißt Irrealisierung der ganzen Menschheit: Taylorsystem, abstrakte Arbeit, Mietskaserne, Massenelend.

Um der geistigen Gerechtigkeit willen muß nachdrücklich gesagt werden, daß ein geschichtlicher Zustand nicht nur aus einer einzigen Kausalreihe erklärt werden kann. Die Verursachungen jedes einzelnen Lebens-Augenblickes sind unendlich. Die Parallelentwicklung der vom Dogma befreiten Wissenschaft und der bürgerlichen Klasse spielt eine weit kompliziertere Rolle, als sich in wenig Worten sagen läßt.

Die Realgesinnung mit ihrem Arbeitsideal mußte auch neue *Tugenden* entwickeln, um jene der vorbürgerlichen, vorindustriellen Welt würdig abzulösen. Dem heroischen Mut und der religiösen Tiefe setzte sie entgegen den tatkräftigen Aktivismus und den enthusiastischen Fortschrittsglauben. Den höchsten Rang der neuen Tugenden nahm jedoch die »Tüchtigkeit« ein. Sie ist eine l'art pour l'art-Tugend sozusagen. Denn in der kapitalistischen Welt gilt derjenige als der Tüchtigste, der das Paradox verwirklicht, der aus der Luft Ware macht und aus dem Himmel einen Absatzmarkt. Ja, Realgesinnung, Aktivismus und Tüchtigkeit sind die Brandstifter, welche die Welt in Flammen gesetzt haben durch Mammutproduktion und Absatzimperialismus.

Ein Blick auf unsere Gegenwart, auf die Jahre 1930, 1931! Ungeahnter Fortschritt der Technik. Die Irrealität des ökonomischen Lebens nähert sich dem Siedepunkt. Der Circulus vitiosus zwischen schreiendem Angebot und fehlendem Bedürfnis ist die drosselnde Schlinge um den Hals der Gesellschaft. Die Maschine, die einst die Völkermassen zum *Industrieproletariat* verelendet hat, verelendet sie nun, auf dem Wege ihrer eigenen Vollendung, noch zehnmal grausamer zum *Arbeitslosenproletariat*. Wenn Gott in Kanada herrlichen Weizen wachsen läßt, gehen die Leute anderswo zugrunde; reift in Brasilien verschwenderisch der Kaffee, so reifen in New York dadurch nicht weniger verschwenderisch die Selbstmorde. Wie man sieht, eine überaus reale Welt. Um in ihr nicht selber ganz und gar irreal zu werden, muß man schon ein gelernter Nationalökonom sein.

Trotz alledem steht die Realgesinnung bei den Schuldigen

und bei den Opfern noch immer zuhöchst im Kurs. Man greift sich an den Kopf, liest man in Zeitungen und Biographien ehrfürchtige Hymnen über den Automobilfabrikanten Henry Ford. Seine Arbeiter können zwar mit fünfzig Jahren krepieren, dürfen aber vorher, um den Absatz der Fabrik zu steigern, die Straßen mit ihren eigenen Ratterschachteln verstopfen. Ich kann mir nicht helfen, wenn Ford ein großer Mann ist, dann ist jeder Greisler ein großer Mann, der durch eine glückliche Verkaufsmethode alle anderen Greisler seines Bezirkes überflügelt. Zwischen ihm und Ford ist kein genereller, wesenhafter Unterschied, sondern nur ein quantitativer und ein Unterschied des Niveaus.

Ob und mit welchen technischen Errungenschaften jemand Herstellung und Vertrieb von Automobilen, Schmirgelpapier oder Seife organisiert, ist Sache der Tüchtigkeit und des geschäftlichen Weitblickes. Dieser Weitblick mag von prophetischer Distanz sein –, da er sich immer nur auf Schmirgelpapier, Automobile, Seife, Zündhölzer bezieht, hat er zwar mit Nützlichkeit manches zu tun, aber nichts mit schöpferischer Größe. Ansonsten müßten Shakespeare, Goethe und Rembrandt das Adjektiv »Groß« dieser Zeit dankend wieder zur Verfügung stellen.

Das ist es gerade und hier sind wir auf den Nerv unseres Problems gestoßen. Was im Laufe des ganzen neunzehnten Jahrhunderts der Realgesinnung trotz größten Kraftaufwandes nicht gelungen ist, das hat sie in dem einzigen Jahrzehnt nach dem Weltkrieg mühelos erreicht: Die Einschüchterung, ja Unterdrückung der menschlichen Innerlichkeit, die Entwertung des schöpferischen Geistes. Sie hat unserer Seele den Glauben genommen, zuvörderst aber den Glauben an diese Seele selbst. Dafür ist es ein entsetzensvoller Beweis, daß die Jugend und die Revolution, sonst die ewigen Verteidiger des Lebens gegen den Tod, diesmal nicht auf seiten des Vergewaltigten stehen, sondern auf seiten des Vergewaltigers. Im Lichte dieser Erkenntnis erscheint der Kommunismus als eingeborner legitimer Sohn des Kapitalismus. Heute noch ein ungebärdiges Kind, bewährt er doch die Familieneigenschaften von Tag zu Tag deutlicher. Anstatt einer größeren Zahl von Unternehmern, ist der russische Staat der einzige Pan-Kapitalist. Nicht mehr eine einzelne Klasse von Lohnsklaven beutet er aus, sondern das ganze Volk ohne Ausnahme besteht jetzt aus Lohnsklaven. (Restlose Proletarisierung, also Irrealisierung.) Er, der Erzkapitalist, nützt seine Allmacht aus, indem er Streikrecht, Lohnkampf, Koalitionsfreiheit usw. skrupellos aufhebt. Zum Ersatz bietet er seiner Partei (einer Art Streikbrechergarde) den Fusel einer Ideologie, die sich nicht von ihrer falschen Mathematik nährt, sondern vom abgestandenen Pathos längst verrauschter heroischer Revolutionsepochen.

»Glückseligkeit ist Tugend, nicht ihr Lohn.« Wenn man diesen tiefsinnigen Satz Spinozas umdreht, erfährt man, warum die Welt heute so elend ist. Die falschen Ideale allein sind die Unglückseligkeit des Menschen. Das falsche Nationalitätenideal hat den Todesausverkauf des Krieges hervorgerufen und das falsche Ideal des Ökonomismus das russisch-amerikanische Elend. Die Blasphemie trägt ewig ihre eigene Hölle in sich. Was die Menschen Wirklichkeit nennen, war und ist immer nur eine Bruchzahl aus Leben und herrschender Gesinnung. Ist die Gesinnung pervertiert, ergibt sich ein unbehagliches Zeitalter als Resultat.

Ehe ich fortfahre, will ich ein Axiom aufstellen: *Ohne Innerlichkeit gibt es keine äußere Welt, ohne Phantasie keine Realität.*

Ich spreche damit keine gewundene Sentenz aus, sondern eine sehr einfache und alte Wahrheit, die jeder von uns in jedem Augenblick an sich selbst erfährt. Betrachten wir irgendeinen primitiven Vorgang, das Essen zum Beispiel. Während die niederen Lebewesen jene Nahrung suchen, die ihnen am besten angepaßt ist, und bei ihr verharren, hat der Mensch in sich einen unendlich differenzierten und wählerischen Geschmack entwickelt. Unser Sinnesorgan, Zunge und Gaumen, reagiert auf hundertfache feine Reize, während sich das Tier wahrscheinlich mit zweien oder dreien bescheiden muß. Wir *erleben* bei unseren Mahlzeiten also hundertfache *Realität*, die einfach nicht vorhanden wäre, verschlängen wir die Speise nur als kalorienerfüllte, hungerstillende Materie. (Rasch sei hier etwas fast Symbolisches eingeschaltet, was dem irrealen Wesen der Realgesinnung tief entspricht. Ich denke an die seit Jahrzehnten bekannten Experimente der Chemiker, die eifrig einen Weg suchen, um der Menschheit eine synthetische Einheitsnahrung in Pillenform zu bescheren.) – Die Geschmacksdifferenziertheit, der wählerische Appetit des Menschengeschlechtes ist eine biologische Riesentat, nicht unseres Sinnesorgans, sondern unserer Seele in ihrem Kampf um Freiheit und Individualität. Indem wir den Bissen physisch-sinnlich verinnerlichen, verinnerlichen wir ihn psychisch, wir erleben ihn, das heißt wir geben ihm eine Wirklichkeit, die er an sich gar nicht hat.

Meine Damen und Herren! Ich hoffe, Sie verstehen mich und dieses banale Beispiel, das ich nicht ohne Absicht den niederen Bezirken des Lebens entnommen habe. Es muß uns als Gleichnis dafür dienen, daß es in der Existenz des Menschen keine Wirklichkeit gibt, die nicht ein Kind seiner schöpferischen Seele wäre. Der Mensch ist das Maß aller Dinge. Jener weltanschauliche Komplex aber, den wir hier mit Realgesinnung bezeichnen, stellt die alte sokratisch-platonische Wahrheit auf den Kopf und behauptet, daß die Dinge das Maß des Menschen seien. Und dies ist der Kern aller zeitgerechten Theorien, wie Ökonomismus, Milieuglaube, historischer Materialismus usw. Wenn es nur aufs Fressen und nicht auch aufs Schmecken ankäme, hätte er recht. So aber leistet er sich eine Kausalverwechslung, ein Hysteron-Proteron von naivster Unverfrorenheit. Der Ökonomismus behauptet, daß die Entstehung großer historischer Bewegungen, wie es zum Beispiel das Christentum ist, auf die Verelendung der Massen im spätrömischen Orient zurückzuführen sei. Noch in Nietzsches Sklavenaufstand in der Moral ist dieser faustdicke Unverstand zu finden. Wäre das Christentum nichts anderes gewesen als eine auch noch so hochstehende sozialethische Lehre, wir kennten heute seinen Namen nicht. Der Christusimpuls allein, der Sprengstoff einer bis dahin unerreichten Differenzierung der menschlichen Innerlichkeit, hat die Realität um und um gestaltet.

Die Dinge sind zum Maß des Menschen geworden. Dies ist

die Schlüsseldefinition der modernen Technik. Da sie unser unentrinnbares Fatum ist, müssen wir hindurch. Sie verspricht uns die Lösung der Lebensfrage durch völlige Unterwerfung der kosmischen Kräfte unter ihre Zwecke und durch den lückenlos rationalisierten Aufbau der Gesellschaft. Angesichts der heutigen Lage können wir den Zweifel an ihren Heilsmethoden nicht unterdrücken.

Novalis sagt in einem seiner schönsten Gedichte:

»Helft uns nur den Erdgeist binden,
Und den Sinn des Lebens fassen.«

Diese beiden Verse hängen in genialer Adhäsion zusammen. Die radikale Realgesinnung trennt sie. Sie will nur den Erdgeist binden. »Den Sinn des Lebens fassen«, das ist für sie idealistische Ketzerei, eine hassenswerte Regung ihres Erzfeindes, der Seele. Wie uns schon die Lehre von den letzten Dingen der Sowjets zeigt, geht sie darauf aus, das individuelle Bewußtsein zu vernichten, um es durch ein leicht lenkbares Kollektivbewußtsein zu ersetzen, das sein Elend weniger fühlt. Und nicht nur in Rußland, nein, überall, wenn auch in verschiedenen Abstufungen, verfolgt sie die gleiche Tendenz. Dazu dienen ihr hundert Mittel, von der jeweiligen politischen Parteidisziplin bis zum Sport. Eine unermeßliche Verblödung wächst heran. Das »genormte« Hirn triumphiert. Ein Gesinnungs- und Lebensmilitarismus droht, gegen den die alte preußische Kaserne der reine Wurstelprater war. Die Zukunft gehört dem Feldwebel auf allen Gebieten, nicht nur dem Parteifeldwebel, sondern auch dem Schriftstellereifeldwebel.

Was ist zu tun? Auch noch so leidenschaftliche Verzweiflungs-Rufe helfen nichts. Wir müssen versuchen, in unserer Erkenntnis weiter vorzudringen.

Jedes Ideal, das sich auf die Lebensgestaltung der Menschheit bezieht, mithin auch die Realgesinnung, ist eudämonistisch, hat die Verwirklichung und Verallgemeinerung des Glücks zum letzten Ziel. Auf welchem Wege nun strebt der Eudämonismus des herrschenden Sachglaubens dieses Menschenglück an? Indem er sich bemüht, das materielle Lebenselend der Massen zu mildern und so endlich einen menschenwürdigen Zustand des Nicht-Leidens heraufzuführen. Die wertvollste politische Parteiung, die der Sachglaube hervorgebracht hat, die europäische Sozialdemokratie, hat sich (trotz tragischen Versagens bei Kriegsausbruch) in dieser Hinsicht unsterbliche Verdienste erworben. Gerade hier in Wien muß ein Auge von politischem Haß schon völlig verblendet sein, um das nicht mit tiefer Dankbarkeit anzuerkennen. Ich denke vor allem an die beispielgebende Kinderfürsorge der Stadt.

Wenn wir auch gerechterweise erkennen, daß der radikale Realismus zum großen Teil der Hungertraum der erniedrigten Menschheit ist, so darf uns doch diese wehe Erkenntnis nicht abhalten, ihn als mörderischen Denkfehler zu entlarven. Der Zustand des Nicht-Leidens ist zwar eine Voraussetzung des Glücks, aber noch lange nicht Glück. Zum relativen Behagen muß noch etwas anderes hinzutreten, damit der Mensch nicht in seiner eigenen Öde untergehe. Ich greife auf mein Gleichnis zurück: Zur reinen Nahrungsaufnahme muß der unterscheidende, genießende, erlebende Geschmack treten. Wer durch einen Stockschnupfen jemals den Geschmack verlor, weiß, daß auch die Befriedigung eines Bedürfnisses zur Qual werden kann.

Was also wäre Glück? Ich finde nur eine haltbare Formel: Glück ist der Reichtum der zur Innerlichkeit umgeschmolzenen Wirklichkeit. Warum aber nach neuen Formeln suchen, da die Formel schon längst gesprochen ist, deren Wahrheit durch die Ewigkeiten donnert: »Das Himmelreich ist in euch!« Die Realgesinnung gräbt nach dem Schatz an falscher Stelle. Ihr kapitalistischer Flügel akkumuliert kraft seines sterilen Arbeitsideals den Mehrwert, das heißt potentiellen Genuß, nicht um ihn zu genießen, sondern um ihn zwecks neuer Akkumulation weiterarbeiten zu lassen. Die witzige Wortkette über den sparsamen Erblasser hat recht: »Der Vater gönnt sich nichts, damit sich sein Sohn nichts gönnt, der sich nichts gönnt, damit sich der Enkel auch nichts gönnt... usw.« Auf der anderen Seite lautet die Glücksauffassung des Kommunismus: Vollkommene materielle Harmonie durch die Aufopferung des seelischen Individuums. Beide vergessen, daß sich die menschliche Innerlichkeit vielleicht jahrzehntelang, aber nicht ewig unterdrücken läßt. Beide vergessen, daß einzig in uns das Gottesreich, die Chance der Erlösung liegt. Beide vergessen, daß Glück Geist ist. Die Realgesinnung, der Sachglaube ist ein falsches, ein im allmenschlichen Sinne häretisches Ideal, und als solches gefährlicher als der Krebs, ansteckender als der Flecktyphus und hirnverwirrender als die Paralyse.

Durch Kritik können aber falsche Ideale nicht gebrochen werden. Die richtigen Ideale müssen den Kampf mit ihnen aufnehmen. Es ist die Schicksalsfrage unserer Kultur, ob die Geistesgesinnung, die noch verstreut lebt, stark genug ist, der Realgesinnung entgegenzutreten.

Die schöpferische Innerlichkeit, der geistig-seelische Mensch offenbart sich in den drei Sphären der Religion und Sittlichkeit, der Wissenschaft und Spekulation, der Kunst und Phantasie. Wie tief in diese Sphären die Zerstörung schon gedrungen ist, läßt sich nur ungenau beurteilen. Der Abfall von den konfessionellen Religionen erscheint jedenfalls beträchtlich. Das Proletariat hat den liberalen Atheismus seiner Führergarde ganz und gar übernommen. Bis auf wenige Ausnahmen hängen die großen Arbeitermassen dieser schon recht schlissigen Gottesleugnung an. Der Durchschnittsstädter in seinem Lebensgefühl zumindest auch, wenngleich er zum Teil seine konfessionelle Bindung beibehält.

Es ist immer die gleiche Geschichte. Die Geistesmode von gestern wird zur Massenbanalität von heute, um wie gebrauchte Ware in immer tiefere Schichten zu sinken, bis man sie endlich auf dem obskursten Tandelmarkt verschachert. Dem Sturm der Antimetaphysik hält die katholische Kirche mit elastischer Kraft stand. Für den Beobachter mehren sich in gewissen Ländern Zeichen ihrer Erneuerung. Sie kennen vielleicht die geistreiche Einteilung Lichtenbergs, der von Leuten spricht, die noch immer glauben, und von solchen, die schon wieder glauben.

Die Kirche zählt beide Sorten zu ihren Anhängern. Solange sie aber in die Defensive gedrängt ist, wird sie vielleicht Märtyrer hervorbringen, aber keinen Thomas und keinen Franziskus.

Daß die moderne Wissenschaft zum allergrößten Teil im Lager der Realgesinnung steht, ist selbstverständlich. War der Merkantilismus der Vater, so ist sie ja die Mutter dieses Kindes. Sie verharrt nach wie vor im Spezialismus und hält sich vor der Weltdeutung, vor der reinen Philosophie schamhaft die Augen zu.

Soweit sie ein Weltbild hervorbringt, ist es atomistisch, agnostizistisch, an der Erkenntnis verzweifelnd. Einen Sinn im Weltgeschehen zu erblicken, hält sie für ein illusionistisches Vorurteil, für unwissenschaftlich. Dieses Wort »unwissenschaftlich« ist ihr großes Anathema, der Bannstrahl, den sie unerbittlicher handhabt als die mittelalterlichen Theologen. In den analytischen Methoden verbirgt sich eine aggressive Wollust, der Welt ihre Sinnlosigkeit zu beweisen. In der modernen Spitzendisziplin, der Physik, macht sich der Hang zum Vorstellungsleeren, zum reinen Denkspiel geltend. Man sucht von der Wortsprache und ihrer Bildhaftigkeit loszukommen und nur mehr in abstrakten Formeln zu denken. Die Kausalität wird geleugnet. Wer Ohren hat, zu hören, höre! Die radikale Realgesinnung kommt eben nicht los von der heimlichen (luziferischen) Irrealität, die in ihrer geschichtlichen Urzeugung beschlossen lag.

Hier darf jener weltumspannende Aberglaube nicht unerwähnt bleiben, der zugleich mit der siegreichen Realgesinnung die Seelen erobert hat: Die Vergottung des Intellekts. Das frührealistische (kantianische) Zeitalter nahm an, daß der menschliche Intellekt der Sitz absoluter, apriorischer Tatbestände sei, der erhabene Ort der transzendentalen Kategorien: Raum, Zeit, Kausalität. Unsere hochrealistische Epoche, weit weniger philosophisch gesinnt, sieht im Intellekt noch immer eine absolutierende Kraft, welche die Aufgabe hat, alle konditionellen Bindungen des Menschen zu zersetzen, vor allem also die mythischen Erbmassen in uns, die Volks-, Stammes-, Sippenbedingungen, die religiösen Urängste usw. Diese Art der Intellekts-Vergottung vertritt am radikalsten die Psychoanalyse und ihre Nachbarn. Anstatt zu den kantischen Kategorien, beten sie zum »Bewußtsein« als zu einer apriorischen Wesenheit voll magischer Heilkraft. All diesen Aberglauben aber hat niemand anderer als die oben zitierte moderne Physik längst zerstört; und zwar in folgendem Satz, den Einstein schon im Jahre 1905 formulierte:

»Die Natur ist so beschaffen, daß es unmöglich ist, absolute Bewegungen experimentell zu bestimmen.« Wenden wir diese unwiderstehliche Erkenntnis vom kosmischen Raum auf den geistigen Raum an, so erhalten wir einen Grundsatz, der schon den ältesten Zeiten geläufig war:

»Der Geist ist so beschaffen, daß es unmöglich ist, seine Wahrheiten intellektuell-deduktiv zu bestimmen.« Es gibt einen einzigen Geist, aber tausend verschiedenartige Intellekte, wie es eine einzige absolute Bewegung in der Natur gibt, aber tausend relativ bewegte Beobachtungspunkte, die sie verhüllen. Das bedeutet: Die Grundposition des Menschen ist nicht rational, sondern ästhetisch bedingt. Der einzelne Mensch ist der gefühlsmäßige Vertreter seiner körperlichen Konstitutionsart, seiner familiären, sozialen, nationalen Erbmasse und hundert anderer Relativitäten. Die Überwindung dessen kann nur einem ganz seltenen religiös-sittlichen Akt entspringen, niemals aber dem intellektuellen Entschluß. Denn der Intellekt ist nur die mehr oder minder vergiftete Waffe der ästhetischen Grundposition des Menschen gegen andre feindliche Grundpositionen. Wer ihn vergottet, macht die Fehlerquelle zum Erkenntnisziel.

Es bleibt nun noch die dritte Sphäre, die musische!

Meine verehrten Zuhörer! Ich habe über die gesetzte Zeit hinaus Ihre gütige Aufmerksamkeit mit kritischen Unterscheidungen ermüdet. Jetzt, wo der Weg zu Ende gegangen ist, sehe ich, daß ich erst am Anfang stehe. Schenken Sie mir darum noch einige Minuten Ihrer Geduld, damit ich zum positiven Teil unserer Betrachtung gelangen kann.

War bisher alles Behauptung und versuchter Beweis, so muß ich nun einen Glaubenssatz aussprechen:

Nur der musische Mensch vermag die durch den Sachglauben zerstörte Innerlichkeit wieder aufzubauen.

Wohlgemerkt! Ich meine nicht die Kunst, nicht Kunstwerke und auch nicht den Künstler, nein, ich meine den seelisch-geistig bewegten, den erschütterlichen, den rauschfähigen, den phantasievollen, den weltoffenen, den sympathiedurchströmten, den charismatischen, den im weitesten Sinne musikalischen Menschen. Ist es nicht verwunderlich, daß im Laufe der Geschichte alle menschlichen Typen an der Reihe der Herrschaft waren, nur er nicht? Es ist nicht verwunderlich! Macht und Ehrgeiz hängt immer mit dem Horror vacui zusammen. Der Tatsachenmensch, der Tatmensch, der Täter, der Tuer, der Macher ist fast immer leer und starr; vom Machtwillen ausgebrannt.* Der musische Mensch hingegen ist der Erfüllte, der Schlüsselbewahrer jenes Himmelreiches, das in uns liegt. Sagen Sie, bitte, nicht, daß ich mich jetzt versteige und daß der musische Charakter ein seltener Ausnahmefall in dieser Welt ist. Das Gegenteil ist wahr. Er begegnet uns hundertmal. An seinem Blick erkennt man ihn, mit dem er irgendeinen Vorgang auf der Straße beobachtet, an seiner Versunkenheit im Kino zum Beispiel, oder an der Neigung seines Kopfes, wenn er Musik hört. Er kommt in allen Klassen und Ständen vor, nur ist ihm seine Begnadung zumeist unbewußt. Ich gehe weiter: Alle Menschen besitzen einen musischen Kern. Bei der Mehrzahl ist er nur durch Sorge und Realgesinnung verschüttet. Ein anderer Teil wiederum, durch falsche

* Niemand hat den Fluch der Polypragmasie, in welcher der Ursprung des modernen Massenelends zu suchen ist, schärfer entlarvt als ein Großer, der noch an der Wiege des bürgerlichen Weltalters stand: Blaise Pascal. Er schreibt in seinen Gedanken über »das Elend des Menschen«: »Es ist die unleidlichste Strafe für die Seele, wenn sie bei sich leben und an sich denken soll. Daher sorgt sie beständig dafür, wie sie sich selbst vergessen könne, indem sie sich mit lauter Dingen abgibt, die jenen Selbst-Gedanken nicht zulassen. Und hierin liegt die Ursache aller tumultuarischen Geschäftigkeit...«

Ideale vergiftet, bekennt sich nicht zu ihm. Denken Sie, bitte, an die Sage von Orpheus, dessen Gesang und Spiel nicht nur die Tiere und Bäume, sondern sogar die Steine zum Tanz mitreißt. Die Steine bedeuten das starrste Prinzip der Sachlichkeit. Aber selbst in ihnen steckt etwas Orphisches, das dem Orpheus antwortet. Irgendwo habe ich einmal den Satz gelesen, daß a priori alle Menschen musikalisch seien und nur durch gewisse Hemmungen und durch den Erziehungsgang wieder unmusikalisch werden. Das leuchtet mir ein, denn ich selbst kenne kleine Kinder, durchaus keine Wunderkinder, die es mittels einer bestimmten Methode spielend erlernt haben, schwierige Intervalle zu erkennen und angeschlagene Akkorde zu analysieren, ohne auf die Tasten zu schauen. Und dazu ist keine besondere Gabe nötig und kein absolutes Gehör. (Ich spreche hier übrigens von der Musik nur als von einem pars pro toto.)

Bedenken Sie, meine Damen und Herren, was es bedeuten würde, wenn die immanente Musik, die in uns allen schlummert, auf solche Art erweckt werden könnte. Jedermann, der nur ein einziges Mal ein musikalisches Erlebnis gehabt hat, weiß, daß derjenige, welcher solche Erlebnisse nicht kennt, ein Bettler ist. Die wir das Elend in der äußeren Welt überzeugungstreu bekämpfen, warum dulden wir so viel Elend in der inneren Welt? Die Realgesinnung zuckt natürlich die Achseln. Sie hält das alles für weit irrealer als zum Exempel das Bridgespiel. Ich aber frage, welch ungeheure Glücksvermehrung auf Erden müßte es sein, würde jedem Menschenkind die Nahrung der Melodie zuteil? Und die Musik ist ja nur eine Provinz. Welche unentdeckte Welten schlafen noch in der Erlebniskraft des Auges, welche Wonnen im Kosmos der Sprache, welche Daseinssteigerung in der Himmelfahrt des Gedankens? Wir aber haben nicht solche Erweckungen zu erwarten, sondern den G a s k r i e g! Und schuld wird sein das seelische Banausentum der politischen und ökonomischen Weltführung! Denn alles Böse und Dumme auf Erden ist nicht übermenschliches Schicksal, sondern eine tödliche Form der Phantasielosigkeit und Unmusikalität.

Das Leben ist ein Bewußtseinsphänomen und die Dinge, sofern sie von uns wirklich erlebt werden, sind extraprojizierte Innerlichkeiten. Darum gibt es kein anderes Glück als das erotische, musische und geistige im weitesten Verstande.

Radikaler Realismus aber und Technik, Vater und Mutter der Proletarisierung und wirtschaftlichen Dauerkatastrophe, müssen das Werk, das sie angerichtet haben, vollenden. Niemand darf ihnen in den Arm fallen. Das reaktionäre Jammergeschrei, das man immer noch hört, die Unkenrufe nach verschollenen Lebensformen, nach Monarchie, Privilegismus und dergleichen, das hysterische Hepp-Hepp-Geheul um ein drittes Reich, von dem kein Heiler und Heuler weiß, was es bedeuten soll, all dies ist nur mystisch garnierter Schwachsinn und pures Verkehrshindernis.

Nicht in ihrer materiellen Macht kann die Realgesinnung tödlich getroffen werden, sondern nur in ihrer wahren Verwundbarkeit, das ist ihre Irrealität und innere Leere. Zum Drachentöter aber ist das Geistesideal berufen in Gestalt des musischen Menschen. Das hört sich zwar vorerst wie eine Utopie an, ist aber durchaus nicht schwärmerisch gemeint. Ich bin mir bewußt, daß ich Revolution verkünde, die Revolution des Lebens gegen die abstrakte Kasernierung. Wer nur ein einziges Mal in seinem Leben Revolutionär war, der war es nie. Wer sich damit zufrieden gibt, daß seine Gruppe zur Macht gelangt, und dann klassen- oder parteimäßig unterkriecht, der ist ein saturierbarer Interessent, aber kein Revolutionär. Die Revolution ist ebenso ewig wie das falsche Machtideal. Ihr großes Geheimnis bleibt, daß die Front unaufhörlich wechselt. Heute liegen auf der reaktionären Gegenseite kapitalistischer und kommunistischer Sachglaube bundesgenössisch im gleichen Schützengraben. Für scharfe Augen ist ihr ganzer Unterschied eine Nuance.

Wir aber, die wir das Leben verteidigen wollen, wir müssen uns sammeln, wir müssen eine Masse bilden, eine aufrührerische Irredenta der Weltfreundschaft gegen die Weltverödung. Keine Utopie! Die Revolution des Geistes und der Seele kommt mit derselben Gesetzmäßigkeit, mit der die materielle Revolution gekommen ist, wenn auch in anderer Form. Ihre letzte Verursachung wird der ökonomische Circulus vitiosus sein, den ich schon mehrfach aufgezeigt habe. Und gelänge es der Realgesinnung, die äußere Lebensfrage zu lösen, sie wird doch untergehen. Denn gerade der technische Fortschritt und die kommende Arbeitsverkürzung sind die Pole, die den Strom der neuen Revolution erzeugen. Es gehört ja zum tieferen Sinn der Maschine, daß sie nicht nur Güter erzeugt, sondern auch freie Zeit. Diese freie Zeit, der fatal herrliche Mehrwert der künftigen Massen, wird das Dynamit sein, das dereinst die erste Bresche in den festen Wall des Sachglaubens sprengt. Es zeugt von einem überaus feinen Instinkt der bolschewikischen Erlösungslehre, daß sie ihr klassenloses Himmelreich mit dem Tode der Individualseele identifiziert. Sie hat recht. Eine lebende Seele könnte nach vier Stunden Maschinenarbeit zehn Stunden Freiheit im russisch-amerikanischen Stil nicht ertragen. Und wenn ihr auch hunderttausend Strandbäder, Fußball- und Boxkämpfe, Filmsensationen und Autokolonnen zum Ersatz geboten würden.

(Man muß nur lesen, wie der amerikanische Philosoph und Politiker Walter Lippmann das Grauen beschreibt, in das die eigene komfortable Gottverlassenheit den Menschen stürzen kann.)

Dennoch! Die soziale und ökonomische Revolution muß und wird vorerst in der Welt siegen, das heißt der individuelle wird in den gesellschaftlichen Kapitalismus mehr und mehr aufgehen. Dieser Prozeß ist von einer Periode unfaßbarer Armut begleitet. Die Anfänge erleben wir, materiell und seelisch. So grausam es aber klingen mag, im geschichtsdialektischen Sinn ist dieser Zustand des Elends notwendig. Denn kein Appell, kein Traktat, keine Predigt wird mit gleicher Wucht zur Geistesrevolution aufrufen, wie diese durch die Realgesinnung geschaffene Lage, wie die säkulare Verkarstung des inneren Lebens.

Wird die kommende Revolution des Geistes in Europa ihre Träger bereit finden? Urteilt man nach dem gegenwärtigen Stand der Dinge, fällt die Antwort negativ aus. Werfen wir einen kurzen Blick auf die kulturellen Domänen! – Die Literatur? Um den Stoff zu verengen, will ich nur von der deutschen sprechen, und auch da nur von ihrem modern-radikalen Flügel: Zeit- und Tendenzdrama, Lehrstück, Songlyrik, soziologischer Roman usw. Aus den ältesten Ladenhütern russischer Gesinnung und aus pseudoamerikanischem Jazz-Getue wird ein Cocktail zusammengeschüttelt, der zwar brennt, aber keinen Spiritus enthält. – Das sonderbare und tragisch-große Schicksal der deutschen Nation hängt geheimnisvoll mit der zwangsläufigen Veranlagung der Einzelseele zur fensterlosen Einsamkeit und Innerlichkeit zusammen. Daher die schlaftrunkene Neigung zum Gehorsam, jeweils nach rechts und links. Daher aber auch das gewaltige Geniewerk der deutschen Musik und Lyrik. – Berlin als Musaget ist nur der lärmende Scheingegensatz, der die Einsamkeit des deutschen Wesens übertäuben will. Der Aufklärungsliterat von 1770 (Nicolai und Genossen) und der Nützlichkeitsliterat von 1930 gleichen einander aufs Haar. Fällt letzterem zum Beispiel der ›Faust‹ in die Hand, wird er wahrscheinlich die Gretchentragödie auf ihre polemische Verwendbarkeit gegen den Abtreibungsparagraphen hin prüfen. Ich bitte Sie aber dringend, diese Mutmaßung nicht auszuplaudern. Das Goethe-Jahr rückt näher. Und wenn ein zeitläufiger Regisseur von solcher Modernisierungsmöglichkeit des ›Faust‹ erfährt, ist das Unglück fertig. Die gestrige Mode, »neue Sachlichkeit« genannt, ist im Grunde »die alte Unwirklichkeit«, nur verlogen. Sie ist gewendete Romantik, die an Stelle mondbeglänzter Ruinen mit Chicagos Wolkenkratzern operiert. Trotz all dieser Fexereien dürfte aber der deutsche Kulturkreis in der kommenden Geistesrevolution die führende Rolle spielen, weil er den größten Reichtum an Innerlichkeit besitzt.

Im Erziehungswesen steht der geistigen Erneuerung die allmächtige Realgesinnung starr im Wege. Die Elementarschule zwar hat sich in den letzten Jahren im Sinne einer unmittelbaren Natürlichkeit und Freiheit gebessert. Das Grundmotiv der Erziehung aber ist und bleibt der Wille, »nur-praktische« Menschen heranzuzüchten. Also seellose und glückstaube Menschen. Die höhere Schule, das humanistische Gymnasium hingegen ist vollkommen in der alten Scholastik stecken geblieben. Die dumme Frage: »Was braucht man denn all dieses Zeug fürs Leben«, ist fast berechtigt. Statt musischer Lebendigkeit wird den Leuten unzulängliche Wissenschaftlichkeit beigebracht. Nichts sei damit gegen die klassischen Sprachen gesagt. (Mischungen wie Realgymnasium und ähnliches sind Halbheiten.) Es kommt aber mehr darauf an, Homer zu lesen, als homerische Philologie zu treiben. Über den Plan eines musischen Gymnasiums werde ich vielleicht einmal an anderem Ort berichten.

In den Hauptmächten der modernen Kulturgeselligkeit, in Weltstadtpresse, Theater und Film besitzt die Realgesinnung auf unabsehbare Zeit ihre stärksten Instrumente. Die tägliche Lebensfrage dieser Institutionen lautet: Wie kann ich heute das Niveau von gestern unterbieten? Im Leitartikel stößt je nach Couleur die politische Phrase auf. Alles andere ist, bis auf wenige rühmliche Ausnahmen, »Dienst am Kunden«. Und dieser Kunde, ob Leser ob Zuschauer, gilt seinen Dienern als das dümmste und versnobteste Aufgußtierchen, das sich denken läßt. Hier, im geistigen Zwielicht der Information und Unterhaltung, wirkt sich der ökonomische Zirkel von ertüftelten Reizen und abgestumpfter Blasiertheit am widerwärtigsten aus, jener fetischistische Aberglaube, daß Dreck und Erfolg auf Erden identisch seien. Jawohl, der Aberglaube an den Dreck scheint die Religion dieser Welt zu sein, der Drecks-Dienst am Kunden ihr Ritual, und die Billigkeit des Dreck-Angebots ihre Ethik. Auf die Idee, daß der einfachste Mensch etwas Besseres ist und verdient, kommt niemand. Ich kann diese meine Anklage durch ein Beispiel erhärten. Zur Zeit, wo die (sogenannten vornehmen) Morgenblätter nicht erscheinen, also mittags, nachmittags und am Montag, muß der Kundendienst dem hungernden Volke gepfefferten Ersatz schaffen. Was geschieht?

Der Zeitgenosse erwacht am Montag, greift nach der Zeitung und wird von einer dezimetergroßen, aber artikellosen Titelschrift folgendermaßen etwa angebrüllt: »Entmenschte Hilfsarbeiterin brät eigenes Kind auf Sparherd.« So hat zumindest jeder Montag seinen fetten Mord im Topfe. Dafür sorgt schon die

Reportage, und von ihr bestens angeregt, die Mörder. Spaß beiseite! Ich bin fest überzeugt davon, daß es ohne amerikanischen Journalismus keine amerikanische Unterwelt gäbe! Ihm blieb es vorbehalten, die Weltprominenz des Boxers um die Weltprominenz des Verbrechers zu vermehren. Fassungslos begeistert folgt Europa dem Beispiel. Kein Tag ohne ein Bulletin über das Wohlbefinden Al Capones und Jack Diamonds. Ihre Einschätzung geistiger Ereignisse hingegen beweist die amerikanische Presse durch die schamhaften Rubriken und den sensationsfreien Schriftgrad, die sie ihnen widmet. Zwischen Buchbesprechung und Verlegerinserat herrscht ein unausgesprochen heikles Junktim. Mord und Sport berichtet die Zeitung mit Riesenlettern gratis. Kunst ist Dunst und soll demgemäß bezahlen. Im ganzen logischen Aufbau der Realgesinnung ist das weiter nicht erstaunlich. Erstaunlich ist nur, daß sich die letzten Kulturmenschen nicht zusammentun und in den Druckereien des sensationellen Unrats die Rotationsmaschinen kurz und klein schlagen.

Ist es in diesem Zusammenhang noch nötig, an Theater und Film zu erinnern? Man hat es oft genug und immer wieder erlebt, daß ernstgemeinte und modeferne Stücke großen Zulauf finden. Die Theaterdirektoren sind dann meist schmerzlich überrascht. Die Armen! Sie verstehen in solchen Fällen die Welt nicht mehr. Beim Film sind derartige Wunder von allem Anfang an ausgeschlossen. Die kapitalsgewaltigen Kraft- und Höhlenmenschen, die ihn beherrschen, sorgen schon dafür, daß das ökonomische Naturgesetz der Billigkeit nicht durchbrochen werde. Und doch! In der unbegreiflichen Richtungs-Polyphonie des Lebensstromes wird vielleicht der Film eine unerwartete Rolle spielen. Vielleicht wird er dereinst das mächtigste Förderungsmittel der seelischen Revolution gegen den Sachglauben gewesen sein. Denn er ist es, der die Massen, die Millionen zum Phantasieleben aufrüttelt, der den Durst nach Traum und Erschütterung in die untersten Volksschichten trägt, er ist es, der den primitivsten Menschen in Sibirien und Mexiko gelehrt hat, Erdachtes und Erfabeltes im Bilde als wirklich zu erleben und zu verstehen.

Welch ein Führer zur Geistes-Gesinnung der Film sein könnte, zeigt bekanntlich die einzige Ausnahme: Chaplin. Die Wirkung dieses Künstlers beruht durchaus auf der Überlegenheit des Geistes und seiner graziös-ergreifenden Kampfmethoden gegen die rohe Realgesinnung. Die Niederlage wird so zum Sieg und die zeitliche Resignation zum ewigen Triumph. Der Erfolg von Chaplins heroischer Komik entspringt der tiefen Befriedigung über die wiederhergestellten Werte.

Wiederherstellung der Werte! Meine Damen und Herren, die Geschichte des Menschengeschlechtes ist nicht die Geschichte seiner Ernährung, wie uns der moderne Aberglaube weismachen will, ebensowenig wie etwa die Lebensgeschichte Schillers die Biographie seines Stoffwechsels ist, – nein, sie ist und wird immer sein die Weltgeschichte der Wert- und Idealbildungen, die alle Materie von innen her verwandeln. Das heroische Ideal erzeugt Feudum und Sklavenunterbau, das christlich-katholische restringiert beide zur Lebensform des gotischen Mittelalters, das ökonomische Arbeits-Ideal des heraufkommenden Bürgers verursacht zugleich mit dem technischen Fortschritt Proletarisierung, Massenelend und somit die soziale Revolution, in deren Zeitalter wir leben. Die Wandlung der Werte und Ideale vollzieht sich immer spastisch und revolutionär. Daß sie aber rein geistiger Natur ist, beweist jedesmal ihre Vorgeschichte. Damit Christentum entstehe, mußte das antinomistische Sektenwesen Judäas in Jesus und Paulus gipfeln. Damit die bürgerliche Revolution gelinge, mußten die Enzyklopädisten, mußte Voltaire und Rousseau sein Werk geleistet haben. Damit die soziale Revolution sich vollziehe, war vielleicht Marx weniger die Voraussetzung als die große Mitleids- und Elendsliteratur des XIX. Jahrhunderts, mit Tolstoi und Zola an der Spitze. Soll aber endlich der Geistesmensch, der innerlich reiche, der erschütterliche, der schöpferische, der musische Mensch an die Reihe kommen und die Realgesinnung stürzen, so erfordert die Vorbereitung dieser fernen Revolution noch größere Mühsal und noch stürmischeren Schwung.

Vor allem müssen wir den Mut haben, die geltende Mode zu

verachten, auch wenn wir deshalb von der Mode und dem sogenannten Zeitgeist selbst verachtet werden. Unterschätzen Sie, bitte, diesen Mut nicht! Sie werden einen Elegant im Frack eher dazu vermögen, ins Wasser zu springen, als zu demselben Frack etwa eine schwarze Krawatte oder gelbe Schuhe anzuziehen. Und eher wird ein radikaler Modekopf, ein Sozialgent, Proletsnob oder Sachlichkeitsgeck Schafe unter den Linden weiden, als die Wahrheit des allesbesiegenden Ökonomismus leugnen. Unsere Aufgabe jedoch ist es, jenseits aller Eitelkeit, auf die Gefahr hin, als reaktionär verschrien zu werden, die Welt mit Geistesgesinnung zu durchdringen. Um sie aber durchdringen zu können, müssen wir selbst vorerst von unserem Glauben völlig durchdrungen sein. Doch welcher Glaube, meine Freunde, wäre leichter, freier, undogmatischer, gewisser, seligmachender, als der Glaube, daß trotz allem realen Elend unser höchstes Glücks- und Daseinsziel die Entfaltung, die Steigerung des inneren Lebens sei.

Ist der Ozean an sich etwas Wunderbares? Nein! Oder der Himalaja? Oder ein Bergsee? Oder ein Laubwald? Nehmen wir an, wir wären nicht rund einen Meter siebzig groß, sondern zweitausend Meter (angesichts kosmischer Maße ein bedeutungsloser Unterschied), dann wäre der Ozean für uns ein Regentümpel, der Himalaja eine bessere Türschwelle und der Wald ein Grasbüschel. Oder, gesetzt, wir wären so gescheit, hinter allen Dingen immer und überall ihre sogenannte reale Bedeutung zu sehen. Das Meer erschiene uns dann als eine ausgedehnte Ansammlung chemischer Bestandteile, deren Verbindung Meerwasser ergibt, und der Wald als eine verfilzte Bürste langweiliger Schachtelhalme. In Baumwanzen und Singvögeln sähen wir ein gleichartiges Parasiten-Ungeziefer des Laubes. Wir könnten in einem schönen Gesicht nichts anderes lesen als die Tadellosigkeit der Drüsensekretion und in geistiger Begabung nur ein glückhaftes Arrangement physiologischer und sozialer Bedingungen.

Aber gottlob, unsere Seele ist viel zu gescheit, um so gescheit zu sein. Ein schönes Antlitz rührt uns unfaßbar, ein großes Geisteswerk zwingt uns in die Knie. Ein ernstes Tal erfüllt uns mit Trauer, Meer und Firn mit seltsamem Schreck.

Warum erschrecken wir und wovor?

Wir erschrecken vor dem Wunder in uns selbst, vor der Muse erschrecken wir, die in jedem Menschen schläft, vor Gottes Botin, die das Schöpfungswerk allsekündlich neu wiederholt. Denn die Welt fängt im Menschen an. Und der Mensch kann nur leben im Namen des Wunders.

Können wir ohne Gottesglauben leben?

Vorwort

Die nachfolgenden Blätter enthalten den festgelegten Text einer Rede und nicht die durchgefeilte Niederschrift eines philosophischen Versuchs. Zwischen dem geschriebenen und dem gesprochenen Wort herrscht derselbe Unterschied wie zwischen Leserschaft und Hörerschaft. Jene bildet eine abstrakte Gemeinde, diese eine höchst konkrete und gefährliche Versammlung. Der einsame Leser schützt sich gegen den Autor durch prüfendes Mißtrauen, der Hörer durch lauernde Ungeduld. Will der eine überzeugt, so muß der andere überwunden werden. Das rhetorische Mittel der schlagenden Sinnesübertragung ist der schriftstellerischen Pflicht der besonnenen Darlegung scharf entgegengesetzt.

Ich habe, in vollem Bewußtsein dieser Antithese, meine Rede für die Drucklegung nicht verändert, es wurde nichts geglättet, nichts verschönt, die improvisierte Formel erhielt keine nachträglichen Stützen. Nur einige Fußnoten dienen dem Zweck, die Beweisführung zu verdeutlichen und zu bekräftigen.

»Es gibt wichtigere Fragen.«
(Fritz Mauthner in dem Artikel ›Gott‹ des Philosophischen Wörterbuchs)

»Wächter, wie weit in der Nacht?«
(Der Prophet Jesaja, 21/11)

I

Als ich vor vielen Monaten das Thema für meinen heutigen Vortrag wählte, ahnte ich kaum etwas von den Schwierigkeiten, die auf mich warteten. Ich meinte, es müsse ohne weiters möglich sein, jenen Gedanken und Empfindungen einen verständlichen Ausdruck zu geben, die mir seit früher Jugend schon zu innerem Eigentum geworden sind.

Um so befangener freilich trete ich, meine verehrten Zuhörer, jetzt vor Sie hin. Ich erkenne, daß nichts sich schamhafter dem Wort verschließt, daß nichts sprachloser bleiben will als das Reich, an das ich zu rühren wage. Dies aber ist nicht alles. Es schwärt eine tiefe heimliche Wunde in der Welt. Ihr fiebrischer Schmerz wird gelindert durch die dicken Verbände der modernen Weltanschauungen und Ideologien. Wer aber auf den Grund der Dinge gehen will, ist gezwungen, sich dieser Wunde zu nähern, die Verbände einen nach dem anderen abzuheben und den Wundrand zu betasten. Er wird also Anstoß und Ärgernis erregen; Anstoß bei den Gläubigen, doch weit größeres Ärgernis bei den Ungläubigen, die sich wutgereizt auf jeden stürzen, der freien Geistes die große Lebensfrage stellt. Lächerlicher Ausblick auf die Relativität der geschichtlichen Verhaltungsweisen! Die Kerzlweiber des Atheismus und die Pfaffenknechte der materialistischen Gesinnung sind gegenwärtig die echten Vertreter der Intoleranz. Ich erinnere nur an die Bewegung der russischen Bezbožniki, an diese Bigotterie der Gottlosigkeit, deren Propaganda fidei seit einigen Jahren im stärksten Maße auch nach Deutschland übergreift.

Eine andere Schwierigkeit, die sich mir hemmend in den Weg

stellt, ist die Frage nach der Legitimität dieses Versuchs. Ich bin weder Theologe noch Prediger. Ich kann nicht als Gelehrter sprechen und noch weniger als geeichter Wortführer einer Konfession. Mit welchem Rechte also erdreiste ich mich, den Finger an die heikelste Wunde der modernen Menschheit zu legen, mit welchem Rechte fordere ich hier von Ihnen eine Stunde metaphysischer Besinnung?! Mit keinem anderen Rechte – so lautet die Antwort – als dem unserer gemeinsamen Lebenslage. Wir beide, Sie und ich, entstammen im großen und ganzen der gleichen Menschenklasse, wir haben einen ähnlichen Erziehungsweg zurückgelegt, dasselbe Schrifttum, dieselbe Wissenschaft und Kunst hat uns ernährt. (Die gemeinsame Lebenslage unserer Kaste, des gebildeten Bürgertums, befindet sich übrigens auf dem Boden, nämlich zwischen den Stühlen aller Parteien und Anschauungen.) Ich darf daher annehmen, daß die Erwägungen, die ich anstellen werde, Ihnen nicht fremd sind, und daß ich mit m e i n e n Gedanken die verborgenen I h r e n in Worte kleide.

Die knappe Zeit und der weite Gegenstand, und nicht allein sie, zwingen mich den Stoff stark einzuengen.

Wenn ein Geometer die Höhe eines ragenden Gipfels berechnen will, so muß er von seinem Standort zu einem Bezugspunkt eine Basislinie ziehen. Diese Basislinie zwischen uns möchte ich dahin bestimmen, daß ich nicht von geformter Religion sprechen werde, nicht von positiven Kirchen und Bekenntnissen, sondern von dem ungefaßten Strom der Metaphysik, der auch heute wie eh und je die menschlichen Seelen durchdringt. Von ihr werde ich sprechen sowie von den ungeheuren Kraftversuchen der herrschenden Diesseitsgesinnung, die unsichtbaren Strahlen abzublenden. Ich scheide die beiden Grenzgebiete meines Gegenstandes bewußt aus, das obere der eigentlichen Religion und das untere des praktischen, ökonomischen Lebens. Dies erwähne ich nur, um mich gegen Einwände zu schützen, die auf der Hand liegen. Der Apostel Paulus warnt zwar vor solchem Vorhaben, das zu »ἀπαιδεύτας ζητήσεις«, zu undisziplinierter Dialektik, zu »λογομαχετν« und »εὐτϱαπελία«, zur Silbenstecherei und Geistreichelei führe. Dieser Gefahr werden wir wohl am besten ausweichen, wenn wir uns dem unerschöpflichen Thema gegenüber der eigenen geistigen Schwäche bewußt bleiben und, so gut es eben geht, um Einfachheit und subjektive Aufrichtigkeit uns bemühn.

2

Ich sehe eine Großstadtstraße vor mir. Es ist keine Straße der inneren Stadt und auch keine Straße der Peripherie. Eine mittlere Straße also, nicht ganz bürgerlich und nicht ganz proletarisch. Es ist auch ein mittlerer Mensch, den ich mir jetzt aus dem Getriebe nach Geschäftsschluß heraushole, um seine Seele unter die Lupe zu nehmen. (Wollte ich das Wesen der Gotik untersuchen, müßte ich einen meditierenden Mönch festhalten; einen Fürsten, gälte es die Renaissance zu begreifen – für unsere Tage aber ist nicht der hochstehende Mensch symbolisch, sondern der mittlere. Er ist das eigentliche Subjekt und Objekt der Demokratie, der wahre Träger unserer Geschichte.) Dieser Träger der gegenwärtigen Weltgeschichte steht übrigens auch im mittleren Lebensalter. Sein Beruf? Ein kleiner Geschäftsmann, ein Magistratsbeamter, ein Lehrer... Zieht man den verwetzten und verdrossenen Gesichtsausdruck in Betracht, so erhält die Diagnose »schlechtbezahlter Festangestellter« die größte Wahrscheinlichkeit. Ich kenne den Mann von früher her. Wir haben während des Krieges mehrere Wochen in ein und demselben Kasernzimmer verbracht. Ein Gespräch kommt zustande, das nur von einer Straßenecke zur andern dauert. Diese kurze Unterredung genügt mir, damit ich, ohne besondere Phantasieleistung, den Bewußtseinszustand und die Seelenverfassung des Mannes in mir vollständig reproduziere. Ich kann die Geschichte seines inneren Lebens erzählen, so klar liegt sie vor mir, Tag für Tag, von Kindheit an.

Er war ein Durchschnittskind wie hunderttausend andere, nicht seelenvoller, nicht seelenloser. Bis zu seinem siebenten Lebensjahr fürchtete er sich wie alle Kinder vor der Finsternis. Im

Dunkel der engen Schlafkammer versammelten sich die übersinnlichen Gewalten des ganzen Weltalls, und er lag ihnen allein gegenüber. Ehe er sie noch als Geister, Engel und Teufel benennen konnte, webten diese Worte als ein durch hundert Generationen vererbter Schauer in seinem Blut. Die Mutter nahm das Kind oft ins Gotteshaus mit. Und hier bei Orgelklang und Kerzenglanz erlebte es ganz andere Arten von heiligen Schauergefühlen, die der erwachsene Mann aber merkwürdigerweise tiefer vergessen hat als seine Angst vor der dämonischen Finsternis.

Als sich der schulpflichtige Knabe noch immer schreckhaft zeigte, erhielt er eines Tages vom Vater eine vollbemessene Ohrfeige. Der Tat folgte die Belehrung auf dem Fuß. Geister, Engel, Teufel und anderen Aberglauben gebe es nicht, erklärte der Vater, sondern die Welt sei eine ganz und gar natürliche Veranstaltung. Ihr Hauptzweck bestehe darin, daß man seinen geplagten Eltern nicht allzulange auf die Tasche falle und so schnell wie möglich sein eigenes Brot verdiene. Mein kleiner Mann der Menge erhielt damit die erste bündige Aufklärung über die naturwissenschaftliche Artung der Welt und ihren nur-ökonomischen Zweck. Der frühe Einblick in die kargen Lebensverhältnisse des Elternhauses, die immer sorgenumdüsterten Gesichter von Vater und Mutter, dies und anderes noch unterstützten das Erziehungswerk. Die Schule setzte es fort, trotz allwöchentlicher Religionsstunden und sonntäglicher Exhorten. Mit sechzehn oder siebzehn Jahren aber erlebte auch dieser dürftige Normalmensch so etwas wie eine geistige Krise. Er begann plötzlich mit Heißhunger alles zu lesen, was ihm erreichbar war. Es ist kein Zufall, daß ihm dabei, als Hauptstück gleichsam, die ›Welträtsel‹ von Ernst Haeckel in die Hand fielen. In diesem Buche war es besonders eine lichtvolle Stelle, die für die Weltanschauung unseres jungen Menschen entscheidend wurde. Ich zitiere sie aus dem Gedächtnis.

»Die Existenz Gottes«, sagt der monistische Weise ungefähr, »bedeutet nichts Sinnvolleres als die Existenz eines gasförmigen

Wirbeltiers.«[1] Dieser Blitz schlug ein. Die Periode der Lesewut währte freilich nur eine kurze Weile, denn Beruf und Indolenz brauchten den trägen Geist meines Bekannten schnell auf. Aus der Zeit seiner faustischen Bemühung behielt er nur einen matten Mückentanz ungeordneter Begriffe im Kopf: Allerlei Vages und Schiefes von der Entstehung der Arten und der paradiesesfernen Affenvergangenheit des Menschen, vom Aufbau der Materie aus Atomen, vom Denken als einer Funktion der Gehirnzentren und dergleichen mehr. Wollte man all dies Achtel- und Sechzehntelwissen auf den Nenner einer philosophischen Überzeugung bringen, sie müßte folgendermaßen lauten:

Unser Mann glaubt, daß die Wirklichkeit identisch sei mit seiner sinnlichen Erfahrungswelt. Er glaubt demgemäß ferner, daß sie eine reine Stoffwelt sei, aus sich selbst entspringend und sich selbst bezweckend. Die geistigen Kräfte in ihr sind Nebenprodukte ihres inneren Stoffwechsels und spielen in der Ökonomie des Ganzen bestenfalls die Rolle des Schmieröls bei einer Maschine. Der Mensch weiß zwar nicht, wozu er auf der Welt ist, da er aber nun einmal auf der Welt ist, muß er sich in ihr einrichten. Das geschieht am besten durch Verminderung der Leidensmöglichkeiten auf technischem Wege. Letzteres nennt man Fortschritt.

Ich bitte Sie, mich recht zu verstehen. Unser Durchschnittsmensch kann weder so schlüssig denken, noch auch so gewandt formulieren. Er denkt überhaupt nicht mehr. All diese Fragen lassen ihn längst kalt, da er andere Sorgen hat, eine vorwurfsvolle Frau nämlich, zwei radikalgesinnte Söhne und einen schlechtbezahlten Posten, von dem er täglich pensionslos abgebaut werden kann. Dennoch durchdringt ihn die vorhin dargestellte Überzeugung völlig. Sie bildet, wenn man das sagen darf, seinen unbewußten Bewußtseinszustand. Auf tausend offenen und gehei-

1 Die Stelle lautet wörtlich: »In Wirklichkeit wird auch dieser immaterielle Geist nicht unkörperlich, sondern unsichtbar gedacht, gasförmig. Dieser Anthropismus führt zu der paradoxen Vorstellung Gottes als eines gasförmigen Wirbelthieres.« (›Die Welträtsel‹, erschienen 1899 [,S. 333])

men Wegen wird sie in sein Hirn gefiltert. Jedes Kinoprogramm trägt sie ihm zu. Im Tonfall jedes Gespräches ist sie untergründig vorhanden. Zweimal im Tag verabreicht ihm seine Leibzeitung eine Injektion davon, gleichgültig welcher Partei sie verschrieben ist, und sei sie selbst klerikal, sie kann nicht anders. – Mit dem Göttlichen, an das er nach seinem ganzen Werdegang nicht glauben kann, verbinden ihn nur gewisse kultische Gelegenheiten, in die er als Bürger und Familienvater mithineinverwickelt wird: Taufen, Firmungen, Hochzeiten, Begräbnisse, freundliche oder düstere Zusammenkünfte also, von denen man teils mit gestörter Verdauung, teils mit erfrorenen Füßen heimkehrt.

Ich will jedoch nicht verschweigen, daß mein Bekannter in späteren Jahren noch einmal von einer gedanklichen Erschütterung heimgesucht wurde. Bei Gelegenheit nahm er einen alten Zeitungsfetzen zur Hand, der einen astronomischen Artikel enthielt, in den er sich alsbald vertiefte. Der Sternenkundige verbreitete sich in diesem Artikel über den lächerlich dünnen Schleier, den die Materie im leeren Weltenraum vorstellt. Dann kam er auf die Abermillionen Fixsterne zu sprechen, die neunundneunzig Hundert-Teile dieser Materie ausmachen, der das ganze kosmische Zeit-Raum-Drama zu gelten scheint. Wenn man nun bedenkt, fuhr der Astronom fort, daß all diese Fixsterne weißglühende Gaskörper von unausdenklichen Hitzegraden sind, und wenn man ferner bedenkt, daß sich in allen Milchstraßen und Sternnebeln nur verschwindend selten erdgleiche Planeten bilden können, die organisches Leben gewährleisten, so liegt die Erwägung nahe, daß dieses organische Leben mitsamt seinen respektiven Menschheiten durchaus nicht der höchste Zweck des Universums sei, sondern ganz im Gegenteil ein Zufalls-Abhub, eine Alterserscheinung der Materie, ein nebensächlicher Spritzer, eine Art parasitäre Krankheit oder Krätze der Gestirne.

Diese widermenschliche Astronomie versetzte dem Mann einen nicht weniger heftigen Stoß als einst das gasförmige Wirbeltier Haeckels dem Knaben versetzt hatte. Zernichtet und von dem Erstickungsgefühl einer dunklen Vergeblichkeit erfüllt, schlich er von dannen. In einer anderen Zeit hätte vielleicht ein anderer Mensch von dieser kosmologischen Auslegung den gegenteiligen Eindruck davongetragen. Er hätte möglicherweise in ihr eine Bestätigung der antiken Lehrmeinung gesehen, daß nämlich unser kleiner Wandelstern mit seiner Menschheit die große Ausnahme und der Mittelpunkt seien. Diese heiter-kühne Einbildung aber verbietet ja der moderne Bewußtseinszustand, den ich schon charakterisiert habe.

Inzwischen hat unser Bekannter den beklemmenden Zeitungsartikel längst vergessen. Seit einiger Zeit ist er aber kein so unbekümmerter Spaziergänger und Naturfreund mehr wie früher. (Eine seiner besten Eigenschaften übrigens.) Seltsam traurig ist er geworden, ja schwermütig. Das hängt weder mit seinen Nahrungs- und Familiensorgen zur Gänze zusammen, noch auch mit den körperlichen Veränderungen, denen um die Fünfzig jedermann unterliegt. Ich glaube das Geheimnis dieser Schwermut genau zu begreifen. Es heißt Todesangst. Der Mann fürchtet sich vor dem Tode. Die Leidensvorstellungen des Sterbens, die Schreckensbilder der Vernichtung und des Zerfalls nehmen täglich grausamer von seiner Seele Besitz, obgleich er sich keine klare Rechenschaft darüber gibt, seinem Beruf nachgeht und seinen Gewohnheiten anhängt wie immer. Vordergründig betrachtet, ist es die zwar verborgene, doch maßlose Angst vor der letalen Krankheit, vor dem Todesaugenblick, vor dem physischen Sterben. Aber gibt es für ihn denn etwas anderes als das Physische? Das ist es ja gerade. Hinter der Angst vor der körperlichen Zerstörung lauert eine zweite, weit tiefere Todesangst. Sie könnte im Geiste des Betroffenen, wäre er nicht allzu dumpf, folgendermaßen argumentieren:

»Da bin ich von zwei zufälligen Eltern in einer zufälligen Nacht zum Zwecke eines zweifelhaften Vergnügens gezeugt worden. Und auf einmal erwachte ich in diese Welt und war da. Was folgt, war ungefähr vier Fünftel Entbehrung und Unlust (häuslicher Notstand, Arbeitssklaverei, Krieg, Krankheiten, Todesfälle) und ein Fünftel mäßige Befriedigung (Essen, Trinken, ein paar verstohlenere Amusements, Kartenspiel, Spaziergänge und eine kleine Vergnügungsreise). Doch immerhin, so wenig es war, es war nicht Nichts. Ich hatte nicht Nichts, ich hatte Etwas. Und dieses einzige Etwas, das ich besitze, gewann ich doch so lieb. Nichts anderes liebe ich ja als dieses Etwas, mein Ich. Die Frau geht mir auf die Nerven, meine Söhne sind bösartige Lausbuben, mein Beruf ist eine Tretmühle – nur mein Ich liebe ich, sonst nichts. Und nun wird mir mein liebes Ich genommen, nicht im sanften Schlafe, sondern im gräßlichen Krampf. Welch ein ungeheuerliches Gerichtsurteil ohne Berufung! Erst war ich Nichts, dann bekam ich ein lustbedürftiges und schmerzempfindliches Etwas, nur damit es mir genommen werde. Und am Ende werde ich nicht nur wieder Nichts, sondern ein verschärftes Nichts, ein Nichts weniger mein Ich.«

Wir wissen schon, daß unser Straßenmann nicht denkt. Diese Schlüsse jedoch, die ich jetzt gezogen habe, erfüllen als dunkle wolkige Qualen seine Seele, auch wenn er ihnen keine Worte geben kann. Er verschließt sich von Tag zu Tag mehr und bekommt den Ruf eines brummigen Sonderlings. Aber er ist nur ein tief unglücklicher Mensch. Immer öfter erinnert er sich jetzt seiner Mutter und des Tages zumal, da sie starb. Sie verschied leicht und in der Hut des Glaubens. Die Erinnerung an sie berührt ihn wie ein merkwürdiger Trost und wie ein merkwürdiger Neid.[2]

2 Manche behaupten, die geschilderte Todes- oder Vernichtungsangst nicht zu kennen. Diese Freiheit dürfte aber weniger auf kühnen Lebensmut als auf mangelhafte Seelentätigkeit zurückzuführen sein. Die Existenz eines Gefühls und dessen Gewahrwerdung ist nämlich zweierlei. – Jeder, der den Krieg oder große Gefahren mitgemacht hat, weiß, daß in den gesteigerten Augenblicken der Todesnähe ein rauschartiger Leichtsinn eintreten kann, der die Welt entwirklicht und damit die Furcht aufhebt. Es ist das Wesen dieser Furcht, daß höchste Bewährung und Tätigkeit sie betäubt. Anders aber verhält es sich, wenn wir auf dem stetigen Strom des Alltags dahinfahren. Wer da nicht hie und da innehält und sich dunkel oder klar des Todes, der Vernichtung und der Ewigkeit erschauernd besinnt, mag sonst ein tüchtiges Lebewesen sein, ein Mensch ist er nicht. Der Zeitgeist tut alles, damit in ständigem Trubel und Lärm die letzten Dinge des Menschen diesem nicht zum Bewußtsein kommen. Dennoch vermag er sie nicht völlig abzutöten, wie selbst mein mittelmäßiger Straßenmann beweist.

3

Sie werden, meine Damen und Herren, nicht annehmen, daß ich Sie mit meinem Mann der Menge bekannt gemacht habe, um Ihnen eine novellistische Charakterstudie vorzuführen. Nein, er dient mir nur als menschgewordenes Symbol für die Darstellung jenes alldurchdringenden modernen Bewußtseinszustandes, den ich Naturalistischer Nihilismus nennen will. Wie es in weiten Schichten einen massiven Volksglauben noch immer gibt, so gibt es auch einen massiven Volksunglauben. Der namenlose Großstadtmensch, den ich schildere, verkörpert ihn. Definieren wir die natural-nihilistische Geistes- und Seelenverfassung noch einmal, indem wir das Ungestalte in Begriffe fassen:

Jedes Leben, auch das persönliche, ist demnach eine lust- und unlustvolle Unterbrechung des Nichts. Die Natur, soweit sie von uns erfaßt wird, stellt einen seelenlosen Mechanismus von Gewalten vor, die einander entweder ausbalancieren oder zerstören, eine in Schwebe gehaltene Dauerkatastrophe gewissermaßen. Der Mensch spielt gemäß der Rückertschen Fabel die Rolle des ›Mannes im Syrerland‹, der »ein Kamel am Halfterband führt«. Wir kennen ja alle aus unserer Schulzeit die Geschichte von dem armen Kameltreiber, der sich vor dem wütenden Tier in einen Brunnen flüchtet, in dessen Tiefe ein Drachen lauert, während sich der Verfolgte, von dem Kamel oben bedroht, an einem Dornstrauch festklammern muß, dessen Wurzeln von einer schwarzen und weißen Maus abwechselnd benagt werden. Die Kultur ist ein beständiger Stellungskrieg gegen die rohen Naturgewalten außerhalb und innerhalb des Menschen, die Technik ihre wichtigste Waffe. Eine Möglichkeit, sich durch Erkenntnis oder Erfühlnis einem höheren Weltsinn anzunähern, besteht nicht. Denn erstens reicht unser sinnlicher Wahrnehmungsapparat ebensowenig wie unsere Vernunft zu absoluten Erkenntnissen, und zweitens ist solch ein Weltsinn an sich schon eine anthropomorphe Unterstellung und ein leerer Sprachgebrauch. Was aber die sogenannten religiösen Gefühle anbelangt, so hat sie die komfortabelste Psychologie der Gegenwart längst als infantile Reste im einzelnen und in der Gesellschaft entlarvt.

Dies ist etwa in ganz knapper Skizze die Weltanschauung des naturalistischen Nihilismus, die populäre Philosophie, die in Fleisch und Blut der europäisch-russisch-amerikanischen Stadtbevölkerung übergegangen ist. Mögen auch viele viele Millionen von positiv Gläubigen auf der Welt noch leben, nicht sie bestimmen mehr den Lebensgeist des Zeitalters, sondern der eben geschilderte Nihilismus.

Ich habe an derselben Stelle hier vor fast einem Jahr die historischen, ökonomischen und psychologischen Wurzeln der modernen Realgesinnung bloßzulegen versucht[3]; jetzt dringe ich zur tiefsten Wurzel vor, zur metaphysischen.

Es wäre ein verlockendes Unterfangen, die Linie zu ziehen, die von Thomas von Aquino zu Karl Marx läuft, vom prästabilierten Geschichts- und Heilsplan der Kirche zum historischen Materialismus. Ich muß mir aber jede geschichtliche Einschaltung versagen, da unsere Untersuchung nur der gegenwärtigen Epoche gilt. Diese freilich datiert, wie die ganze Realgesinnung, auch im religionshistorischen Bezug bis zum Beginn des achtzehnten Jahrhunderts zurück.

Der naturalistische Nihilismus hat einen weiten Weg durchschritten und viele Stationen hinter sich zurückgelassen. Jede dieser Stationen bedeutete eine neue Loslösung des Menschen von seiner metaphysischen Verbundenheit. Das Messer, mit dem er die geheimnisvollen Fäden zwischen seinem Herzen und dem Göttlichen durchschnitt, lieferte ihm die Naturwissenschaft. Ihre Leistungen waren so ungeheuer, die Aspekte, die sie seit Galilei, Kepler, Newton vor dem schwachen Auge des Sterblichen aufriß, waren so überwältigend, daß wir es wohl verstehen können, wenn er sich in seinem übermütigen Wissensrausche den Herrn der Welt dünkte und über so vielen scheinbar gelösten Rätseln das tiefste Geheimnis der Schöpfung vergaß. Der von Teleskop und Mikroskop geblendete Men-

3 ›Realismus und Innerlichkeit‹ [vgl. S. 77–104].

schengeist wurde für einige Zeit gottblind, in welcher Tatsache sich vielleicht eine undurchdringliche Absicht des Geschichtsplans verbirgt. Erst im Weltkrieg erreichte der Nihilismus seinen Höhepunkt, er vollendete sich gleichsam in ihm durch ihn.

Ich bitte Sie neuerdings um Ihre gütige Aufmerksamkeit für meinen so wenig interessanten Mann der Menge, für den Durchschnittsmenschen der Großstadt. Er gehört einer der Kriegsgenerationen an. Im Weltkrieg hat er nicht nur seine Gesundheit eingebüßt, sondern den letzten Rest der ihm von Staats wegen anerzogenen Ideale. Er besitzt, wie wir gesehen haben, auf der Welt nur eines, sein armes, geliebtes Ich. Und dieses Ich kommt ihm leider nur mehr als eine Kette depressiver Zustände zum Bewußtsein, als Pensionssorge, als dumpfe Todesangst, als unbestimmte Bitterkeit, als maßloses Vereinsamungsgefühl, als beginnende Gefäßabnützung und Gicht. Er ist der von der Allverbundenheit am tiefsten entblößte Mensch, den es gibt. Und wie er, so auch der größere Teil jenes Generationszirkels, dem er angehört. Der Weltkrieg bedeutete in einem höheren Sinn die Mahnung:

»So geht es nicht weiter!«

Es ging so nicht weiter. Der Mensch des absoluten Nichts ist nicht lebensfähig. Gerade dieser Satz steht ja hier zu Beweis. Eine Wendung trat ein, die ein wichtiges Glied unseres Beweises bildet. Unser Mann hat zwei Söhne. Zwanzig und einundzwanzig Jahre alt. Diese jungen Leute wollen und können nicht leben mit einem passiven, »einrückend gemachten« Ich, das nur das Nichts auf Urlaub ist. Sie streben heftig von ihrem Ich fort. Obgleich sie sehr arm sind, ärmer wohl als eine Jugend jemals zuvor, geben sie sich doch nicht zufrieden, welche Tätigkeit ihren Vater bis heute völlig ausfüllt. Sie suchen Anschluß an eine höhere Ordnung, an eine Überordnung, an eine Autorität, der sie sich leidenschaftlich unterwerfen, für die sie gegebenenfalls ihr Leben opfern werden. Die Weltgeschichte lehrt uns, daß der Mensch freudig sein Leben nur für eines dahingibt, für seinen Glauben. Unsere Zeit bietet den jungen Leuten zwei radikale Glaubensarten an. Sie ahnen schon, daß der eine Sohn unseres

Straßenmannes Kommunist ist und der andere Nationalsozialist. Der naturalistische Nihilismus spaltet sich gleichsam in zwei Äste. Die Jugend tut den Schritt vom hilflosen Ich fort. Kommunismus und Nationalsozialismus sind primitive Stufen der Ich-Überwindung. Sie sind Ersatz-Religionen, oder wenn Sie wollen, Religions-Ersatz.

4

Es ist zu begründen, daß der theoretische Kommunismus nicht, wie er vorgibt, eine Wissens-, sondern eine Glaubensweise bedeutet. Er jongliert mit verstandesmäßigen Elementen, um zu einem Credo quia absurdum vorzustoßen. Schon seine Grundlehre[4] ist ein reines Dogma, jene nämlich, die verkündet, daß Ursprung und Schlüssel aller menschlichen Dinge die Vergesellschaftung zum Zwecke der Güterproduktion sei. Das Lebensmittel als Lebenszweck ist ein zeitgebundener Gedanke des mechanistischen neunzehnten Jahrhunderts.

Die Wirtschaft, eine sehr späte Lebenserscheinung, zum Ausgangspunkt der Geschichtsbetrachtung zu machen, ist durchaus willkürlich. Wir wissen, daß bei den Primitiven das Rechts- und

4 F. A. Lange, der Historiker des Materialismus, schreibt: »Adam Smith (der Schöpfer der Volkswirtschaftslehre) brachte das Spiel der Interessen, den Marktverkehr von Angebot und Nachfrage auf Regeln, die noch heute ihre Bedeutung nicht verloren haben. Ihm aber war immerhin dieser Markt der Interessen nicht das ganze Leben, sondern nur eine wichtige Seite desselben. Seine Nachfolger jedoch vergaßen die Kehrseite und verwechselten die Regeln des Marktes mit den Regeln des Lebens, ja mit den Grundsätzen der menschlichen Natur. Dieser Fehler trug übrigens dazu bei, der Volkswirtschaft einen Anstrich von strenger Wissenschaftlichkeit zu geben, indem er eine bedeutende Vereinfachung aller Probleme mit sich brachte. Diese Vereinfachung besteht nun aber darin, daß die Menschen als rein egoistisch gedacht werden, und als Wesen, welche ihre Sonderinteressen mit Vollkommenheit wahrzunehmen wissen, ohne je durch anderweitige Empfindungen gehindert zu werden.« (Gesch. d. Materialismus [und Kritik seiner Bedeutung in der Gegenwart, 1866], II. Buch, IV. Abschnitt, S. 454)

Kultleben entgegen der ökonomischen Logik eine weit größere Rolle spielt als diese.

Wirtschaft!? Die Standeserhöhung hat die emsige Dame um die Vernunft gebracht. Seitdem ihre Oberpriester die liturgischen Geheimworte des Schachers, wie etwa »Rediskont«, »Disagio«, »eingefrorene Kredite«, zum allgemeinen Rotwelsch erhoben haben, schlägt uns die Unholdin mit Pest und Dürre. Es gibt so manche Philosophie der Geschichte, keine aber hat uns noch gezeigt, daß die historische Wirklichkeit zum größten Teil vom Wort und vom Schlagwort verursacht wird.

Nicht minder windig sieht es mit der zweiten Hauptlehre des Kommunismus aus, mit der Theorie vom sogenannten »Ideologischen Überbau«: Das Bewußtsein, das geistige Leben des Menschen sei nicht mehr und nicht weniger als eine Funktion seiner sozialen Lage. Da diese jedoch so beschaffen ist, daß die einen die Produktionsmittel in der Hand haben, die anderen aber nicht, da es demnach nur Ausbeuter und Ausgebeutete gibt, so sind alle geistigen Erzeugnisse nichts anderes als raffinierte Rechtfertigungsmittel der Ausbeuterklasse, um ihren privilegierten Zustand in Ewigkeit weiter aufrecht erhalten zu können. In diesem Sinne ist also der Bibelgott eine verschlagene Erfindung der reichen Hebräer, um die armem Hebräer in Schach zu halten, Shakespeares Hamlet samt seinem dynastischen Gift- und Bettskandal der unbewußte Versuch, den Großgrundbesitz zu sichern, kurz, die gesamte Weltliteratur von Hammurabi bis Joyce ein Schlafmittel, um das jeweilige Proletariat am Erwachen zu hindern. Ich erzähle Ihnen das nicht zum Spaß, denn ähnliches wird von weltberühmten Schriftstellern wirklich behauptet.

Den größten Glaubensanspruch aber stellt das kommunistische Dogma von den letzten Dingen, von der klassenlosen Gesellschaft.

Erlöser, so heißt es, wird das Proletariat sein. (Warum, fragt die Vernunft, die am weitesten zurückgebliebene Menschenart? Sollte da nicht auch ein ideologischer Überbau vorliegen, oder besser ein psychologischer Unterbau bürgerlichen Selbsthasses?) Da es keine Ausgebeuteten mehr geben wird, so heißt es weiter, entfallen auch jene raffinierten Geistesmächte, die nur den Schutz der Herrenprivilegien gebildet hatten, die Religion vor allem in jeder Form.

In der klassenlosen Gesellschaft, heißt es drittens, ist der Kreislauf von Gütererzeugung und Verbrauch restlos geregelt. Der Mensch wird also das erste Mal in der Geschichte unabhängig sein vom Zwang der unbelebten Dinge, die er nun vollkommen beherrscht. Er kommt das erste Mal zu sich, er gewinnt das erste Mal ein freies Bewußtsein seiner selbst und dies für alle Zeit und Ewigkeit.

So groß auch die Portion des Credo quia absurdum sein mag, die hier dem Gläubigen zugemutet wird, es läßt sich nicht leugnen, von dieser letzten Lehre geht etwas Wundersames und Bestechendes aus. Uralte Klänge, messianische, apostolische Gewißheit des nahen Gottesreichs tönen aus der Tiefe der Geschichte mit, die Vorstellung vom wiedergewonnenen Paradies, wo Löwe und Lamm friedlich nebeneinander weiden.

Der echte Kommunist wird solche Vergleiche mit Hohn belächeln. Er hält sich für einen Rationalisten bis in die Knochen. Gerade die klare Ratio aber muß ihm folgendes entgegenhalten:

Alles geschichtliche Leben ist dynamischer Natur, das heißt eine rhythmische Abfolge einander widersprechender Zustände. »Der Mensch muß immer wieder ruiniert werden«, lautet eines der tiefsten Goetheworte. Die Geschichte ist ja nur ein Teil des organischen Lebens und wiederholt dessen zweiaktigen Ablauf in ihrer Art: Einatmen – Ausatmen, Aufbau – Zerstörung, Geburt – Tod. Ein Kulturstreben, das einen bestimmten Gesellschaftszustand, und wäre es der gerechteste, verabsolutieren will, ist Utopie. Im Menschen sind finstere, abbauende Triebkräfte am Werk, von der Natur eingesetzt, damit die Verwandlung nicht unterbrochen werde. Daher gibt es in Wirklichkeit keine irdische, keine diesseitige Erlösung. Ein Geologe hat ausgerechnet, daß unser Planet, wenn ihm keine kosmische Carambolage das Spiel verdirbt, den Menschen noch viele hundert Millionen Jahre ein auskömmliches Dasein garantiert. Sollte also etwa anno 2033 die klassenlose Gesellschaft ausbrechen, die in alle Zukunft die Machtgier des einzelnen, seine Habsucht, seinen Kampftrieb, seinen sadistischen Geltungswahn usw. beseitigt, so kann man sich keineswegs der bangen Frage entziehn: Und was geschieht in den weiteren 398 Milliarden Jahren? – All die genannten Träume beruhen auf dem liberalen Aberglauben von einem geradlinigen Fortschritt, von einer stetigen Höherentwicklung der Menschheit, und ferner auf dem dogmatischen Grundirrtum, daß die Wirtschaft den Menschen mache und nicht der Mensch die Wirtschaft.[5]

Kein Argument aber kann einen Kommunisten bekehren, da er ja ein Glaubensfanatiker ist. Und auch dies dient uns zum Beweis, daß der Kommunismus einen Religionsersatz mit wissenschaftlicher Verstandesmaske vorstellt, eine primitive Häresie im volkswirtschaftlichen Kleide. So hat ihn auch als einziges ein verhältnismäßig religiöses Volk ernst genommen. Die Russen dürften sich heute im gleichen Stande befinden, den der Westen im zwölften und dreizehnten Jahrhundert innehatte. Dieses Volk erlebt jetzt seine Gotik, die inbrünstige Sehnsucht nach Verwirklichung des tausendjährigen Reiches, mit den Inhalten freilich und in den Formen unserer Zeit.

5 Im übrigen klafft zwischen der Vorstellung einer klassenlosen Gesellschaft als ökonomisches Endziel und der sogenannten geschichtsdialektischen Auffassung, die das Zustandekommen dieses Endziels garantieren soll, ein nichtüberbrückbarer Widerspruch. Die Dialektik ist ein unaufhörlicher Mechanismus des Lebens, der nur mit diesem selbst aufgehoben werden kann. Da aber die Ökonomie die gesellschaftliche Erscheinungsform dieses Mechanismus bildet, so bedeutet die Idee ihrer vollkommenen Regelung, d. h. Suspendierung, einen unbewußt metaphysischen Glauben. Der Marxgläubige zieht sich angesichts solcher Vorhaltungen meist auf den Standpunkt zurück, daß innerhalb einer guten Lehre der praktische Weg wichtiger sei als ein »verschwommenes Endziel«. Indem er aber damit das größte Dogma seiner Heilslehre preisgibt, entwertet er sie zur bloßen Kampfaktion einer Klasse, deren menschlicher Sinn wie bei jedem kriegerischen Unternehmen höchst zweifelhaft ist.

Achtung! Vorsicht! Niemand möge meinen, daß durch diese Erkenntnisse für reaktionäre Interessen ein Naturschutzpark eröffnet werde. Die marxistische Lehre ist zweifellos falsch und verkehrt. Doch ebenso falsch, verkehrt und unerträglich ist die soziale und ökonomische Wirklichkeit unserer Tage. Der säkulare Kampf zwischen Arbeit und Maschine, der Kampf um freie Menschenzeit, in dem sich das Geheimnis der Zukunft entscheidet, gehört nicht in den Rahmen dieser Untersuchung. Es muß aber gesagt werden, daß von allen politischen Parteiübeln dasjenige das geringste ist, welches, wenn auch mit untauglichen Mitteln, um das Geheimnis der Zukunft kämpft. Ist der Sozialismus gehässig antireligiös, so kann der wahrhaft religiöse Geist dennoch nur tief sozialistisch sein. Dies ist einer der großen Widersprüche, die ein politischer Flachkopf nie verstehen wird, der in der Entscheidung nur die Parteinahme sieht und in der Parteinahme schon die Entscheidung.[6]

Der kommunistische Sohn unseres Straßenmannes nimmt jedenfalls seine Sache nicht leicht. Er ist Arbeiter, Mechaniker in einer Fabrik. Nächstens wird er arbeitslos sein. Er besucht Versammlungen, er gehört zum Vortrupp, er studiert die Parteiliteratur. Ihn schüttelt ein fanatischer Trieb, vor dem Vater in sich selbst davonzulaufen, und zugleich auch die Kämpfersehnsucht, in einer allgemeinen Flamme aufzugehn. Wer weiß, ob nicht der entschlossene Schritt in die materialistische Hölle der erste Schritt ist, der aus ihr herausführt?

6 Daß die strenge Verwirklichung des Christentums ein kommunistisches Gemeinschaftsleben voraussetzt, muß ja nicht erst erhärtet werden. Die Fülle und Klarheit des evangelischen Wortes fordert es unzweifelhaft. Preisgabe, Entäußerung und Opfer haben hier freilich einen anderen, suprasozialen Sinn. Sie setzen nicht die allgemeine Wohlfahrt zum letzten Zweck und Wert, sondern die Vergeistigung und Vergöttlichung der Persönlichkeit.

5

Anders verhält es sich mit dem jüngeren Sohn.

Gewiß haben die meisten unter Ihnen schon einem Fußballmatch beigewohnt. Es bietet jedenfalls einen höchst lehrreichen Anblick. Eine Masse von sechzigtausend Menschen Kopf an Kopf, zusammengeschmolzen zu einem kreisrunden Untier. Dieses Untier starrt besessen und ausbruchsbereit in die Arena hinab, wo die beiden Mannschaften ihren Kampf ausfechten. Eine dieser Mannschaften gehört dem Untier an, es vertritt die Sache seiner Stadt oder seines Landes. Dies soll nur Spiel sein!? So hören Sie doch dieses urweltliche Aufbrüllen, dieses frenetische Siegesgeprassel, wenn einer der Unsrigen ein Goal schießt! Und wenn der Schiedsrichter einen feindlichen Fehler ungestraft läßt, dieses niederschmetternde Huuh, den Nebelhörnern von zwanzig Ozeanriesen vergleichbar!! Haben die anderen aber Erfolg, herrscht Totenstille, nur vom lauten Applaus einiger Abtrünniger und Defaitisten unterbrochen. Keine Großmut dem Feinde!

Bei jedem großen Länderwettspiel können Sie das Wesen des Nationalismus in einer grandiosen Zusammendrängung erleben, ja, als Teilchen der Masse werden Sie sich kaum selbst dem Siegesrausch entziehn dürfen. Der Anblick des tobenden Tiers beweist uns, daß der Nationalismus nicht irgendeine erdachte Theorie ist, sondern ein dunkel-riesenhafter Affekt, in dem sich die kollektive Eitelkeit, der gereizte Geltungswille der Masse selbst befriedigt. Demgegenüber ist das sogenannte Klassengefühl des Proletariats ein Dämon, der weit weniger tief sitzt, da die Masse, welche er meint, mehr zweckhaft als blutmäßig verbunden ist. (Der größte Erfolg der Sowjetrepublik liegt in der Kunst, mittels welcher sie die beiden Gefühlsströme in dasselbe Bett lenkt.)

Der Nationalismus hat es sehr leicht, als Religionsersatz zu dienen. Er ist ein ziemlich kostenloser Affekt, denn das Verdienst, einer Nation anzugehören, hängt nur von der Leistung des Geborenwerdens ab. Wenn einer schon gar nichts ist, so ist er zumindest irgendwohin zuständig. Der Nationalismus macht die biologische Zuständigkeit zum moralischen Wert. Er verleiht dem Individuum taxfrei die Tapferkeitsmedaille für alle historischen Siege und Großtaten seines Volkes.[7] Er läßt ferner dem jungen Menschen das ekstatische Erlebnis zuteil werden, sein Ich einem höheren Wesen, einer edleren Überordnung gläubig einzugliedern. Der Kommunismus verlangt von seinen Anhängern immerhin einige moralische und wissenschaftliche Einsichten, der Gedanke einer menschheitserlösenden Gerechtigkeit schwingt in ihm mit. Demgegenüber ist der Nationalismus nichts als Gefühlsreaktion, als dunkler Drang, mächtiger Aufbruch und will auch gar nichts anderes sein. Läßt sich der Kommunismus als Religionsersatz etwa mit einer frühchristlichen Häresie vergleichen, so der Nationalismus mit Heidentum und paganischer Gesinnung. Als Sendbote urtümlicher Daseinsgewalten verschmäht er es, zu argumentieren, er orakelt. Sein Lieblingsbegriff ist eine nebelhafte Auffassung vom »Leben« als einer letzten grausamen Instanz, jenseits von Gut und Böse, schön und schrecklich zugleich, dem man am besten in der Form von kriegerischen Wehrverbänden dient. (Wir dürfen nicht vergessen, daß der Papa Nihilismus heißt.) Er hält sich zwar für einen Verkünder der Härte und Geradlinigkeit, vermag sich aber nie und nimmer aus dem Reich des Unbestimmten und Aufgeweichten herauszuarbeiten. Die geistige Lebensluft, in der er atmet, ist die Phrase. Man soll die Phrase nicht unterschätzen, sie dient ja nicht als Wahrheit, sondern als magische Beschwö-

7 Es hieße den Wert des Menschen leugnen, wollte man den Nationen ihren Wert absprechen. Einzelmensch, Familie, Volk sind organische, gottgegebene Grundtatsachen des Lebens. Das Geheimnis der kreatürlichen Werte besteht jedoch darin, daß sie nur im Reich der Naivität wahrhaft blühen können und im Reich der Selbstbewußtheit allmählich verwelken. Auch eine Frau ist im reinsten Sinne nur solange schön, als sie nicht weiß, daß sie schön ist. Tritt Bewußtsein hinzu, wird die Schönheit durch Eitelkeit vergiftet. Ähnlich behält ein Volk nur solange seinen kreatürlichen Wert, als er nicht durch Nationalismus, d. h. durch eitle und aggressive Selbstbewußtheit vergiftet ist.

rungsformel. Wer von ihr am tiefsten durchdrungen ist, hat die Führerlegitimation. Daher bildet die beste Ausrüstung für einen nationalradikalen Führer selbstsichere Unklarheit und suggestive Halbbildung. Unbedenklich wird der Begriffsfundus der feindlichen Parteien geplündert und der erbeutete Wortlaut ins Tönend-Pathetische gewendet. Anstatt mit der alten Enteignung des Kapitals droht der Nationalsozialist mit »Brechung der Zinsknechtschaft«. Im Vordergrunde tummeln sich die sogenannten Landsknechtnaturen, verwegene Rastaquouères, echte Träumer des Heldentums, verworrene oder zurückgesetzte Talente, die ihre Karte auf eine neue Ordnung setzen – dahinter aber, als eigentlicher Träger des nationalen Affektes, steht die zähe Masse enttäuschter, verarmter und erboster Kleinbürger. Xenophobie nennt man den Furchthaß gegen alles Fremde. Schon die Sprachforschung lehrt, daß unser neuhochdeutsches Wort Elend dem uralten »Elilenti« entspricht, das soviel wie Ausland bedeutet. Der Kleinbürger kennt die Welt nicht, die er deshalb scheut und verabscheut. Er liebt seinen Stubengeruch und hält ihn für unvergleichlich. Daher schwärmt er für »Aufnordung« oder für »Latinità«. Er bemüht die Anthropologie, um zu beweisen, daß seine Rasse alle anderen übertrifft. Man weiß, daß der Europäer eine wüste Promenademischung ist, der gegenüber sich jeder Dorfköter als preisgekröntes Rasseexemplar fühlen könnte. Die Phrase, die Beschwörungsformel aber setzt Wirklichkeiten in die Welt, die es nicht gibt. All dergleichen bedeutet eine frech-lästerliche Hypostasierung des Körpers zur einzigen Gottheit und verbirgt hinter gespreizten und aufgeblasenen Worten den sumpfigen Abgrund verlorener Seelen- und Geistesgesundheit.

Alle Massengefühle sind eminent weiblicher Natur. Daher die hysterische Anbetung kriegerischer Mannhaftigkeit durch den Nationalaffekt und daher auch das megärenhafte Suchen nach Bevölkerungsteilen oder Personen, die alle Schuld tragen müssen.

Wie man den Nationalismus jedoch auch immer umschreibt, er ist mächtig vorhanden, er wurzelt in der Eitelkeit der Völker, er ist argumentlos, als könnten ihm Argumente nichts anhaben. Die Jugend, des väterlichen Nihilismus müde, kränzt seinen Altar. Das »Absurdum« steigert nur ihr »Credo«.

Der jüngere Sohn unseres Straßenmannes widmet jeden freien Tag heimlichen Geländeübungen, die einen neuen Rachekrieg vorbereiten. Da er in der Welt keinen Halt findet, so wählt er freiwillig den Drill, sowie er in Ermangelung eines echten Glaubens eine seltsame Hoffnung auf Weltuntergang heimlich lustvoll im Herzen nährt.

6

Wir haben mithin dargetan, daß die beiden größten Bewegungen der Gegenwart, Kommunismus und Nationalismus, antireligiöse, jedoch religionssurrogierende Glaubensarten sind und keineswegs nur politische Ideale. Sie sind echte Kinder der nihilistischen Epoche und deshalb auch nicht weit vom Stamm gefallen. Wie ihr Vater kennen sie keine transzendente Verbundenheit, wie er hängen sie im Leeren. Sie geben sich aber mit dieser Leere nicht mehr zufrieden, sondern veranstalten in ihr Exzesse, um sie zu überwinden.

Sie sind die Hauptgötzen. Doch gibt es noch so manche Untergötzen. Einer der beliebtesten ist die Technik. (Ich betrachte auch sie hier in ihrem geistigen, nicht in ihrem ökonomischen Wert.) Da es nur ein Diesseits gibt, wird das Diesseits uns zu eng. Also auf mit der Flugrakete in den Weltraum!! Reine Hybris! Wir Menschen, wir Planetargeschöpfe, sind körperlich nicht freizügig. Wir hüpfen wie gefangene Flöhe in einer geschlossenen Schachtel. Wenn es uns gelingt, bis in die Stratosphäre dieser Schachtel zu hüpfen, geraten wir außer uns vor Hochmut. Nur ruhig! Mit einem Blick in den Nachthimmel umfaßt unser Auge Millionen Lichtjahre. Den Deckel durchstoßen wir mit unserm Kopf und Herzen, nicht mit unserm Schädel.

Ein anderer Götze, dessen Anbetung nationalistischerseits gefordert wird, ist der Staat. An allem Unheil sei der gegenwärtige, der demokratische Parlamentsstaat schuld. Nur die Diktatur der Besten, der Rassigsten werde ihn aus einem Saustall der Korruption in einen Tempel der Reinheit verwandeln. Wieder ein Credo quia absurdum. Wie sieht die Wirklichkeit aus? Der moderne Staat ist die Resultante aus den echten und eingepeitschten Begehrlichkeiten der konkurrierenden Wählermassen, verschärft durch den Vampirismus des Apparats, der diejenigen aussaugt, denen er dienen soll. Die Einpeitscher und Nutznießer der Begehrlichkeiten heißen Politiker. Demokratie ist die Korruption der einen, gebrochen durch die Korruption der andern. Diktatur ist die bewaffnete Monopolisierung der Futter- und Machtkrippe durch eine einzige Partei.[8]

Doch genug! Ich will die Kasuistik des Nichts nicht fortsetzen. Die Welt hat über der alten öden Parlamentsgeographie von Rechts und Links vergessen, daß es ein Oben und Unten gibt. Hierin liegt, da alles Soziale schließlich vom Menschen abhängt, der allertiefste Grund dessen, was man seit Jahren »Krise« nennt. Es ist wahrhaftig eine Krise des Vertrauens. Die verborgene Golddeckung ist verschwunden. Eine Konkurrenzhölle dämonisierten Interessentums umgibt uns. Den äußeren Weg, auf dem sie geworden ist, habe ich das letzte Mal zu zeigen versucht. Heute beschäftigt uns nur ihr geistiger Sinn.

Die Entdeckung ungeahnter Naturtatsachen in den letzten Jahrhunderten, durch welche weite Perspektiven eröffnet und

8 Aus dem Gesagten wird ersichtlich, daß die durch Opposition kontrollierte Machtausübung eine relativ bessere Staatsform gewährleistet als die eigenmächtig ungehinderte Herrschaft jener Usurpatoren, die aus dem latenten oder offenen Bürgerkrieg siegreich hervorgehn. Das Elend der Staaten hängt nicht allein von wirtschaftlichen und politischen Schicksalen ab, sondern ebenso von den herrschenden Personen und ihren Interessen. Nun aber steht innerhalb der geistigen und moralischen Rangordnung der machtstrebige Menschentypus im allgemeinen auf einer ziemlich niedrigen Stufe. Angesichts dieses Umstands könnte ein besserer Staat nur dann entstehen, wenn einerseits das Pathos der Macht von der Verwaltung streng getrennt würde und anderseits die Repräsentation eines Volkes den Demagogen und Parteigeschäftsleuten entzogen und in die Hand der geistigen Persönlichkeiten gelegt werden könnte.

weitere verrammelt wurden, habe ich schon erwähnt. Wenn man eine Taschenuhr vors Auge hält, kann man mit ihr den Montblanc verdecken.

Die Zusammenrottung der Menschen in Millionenstädten hat das ihre getan. In der Stadt verliert der Mensch sein Gewicht als kosmisches Wesen. Das ist im geistigen Sinn der geheime Zweck der Metropolen. Dazu wurden sie in der Zeit des wachsenden Nihilismus (der ja der Bewußtseinszustand der bürgerlich-kapitalistischen Epoche ist) zwangsläufig ausgebaut. Sie sind Fluchtstätten, Schlupfwinkel, in denen man sich vor der tieferen Lebenswirklichkeit komfortabel verkriechen kann. Hier, in Maschinenhallen, in Büros, Kinos und Cafés, überwindet der Mensch das niederdonnernde Gefühl dessen, was er auf seiner ätherwindumbrausten Sternfahrt in Wahrheit ist und nicht ist. Er überwindet die Anbetung, die ihn auf die Knie zwingen müßte, er überwindet die Angst der Schuld in sich, die noch tiefer ist als die Angst des Todes. Das nihilistische Geheimnis der Großstadt ist, daß sie alles selbstverständlich macht. Wenn Geistigkeit der enthusiastische Schreck vor dem alltäglichen Lebenswunder ist, so verjagt sie die Geistigkeit. Selbstverständlich sind Tag und Nacht, man sieht die Welt vor Menschen nicht, der Raum wird zum Lokal, die Zeit zur Arbeitsstunde, die man bezahlt erhält, oder zur Vergnügungsstunde, die man bezahlen muß. Von der Selbstverständlichkeit, in der das Urerstaunen (das Thaumazein des Aristoteles) erlischt, werden die starken Seelenkräfte eingeschläfert, bis sie in einem lauen Zynismus verdämmern. Das Athoskloster ist kein Ort der Weltflucht, aber New York und Berlin ist es.

Hinter dem narkotischen Nebel des Getriebes hockt die strafende Todesangst, die Sie an meinem symbolischen Mann der Menge kennengelernt haben. Sie ist mehr noch die Angst vor dem Nichts. Wie die Krebskrankheit, so bildet auch sie Metastasen, die stets an anderen Stellen des Gesellschaftskörpers in verwandelten Formen aufbrechen. Ein markerschütternder Schrei nach Lebenssicherung gellt durch die Städte, schrill wie noch nie. Das Leben will sich gegen das Nichts sichern, das in ihm selbst wühlt. Dem Risiko des Ewigen Nichts soll durch die Prämie zeitlicher Sicherstellung begegnet werden. Immer mehr nimmt die Idee des Staates das Wesen der Versicherungsgesellschaften an.[9] Die Welt der Reichen ist eine Sanatoriumswelt geworden. Allenthalben wimmelt es von Mystikern der Hygiene, von Yogis der Kosmetik, von Propheten der Verjüngung und von Fakiren des Stoffwechsels. Letztere triumphieren mit ihrem Evangelium des Darms selbst über die Affendrüsen der Verjünger. Rohköstler und Hülsenfrüchtler werden von der Mode fortgeblasen, Pflaumentage von Kartoffeltagen abgelöst, und es steht zu erwarten, daß die Snobisten ihres eigenen Unterleibs sich demnächst in Heringsschuppentage oder Kaktusstachelkuren werden schicken müssen, um an der Spitze zu bleiben. Da die ewige Verbundenheit fehlt, ist die zeitliche Bindung zerrissen. Liebes- und beziehungstaub keucht ein Ich am anderen vorbei. Der Rest ist Elend und Verbrechen. Der Beweis dafür wird mir verzweifelt leicht gemacht, wenn ich an die täglichen Morde und Leichenfunde der letzten Wochen denke. Man will hier in Österreich die Todesstrafe wieder einführen. Welch untaugliches Mittel! Weit nützlicher wäre es, die Höllenstrafe wieder einzuführen.

9 Sozialversicherung, Altersrente, Pensionsgesetzgebung, Krankenkassen usw. All diesen Institutionen liegt insgeheim die Auffassung zugrunde, das Geborenwerden sei ein Unfall, für den Staat und Gesellschaft zur Ersatzleistung verpflichtet werden müssen. Diese Auffassung entspricht durchaus dem Lebensgefühl des naturalistischen Nihilismus. Sie entstammt nicht minder der metaphysischen Hoffnungslosigkeit als dem materiellen Elend. – Zugleich mit der wachsenden Lebensversicherung nach Innen wächst jedoch die Lebensunsicherheit der Staaten nach Außen. Dies ist eine höhnische Paradoxie. Die Festungsgürtel, mit denen sich die Großmächte zu stützen suchen, die Rüstungsindustrien der führenden Völker verschlingen ungezählte Steuermilliarden. Der drohende Gaskrieg aber lacht über diese wertlosen Vorbereitungen. Die Abrüstungskonferenzen blamieren sich Jahr für Jahr. Die sozialistischen Parteien, die in den meisten Staaten zumindest als mächtige Opposition eine bestimmende Stellung einnehmen, sehen hilflos dem Treiben zu, obgleich die Bewahrung und Verbesserung der Menschenexistenz ihr ewiger Wahlschlager ist. Und im tausendjährigen Friedensreich der Sowjets exerzieren Frauen und Kinder mit Handgranaten und Gasmasken.

Apokalyptische Bilder wurden Ihnen, meine Damen und Herren, schon von vielen Rednern gemalt. Die Frage, was sollen wir tun, wohin geht der rechte Weg, auch sie ist Ihnen nicht neu, denn diese Frage stellen Sie sich in aufgewühlten Stunden selbst. Die Antwort darauf ist nicht nur alt, nicht nur uralt, sondern die älteste überhaupt: Wenn alle Wege verstellt sind, so bleibt nur der Weg nach oben. – Die gläubigen Menschen, deren es auf allen Bildungsstufen mehr gibt als man meint, halten diese Antwort für keine pfäffische Phrase. Sie haben es leicht, denn der Weg steht ihnen offen. Die anderen aber, die in die Sackgasse des naturalistischen Nihilismus und der Realgesinnung geraten sind, müssen erst zur Einsicht geführt werden, daß es menschliches Leben ohne transzendente Verbundenheit nicht geben kann und daß selbst ihr Unglaube nur ein pervertierter, heilloser Glaube ist.

Das beliebteste Kampfmittel des Unglaubens gegen religiöse Tatsachen ist ein Denktrick, mittels dessen er die Frage nach dem Schöpfer ins genetisch-psychologische Bereich zieht und die Gottheit mit der Gottesvorstellung der Menschen identifiziert: »Seht hin, sie haben Fetische und Phalli angebetet, hunds- und stierköpfige Gestalten, und tun es in verfeinerter Form bis zum heutigen Tage. So abstrus sehn ihre Götter aus!« Dieser Unsinn läßt sich leicht heimschicken.

Irgendwelche Papuaneger z. B. halten die Sterne für weit entfernte große Leuchtkäfer. Spricht dieser Umstand etwa gegen die reale Existenz der Sterne als Sterne? Nein! Er spricht nur gegen die physikalische Vorstellungsgabe jener Papuaneger. Die Psychoanalyse behauptet, daß der menschliche Gottesgedanke die Frucht eines urgeschichtlich-infantilen Vaterkomplexes sei. Wenn sie aber aus dieser Behauptung folgert, daß die Existenz eines göttlichen Wesens eine aus Urzeiten mitgeschleppte zwangsneurotische Illusion bilde, so begeht sie damit einen unverzeihlichen Denkfehler. Die Feststellung dieses Vaterkomplexes tangiert möglicherweise das Seelenleben des Kindes, keineswegs aber die seiende oder nichtseiende Realität des Vaters. Die Psychoanalyse beweist damit, daß, unbeschadet ihrer sonstigen Verdienste, weit eher sie eine Zwangsneurose ist als Gott.[10] In dem gleichen Circulus vitiosus bewegt sich und muß sich jede gottesleugnerische Religionsgeschichte und Philosophie bewegen. Der berühmte Freidenker-Philosoph Ludwig Feuerbach sagt in seinen Vorlesungen: »Wenn Hobbes den Verstand aus den Ohren ableitet, weil er den Verstand mit dem hörbaren Worte identifiziert, so kann man, und zwar mit größerem Recht auf Grund dieser Fakta, nach welchen der Donner den Götterglauben den Menschen eingekeilt hat, das Trommelfell als den Resonanzboden des religiösen Gefühls, das Ohr als die Gebärmutter der Götter bestimmen.« Diese Feststellung besagt nichts anderes, als daß unser Gehör das numinose Organ des Menschen sei, etwas, das die Mystiker schon vor 5000 Jahren wußten. Wo aber in aller Welt ist damit bewiesen, daß den ahnenden Empfindungen, die dieses Organ in unserer Seele erweckt, nicht eine metaphysische Wirklichkeit entspreche? Ist der Donner, sind die Naturgewalten keine Wunder mehr, seitdem die Schulkinder etwas von elektrischen Entladungen daherplappern können? »Primus in orbe Deos fecit Timor.« Gut! Aber warum schuf die Furcht gerade die Götter und nicht gewittersichere Unterstände? Haben etwa die Blitzableiter auf den Kirchen diese überflüssig gemacht? – »Gott ist ein urge-

10 Die Annahme des Vaterkomplexes als Ursprung der menschlichen Gottesvorstellung ist übrigens auch eine willkürliche Einengung der Religionsgeschichte. Der ziemlich modernen Epoche der Paternitäts-Verehrung ging ein langes und dunkles Altertum der Muttergottheiten voraus. Bachofen schreibt: »Der Ruhm, der Zeus-Natur des Vatertums ihre reinste Entwicklung gegeben zu haben, kann dem attischen Stamme nicht abgesprochen werden. Ruht Athen auch selbst auf dem pelasgischen Volkstume, so hat es doch [im Laufe seiner Entwicklung] das demetrische Prinzip dem apollinischen [gänzlich] untergeordnet [...].« (In der Vorrede [und Einleitung] zum ›Mutterrecht‹.) Der Vaterkomplex ist demnach eine recht junge, fast möchte man sagen, eine »bürgerliche« Erscheinung. Die Gottesidee ist unvergleichlich älter als das Patriarchat. Beides aber, Muttergottheit oder Vatergottheit, sind nur zeitgebundene Interpretationen eines einzigen schöpferischen Prinzips. Sie beweisen nicht nur nichts dawider, sondern bekräftigen unwiderstehlich, daß die Menschheit eine innere Wahrnehmung dieses Prinzips besitzt, bevor und wie auch immer sie es interpretiert.

schichtlicher Vaterkomplex.« »Die Donnerfurcht schuf die Gottheit!« Solche Sätze sind platte Tautologien. Sie behaupten, daß Empfindungsinhalte zunächst keine realen, sondern nur psychische Tatbestände seien; eine nichtssagende Denunziation.

Der Empfindungsinhalt des Göttlichen in der menschlichen Seele läßt sich weder ableugnen, noch auch durch psychologische Hypothesen seines historischen Zustandekommens entwerten. Diese entpuppen sich bei näherem Zusehn als voraussetzungsvolle, gefühlsintentionierte Beweisführungen, die nicht der Wahrheit, sondern einer bestimmten (im weitesten Sinne politischen) Gesinnung zu ihrem Rechte verhelfen wollen. Der Ursprung des Atheismus ist nicht die Erkenntnis, sondern der Wunsch, daß Gott nicht sei. Infolgedessen liefert der Atheist zuvörderst immer nur eine Psychologie seiner selbst, wenn er das Geheimnis zu entschleiern meint, und seine Leugnung wird unversehens zum Gottesbeweis, indem sie die ungeheure Lebenswichtigkeit des metaphysischen Empfindungsinhaltes gegen den eigenen erregten Willen bestätigt. Wir wollen versuchen durch ein kleines Gleichnis die Rolle zu umschreiben, welche dieser Empfindungsinhalt in unserer Seele spielt.

Aus der Physiologie wissen wir, daß sich die lebendige Materie in den Sinnesorganen dahin spezifiziert hat, daß diese auf alle Reize nur mit dem einen, ihnen eingeborenen Eindruck antworten. Ist z. B. bei einem Erblindeten das äußere Auge zerstört, der Sehnerv aber unverletzt, so wird dieser, durch Druck gereizt, grelle Lichtempfindungen im Geiste des Blinden hervorrufen, ohne daß eine objektive Lichtwahrnehmung erfolgt. In den Zellen des Sehnervs ist also auf rätselhafte Art die Lichtwahrnehmung, unabhängig von der Realität des Lichtes, vorgebildet. In noch weit geheimnisvollerer Weise – (bitte vergessen Sie nicht, daß es sich nur um ein Gleichnis handelt) – ist in der seelischen Gesamtheit des Menschen eine Wahrnehmung des Göttlichen vorgebildet, die auf die übersinnliche Realität dieses Göttlichen ebenso hinweist, wie die innere Lichtempfindung des Erblindeten auf die für ihn übersinnliche Realität des Lichtes.[11] – Wenn so viele Menschen heute von dieser inneren Wahrnehmung nichts mehr wissen, so bedeutet das nicht, daß sie in ihnen abgestorben sei, sondern zeigt nur, daß der atheistische Nihilismus jene Stelle des Bewußtseins, wo sie zur Geltung kommt, durch Suggestion gelähmt hat.

Ich will aber die mahnende Zeit nicht an die Kritik des Atheismus verschwenden und wende mich lieber der Wissenschaft zu, die uns über alle Psychologie hinausführt, der Wissenschaft von Raum und Zeit, der exaktesten aller Wissenschaften, der Physik. Sie hat in den letzten zwanzig Jahren eine gewaltige Umwälzung erlebt. Bis dahin, als starre mechanische Physik, gab sie den Garanten des naturalistischen Nihilismus ab. Vom Hochmut eines smarten Ingenieurs erfüllt, bildete sie sich ein, vom Weltall ein genaues Modell herstellen zu können. Die Dinge haben sich nun von Grund auf geändert, so sehr, daß man vor der Unsicherheit und zeitgebundenen Wandelbarkeit der menschlichen Anschauungen tief erschrickt. Eine völlig neue, schwindelerregende subtile Welt bietet sich dar, in der kein Maßstab mehr absolute Geltung hat, in der die Zeit nicht mehr selbständig waltet, sondern mit dem Raum zu einem vierdimensionalen Kontinuum zusammengeschlossen ist, eine Welt, in der jede Fliege eine »Weltlinie« besitzt, in der Elektronen um Protonen mit berechenbarer Geschwindigkeit rasen, obgleich weder diese noch jene mehr als hypothetisch existieren. Der unmathematische Sinn glaubt sich

11 Descartes meint ungefähr: Woher haben wir die Idee Gottes? Daß jede Vorstellung eine Ursache haben muß, folgt aus dem klaren und deutlichen Grundsatze: Aus nichts kann nichts werden. Daraus ergibt sich auch, daß die Ursache nicht weniger Realität enthalten darf als die Wirkung, denn das Plus wäre ja dann aus nichts geworden. Die Idee Gottes ist mir nicht auf dem Wege der Sinne gekommen, ich habe sie auch nicht selbst gebildet. Das Vermögen, ein vollkommeneres Wesen als ich es bin vorzustellen, kann ich nur haben von jemand, der vollkommener ist als ich. – Die Idee Gottes ist mein ursprünglicher Besitz, sie ist mir ebenso eingeboren wie die Idee meiner selbst. So wenig erschöpfend sie auch sein mag, reicht sie doch hin, Gottes Existenz einzusehn, wenn auch nicht, sein Wesen zu begreifen, so wie man einen Berg berührt, ohne ihn zu umfassen.

in Jahrhunderte der Gnostik zurückversetzt, wenn er vom rein symbolischen Charakter der physikalischen Größen liest, von der unstrengen verminderten Kausalität der materiellen Welt, vom Quantenhagel und Strahlungsgefälle.[12]

Die Materie, nicht als philosophisches Abstraktum, sondern als festes Objekt der physikalischen Forschung, verflüchtigt sich zu etwas Gedachtem, ja zu etwas außerhalb der mathematischen Fiktionen nicht Denkbarem. So wenig dies alles mit Mystik zu tun hat, so scheint doch seit langer Zeit zum ersten Mal wieder ein Riß im Wissensvorhang entstanden zu sein, durch den die geistige Sonne der Transzendenz hindurchglüht.

12 James Jeans schreibt in seinem Werk ›Sterne, Welten, Atome‹ über »die Schöpfung der Materie«: »Es ist klar, daß die jetzige Materie des Weltalls nicht für immer existiert haben kann. Wir können sogar mit großer Wahrscheinlichkeit ihrem Alter eine obere Grenze von, sagen wir, 200 Billionen Jahren setzen. Wo wir die Grenze aber auch setzen, der nächste Schritt, den wir in der Zeit rückwärts tun, zwingt uns, ein bestimmtes Ereignis ins Auge zu fassen oder eine Reihe von Ereignissen oder einen ständigen Vorgang, nämlich die Schöpfung von Materie in einer nicht unbegrenzt fernen Zeit. Auf irgendeine Weise tritt Materie, die vorher nicht existiert hat, ins Dasein oder wird ins Dasein gerufen. – Wenn wir uns diese Schöpfung von Materie naturalistisch auslegen wollen, können wir uns vorstellen, daß strahlende Energie von jeder Wellenlänge, die geringer ist als $1{,}3 \times 10^{-13}$ cm, in den leeren Raum strömt. Dies ist Energie von höherer ›Verwendbarkeit‹ als man im jetzigen Weltall kennt, und das Herabfließen einer solchen Energie könnte wohl ein unserem eigenen ähnliches Weltall erzeugen.« Die hochverwendbare Strahlungsenergie, von der unser moderner Forscher spricht, stimmt seltsam überein mit dem »Pneuma« der Ophiten und des Basilides, das aus dem Logos emaniert und durch die Fixstern- und Planetenregion in immer dichtere Zustände herabsinkt. Dieser Anklang ist zweifellos kein Zufall. Er weist darauf hin, daß der epochale Bewußtseinszustand, dem das gesamte geistige Leben unserer Zeit unterworfen ist, der naturalistische Nihilismus nämlich, seiner Auflösung entgegengeht und daß die Wissenschaft von der Materie, ohne noch etwas davon zu ahnen, in das Sternbild irrationaler Spekulation in mathematischer Verkleidung unversehens tritt. Die Analogie der frühchristlichen, spätantiken Jahrhunderte mit dem gegenwärtigen Zeitalter ist von der modernen Geschichtsschreibung schon oft betont worden. Hier scheint ein neuer Gleichklang leise aufzutönen.

Da ich aber weder berufen, noch vermögend bin, mir über diese Wissenschaft ein Urteil anzumaßen, so überlasse ich das Wort zwei Physikern, englischen Professoren, weltberühmten Gelehrten, die an der Spitze des neuen Erkenntniswesens marschieren.

Eddington, der eine, bezeugt:

»Die Idee einer höheren Persönlichkeit, eines allgemeinen Geistes oder Logos bildet, wie ich glaube, eine durchaus einleuchtende Schlußfolgerung aus dem gegenwärtigen Stand der theoretischen Physik, zumindest aber ist sie mit ihr in harmonischer Übereinstimmung.« (›Weltbild der Physik‹, [Vieweg, Braunschweig 1931] S. 331.)

Und James Jeans, der andere Forscher, urteilt:

»Die moderne physikalische Theorie zwingt uns, den Schöpfer als außerhalb von Raum und Zeit tätig zu denken, die ja nur ein Teil seiner Schöpfung sind, genauso wie sich der Künstler außerhalb der Leinwand befindet. Non in tempore, sed cum tempore finxit Deus mundum.«[13] (›Der Weltenraum und seine Rätsel‹, [Deutsche Verlags-Anstalt, Stuttgart–Berlin 1931] S. 204.)

Das ist vorläufig noch blutwenig, nicht mehr als eine verlegene Anerkennung der Transzendenz als Wahrscheinlichkeitsschluß. Und doch, vor dreißig Jahren hätte es ein Physiker wahrscheinlich für wissenschaftlich kompromittierend gehalten, die naturalistische Totschweigepflicht Gottes zu durchbrechen. Wie dem auch immer sei, die alte ehrenfeste Materie hat ihre solide Grundlage verloren. Der lebfrische Verstand kann sich nicht mehr in gesicherter Selbstverständlichkeit räkeln. Das Atom hat sich zum winzig-riesigen, nahezu leerräumigen Sonnensystem geweitet, der sichtbare, beklopfbare Stoff aus einer festen regungslosen Packung der kleinsten Teilchen zum Zau-

13 Wir wissen sehr wohl, daß in diesen Zitaten zwar Meinungen von Physikern, doch keine Grundsätze der Physik enthalten sind. Was aber könnte deutlicher auf den Umschwung der Wissenschaft hinweisen, als die allgemeinen Ansichten der Naturforscher?

berkurvenwerk unbegreiflicher Bewegung und Strahlung verengt. So wird das Okkulte taghell und die Taghelle okkult. Wissenschaftliche Erkenntnisse sind keine absoluten Wahrheiten, sondern mehr oder minder logisch gesicherte Auslegungsformen, mittels welcher das historisch bedingte Bewußtsein gewisse Beobachtungen und Experimente zu erklären sucht. In der Art, wie sich die Anschauung von der objektiven Welt wandelt, erschließt sich vor allem die Richtung, in der sich das Zeitbewußtsein entwickeln will. Trotz streng mathematischer Methodik bedeutet der Schritt von der klassischen Mechanik zur neuspekulativen Physik (in den heimlichen Vorstellungsinhalten zumindest) einen Schritt vom Rationalen zum Irrationalen hin. Wer A sagt, muß B sagen. Nur Mut, meine Herrschaften! Vielleicht wird einmal ein Physiker der Türhüter gewesen sein, der die höhere Persönlichkeit unversehens durch ein ganz und gar verbotenes Tor in die Welt treten ließ.

7

Es wäre aber arg um die Religion bestellt, wenn sie die theistischen Hebammendienste irgendeiner Wissenschaft nötig hätte.[14] Sie ruht unverrückbar in ihren eigenen Tatsachen. Zu den objektiv-historischen Tatsachen der Religion gehören die Offenbarungen und inspirierten Heilslehren der Menschheit. Von ihnen werde ich, wie ich es eingangs versprochen habe, in Ehrfurcht schweigen.

Gestatten Sie mir nur eine kleine Betrachtung:

Die modernen Erdforscher lehren, daß der Mensch, dessen historisches Gedächtnis kein Jahrzehntausend umfaßt, einige hunderttausend Jahre alt sein mag. Dahingegen liegen wahrscheinlich noch ein paar Milliarden Jahrhunderte vor ihm. Er

14 »Der nächste Weg zu Gott ist durch der Liebe Tür. Der Weg der Wissenschaft bringt dich gar langsam für.« (Angelus Silesius im ›Cherubinischen Wandersmann‹)

steht also gegenwärtig im allerersten Beginn seiner Urgeschichte. Denken wir uns eine Seilbahn, die von der Erde zum Mond führt – und ihre Strecke versinnbildliche den ganzen Geschichtsweg der Menschheit, vom nahen Beginn bis zum fernen Ende –, so haben wir auf dieser Seilbahn noch kaum einen Zentimeter zurückgelegt. Während dieser lächerlich kurzen Fahrtstrecke aber sind immer wieder gottbegeisterte Menschen erstanden und haben für die Gewißheit einer göttlichen Überwelt Blutzeugenschaft abgelegt. Es waren die allergrößten Geister und Charaktere, die unter Sterblichen gelebt haben. Und wir, die wir gerade auf dem tausendsten Teil eines Millimeters uns befinden, der sich aufgeklärt nennt, wir überheben uns über diese erhabenen Stifter, weil wir mit leeren und abgefeimten Worten wie »pathologisch«, »Autosuggestion« und dergleichen herumzuwerfen gelernt haben.[15] Wir halten die Wahrheitsschau jener gottbegeisterten Männer für kindische Phantasterei, weil wir von allen Erkenntnisinstrumenten im letzten Zeitabschnitt nur das logische ausgebildet haben und einzig und allein »more geometrico« das Geheimnis der Welt zu überlisten meinen. Das Geheimnis lächelt, denn alle Formelsprache beweist am Ende nichts als ihre eigenen Voraussetzungen. Sind wir denn am Ziel? Können wir nicht auf dem gleichen Millimeter der Weltfahrt noch Wunder erleben?

Keinem Philosophen ist es je gelungen, in seinem System Bewußtsein und Realität zu trennen. Die Stoffwelt ist ebenso nur ein Teil meines Bewußtseins wie die Gottesidee. Wir erwachen als Kinder zu der einen wie zu der andern durch organisches Erbe und Unterweisung. Ist das Erbe geschädigt, mangelt die Unterweisung, so entsteht ein Idiot, sei es gegenüber der Realität, sei es gegenüber der Gottesidee.

15 Hier darf auf die sogenannte »Theodizee ex consensu gentium« hingewiesen werden, auf den historischen Gottesbeweis, der sich darauf gründet, daß die innere Wahrnehmung der Gottheit bei allen Völkern, auch bei jenen, die nichts voneinander wußten, übereinstimmend bezeugt ist.

Auch von den beiden Grundtatsachen der subjektiven Religionserfahrung, vom Gebet und von der Gnade, werde ich schweigen, da ihre Betrachtung ins Reich der Theologie gehört. Das Gebet kennen wohl alle Menschen, die Gnade nur wenige. Ich möchte mich jedoch auf ein Phänomen beschränken, das jenseits der eigentlichen Frömmigkeit zugänglich ist.

Nennen wir es: Das religiöse Erlebnis!

Dieses tiefste menschliche Erlebnis umfaßt Zehntausende Grade und Stufen, vom einfachsten Naturentzücken angefangen bis zur unio mystica des Heiligen mit Gott. Es beruht auf dem intuitiven Erfassen eines übersinnlichen Gegenübers im sinnentrüben Spiegel unseres Bewußtseins. Wenn im verschmelzenden Augenblick der Geschlechtsliebe Ich und Du sich verwischen und der Tod fernrückt, so ist in der religiösen Ekstase der Tod nicht nur ferne, sondern gegenstandslos, es gibt keinen Tod. Und das menschliche Ich ist nicht verwischt, sondern aufgehoben. Dies aber in dem dreifachen Tiefsinn des Wortes: Aufgehoben = Aufgelöst = Geborgen = Erhöht. Hier endet die Sprache, oder besser, sie scheut wie ein edles Pferd. Es ist schon kaum möglich, ein musikalisches Erlebnis in Worten zu beschreiben. Fachausdrücke wie Tonika, Dominante, Kadenz übertragen keine Melodie. Ganz und gar unmöglich aber ist eine Sprachübertragung des tiefsten aller Geisteserlebnisse.[16]

Ein Philosoph hat einmal sehr geistreich gesagt, daß es religiös unmusikalische Menschen gibt. Er meint Menschen damit,

16 Platon gesteht: »Hierüber gibt es von mir keine Schrift und wird es nie eine geben; denn es ist nicht in Worte faßbar wie andere Lehrgegenstände; sondern, wenn man lange genug damit gelebt hat, steigt es plötzlich in der Seele auf wie ein von flackerndem Feuer entzündetes Licht und nährt sich alsbald von eigener Kraft.« (Platon, Epist. VII, 341.)
»Der ekstatische Zustand läßt sich in Worten nie zutreffend beschreiben. – Auch Gott ist unnennbar, unaussprechlich, über alles Reden erhaben: Der ›Abgrund‹, das Schweigen. Atman heißt auch ›der Schweigende‹.« (Aus Friedrich Heilers ›Das Gebet. Eine religionsgeschichtliche und religionspsychologische Untersuchung‹, [Reinhardt,] München 1918).

die vom religiösen Erlebnis ebensowenig angesprochen werden wie andere vom musikalischen. Ich leugne, daß es bis auf eine verschwindende Ausnahme wirklich unreligiöse Menschen gibt, wie ich schon einmal geleugnet habe, daß es rettungslos amusische Menschen gibt. Die Wahrheit ist, daß aus vielen Ursachen in den Millionen die Grundwerte des Lebens nicht gehoben sind oder verschüttet.

Was kann jeder einzelne für die Hebung dieser Werte tun? Die Antwort ist einfach! Er möge vorerst den ungeheuerlichen Totschlag erkennen, den wir alle an unserer Lebenszeit verüben. Er rette sich aus dem Schutt seines Tages eine Stunde der Einsamkeit! In dieser Stunde gilt es, den Kampf gegen die Dämonen der Lebenssorgen, der Nebengedanken, der eitlen Macht- und Erfolgsträume mit Bewußtsein aufzunehmen, um zum inneren Ich vorzudringen, wo die Entscheidung fällt.

Schon in die dichte Finsternis der ersten echten Selbstbegegnung leuchtet die Ahnung des ewigen Lichts. Je tiefer sich der Mensch davor demütigt, um so hochmütiger wird er dem Plakatgeschrei der niedrigen Lockungen sein Ohr verschließen. Je bedingungsloser er sich *dort* gefangen gibt, um so freier wird er *hier* bleiben, wenn das Feldwebelkommando der Interessenpolitik ihn in die Einteilung ruft. Je mehr er in der großen Frage zu Hause ist, um so fremder wird er in der Welt der platten Antwort sein. Das Bewußtsein verwandelt sich. Und einzig darin liegt die Erneuerung.

Wenn wir sämtliche Umsturz- und Reformbewegungen des letzten Jahrzehnts auf geistigem Gebiet sichten, insbesondere aber die radikalen Werke der Literatur, so kommen wir unzweifelhaft zu dem Schluß, daß diese angeblichen Befreiungstaten nichts anderes sind als der leidenschaftliche Versuch, die Zeitgeistesverfassung und den allgemeinen Bewußtseinszustand des Nihilismus gegen die metaphysische Gefahr zu sichern und abzudämmen. Die Aufrührer der Psychologie, der Literatur, der sexuellen Frage usw. entpuppen sich dem schärferen Blick als *Streng-Konservative*, die den althergebrachten Intellektualismus und seine Weiterungen mit verbissener Wut verteidigen. Sie laufen in den ausgefahrenen Geleisen der übernommenen Wertungen und ihr Fortschrittsrausch ist nur ein Rausch der Schnelligkeit, mit der sie von einer Station des Nichts zur andern sausen. Der wahre Freiheitskämpfer kann jedoch heute nur derjenige sein, welcher aus diesen Geleisen springt. Nur die unbändige Sehnsucht nach den charismatischen Tiefen des Lebens kann uns die Kraft verleihen, den Nihilismus in uns zu zerstören.

Jedermann, dem es vergönnt ist, aus der praktischen Dumpfheit des bloßen Dahinlebens zu erwachen, kann ein Diener an der Erneuerung des allgemeinen Bewußtseins werden. Es wird von ihm nur eines gefordert, daß er sich für oder gegen das Göttliche entscheide und der zentralen Frage des Daseins nicht ausweiche. Hat er bisher in der Meinung gelebt, die »voraussetzungslose« Wissenschaft habe Gott beseitigt und er reihe sich als Gläubiger selbst in die Scharen der Dummköpfe ein, so möge er sich jetzt den wahren Sachverhalt zu Gemüte führen: Die Wissenschaft kann zwar Gott nicht beweisen, noch weit weniger aber vermag sie seine Existenz zu leugnen, was ihre größten und aufrichtigsten Geister jederzeit bekannt haben und bekennen. Das Göttliche ist eine zarte Musik der innersten Seele, die wahrgenommen werden kann, aber nicht wahrgenommen werden muß. Um sie zu erlauschen, ist eine Zuwendung des geistigen Gehörs unerläßlich, ein Entschluß, ein Akt des Willens. Der Zweifel ist die erste Regung dieses Willens, und darum mißt er unendlich höher als die Gleichgültigkeit, die nur ein Ausdruck plump-minderwertigen Seelen-Plebejertums ist. Hinter dieser Gleichgültigkeit verschanzt sich der Nihilismus am festesten, denn schon im Zweifel reicht der Mensch Gott den kleinen Finger und gerät dadurch in Gefahr, daß seine ganze Hand ergriffen werde.

Indem wir unsere Aufmerksamkeit auf die innere Wahrnehmung des Göttlichen richten, ist der erste Schritt zur Überwindung des modernen Bewußtseinszustandes getan. Vor allem Weiteren steht die Mahnung: Klopfet an, so wird euch geöffnet. Mehr läßt sich nicht sagen. Und auch das, was sich darüber sagen ließ und läßt, verfolgt nur den einen Zweck, die Sicheren unsicher zu machen und die Unsicheren sicher.[17]

8

Die Welt des Nihilismus!? Wir dürfen nicht vergessen, daß die meisten europäischen Stämme, die Germanen, Kelten, Slawen, vor nicht viel mehr als einem Jahrtausend erst christianisiert worden sind. Sie erleben, seit der Renaissance etwa, einen schweren Rückfall ins Heidentum. Der Nihilismus mit seinen politischen Ersatzreligionen ist die letzte Phase dieses Rückfalls.

Ich fühle mich kraft uralter Bluts- und Wesensverwandtschaft gerade als Jude zu folgender Anschauung berechtigt:

Diese Welt, die sich zivilisiert nennt, kann seelisch nur geheilt werden, wenn sie den Weg zu einem echten Christentum wiederfindet. Warum? – werden die Küster der Diesseitsgesinnung eifern. Weil die Lehre Christi – so muß die tiefere Einsicht bekennen – nicht nur nicht erschöpft, sondern kaum geahnt ist. Weil sie alle Gegenwartsbewegung an metaphysischen und ethischen Werten um Sternenhöhen überragt. Weil sie den plumpen Real-Barbaren und den besessenen Interessenten in Europa und Umgebung vor das heilige Paradox stellt: »Lebe g e g e n deine Interessen für die Wahrheit und das Leben!«

Doch auch in weltlicher Hinsicht muß erkannt werden, daß niemals das Menschenheil von philosophischen Systemen, theosophischen Zirkeln, von Sekten und Splitterreligionen ausgehen kann, sondern nur von einer allgemeinen, weltumspannenden Glaubensfassung.

Ich habe schon zuviel gesagt. Das Versprechen, das ich Ihnen und mir am Anfang gegeben habe, soll nicht am Ende gebrochen werden.

17 Damit sich kein Mißverständnis einschleiche, unter den Sicheren sind die im Unglauben Sicheren gemeint und unter den Unsicheren die im Glauben Unsicheren.

Es läßt sich nicht leugnen, auch diese nihilistische Zeit beehrt uns mit allerlei Moralsprüchlein: »Sei brav, sei ehrlich, tue nichts Böses, empfinde sozial, entziehe dich der Verantwortung nicht usw.!«

Zum Teufel hinein, warum soll ich denn brav und ehrlich sein, nichts Böses tun und mich der Verantwortung nicht entziehn!? Ich bin ja nur ein Wirbel von irgendwelchen blödsinnigen Elektronen, die ein Stück Dreck zusammenkleistern, um nach kurzer Zeit nicht ohne Gestank auseinanderzufahren. Im Weltgeschehen bleibt keine Spur von mir übrig. Es ist also ganz gleichgültig, ob ich Böses oder Gutes tue, zwei anthropomorphe Begriffe übrigens. Soll Verantwortung einen Sinn haben, müssen von meinem Tun ewige Folgen ausgehen. Was aber von meinem Tun ausgeht, ist null und nichtig. Mit meinem Verantwortungsgefühl unterwerfe ich mich nur kritiklos den ausbeuterischen Zwecken der Vergesellschaftung, gleichgültig, ob sie kapitalistisch oder sozialistisch gefärbt ist. Sittlichkeit ist meiner Ansicht nach nur die Kunst, meine Person durchzusetzen, ohne ins Kriminal zu kommen. Was sagen Sie? Wem soll ich Opfer bringen? Der nächsten Generation? Meinen Kindern? Womit begründen Sie, wenn ich fragen darf, diese humanitätsduselnde Verlogenheit? Jetzt und hier lebe ich. Die Chance kommt nicht wieder. Ich trete sie niemandem ab. Das mit der Zukunft und den Kindern ist leere Metaphysik, die der gesamte Klerus, vom katholischen bis zum marxistischen, scheinheilig verzapft. Ich lasse mich nicht dumm machen. Da Alles ein Nichts ist, so ist der Kampf um die Befriedigung meiner Triebe die einzige Wirklichkeit.

So müßte jede Ethik in Wahrheit aussehn, die nicht in der göttlichen Verbundenheit ruht.[18] Wenn sie die Kraft dieses Jago-

18 In diesem Sinne findet sich selbst der eisige Rationalist Kant genötigt, seinen »moralischen Beweis vom Dasein Gottes« aufzubaun: »... müssen wir eine moralische Weltursache (einen Welturheber) annehmen, um uns, gemäß dem moralischen Gesetze, einen Endzweck vorzusetzen und, soweit als das letztere notwendig ist, so weit (d. i. in demselben Grade und aus

Bekenntnisses nicht erreicht, so hängt das mit der Anständigkeit und Trägheit, mit dem Familien- und Rudeltrieb des Menschentiers zusammen.

Nur wenn wir einer ewigen Vollkommenheit versichert sind, wird uns die eigene Unvollkommenheit bewußt. Nur wenn wir von der überzeitlichen Fortwirkung des zeitlichen Augenblicks überzeugt sind, erscheint uns das Leben als richtbar. So entsteht das Schuldgefühl, unsere heiligste Empfindung, ohne die es Verfeinerung und Fortschritt nicht geben kann. Durch das Fernglas des Schuldgefühls ahnen wir das Unerreichbare über uns und werden der Sehnsucht gewürdigt, teilzuhaben an ihm. Wir treten in den Stand der Ehrfurcht. Die Ehrfurcht aber verwandelt alles Irdische und zuvörderst die Beziehung zum menschlichen Du. Sie allein kann die soziale und nationale Interessengemeinschaft in die wahrhaftige und allgemeine Brüderlichkeit verwandeln, so wie sie allein die Sexualität in Liebe verwandelt. Die Liebe verwandelt die Ehe. Die verwandelte Ehe verwandelt die Zeugung. Diese ist nicht mehr ein unangenehmer Zufall zwischen zwei Schwangerschaftsverhütungen. Die verwandelte Zeugung verwandelt den Wert des Kindes. So fließt eine Verwandlung aus der andern, bis zum Tode, der die letzte Ver-

demselben Grunde) ist auch das erstere notwendig anzunehmen; nämlich es sei ein Gott.«

»... oder will er (der Wohlgesinnte) auch hierin dem Rufe seiner sittlichen inneren Bestimmung anhänglich bleiben und die Achtung, welche das sittliche Gesetz ihm unmittelbar zum Gehorchen einflößt, nicht durch die Nichtigkeit des einzigen, ihrer hohen Forderung angemessenen idealischen Endzwecks schwächen (welches ohne einen der moralischen Gesinnung wiederfahrenden Abbruch nicht geschehen kann): so muß er, welches er auch gar wohl tun kann, indem es an sich wenigstens nicht wiedersprechend ist, in praktischer Absicht, d. i. um sich wenigstens von der Möglichkeit des ihm moralisch vorgeschriebenen Endzwecks einen Begriff zu machen, das Dasein eines m o r a l i s c h e n Welturhebers, d. i. Gottes, annehmen.« (›Kritik [der Urteilskraft. Anhang. Methodenlehre] der theologischen Urteilskraft. § 87. [Von dem moralischen Beweise des Daseins Gottes]‹.)

Die Sprache der »praktischen Vernunft« scheint sich vor dem Welturheber zu winden wie eine Schlange.

wandlung ist. Da er nicht mehr den Übergang ins Nichts bedeutet, sondern den Übergang in ein Etwas, verliert er seinen Schrecken. Wenn jedoch der Tod seinen Schrecken verliert, so verliert das Leben seinen tierischen Ernst. In den Seelen erblüht die zarte Ironie der Kunst und des Spiels, denn dem Spiel liegt das Gefühl der Wiederholbarkeit des Geborgenseins und der Kindschaft zu Grunde.

Sollten Sie, meine Zuhörer, in dieser Kette der Verwandlungen nur eine unwirkliche Träumerei sehen, dann wäre mein Versuch gescheitert. Ich nehme diese meine Ursachenkette genauso ernst wie der Kommunismus seine klassenlose Gesellschaft, ja, ich wage zu behaupten, daß eine gerechte menschliche Lebensordnung nur dergestalt sich bilden kann, wie ich es aufgezeigt habe. Nur möchte ich das Heil der Menschheit vorsichtiger vorausdatieren als es die politischen Glaubenslehren tun.

Der Weg ist klar. Er beginnt hier, unmittelbar vor uns. Ein sehr beschwerlicher Weg ist es. Er fordert Arbeit, Studium, Kritik, Kampf, Einsamkeit, Gewissensqual, Entscheidung und Entsagung. Noch hält sich das Nichts in uns allen mit tausend Saugnäpfen fest. Es ist unausdenklich schwierig, aus der nihilistischen Unverbindlichkeit sich selbst zur göttlichen Verbundenheit gegen die Zeitmeinung zu bekehren. Man muß aber hoffen, daß uns dabei geholfen werde. Jeder Verzweifelte sollte diesen Weg betreten. Sein Ziel ist das Ziel der Welt: Freude.

Zusammenfassung einiger Hauptgründe, warum der Gottesglaube sich als notwendig und unüberwindlich erweist

Erstens: Die innere Wahrnehmung des Göttlichen (Psychologischer Grund)

Vom Beginn der Geschichte bis auf unsere Tage ist die innere Wahrnehmung des Göttlichen in tausend Dokumenten bezeugt. Die Art, wie der jeweilige historische Bewußtseinszustand diese seelische Erfahrung interpretiert, bildet keinen Einwand gegen die Existenz dessen, was ihr zugrunde liegt. Mag die gottfeindliche Religionsphilosophie immerhin diese Interpretationen und ihre Auswirkungen (Kulte, Riten, Dogmen) psychologisch zersetzen, den eigentlichen Empfindungsinhalt kann sie damit nicht aufheben. Seine Tiefe bleibt unverletzt, wie der Vordergrund auch immer sich in scharfer Beleuchtung ausnehmen mag. Die Ursache, warum dieser Empfindungsinhalt nur so selten zu Bewußtsein kommt, liegt darin, daß ein bildloser, außersinnlicher Erlebnismodus in der Sprache nicht vollziehbar ist und sich deshalb auch reflektiv nur unter ganz besonderen Umständen vergegenwärtigen läßt.

Der stärkste Einwand gegen alle atheistische Religionsphilosophie liegt demgegenüber in der Tatsache, daß diese ausnahmslos und offensichtlich das Bestreben zeigt, ihre erbitterte Voraussetzung, es sei kein Gott, a posteriori zu beweisen. Sie ist demnach keine Wissenschaft, sondern eine Gesinnung.

Zweitens: Die Sinngebung der Welt durch den Menschen (Denkwesentlicher Grund)

Unser geistiges Sein vollzieht sich als eine unerschöpfliche Sinngebung, die wir über alle Dinge ausstreuen. Als Geist-Wesen können wir das Sinnlose ebensowenig denken wie den viereckigen Kreis oder die krumme Gerade. Ohne einen Über-Sinn – d. h. ohne Weltdenkung, Weltschöpfung, Weltlenkung – wäre aber das Universum sinnlos und mithin gar nicht denkbar, denn die Annahme eines Teilsinns bedingt aus der Natur unseres Denkens heraus die Gewißheit eines All-Sinns und eines immerdar verursachten Zusammenhangs. Dies ist ein ebenso naives wie unwandelbares Verhalten unseres Geistwesens, an dem keine Künstelei der Logik oder Erkenntnistheorie etwas ändern kann.

Ohne Sinn und Folgerichtigkeit ist also nichts denkbar, denn das Denken selbst beruht auf der Anerkenntnis von Sinn und Folgerichtigkeit. Indem wir aber Sinn und Folgerichtigkeit anerkennen, setzen wir zwangsmäßig – da ja die Kette der Schlüsse sich nicht beliebig unterbrechen läßt – einen erst-letzten Sinn und eine ewige Folgerichtigkeit, das ist Gott.

Wenn wir demnach in die äußere Welt blicken und uns denkende (sinnbildende, folgerichtige) Rechenschaft über ihre Erscheinungen geben, so ist Gott die erst-letzte Voraussetzung all dieser Rechenschaft, gleichgültig ob wir uns zu ihm bekennen oder nicht.

Drittens: Die Wertgebung der Welt durch den Menschen (Moralischer Grund)

Der naturalistische Nihilismus definiert die menschliche Moral als Triebentsagung, die durch die Wohlfahrtsforderungen der Allgemeinheit dem Individuum auferlegt wird. Das Gebot »du sollst nicht töten« bekommt somit folgenden Anhang: »weil es für die Gesellschaft und daher indirekt auch für dich nicht vorteilhaft ist«. Diese Auffassung erkennt der Seele nur zwei Triebe zu, ja die Seele ist für sie nur das Synonym dieser beiden Triebe, des Lust- und des Aggressionstriebes. Das Nicht-Ich, Nebenmensch und Kreatur, schrumpft zum bloßen Ausbeutungsobjekt der Lust und der Zerstörung zusammen, die Kultur zum domestizierten Verbrechen. Die Lehre von der Mordlust und dem Lustmord als den letzten Dingen der Seele ist keineswegs eine Übertreibung, sondern die legitim-psychologische Folgerung aus der nihilistischen Betrachtungsweise unseres Zeitalters. Das Gute bedeutet für sie nur das zum Zwecke einer allgemeinen Lebensmöglichkeit verhinderte Schlechte.

Wäre diese Einsicht nicht nur ein düsterer Verzweiflungsschluß, sondern die Entschleierung des wirklichen Sachverhaltes, so müßte ihre Verbreitung als lebensgefährlich verboten werden. Denn sie läßt dem Menschen, der sie zu Ende denkt, nur zwei Wege offen: Selbstmord oder Verbrechen. Selbstmord, weil es unerträglich erniedrigend ist, in einer Hölle zu vegetieren, deren Lebensgrundlage ein unentrinnbarer, wenn auch neutralisierter Kannibalismus bildet. Verbrechen, weil es nicht minder erniedrigend ist, in einer gänzlich sinn-, grund- und konsequenzlosen Welt sein Dasein zu fristen, ohne die einzige Realität, die einen überzeugenden Sinn hat, voll auskosten zu dürfen, die Befriedigung der Lust. Mit solcher Schärfe gesehn, ist die Schöpfung des Menschen und der organischen Materie überhaupt – (sie ernährt sich durch sich selbst, indem ein Geschöpf das andere tötet) – unzweifelhaft ein Verbrechen; es gibt demnach keinen absoluten, zureichenden Grund, warum der einzelne Mensch, der die Frucht eines Verbrechens ist, kein Verbrecher sein soll.

Mag diese Gedankenfolge auch kraß umrissen scheinen, keine rein naturalistische Sittenlehre kommt über das Dilemma hinaus, das sie stellt. Der vorgeschützte kollektive Vorteil ist kein Wert, hoch genug, um den Verzicht des einzelnen auf die Dauer zu rechtfertigen; die Menschheit als Konsumgenossenschaft und Versicherungsgesellschaft bedeutet kein Ideal, das auch nur einen einzigen jungen Menschen, erkennt er die hoffnungslose Plattheit, mitreißen kann; das Leben als eine Art kosmischen Schiffbruchs und der Geist als Notstandsfolge dieses Schiffbruchs, diese Geschichtsphilosophie ist keine Weltanschauung, sondern nur eine krankhafte Verstimmung des Zeitgeists, welche aus dem leeren oder verdorbenen Magen der Gegenwart stammt.

Eine andere Moral kann es innerhalb des naturalistischen Nihilismus nicht geben und gibt es auch nicht. Ihr Hauptmerkmal bildet ihre völlige Unbrauchbarkeit, wodurch sie bereits schlagend beweist, daß sie keine Moral ist. Sie stürzt mit logischer Notwendigkeit den menschlichen Geist, sofern er nicht schon gleichgültig, also ungeistig geworden ist, in einen heillosen Abgrund von Pessimismus und Vergeblichkeitsschwermut. Wenn sie uns ihre Bitternisse in begrifflicher Versüßung als »Energie«, als »Fortschritt« etc. verabreicht, so begeht sie, wie wir ja schon wissen, die Unehrlichkeit, bei der Metaphysik gegen die Metaphysik Anleihen zu machen.

Glücklicherweise vermag sie aber niemals den Geist zu überwinden, wenn sie ihn auch zeitweilig beschattet. Der Grund dafür liegt nicht allein in der sinnlichen Verfangenheit unserer Natur, die schließlich unter den schlimmsten praktischen und weltanschaulichen Bedingungen das Leben erträgt und ihrem Geschäft nachgeht. Denn ebenso wie das menschliche Geistwesen die äußere Welt apperzipieren, d. h. denkend nur erleben kann, indem sie ihr ununterbrochen einen Sinn gibt, ebenso kann sie nur durch eine ununterbrochene Wertgebung sich handelnd zu ihr in Beziehung setzen. Sinngebung wie Wertgebung sind eine naive Verhaltungsweise des menschlichen Geistwesens und, wie schon gesagt worden ist, völlig unabhängig von erkenntnis-theoretischen Spekulationen über ihre Möglichkeit oder Unmöglichkeit. Nicht minder unabhängig sind sie aber auch von der genetischen Psychologie, die zwar den Entwicklungsprozeß und die Reaktionsart einer Erscheinung beschreiben, doch das Wesen der Erscheinung nicht deuten kann. (Es ist kein Einwand gegen die Schönheit und den Duft der Rose, daß sie aus einem unscheinbaren Samen kommt.) Wie also das Denken auf Anerkenntnis von Sinn beruht, so das Handeln auf Anerkenntnis von Wert. Aus der Natur unseres Erkennens heraus ist eine sinnlose Welt nicht denkbar. Ebensowenig aber ist aus dieser Natur heraus eine wertlose Welt erlebbar.

Der nächste Schritt der Analogie bringt eine Schwierigkeit. Wir haben vom Denken gesagt: »Wenn wir Sinn und Folgerichtigkeit anerkennen, setzen wir zwangsmäßig einen erst-letzten Sinn und eine ewige Folgerichtigkeit, das ist Gott. Denn im Wesen des Denkens liegt es, daß es nicht beliebig in seinen Schlußfolgerungen haltmachen kann.«

Gegen den analogen Satz, »wenn wir Wert anerkennen, so setzen wir zwangsmäßig einen erst-letzten Wert, ein höchstes Gut, d. i. Gott«, wird vom Naturalismus eingewendet werden: Unsere Wertung ist von Lust und Unlust bestimmt. Gut! Aber die moderne Psychologie lehrt ja, daß jedes Individuum seine lustbestimmten Wertungen zugunsten eines kollektiven Nutzens zu beschneiden gelernt hat. Wo fängt nun dieser kollektive Nutzen an und wo hört er auf? Familie, Sippe, Stamm, Volk, Natur, Menschheit, Kreatur?? Das Individuum bringt sein Triebopfer je nach der seelischen Spannweite, die ihm eignet. Eine liebende Mutter stirbt für ihre Kinder. Das kann allenfalls noch als erweiterter Egoismus gedeutet werden. Für welchen erweiterten Egoismus oder kollektiven Vorteil aber ist Jesus Christus gestorben? Für das zeitliche Wohlergehen Judas etwa? Hat Sokrates vielleicht den Schierlingsbecher für das Gedeihen und die Zukunft jenes Athen getrunken, das er so genau kannte? Und all die Heiligen und Märtyrer, die den blutigen und feurigen Tod erlitten haben? Nein! Jeder dieser Tode war gegen die empirische Welt und Gesellschaft gerichtet. Es zeigt sich klar, daß die Wertsetzung in ihrer höchsten Form als Selbstopfer ebensowenig bei einem bestimmten nutzbedingten Kollektiv haltmachen kann wie die eingeborene Sinngebung des Denkens bei einem beliebigen logischen Kettenglied haltzumachen vermag. Denken und Werten sind gleicherweise unerschöpfliche, ins Unendliche gerichtete Intentionen. Beiden wohnt funktional die gesetzmäßige Fortschreitung vom Kleineren zum Größeren inne. Das logische Schlußverhältnis zwischen dem Besonderen und dem Allgemeinen ist bekannt. Nicht anders vollzieht sich der Prozeß der Wertgebung. Darf ein echter Ethiker sich beispielsweise damit bescheiden, in seiner Sippe oder in seinem Volk den Endwert zu sehen, für den aller Triebverzicht zu leisten sei? Nein! Denn wenn er sich so früh bescheidet, beweist er nur, daß er eine mangelhafte Ethik besitzt. Man ist kein guter Mensch, wenn man nur ein guter Franzose oder Deutscher ist. Man ist nicht einmal ein guter Mensch, wenn man nur ein guter Mensch ist. Die Liebe dringt zu aller Kreatur vor, kraft der ihr eingeborenen Entfaltung vom Kleineren zum Größeren. Sie bleibt auch beim All, bei der sinnlichen Welt nicht stehn und erhebt sich in den größten Menschen zur Liebe der Überwelt, zur Liebe Gottes. Dies ist das Geheimnis der Passion, des Opfertodes, der um des Schöpfers willen nicht weniger als um der Kreatur willen erlitten wird.

Die analytische Psychologie hat für den Mechanismus, mittels welchem die Moralwerte sich von unten nach oben, vom Ich zum All entwickeln, das ausgezeichnete Wort »Sublimierung« erschaffen. Mit diesem Fachwort aber gibt sie schon die Existenz jenes Entwicklungsstrebens zu, das entgegen der egoistischen

Befriedigung einen geringeren Wert opfert, um einen höheren zu erringen. Da sie, diese Mechanik anerkennend, zugleich die Fortschreitung vom Niederen zum Höheren zugeben muß (z. B. Sublimierung des Hordentriebes zum Nationalismus), so bliebe für sie nur eines zu tun, um die naturalistische Schranke zu überspringen, daß sie nämlich zur Einsicht der unbefriedig-lichen und unendlichen Tendenz des Sublimierungsphänomens käme.

Paradox gesprochen: Wer einen wehrlosen Feind nicht auffrißt, hat damit bereits, ohne es zu wissen, die Existenz Gottes bejaht. Warum? Er hat auf seinen eigenen kannibalischen Lebensgenuß um des Lebens der nächsthöheren Gemeinschaft willen verzichtet. Damit betritt er aber schon jenen Weg, der vom Einzelnen zum Allgemeinen und daher ins Unendliche und zu Gott führt. Auf diesem Wege wird er nach Maßgabe seines Wollens und seiner Kraft weiterwandern. Wer nicht leugnet, daß die Gemeinschaft ein dem Einzelnen übergeordneter Wert ist, muß, wenn er logisch denken und fühlen kann, erkennen, daß sich ein Kreis der Gemeinschaft konzentrisch um den andern schließt und er von all diesen Kreisen beinhaltet wird. Es besteht für ihn denkgemäß keine Möglichkeit, sich im innersten Kreis zu verkriechen – der äußerste Kreis umfaßt ihn doch. Wenn er im Zusammenhang des Ganzen den erstnächsten Schritt zum Guten tut (wie vorteilsbedingt dieser psychologisch auch noch erscheinen mag), so bejaht er mit diesem kleinen Schritt bereits das letztfernste Ziel der Sublimierung oder das höchste allumfassende Gute. Ohne dieses höchste Gut könnte auch der erste Schritt gar nicht getan werden, denn wie es in einer Sinn-losen Welt kein Denken gäbe, so in einer Wert-losen Welt keine Sublimierung.

Mit anderen Worten: Eine naturalistische Moral, der nur die Definition des Triebverzichtes zugunsten irgendeiner Mehrheit und nicht das Bewußtsein der unendlichen Wertgebung und damit Gottesgewißheit zugrunde liegt, besteht nicht und kann nicht bestehn.

Viertens: Wenn die Wahrheit es nicht kann, so entscheidet die Schönheit (Ästhetischer Grund)

Die Wissenschaft besitzt kein Mittel, das Göttliche zu beweisen. Sie besitzt aber auch kein Mittel, wie wir dargetan haben, es zu leugnen. Sie ist mithin von ihrer Blickrichtung aus gezwungen, sowohl die Konstruktion einer gotterfüllten wie die einer gottlosen Welt für Illusion zu erklären.

Aus der Mathematik wissen wir, daß von zwei richtigen Lösungen einer Aufgabe derjenigen der Vorzug gegeben werden muß, die kürzer, einfacher und damit schöner zum Resultat vordringt. Damit wird, wenn die Wahrheit nichts mehr zu sagen hat, die Entscheidung über den Wert eines geistigen Vorgangs der Schönheit anvertraut.

Dies ist ein wundervoller Fingerzeig dafür, wie wir uns zwei Betrachtungsarten gegenüber zu verhalten haben, deren Wahrheitsbeweis mit logisch sprachlichen Mitteln nicht zu führen ist und die wegen ihrer fehlenden, daher gleichwertigen Resultate eine ähnliche Rolle spielen wie die beiden Lösungen jener mathematischen Aufgabe. Da die Wissenschaft vor den letzten Dingen resigniert, wir aber anderseits als geistige Wesen ohne Weltanschauung nicht leben können (die ja nichts anderes sein kann als eine Glaubensfassung der letzten Dinge), so sind wir ermächtigt, zwischen den beiden Nicht-Lösungen oder Illusionen eine Entscheidung zu treffen. Wenn wir uns also auch auf den Standpunkt des kältesten Agnostizismus stellen und annehmen wollen, die Schlußfolgerungen des Wahren und des Guten bestünden in der metaphysischen Frage nicht zu Recht, so dürfen wir uns doch unweigerlich dem Richterspruch der Schönheit unterwerfen, indem wir den ästhetischen Wert einer gotterfüllten und einer gottlosen Welt gegeneinander abwägen.

Es stehen uns zwei Welten zur Wahl. Die eine besitzt keinen Sinn und keinen Wert, denn Wert und Sinn sind bloßer Anthropismus und willkürliche Teleologie, die wir nicht aus ihr herausholen, sondern in sie hineintragen. Wenn wir auch an der Materie ein paar Gesetze hypothetisch abzulesen imstande sind (morgen stellen sich diese Ablesungen wieder als Irrtümer heraus), so bleibt uns der Endzweck der organischen und anorganischen Natur doch ewig verschlossen, ja die Annahme dieses Endzweckes schon ist eine denkerisch untersagte Vermessenheit. Von uns, nämlich vom Menschen, kennen wir bis zu einem bescheidenen Grade ein wenig Geschichte und Psychologie. Beide zeigen uns, daß vor allem das ökonomische Prinzip alle Entwicklung veranlasse. Dieses entspricht dem Prinzip der »Anpassung« und dem des »Kampfes ums Dasein«, das Darwin formuliert hat. Da der Urmensch keine Klauen, Krallen, Hörner, Stoßzähne und ähnliche Waffen besaß, war er gezwungen, seine Intelligenz als Waffe auszugestalten. Alle Geistestaten also, alle Heilslehren, Philosophien, Kunstwerke, Platos Dialoge und die Neunte Symphonie entstammen dem prekären Zufall, daß eine ziemlich verschlagene Affenart kein anderes körperliches Rüstzeug besaß als den Intellekt. Lebensaufgabe dieser arrivierten Affenart ist es, die Naturkräfte des Erdplaneten sich nach und nach dienstbar zu machen, um die Herrschaft der eigenen Gattung gegen alle kosmisch-tellurischen Mißhelligkeiten und gesellschaftlichen Feindseligkeiten zu sichern und dem Individuum (dies ist das alleinige und höchste Zukunftsideal) ein gerechtes Maß der Wohlfahrt zu gewährleisten. Damit ist alles gesagt, es sei denn, daß der Mensch zweifellos nur geboren wird, um zu verwesen. Durch diesen Weg vom Nichts zum Nichts entpuppt sich aber die kurze Lebensunterbrechung als eine höchst überflüssige Störung des geruhsamen Nichtseins. Daher ist die Gleichgültigkeit die einzige Weltanschauung, die logisch gerechtfertigt ist, so wie die Schmerzlosigkeit das einzig wirkliche Gut ist, dem man nachzustreben hat.[19]

Dies ist die eine Lösung oder Nicht-Lösung, die sich zur Wahl anbietet. Man kann sie auch die Illusion der Illusionslosigkeit betiteln.

Demgegenüber unterscheidet sich die andere Welt vor al-

19 Diese Konsequenz zieht die nahezu atheistische oder zumindest atheologische Lehre des Buddhismus, die tatsächlich die Leidvernichtung zum höchsten Gut erhebt.

lem dadurch, daß sie eine Welt des Sinnes und des Wertes ist. Wer sich zu ihr bekennt, ist der Überzeugung, daß der Mensch als Teil des Ganzen nicht etwas besitzen kann, was das Ganze nicht besitzt. Wenn ihm also als Splitter des Kosmos die Tendenz der Sinn- und Wertgebung innewohnt, so kann diese Tendenz doch nur eine blasse Spiegelung, eine schwächliche Entsprechung jener Sinn- und Werthaftigkeit sein, die im Universum selbst liegt. Wer an Sinn- und Werthaftigkeit des Universums glaubt, glaubt damit zugleich an dessen Geisthaltigkeit, er glaubt, daß die Schöpfung ein geistiger Akt ist. Im Glauben an diesen Schöpfungsakt ist der Glaube an die Schöpfungsmacht mitenthalten, die das höchste Prinzip der Sinnhaftigkeit (Geist) und Werthaftigkeit (Liebe) vorstellen muß. Mithin ergibt sich für jeden, der in der Welt Sinn und Wert anerkennt, notwendigerweise der Glaube an die Gottheit, welche der höchste Geist und die erste Liebe ist. (Dante: La somma sapienza e 'l primo amore.) Genau umgekehrt jedoch bedingt die Leugnung Gottes die Leugnung jedes, auch des geringsten Sinnes und Wertes in der Welt. Der Glaube verwandelt die Stellung des Menschen dem Leben gegenüber radikal. Während für den Gottlosen die Entwicklungsgeschichte des menschlichen Geistes den schlagenden Beweis für dessen stoffgebürtige Bedingtheit bildet, so beweisen für den Gläubigen die genetischen Wissenschaften nichts anderes, als daß die Entelechie des Geistes und der Liebe im Menschen gewisse Stadien durchlaufen muß wie alles der organischen Natur Eingeschaffene. Der Gläubige ist kein historischer, sondern ein Mensch der ewigen Gegenwart. Während der diesseitsgesinnte Realist in der Sittlichkeit nur eine zielstrebige Verhaltensweise sieht, welche die Lebenssicherung und Bedürfnisbefriedigung des Menschengeschlechtes (Schiffbrüchige auf einer wüsten Insel) zum letzten Zweck hat, so erkennt der Gotterfüllte weit über dieses menschliche Kompromiß aus »Kampf ums Dasein« und »Anpassung« hinaus seine Aufgabe in der Verwirklichung von Geist und Liebe, in der Vergöttlichung des Menschen. Plakatiert der eine »Wohlstand für Alle«, so verkündet der andere: »Glückseligkeit und Freude für Alle«. Der

Ungläubige findet in seiner inneren Welt nur die äußere Welt, d. h. also eine Welt ohne Sinn und Wert. Infolgedessen kehrt er sich von seiner inneren Welt ab, weil ihre Leere quälender ist als die durch Lärm und Trubel gemilderte Leere der Sachwelt. Als gehetzter Flüchtling seines Ich stürzt er sich in ein Meer von Geschäftigkeit, wodurch er im sozialen Leben falsche Bedürfnisse erzeugt und viel Übel stiftet. Der Gläubige findet in seiner inneren Welt ebenfalls die äußere Welt, diese jedoch hat Sinn und Wert. Er findet aber noch etwas mehr als diese äußere Welt in sich, das Erlebnis nämlich der übersinnlichen Bedeutung aller sinnlichen Gegebenheiten. In seiner Seele spürt er einen Brennpunkt, der alle Strahlen des Geistes und der Liebe sammelt, den Ort der inneren Wahrnehmung des Göttlichen. Für ihn ist die Innenwelt daher reicher als die Sinnenwelt und nach dem Gesetz der Fortschreitung vom Kleineren zum Größeren richtet er den Blick in sich selbst. Er verabscheut die Geschäftigkeit und liebt die Beschaulichkeit. Die Innenschau erschließt ihm auch jene andern Werte und Mächte, die um die Zentralsonne des religiösen Erlebnisses wie Planeten kreisen, die musischen Schöpferkräfte der Seele. Er begreift mit einem Mal den Enthusiasmus als die höchste Lebensspannung, und die Ansicht der Religion, ein ewiger Lobgesang sei der Daseinszweck der Engel, erscheint ihm nicht mehr unsinnig. Wenn er sich aus seiner Versenkung erhebt, ist er reicher als zuvor und sein volles Herz will sich den andern mitteilen. Dadurch macht er die Menschen reicher, im Gegensatz zu dem Geschäftigen, der sie in die Hetzjagd des Nichts reißt, sie ausbeutet und beraubt. – Der Ungläubige glaubt an nichts *mehr* als an den Tod, der Gläubige an nichts *weniger*. Da für ihn die Welt eine Schöpfung aus Geist und Liebe ist, so kann doch er als Weltgeschöpf in seinem wesentlichen Teil nicht von ewiger Vernichtung bedroht sein, da ja nicht einmal die Materie, aus der er zusammengesetzt ist, vernichtet wird, sondern nur neue Verbindungen eingeht. Das wichtigste persönlichkeitsbildende Element seines eigenen kleinen Menschengeistes ist das Organ des geistigen Zusammenhangs, das Gedächtnis. Der Gläubige glaubt, daß Gott den Menschen sich zum Ebenbilde geschaffen habe.[20] Dem menschlichen Gedächtnis muß demnach ein unendlich genaueres und vollkommeneres All-Gedächtnis der Gottheit entsprechen. Die Art dieses Gedächtnisses kann niemand begreifen. Eines aber ist gewiß. Wie immer es auch jenseits von Raum und Zeit beschaffen sein mag, kein Hauch lebenden und gelebten Lebens kann aus ihm verschwinden. Deshalb glaubt der Gottgläubige an nichts weniger als an den Tod.

Wir haben hiemit die beiden Welten unserer Wahl kurz geschildert. Philosophisch ist die Wahrheit und Wirklichkeit weder der einen noch der andern erweislich. Vor dem logischen Tribunal gelten sie nur als illusionslose und als illusionäre Illusionen. Sie sind somit in dieser Perspektive gleichberechtigt. Das strenge Vorbild der Mathematik erlaubt uns, die Schönheit als Geschworene einzusetzen, damit sie dort das Urteil fälle, wo der Wahrheitsbeweis nichts mehr zu sagen hat. Die Frage lautet, welche von diesen zwei Welten ist schöner, das heißt harmonischer, herzerquickender, glückverheißender, befriedigungsträchtiger, reicher?

Die Antwort erfolgt zugleich mit der Frage.

Wir haben hier den verpönten Versuch unternommen, das Problem des Gottesglauben aus dem Reich der Religion in das Gebiet allgemein menschlicher Betrachtung zu tragen. Die streng wissenschaftlich Gesinnten werden die zwingende Schlüssigkeit vermissen, die sie von einer Deduktion fordern. Die streng Gläubigen werden den Hinweis auf den dogmatischen Bau der Religion entbehren, in dem für sie alles in Ewigkeit geordnet und gefestigt ist. Einige dürften sich darüber aufhalten, daß die Ästhetik, das Prinzip des Wohlgefallens, angerufen wurde, um

20 Der Nihilismus dreht den Satz um und sagt, der Mensch habe Gott sich selbst zum Ebenbilde geschaffen. Wir aber wissen bereits, daß dies eine Homologie ist. Der Mensch kann nichts produzieren, was nicht in ihn hineingelegt ist. Ohne die innere Wahrnehmung des Göttlichen hätte er diese niemals interpretieren können.

zwischen der gotterfüllten und gottlosen Welt zu entscheiden, wie zwischen zwei Gläsern gleichwertigen Weins. Über den Geschmack sei ja nicht zu streiten. Diese Phrase ist übrigens falsch. Wenn schon nicht über das Objekt des Geschmacks, so kann und muß sicherlich über das Subjekt des Geschmacks gestritten werden. Geschmack ist nichts anderes als die Differenzierungs- und Wertungsfähigkeit dessen, der ihn besitzt. Wer schärfer zu differenzieren und unduldsamer zu werten weiß als ein anderer, hat mehr Geschmack als dieser. Es kann nach unseren Ausführungen kein Zweifel mehr darüber herrschen, daß die Wahl der gotterfüllten Welt einen differenzierteren, werthaltigeren und musischeren Geist voraussetzt als die Wahl der gottlosen Welt. Ein Blick nicht nur in die Geschichte, sondern auf unsere nächste Umgebung zeigt uns, daß weit eher die feinen, die differenzierten, die höheren Menschen dem Glauben an eine geistige und göttliche Welt zuneigen, als die primitiven. Es ist eine verwegene Lüge, die da behauptet, der Atheismus sei die Auszeichnung des Geistesaristokraten, während der Glaube das dumpfige Seelenfutter der Proleten bilde. Gerade das Gegenteil ist wahr.

Nun herrscht freilich unter den Geistigen heutzutage eine merkwürdige Feigheit, die sehr viele daran hindert, der größten Frage dieses Lebens offen ins Auge zu sehn. Die Gründe für diese Feigheit haben wir mehrfach ausgeführt. Zu dem Irrglauben, die wahre Wissenschaft maße sich eine Entscheidung an, tritt eine unbewußte Verwechslung der Gottesidee nicht einmal mit der tatsächlichen, sondern mit einem politischen Zerrbild der Priesterherrschaft, wie es die Jahrhunderte der Aufklärung und des Freisinns in die Seelen gepreßt haben. So lächerlich es klingt, für sehr viele kluge und aufgeschlossene Leute erweckt der Name Gottes und der Gedanke einer geistigen Überwelt die fürchterlichen Assoziationen: Finsteres Mittelalter! Inquisition! Folterkammer! Galilei! Pogrom! Absurder Märchenglaube. – Hier warten große Aufgaben für eine Psychologie der Völker, Klassen und Generationen. Ehe die analytische Psychologie darangeht, mit ihrem Messer den menschlichen Gottesbegriff zu sezieren, müßte sie aufrichtigerweise untersuchen, welche dunkle Rachsucht ihr dieses Messer schleift.

Es ist hoch an der Zeit, daß der geistig wache Mensch erkenne: Ich darf mich der letzten Frage nicht entziehen, ohne auf Erden ein feiger Schwächling zu bleiben, der keinen festen Stand hat. All meine Einzelansichten und Spezialleistungen verhelfen mir nicht zu einer wirklichen Weltanschauung. Mag man mich auch für geistig halten, ich bin bestenfalls nur ein scharfsinniger, aber schwankender Schatten. Wem dies mit der ganzen Schmerzhaftigkeit der Erkenntnis klar wird, der kann sich nicht mehr mit den Geistessurrogaten zufriedengeben, die ihm die Gegenwart in hundert Formen anrichtet, er wird endlich an dem zu zweifeln beginnen, woran einzig und allein zu zweifeln ist. Und wenn er erst seinen leeren Diesseitsglauben verloren hat, wird er zu seinem innersten Selbst vordringen dürfen, das heißt zu der Wahrnehmung des Göttlichen, die wartet, daß er ihrer lausche.

Dann ergreift sie die Führung und eröffnet ihm Schritt für Schritt das Wunder eines Alltags, in den die Überwelt hereinragt, und das Wunder dieser Überwelt, die der Alltag durchdringt.

Von der reinsten Glückseligkeit des Menschen

Eine Rede gehalten vor der Völkerbundliga zu Wien im Dezember 1937

I

Lassen Sie mich, meine verehrten Zuhörer, diesen unseren gemeinsamen Gedankenweg mit einer persönlichen Erinnerung beginnen. In einer Zeit großer Trauer, da ich den Verlust eines geliebten Menschen nicht und nicht verschmerzen konnte, geriet ich eines Abends in das glänzende Operntheater einer italienischen Stadt. Man gab ›Mignon‹, eines jener Werke, das sich, wie Sie ja wissen, gegen den Haß der Kenner, die Verachtung der Kritiker, das Naserümpfen der Snobs eine bescheiden verschämte Unsterblichkeit erobert hat. Ich erhoffte mir nicht viel von dieser Mignon, die ich seit meiner Jugendzeit nicht mehr gehört hatte. Was war zu erwarten? Ein fader Zeitvertreib, gemildert durch die sonderbare, erregte Behaglichkeit, die in italienischen Opernräumen daheim ist. (Zeitvertreib, welch ein tiefes und schreckliches Wort! Einem dumpfen Unbehagen an den wirklichen Werten gehorchend, vertreiben, verjagen wir Menschen unsre kurze Lebenszeit, indem wir Karten spielen, öde Kino- und Theaterstücke aufsuchen oder uns in leere Geselligkeit stürzen.) Es kam jedoch an jenem Abend ganz anders, als ich vermutet hatte. Den Grund kann ich nicht nennen. Waren es die Goetheschen Gestalten, die durch den Schleier des Librettos hindurch unbesiegbar strahlten, war es die plastische Anmut und Sehnsüchtigkeit der kindvertrauten Melodien, war es die unvergleichliche Protagonistin, – der erwartete Zeitvertreib verwandelte sich von Szene zu Szene immer stärker in jene reine Glückseligkeit, die wir heute betrachten und deuten wollen, in die Glückseligkeit der Kunst.

Als ich damals das Theater verließ und durch die leeren hallenden Straßen der fremden Stadt nach Hause ging, fragte ich mich: Was ist das? Welche Macht hat den ununterbrochenen Schmerzgedanken in meinem Bewußtsein gelockert und in tröstliche Sphären gerückt? Eine alte, etwas verstaubte Oper, gewiß keines der Geniewerke der Musik! Kostümierte Sänger, die, bis auf die Titelheldin, sich gar nicht die Mühe gaben, menschliche Erschütterungen zu vermitteln, sondern vorsichtig und effektsicher ihre schönen Töne spannen! Und doch, ich war ein anderer geworden. Durch das laue Medium der Mignon-Oper hindurch hatte mich jene Glückseligkeit erleichtert und beschwingt (eine erlösende Tränenseligkeit), die vielleicht die uneigennützigste Freundin unseres Lebens ist.

Anstatt aber eine Antwort auf meine Frage zu finden, sah ich plötzlich während meines Heimweges »das Tal der Könige« vor meinem geistigen Auge. Auf einer ägyptischen Reise hatte ich vor vielen Jahren diese einsam gewaltige Begräbnisstätte der Pharaonen in der Wüste besucht. Das Tal der Könige ist ein gut verborgener Gebirgskessel in der Nähe der Tempelstadt von Theben. Unübersteigbare Schroffen in gelben, braunen, kobaltblauen, violetten Tönungen bilden hier ein farbig ödes Ende der Welt. Man muß in der Sommerglut des ägyptischen Winters auf steilen Stufen die halbe Höhe der abschließenden Berge erklimmen, um zu den Eingängen der königlichen Totenwelt zu gelangen. Plötzlich findet man sich in einem schmalen und kühlen Stollen, wo man, wie es einem scheint, auf schaukelnden Brettern einen endlosen Weg in das Berginnere dieses Reiches zurückgelegt hat. Dann und wann wirft die starke Taschenlampe des führenden Arabers ihren scharfen Kegel in seitliche Höhlen und Abgründe. Die aufgewickelte Mumie irgendeines Ramses betrachtet den störenden Besuch mit dem abgezehrten, doch wohl erhaltenen Antlitz eines ironisch verhungerten Intellektuellen. Nun aber mündet der Weg in eine Flucht von mittelgroßen Zimmern und Kammern, die einer ausgeräumten bürgerlichen Wohnung gleichen. Die Lampe des Führers erleuchtet die Wände. Diese Wände aber sind von der Decke bis zum Fußboden mit Malereien bedeckt, die nach drei und vier Jahrtausenden ihre Leuchtkraft noch nicht eingebüßt haben. In unerschöpflicher Folge sind lange Bilderbänder voll erzählender Frische untereinander gereiht. Sie schildern die Fahrt des Sonnengottes durch die Unterwelt, die dämonischen Gewalten, die ihn anfallen, die Kämpfe, die er mit ihnen besteht, das Seelengericht in der großen Urteilshalle, wo die tiergestaltigen Richter versammelt sind und die guten und bösen Taten des Abgeschiedenen auf die goldene Waage gelegt werden. Neben dieser durchlaufenden religiösen Schilderei ist jedoch noch Platz genug in den Grabkammern für die tausendfachen Bilder des irdischen Lebens selbst. All diese Bilder im Innern des Berges, in der Tiefe des Todes und der Finsternis, erstrahlen von Behagen und Fröhlichkeit. Da sieht man reizende Musikantinnen im Tanzschritt dahinschweben, den elfsaitigen Psalter, die langhalsige Laute im Arm oder die Doppelflöte an den Lippen. Eine vom Feldzug heimgekehrte Kompagnie steht in Reih und Glied. Frauen und Kinder, die sie empfangen haben, winken mit hocherhobenen Armen. Neger worfeln in rhythmischem Schwung das Getreide. Andere Sklaven rupfen Gänse, Enten und Wachteln. Adelige Herren gehen in den Sümpfen auf Jagd. Vom schwanken Boot aus erlegen die Kühnen das gewaltige Nilpferd. Indessen geben ihre Frauen vornehme Damengesellschaften. Die Herrin des Hauses führt den Freundinnen ihr jüngstes Töchterchen vor. Die Kleine ist nackt, damit die Damen den reizenden Kinderkörper mit gebührenden Ausrufen des Entzückens bewundern können.

Diese Bilder und noch viele andere drängten sich mir mit merkwürdiger Lebhaftigkeit auf, als ich aus dem Theater ging. Ich sah auch vor mir die farbenbunten Säulenschäfte der Tempel von Karnak und Luxor, diese mächtigsten Säulen der Welt, mit ihren Lotoskapitälen, ich sah die langen Züge der Reliefs, in denen man lesen kann wie in aufgeschlagenen Büchern, die Statuen der Götter und die Standbilder der Könige, an deren Riesenknie sich die zarten Gestalten der Königinnen schmiegen. Unter dem Druck der ägyptischen Erinnerungen mußte ich stehenbleiben damals. Waren all diese herrlichen Bildwerke nicht einzig und allein um den Grabesrand versammelt, mit glänzendem Antlitz einzig und allein dem Tode zugewandt? Da wurde es mir klar: Kunst ist das Gegenteil von Zeitvertreib. Sie ist Zeit-Verhaftung. Sie ist Tod-Vertreib.

Jedermann, der den Verlust eines nahen Menschen erlitten hat, weiß, wie erregend es ist, irgendeinem Gegenstand aus dem Besitz oder Gebrauch des Verstorbenen wieder zu begegnen. Die Dinge bestehen weiter, wenn unser Fleisch und Blut schon vermodert ist. Je weniger Leben ein Ding hat, um so länger lebt es. Die Steine waren, ehe noch ein Mensch war, und sie werden sein, wenn er nicht mehr ist. Doch der Mensch ging hin und hauchte den Steinen Leben ein. Er tat es, um sich von der Vergänglichkeit zu erlösen. Er mischte die feurigen Farben und malte die Grabgewölbe seiner Könige im Innern des Gebirges aus. Diese Gewölbe wurden dann für alle Zeiten vermauert und durch labyrinthische Irrgänge gegen Schatzräuber und Grabschänder gesichert. Die Bilder des schönen Lebens an den Wänden waren dazu bestimmt, bis ans Ende aller Tage von tiefster Finsternis umfangen zu sein. Und doch, der Tote würde sich an ihnen entzücken und vergnügen, an all diesen verewigten Augenblicken des Alltags, an den musizierenden Tanzmädchen, den Soldaten, den Getreidedreschern, an den adligen Jägern und vornehmen Damengesellschaften. Die ägyptische Bildnerei ist vielleicht deshalb die größte aller Zeiten, weil sie ihre ganze Energie auf den Gedanken des Todes gerichtet hielt und eben dadurch diesen Gedanken vernichtete. Sie vor allem lehrt uns damit eine der wichtigsten Wurzeln der Künste in der Ökonomik der Menschenseele bloßzulegen.

Unsern Zeiten blieb es vorbehalten, in den Künsten gleichsam nur das Kleingedruckte des Lebens zu mißachten. Politik, Technik, Sport, Börse, Geschäft, das sind die ernsten Wirklichkeiten, die den sogenannten »ganzen Mann« fordern, wenn auch nur, um ihn in jeder Minute zu vierteilen. Das andere gilt uns als Aufputz, als »Entspannung« nach des Tages Mühe. Der Mensch, der den ganzen Tag lang keine Zeit hat, will am Abend eben diese vertreiben. Wie würden wir erschrecken, wenn wir der leeren Mühe unserer Tage Aug in Aug gegenüberstünden! Wir haben es nicht verstanden, wie die alten Ägypter das Bewußtsein des Todes bildend zu bändigen. Der moderne Mensch lebt in einer beständigen Verzweiflung, die dem antiken Menschen unbekannt war. Wir leiden an den ungehobenen, ja an den erdrosselten Glückseligkeiten in uns. Jede Glückseligkeit aber ist ein Wissen um den Nicht-Tod, ist ein wundersames Innewerden, ein lustvolles Erkennen, daß es keinen Tod gibt. Die Rolle der Kunst war es und ist es in allen Zeiten, uns diese Glückseligkeit des Nicht-Todes in gewissen Augenblicken einzuflößen.

Wie kommt es nun, daß diese Augenblicke immer seltener werden, und die Menschen immer weniger der schöpferisch befreienden Verzückung zugänglich sind?

2

Die Kindheit ist das Genie unter den Lebensaltern des Menschen. Als Kind ist auch der Mittelmäßigste gezwungen, die unbegreifliche Schöpferleistung zu wiederholen, die am Anfang der Menschwerdung steht: Das Benennen der Dinge, das zugleich ein Neuerschaffen der Dinge ist. Aus den Bekenntnissen vieler großer Männer wissen wir, daß für sie die Erlebnisse der Kindheit den beständigen Antrieb ihrer Produktivität bedeutet haben. Unter der erkaltenden Kruste glühte in ihnen ewig das verborgene Magma ihrer Frühzeit, die Erinnerung an den feurig-flüssigen Zustand der erwachenden Seele.

»Was für die Teile gilt, das gilt fürs Ganze.« Dieser antike Satz hat Gültigkeit auch für den Menschen. Unsere, die moderne Geistesverfassung tröstet uns über das Beunruhigende gewisser Urwahrheiten hinweg, indem sie diese durch das Wort »Mythos« neutralisiert. Weil wir die bedrängende Sprache der Mythen nicht mehr verstehen, glauben wir in ihnen erfabelte Phantastereien und kindische Märchen sehen zu müssen. Ist es aber nicht sehr bedenkenswert, daß in den Kindheitserinnerungen der menschlichen Kultur überall die Geschichte der Sintflut und, ihr vorangehend, die Geschichte eines glückseligen Zustandes der Welt aufgezeichnet ist? Paradies oder aurea aetas, das goldene Zeitalter. Plato spricht von einem »uralten Volk, besser als wir und näher bei den Göttern wohnend«. Dieses Volk sei von dem ursprünglichen Kosmos, der Ideenwelt, noch nicht so weit entfernt gewesen gleich uns, die wir ihrer nur durch schwache Erinnerung teilhaftig sind. Auch die Theologie der Kirche lehrt den Begriff einer »Ur-Offenbarung«, die längst vor Sinai und Golgatha auf geheimnisvolle Weise dem Menschengeschlechte inne ward.

Kein logischer Grund besteht, der die Annahme eines »goldenen Zeitalters« unbedingt in das Bereich des Märchens verbannen kann. Ich hoffe im Gegenteil einiges anführen zu dürfen, was einen ursprünglich glückseligeren Zustand der Menschenseele auf Erden nicht unbegreiflich erscheinen lassen wird. Wir müssen uns aber vorher ein wenig von der überkommenen Vorstellungsart und Gedankenform entfernen, die den letzten Generationen eingeprägt worden ist. Ich meine damit die biologische Vorstellungsart von der Entwicklung. Wir sind gewohnt, diese Entwicklung des Lebens uns gewissermaßen von einem kosmischen Fahrplan geregelt zu denken, der ziemlich pünktlich die Stationen anzeigt, die von den niedrigen zu den höheren, von den einfachen zu den differenzierten Formen führten und führen. Eine ununterbrochene Linie wäre das, die schnurgerade die anorganische Materie in die organische übergehen läßt, das Pflanzenreich in das Tierreich und endlich das Tier in den Menschen. Von dieser popular-darwinistischen Vorstellung können wir modernen Menschen uns nur schwer befreien, obgleich es noch keinem Forscher gelungen ist, den schöpferischen Abgrund zu erhellen, der zwischen anorganischer und organischer Materie klafft. Wohl gibt es fleischfressende, tierähnliche Pflanzen, doch unseren Geist erleuchtet nicht der Genieblitz der Schöpfung, der diese beiden Naturreiche verbindet. Wir beobachten den Menschenaffen, wir vergleichen seine Anatomie mit der des Neandertaler Skeletts. Aber was hilft das? Alle Forschergedanken verschwimmen zu unbestimmten Hypothesen, da wir den Gottesspruch nicht mehr hören, der das vierfüßig waagrechte Wesen aufrichtete, ja aufrichtete, in dem herrlichen Doppelsinn dieses Wortes, im Sinn der Vertikale und im Sinn des Trostes. Die Natur läßt uns mit einem Sphinxlächeln gewisse Zusammenhänge ahnen. Den schlüssigen Beweis des Übergangs aber, um den einzig es sich handelt, den entzieht sie uns und verwandelt ihn zum Mysterium. Und dahinter sollte kein Sinn und keine bewußte Absicht liegen?

Zu der eben dargestellten popular-wissenschaftlichen Anschauungsart gehört auch unser Verhältnis zu den sogenannten primitiven Volksstämmen, zu gewissen Südsee-Indianern, Patagoniern, Pygmäen und so weiter. Wir sehen in diesen innerlich und äußerlich zumeist bettelarmen Menschen mit ihren absurden Göttern, ihrer kläglichen Naturerklärung, ihren Totems und Tabus den Zustand unserer eigenen Vorfahren, eine Kopfstation jenes Fahrplans, der ebenfalls für uns gültig ist. Aber auch diese Anschauung ist durch nichts bewiesen. Können die Primitiven nicht ebenso gut Herabgekommene sein, aus den Kulturen geschleuderte Unbegabte? Die neuere Wissenschaft ist nicht abgeneigt, sich diese Frage ernsthaft zu stellen.

Unser technischer Hochmut geht so weit, daß wir den Rang der einzelnen Kulturepochen nur nach der jeweiligen Art und Vollkommenheit des Werkzeugs beurteilen. Wenn ich von Funden aus der Stein- oder Bronzezeit lese, so erschrecke ich jedesmal, wie gering der Zwischenraum ist, der uns von diesen Vorvätern trennt, die unserer Anschauung nach ja Primitive gewesen sein müssen. In mittel-europäischen Breiten sind es kaum dreitausend Jahre. So knapp also liegt die Zeit hinter uns, da wir, der massiven Ansicht gemäß, elende, unwissende, abergläubische Wilde waren. Es ist daher kein Wunder, wenn der moderne Durchschnittsmensch, sofern ihn solche Gedankengänge überhaupt berühren, von der Höhe seines Komforts auf die vorgeschichtliche und auch noch auf die antike Welt mit einer erschauernden Herablassung niederblickt und es für ganz und gar widersinnig hält, daß sein Fortschritt zugleich ein Rückschritt sein könnte und sein unbezweifelbarer Aufstieg den Preis einer unermeßlichen seelischen Verarmung gekostet habe. Dieser Zeitgenosse kann davon kaum abgebracht werden, sich für einen ausgemachten Parvenü zu halten, der aus dem prähistorischen Kultur-Nichts stammt, aus dem Urwaldghetto des Primitivismus. Daß er aus »Glanz und Wonne« der Seele herkommen könnte, aus Platos uraltem Volk, den Göttern näher wohnend, das erscheint ihm bestenfalls als verrückte Träumerei. Er glaubt zwar bis zu einem gewissen Grade an ein goldenes Zeitalter. Die politischen Weltanschauungen aber, denen er anhangt, versetzen dieses, jede ihrer Art gemäß, in die Zukunft. Er vergißt, daß seine geschichtliche Erinnerung kaum mehr als sechstausend Jahre zurückreicht, daß aber Seinesgleichen schon vor Jahrhunderttausenden auf Erden gelebt hat, wenn man der Paläontologie trauen darf. Ist es nicht höchst naiv zu meinen, daß jene kurze belichtete Strecke die gesamte Kulturgeschichte bilde, während die ungeheuren Zeiträume vorher den aufrechtgehenden Zweifüßler nur als hordenbildendes Halbtier gekannt haben? Wer weiß, vielleicht hat unser Geschlecht in den schweigenden Jahrhunderttausenden Aufstiege und Abstürze zu und von einer Höhe erlebt, die heute nicht einmal erträumt werden kann.

Der moderne Mensch will es nicht für wahr halten, daß gewisse schöpferische Kräfte in ihm bankrottiert haben, daß er eine sportgestählte Bettelgestalt des großen Verlustes ist. Er glaubt sich vielmehr im Besitze eines Schuldscheins der Glückseligkeit, der einst eingelöst werden wird, wenn seine politische Ersatzreligion die materiellen Vorbedingungen dazu geschaffen hat.

Was ist es nun, das uns dazu bewegen könnte, diese durchschnittlichen Anschauungen der heutigen Welt nicht zu teilen? Erlauben Sie mir, meine Damen und Herren, daß ich, um eine Antwort zu finden, wiederum von einer persönlichen Erfahrung berichte. Während einer langwierigen Arbeit war ich durch den von mir gewählten Stoff verhalten, mich ein wenig mit dem Studium der altbabylonischen Kultur zu befassen. Obzwar diese hochberühmte Kultur gleich der altägyptischen bis an die dunkle Grenze der Vorgeschichte zurückreicht, so ist auch sie nur eine Erbin; auf der magischen Erde Mesopotamiens waren ihr ältere Gesittungen vorangegangen, die sumerisch-akkadische, und vor dieser noch geheimnisvollere, die man eben erst zu entschleiern beginnt. In den Werken, die ich durchnahm, trat mir die altchaldäische Geisteswelt als ein rein kosmisches, oder besser, als ein astrozentrisches Sinngebäude entgegen. Der Babylonier und seine kulturellen Vorläufer waren in einer uns heute kaum mehr begreiflichen Art Sternenmenschen. Das All des Nachthimmels war der Raum, in den sie ihr irdisches Leben hineinhoben und aus dem sie ihr überirdisches Leben zurückempfingen, in ununterbrochenem Austausch. Wenn man diese archaischen Kulturen die Erfinderinnen der Astronomie nennt, so sagt man etwas Richtiges, keineswegs aber etwas Vollständiges aus. Gewiß, die Chaldäer hatten eine wissenschaftliche Astronomie von großartigen Ausmaßen entwickelt. Sie waren die Schöpfer des Kalenders. Sie teilten den amorphen Ablauf der Tage in Wochen, Monate, Jahre und darüber hinaus in bestimmte Äonen oder Weltenjahre ein. Auf Tausenden von Tonscherben, die auf uns gekommen sind, stellten sie die kompliziertesten Berechnungen an, weissagten für Jahrhunderte die Sonnenfinsternisse voraus, bestimmten die Umläufe der Hauptplaneten, die Wiederkunft der Kometen, das langsame Vorrücken der Sternbilder am Firmament. Doch so großartig dies alles auch sein mag, es ist nur ein geringer Teil ihrer wesenhaften Leistung.

Gegenwärtig geht wieder eine starke Welle astrologischer Neugierde durch die Welt. Nicht nur feinere Geister befassen sich mit dieser Lehre, die den fatalen Zusammenhängen zwischen Gestirn und Mensch gewidmet ist. Auch Politiker und Börsenspekulanten befragen sie, ehe sie zu einem Putsch schreiten oder einen großen Abschluß tätigen. Ich kenne Friseure und Kellner, die im Nebenamt Horoskope stellen. Gewiegte Astrologen inserieren in der Zeitung und weniger gewiegte schlagen auf Vergnügungsplätzen und Jahrmärkten ihre Zauberbude mit den Tierkreiszeichen auf. Jeder weiß, daß die heute geübte Horoskop-Kunst nicht auf den eigenen Erfahrungen unserer Zeit beruht, sondern im einzelnen und im ganzen von der Antike übernommen wurde. Der moderne Astrologe verwendet seine Kunst wie eine Maschine, mit welcher er zwar Resultate erzielt, deren Zusammensetzung und Mechanik er aber nicht versteht. Er hat von den Chaldäern gelernt, daß zum Beispiel der Saturn negative Einflüsse ausübt und die Konstellationen belastet. Mit dieser Tatsache rechnet er, aber er weiß nicht warum. Sein Wesen schweigt vollkommen dazu, der Saturn ist für ihn nichts anderes als ein leerer Name auf einer Tabelle; wahrscheinlich hat ihn sein Auge am Nachthimmel niemals von anderen Sternen unterschieden. Mit wenigen Worten: in uns sind die ursprünglichen Seelenkräfte erloschen, ohne die es eine wesensgemäß lebendige Anschauung der kosmischen Zusammenhänge nicht gibt. Die Altbabylonier aber und jene Völkerwellen, die ihre Meister waren, darunter vielleicht das platonische Volk, haben diese für uns unfaßbaren Seelenkräfte noch besessen und dank ihnen das schwindelerregende Werk geleistet, die unübersehbare Sternschrift des östlichen Nachthimmels zu entziffern und zu enträtseln. Und nur durch ihre Macht konnten sie die hohe astrologische Lehre von den Entsprechungen entdecken, die sich in dem chaldäischen Grund- und Kernsatz zusammenfassen läßt: »Alles was oben ist, das ist auch unten!«

Nun sind wir auf allen möglichen scheinbaren Umwegen an dem Orte angelangt, zu dem ich hingestrebt habe. Wenn wir unseren Blick auf die uns zugängliche Kindheit des Menschentums, auf die archaischen Kulturen hinwenden, so wird es klar, daß wir zwar an analytischer Methodik unvergleichlich reicher, an wesensganzer Erkenntniskraft unvergleichlich ärmer geworden sind. Die Annahme jener aurea aetas, des platonischen gottnahen Volkes, die Existenz eines erhabenen pränoachidischen Geschlechtes erscheint uns dann nicht mehr widersinnig.

Ein neuerer Naturforscher hat auf den urtümlichen Menschen den treffenden Ausdruck geprägt, er sei »natursichtig« gewesen. Ich aber möchte dieses Wort in »geistsichtig« verwandeln. Denn mehr als eine natürliche, eine geistige Schauung ohne Beispiel vollbrachte jener priesterliche Mann, der mit seinem ganzen Wesen die negativen, niederziehenden Kräfte des Saturnplaneten erspürte und ihm in schöpferischer Erkenntnis – alles, was oben ist, ist auch unten – das Blei, die dunklen Farben und das Schierlingskraut zuordnete. Wir müssen bei diesen Männern und Völkern einen Augenblick lang in Ergriffenheit verweilen. Wann und wo sie auch lebten, vor zehntausenden Jahren auf den sagenhaften Kontinenten Atlantis und Lemuria oder auf mesopotamischem Boden, sie haben die allergewaltigste Geistestat unserer Gattung vollbracht, sie sahen die Wirklichkeit der Götter im Wandel der Gestirne, sie deuteten sie und sie sahen gewiß auch Gott. Vielleicht kannten sie noch nicht das Rad, noch nicht das Schiff und kaum erst das Haus. Ihr Alltagsleben war vermutlich weit notdürftiger und ausgelieferter als das der Primitiven. Doch in der Nacht erhoben sie ihre hellsichtigen Augen und ihre hellsichtigeren Seelen zum Himmel und verbanden in bestürzender Zusammenschau die Gestirne zu Sternbildern und gaben jedem seinen Namen. Sie ordneten in unausdenklicher Geistestiefe das Firmament und das Chaos der Lichtpunkte, die es bedecken, in die festen zwölf Häuser und machten die Zeichen des Tierkreises zu den Herren dieser Häuser, indem sie auch diese benannten. Auch heute noch sagen wir »Löwe« und »Stier«, »Wassermann« und »Fische«, »Skorpion« und »Widder«. Wir nennen die Tierkreiszeichen bei ihren alten Namen. Der gelehrte Astrologe kennt den aus Urzeiten überlieferten Einfluß, der sich hinter diesen Zeichen verbirgt. Doch die eigentliche Bedeutung der Namen ist uns verlorengegangen, wie das Erlebnis jener Kräfte, die sich in ihnen verbergen. Wir plappern sie auf Treu und Glauben nach. Daß aber, wenn auch in unendlich verwässertem Sinn, diese Begriffe auf uns gekommen sind, ist der unwiderlegliche Beweis dafür, daß vor Jahrzehntausenden gottnahe Geschlechter gelebt haben müssen, die uns an kosmischer Einsicht und geistiger Fassungskraft gewaltig überlegen waren.

Das goldene Zeitalter, von dem die Menschheitsmythen berichten, besaß nicht nur die göttliche Gabe des Schauens, sondern auch die nicht minder göttliche Gabe des Nennens. Man braucht kein Etymologe und kein Sprachphilosoph zu sein, um vor der Weisheit und abgründigen Bedeutsamkeit der Sprache zu erschauern. Im Anfang war das Wort. Und das Wort war bei Gott. Dadurch erst, daß ihm das Wort verliehen ward, wurde der Mensch zum echten Kinde Gottes. Jene aber, denen es nach einer Epoche stammelnder Versuche zuerst in aller Herrlichkeit und Fülle verliehen ward (womit die Gottheit das Werk der Aufrichtung vollendete), jene nahmen das größte Menschheitsgeheimnis mit ins Grab. »Jedes Wort«, sagt Emerson, »war ursprünglich ein erhabenes Gedicht. Heute ist es ein Grab der Muse.« Dieser Satz ist nicht nur ein schöner Aphorismus, er läßt sich sogar beweisen. Betrachten wir irgendein Wort analytisch, z. B. den Ausdruck »Existenz«. In getreuer Übersetzung heißt Existenz »Hervorgegangenheit« oder »Hervorgetretenheit«, wobei das Zeitwort weniger bedeutsam ist, als das richtungsweisende »ex«. Das einfache Wort Existenz, das wir nichtsahnend gebrauchen, drückt demnach nicht nur die Tatsache des Seins aus, sondern bekennt zugleich, daß es kein autonomes Sein gibt, und daß alle Existenz aus etwas Höherem hervorgegangen ist. Auch die deutsche Sprache deutet dasselbe Verhältnis an, indem in ihr das Wort Sein gleichlautend die Rolle des Infinitivs und des Pronomens spielt: Esse und Suum. Ich bin demnach fest überzeugt davon, daß am Beginn der wahren Menschensprache, als auch sie endlich aus keuchendem Tierlaut und tastender Artikulation »aufgerichtet« war, nicht etwa mitteilende Prosa stand, sondern erkenntnistrunkener Gesang, interjizierender Hymnus und esoterische Formel. Vor dem Bericht war der Vers.

Die Lichtgestalt des goldenen Zeitalters ist Orpheus. Durch erstmalige Nennung bannte er Felsen, Bäume und Tiere, so daß sie sich losrissen und ihm nachfolgten. An den Eingangspforten der Menschheit stehen somit Sehertum und Dichtertum als die ältesten Wächter. Ihnen verdanken wir alles Gute, denn sie haben uns über die steile Schwelle hinübergeholfen. Wenn wir ihrer vergessen, so schrumpfen wir zu gottverlassenen Intellektuellen zusammen. Es ist kein Fabelwahn, daß die Mythen das goldene Zeitalter, welches vom innersten Schauen und Nennen beherrscht war, das Alter der Glückseligkeit nennen. Denn was ist Glückseligkeit anderes als die Gnade, alle in uns eingepflanzten Seelenkräfte voll entfalten zu dürfen? Wiederum also Zeit-Verhaftung und Tod-Vertreib.

3

Die für uns unvorstellbaren Seelenkräfte, die wir beschwören, das ursprüngliche Schauen und das ursprüngliche Nennen, waren zuerst in eine einzige zusammengeballt, ebenso aber auch die Objekte, an denen sie sich maßen. Ob Planet oder Tierkreis, ob Fels oder Quell, ob Baum oder Tier, alle Dinge lebten in der schaurig-heiligen Umhüllung des Numinalen, des Gottheitlichen. Im archaischen Weltalter gab es keine Sonderung in der Zusammenschau. Die Menschen wohnten den Göttern näher. Das heißt, sie wurden der geheimen Bedeutungen der Wesen und Dinge dadurch inne, daß sie diese mit erhellten Augen sahen und mit erleuchteten Namen nannten. Das Rind, um ein Beispiel zu nennen, war etwas völlig andres, als es für uns ist. Es war mehr als ein Säugetier mit Spalthufen und Hörnern. Die unverbrauchten Seelenkräfte des Menschen erkannten in ihm eine bestimmte gottheitliche Eigenschaft, die sich innerhalb der Schöpfung nur im Rinde spiegelte. Ein namenlos feiner Sinn erspürte im Stier die Sonne und in der Sonne den Stier. Die Tiere alle *waren* nicht nur, sondern sie *bedeuteten* auch über ihr Sein hinaus. Der archaische Mensch lebte und dachte einzig und allein im Gleichnis. Hierin unterscheiden wir uns am tiefsten von ihm. Für uns *sind* die Dinge nur, aber sie *bedeuten* nichts.

Die Wesensart des goldenen Zeitalters, des platonischen Volkes, ist durch keinen Fund dokumentiert, und kann es auch nicht sein. Wir müssen aber auf sie aus den uns bekannten antiken Religionen und Künsten notwendig rückschließen.

In dem nacharchaischen Zeitalter, das wir das frühe Altertum nennen wollen, sehen wir schon die ursprüngliche, vom Morgentau der Menschenschöpfung trunkene Einheit aufgehoben. Der Zerfall der Seelenkräfte hat begonnen. Die Menschheit tut den ersten Schritt auf unsere eigene Epoche hin. Was wir an hochgepriesenen Dokumenten besitzen, sind schon Bekundungen des ersten Abfalls. Der Mensch ist nicht mehr Seher der Götter und der von ihnen gespiegelten Wirklichkeiten, er ist nicht mehr der Nenner der Namen und der durch sie geoffenbarten Zusammenhänge, und zwar dies alles in einem; die erlahmende Urkraft beginnt sich nach verschiedenen Richtungen hin zu sondern. Die erste Säkularisierung des Gottheitlichen tritt ein. Der gewaltige Stamm teilt sich in drei Äste. Das allumfassend Religiöse selbst wird zur Theologie, das erkennende Zusammenschauen verjüngt sich allmählich zur forschenden Wissenschaft, die vulkanische Kraft der ersten Namengebung zum bewußten Dichtertum. Dieser Prozeß läßt sich an den vorhandenen Werken klar beweisen. Ein frühes Epos, wie z. B. der babylonische ›Gilgamesch‹, ist uns fast noch unzugänglich, wir können es nicht verstehen. Der Grund liegt darin, daß sich hinter den Taten und Leiden des Helden sowie seiner Götter zwei und zehn und hundert zumeist kosmisch-astrale Bedeutungen verbergen, die das erzählte Geschehen beschatten und den Leser, der keinen geistigen Schlüssel besitzt, wie ein abstruses Wortdickicht verwirren. Anders schon Homer. Hier ist alles »allgemein menschlich« und »schön«. Jeder Gymnasiast versteht Homer, sofern er nur durch die gepanzerte Garde der Aoriste und unregelmäßigen Verben durchgedrungen ist. Das kommt daher, daß in ›Ilias‹ und ›Odyssee‹, die etwa aus dem elften Jahrhundert vor Christus stammen, jene geheimen Bedeutungen bereits zurückgedrängt und laisiert sind. Wahrscheinlich waren in Homers Zeiten die geistigen Schlüssel längst auch schon verlorengegangen. Der Wandel der Sterne am Nachthimmel wurde nicht mehr erlebt, sondern nur mehr gelehrt. Die Götter dieser Epen sind bereits im hohem Grade anthropomorph. Während sie im ›Gilgamesch‹ noch vollkommen ihren überirdischen Charakter bewahren, hat der Mensch der ›Ilias‹ seine Götter schon naturalisiert und sich selbst angeglichen. Wenn Homer die Rinderherde des Sonnengottes, des obenwandelnden Hyperion, zeigt, so ist dies eine poetisch realistische Schilderung und nichts weiter. Die Rinder haben ihre numinale Bedeutung, die in Alt-Ägypten und Babylon noch lebendig war, hier restlos eingebüßt. (Doch gerade in diesem Akt der Vermenschlichung des Gottheitlichen wird zugleich die klassische Dichtkunst geboren.)

Das, was ich meine, kann auch noch durch das Beispiel der Entwicklung der Schriftzeichen von den Hieroglyphen zum Buchstaben-Alphabet verdeutlicht werden. Am Anfang steht auch hier nicht das Primitive, sondern das Komplizierte, die heilige Bilderschrift nämlich, dieses weihevolle System gestaltlicher Symbole, mit dem alle Dinge und Begriffe ihrer religiösen Bedeutung gemäß ausgedrückt wurden. Erst im Ablauf langer Epochen verflachte sich die heilige Priesterschrift zur demotischen, zur profanen Schriftweise, um endlich zu unserm Alphabet abzumagern, das nur noch die Laute zusammensetzt. Reste der ursprünglichen Inspiration sind auch in diesem knappen Alphabet noch zurückgeblieben. Wer aber weiß heute noch, wenn er die Buchstaben A und B aufschreibt, daß er mit dem spitzen Alpha das Dreiecks-Zeichen der göttlichen Einheit hinsetzt, mit dem ringsum abgeschlossenen Beta das Zeichen des Kosmos!?

In der menschlichen Geschichte gibt es keinen Fortschritt, der nicht zugleich Rückschritt, keinen Rückschritt, der nicht zugleich Fortschritt wäre. Das ist das Gesetz von der Erhaltung der historischen Energie. Der Sündenfall, der Verlust des Paradieses, der Entzug der urersten Glückseligkeit – oder wie immer wir das Geheimnis der entschwundenen Einheit unserer ursprünglichen Seelenkräfte nennen wollen, – wir haben ihm nicht nur unser ganzes Lebensleid zur Last zu legen, sondern wir schulden ihm ebenso unendliche Förderung. Der Stamm hat sich in mehrere Äste geteilt. Doch die köstlichen Früchte wachsen nicht auf dem Stamm, sondern auf den belaubten Ästen. Im goldenen Zeitalter gab es zwar ein Nahewohnen den Göttern, aber keine Religion, es gab ein hervorbrechendes Sehen, Singen und Sagen, aber keine gestaltete Dichtkunst und Musik. Zuerst mußte das Flammenschwert des Engels blitzen, der Donnerruf der Verstoßung erschallen, damit der plötzlich geblendete Mensch seinen Marsch aus der Erniedrigung durch die Steinwüste der Geschichte zu jenem Erlösungsziel antrete, das er erhofft, aber nicht kennt. Nicht völlig nackt hat ihn der Urteilsspruch entlassen. Verlor er auch die Geistsichtigkeit, so begleitet ihn doch der Geist in mehreren Gestalten. Das Gottesbewußtsein blieb bei ihm, die Spekulation und die Kunst. Letztere, und sie vor allem beschäftigt uns hier, ist der gnadenvollste Abglanz der archaischen Seelenkräfte im Exil, in der Diaspora auch noch des modernen Lebens. Jedesmal, wenn uns beim Erlebnis irgendeines Kunstwerkes jene so schwer mitteilbare Entzückung anrührt, dann werden die zersplitterten Seelengewalten des goldenen Zeitalters in uns für einen Augenblick wieder gesammelt.

Ich habe mit diesem Satz eine Definition gewagt. Jedes echte Gedicht hat die Macht, in einem befähigten Empfänger einen längst verlorenen Zustand seltsamer Wonne hervorzurufen. In dieser Wiedererweckung liegt das tiefste Geheimnis der ästhetischen Wirkung. Schon die aristotelische Theorie von »Furcht und Mitleid« ist eine verkleinernde Erklärung. Prüfen Sie sich selbst! Es ist nicht das Stoffliche, das Sie in die angedeutete künstlerische Erregung versetzt. Wäre es etwas Stoffliches, etwas aus dem Leben Übersetztes, wie vermöchte sonst absolute Musik eine Wirkung zu üben!? Sie können es ja gar nicht ausdrücken, was in einer ur-sprünglichen Melodie so herrlich auf Sie wirkt. Aber Ihr ganzes Wesen spannt und dehnt sich, Ihr Selbstgefühl wächst, so daß das niedrigere Ich mit seinen kleinen Nebengedanken völlig darin verschwindet, das Todesbewußtsein tritt ins Nichts zurück, die trostreiche Gewißheit, nicht vergehn zu können, durchleuchtet einen zeitlosen Blitz lang Ihr ganzes Wesen. Die originale Melodie hat Ihnen für einige Sekunden zurückgegeben, was Ihnen an der Pforte des Paradieses genommen worden ist. Sie nennen mit der hymnischen Erwiderung Ihrer Seele die Dinge zum erstenmal, Sie sind der Zusammenhänge inne, Sie wohnen der Gottheit näher. Die Erinnerung an den archaischen Zustand der Glückseligkeit hat Sie berührt.

Von der Erinnerung in diesem Sinne handelt Plato immerfort. Sie als die seelische Kraft der Wiedererkennung ist ein Königsgedanke seines Systems. Nur durch Erinnerung an einen geistigen Kosmos, an dem wir einst teilhatten, seien wir imstande, die Ideen zu erkennen, das heißt sie wiederzuerkennen.

Diese platonische Erinnerung erklärt auch die so sonderbaren Erschütterungen, die wir der Kunst verdanken. In einem Leben der Zermürbung erinnert sich unsere Seele plötzlich der ihr eingeborenen Kräfte, sie wird vorübergehend geistsichtig, sie kommt zu sich selbst in ihrer ursprünglichen Fülle. Im strengen Sinne versetzt uns also einzig und allein diese Geistsichtigkeit, durch Bild, Lied, Gedanken in uns hervorgerufen – Plato nennt sie μανία – in den Zustand der reinen Glückseligkeit. Alle anderen Freuden gehören zu der niedrigeren Ordnung der Triebbefriedigungen.

4

Wir haben somit erkannt, daß die Künste nicht spätere Erfindungen des menschlichen Kulturaufstieges sind, sondern die ersten Voraussetzungen für diesen, sein großes Apriori. Wir haben erkannt, daß in ihnen jene unfaßbaren ursprünglichen Seelenkräfte bis zu einem hohen Grade lebendig geblieben sind, die der Zivilisation nach und nach aufgeopfert werden mußten. In den bildenden Künsten ruft die Unvergänglichkeitsgewißheit der menschlichen Seele der vergänglichen Erscheinung ihr formendes Halt zu. In den sprechenden Künsten bannt der aus hingerissenem Herzen erschallende Name nicht nur das Genannte, sondern zugleich seine übersinnlichen Bedeutungen.

Die Geschichte der Künste zeigt wie alles Menschliche keine lineare Fortschreitung, sondern ein sich Weiter-Bewegen in immer erneuerten Zyklen und Spiralen. Bei Betrachtung dieser

Zyklen offenbart sich uns stets das gleiche Gesetz. Von ihren tastenden Anfängen her ersteigt die Kunst jedesmal mit begnadeter Schnelligkeit ihren Hochstand, der unverbrüchlich religiös und symbolisch ist. Von da geht es abwärts bis zum bitteren Ende der jeweiligen Epoche, das ebenso unverbrüchlich durch Realismus und Naturalismus gekennzeichnet wird. Das gilt nicht minder für die ägyptische und hellenische Kunstgeschichte mit all ihren Spiralen als etwa für das Schicksal der mittelalterlichen Wand- und Tafelmalerei, die schließlich im architekturlosen, im autonomen Staffeleibild degeneriert. Immer wieder im kleinen derselbe Akt der Säkularisation, der Loslösung des Menschen vom Gottheitlichen! Doch nicht zu ihrem Vergnügen fällt die Welt vom Schöpfer ab. Es ist ein übermenschlicher Zwang, der sie jedesmal niederringt, ein Müdewerden und Erlahmen, das mit dem erbittertesten Trotz seltsam gemischt ist. Der mythische Mensch, der erste Adam, das frisch geschaffene und aufgerichtete Ebenbild Gottes, er hat, wie primitiv auch sein Leben gewesen sein mochte, in der Natur überall die übernatürliche Bedeutung erschaut. Was aber ist im Gegensatz dazu der Realismus? Die Formel drängt sich auf die Lippen. Es ist der trotzige Wille zum Bedeutungslosen, zum Nichts-Bedeutenden. Der Realist mit seiner geschwächten Seele fürchtet und leugnet das in die Dinge eingeschaffene Geheimnis, von dem zu singen der uranfängliche Sinn aller Kunst war.

Mit dem Worte Realismus aber bin ich in unser eigenes Zeitalter geraten, das im Hinblick auf unsern Gegenstand zu deuten der letzte, doch nicht der leichteste Teil meiner Aufgabe ist. Ich werde nicht den romantischen Fehler begehen, die Welt, in der wir leben müssen und leben wollen, mit einem einseitigen Verdammnisspruch zu belegen. Wir leiden alle an dieser Zeit, gleichgültig ob wir den Grund des Leidens in materiellen und politischen Unzulänglichkeiten oder in metaphysischem Abfall erblicken. Eine Erscheinung deuten aber heißt nicht nur ihrer klar, sondern auch ihr gerecht werden.

Der Vergleich der archaischen Welt mit der Kindheit, dem Genie unter den menschlichen Lebensaltern, lag nahe. Im Begriff der Kindheit steckt unendliche Kraft zum Lernen, verschwenderisches Entgegennehmen und Geben, unschuldiges Einverstandensein, leidenschaftlicher Glaube an die Dauer des eigenen Ichs, ewige Augenblicklichkeit, Mangel an Konsequenz und am schürfenden Willen, die Dinge auszubeuten. Mit solchen Farben ist das Bild des archaischen Menschen für uns gemalt. In dieses Bild aber schimmert merkwürdigerweise noch die verklärte Blässe eines anderen Lebensalters hinein. Es ist das erhabene äußerste Greisentum, wie es in antiken Greisengestalten sarastrohaft nachtönt.

Welches Menschheitsalter geben wir uns nun selbst? Fragen wir, um Antwort zu bekommen, die durchschnittliche »Weltanschauung« unserer Tage um Rat.

Der Zeitgenosse glaubt in seinem Herzen nicht, daß die Schöpfung eine geistige Schöpfung sei, und daß daher ihr Sinn und Ziel auch geistig sein müsse. Er hegt gewisse verschwommene Vorstellungen von einem materialistisch-ökonomischen Anfangsgrund und Endzweck der Menschheit. Sein wertvollster Traum ist eine gerecht geregelte Gesellschaftsordnung, die jedermann ein volles Maß irdischen Wohlergehens zusichert. Aus diesem Wohlergehen werde sodann das endgültige Kulturwunder, das goldene Zeitalter erblühen. Es ist erstaunlich, wie sehr die politischen Ideologien des Tages trotz aller Feindschaft in diesem antimetaphysischen Punkt einander gleichen. Ob national oder international, ob biologisch oder ökonomisch begründet, es sind nur geringe Unterschiede in dieser naiven Zukunftsgläubigkeit, der tiefsten Ungläubigkeit, die den allgemeinen Materialismus ausmacht.

Welches Lebensalter aber denkt zumeist ökonomisch-materialistisch? Die Kindheit nicht. Die Jugend auch nicht, denn sie steht allzusehr unter Herrschaft der Triebe. Ökonomisch beginnt der Mensch zu denken, wenn die Leidenschaften von ihm gelassen haben und Eros ihn nicht mehr mit Katastrophen bedroht. Der postklimakterische Mensch nach fünfzig könnte zur Allegorie des ökonomisch-materialistischen Zeitalters dienen. Es bietet sich als Sinnbild ein um alles geprellter Sparfuchs und

Knauser dar, der närrisch vor Verzweiflung durch die Straßen der Städte taumelt. Er hat an nichts als an verzinsliche Sicherheiten geglaubt, und gerade in seinen Sicherungen und Sicherheiten hat ihn das Schicksal zu Tode getroffen. Daß die geistigen Tatsachen nur der Überbau der gesellschaftlich-wirtschaftlichen Bedingnisse seien, das war ein Meistergedanke Harpagons, des alternden Geizhalses, der das materialistische Zeitalter versinnbildlicht.

Doch die Spielerei solcher Vergleiche darf nicht zu weit getrieben werden. Das Bild des alternden Knausers wird vom Bilde einer düster entschlossenen Jugend überschnitten, die mit zusammengebissenen Zähnen und geballten Fäusten durch ihr Elend geht. Und doch, diese Zeit, die wir hier in Allegorien malen, ist viel gewaltiger, als es der erleuchteteste Mitmensch ahnen könnte. Wiederum bewährt sich jenes eherne Gesetz des Ausgleichs, daß nämlich jeglicher Gewinn einen Verlust bedeutet und jeglicher Verlust einen Gewinn. Wir mußten zuerst dem Geiste entsagen, um uns der Materie in Wirklichkeit zu bemächtigen. Wir mußten zuerst die Überwelt verlieren, um diese Welt zu gewinnen. Es fragt sich nur, ob wir nach solchen Siegen eine lebendige oder eine tote Beute in Händen halten.

Eroberung dieser Welt um den Preis der Überwelt! In all den Jahrtausenden, die zwischen dem Zeitalter des ersten Wagenrades und etwa dem Jahre 1830 vergingen, hat sich das technische Verhältnis des Menschen zum Erdball nur unwesentlich verändert. Die Leistung der phönikischen Schiffe, die im Auftrage König Salomos das Kap der guten Hoffnung umsegelten, um nach Ophir zu gelangen, war um nichts geringer als die Seemannsleistung des Kolumbus und noch spätere Entdeckertaten. In all diesen Epochen blieb sich die Ausdehnung der Erdoberfläche für den Menschen, die Unüberwindlichkeit des Raumes und die Abgeschlossenheit der verschiedenen Kulturen ungefähr gleich. Erst um die Mitte des vorigen Jahrhunderts begann jener tellurische Umsturz, dessen atemberaubende Gewalt nur der ausgepichteste Hochmut unterschätzen könnte. Die Ausdehnung der Erdoberfläche schmolz zusammen, der Raum wurde überwunden, die Abgeschlossenheit zerbrach. Wahrhaftig, es ist nicht staunenswert, daß der zeitgenössische Mensch zu glauben begann, vor ihm habe nicht seinesgleichen gelebt. Er träumte nicht mehr von der lichten Höhe über sich, sondern er stieg in die Stratosphäre auf, um nachzusehen, was dort sei. Und siehe, es war nichts dort. Denn der Mensch ist immer nur das zu entdecken fähig, was er selbst mit sich bringt. Erlassen Sie mir, bitte, die langweilige Aufzählung all jener unvergänglichen Großtaten, die schließlich zum Bau von aberhundert Bombengeschwadern und zur emsigen Durchdringung der Ätherwellen mit Jazzmusik, politischen Propagandareden, Übertragung von Boxkämpfen, Länderspielen und Bastelstunden geführt haben.

Vor das Bild des allegorischen Harpagon schiebt sich ein anderes Antlitz. Es sind die blitzdurchfurchten Züge des Prometheus. Wenn jemals eine Zeit den Beinamen »die prometheische« verdient hat, so ist es die unsere. Prometheus aber ist an den Felsen gefesselt und der Adler des Zeus hackt ihm zur Rache für die verratene Metaphysik – das ist der Raub des göttlichen Feuers – mit seinem scharfen Schnabel die Leber aus. Leber und Galle sind nach antiker Ansicht der Sitz der Melancholie, der Verzweiflung am Leben. Das echte Zeitalter des Prometheus leidet an der Verzweiflung am Leben. Zum Beweise dessen werde ich nicht die grauenhafte Selbstmordchronik der Zeitungen heranziehen, sondern wie paradox es Ihnen auch dünken mag, Bilder scheinbarer Lebenstrunkenheit: Ich sehe buntbewimpelte, sonnengleißende Strandbäder vor mir. Sie sind dicht übersät von Wasserfanatikern, Männern, Frauen, Kindern. Eine Orgie blühenden Menschenfleisches. Die Menge ist so groß, der Platz so klein, daß zwischen dem beklemmenden Gewoge der Körper kaum ein armer Fleck weißen Sandes zu erkennen ist. – Ich sehe eine Schar von keuchenden, rucksackbelasteten Touristen. Das Klettergerät ist an ihr Gepäck geschnallt. Das sind nicht die heiter gelassenen Gesichter von Wanderern. Das sind die angespannten verbissenen Willenszüge von Sportsheroen. Sie werden morgen irgendeine Nord- oder Ostwand erstürmen. Halbwüchsige unter ihnen trotzen sich wütend Kräfte ab, die sie nicht besitzen. Die Sommer- und Winterbilder der modernen Natur-, Sports- und Bewegungstollheit lassen sich beliebig verhundertfachen. Für scharfe Augen haftet ihnen etwas Absichtsvolles, Gewaltsames an, das sehr weit vom Ausdruck echten Genusses entfernt ist.

Diese Triumphe der Schnelligkeit und Körperüberwindung gleichen dem aggressiven Rausch aus billigem Alkohol. Sie sind massenmäßige Weekend-Betäubungen der inneren Leere einer Menschenart, die nicht allein sein kann. Was bedeutet das alles? Was haben wir verloren, das wir mit also zusammengebissenen Zähnen wiedergewinnen wollen? Warum schmeißen wir uns der Natur so inbrünstig ordinär an? Wie verzweifelte Parias?! Wir dulden ihre Stille nicht mehr. Die Ehrfurcht vor ihr ist verschwunden. Dieselben, die von sich behaupten, Neuheiden zu sein, entheiligen die lügnerisch vergöttlichte Natur durch ihr Massenunwesen ebenso wie sie den Menschen durch ihre Politik entehren.

Die Gesichtszüge der Zeit verraten eine düster kaltschnäuzige Anbetung alles Unangenehmen. Vom Norden her erschallt ein krampfiges Heil dem Leiden und dem Tode. Nun freilich, leiden und sterben läßt sich auch ohne besondere Gaben, während Freude und Glücksvermögen ein ausgesprochenes Talent voraussetzen.

Daß in diesem teils harpagonischen, teils prometheischen Zeitalter der bedeutungsfeindliche Realismus die geltende Kunstrichtung ist, das muß nicht eigens betont werden. In diktatorischen Staaten wird er sogar behördlich angeordnet und jede Abweichung von ihm unter Acht und Bann gestellt. Er führt in solchen Ländern tönende Namen wie zum Beispiel »Heroischer Optimismus«. Was heißt das? Der künstlerische Gestalter möge sich hüten, den Dingen einen anderen Sinn zu geben als den offensichtlichen und allgemein anerkannten, nämlich keinen. Er möge sich aber noch unbedingter davor hüten, auch nur einen einzigen Hauch der Verzweiflung an der Sinnlosigkeit kundzutun, die er gestaltet. Dies ist etwas erschütternd Neues. Die Diktatoren fordern geradezu ein religiöses Ja zu dem elenden Zustand der von ihnen beglückten Menschheit. So elend ist dieser Zustand, daß ganze Völker dermaßen abgestumpft sind, daß er ihnen nicht mehr zum Bewußtsein kommt, und daß sogar weite Kreise in noch verschonten Ländern von dem fanatischen Verlangen brennen, gleichfalls zum Kuschen gebracht und moralisch kastriert zu sein. Denn vor dem Starken zu kuschen und den Schwachen nicht nur moralisch zu kastrieren, das ist bisher die einzige Heldentat der neu-heroischen Gesinnung.

Das Eingeständnis der Verzweiflung am Nichts wird mit der furchtbarsten Zensur bestraft: »Zersetzend«. Aber der wahre Wert dieses Realismus liegt doch einzig darin, daß er zersetzend ist, das heißt, daß er sich zu seinem Elend bekennt. Der staatlich befohlene und konzessionierte »Optimismus« hebt somit jede Möglichkeit zu einer höheren Geistes- und Kunstleistung auf. Diktatorisch regierte Staaten verfallen dem kulturellen Kältetod. Die Wirklichkeit bestätigt diese Feststellung in schauriger Fülle. Man muß nur an die gemalten Aktphotographien und die kolorierten Ansichtskarten erinnern, wie sie die wohlgearteten Vertreter des Heroismus einer entarteten Kunst entgegensetzen; ohne Zweifel zum fassungslosen Gruseln der Nachwelt.

Um Mißverständnissen vorzubeugen: Ich bekämpfe in dem Begriff »Realismus« nicht die wahrheitsgetreue Schilderung der Wirklichkeit zugunsten irgendeiner verblasenen Symbolik. Die Welt dehnt sich vor dem Künstler und Dichter aus, wie sie ist, in ihrer ganzen grausamen Schärfe, damit er sie gestalte und nenne. Wer sich ihr mit längst ausgelaugten Gleichnissen und übernommenen Metaphern nähert, ist ein fader Epigone oder Dilettant. Der echte Künstler und Dichter erhebt das tatsächlich Gesehene zum Gesicht. Der scharfäugigste Einblick aber, die getreueste Wiedergabe, die eindruckvollste Schilderung, mag sie in uns auch Bewunderung für die Beobachtungsgabe ihres Autors wecken, ein dichterisches Gesicht ist sie noch lange nicht. Die vollkommene Aussage einer Tatsache, der gestaltete Stoff selbst, verrät keine Bedeutung. Die Vision einer Tatsache erst entschleiert ihre Bedeutung und läßt sie uns ahnen. Hierin liegt der große Unterschied. Ein nur realistisches Buch erweitert unsre Kenntnis des Faßbaren. Ein inspiriertes Gedicht sticht uns den Star für das Unfaßbare. Wirkliche Kunst ist eine Art Atomzertrümmerung des Stoffes, durch die archaischen Seelenkräfte verursacht, die im Künstler lebendiger fortbestehen als in anderen Menschen.

Der allbeliebten Meinung, es gebe in unseren Tagen keine wahren Künstler mehr, muß mit Leidenschaft entgegengetreten werden. Es gibt ihrer so viele wie zu irgendeiner geschichtlichen Zeit. Sie nehmen in einer besonderen Art an der allgemeinen Lebensverzweiflung des modernen Menschen teil. Mochte immer nur ein kleiner Kreis von Eingeweihten der Kunst innerlich mächtig sein, heute ist sie wie noch niemals gezwungen, in Katakomben zu leben. Die Kluft zwischen Schaffenden und Empfangenden wird von Jahr zu Jahr größer. Wer von ihnen trägt die Schuld? In den handwerklich bestimmten Künsten, wie Malerei und Musik, wird die krankhafte Vereinsamung am deutlichsten. Unverbundenheit und Unverbindlichkeit zwingt die stärksten Talente, die sich nicht zu Kommis der Vergnügungskundschaft herabwürdigen wollen, in eine äußerste Esoterik. Fünfundzwanzig Kenner schaffen für fünfundzwanzig Kenner. Eng verfeindet hängt der Haufen im luftleeren Raum.

Es soll aber nicht verschwiegen werden, daß auch die extreme Kunst einige Pyrrhussiege erfochten hat. Die ornamentalen Sumpfblumen und Schlinggewächse der Sezessionisten zogen um die Jahrhundertwende in die bürgerlichen Wohnzimmer ein, ähnlich wie heute schon die Tapeten mancher Lokale mit kubistischen und futuristischen Schreckgebilden sänftlich bemalt sind, ohne daß irgendwer Anstoß nimmt. Auch die wütendsten Kakophonien der Neutöner wurden bereits zu braven Haustieren im Dienste der Begleitmusik von Gangsterfilms gezähmt.

Leider aber ist auch die Esoterik des l'art pour l'art nur ein achtungswürdiger Irrtum. Denn Esoterik ohne Richtung aufs Übersinnliche ist keine. Die radikal moderne Kunst der Abseitigen begeht einen ähnlichen Fehler wie der alles überschwemmende Vulgär-Realismus. Dieser betrachtet allein den Stoff.

Sie kümmert sich nur um die Ausdrucksmittel. Wieder ein klares Gleichnis des Zerfalls!

Es darf freilich nicht vergessen werden, daß die schöpferischen Geister heute vor einer fast unlösbaren Aufgabe stehen. Die Tyrannei der Zeit zwingt sie, jene uralten Seelenkräfte in sich zu verleugnen, durch deren Besitz sie einzig und allein schöpferische Geister sind. Welche eherne Sicherheit fordert es, das Tabu zu verachten, welches auf Begriffe wie »Pathos«, »Romantik«, »Mystik« in ihrer ganzen Mißverständlichkeit gelegt ist?! Wie verführerisch ist es, die grauenvolle Einsamkeit des aussichtslosen Kampfes abzuwerfen und gehorsam an die Seite einer jener Weltanschauungen zu treten, die dem Glücklichen nicht nur das Leben, sondern auch die höhere Verantwortungslosigkeit gewährleisten?!

Und doch. Nur die rarsten Non-Konformisten, nur die ganz und gar Einsamen und Unzugehörigen werden es dereinst gewesen sein, die auch unsre entheiligte Welt geheiligt haben, Zeugnis ablegend von ihr und von sich.

5

Mir wollen zwei Verszeilen nicht aus dem Sinn. Sie stammen aus folgendem schönen Gedicht von Lenau.

Himmelstrauer

Am Himmelsantlitz wandelt ein Gedanke,
Die düstre Wolke dort, so bang, so schwer;
Wie auf dem Lager sich der Seelenkranke
Wirft sich der Strauch im Winde hin und her.

Vom Himmel tönt ein schwermutmattes Grollen.
Die dunkle Wimper blinzet manches Mal
– So blinzen Augen, wenn sie weinen wollen, –
Und aus der Wimper zuckt ein schwacher Strahl. –

Nun schleichen aus dem Moore kühle Schauer
Und leise Nebel übers Heideland;
Der Himmel ließ, nachsinnend seiner Trauer,
Die Sonne lässig fallen aus der Hand.

Wenn Sie die herrlichen Verse in sich nachklingen lassen, werden Sie gewiß verstehen, warum gerade dieses Gedicht mir zu Bewußtsein kommen wollte. Durch die ihm innewohnende Kraft wird der Gedankenweg, den wir zurückgelegt haben, beleuchtet und bestätigt. Lenaus ›Himmelstrauer‹ ist ein wundersames Beispiel dafür, wie auch in später Zeit jene urersten Seelenkräfte plötzlich die Augen aufschlagen und da sind. Betrachten wir nur die Halbstrophe des Anfangs:

»Am Himmelsantlitz wandelt ein Gedanke,
Die düstre Wolke dort, so bang, so schwer.«

Der majestätisch ernste Schritt der ersten Zeile, die schleppende Kadenz der zweiten, warum erschüttern und beglücken sie? Ein einfaches Bild, der Abendhimmel und eine einsam ziehende Wolke, weiter nichts. Ein einfaches Gleichnis, Himmel und Antlitz, Wolke und Gedanke, weiter nichts. Und dennoch, durch die bildliche Gleichsetzung zweier faßbarer Größen wird eine dritte unfaßbare Größe fühlbar gemacht. Es tut sich unsrer Empfindung ein unaussprechlicher Durchblick und Tiefblick in ein Sein auf, das nur dem Gleichnis sich öffnet. Die Geistsichtigkeit eines Dichters erweckt unsere eigne längst verschüttete Geistsichtigkeit. Wir sehen plötzlich mit Augen, wir hören mit Ohren, die noch nicht durch die Gewöhnung der Jahrtausende abgestumpft sind. Was wir aber in der kurzen Spanne künstlerischer Erschütterung sehen und hören, das kräftigt unsre Seele mit geheimnisvollen Nährwerten, so daß sie jubelnd das empfangene Glück weiterschenken möchte. – Ich habe zwei Verse von Lenau zitiert, aber wir alle, Sie und ich, könnten wahrscheinlich viele Verse andrer Dichter nennen, die ebenso die

Seele bewegen. Und durch hundert Gleichnispaare hindurch, die das Faßbare aneinander messen, würde der Strahl des Unfaßbaren uns immer wieder treffen.

Wie reich sind wir doch! Welch eine unermeßliche Erbschaft besitzen wir, die trotz alles Leides und allen Zerfalls im geheimen weiterwächst!? Uns leuchtet in Bild und Ton und Wort der unverwüstliche Schatz einer Gnade, die nur schenkt und schenkt und kein Opfer fordert. In jeder gestalteten und gesungenen Eingebung ist ein Strahl der ersten Offenbarung mit einversponnen. Darum ist sie glückseligmachend. Sie zaubert uns für Augenblicke zu unserm Ursprung zurück, da die noch einigen Seelenkräfte schauend und Namen gebend in jubelnder Verzückung des Gottheitlichen inne wurden.

Wir müssen uns davor hüten, in den musischen Kräften und musischen Gütern einen leeren Aufputz zu sehen, der nichts mit dem »praktischen Leben« zu tun hat. Das wollen uns nur jene Armen einreden, die niemals von ihnen berührt worden sind. Es gibt keine politische Menschheitsfrage, die diese Kräfte entbehren könnte. Friede, Völkerversöhnung, Humanität, Kampf um Menschenwürde haben in ihnen ihre letzte Wurzel. Der neobarbarische Fanatismus der mit Haß genährten Massen kann nur vernichtet werden durch die lichten Begeisterungen jener unverlierbaren Kräfte, die an der Wiege der Menschwerdung standen. Jeder Sieg, den sie nicht segnen, wird eine Niederlage sein, das heißt eine tödlich enttäuschende Abwandlung desselben Elends. Denn sie allein bewirken das Bleibende, sie, der einzige, der große Tod-Vertreib des Menschengeschlechtes.

Der Schöpfer hat den Menschen aufgerichtet. Die lange Wanderung der Geschichte beugt ihn immer wieder herab. Wir Gewaltigen, die den Raum durchfliegen und den Ätherwellen Zügel anlegen, wir wanken zugleich todmüde des Weges, den Blick starr auf den Boden gesenkt. Ist es so schwer, den Kopf zu heben? Brennt nicht unauslöschlich auch in uns die verzehrende Sucht nach dem Höheren? Nicht verloren hat unsere Seele die platonische Erinnerung an die Mania, an den ekstatischen Zustand unsrer Morgenfrühe. Die Abgekehrtheit und der Stoffwahn dieser Gegenwart wird wie ein Angsttraum zerrinnen. Das Seher- und Sagertum der Kunst aber ist eine der hilfreichen Mächte, die liebend harrt, den Menschen aus diesem Angsttraum aufzuwecken.

Theologumena

Eine Engelsbrücke für Agnostiker

I

Liber Scriptus Proferetur,
In Quo Totum Continetur.

Ich bin ein Buchstabe irgendwo in einem großen, dicken Roman. Meine eigene Bedeutung kenne ich nicht, noch auch die Bedeutung der wenigen benachbarten Buchstaben, die ich von meinem Platz aus erblicken kann. Ich weiß nicht, zu welcher Silbe wir gehören, aus der, mit anderen Silben, das unbekannte Wort sich zusammenfügt, das uns umfaßt und mit unzähligen andern unbekannten Worten die Zeilen des Buches bildet, die seine Seiten regelmäßig erfüllen. Da ich nicht einmal Sinn und Bedeutung des Buchstabens erkenne, der ich selbst bin, wie könnte ich etwas vom Sinne des ganzen, großen, dicken Romans wissen, von seiner Handlung, Einteilung, von seinem Aufbau, dem Anfang und Ende, den Verwicklungen und Lösungen, Haupt- und Nebenpersonen – und wie gar etwas von seinem Autor? Da ich aber immerhin ein Buchstabe des großen Ganzen bin, wie in einem geheimnisvollen Reigen meine mir unverständlichen Neben-Lettern an den Händen haltend, da ich mithin in einem Zusammenhang stehe, in dem ununterbrochenen Duktus der mir verborgenen Geschichte, der auch meine eigene Existenz durchweht, so erfüllt mich das feste Bewußtsein: ein sinnvolles Teilchen zu sein, das vom lesend-schreibenden Auge jenseits des Buches mühelos entziffert und verknüpft wird. Angestrahlt von diesem jenseitigen Auge, nährt der kleine Buchstabe die sichere Hoffnung, nein, die stolze Ahnung, daß er dem Ganzen nicht nur notwendig zur Ganzheit diene, sondern dessen unermeßlich unbekannten Sinn auch in seiner eigenen Winzigkeit enthalte.

2

Von dem was den Menschen erlaubt ist

Den Menschen ist auf Erden nur in ganz geringem Maße gestattet, die kosmischen Kräfte für die Bedürfnisse ihrer Wohlfahrt und ihres Hasses zu verwenden: Dampf, Magnetismus, elektrischer Strom, lange und kurze Wellen, das dürfte ungefähr alles sein. Es ist so, als ob die geschwächte, die ermüdete Gottheit uns ein wenig an ihrem Blitz herumspielen ließe, aber nur ganz oberflächlich und kindisch. Sie hat dafür gesorgt, daß wir trotz all unserer stolzen Technik, trotz aller theoretischen Atomzertrümmerung im Kosmos keinen rechten Unfug anstellen können. Wir dürfen nicht einmal die Haut unseres kleinen Planeten ritzen und in die Tiefe unserer Wohnung eindringen.

3

Gott läßt es zu, daß die Natur uns Menschen es vergönnt, einander umzubringen. Diese Zulassung beweist uns, daß der Tod nichts Rechtes, nichts Entscheidendes ist, kein echtes Verlorensein, sonst läge die Tötung ebensowenig im Belieben der Kreatur wie der oberwähnte ernsthafte Mißbrauch der kosmischen Kräfte. – So wird uns Lästigen auch das Böse nur als eine Art Spielzeug in die Hand gedrückt, das mit der Zeit unsern eigenen Wert oder Unwert darlegt, ohne ernstlichen Schaden stiften zu können.

1

Warum ist das Wort Gottes (der Sohn) mehr als die Werke Gottes (die Geschöpfe)? Weil von allem Wirken und Tun (»poiein«) die Wortwirkung, die Poiesis, die Poesie, die innerlichste und eigentlichste Tat ist.

2

Das Wort, das vom Hauche des Mundes ausgeht, ist näher der Existenz des Schaffenden als alles Werk der Hände. Dies ist der Vorrang des Sohnes und der Vorrang der Poesie.

3

Um sich dem Mysterium der Inkarnation angemessen zu nahen, darf man dieselbe nicht allein in ihrer Sozialität und Kreaturzugeneigtheit, in ihrer Liebesfunktion also auffassen. – Sie ist darüber hinaus ein interpersoneller Akt in der Gottheit, der nichts mit der Schöpfung zu tun hat.

4

Das Analogon »Leben«, auf die Gottheit angewandt: »Lebendiger Gott«, ist die heikelste aller Analogien. Wir können Leben nicht anders vorstellen als »Pulsen in der Zeit«, oder, um ein Verbum zu konstruieren, »zeiten«. Dieses »zeiten« aber ist der völlige Gegensatz zum Leben der Gottheit, das von der Vorstellung des Pulsschlages, der Bewegung auf ein Ende hin, aufs tiefste entwürdigt wird.

5

Wahlspruch für Friedensstifter

Nicht Rache – sondern Sühne!
Nicht Strafe – sondern Buße!

6

Dem ewig Unwandelbarsten kann nur das ewig Wandelbarste hoffen zu begegnen. Darum ist jede erstarrte Religion wie eine Blasphemie.

7

Die zweite Person ist die Sozialität in der Gottheit. Verbum caro factum. Das gilt nicht nur für den Sohn, es gilt in einem andern Sinn auch für die Welt. Alle geschaffenen Dinge sind ausgesprochene Worte. Der Sohn ist diejenige Wesenheit Gottes, die sich nicht selbst betrachtet, gleich dem Vater, sondern ausschließlich mit der Welt zu tun hat, als erstes und ungeschaffenes und doch eingekörpertes Wort über allen Worten.

8

Nur der Sohn kann die Selbstbetrachtung des Vaters in Weltbetrachtung umflehen. – Das ist der Sinn des Jesuswortes: »Es kommt niemand zum Vater außer durch den Sohn.«

9

In dem Mysterium der Trinität, der hypostatischen Union, liegt der tiefste Verstoß gegen den Glauben Israels, der auf der Gewißheit einer freien und unmittelbaren Kommunion zwischen Schöpfer und Schöpfung beruht.

10

Die ganze Theologie verhält sich zum religiösen Leben des Gebets, der mystischen Erfahrung und der guten Werke, wie sich die Harmonielehre zur Musik verhält.

11

Da die Gottheit die Integritas und Incorruptibilitas selbst ist, hat die Menschheit ihr eine Erfahrung voraus: das Leiden und den Tod. Diese Erfahrung, als Frucht der Sünde, ist elender und erbarmungswürdiger Natur. Und doch, Leiden und Tod ist die tiefste Erfahrung des Geschöpfes, und diese tiefste Erfahrung gerade besitzt der Schöpfer nicht. Hierin eröffnet sich unserm schwachen Geiste einer der geheimnisvollsten Gründe der Menschwerdung Gottes. Der Schöpfer kann nicht dulden, daß sein Geschöpf ihm etwas voraushabe, und sei es auch der Schmerz und der Verfall. Etwas wie Sehnsucht und Neugier nach Erniedrigung und Dämmerung erwacht im absoluten Licht. Gott steigt nieder, damit der Mensch ihn auch im Negativen nicht übertreffe. Er steigt nieder nicht nur, um die Welt zu erlösen, sondern um im *eigensten Interesse* den Tod zu verkosten und auch ihn (der im natürlichen Sinne nur Gestank ist) in der übernatürlichen Ordnung zu erneuen und zu heiligen. Durch Gott selbst wird der klappernde Knochenmann in Purpur gekleidet, und auf seinem nackten Schädel schwebt die goldene Krone.

12

Alles Warten ist Warten auf den Tod. Manchmal – wenn das Warten Selbstzweck ist, nacktes Warten – es soll ein Brief kommen oder ein telephonischer Anruf – dann wird das Element der Todeserwartung ganz enthüllt; dann hämmert der eigene Herzschlag am Sarge der Zeit.

13

Leben heißt, sich mitteilen, das ist, einen inneren Prozeß nach außen kehren. Auch Gottes Leben heißt Mitteilung. Auch Er kehrt einen inneren Prozeß nach außen. Er dramatisiert seine Statik. Die pure Selbstbetrachtung scheint ihm nicht zu genügen in der unendlich bewegten Zeit rings um ihn her.

14

Jede Bewegung von innen nach außen entspringt einer Ungenügsamkeit. Metaphysisch gesehen, ist diese Ungenügsamkeit der Ursprung der Zeit.

15

Auch in dem Phänomen der Ungeduld, die im moralischen Sinne eine Untugend ist, liegt ein göttlicher Stachel. Die Ungeduld in uns will, daß die Zeit zeitlos werde, das heißt aus dem Lebensprozeß der Schöpfung in den Lebensprozeß des Schöpfers heimkehre.

16

Die Gottheit ist, wie die heiligen Schriften sagen, die Wahrheit und das Leben. Wenn sie aber die Wahrheit und das Leben ist, kann es außerhalb ihrer nur abgeschwächte Wahrheiten und abgeschwächtes Leben geben. Nicht einmal die Gottheit vermag die Gleichnisse ihres Seins diesem Sein ebenbürtig und gleichwertig zu machen. Ihre Selbst-Mitteilung im Kosmos kann und darf daher ausschließlich nur aus Analogien bestehen. Analogien und Parabeln aber, Metaphern und Äquivalente sind zugleich Annäherungen an die Wahrheit und Abweichungen von der Wahrheit, denn mit dem Logos identisch ist nur der Logos selbst. Infolgedessen ist der Selbst-Mitteilung Gottes durch die

Gleichnisse des Kosmos (die geschaffenen Dinge) die Abschwächung, die Abweichung, kurz, der Sündenfall miteingeschaffen. Das Versagen am Vollkommenen, die Erbsünde, ergibt sich daher logisch aus der Tatsache der Geschöpflichkeit.

17

Der Logos steigt herab in die Welt der Metaphern, um diese zu ihm selbst, das heißt zur Identität, das heißt zur letzten Realität zurückzuführen.

18

Unser eigenes Leben stellt sich dem Verstande als eine große Analogie für die Transzendenz dar. Wir besitzen ein Binnengefühl von unserm Körper. Unser Körper aber ist etwas durchaus anderes als dieses Binnengefühl, das wir von ihm besitzen. Er ist eine Sache nicht nur für uns, sondern für sich. Der Körper transzendiert uns mithin. Noch weniger als unser Körper gehört unser Geist uns an. Die Erkenntnis zum Beispiel, daß die Winkelsumme eines Dreiecks 180 Grad beträgt, daß sich das Licht mit der Geschwindigkeit von 300 000 km in der Sekunde fortpflanzt, daß ein Septakkord aus vier verschiedenen Tönen bestehen muß, ist durchaus nicht meine persönliche Erkenntnis, sondern ich darf nur teilnehmen an ihr. Wir sitzen gewissermaßen alle an dem längst gedeckten Tisch des Geistes und schöpfen mit mehr oder weniger Appetit aus der gemeinsamen Schüssel. Der Geist transzendiert uns daher. Dieses Ich aber, diese Person, in bezug auf welche Körper und Geist transzendent sind, diese Persönlichkeit, dieses Ego ist wiederum keineswegs unser eigenes Eigentum. Wir schaffen es ebensowenig wie wir es beherrschen. In Augenblicken der Erleuchtung tritt es uns sogar als ein plastisch fremdes, ja oft hostiles Wesen entgegen, über welches uns keine Macht gegeben ist. Das Ich des Menschen transzendiert demnach sich selbst. Es ist das geheimnisvolle Abbild der Gottheit innerhalb unseres persönlichen Mikrokosmos. Es ist sozusagen der nächstgelegene und dürftigste Gott, dessen wir innewerden.

19

Wir verehren Menschen, indem wir glauben, ihre Taten und Leistungen, ihre Schönheit, ihre Macht, ihre Geistigkeit, ihren Erfolg, ihren Ruhm durch unsere Verehrung hochzupreisen. In Wirklichkeit aber hat unsere Verehrung einen tieferen Ursprung als die Hingabe an jene strahlenden Eigenschaften und Auswirkungen machtvoller Personen. Im menschlichen Triumph verehren wir ein Abbild, eine Analogie der göttlichen Herrlichkeit. Im Lichte des Talents, der Reinheit, der Wohlbildung, der Kraft, die aus einer geschaffenen Kreatur hervorflammt, verehren wir unbewußt eine Entsprechung der höchsten Glorie selbst. Beweise für das tastende Bewußtsein dieses Sachverhalts finden sich zahlreich in der Geschichte: von der Vergottung der Pharaonen und Cäsaren angefangen bis zu der Bezeichnung »Divus« und »Diva« für die Inhaber einer wohlklingenden Stimme.

20

Es trifft uns demnach dann und wann selbst aus den Tiefen der Verweslichkeit ein Reflex der Glorie so stark, daß unser Herz zu wanken beginnt. Wie aber muß diese Glorie in Person, Ursprung und Ziel aller denkbaren und undenkbaren Hingerissenheit, ihrer innewerden und sich selbst empfinden, wenn sie sich spaltet zum Innewerden und Empfinden? Wenn es in der unbemeßbaren Dauer Gottes eine Zeit gibt, so mag diese dem Prozeß des rationalen Innewerdens der Wahrheit, des ästhetischen Innewerdens der Vollkommenheit, des erotischen Innewerdens der Liebesmacht dreieinig unablässig entquellen.

21

Die letzte Entscheidung über Glaube oder Unglaube eines Menschen liegt in zwei Fragen beschlossen:

Darf ich mich für Gottes Ebenbild erachten – oder muß ich Gott für mein Ebenbild halten?

22

Gegen den Einwand der Atheisten, daß der Mensch seine Götter schafft, und nicht umgekehrt, gibt es kein stichhaltiges Argument. Daß Gott uns geschaffen hat, müssen wir glauben. Daß wir Gott geschaffen haben, wissen wir!

23

Das Bild steigt nieder in das Ebenbild auch zu dem Zwecke, um zu bestätigen, daß in Wahrheit das Ebenbild dem Bilde entnommen sei.

24

Das junge Kätzchen

Ein junges Kätzchen tollt im Zimmer herum. Grausam erbarmungslos quält es sein Lieblingsspielzeug, eine Gummimaus. Dann plötzlich läßt es ab von diesem unzerstörbaren Opfer, rast wie von Sinnen durch den Raum, springt auf Sofa und Fauteuil, wetzt seine scharfen Krallen an den Kissen und zernagt mit seinen spitzen Zähnchen eine edle Decke. Zuletzt plumpst es mit einem Riesensatz auf meinen Schoß, geärgert, daß ich ihm keine Beachtung schenke, sondern ein Buch lese. Dieses Buches Seiten bekommen jetzt die spitzen Zähnchen zu spüren und meine Hand die scharfen Krallen. In den wunderschönen Augen des

Tiers, in die ich mich nun neugierig und neugieriger versenke, ist da das blaue Nichts, die mutwillig heidnische, die abgrundtiefe Bewußtlosigkeit des Kosmos... Eine halbe Stunde später tut dasselbe junge Kätzchen einen unglücklichen Sprung von der Sofalehne hinab und beschädigt sich ernstlich das Schultergelenk der Vorderpfoten. In wenigen Tagen wird es an diesem Schaden sterben. Den schwachen Wehlaut aber, den jetzt das Kätzchen von sich gibt, beachte ich kaum. Die Hausbewohner bemerken erst einen Tag später, daß unser kleiner, aggressiver Kater auf drei Beinen hinkt und die rechte Vorderpfote gekrümmt hält. Das Tier vermeidet es, sich zu bewegen. Dies sonst so ruhelose Geschöpf drückt sich still in die Sofaecke, und wieder versenke ich mich neugierig in die wunder-wunderschönen Augen des Kätzchens. Das blaue Nichts, die mutwillige und abgrundtiefe Bewußtlosigkeit des Kosmos ist aus seinem Blick verschwunden. Die ehemalige Leere ist nun zur seltsamen Fülle geworden, zur Fülle einer verständigen Mitteilung an mich, bei der man kaum mehr den Mangel der ausdrückenden Sprache fühlt. Ja, die ruhigen Augensterne der armen Kreatur sind überfüllt von einer Mitteilung, die tiefer reicht als die Sprache. Wollte ich sagen, der Katzenblick habe sich von gestern auf heute vermenschlicht, so würde dieses Wort der Wahrheit nicht voll entsprechen. Der Katzenblick hat die dichte Schuld, die jeder Menschenblick ausdrückt, auf unfaßliche Weise übersprungen. Da ist keine Absichtlichkeit und kein Opportunismus, selbst noch im Schmerz. Mich sieht nicht mehr ein Abglanz des gleichgültigen Kosmos an, sondern der herzbewegende Widerschein des gekreuzigten Logos.

Zwei Geheimnisse bewegen sich in entgegengesetzter Richtung auf einander zu: die leidlose Gottheit muß sich mit dem Schmerze vereinigen, um kreatürlich zu werden. Die leidende Kreatur muß sich mit dem Schmerze vereinigen, um göttlich zu werden.

25

Was kann der Mensch an sich selbst leisten, um ein wenig den Engeln zu gleichen? Er kann so tun als gäbe es keine Zeit: das heißt, keine Sorgen haben, trotz der wachsenden Bedrängnis; keine Ungeduld haben, trotz der dröhnenden Monotonie; keine Todesangst haben am Abend, trotz der Todeskrankheit, die am Morgen der ärztliche Befund verriet.

26

Die deutsche Sprache pflegt das Wort »Leichtsinn« oft mit dem Adjektiv »göttlich« zu verbinden: göttlicher Leichtsinn! Ist Leichtsinn nicht eine Untugend? Wie kann man eine Untugend göttlich nennen? Man kann es, weil Leichtsinn eine allgemein zugängliche Erlebnisform von Zeitlosigkeit ist. Leichtsinn ist eine ganz schwache, profane Abart der Ekstase, in welcher die Heiligen, die Mystiker und die inspirierten Künstler den Zeitsinn verlieren vor purer Konzentration. (Ein ähnliches Phänomen im Reiche der Zeit, was die Levitation der Heiligen im Reiche des Raums ist, das Schweben überm Erdboden, die Überwindung der Schwerkraft.) Christus ist dort am meisten Mensch, wo er schwermütig ist: Gethsemane... Laß diesen Kelch an mir vorübergehen... Kränkung über die schlafenden Jünger... Der Aufschrei am Kreuz: »Mein Gott, warum hast Du mich verlassen?« ... In all diesen Augenblicken ist der Gottmensch ganz zeitverfangen. Er geht durch die Zeit, ohne die Fülle der Gnade in Anspruch zu nehmen, die in ihm wohnt. – Christus ist dort am meisten Gott, wo er leichtsinnig ist, zum Beispiel in dem Worte von den Lilien auf dem Felde und den Vögeln des Himmels, die nicht säen und ernten, die nicht arbeiten und spinnen, und doch essen und trinken und prächtiger gekleidet sind als Salomon, der üppige König. In diesem gefährlichen Gleichnis, welches den Sündenfall und seine Folgen außer acht läßt, entfernt sich der Gottmensch am weitesten von der Nationalökonomie, die nur ein anderer Ausdruck ist für »Sorge«, d. h. für »Materie«.

27

Inspiration, psychologisch gedeutet, ist eine plötzliche Gleichzeitigkeit des gewöhnlicherweise Aufeinanderfolgenden. Die beschleunigten Assoziationen schieben sich untereinander, das Horizontale wird vertikal, die Tätigkeit der Seele genießt sich selbst kontrapunktisch. Auf dieser Überwindung des homophonen, des »bürgerlichen« Zeitablaufs beruht das fast göttliche Selbstgefühl des Inspirierten.

28

Selbst ein begabter Dichter oder Künstler kann etwas enthüllen, indem er es verhüllt. Und Gott könnte es nicht?

29

Was spricht dagegen, daß der Mensch die Mitte der Schöpfung sei? Gibt es kompliziertere, differenziertere Organismen als ihn, etwa die Sterne selbst? – Ich begab mich zu einem modernen Astronomen, um Antwort auf diese Frage zu erhalten. Er belehrte mich, daß die Sterne Sonnen seien wie die unsrige, viele von ihnen tausendfach größer, viele tausendfach kleiner. Diese gasförmigen Kugel-Ungeheuer in Weißglut seien die einzige Gestalt, in welcher die Materie in jener unbeschreiblichen Leere auftritt, die wir All nennen. Wenn auch die physikalische Astronomie das Gewicht der Sterne bestimme und ihre Hitzegrade messe, so habe doch der Zustand der Sternmaterie nichts zu tun mit dem, was wir auf Erden Materie nennen, am allerwenigsten mit der hochorganisierten Materie, aus welcher die Körper irdischer Lebewesen aufgebaut sind. Unter dem gewaltigen Druck, der in den Sternkugeln herrsche und gegen ihr Inneres zu in hoher Proportion wachse, könnten die Atome sich nicht behaupten; sie würden daher in ihre hypothetischen Grundelemente zertrümmert, in Protonen und Elektronen, die als Strahlen und Wellen ins All hinauswirken. – »Die Sterne, aus denen die verhältnismäßig sehr geringe Einwohnerschaft des Universums besteht«, schloß der Astronom, »sind demnach nichts anderes als unfaßbar dünne Verdichtungen gewisser chemischer Urstoffe (Hydrogen, Oxygen, Nitrogen, Carbon, und um einige weniger geläufige zu nennen, Argon und Krypton) in Kugelform, rasende Wirbel geplatzter Atome, in rätselhaft eruptiver Lebenstätigkeit begriffen.« – »Lebenstätigkeit?« wiederholte ich fragend. »Glauben Sie somit, daß die Sterne belebte Körper sein könnten, geistig belebte Körper, Persönlichkeiten gewissermaßen, was ja ein und dasselbe ist? Die späteren Gnostiker haben der Anschauung gehuldigt, daß die Sterne die himmlischen Heerscharen in leiblicher Gestalt seien, und daß ihre glühend eruptive Lebenstätigkeit nichts andres darstelle als den großen Lobgesang, das Sanctus-Sanctus-Sanctus, mit dem die Engel den Schöpfer unaufhörlich feiern.« – Der moderne Naturforscher sah mich bei diesen Worten zuerst entgeistert an, dann wurden seine Lippen schmal, ich weiß nicht ob vor Ärger oder Ironie. »Intelligenz«, wies er mich zurecht, »ist jene Erscheinung, welche allein die höchstdifferenzierte Materie in Tier- und Menschengestalt entwickelt, und zwar einzig und allein zum Zwecke ihrer Selbstverteidigung und überdauernden Selbstbehauptung... Die Sterne aber bestehen aus anorganischer Materie, und zwar in ihrem primitivsten und einfachsten Zustand.« – »Organische Materie«, nahm ich jetzt das Wort, »und zwar hochdifferenzierte organische Materie, gibt es also nur auf den Planeten? Wie steht es mit den Planeten, Herr Professor?« – »Sie sind höchst seltene Ausnahmefälle im Universum«, erwiderte der Forscher, »wenn die geltende Hypothese richtig ist. Planeten und Planetenfamilien entstehen nach dieser Hypothese dadurch, daß zwei Gestirne, zwei Sonnen in ihrer Bahn sich übermäßig einander annähern, so daß die Gravitation des stärkern Gestirns auf das schwächere so übermächtig einwirkt, daß ein Teil seiner Materie diesem aus dem Leibe gerissen wird, sich konfiguriert und ihn in der erkaltenden Gestalt eines oder mehrerer Planeten zu umkreisen beginnt.« – »Gibt es etwa männliche und weibliche Gestirne?« unterbrach ich den Astronomen. Wiederum traf mich ein mißbilligender Blick: »Soweit anorganische Materie in Betracht kommt, kann sie positiv oder negativ elektrisch geladen sein, sonst nichts. Geschlechtliche Unterschiede und Merkmale, welche der Fortpflanzung einer Spezies dienen, kennt nur die differenzierte organische Materie, beginnend bei gewissen Pflanzen.« – »Danke, Herr Professor, vergessen Sie meine törichte Frage... Doch noch eins! Wenn ich Sie recht verstanden habe, so gehört es nicht zu den Verkehrsregeln des Universums, daß Gestirnbahnen einander übermäßig nahekommen.« – »Nein«, entgegnete er, »diese Annäherung von Gestirnbahnen und die dadurch verursachte Abschnürung von Planetensystemen gehört, wie unsre Forschung es annimmt, zu den ungewöhnlichsten Katastrophen im Kosmos, weit ungewöhnlicher etwa als die an sich schon recht rare Explosion von Gestirnen und die mit ihr zusammenhängende Nova-Bildung, die wir dann und wann in unsern Teleskopen beobachten können. Die Planeten, mein Lieber, sind eine katastrophale Anomalie im Reiche der Materie. Unter den Planeten aber scheint ein Planet mit den Lebensbedingungen der Erde die abnormalste Anomalie zu sein.« – »Wie das, verehrter Professor?« schnappte ich ein. »Kann etwa auf den andern Planeten, die unsre Sonne umkreisen, jene hochdifferenzierte organische Materie, von der wir sprachen, nicht ihr Leben fristen?« – »Aller Wahrscheinlichkeit gemäß, nein«, versetzte er ziemlich düster. »Auf dem einen nämlich ist die Atmosphäre zu dicht, auf dem andern zu dünn, auf dem dritten ist überhaupt keine vorhanden, auf dem vierten herrscht eine viel zu hohe Temperatur, auf dem fünften eine viel zu niedrige.« – »Einen Augenblick, Professor. Zwei Sterne stören die Harmonie, indem sie einander zu nahe kommen. Die Folge davon ist, daß sonnenhafte Materie abgeschnürt und ausgeschleudert wird und schließlich langsam erkaltet. Das heißt, sie wird zu Stein und Wasser, zu Sand und

Schlamm, diese exilierte Materie, die einem Vergehen, einer plumpen Gesetzesübertretung ihr Dasein verdankt. Ist es so, Herr Professor?« – »Ungefähr, mein Freund«, brummte er, »wenn man Ihren moralisch-mythologichen Kommentar subtrahiert.« – »Und aus dieser exilierten, aus dieser ausgestoßenen, aus dieser zutiefst erniedrigten Materie«, fuhr ich zu fragen fort, »keimt einzig das Leben hervor, das es in verhältnismäßig kurzer Zeit bis zur menschlichen Seele gebracht hat, die fähig ist, Gott ekstatisch zu umfassen?« – »Hier verlassen Sie die Pfade der Wissenschaft«, erklärte der Astronom angeekelt. – »Wenn schon die Erde nach Ihren Worten eine Anomalie ist, verehrter Professor, was ist dann erst die Menschheit?« – »Eine Anomalie zur zwölften Potenz«, lachte er geringschätzig...

Als ich von dem Gelehrten schied, erkannte ich, daß die Wissenschaft mich im Glauben nicht gemindert, sondern wider ihren Willen gestärkt hatte. Wenn die Erde wirklich die abnormalste aller Anomalien ist, so kreist sie schon aus diesem Grunde in der innersten Mitte des Universums, die nur eine *geistige* Mitte sein kann, weil ja alle Raum- und Zeitmaße innerhalb des Universums sinnlos sind. Und wenn die Menschheit wirklich der große Ausnahmefall ist, wie die moderne Doktrin zu lehren geneigt scheint, wie leicht müßte es jedermann zu glauben fallen, diese Menschheit sei die Krone und der Zweck der Schöpfung, und Gott selbst habe von allem Anfang an beschlossen, nicht Sirius, Aldebaran oder Cassiopeia zu werden, um sich in der Kreatur zu verkörpern und von ihr zu kosten, sondern etwas weit Selteneres, Größeres und Kostbareres, ein Mensch.

30

In England wurden, im härtesten Jahr des Zweiten Weltkrieges, fünf Ehepaaren Vierlinge geboren. Die normale Verhältniszahl für Vierlinge ist, wenn man der Statistik glauben darf, bei Menschenfamilien Eins zu Sechshunderttausend. Drei der Vierlingsväter sind Soldaten; von ihnen gehören zwei der R.A.F. an.

Jeder weiß, daß die Verluste unter den Fliegern die höchsten sind. Nun erkläre mir einer diese Nachschubs-Taktik der Natur rationalistisch, mechanistisch, keimzellentheoretisch, ovologisch oder sonstwie naturwissenschaftlich. Die R. A. F. ist – und das muß mir der erbittertste und entschlossenste Materialist zugeben – keine eindeutig biologische Einrichtung. Die jungen Leute werden Flieger aus geistigen und seelischen Gründen, nicht aber wegen ihrer Blutzusammensetzung und ihrer Keimdrüsen. Was für Macht also ist es, die eine Menschengruppe, welche aus geistigen und seelischen Gründen (Abenteuerlust, ritterlicher Drang, Patriotismus) den Entschluß gefaßt hat, ihr Leben täglich und nächtlich einzusetzen, mit einer abnormal zahlreichen Nachkommenschaft beschenkt, das heißt sie biologisch segnet, nur um ihre Verluste wettzumachen? Muß diese Macht, die einen Schaden ausbalanciert, der in einem geistigen Willensakt seinen Ursprung hat, nicht auch eine geistige Macht sein?

31

Die naturalistisch-nihilistische Geistesverfassung beruht auf der naiven und populären Geistesform des 18., des 19. und unsres Jahrhunderts, welche die letzten sieben oder acht Generationen mit der Überzeugung durchdrungen hat, daß die Erde nichts andres sei als ein lächerliches Stäubchen im All, ein filziger kleiner Planet, aus Feuer zu Dreck zusammengeschrumpft, selbst unter den Trabanten des mittelmäßigen Gestirns »Sonne« einer der traurigsten Zwerge, und dies in einem All, das von Millionen und Billionen Glanzgestirnen, Milchstraßen und Spiralnebeln erfüllt ist. Der naturalistisch-nihilistische Mensch blickt zum Sternenhimmel empor und denkt nicht daran, daß sein schwachsichtiges Auge trotz allem einen großen Teil dieses Himmels mit all seinen schier unendlichen Lichtjahren umfaßt und reflektiert, sondern er seufzt auf, wie ihn seine Doktrin gelehrt hat: Was bin ich für eine Laus, für ein Infusorium, für ein Kokkus! – Er kommt gar nicht auf folgenden einfachen Gedanken, der noch immer im Rahmen der Naturwissenschaft bliebe, daß es organisches Leben nicht auf jenen gasförmigen Lichtbällen geben kann, sondern nur auf einem solchen filzigen, zu Dreck zusammengeschrumpften Planeten wie er ihn bewohnt, wenn überhaupt ein andrer als der seine die raren Vorbedingungen für organisches Leben erfüllt. Er könnte ruhig bei seinen naturalistischen Vorstellungen verharren, wenn sein Verstand die Kraft besäße, eine enharmonische Verwechslung zu wagen, wie die Musiktheorie die Umdeutung ein und desselben temperierten Tones von einer Tonart in die entsprechende andre nennt, von Fis zu Ges z. B. Er müßte nur denken: Leben ist einzig und allein ein Produkt der Erde oder erdähnlicher Trabanten. Leben hat nicht nur die Tendenz, in sich zu dauern, d. h. sich fortzusetzen, sondern nicht minder die Tendenz sich zu verfeinern, zu verästeln, zu komplizieren. Die höchstkomplizierte Form des Lebens, die graue faltige Masse des menschlichen Gehirns, ist Träger des Geistes. Man könnte somit selbst als Biologe ohne besondre Mühe nachweisen, daß alle Entwicklung der organischen Materie vom Trieb des Lebens bestimmt wird, zum Bewußtsein seiner selbst zu kommen. Der Geist ist mithin das Selbstbewußtsein des Lebens, wie es der Kosmos unter gewissen äußerst raren Bedingungen hervorruft. Dieser Geist, dieses Selbstbewußtsein des Lebens aber offenbart sich vor allem, wie schon Aristoteles festgestellt hat, in den Grundfunktionen des Staunens und des Fragens: Woher kommt die Welt, warum ist die Welt, woher komme ich, warum bin ich, wohin gehe ich? Vorgeformt in der grauen Masse des menschlichen Großhirns liegt eine Antwort, die schon der niedrigsten Zellform der organischen Materie eingeschaffen sein mußte, um im Selbstbewußtsein des Lebens, im Geiste, endlich an den Tag zu treten. Es ist die Antwort der Kausalerfahrung: wenn das nächstletzte Phänomen einen Grund hat, so muß auch das fernsterste Phänomen einen Grund gehabt haben. Damit aber befindet sich, durch eine Art von enharmonischer Verwechslung, der Naturalist schon auf dem Wege, der über die Natur hinausführt... Und die moderne Astronomie hilft, indem ihre exponiertesten Leuchten klipp und klar ausgerechnet haben, daß dieses Universum, in welchem wir uns befinden, nicht ewig ist, sondern zu einer bestimmten Zeit geschaffen wurde. Und sie verraten sogar diese Zeit in Zahlen und Ziffern (200 Billionen Jahre), womit sie eine causa prima anerkennen, durch welche ungeschaffenes Sein in geschaffenes verwandelt wurde.

32

Gott schuf den Menschen in seinem Ebenbilde (Genesis 9,6). Diese Wahrheit stünde in geradezu blasphemischem Gegensatz zu der andern Wahrheit, daß Gott nicht Leib, sondern Geist ist, ungeschaffenes Sein, unsichtbar also, unvorstellbar und unfaßbar – wenn der Logos Gottes sich nicht im Menschenbilde verkörpert hätte. Die Inkarnation ist daher nicht nur ein Akt der Liebesgnade, sondern ein Akt logischer Notwendigkeit; nicht nur ein Akt, welcher der Welt erbarmend gilt, sondern ein Akt, welcher der Gottheit selbst klärend gilt, um dem Phänomen der Ebenbildlichkeit Evidenz und Realität zu geben. Gott schuf somit das Ebenbild dem Bilde vorweg, indem er Adam vor Jesus Christus schuf, welcher vor Adam war.

33

Wenn wir uns über einen zoologischen Atlanten beugen und Abbildungen aus der Insektenwelt (das Zehnfache der natürlichen Größe) eingehend betrachten – hier z. B. einen gewöhnlichen Kakerlak und dort eine tropische Spinne –, dann bleibt uns vor dem grotesken Anblick das Herz stehn, dann erscheint uns »der liebe Herrgott«, der »bon Dieu« der naiven Volksfrömmigkeit als die oberflächlichste aller Trivialitäten. Wie, ein weißbärtiger Himmelsgreis, der schließlich alle zur Vernunft und alles in Ordnung bringt, hätte diese ganz und gar obszönen Formen erdacht, dies lange widerliche Gehörn, diese pferdeartigen Köpfe, aus deren Lefzen vielgliedrige Greifzangen wachsen, diese Rückenschilder und Beinschienen, diese brechreizerregenden Punkt- oder Glotzaugen, diese schauerliche Behaarung der Glieder?! Angesichts der unerschöpflichen Formenwelt der Kerbtiere und des Gewürms erscheint uns beinahe plausibel die Lehre der Gnostiker, daß die Natur keine unmittelbare Schöpfung Gottes sei, sondern vom »En Soph«, vom »Ens Primum Et Ultimum«, vom »Alten der Tage« einem Demiurgen in Arbeit gegeben wurde, einem Subkreator, einem Departmentchef jenseits von Zeit und Raum und von Gut und Böse, der mit masturbantischer Exuberanz seine teils wunderschönen, teils wunderscheußlichen Wachträume in Leben verwandelt. Der Blick in die Natur beweist uns, wenn wir tief genug zu fühlen imstande sind, nicht die Nähe des Schöpfers, sondern seine unerreichbare, unerhellbare, undurchdringbare Ferne. Derselbe Blick in die Wirrnis der kreatürlichen Formen beweist aber auch die Notwendigkeit des inkarnierten Gottmenschen, dieses gewaltigen Dolmetschers zwischen uns und dem Undurchdringbaren. Ohne den Messias wäre, nein ist der empfindende und spekulierende Mensch dieser Zeit in Verzweiflung.

Von der Heiligkeit des Eigentums

I

Das Eigentum ist heilig im ähnlichen Sinne wie unser Körper heilig ist. Auch das Bewußtsein des Eigentums, das wir von unserm Körper besitzen, ist in hohem Grade eine Illusion oder, genauer gesagt, eine Lebenshilfe, die uns die Naturordnung angedeihen läßt, nicht anders als das Bewußtsein von jedem andern Eigentum auf Erden. Die physikalischen und chemischen Elemente, aus welchen unser Körper sich aufbaut, gehören demselben nur als Leihgabe, sie sind »allgemeiner Besitz«, sie sind gewissermaßen dem Nationalvermögen des Universums entnommen. Die Individuation, jener Akt, der das einmalige und unwiederholbare Ich konfiguriert, eignet sich diese Elemente als ein privates Kapital an. Demnach liegt in der Individuation selbst der Beweis und die Rechtfertigung dafür, daß jedes Eigentum eine persönliche und zeitweilige Besitzergreifung aus den Fonds der kollektiven Ökonomie vorstellen muß, ohne welche Besitzergreifung alles Lebens unmöglich wäre.

2

Ich habe meine Haut nicht gemacht, noch auch einen Gegenwert für sie in Tausch gegeben. Dennoch ist meine Haut m e i n. In demselben Sinne muß mein Hemd mein sein, obgleich ich es nicht genäht, muß mein Haus mein sein, obwohl ich es nicht gebaut habe.

3

»Wer nicht arbeitet, soll auch nicht essen.« Dieser sadistische Grundsatz, der schadenfroh einen traurigen Sachverhalt feststellt, enthält eine der tiefsten Erniedrigungen des Menschen. Er numeriert die metaphysische Wichtigkeit meines Lebens zu ökonomischer Nichtigkeit hinunter. Wie? mein Lebensrecht und mein Lebenswert bestünde in nichts anderem als in Futtererzeugung, die mir einen Anteil am Futter garantiert, physisch und geistig? Blitzgrell beleuchtet der obige Grundsatz die ganze Armseligkeit der sozialistischen Häresie, die uns Menschen aufs tiefste entwürdigt, obwohl sie unsere Menschenwürde unaufhörlich im Munde führt.

4

Auch der Sozialismus hat seine Eschatologie, seine letzten Dinge, seine Visio beatifica, i. e. die verblasene, klassenlose Gesellschaft. Denn der Mensch ist der Mensch, und der Mensch kommt ohne die Reich-Gottes-Idee selbst in der flachköpfigsten Epoche nicht aus.

5

Der erbitterte Plebejer kann den Gedanken weder fassen noch ertragen, daß die höchsten Güter des Lebens unverdient sind und unverdient sein sollen: Schönheit, Genie, Geist! Wir aber knien vor diesen Gütern gerade deshalb, weil sie unverdient sind, der Willensanstrengung und dem ökonomischen Zirkel entzogen. Das Ozon der Gottesglorie, die das unerschöpfliche Reservoir der Gnadenspendung ist, haucht uns an, wo immer wir ihnen begegnen, den Atem unsres Glaubens anregend.

6

Betrachten wir die Individuation, die Ichwerdung, als das was sie ist, als den höchsten schöpferischen Prozeß innerhalb der Natur, so erscheint uns mit Notwendigkeit das Ich in seiner höchsten Differenziertheit und Verfeinerung als Kristall des Lebens, als Ziel aller schaffenden Tätigkeit Gottes. Wir sind nicht nur Ebenbilder der Gestalt nach, sondern auch dem Wesen gemäß, das heißt so art- und gradverschieden in seiner Egoität jedes irdische Ich sein mag, so bleibt es doch ein Analogon des Inbegriffs aller Persönlichkeit. Da der Inbegriff Gottes aber Persönlichkeit ist, so muß folgerichtig Persönlichkeit auch der Inbegriff des Ebenbildes sein. Was aber wäre Persönlichkeit anderes als Eigentum katexochen? Es gehört kein hoher Grad philosophischen Denkens dazu, um klar zu erkennen, daß eine Person um so gesteigerter Persönlichkeit ist, je machtvoller und unbedingter sie zu gewissen Kräften, Wesenszügen, Eigenschaften, Gaben und Gütern zu sagen vermag: sie sind mein. Es ist daher die Idee des Eigentums im Urbild alles Ichbesitzes selbst verankert, in Gott!

7

Die bekannte Übertreibung Stirners ist freilich nicht ganz unbegründet: »Eigentum ist Diebstahl.« In der Welt der Metaphern, Parabeln und Entsprechungen, welche diese Erde ist, bedeutet jedes Eigentum, mithin auch das Integral alles Eigentums, unser Ich, wenn keinen Diebstahl, so doch eine Aneignung und selbstische Akkumulation aus allgemeinen Elementen und Gütern. Selbst wenn wir von den chemischen und physikalischen Aufbaustoffen unsres Körpers absehen, so sind die seelischen und geistigen Komponenten unsres Ichs ebenso erworben und angeeignet, teils aus dem Erbe unserer engeren Vorfahren, teils aus der mühsamen Gesamtleistung der ganzen Menschheit. Recht gesehen beruht das einmalige Phänomen unsres Ichs nur in der unendlichen Permutation, das heißt in der wechselnden Aneignungsform all dieser Elemente und Güter. In der Welt der Metaphern und Entsprechungen gibt es daher keine wirkliche Persönlichkeit – denn die besitzt nur Gott allein –, sondern es gibt nur reflektierte, spiegelhafte Persönlichkeiten. In der Ahnung dieses Gebrechens ist das schlechte Gewissen beheimatet, von welchem die Menschheit immer wieder im Hinblick auf den Eigentumsbegriff gepeinigt wird. Der Kommunismus hat seinen Ursprung nicht nur in dem Neide von Gruppen und Massen, die sich um ihren Lebensanspruch betrogen fühlen, sondern nicht minder in einer religiösen Reaktion dieses schlechten Gewissens, dem Jesus Christus einst die Worte verlieh: »Gib all dein Gut den Armen und folge mir nach.«

8

»Entäußere dich deines Eigentums, ja deines Ichs.« Das ist die heilig paradoxe Forderung der Religion, die den Menschen aus der Scheinpersönlichkeit der metaphorischen Welt zur echten Wirklichkeit Gottes führen will. Enteigne die Persönlichkeit, ruft der Kommunismus, und führe ihr Kapital einer unpersönlichen Gewalt zu, der Gesellschaft. Man wird zugeben, daß jenes schlechte Gewissen, von dem ich oben sprach, auf dem Wege von »Entäußere dich« zum »Enteigne die andern« recht tief herabgekommen ist.

9

Wir sind nicht mehr oder weniger Eigentümer unseres Ichs, als etwa der Abonnent einer Leihbibliothek der Eigentümer des von ihm geborgten Buches ist. Alle moralischen Forderungen, die sich auf unser eigenes Ego beziehen, wurzeln gleichnisweise in der Verpflichtung jenes Abonnenten, das entliehene Buch in würdigem Zustand, ohne Schmutzflecken, Löcher, fehlende Seiten und mit möglichst wenig Eselohren nach Ablauf der Frist zurückzustellen.

10

Der Selbstmord umfaßt zwei Todsünden. Die erste, der Bruch des Gebotes »Du sollst nicht töten«, kann aus Gründen der Notwehr gegen die Untragbarkeit des Lebens eher vergeben werden als die zweite: die Veruntreuung eines zum zeitweiligen Eigentum anvertrauten fremden Gutes, das eine ewige Geschichte und dauernde Aufgabe hat jenseits des Bewußtseins.

11

Auferstehung des Fleisches

Der Duft der Rose, welcher diese überdauert, sehnt sich danach, wieder vereinigt zu sein mit seiner Mutter, die ihn entsandt hat. Der Leib des Menschenkindes ist eine von unsern »Müttern«. Darum auch sorgen sich die Mütter von uns Menschenkindern so sehr um unsern Leib.

12

Wenn ich immer weiter und immer tiefer hineinwandre in die Landschaft meines innern Lebens, so gelange ich endlich zu einer letzten Unteilbarkeit. Ich will sie die Grundemotion nennen, denn es handelt sich um kein Wissen, sondern um ein Gefühl. Diese Grundemotion – sie ist das Auffanggefäß der Gnade – entscheidet darüber, ob ich glauben darf oder nicht glauben kann, ebenso wie einzig sie darüber entscheidet, ob mich Poesie berührt oder nicht berührt.

13

Wer in der Nacht plötzlich den Schreckensgedanken faßt, daß sein eigener Körper nur von der unbegreiflichen Gnade lebt, daß die lauernden Zerstörungskräfte in ihm sich augenblicklich die Waage halten, dem erscheint, während er den Atem zurückpreßt, der ganze Kosmos als ein Kartenhaus.

14

Die Kreuzgestalt ist in die menschliche Gestalt eingelassen, sagt der Mystiker, wie das Eisengerüst im Beton. Sie ist gleichsam der innere Stab, an welchem die menschliche Gestalt wandelt. Die Kreuzesform, entgegnet der Naturalist ironisch, haben die Römer zu kriminologischen Zwecken aus der menschlichen Gestalt abgeleitet. – Um abgeleitet zu werden, mußte sie zuerst vorhanden sein, sagt der Mystiker. – Der Naturalist aber lacht: Hätten im Kampf ums Dasein die Echsen oder gar die Kerbtiere obgesiegt und die Erdherrschaft an sich gerissen, so hätten die Echsen- oder die Insekten-Römer eine andere, brauchbarere Garrotte erfinden müssen als das Kreuz, um ihre Sklaven hinzurichten. – Faktum ist, erwidert der Mystiker, daß der Mensch obgesiegt hat und nicht die Insekten, und somit das in ihm versenkte Kreuz. – Das ist eines jener Gespräche, wo stets beide recht haben, weil sie parallel reden.

15

Das trinitäre Verhältnis zwischen Vater, Sohn und Geist hat seine organisch-funktionelle Entsprechung hier unten in dem dreieinigen Synergismus von Hirn, Herz und Nervensystem. Vom Vater dependiert die Betrachtung, vom Sohn der Affekt, vom Geiste die Aktivität, die Übertragung der Nervenkraft auf die Muskulatur.

16

Was vom Eigentum und seinem ausdrücklichen Repräsentanten, dem Körper, gilt, das gilt von der Materie schlechthin. Sie ist heilig. Sie ist heilig, weil sie das Vehikel darstellt, an dem einzig sich der Schöpfer beweisen kann. Freilich, ohne dieses Vehikel wäre Gott nicht weniger als er ist, denn das Unendliche kann durch Subtraktion nicht vermindert werden. Aber wie bedeutungslos das Endlich-Geschaffene in Beziehung zum Unendlich-Ungeschaffenen auch sein mag, etwas würde Jenem ohne Dieses zweifellos fehlen: der erwidernde Spiegel eines kreatürlichen Bewußtseins nämlich außerhalb des und gegenüber dem göttlichen Bewußtsein. Unsrer vermutlich frevelhaft menschlichen Vorstellung liegt der Einfall mehr als nahe, daß jenes ungeschaffene Sein eines geschaffenen Seins bedürfen mag, um aus seiner Subjektivität herauszutreten und im Geschöpf seiner selbst objektiv innezuwerden. So wäre denn dem Geschaffenen als letztlich von ihm zu erreichender Zweck eingeschaffen, das Vollbewußtwerden der Gottheit, die visio beatifica. Darum ist die Materie als Träger dieses Zweckes heilig.

17

Von der Heiligkeit der Materie könnte einen auch die Lektüre moderner Astrophysik überzeugen. James Jeans interpretiert die Schöpfungsgeschichte, wie er es selbst nennt, naturalistisch, indem er von der »strahlenden Energie« spricht, die vor etwa zwei Billionen Sonnenumläufen (eine kosmisch durchaus nicht unbemeßbare Zeit) »in dem Haus eingeströmt ist«. Diese strahlende Energie, der immaterielle Schleier von Materie, wie der hochgradige Minuskoeffizient ihrer Formelzahl es ausdrückt, diese strahlende Energie, gegen welche gehalten die astrale Substanz der Geister aus Elysium nilpferd- und elefantenhaft anmutet, diese strahlende Energie berührt unsre Vorstellung weit mehr sakral als naturalistisch. Ihr »Einströmen« oder »Herabfließen« nach Jeans könnte unschwer als eine Bestätigung der biblischen Schöpfungsgeschichte gelten. »Der Raum« freilich, in den der Astronom sie einströmen läßt, ist ein unerlaubtes Hysteron Proteron. Denn dadurch erst, daß ein erstes Etwas in ein zweites Etwas einströmt, das vorher Nichts war, wird dieses zweite Etwas zu dem, was es ist. Erst die Schöpfung von strahlender Energie macht den Raum, in den sie einströmt, zum Raum; und da diese strahlende Energie nicht nur an einem Punkte besteht, sondern an vielen, von einander entfernten Punkten, scheidet sie den Raum von der Zeit, die zwischen diesen Punkten liegt, wofern Bewegung von einem zum anderen strebt. Und Gott sprach: »Es werde Licht.« Dieses Licht aber war Stoff, strahlende Energie nämlich. Und durch diesen Stoff erst wurden Raum und Zeit.

18

Wir haben von einem transzendenten Zweck gesprochen, den das ungeschaffene Sein dem geschaffenen Sein mit auf den Weg gegeben haben muß: das Vollbewußtwerden Gottes als Persönlichkeit im Spiegel der aus der in den Raum geströmten Materie entstehenden und sich entwickelnden kreatürlichen Persönlichkeiten (die zur Unsterblichkeit geschaffene Menschenseele als Weltzweck). Kann aber neben diesem transzendenten Zweck der geschaffenen Materie nicht auch noch ein immanenter Zweck eingeboren sein? Ob es eine Seelenwanderung gibt, mag dahingestellt bleiben; eine Körperwanderung der Materie gibt es gewiß. Ein großer Teil dessen, was anfangs als strahlende Energie herabfloß und einströmte, hat in seiner zweihundertbillionenjährigen Biographie schier zahllose Form- und Wesenserfahrungen gesammelt. Das uranfänglich körperlose Strahlen der Materie sank nieder bis zu den schweren Körpern, welche die Erde und vielleicht auch noch andere Trabanten der Glanzgestirne beleben. Jenes Leuchten, das von der Wellenlänge $1{,}3 \times 10^{-13}$ cm nach oben begrenzt wird, verwandelte sich in etwas, das nicht leuchtet, sondern nur mit den gröbsten Maßen und Gewichten gemessen und gewogen werden kann, in unsern eigenen Menschenleib. Und doch gerade in ihrer tiefsten »Heruntergekommenheit« beginnt jene primäre strahlende Energie erst geistig zu werden, d. h. »Warum« zu fragen und Schuld zu empfinden. Wenn einst am Ende der Zeiten diese heruntergekommene Materie wieder zu strahlender Energie aufsteigen sollte, die aus dem Raum ausströmt, wie sie einst in den Raum eingeströmt ist, so kann sie nicht mehr die gleiche sein, die sie damals im Urbeginn gewesen ist. Wenigstens ein Teil von ihr – und zwar vermutlich der wesentlichste – wird umgeprägt sein durch Leiden, Erstaunung und Gewissen.

19

Ein altes Schulgedicht, betitelt ›Der Mönch von Heisterbach‹, enthält, wenn ich mich recht erinnere, die schöne Verszeile: »Vor Gott sind tausend Jahr ein Tag.« Dies ist eine gewaltige Untertreibung. Wenn dieses zeit- und raumbegrenzte Universum, d. h. die Materie, die seinen Raum erfüllt, nach Ablauf von einigen Billionen Jahrhunderten, wie die modernen Astronomen prognostizieren, aufgezehrt, evaporiert, zurückgeströmt sein wird aus dem Nichts, wodurch es erst zum Raum gemacht ward, dann wird die Welt nicht nur nicht einen Tag gedauert haben – die Zeit nämlich, welche der Trabant Erde braucht, um sich um seine Achse zu drehen –, sondern nicht einmal einen Augenblick. Vor Gott nämlich sind achthundert Billionen Jahre und das Trillionstel einer Sekunde gleich kurz oder gleich lang, d. h. weder kurz noch lang, sondern ohne alle Ausdehnung. Vielleicht hat Gott vor diesem Universum oder, mit dem Blick Seiner Zeitlosigkeit gesehen, zugleich mit diesem Universum, das wir auf unsrer Erde bewohnen, dreihundert Quadrillionen verschiedener Universa geschaffen und schafft sie noch und nimmt sie wieder zurück und schafft sie neu. Doch nicht dies Übermäßige und Unvorstellbare ist wichtig für uns. Wichtig für uns ist nur die Überzeugung, daß jene Materie (strahlende Energie), die sich im Laufe der Weltzeit zur geistig-seelisch-leiblichen Mensch-Persönlichkeit kristallisierte, aus Gott kommt und zu Gott heimkehrt. Das ist, wie mir die moderne Astronomie zugeben muß, eine einfache, klare und sinnvoll logische Möglichkeit. Aus der Überzeugung davon aber strömt die seltsamste aller Beruhigungen: uns kann nichts geschehen, denn wir sind, obwohl ausgesetzt in der Zeit wie Findlinge, in der Ewigkeit Gott zu eigen.

20

Die dümmste aller Erfindungen des nihilistischen Denkens ist der sogenannte »unpersönliche Gott«. Angesichts dieses nichtpersönlichen Gottes segnet man den persönlichen Nicht-Gott der redlichen Atheisten. Denn die Vorstellung einer geistlosen, sinnlosen, durch Nichts und Niemanden geschaffenen und dennoch bestehenden Welt ist bei aller Grauenhaftigkeit akzeptabler als die idiotische Vorstellung einer Art von extramundanen und autonomen Kraftwerks, das alle Dinge schafft und speist, ohne beileibe von einem Schöpfergeist erfunden oder bedient zu sein. Der unpersönliche Gott ist die armseligste Spiegelung technisierter und denkmatter Gehirne, das moderne Ausgedinge des altersschwächsten Pantheismus.

21

Das Christentum räumt dem Egozentrismus ein gewisses Recht ein. Wenn mein Ego ein so kostbares Eigentum vorstellt, daß es außerhalb der Zeit dereinst der betrachtende Partner des Unendlichen und Ewigen sein darf, dann verdient dieses Ego wohl, daß man sich darum bekümmere und es nicht schnöde vor die Hunde gehen lasse. Wie aber alles hienieden in Bezug auf das göttliche Endziel paradox ist, so kann dieses Ich nicht dadurch gerettet werden, daß man es sparsam bewahrt, sondern nur dadurch, daß man es verschwenderisch hingibt.

22

Die Depravierung des Eigentums steht mit der Erzeugung von Massenware in tiefem Zusammenhang. Wir können hiebei an der Nationalökonomie unschwer Metaphysik studieren. In alter Zeit war Eigentum das Abbild des körperlichen Ichs. Untrennbar von der Idee des Eigentums war der Begriff der Haltbarkeit und Dauer. Das Brautkleid diente noch der Greisin im Tode als Begräbnisgewand. Der Handwerker hütete sein Werkzeug wie den Augapfel, denn Ersatz war schwierig. Alles, was erzeugt wurde, war ausgezeichnet durch Kostbarkeit, Schwere und durch die Bestimmung, vererbt zu werden. Starre Statik beherrschte das Wirtschaftsleben, das somit den Bewußtseinszustand des Zeitalters, den der Scholastik, entsprechend spiegelte. Die Sache nämlich mit dem »ideologischen Überbau« verhält sich genau umgekehrt. Historische Geistesverfassungen haben einen materiellen Unterbau, das Obere spiegelt sich im Unteren, der Himmel im Teich und nicht der Teich im Himmel. Als die Theologie sich zersetzte, als der Mensch übermütig zu werden begann (aus Millionen Gründen mußte es so sein!) und aus seiner materiellen Enge und geistigen Weite in die materielle Weite und geistige Enge trat, da begann der Tauschwert, das Geld, sich unabhängig zu machen vom Erzeugnis. Kapital ist nicht nur nicht Eigentum, es ist fast der reine Gegensatz des Eigentums, es ist nichts als potentielle Massenware, die weniger den Zweck hat, Bedürfnisse zu befriedigen als Bedürfnisse hervorzurufen, damit im tödlichen Zirkel potentielle Massenware, also Kapital, neu akkumuliert werden könne. Der innerste Sinn der Massenware ist rasche Zerstörbarkeit, damit jene, vermehrt um die Profitrate, so schnell wie möglich in ihren potentiellen Zustand wiederkehre, das heißt wieder Kapital werde. In höchst logischer Entsprechung lehrt daher das scheinbare Widerspiel und der wirkliche Zwillingsbruder des Kapitalismus, der kollektive Sozialismus, daß jedes Eigentum, somit auch der Inbegriff des Eigentums, das menschliche Ich, dessen keins dem andern gleich ist, eine verwerfliche Anmaßung sei. Und dabei weiß dieser Sozialismus gar nicht, welch höhere Logik er durch seine Anschauung ausdrückt. Hier die Formel des tödlichen Zirkels: Gottverlust, d. i. Ichverlust, d. i. Eigentumsverlust, d. i. Kapitalismus, d. i. Massenware, d. i. rasche Zerstörbarkeit, d. i. Schund, d. i. versagende Befriedigung der Bedürfnisse, d. i. tragische Unruhe der Menschheitsseele, d. i. das Entweder-Oder zwischen anarchistischer oder totalitärer Lebensform, d. i. ewiger Krieg.

23

Der Kapitalismus ist nichts andres als der natürliche Ausdruck des Sündenfalls im ökonomischen Bereich unsres Zeitalters. Da er ein natürlicher Ausdruck ist, so hat er im Gegensatz zu allen andern verkrampften und scheinmoralischen Systemen (Autarkie, Staatssozialismus, Planwirtschaft) den Vorzug der Wahrhaftigkeit für sich. Er ist frank und frei eingestandene Unordnung, die aus einer uranfänglichen Fehlerquelle stammt, welche er nicht für rückwirkend reparierbar hält. Dazu ist er sowohl viel zu naiv als auch viel zu gescheit, wie eben das Leben selbst, dessen opportunistischer Genuß sein einziges Ziel bildet, ein besseres Ziel als die isolationistisch haßgeladene Scheinmoral der kollektiven Prinzipien, die im Namen einer gerechten Güterverteilung foltern und morden.

24

Die scheußlichste Entheiligung des Ichs seit Beginn vielleicht der Weltgeschichte ist die moderne Form der Leibeigenschaft: Der Mensch nicht mehr Eigentümer seiner selbst, sondern das Eigentum eines inappellablen Staates, welcher Arbeitsgeber und Arbeitswegnehmer, Ernährer oder Hungervogt, Beichtvater, Erzieher, Verderber, Gewissensspitzel, Richter, Staatsanwalt, Verteidiger, Geschworener und Henker in einer Person ist. Solange noch ein einziger Staat auf Erden diese unnatürliche, diabolische, seelentötende, charakterbrechende Macht ausübt, solange wird, ungeachtet der bestgeplanten Friedensschlüsse, der Weltkrieg in Permanenz herrschen. Darüber hilft uns keine opportunistische Heuchelei hinweg.

25

Als eines der erprobtesten Beweismittel gegen den Fortbestand der menschlichen Persönlichkeit trotz des Todes gilt der Umstand, daß ja auch das Tier eine Seele habe. Da gab es einen berühmten russischen Biologen, den Professor Pawlow, der es sich mit imposanter Leidenschaftlichkeit angelegen sein ließ aufzuzeigen, daß der Mensch nur ein Tier sei und durchaus nichts Besseres. Ihm genügte die allgemein zugängliche Erfahrung nicht, die uns immer wieder darüber belehrt, daß nicht minder das Tier im Menschen vorhanden ist als der Mensch im Tier. Diese Erfahrung freilich läßt der Metaphysik als dem Rein Menschlichen eine Hintertür offen, und so genügte sie dem guten Professor Pawlow keineswegs, dessen Quod erat demonstrandum ausschließlich in dem Haupt- und Grundsatz bestand:

Der Mensch ist ein Tier, er ist wesensgleich mit dem Tier. Seine Seele ist tierisch. Um den Beweis mit besonderer Brillanz führen zu können, beging Pawlow einen leisen Schwindel, eine jener kleinen Nachhilfen und Korrekturen »de la fortune«, wie sie besonders in den voraussetzungslos kritischen und exakten Wissenschaften beliebt sind, wenn es gilt, ein a priori gewünschtes Resultat lückenlos aus dem Forschungsobjekt zu deduzieren. Der russische Biologe wählte nämlich zum Deduktionsobjekt seines Beweises das einzige Tier, das nicht mehr ganz Tier ist, sondern durch jahrzehntausendelangen humanen Umgang zum Kopisten des Menschen ward, ich meine den Hund. Nach sechzig Jahren unermüdlichen Experimentierens gelang es auch dem berühmten Forscher klipp und klar aufzuzeigen, daß der Stubengenosse, Nachahmer und opportunistische Beobachter des Menschen ebenso gut ein Melancholiker, Phlegmatiker, Sanguiniker und Choleriker sein kann wie der Nachgeahmte. Der große Biologe muß leider ein sehr kleiner Philosoph gewesen sein, denn er bemerkte gar nicht, daß er aus der Erscheinung im Zerrspiegel auf nichts andres und Besseres schloß als auf das Dasein eines im Zerrspiegel Gespiegelten. Wir aber fassen uns in Geduld und wollen es abwarten, bis Pawlows Schüler an einer Klapperschlange Claustrophobia nachweisen und an einem Ochsenfrosch Homosexualität. Aber nicht einmal diese Probe wird das Geringste aussagen über den Menschen und seine Seele.

Der Begriff und Ausdruck Eigentum (proprietas) ist gemünzt auf das Ich des Menschen. Inwieweit dieses Eigentum heilig und zugleich illusionär ist, das haben wir versucht so gut und widerspruchslos wie möglich zu definieren. Der Begriff und Ausdruck Besitz (possessio) ist gemünzt auf das Du des Menschen, und zwar in seiner konzentriertesten Form, auf das Weib für den Mann und auf den Mann für das Weib. Der Besitz ist noch viel imaginärer und illusionärer als das Eigentum, dafür aber ist es wohl weniger heilig. Das Ich nämlich ist ein Eigentum, das den Menschen nur dann verläßt, wenn Gott das Urteil des ewigen Todes über ihn ausspricht. Das Du verläßt den Menschen, der Mann das Weib, das Weib den Mann sechzigmal in der Minute, und dieses Du kann ja gar nicht anders handeln, da es doch in Wirklichkeit ein Ich ist und nur in der Anschauung eines andern Ichs als Du existiert. Ein konzentriertes Du entsteht dadurch, daß ein begehrendes Ich ein andres gewährendes Ich »in Besitz« nimmt. Es ist ein Akt des Besitzens und der Besessenheit, ein kriegerischer Akt, wie die Weisheit der Sprache es durchschimmern läßt, obwohl dieser Akt das Leben erst lebenswert macht. Selbst die Tatsache der Wollust verrät den tief äquivoken Tatbestand, indem nicht zwei Flammen sich durchdringen, während sie sich verzehren, sondern zwei von allen Seiten abgegrenzte und umschlossene Einheiten durch Reibung aneinander jene subjektive Wärme erzeugen, die zentripetal ins Innere geleitet, den Liebesgenuß hervorbringt, jenen Wahn gegenseitigen Durchdrungenseins, auf welchen, wie die Römer behaupten, so rasch die enttäuschte tristitia aller Lebewesen folgt.

*

Wenn wir im Komparativ gesagt haben, das Ich des Eigentums sei heiliger als das Du des Besitzes, so haben wir das wahre Verhältnis nicht ganz richtig zum Ausdruck gebracht. Das Ich ist nicht heiliger als das Du, sondern nur anders heilig. Im Ich ist das nächste und innigste Anliegen Gottes an uns inkarniert. Im Du ist das große moralische Anliegen der Welt an uns inkarniert. Ohne Du hätte das Ich keine Liebe und wäre daher als fragmentarischer Krüppel nicht einmal ein Ich.

27

Der Tod ist eine Expropriation der unwesentlicheren Aufbauelemente des Ichs. Die chemischen Verbindungen, die der Körper sich angeeignet hat, werden mit seiner biologischen Form zurückerstattet, ebenso wie die Aneignungen des Bewußtseins und Gedächtnisses, alles was von außen nach innen gespiegelt und reflektiert ist, das Vokabular der Welt gewissermaßen. Was also bleibt? Der Spiegel etwa, der alles Gespiegelte und Reflektierte in sich selbst umfaßte, ist er das bleibende Ich? Nein! Jeder

Spiegel wird, wenn das Gespiegelte aus ihm verschwindet, zur absoluten Leere. Was also bleibt? Das Innerste des Innern bleibt, d. h. die einzigartige und unwiederholbare Kapazität, von Gott zur lebendigen Entgegnung erweckt werden zu können. Hierauf ist das tiefsinnige Wort geprägt: Individuum ineffabile, die unaussprechliche Persönlichkeit. Was aber ist für uns unaussprechlich und unausdrückbar? Alles was kein Erfahrungsinhalt ist, d. h. keine Spiegelung von außen nach innen. Daher wird mir durch den Tod genommen werden alles, was mein ist, sofern ich zu diesem »Mein« noch »Du« sagen kann (wie »du, meine Hand«, »du, meine Körperkraft«, »du, mein Talent«, »du, meine Liebeslust«), und zwar, damit mir gelassen werde das einzigst Eine, zu dem ich »Ich« sagen kann, ohne freilich es ausdrücken zu können.

Einiges Wenige von der Sünde

I

Die Sünde ist der geheimnisvolle Inbegriff der Verkehrtheit, des verkehrten Lebens. Sie reicht von der übernatürlichen Ordnung, der sie als Mysterium angehört, mitten hinein in unsere natürliche Existenz, von der sie klar abgelesen werden kann wie von einem Zifferblatt. Die kompakteste Sünde ist diejenige, welche wir gegen uns selbst begehen, zuvörderst gegen unsern eigenen Körper. Das Vergehen gegen unsern eigenen Körper umschließt schon die Sünde gegen den Schöpfer. Wie an einem Modell können wir daher in der Sünde wider unsern eigenen Körper das Wesen des gesamten Sündenkomplexes studieren und erkennen.

2

Unser Körper ist ein Teil der von Gott geschaffenen und erhaltenen kosmischen Ordnung. Recht besehen, ist er ein geschlossener Kosmos selbst, uns zum bedingten, aber heiligen Eigentum anvertraut, wie wir es an einer anderen Stelle dieser Theologumena entwickelt haben. Seine Gesundheit und sein Wohlbefinden hängt, abgesehen von den äußern Schicksalen und Gefahren, die ihn bedräuen, hauptsächlich von uns selbst ab. Es ist uns eingeboren ein Instinkt, die von Gott geschaffene und in uns inkorporierte Ordnung des großen und kleinen Blutkreislaufes, des Stoffwechsels, der innern Sekretion und so fort nicht zu entheiligen, oder, auf profane Weise gesagt, nicht zu schädigen. Aber Gott hat uns noch mehr gegeben als diesen psychologischen Instinkt, zu unterscheiden zwischen Gut und Böse, was das geliehene Eigentum unsres Leibes anbetrifft. Er hat eine Garde von Warnern und Wächtern aufgestellt. Es ist, sit venia verbo, *die Leibgarde der Schmerzen*, vom leisesten Unbehagen angefangen bis zur schwergewappneten Qual, die uns klarmachen wollen, daß die gottgewollte Ordnung der Natur in unserm Körper gestört sei. Der Schmerz ist die Schildwache, die dem Tode Halt wer da! zuruft. Die Kirche lehrt, der Tod sei die Frucht der Sünde. Ebenso aber ist auch die Sünde die Frucht des Todes – das soll heißen, das letzte Ziel, die gierig endgültige Intention der Sünde ist der Tod, das Nichtsein, die negativste Erscheinungsform der polaren Entferntheit von Gott, wäre das Wort Erscheinungsform dafür nicht unsinnig. Diese selbstmörderische Tendenz der Sünde wird offenbar, sofern wir dieselbe in ihrer gröbsten Form analysieren, in ihrer Beziehung nämlich auf unseren Körper, auf den äußeren Teil unsres Ichs.

3

Gott hat die Leibgarde der Schmerzen berufen, um uns zu warnen, wenn die gottgewollte Ordnung in unserm Körper durch äußere oder innere Ursachen in Gefahr gerät. Der dämonische Widerpart Gottes aber ist seinerseits wieder Herr über eine Leibgarde in uns, die seinem letzten Zwecke dient, dem absoluten Tode. Diese Leibgarde des bösen Feindes besteht aus den süchtigen Versuchungen, unabweisbaren Verführungen und schlechten Trieben, die unsre Nerven in jedem Augenblick zu unterwerfen imstande sind. Welch ein Drama...

4

Die Kirche lehrt, daß wir durch unsre Sünden Gott beleidigen. In dem Worte »beleidigen« steckt die anthropomorphe Umschreibung eines Tatbestandes, der tief und voll in unsere Wirklichkeit greift. Zwischen Gott und uns herrscht ein unausweichlicher metaphysischer Mechanismus. Durch unsre Sünden schädigen wir in erster Linie uns selbst. Dadurch aber, daß wir uns selbst schädigen, schädigen (beleidigen) wir Gott in seinem Ebenbild. Wir betrüben die Liebe in ihm, die unser Daseinsquell ist, wenn wir diesen Daseinsquell trüben.

5

Jede Sünde, auch die brutalste, ist eine geistige Sünde. Daher können Tiere nicht sündigen.

6

Der Künstler ist die purste Antithese des Heiligen. Der Heilige opfert sein Ich Gott auf, der Künstler opfert sich selbst seinem Ich auf.

7

Der furchtbarste Sünden-Fluch der Krankheit beruht auf der Tatsache, daß sie die ganze Aufmerksamkeit des Menschen auf das von ihr befallene Ich konzentriert. Schon ein wenig Zahnschmerzen errichten eine Hecke um uns, durch die wir nur schwer hindurchzublicken vermögen. Während einer Kolik ist auch der hilfsbereiteste Mensch nicht fähig zu einer Handlung der Selbstvergessenheit. Die Krankheit als eine Frucht der Erbsünde steigert unsre sündige Tendenz zum Egoismus aufs äußerste; und die Ohnmacht unsres Willens dem Ich-ausfüllenden Schmerze gegenüber scheint eine hinreichende Rechtfertigung des angeborenen Egoismus zu sein. In Wirklichkeit aber enthüllt der Fluch der Krankheit eine doppelte Intention. Sie lädt uns entweder in die Hölle ein oder in den Himmel. Sie gleicht einer letzten X-Strahlenprüfung über den Hochwert eines Menschen. Entweder gibt die Krankheit den Menschen seelenlos der Materie preis, oder sie macht seine Heiligkeit frei, indem sie, als Opfer dargebracht, sein Ich durchsichtiger, schwebender, umfassender heranwachsen läßt bis zur Todesstunde. Das lehrt uns nicht nur die Hagiographie, sondern der Anblick so mancher weltlichen Kranken. Wie groß ist die Bestimmung des Menschen, daß er selbst den grimmigsten aller Flüche in Segen verwandeln kann.

8

Ich habe das sonderbar süße Lächeln des Schwerverwundeten aus meiner Kriegszeit nicht vergessen. Der tödliche Schuß legte auf dem Gesicht eines seellosen Rohlings plötzlich eine kindlich holde Innerlichkeit bloß, die hinter den hundert Höllen der Brutalität und Gewöhnlichkeit geschlummert haben mußte. Der Gottmensch trat zwischen den zerreißenden Wolken des Sterbens hervor.

9

Es gibt Krankheiten der Verdichtung (Krebs) und Krankheiten der Auflichtung (Tuberkulose, Herzleiden).

10

Gott bittet uns ihn zu lieben, nicht weil er unsre Liebe zu Ihm braucht, sondern weil *wir* unsre Liebe zu Ihm brauchen.

11

Die schweren Geisteskrankheiten sind ein natürlicher Beweis für die Existenz der Hölle. Denn nur auf zwei Wegen werden die Grenzen der Vernunft überschritten: durch den Glauben, der den Himmel spiegelt, und durch den Wahnsinn.

12

Zwei Wahnsinnszustände der Hölle, die kein Dante beschrieben hat: totale Unlogik und total falsche Logik, beide der arktischen Entfernung vom Logos entspringend. Die totale Unlogik äußert sich im erstickend krampfigen Ohnmachtsgefühl des denkbereiten Menschen, die Unordnung der Dinge niemals wieder in Ordnung bringen zu können. Die total falsche Logik ist ein unablässig, hartnäckig und pedantisches Einherstolzieren im Labyrinth spitzfindigster Fehlschlüsse.

13

Das Leben selbst ist als Entfernung von Gott eine Art habitueller Buße, in deren Tiefen eine natürliche Hoffnung auf Sündenvergebung ruht.

14

Verwunderlich ist es, daß es auch in der geistigen Welt immer noch Menschen gibt, die glauben, ihnen geschähe Unrecht.

15

Wie könnte der Mensch irgendwann und irgendwo wirklich recht haben? Da er sich doch zeitlebens in dem verzweifelten Stande der Rechtfertigung befindet und in seinen wahrhaft geistigen Augenblicken dies sogar weiß.

16

Man muß in menschlichem Schmutz und menschlicher Ohnmacht versunken gewesen sein bis zur Brust, um ganz tief zu erkennen, daß dieses Leben nicht zu ertragen wäre ohne die Idee der übernatürlichen Strafe und der übernatürlichen Hilfe.

17

Manchmal leuchtet die überirdische Gerechtigkeit in der irdischen Folgerichtigkeit auf wie der blasse Schimmer des Goldes im kalifornischen Wüstensand.

18

Von allen Kreaturen ist es nur dem Menschen gestattet, wirkliche Unordnung zu stiften. Je weiter vom Menschen entfernt die Kreatur ist, um so unablenkbarer kreist sie in der Ordnung mit. Die Unordnung ist nichts als die Rückseite eines andern geheimnisvollen Phänomens: der Freiheit. Die zwillingshaft automatische Verbundenheit von Freiheit und Unordnung liefert einen natürlichen Beweis für die übernatürliche Wahrheit, die sich in der biblischen Schöpfungsgeschichte verbirgt und offenbart. Der von Gott durch Freiheit ausgezeichnete Mensch kann der überwältigenden Sucht nach Anarchie nicht widerstehen. Durch die Gabe der Freiheit hat Gott den Menschen überschätzt, weil ja diese Gabe selbst die Versuchung zur Unordnung, zum Ungehorsam, das heißt den Sündenfall in sich einschließt. Aber, wehe, Gottes Überschätzung des Menschen macht den Menschen erst zum Menschen.

19

»... Und führe uns nicht in Versuchung.« Ist diese sechste Bitte des Vaterunsers nicht eine Blasphemie sondergleichen? Wie? Die Allgüte selbst soll uns in Versuchung führen, also desselbigen sich befleißigen, was die Prostituierte an der Straßenecke tut, der Hehler in seinem Juwelenwinkel, der politische Demagog im Versammlungssaal, ja der Teufel in Person?... Und doch, das schreckliche Wort »... Und führe uns nicht in Versuchung« steht im erhabensten Gebet der Welt, das der Sohn, der der Vater ist, an den Vater richtet, der der Sohn ist. Nicht »Lasse uns nicht in Versuchung führen«, sondern »Führe uns nicht in Versuchung«. Der Sohn kennt seinen Vater. Er allein darf der Ewigen Kraft flüsternd die zeitliche Schwäche verdolmetschen, der jubelnden Leidlosigkeit die Bürde des Siechtums und der Angst, dem ruhevollen Zustand ohne Zeit den Zustand des Wartens auf etwas, das immerdar nur der Tod ist. Er lehrt was zu beten und betet selbst mit einem leichten Schatten von liebender Schwermut: »... Und führe uns nicht in Versuchung«. Vielleicht heißt das, aus der Sprache des Gebets übersetzt in die Sprache des Verdolmetschens zwischen Zeitlichkeit und Ewigkeit: »Herr, überschätze uns nicht, solange wir im Fleische sind!«

20

An der Form des Verfalls zeigt sich die Möglichkeit der Fallhöhe einer Kreatur. Ein Stein verwittert nur, die Pflanze verwelkt schon, ein tierischer oder gar ein menschlicher Körper muß nach dem Tode verwesen, und je komplizierter die Organisation eines solchen Körpers, um so grauenhafter der Verwesungsprozeß. Die unsterblichen Geschöpfe freilich, die unkörperlichen oder verklärt körperlichen Engel, können nicht verwittern, verwelken, verwesen – ihr Verfall kann sich nur geistig vollziehen: sie werden böse, indem sie den Inbegriff des Lebens verleugnen. Satan ist der geistige Verwesungszustand des gefallenen Engels Luzifer. Die Volkssage weiß davon. Des Teufels Gestank nach Schwefelwasserstoff deutet darauf hin, daß alles Böse eine Art Fäulnisprozeß ist, d. h. eine rührige, höchst lebendige Negation des Lebens. Sonderbar! Je geistiger, desto schlechter der Geruch!

21

In der unerklärlichen Lücke zwischen organischer und anorganischer Materie entspringt die Freiheit und die Sünde.

22

Das Anorganische freilich! Was ist anorganisch? Besteht es nicht aus denselben Protonen und Elektronen wie das Organische? Mag es daher nicht nur eine menschliche Unterstellung sein?

Die metaphysische Formel müßte lauten: Das Anorganische ist das Gehorsame, dem die Möglichkeit des Ungehorsams entzogen worden ist.

23

Im Spektrum echtester und ernstester Krankheit spürt der Leidende in erleuchteten Augenblicken einen seltsamen Streifen von Verdacht, daß er vielleicht ein bißchen simuliere oder seinen zweifellos elenden Zustand dennoch etwas nach außen übertreibend spiegle. Dieser Verdacht ist beheimatet in der übernatürlichen Erinnerung unsres ebenbildlichen Wesens an die gesunde (welch unsinniges Wort), an die tod- und leidlose Seinsform unsres Urbilds. In unserm seltsamen Verdacht zu simulieren, liegt das halbe, ahndungsvolle Bewußtwerden dessen, daß die Krankheit, und mit ihr alles Übel der Welt, keine Wirklichkeit ersten Grades sei. Dieses halbe Bewußtwerden ist zugleich auch die Matrize aller höheren Ironie und Weltüberwindung.

24

Ein großer Vorzug liegt in aller Krankheit. Obwohl sie im organischen und metaphysischen Sinn den Sieg der Unordnung über die Ordnung bedeutet, so stellt sie zugleich mit diesem Siege eine neue Ordnung her, nicht ganz die richtige freilich, aber dennoch und unzweifelhaft eine Ordnung. Der zerfahrene und anarchische Tageslauf des Sünders wird plötzlich einer strengen Einteilung unterworfen; dieser Sünder bekommt – und nicht allein durch die Sühne, welche die Krankheit erzwingt – eine neue Kindheit, eine neue Unschuld geschenkt. Die Freiheit wird ihm durch seine Hinfälligkeit entzogen und damit auch die Möglichkeit, der Lump zu sein, der er ist. Die Natur hat ihn im Namen Gottes zeitweilig arretiert. Wer weiß, ob er bereits in der Armensünderzelle sitzt, von der nur ein kurzer Gang zum Galgen führt, oder nur in der Untersuchungshaft, aus der man wieder entlassen wird? Dort oder hier, gleichviel, es wird ihm noch einmal Gelegenheit zur Remedur gegeben.

25

Ein Mann liegt am Fuße eines steilen, hochragenden Felsberges auf einem bequemen Streckbett, wie man es in allen Sanatorien verwendet. Das ist der Sünder. Er weiß mit seinem ganzen Leben, daß er nicht nur den strikten Auftrag erhalten hat, sondern daß es für ihn bis zur Verzweiflung notwendig sei, den Felsberg unverzüglich zu erklettern. Seine kranke Lunge und sein schwaches Herz würden ihn nicht hindern, das so unbedingt geforderte Unternehmen zu wagen, sollte er dabei auch abstürzen oder während des Kletterns sonstwie zugrundegehn. Aber er ist ja zu alledem auch noch einbeinig und daher ein ganz hoffnungsloser Fall. Er bleibt in seiner bequemen Erschlaffung regungslos liegen, fühlt sich schuldbewußt und hadert zugleich mit Gott. Das Schuldbewußtsein, das Hadern, und sogar seine Einbeinigkeit machen ihn aber heimlich stolz, wodurch seine Sünde, das Versagen am Unmöglichen, noch seltsam verschärft wird.

26

Alles Leben ist ein Kompensationsphänomen, eine atemberaubende Gefahr also. Dies bis zur Neige auszufühlen ist bereits Dekompensation.

27

Wenn sich, wie es von Epoche zu Epoche immer wieder geschehn mag, die eisige Banalität des Materialismus nächtig über den menschlichen Geist breitet, dann verschließen sich die mystischen Wahrheiten von selbst wie die Lotosblüten nach Sonnenuntergang. Dann sind es nicht wir, die diese Wahrheiten nicht mehr erkennen, sondern sie sind es, die sich königlich nicht erkennen lassen.

28

Vielleicht jedoch liegt die Sache anders. Vielleicht verschließen sich die mystischen Wahrheiten nicht aus königlicher Verachtung für die allherrschend eisige Banalität des Materialismus. Vielleicht treten sie im Zuge der göttlichen Providenz diesem Materialismus den Raum willentlich ab, damit der Mensch nicht immer in den Himmel schaue, sondern der Unendlichkeit des irdischen Details mit Ernst und Eifer nachforsche. Die Wissenschaft, das Wegsehen von Gott, als eine moralische Forderung Gottes an den Menschen, damit er weniger träume. Die Sünde wider den heiligen Geist besteht erst darin, daß der Mensch, übers Mikroskop gebeugt, nicht nur von Gott wegschaut, sondern ihn, vom Hochmutsteufel der Detailerkenntnis besessen, geflissentlich aus Bewußtsein und Erinnerung stößt.

29

In den nächsten Jahren schon wird sich vieles verändern; denn mittlerweile werden die Snobs des nihilistischen Intellektualismus endlich bemerkt haben, daß sie nicht nur der geistlosesten Form der Trivialität so lange dienten, sondern ganz und gar von vorgestern sind. Alles kann ein Snob ertragen, nur eines nicht: veraltet zu sein. Ich sehe eine Panik voraus, eine Massenflucht durch alle Notausgänge in einen neuen Mystizismus. Eine schöne Bescherung das. Zu Beginn der Eleusinischen Mysterien riefen die Häupter der Mysten »Tas Tyras« – »An die Türen«, womit den Wächtern der Auftrag gegeben wurde, den noch nicht eingeweihten Neophyten den Eintritt ins Heiligste zu verwehren. Morgen wird leider niemand jene Snobs, dem Rufe »Tas Tyras« gehorsam, von der Pforte weisen.

30

Die vier Stufen der mystischen Exerzitien von Eleusis hießen: Katharsis = Reinigung, die erste. Die zweite: Photismos = Erleuchtung. Die dritte: Teleisis = Vollendung. Die vierte und höchste: Theosis = Vergöttlichung. Der Myste von Eleusis mußte sich den schwersten asketischen Übungen unterwerfen, um jene der vier Stufen zu erreichen oder nicht zu erreichen, zu welcher er sich berufen dünkte. Auch die eleusinische Askese beruhte, wie jede andre Askese, auf der tiefen Erfahrung, daß der Körper, die Materie mit ihrem eigensinnig tyrannischen Triebleben soweit wie nur möglich überwunden werden müsse durch Reinigung, Entsagung, Peinigung, Abtötung, Losschälung, damit der Mensch eines geistigeren Zustands gewürdigt werde als der, in den er hineingeboren ist. Dies alles wird hier nur erzählt, um den alten liberalen Unsinn bloßzustellen, der immer wieder behauptet, daß allein das Christentum die Feindschaft wider das Fleisch erfunden habe und durch seinen obskuranten, ja perversen Sinnenhaß der dionysischen Leibes- und Liebesfreude der griechischen Antike ein Ende setzte. Auf dieser abstrusen Beleidigung des Hellenentums beruht noch der halbe Nietzscheanismus. Nein, Jahrtausende bereits vor den Griechen hatte eine natürliche Offenbarung dem archaischen Menschen schon das asketische Waage-System zwischen Körper und Geist bewußt gemacht.

31

An andrer Stelle haben wir von der »Grundemotion« gesprochen als von der letzten, nicht mehr teilbaren Gefühlsweise des Menschen, aus dem sein ganzes Verhalten hervorgeht. Da aber alles Geschöpfliche dualistisch ist, so müssen wir, wie wirs getan haben, in jener Grundemotion nicht nur das Auffangsgefäß der Gnade erkennen, sondern ebensosehr die Kohlenglut der Verdammnis, aus der Haß und Fanatismus der Hölle schwelt, denn in jener Grundemotion wurzelt auch die Politik.

32

Der Urgrund des Sündenerlebnisses liegt in der Überzeugung unsres Gefühls, daß nichts in dieser Welt wirklich profan sei und alles, weil aus Gott strömend, heilig. Das Heiligste vom Heiligen ist unsre Beziehung zum Creator, die sich freilich am realsten manifestiert in unsrer Beziehung zur Kreatur. Warum würde sonst unaufhörliches Schuldgefühl bestimmen unser Verhältnis zu den nächsten Menschen (sofern wir überhaupt moralisch wach sind). Das Verhältnis zur Gattin, zum Gatten, zu Mutter, Vater, Sohn, Tochter, Bruder, Schwester, Freund, Freundin, Diener und Dienerin, nicht zu vergessen das Verhältnis zum eigenen Ich, wenn wir nicht in diesen Kreaturen allen die Liebe zu Gott verletzten, die in uns gelegt ist? Wenn das Gefühl von der Heiligkeit des Lebens verschüttet wird, wie es die große Säkularisierung der letzten drei Jahrhunderte fordert, dann ist die höhere Liebeskraft in uns kastriert, dann verblödet unser Schuldbewußtsein zu utilitaristischem Katzenjammer, der schnell schmilzt und verdunstet wie nasser Schnee. – Auch echte Poesie kann sich nur aus der naiven Gefühlsüberzeugung vom Scheitel zur Sohle entwickeln, daß alles Diesseits sakral ist, weil es aus dem Jenseits stammt.

33

Die Grundformel aller Sünde ist: Verfehlte oder versäumte Liebe.

34

Die Jungfrau zertritt der Schlange den Kopf. Welch ein Sinnbild. Auch das Allerreinste, das Allerfeinste muß mit dem Allerschmutzigsten, Allerperversesten unbedingt in *Berührung kommen*, um es zu vernichten.

35

Wie die Krankheit eine Chance der Selbstläuterung ist, die Gott uns anbietet, ehe es zu spät wird, so ist es auch das Alter. Zwar, es ist durchaus nicht wahr, daß uns im Alter die Sexualität freigibt; es werden aber durch die Jahre zwischen dem Trieb und seiner Befriedigung Barrieren errichtet, die uns das Sündigen schwer machen. Der alte Mensch leidet oft Qualen, aber er weiß, wie er ist, wie er aussieht, wie er wirkt und was er zu bieten hat. Und so schämt er sich, zu seiner eigenen höheren Ehre. Vielleicht wird dem alten Sünder die notgedrungene Askese im letzten Augenblicke noch zum Heil angerechnet, wenn schon gar nichts andres für ihn sprechen sollte.

36

Der Verdammte wohnt darum nicht weniger in der Hölle, weil er nicht an sie glaubt.

Anschauung Gottes

1

Die trunkene Freude des Schauens, das innige Entzücken an der Natur ist die irdisch sinngebundene Vorform jener jenseitigen Seelentätigkeit, welche die Theologie »visio beatifica« nennt.

2

Doch nicht nur die Schaufreude, nein, jede Lust der Beobachtung, jeder Trieb zur Forschung, jedes Interesse an der Kreatur, jede Befriedigung der betrachtenden Teilnahme präformiert die Seelentätigkeit der »visio beatifica«.

3

Gott wird für die Seele, die ihn schauen darf, nicht ein geistiges Bild sein, sondern ein Schauspiel. Ein Schauspiel mit Musik! Vielleicht ist die Wonne der Oper etwas, was als schwache Vorform auf dieses herrliche Mysterium hindeutet.

4

Vor dem Schauspiel ist der zusehende Mensch ganz Ich und ganz Nicht-Ich. Das ist das große Geheimnis der Identifikation.

5

Die Anschauung Gottes ist der höchstmögliche Akt der Identifikation, das heißt ein übernatürlicher Modus, ganz Ich und ganz Du zu sein, aus welchem Ewigkeiten von Wonne strömen.

Was Tatjan, ein Apologet des zweiten Jahrhunderts n. Chr. sagt

Gott war im Anfang. Der Anfang aber ist, wie uns der Evangelist Johannes überliefert, die Kraft des Logos. Der Herr aller Dinge, der selbst der Urgrund (Hypostasis) des Alls ist, war allein, als es noch keine Schöpfung gab. Sofern aber jegliche Kraft der sichtbaren und unsichtbaren Dinge in ihm war, beschloß er vermöge seines Logos, das Sein aller Dinge in sich selbst. Durch freien Entschluß seines einfachen und einheitlichen Wesens tritt aus ihm der Logos in Erscheinung, und zwar nicht ohne Ursache: er wird das Erstlingswerk des Vaters, und wir wissen, daß er Anfang und Ursprung des Kosmos ist. Was er aber geworden ist, das ward er kraft der Unterscheidung vom väterlichen Wesen, nicht aber zufolge von Abtrennung vom Vater. Denn was abgeschnitten ist, das ist für immer getrennt. Was aber kraft der Unterscheidung besteht, das hat teil an der Selbstbestimmung des Vaters und hat den nicht ärmer gemacht, aus dem es genommen wurde. Denn wie von einer Fackel viele Feuer entzündet werden können, ohne daß der Fackel Flamme durch die Entzündung der andern Flammen vermindert würde, so hat auch der Logos, indem er aus der Kraft des Vaters hervorging, seinen Erzeuger des Logos nicht beraubt. So rede ja auch ich, und ihr hört mich, und dennoch werde ich meines Logos nicht beraubt, wenn mein Wortschall ihn zu euch hinüberträgt; sondern indem ich mein Wort aussende, wirkt der Logos kräftiger, da er die ungeordnete Materie in euch ordnet.

Von Christus und Israel

1

Wenn der Christus die Wahrheit und das Leben ist, dann sind die Juden das unverwüstliche Zeugnis dieser Wahrheit im Fleische. Ohne dieses lebendige Zeugnis, das verfolgt und gegeißelt durch die ganze Welt geht, sänke Christus zu einem bloßen Mythos hinab, gleich dem Apoll oder Dionysos.

2

Die Juden sind ferner das fleischliche Zeugnis für das Wort vom »Eckstein, den die Bauleute verworfen haben«.

3

»Die Ersten werden die Letzten sein« zielt ebenfalls auf Israel. Was schon Moses von ihnen sagt, »Sie sind ein halsstarriges Volk«, schließt die sonderbare Tatsache in sich ein, daß Israel metaphysisch sich nicht selbst verstehen und sich nicht selbst darstellen kann. Diese beiden Geistestätigkeiten, sich selbst verstehen und sich selbst darstellen, setzen eine Eigenschaft voraus, deren genaues Gegenteil Halsstarrigkeit und Hochmut, das heißt unverrückbar in sich selbst Beruhen, bedeutet. Es mag ein Geheimnis der göttlichen Geschichtsabsicht sein, daß Israel äußerlich und innerlich sich falsch interpretieren muß, sonst würden nicht die Ersten bis ans Ende der Geschichte warten müssen, um die Letzten zu sein.

4

Messias bedeutet den überwundenen jüdischen Subjektivismus. Messias ist Der, welcher da kommt, um Israel vor sich selbst und der Welt richtig zu interpretieren. Es ist Israel nicht möglich, Messias, und nicht einmal die Propheten zu erkennen »ehe die Zeit erfüllt ist«, das heißt, wirklich erst am Ende der Zeit.

5

Selbst für einen Juden, der Jesum Christum für den wahrhaftigen, in der Geschichte realisierten Messias und sogar für Gottes Sohn hält, ist Taufe und Übertritt nicht adäquat. Ihm eignet eine durchaus verschiedene Stellung zu dem Christusereignis als es die der »Völker« ist, das heißt der christgewordenen Heiden. Er gehört einer völlig anderen Ordnung an wie sie. Der Jude ist durch Taufe und Glaube allein nicht »heilbar«.

6

Jeder Jude aller Arten Epochen hat als Glied des überzeitlichen Judentums Jesum Christum verkannt, die von Gott gereichte Hand der Erlösung ausgeschlagen, dadurch das endgültige Weltheil verschoben und als zweiter Adam das Paradies, das schon vor der Türe stand, neuerdings verspielt. Genau aber wie Adam seine Weltgeschichte als Buße tragen muß, so kann dem Juden für das Nichterkennen und Verwerfen des Messias seine jüdische Weltgeschichte nicht erlassen werden. Er muß daher als der große Ausnahmefall leben, der weder zu den »Völkern« gehört noch zu Christo, welcher mit den Quadern dieser Völker seine Kirche baut, das heißt das Corpus Christi Mysticum. Taufe und Aufnahme in die Kirche, wie immer sie auch theologisch gesichert sei, ist eine Verschleierung des natürlichen und übernatürlichen Sachverhalts. Der Jude als Leidender hat das Recht, seine Situation zu verschleiern, aber wie christusgläubig er im Einzelfall auch immer sein mag, es ist ihm von der Tiefe der Fakten her ebensosehr und ebenso tragisch verwehrt Christ zu sein wie Deutscher oder Russe.

7

Von Zeit zu Zeit und von großen Geistern auf beiden Seiten wird diese ungeheure Paradoxie erkannt, daß der vorbestimmte Empfänger der einzige ist, der in der Tiefe von ihr ausgeschlossen bleibt bis zum vorletzten Tage der Weltgeschichte.

8

Israel aber ist, nach gültiger Theologie, zugleich auch der Ursprung aller Weltgeschichte von dem Augenblicke an, da Gott und Mensch sich in der Sphäre der Wirklichkeit gekreuzt haben.

Wie Adam der Vater des ersten Menschengeschlechtes, Noah der zweite, so ist Israel der Vater des dritten Menschengeschlechtes.

9

Israel ist auserwählt, nicht nur im Sinne des Gottesvolkes; die allwissende und allwollende Vorsehung hat ihm noch eine zweite Rolle angeboten, die Israel nicht abgelehnt hat, was ihm einst am Ende der Geschichte Ruhm und Ehre eintragen mag. Israel mußte nämlich das Gegenspiel auf sich nehmen, damit das Heilsdrama der verschmähten Gottheit, das Opfer des Agnus Dei Qui Tollit Peccata Mundi, in Zeit und Wirklichkeit vor sich gehen konnte. Israel hat sich mit der Übernahme dieser schlechten Rolle als Volk und Teilwesen für die göttliche Person aufgeopfert, damit sich dieselbe göttliche Person für die Völker der Welt als Allwesen aufopfern könne. Damit hat die Vorsehung Gottes Israel geradezu verurteilt, Gott selbst zu verwerfen, zum Heile der ganzen Welt.

10

Das Gottesvolk wird nun, solange wie es christliche Geschichte geben wird, bis ans Ende der Zeit also, dem unglückseligen Schauspieler auf einer Vorstadtbühne gleichen, der den bösen Charakter spielt und vom primitiven Publikum dafür ausgepfiffen wird. Wie soll ein primitiver Zuschauer auch das unsichtbare Geheimnis der Autorschaft von dem sichtbaren Spiel zu trennen verstehen?

11

Wenn das religiöse und das säkularisierte Judentum das Christusereignis nur als eine peinliche Episode der eigenen Geschichte betrachtet, über das man am liebsten gar nicht redet, so ist das recht töricht, aber nicht ganz unverständlich. Unverständlich aber ist es, wenn von theologischer Seite das Problem

Israel immer wieder verflacht wird und wenn man das Gottesvolk ohne weiteres in die Reihe der missionierbaren Völker, also zu den Papuas und Pygmäen zu stellen beliebt.

12

Der Antisemitismus ist, was seine heutige Ausprägung in den großen modernen Häresien (Nationalismus, Sozialismus) beweist, kein menschliches Gebrechen nur, wie der Rassenhaß zum Beispiel zwischen Weißen und Farbigen, sondern ein metaphysisches Phänomen. Es ist eine Form des Widerstandes gegen Christus, gerichtet gegen den locus minoris resistentiae. Die Mission Israels lag von Anfang her darin, den Völkern das große Paradox aufzuzwingen, die Verkehrung der heidnisch naiven Werte, die große Forderung: Lebe gegen deine gefallene Natur! Jesus Christus ist, neben allem andern was er ist, auch die Vollendung dieser Mission Israels.

13

Israel verhält sich zum Messias, unabhängig von seinem eigenen Bewußtsein, de facto wie die Perlmuttermuschel zur Perle. Das ist durchaus kein nur historisches, sondern vor allem ein metaphysisches und mystisches Faktum. Auch das Mysterium Magnum, das von Anfang an im Heilsplan Gottes lag, hat sich der Eigenart seiner Schöpfung angeschmiegt; als es in Welt und Zeit trat, unterwarf es sich den historischen Bedingungen von Welt und Zeit.

14

Jesus wurde nicht aus Griechen und Indern geboren, sondern aus Juden. Es handelt sich hiebei aber, und das ist das Entscheidende, nicht so sehr um Konsanguinität, als um Konformität und Konspiritualität. Unser Vater im Himmel, von dem die »Völker« reden, ist der Gott Abrahams, Isaaks und Jakobs, der sich offenbarte am Sinai, der redete zu den Propheten Eliah, Jesaiah, Jeremiah, der Mensch wurde und starb auf Golgatha. Dieser Gott offenbart sich in einer ununterbrochenen Klimax seinem Volke, zu dem er in einem unendlichen Dialog steht, noch immer. Einzig in Israels Seele war die Erkenntnis dieses Gottes präformiert, von Abraham bis Jesus. Israels Seele war und ist der Hohlspiegel, der die Strahlen dieser Gottheit aus einer geheimnisvollen Konformität hinaus in die Dunkelkammer dieser Welt reflektiert. Die empirische Fehlerhaftigkeit, Schwäche, Verstocktheit, ja temporäre Verworfenheit des Judentums ändert an dieser intelligiblen Tatsache nichts. Israel war nicht nur, sondern ist weiter die Perlmuschel, so wie Christus weiter die Perle ist. Der Haß gegen Israel ist demnach kein Haß gegen die schlechten Eigenschaften einer bestimmten Menschengattung, sondern nimmt, vom Neide getrieben, diese nur zum Anlaß, um Israel zu hassen als den verursachten Verursacher des unerträglichen Paradoxons von Sinai zu Golgatha. In einem Christen also, der Antisemit ist, haßt die mechanisch getaufte, aber essentiell unbekehrte und unbeschnittene Natur ihren Messias, ihren Erlöser.

15

Die Idee des Reich Gottes auf Erden wird zumeist als typisch jüdisch charakterisiert und verworfen. Ich muß mir erlauben, diese Ansicht nicht ganz richtig zu finden. Israel hat selbstverständlich, wie jede menschliche Gemeinschaft, die noch dazu über das Maß lange lebt, alle Kostümierungen der Geschichte und der Geschichtsideen durchgemacht. Aber weder im Pentateuch noch in den Propheten, weder im Talmud noch in der Kabbala ist etwas Ähnliches zu finden wie die Idee der irdischen Perfektion als Ziel und Ende aller Dinge. Wo sie in den obenerwähnten Komplexen anzutreffen ist, erscheint sie (als Vollendung der Einzel- und Gemeinschaftsseele) als eschatologische

Voraussetzung der Erlösung. Der Mensch ist, in der alttestamentarischen Auffassung, zwar völlig abhängig von der göttlichen Gnade, jedoch er kann dieselbe durch seine Mitwirkung oder Ablehnung hemmen oder beschleunigen. Die berühmtesten Worte Jesaias vom Schwert und Speer, die dereinst umgeschmiedet werden zu Sichel und Pflug, sind eschatologisch gemeint und nicht profan politisch. Sie bedeuten: wenn der Mensch einmal Eins wird mit dem göttlichen Willen, dann ist die raum-zeitliche Tragödie aufgehoben und der »Olom«, der Aeon der Erlösung, da; das Diesseits schmilzt ins Jenseits hinüber. So präformuliert Jesaia ebenso das »Himmelreich«, wie er an andrer Stelle den König Messias als unerkannten Bettler und leidenden Knecht präformuliert. Nicht minder hat Ezechiel die Auferstehung des Fleisches als erster klassisch dargestellt.

Die Reich-Gottes-Idee-auf-Erden als Ziel der jüdischen Religiosität ist daher eine feindselige Interpretation unserer Zeit. Es ist nichts als pure Säkularisation. Gewiß gab es Zeiten der nationalen Bedrängnis, in denen von den Juden der Messias als ein rächender Schwertkönig aufgefaßt wurde (zweites und drittes Jahrhundert p. Chr.). Das ging aber schnell vorüber, immer wieder. Im siebzehnten und achtzehnten Jahrhundert war der Messias rein eschatologisch und apokalyptisch gedacht, selbst wenn ein falscher Messias erschien wie Sabbatai Zwi, und so fort. Erst im späteren neunzehnten Jahrhundert ist der Messianismus zu sozialer Pathetik hinabsäkularisiert worden, und zwar von niemandem andern als von Juden, die durch die Ersatzreligion der Wissenschaft ungläubig geworden waren. Diese Wissenschafts-Ersatzreligion aber veränderte durchaus nicht nur Israel allein, sondern die ganze Welt.

16

Ein Jude, der vors Taufbecken tritt, desertiert in einer dreifachen Klimax. Erstens desertiert er im profanen Sinne aus der Partei der Schwachen, der Verfolgten und zu einer bestimmten, schmachvoll und schmerzlichen Art von Geschichte Ausgelosten; dieser Schritt erscheint zumindestens nicht sehr edel und generös, selbst wenn er keinem niedrigeren Opportunismus gelten mag als dem des eigenen Seelenheils.

Derselbe Jude desertiert ferner nicht nur aus der entehrten und gepeinigten Gemeinschaft des gegenwärtigen Israels, er desertiert aus Israel bis in die Tiefen zu Abraham, Isaak und Jakob hinab. – Es ist schon ein schwerer und bedenklicher Schritt, einem profanen Volke den Rücken zu kehren. Wie unfaßbar schwer aber ist es, zumal für einen Religiösen, dem Gottesvolke den Rücken zu kehren, das sich herangelitten hat von Abrahams Verfolgung in Ägypten bis zur Ghettoschlacht in Warschau des Jahres 1943, ewig hingemordet um seines Gottes willen.

Drittens aber desertiert dieser Jude, der zum Taufbecken tritt, Christum selbst, da er in Willkür sein historisches Leiden – die Buße für die Verwerfung des Messias – unterbricht und in einer eiligen, im Heilsdrama nicht vorgesehenen Weise, dem Erlöser an die Seite tritt, wohin er vielleicht nach dessen heiligem Willen gar nicht gehört, zumindestens noch nicht, und nicht jetzt und hier.

17

Was wäre Israel ohne die Kirche? Und was wäre die Kirche ohne Israel?

18

Israel ist mehr als eine Nation, es ist ein historisch-biologischer Orden – ein Bettelorden sogar trotz einiger reicher Individuen –, in den man nach Gottes Ratschluß durch Geburt eintritt, um bis zum vorletzten Tage nicht mehr entlassen zu werden.

19

Das Fundament zur »Lehre von den Entsprechungen« hat schon der Apostel Paulus in seinen Briefen gelegt. Nach dieser Lehre, welche die Kirchenväter später voller ausgebildet haben, deuten die wichtigsten Gestalten und Geschichten des Alten Testaments auf die offenbaren oder verborgenen Wahrheiten des Neuen hin, sie bilden gewissermaßen Skizzen, Modelle, Grundrisse dieser Wahrheiten und zugleich einen Code, mittels welchen man die Heilsgeschichte, als welche die christliche Weltgeschichte sich bis zum Jüngsten Tage betrachtet, besser lesen und deutlicher verstehen kann. Ein großes Prachtstück dieser »Entsprechungslehre« ist die Geschichte von Joseph und seinen Brüdern, und ich weiß nicht mehr, ob sie von Irenaeus oder von Clemens, von Origines oder Tertullian zuerst behandelt worden ist. Joseph bedeutet eine Skizze des Messias, ein Modell Christi. Er steht dem Herzen des Vaters viel näher als seine Brüder. Er besitzt höhere Fähigkeiten als sie. Er kann Träume richtig deuten. Traumdeutung steht für die Kraft des Messias, Wunder zu tun. Die Brüder (die zwölf Stämme, mithin ganz Israel) nehmen Anstoß an Josephs Traumdeutung, deren scheinbar tolle Selbstüberhebung sie rasend macht, nicht anders als später Jesus von Nazareth Selbstbewußtsein (Sohn Gottes) die rabbinischen Theokraten in Jerusalem aufbrachte. Die Brüder werfen Joseph in die Grube, aus welcher er aufersteht wie Jesus Christus aus seinem Grabe aufersteht. Die Brüder aber haben Joseph nicht getötet, ebensowenig wie das jüdische Volk unter Tiberius den römischen Delinquenten mit der Spottafel »Jesus Nazarenus Rex Iudaeorum« getötet hat, der hingerichtet wurde unter dem Prätext eines Anschlags gegen die römische Souveränität. Josephs Brüder, d. h. genau gesagt sein Bruder Juda, verkauft ihn für etliche Silberstücke, so wie Jesum einer der zwölf Jünger, desselben Namens, für etliche Silberstücke verkauft hat. Infolge dieses Verkaufs oder Verrats gerät Joseph, nicht anders als Jesus Christus, unter die Heiden, d. h. dieser wie jener werden ihrem eigenen Volke zu Fremden. Dadurch daß seine Traumdeutung vor Pharao als richtig erfunden wird, erweist sich Joseph als das, was er ist, und steigt empor zum höchsten Rang gleich nach dem Herrscher. Und in genauer Entsprechung steigt in der Heidenwelt, die seine Wundertaten für wahr und wirklich annimmt, Jesus Christus zum höchsten Rang empor, gleich nach dem Herrn. Josephs Herrschaft wird für Ägypten zum Segen. In den sieben üppigen Jahren sorgt er, der große Haushalter, für die sieben mageren Jahre voraus, indem er seine berühmten Silos mit unerschöpflichen Mengen von Weizen anfüllt. In hochgesteigerter Entsprechung handelt Christus, der Weltfürsorger, ebenso, indem er die Silos der Ewigkeit, die Kirchen, mit dem unerschöpflichen Weizenbrot der Eucharistie anfüllt...

Soweit so gut. Denn hier ungefähr halten wir jetzt in der Entsprechungsgeschichte, und wir können nicht einmal genau wissen, ob im Siebenjahr der üppigen oder im Siebenjahr der mageren Kühe, obwohl so manches für letztere Epoche zu sprechen scheint. Die Josephsgeschichte jedoch, oder besser ihre Spiegelung in der christlichen Weltgeschichte, geht weiter, und es dürfte durchaus kein Zufall sein, daß ein großer Schriftsteller unserer Tage sie auf das geistvollste neu beschworen hat. Im Sinne der Entsprechungslehre freilich hat niemand, meines Wissens wenigstens, die Parallele zu Ende geführt, denn was zwischen Christus und Israel noch vorgehen wird, das gehört ja nicht der abgelaufenen, sondern der kommenden Weltgeschichte an. Die Übereinstimmungen der ersten Hälfte der Josephserzählung und der christlichen Geschichte sind jedenfalls so deutlich und ungezwungen, daß man es als eine Art von mechanischer Weissagung gleichsam wagen darf, sie auch für die zweite, noch nicht verwirklichte Hälfte anzuwenden.

Die Bibel erzählt von der großen Hungersnot und Teuerung, die über die ganze Welt kam und von der trotz des Mißwuchses Ägypten allein durch Josephs Weitsicht verschont blieb. Was bedeutet nun diese Hungersnot und Teuerung, wenn wir an der Vergleichung von Joseph und Christus festhalten. Der Notstand ist selbstverständlich geistig gemeint. Die ganze Welt krankt an ungenügender Geistes- und Seelenspeise. Der Hunger des Menschen nach einer höheren Weltdeutung kann durch die vorhandenen naturalistischen Ideologien, das sind die dürren Ideologien des Mißwuchses, nicht gestillt werden. Nur in Ägypten – das bedeutet entsprechenderweise: nur in der Welt, die Christus betreut – gibt es noch Brot. Doch selbst dort wächst das Brot nicht mehr, sondern ist nur aufgehoben. Selbst in seinem eigensten Bereich besteht das Christentum mehr als eine konservierte denn als eine kraftvoll lebendige Macht. Es ist mehr überliefert und wiederholt als erlebt und geglaubt. Immerhin, in der Epoche der vollkommensten Dürre ist die Welt auf die Getreidespeicher Josephs und Jesu Christi, auf die Kirchen, notwendig angewiesen. Aus aller Welt ziehen die Hungernden nach Ägypten, um Brot zu kaufen. Ebenso ziehen aus der nichtchristlichen oder nicht-mehr-christlichen Welt viele Leute zur Kirche, um die vorhandene Geistes- und Seelenspeise sich zu erwerben. Auch Josephs Brüder, die Kinder Jakobs, die Kinder Israels, ziehen auf Geheiß ihres Vaters nach Ägypten, um Brot zu erwerben, damit sie nicht »Hungers sterben«. Der Erzvater hat seinen verlorenen Lieblingssohn nicht vergessen. Die Brüder aber, die Söhne Israels, haben Joseph so gut wie vergessen, oder, moderner gesagt, sie haben ihn ins »Unbewußte verdrängt«. Joseph hingegen, und in Entsprechung Jesus Christus, haben in der Fremde ihre Brüder keinen Augenblick vergessen, die Kinder Jakobs. Beide Teile leiden aneinander. Der bewußtere Teil aber pflegt immer mehr zu leiden als der weniger bewußte. Joseph, obwohl zur höchsten Stelle, zum Gouverneur Ägyptens, erhoben, leidet tief in seinem Innern, wenn er an die Kinder seines Vaters, an die Brüder denkt, an ihre Schuld und an die große Trennung. Und so leidet Jesus Christus, wenn er an Israel denkt. Nur die große Wunde in Josephs Seele erklärt das verschlagenerhabene Komödienspiel, das er zur Strafe mit seinen Brüdern aufführt, ein langes und gefährliches Spiel, ehe er sich zu erkennen gibt und mit bebender Stimme jene bis heute forthallenden Worte spricht: »Ich bin Joseph, euer Bruder«. – Dementsprechend, und zwar immer in geistiger Klimax, wird es zwischen Christus und Israel, wenn die Zeit reif, d. h. dürr genug geworden ist, noch manchen dramatischen Verdruß und ein erhabenes Spiel geben, ehe der erhöhte Bruder den erniedrigten sich zu erkennen gibt und zu ihnen und aus ihnen zu sprechen anhebt: Ich bin Jesus, euer Bruder, der Messias...

Da die erste, vergangene Hälfte der Parallele stimmt, so müßte nach Analogieschluß auch der zweite zukünftige Teil sich erfüllen, und zwar ungefähr so, wie wirs in großen flüchtigen Strichen angedeutet haben. Das interessanteste Detail der Entsprechung müßte sich aber erst nach dem Drama der Erkennung und Wiedervereinigung der Tiefgetrennten enthüllen. Joseph weist seinen Brüdern, wie geschrieben steht, eine eigene Provinz zum Wohnen und Weiden an, das Land Gosen, das zwar unter dem Zepter Ägyptens steht, aber abgesonderter und unabhängiger ist als die eigentlichen Kronländer. Das kann in der gesteigert geistigen Parallele der Entsprechungslehre nichts andres bedeuten als daß Israel zwar als Ganzes in die Kirche seines Messias eingeht, aber nicht aufgeht. Um der Verwandtschaft und Zeugenschaft willen soll es als gesonderte Wesenheit erhalten bleiben, selbst dann noch, wenn es in der Einheit verschwindet.

20

Auserwählung: »Ihr sollt mir sein ein Reich von Priestern, ein heilig Volk« (II. B. Mos. 19/6). Das heißt: Ihr sollt euch unterscheiden! Das heißt: Ihr sollt euch von den andern allen unterscheiden! Das heißt: Ihr sollt euch unterscheiden nicht nur wie sich ein Volk von einem andern unterscheidet! Das heißt: Ihr sollt euch von allen andern gerade in dem unterscheiden, was sie allgemein verbindet!

21

Es ist eines der unerklärlichsten Mysterien der Menschheitsgeschichte, daß die Juden stets die Gefoppten ihrer Fixierungsversuche sind. Im Altertum bereits, lange vor Christi Ankunft, versuchten sie sich ägyptisch, babylonisch, hellenistisch zu fixieren, wovon das Alte Testament beinahe auf jeder Seite handelt. Stets aber wurde ihnen das Kostüm in Fetzen herabgerissen, so daß der blasse, leidende Leib Israels immer wieder durchschimmerte. Die Fixierungsversuche der neuesten Zeit hießen: Aufklärung, Kosmopolitismus, Liberalismus, Sozialismus, Nationalismus. Sie endeten im großen europäisch-polnischen Blutbad. – Es bleiben nur mehr zwei wirkliche Fixierungsmöglichkeiten übrig, zu denen sich auch die jüdischen Kolonnen mit der unverbesserlichen Hartnäckigkeit ausfluchtsuchender Ameisen hindrängen, denn der Mensch muß schließlich leben: Amerikanische Demokratie und russischer Proletarismus. Der Ahnungsvolle schaudert zu denken, daß jenes große Verbot für Israel, etwas andres zu sein als Israel, vor diesen beiden Mächten nicht haltmachen könnte.

22

Die wilde, politische, wissenschaftliche und künstlerische Neuerungssucht der Juden hat ihre Wurzel in der metaphysischen Ungeduld Ahasvers, in seinem brennenden Wunsche, die geschichtliche Zeit möchte schon um sein. Die Juden überstürzen, übersprudeln, überhaspeln sich historisch; deswegen sind sie auch die unmöglichsten Politiker.

23

Gott hat bei der Rollenbesetzung des Heilsdramas nicht gezögert, dem jüdischen Jerusalem den Part des geifernden, keifenden Anklägers zuzuteilen, den Part des bürokratischen Richters und tierischen Henkers aber dem arischen Rom. So bekam jeder unentrinnbar seinen wesensgemäßen Anteil an der Schuld aufgepelzt, und wer von beiden dürfte das Recht usurpieren, sich vor dem andern aufzuspielen?

24

Daß Israel um der Zeugenschaft willen erhalten blieb, das erkannte schon der große Pascal: »Wären die Juden alle bekehrt worden«, schreibt er im Stück 749 der ›Pensées‹, »so hätten wir nur fragwürdige Zeugen. Wären sie aber alle ausgerottet worden, so hätten wir überhaupt keine Zeugen!« Die tiefste Tiefe des Problems aber ermißt nicht einmal Pascal, denn es scheint, sie soll durch Gottes Ratschluß selbst den tiefsten Heidenchristen verschlossen bleiben. Israel – Christum auf Erden durch Leid der Verfolgung und Zerstreuung negativ bezeugend – wird der positive Kronzeuge im letzten Prozeß jenseits der Geschichte sein, wenn die unendliche Vater- und Sohnesliebe Gottes sich endgültig offenbart, denn die Verheißung an Abraham ist nicht aufgehoben.

25

Nach all dem Gesagten könnten einige annehmen, ich prärogiere für Israel einen Adel und eine Ausnahmestellung innerhalb der Menschheit. Das wäre ein arges Mißverständnis. Ich würde niemals das entsprechende hebräische Bibelwort mit »auserwählt« übersetzen, sondern nur mit »ausgesondert«. Freilich, das Verhältnis Gottes zu seinem Volk, und damit ein großer Teil der jüdischen Geschichte, spielt sich in der Sphäre des Mysteriums ab. Der andre Teil jedoch, der sich in der Sphäre der profanen Wirklichkeit abspielt, gibt dem Israeliten keineswegs Anlaß zu Stolz, Hochmut, oder gar Überheblichkeit. Sie sind abtrünnig, sie sind halsstarrig, sie sind verstockt wie nur eh und je zu Mosis Zeit. Kein andres Volk hat sich mit gleicher Bereitwilligkeit so ganz und gar kopfüber in den naturalistisch-nihilistischen Gottesverrat gestürzt wie die Juden. Und schlimmer als das, kein andres Volk hat innerhalb der letzten hundert Jahre den göttlichen Sinn des Lebens so sentimental opportunistisch säkularisiert wie sie. – Wir wissen, daß die übernatürliche Gnade nicht um eines natürlichen Verdienstes wegen erteilt wird. Wir wissen sogar, daß in manchen Fällen die offensichtliche Verdienstlosigkeit eines Individuums fast die Voraussetzung der Gnadenwahl zu sein schien. Die sakrale und die profane Geschichte Israels stehen in dem Verhältnis von Gnade und Verdienstlosigkeit zueinander, bis auf den heutigen Tag.

26

In verschiedenen Communiqués einer jüdischen Partei hört man nun immer öfters den Ausdruck: Das hebräische Volk. Wer Ohren hat, der höre. Die Obertöne jenes Wortes singen: Fort mit Gott! Fort mit unsrer heiligen Geschichte! Fort mit unsrer Schuld! Fort mit unsrer Mission! Fort mit unsrer Aufgehobenheit bis zum letzten Tage! Lasset uns sein wie die Bulgaren, Rumänen oder Albaner, ein kleines Volk unter andern kleinen Völkern. Einst, vor viertausend Jahren, waren wir beduinische Wüstenstämme, die sich Hebräer nannten. Damals hatte Jakob noch nicht mit dem Engel gerungen und den Namen »Israel« für seinen Kampf erhalten, der ihm die Hüfte verrenkte. Genau das wollen wir wieder werden, was unser Stamm einst war, ehe Jakob mit dem Engel rang.

27

Eine der sonderbarsten Vergehungen Israels ist es, daß es durch seine Wesensart und Seinsform aus Christen und Heiden und oft sogar aus Juden die Sünde des Antisemitismus hervorlockt. Dies ist der paradoxe Fall der unbewußten und ungewollten Verführung zum Bösen, zum Zwecke des eigenen Unheils.

28

Wir wissen aus der Hagiographie, daß die Gewährung der Gnade zumeist ausgewogen wird durch eine übermäßige Belastung durch Leid. Gibt es eine größere Leidensgeschichte als die Israels, und ist die Leidenspassion nicht der Humus jener Bäume, für die gesorgt ist, daß sie in den Himmel wachsen?

29

Wenn ich jetzt diese Sätze über Christus und Israel wieder lese, die ich vor acht Jahren (1936) niederschrieb, möchte ich die Augen zupressen und nichts mehr wissen. Zu welch raffinierter Ausweglosigkeit hat Gott jene Geschöpfe verurteilt, deren ewige Bevorzugung er Abraham verheißen hat? Der liberale Weg? Wer schämte sich nicht seiner flachen und falschen Billigkeit? Der nationale Weg? Selbstbetrug und Selbstvernichtung, die radikalste Form der Assimilation, man wird Hebräer, um nicht mehr Jude sein zu müssen! Der orthodoxe Weg? Es gibt keine Rückkehr aus dem Leben in die Erstarrung, und wärs auch eine hochheilige Erstarrung. Der Weg zu Christus? Verstellt durch profane Hemmungen und durch Hemmungen der tieferen Erkenntnis. (Hierin aber habe ich an ein Geheimnis gerührt; ich traue mir die Kraft und Weisheit nicht zu, es gültig zu interpretieren.) Kein Weg! Und doch tut der Gott Abrahams, Isaaks und Jakobs in unserer Zeit an Israel ein Zeichen und Wunder, das die biblischen Vergeltungswunder überschattet. Während einer einzigen Generation hat er den Feind größer gemacht als Pharao, Nebukadnezar und Antiochus zusammengenommen, und ehe diese Generation noch den Tod verkostete, stürzte er den Erzfeind in den Abgrund von Schmach, Hohn und Schmutz wie noch keinen andern, damit sich die Verheißung an Abraham und seinem Samen zumindest im Negativen immer wieder erfülle. Welch ein Triumph, sollte man denken! Welch unermeßlicher Jubel im Herzen dessen, an dem sich die göttliche Verheißung so wunderbar wieder und wieder offenbart hat am heutigen Tage! Aber wie könnte Triumph und Jubel empfinden ein leeräugiger zerzauster Greis, der mit dem Grabscheit in der Hand einherwankt in der Podolischen Steppe, um seine Toten zu finden und zu bestatten?

30

Nur zu der ältesten, durchlebtesten und durchlittensten Seele spricht Gott: Du sollst niemandem und nichts angehören, keiner Parteiung, keiner Mehrheit, keiner Minderheit, keiner Gemeinschaft, und diene sie selbst mir an meinem Altar. Du sollst nicht angehören deinen Eltern, nicht deinem Weibe und deinen Kindern, und so auch nicht deinen Brüdern und Schwestern, nicht denen, welche deine Sprache sprechen und ebensowenig jenen, die eine andre Sprache sprechen, und am allerwenigsten dir selbst. Du sollst nur *mein* sein in deiner Welt. Wie aber könntest du anders mein sein als daß du, in deiner Welt unauffällig lebend wie jeder andre, ihr trotzdem nicht angehörst.

31

Menschliche Beziehungslosigkeit ist das erste psychologische Symptom echter Spiritualität. Ein zweischneidiges Symptom: in der Verleugnung der Liebe Voraussetzung der Hölle, in der Versenkung in den Urgrund Voraussetzung des Himmels.

32

Ein Wegweiser, morsch und windschief, steht an der herbstlichen Straßenkreuzung. Seine rechte ausgestreckte Holzhand deutet ein wenig hinauf, ungenau gegen den wolkenzerwühlten Himmel; seine linke, ermüdete Holzhand deutet ein wenig hinab aufs brache Feld. Sturm und Regenböen umpeitschen ihn.

Er nimmts nicht zur Kenntnis. Er ist ein hartnäckiger Wanderer, der längst schon unterwegs zum Wegweiser erstarrte. Die in der frühen Dämmerung Vorübereilenden werfen ihm einen Blick zu und lesen Namen und Richtung des Ziels, das seine rechte erhobene Weiserhand angibt. Sie werden ans Ziel kommen, das er mit unermüdlichem Eifer zeigt, während er immer schiefer und morscher am Wege stehn wird, bis er eines Tages umfällt. Oder sollte er sich als letzter in Bewegung setzen, um jenen zu folgen, die durch ihn die Richtung zum Ziel kennengelernt haben?

33

Habe Trost, Israel! Märtyrer Du, nicht nur im Sinne der Folterung und Verfolgung Märtyrer, sondern mehr noch im Sinne der Dauer. Israel, der du dich des Martyriums der Dauer schämst und daher, um dein Herz zu verschleiern, den Snob der Aktualität, der Zeitgemäßheit spielst und ein fanatischer Anhänger aller leicht verweslichen Werte geworden bist! Israel, der du die tausendjährigen Leidenszüge in deinem Gesichte verwischen möchtest durch die Arroganz eines rein diesseitigen Moralismus, habe Trost trotzdem. Gott kann eher seine Offenbarung zurücknehmen, ja seine Welt, als die Verheißung an dich. Was für ein lächerlicher Gott auch wäre das, der in all seiner Allwissenheit ein Versprechen gäbe, das zu brechen er schon bereit sein müßte, während ers gibt? Glaube deinen Feinden nicht, wenn sie sagen, daß du entlassen bist wie ein untauglicher Sklave, ein Dienstbote alten Stils, den man Knall und Fall aus dem Hause jagt! Glaubs nicht, Israel! Zwischen deinem Gott und dir bleibt offene Rechnung, und sie wird beglichen werden zu deinen Gunsten, wenn die Gnade dereinst die Summe gezogen hat.

Profane Nachträge

I

Was wir Aberglauben nennen, das ist oft nur das Zittern und Wallen der erwärmten Luft um die aufrechte Flamme des Glaubens.

2

Nur der extrem Ungläubige weiß nichts vom Aberglauben, und meist ist selbst dieser nicht unberührt von ihm. Wie die Seele des Subjekts sich niemals mit dem Bewußtsein des Subjekts völlig deckt, so auch nicht sein Glaube oder Unglaube.

3

Der Sinn der rituellen Bedeckung: irgendein Heliotropismus der geistigen Welt. Sonnenschutz, Tropenhut vor dem Göttlichen.

4

Der primitive Realist ist von allen Träumern derjenige welcher am tiefsten träumt, denn er ist so rettungslos in den Traum seiner vermeintlichen Wirklichkeit verwickelt, daß er gar nicht auf den Gedanken kommt, er träume.

5

Mein Leben! Immer wieder komme ich in eine unbekannte Stadt und bin fremd. Auch im Jenseits werde ich nur ein Zugereister oder Refugié sein!

6

Manchmal ist mir so eigen ums Herz. Sei dir jeder Sekunde bewußt – so mahnt es in mir –, schreib womöglich alles nieder, was du fühlst und siehst; du bist ja nicht ganz aus und in dieser Welt, sondern wie ein Gast verschollener Zeiten. Schwärze deine Beobachtungs- und Empfindungsnuancen als Kontrebande des Ich-weiß-nicht-wo und Ich-weiß-nicht-wann in diese selbstsicheren Tage.

7

Die organische Materie, spät aus der Erstarrung und Erkaltung des Planeten geboren, ist vielleicht ein heiliger Versuch derselben Materie, auf den Umwegen des dunklen Erdenlebens zu einem Lichtleben höherer Potenz als dem der Sonne heimzukehren.

8

Der große historische Exorzismus, der sich Christentum nennt, scheint von Tag zu Tag weiter zurückzuweichen, und die Dämonen sprengen mit schrillem Stimmengewirr die Fesseln.

9

Lucifers Klage

»Die andern Götter, bitte, lassen mich nicht Gott sein.« – »Das ist Künstlerlos, mein Lieber.«

10

Gott hat Menschengestalt angenommen, um diese ad absurdum zu führen, indem er sie zur Glorie erhebt.

11

Der Mensch ist, profan gesehen, ein Übergriff.

12

Das liberale Zeitalter hat die Gleichheit vor der Verwesung mit der Gleichheit vor Gott verwechselt.

13

Die einzige Überlegenheit des Verfolgten ist es, nicht der Verfolger zu sein.

14

Fremdsein ist ein gewaltiges Handwerk, das Fleiß und Fertigkeit fordert.

15

Kein Mensch kann gegen sein eigenes Wunschleben klug sein. Er kann nur so tun als sei ers.

16

Jedem wahren Glauben liegt ein Willensakt zugrunde.

17

Dem Blinden ist die Welt erblindet,
Dem Tauben ist die Welt ertaubt.
So auch an keinen Glauben glaubt,
Wer in sich selbst nicht Glauben findet.

18

Je mehr Leere, je mehr Schnelligkeit.

19

Alles ist nur Metapher. Aber warum leiden Metaphern?

20

Sollten die großen Erkenntnisse aller Genien in Kunst und Wissenschaften vielleicht nur die Einflüsterungen der Uralt-Abgeschiedenen sein, die den lebenden Brüdern mittels der Hellsichtigkeit einiger weniger weiter helfen wollen?

21

Schicksal ist das Negativ der menschlichen Persönlichkeit, retouchiert durch kosmische Einwirkung und göttliches Walten.

22

Religion ist das unaufhörliche Zwiegespräch der Menschheit mit Gott. Kunst ist ihr Selbstgespräch.

23

Gott verzeiht nicht, was die Menschen verzeihen. Die Menschen verzeihen nicht, was Gott verzeiht.

24

Es ist doch merkwürdig, daß jeder flüchtig gemietete Raum, jedes Hotelzimmer, das wir beziehen, sofort das Wesen unsrer eigenen Persönlichkeit annimmt, im Guten und im Schlimmen.

25

Wie vermag ich doch mit einigen wenigen Utensilien auf jedem Schreibtisch im Nu die Unordnung meiner Seele und ihre Ratlosigkeit vor Gott sogleich hinzuzaubern.

26

Nichts wissen von Schiffbruch und Ozean, sondern mit halbgeschlossenen Augen von Planke zu Planke schwimmen, als wärs im Schwimmbassin, das nenne ich Lebenstechnik.

27

Von Zielchen zu Zielchen mit keuchender Brust. Nur das hilft dem Menschen über seine ungeheuerliche Situation hinweg.

28

Alle pazifistischen Ideale werden nach einer kleinen Weile der Sentimentalität verdächtig, da angesichts des allgemeinen natürlichen Todes der Kampf gegen den unnatürlichen Tod immer wieder seinen Wert verlieren muß.

29

Würden wir in jeder menschlichen Beziehung, die wir im Leben eingehen, die uns gesetzte Aufgabe redlich erkennen und furchtlos unser tägliches Versagen ermessen, Wahnsinn wäre noch die gnädigste Folge.

30

Der sicherste Reichtum ist die Armut an Bedürfnissen.

31

Das Aphel und Perihel der Persönlichkeit zu den ewigen Dingen: auch der Gläubige ist manchmal in Sonnennähe zu Christus, manchmal in Sonnenferne.

32

Der nationalistische Rückschritt vom Weltengott zum Stammesgott ist ärger als Atheismus; denn das Nichts erscheint wahrhaftiger als ein Götze.

33

Nation, sagte der weise Radaumacher Graf Sternberg, das ist die abstrakte Zusammenfassung aller eitlen und antipathischen Eigenschaften einer bestimmten Menschengattung, zum Zwecke bewußter Nachahmung dieses Vorbilds.

34

Das Höhere ist nicht zu verallgemeinern. Deshalb ist keine Form menschlicher Gemeinschaft jemals Ausdruck des Höheren. Sie kann bestenfalls demütige Empfängerin des Höheren sein.

35

Dieser Zeit ein guter Rat:
Freund ist mehr als Kamerad.

36

Je mehr Ich, desto mehr Tod. Deshalb ist der Tod der Kreuzigung unausdenklich, weil es so viel Ich in einer einzigen Person in keinem andern als in Jesus gegeben hatte.

37

Was ist jenseits der Welt? Der gesamte Kosmos kann ja nur ein Ausschnitt der Welt sein.

38

Wie leicht ist doch jeder moralische Nihilismus ad absurdum zu führen. Nietzsche zum Beispiel fragt »Was ist gut?« und er gibt selbst zur Antwort: »Tapfer sein, ist gut!« Tapferkeit aber ist doch eine inhaltslose Tugend, es kommt ja einzig und allein darauf an, zu welchem Ziele man tapfer ist; sonst wäre zwischen Held und Gangster kein Unterschied, denn auch der Gangster, der einer Übermacht der Polizisten kämpfend standhält, ist tapfer. Der Verbrecher, der unter Prügeln und kriminalistischen Foltern die Namen seiner Spießgesellen nicht verrät, ist nicht nur tapfer, sondern tapferer zweifellos, als der durchschnittliche Soldat es jemals sein kann, der ja niemals allein im Felde steht. »Gut sein, heißt tapfer sein«, sagt Nietzsche, mit diesen Worten den Nationalsozialismus prologisierend. – Nein! Tapfer sein, heißt gut sein.

39

Demokratie im amerikanischen Sinne fordert, daß jedermann den Weg vom Troglodyten zum Abonnenten der Philharmonischen Konzerte in seiner eigenen Lebenszeit und Laufbahn mit frisch-fröhlicher Nervenlosigkeit zurücklegt.

40

Es ist weniger schlimm für ein Geisteswerk, durch Mißerfolg als durch Erfolg verdunkelt zu werden.

41

Erfolge haben das Naturell von Katzen. Sie kommen nicht, wenn man sie lockt.

42

Erfolge wollen unverdient sein.

43

Vielleicht sind die Planeten, verglichen mit dem rasenden Atomzustand der Materie aller Sonnengestirne, so etwas wie exilierte Materie, gewissermaßen nach Sibirien geschickte Strafkolonien im Kosmos.

44

Dämmerung ist Verwesung des Lichts.
Verwesung ist Dämmerung der Materie.

45

Wie könnten wir sterben, wenn wir nicht unsterblich wären?

46

Für einen Künstler ist es entscheidend, daß er die Kraft besitzt, in die Zeiten hinaus ein Sternbild zu werden, das die kleineren Namen um sich versammelt und auf sich bezieht.

47

Zu Tausend-Und-Einer-Nacht: Wie an jedem großen Dichtwerk, so kann man auch an der Rahmengeschichte von ›Tausend-Und-Einer-Nacht‹ eine erhabene theologische Symbolik nachweisen. – Der König Schahriar ist durch die Untreue seines

Weibes so tief in seinem Wesensnerv getroffen, daß er zur Rache am ganzen Geschlechte jede Nacht ein andres Mädchen heiratet, um es am nächsten Morgen töten zu lassen. Die Eltern im Volke verstecken ihre Töchter vor dem Wüterich. Schahrazade aber, die Tochter des Vezirs, vom Könige eigens, und unbekannt warum, verschont, bietet sich ihm freiwillig dar und rettet ihr und ihrer Schwestern Leben durch die Erzählungen der Tausend-Und-Einen-Nacht, die niemals am Morgen abgeschlossen werden, so daß auch die Neugier des königlichen Zuhörers niemals befriedigt wird.

Dem Vernichtungstrieb der Mannheit, dem Rachedurst des unersättlichen Tatwillens, ist hier entgegengesetzt die höhere List der Kunst, das weibliche Spiel der Phantasie, die das mörderische Prinzip der Weltgeschichte, den blinden wahnbesessenen Realismus, festhält, fesselt und endlich aufhebt. So bändigt einzig die Phantasie den leeren Aktivismus. So schmeichelt einzig der Geist Nacht für Nacht der Vernichtung das Leben ab.

Welch ein Sinnbild des Künstlers: uns Leben erzählen, uns Leben singen!

48

Nichts kann vergangner sein, historisch rührender als ein alter Theaterzettel, der irgendwo auf einer verschollenen Mauer in der Vorstadt eine Monarchie überdauert.

49

Gott ist totale Zeit, i. e. Ewigkeit. Der Satanismus verbirgt sich daher auch in der Anbetung von Zeit-Teilen. Der reaktionäre Satanismus preist die Vergangenheit, der revolutionäre die Zukunft.

50

Der Raum der Kunst liegt in der tiefen Dämmerung, welche gebildet wird vom kosmischen Dunkel mit dem menschlichen Zwielicht.

51

Schon Pascal macht die Unterscheidung von Schriftstellern und Sprechstellern. Er deutet an damit, wie der Sprechbegabte seine Produktivität von den Zuhörern erhält. Dieser, der Sprechbegabte, zieht gleichsam einen Geist aus den Zuhörern, den weder sie besitzen, noch er besitzt. Dem Schriftsteller bleibt solche Zauberei verwehrt. In seiner eisigen Einsamkeit gibt es keine Zuhörer, aus denen sich etwas ziehen ließe. Ihm gegenüber sitzt niemand anderer als die für ihn erreichbare Vorstellung von Vollkommenheit, eine prüde Dame, die zumeist mißbilligend den Kopf schüttelt.

52

Mit ehrfürchtigen Händen nahm ein Gelehrter, etwa des dreizehnten Jahrhunderts, eine Abschrift der ›Äneis‹ in Empfang, die er einer Klosterbibliothek entliehen hatte. Von den ersten Erzeugnissen der Buchdruckerkunst gingen heilige Schauer auf den Leser über, der sich nicht, wie heute, im Bette räkelte, sondern auf hartem Holz und mit klopfendem Herzen vor den schweren Folianten saß. Heute bezahlt man für gut gedruckte Bücher nicht viel mehr als für ein Sandwich oder eine Flasche Bier. Verbreitung des Geistes und Fortschritt? Gewiß! Aber ist dieser Fortschritt nicht ebenso ein Niedergang? Lesen fordert Anstrengung und Sammlung. Warum soll man sich für so geringe Kosten anstrengen und sammeln? Unter dem Widerspruch zwischen Preis und Wert leidet immer nur der Wert. Die Kunst des Lesens ist heute schon viel seltener geworden als die Kunst des Schreibens.

53

Vielleicht ist eine neue Bilderschrift im Entstehen begriffen, die den Leuten die Mühe abnehmen soll, die Buchstaben des Alphabets in ihrem Geiste zu einem Gedanken oder zu einer Geschichte zusammenzulesen. Der Film vermittelt Emotionen ohne den Umweg der Begriffe. Ein neuer Primitivismus steht vor der Türe. Neue demotische Hieroglyphen, eine unwissende Kinderangst vor dem Abstrakten.

54

Wer zu langsam oder zu schnell liest, sagt Pascal, wird nichts verstehen. Er hat damit den Leser des zwanzigsten Jahrhunderts charakterisiert.

55

Mensch sein heißt, dem Leben ein Gleichnis entgegensetzen.

56

Nüchternheit in der Literatur? Ja! Aber sie muß wie drainiertes Land sein, das den Gewässern der Leidenschaft abgewonnen ist.

57

Wehe dem Revolutionär, der nicht weiß, daß die Fronten des notwendigen Aufruhrs unaufhörlich wechseln, und damit auch die Ziele für seine Waffe.

58

Tod ist gefrorene Zeit. Zeit ist geschmolzener Tod.

59

In der Pointe bricht die Sprache der Wahrheit die Spitze ab.

60

Der Sieg der wissenschaftlichen Geistesverfassung liegt in dem Umstande beschlossen, daß diese jegliches Schuldgefühl ausschaltet.

61

Die Frauen sind wie die solidesten Sparkassen. In ihnen verzinsen sich die schlechten Gewohnheiten, Eigenschaften und Meinungen der Männer, mit denen sie gelebt haben, zu einem erstaunlich hohen und sicheren Prozentsatz.

62

Da gehen sie hin, diese gebrechlichen Heinzelmännchen, mit der Laterne am Gürtel – die jüdische Nase nicht ganz symmetrisch inmitten des Gesichts – und einen Riesenkorb auf dem Buckel, und rufen: »Nur her mit der ganzen Last der Menschheit! Wir wollen sie schon schleppen«, und haben doch kaum noch die Kraft, sich sterbend in einen feuchten Winkel zu schleppen und zwischen den dicken Lidern sehnsüchtig hervorzublinzeln, ob nicht irgendeine zugetane Hand sie doch noch flüchtig berühren möge.

63

Wer älter wird, ist versucht, die Menschen einzuteilen in solche, die ihn verabscheuen, weil sie ihn brauchen, und solche, die ihn verachten, weil sie ihn nicht brauchen.

64

Recht ist der Schutz des Menschen vor dem Menschen durch den Menschen um Gottes willen.

65

Nur der moderne Refugié erlebt, was es heißt, aus der Mausefalle der Gefangenschaft in die Mausefalle der Freiheit zu geraten.

66

M a t e r i a l i s t i s c h e G e s c h i c h t s p h i l o s o p h i e : Was? Ist es möglich, der Zug geht wirklich? Ja! Nur der Fahrplan war total falsch.

67

Wie geht es Ihnen? How do you do? Diese Grüßform beweist, daß es der Menschheit hundsmiserabel geht. Denn nur einem Kranken stellt man diese ärztliche Frage bei jeder Begegnung.

68

Ich trage einen Panzer aus meinen Narben. Sie werden immer dichter und horniger. Wenn ichs erleben sollte, werde ich nächstens schon unverwundbar sein.

69

Nur der Anachronismus hat eine Chance, die Epoche zu überdauern.

70

Erlebt man den kommerziellen Nudismus und den nuden Kommerzialismus in seiner ganzen unschuldigen Un-Verschämtheit und Schamlosigkeit, dann erkennt man erst recht, welche alten und verfeinerten Kulturwerte in der Prüderie und Heuchelei verborgen liegen!

71

Die nackte Wahrheit, die »nuda veritas« ist die Hurenbraut des Barbaren. Die Kultur beginnt genau damit, daß man etwas zu verstecken hat, d. h. mit dem Bewußtwerden der Erbsünde. (Adams Feigenblatt ist das erste Kulturdokument.) Der Rückfall in die Barbarei aber beginnt genau damit, daß man das Versteckte wieder zu entdecken beginnt, das heißt mit der Psychologie.

72

Die Scham, die Verschämtheit ist das sichere Thermometer, an dem man die erotische Potenz einer Person, einer Gesellschaft, einer Epoche ablesen kann. Je höher die Quecksilbersäule der Scham steigt, desto heißer und echter der Trieb. Der moderne

Körperkult ist die Erfindung von eiskalten, unbegnadeten, unerotischen, amusischen Völkern, deren Grund-Erregung »Kaufen und Verkaufen« alle anderen Erregungen übertrifft.

73

Der tiefste Antrieb Satans und damit aller Satanisten (die modernen Intellektuellen im Durchschnitt) ist der Snobismus. Eins hat Satan auch wirklich zustande gebracht. Er ist eleganter als Gott. Davon hatte die verschlagene scholastische Theologie bereits gute Kunde, denn sie bezeichnet den Existenzzustand Satans und seiner Höllenbrut mit dem wunderbaren, beinahe byronesken Ausdruck: »Negative Verklärung!«

74

Im Zuge der geschichtlichen Dialektik geschieht es zuweilen, daß Satans Eleganz, seine Negative Verklärung, blaß wird. Dann tritt der paradoxe Zustand ein, daß Gott zum Ziel des satanistischen Snobismus wird, daß der Satanist Gott zu bejahen scheint; eine ganz vertrackte Form der Blasphemie.

75

Die naturalistische Epoche, deren politisches Glaubensbekenntnis überall im sozialistischen Nationalismus lag, hat dem Individuum anempfohlen: »Mensch, sei du selbst!« – Die nächste, die heranmorgende Epoche, für die noch kein Name gefunden ist, die aber zur Vereinigung großer Komplexe hinstrebt, schickt sich an zu lehren: »Mensch, sei du selbst und dein Gegensatz.« Das ist eine hohe Lehre, die das geschwächte Christentum vielleicht neu inthronisieren wird.

76

Beredsamkeit, syntaktische Geschicklichkeit, geschmeidige Sprachbeherrschung, erregt durchaus nicht unsere Bewunderung, sondern vielmehr unsere Verlegenheit, als wäre man Zeuge einer käuflichen Unkeuschheit.

77

Die wahre »gute Gesellschaft« liegt immer nur in der Vergangenheit oder in der Zukunft.

78

Erhöht der Frack den Kellner? Oder erniedrigt der Kellner den Frack?

79

Anläßlich eines Mauseblicks

Die Maus hat mich eine schlaflose Nacht gekostet. Gott weiß, wie sie in den ersten Stock und in mein Zimmer kam. Durch die Türe, aus der Heizung, aus dem Wasserrohr. Mit ihrem scharfen Geraschel und eiligen Gehusche war sie unabwendbar da, sobald ich das Licht gelöscht hatte. Dann und wann hörte ich sie von einem erhöhten Standpunkt auf den Steinboden niederplumpsen. Ein unangenehmer Laut. Ich war müde und verzweifelt. Die Maus aber ließ sich nicht beschwören. Sie unterbrach ihre Arbeit nicht. Ich schaltete das Licht ein und schaltete es aus, wohl dreißigmal in diesen Stunden, um dem Tier seinen Aufenthalt in meinem Zimmer zu vergällen; ich stand sogar, so müde ich war, aus dem Bette auf, um ihm die Tür zur Flucht zu öffnen. Doch all das half nichts. Die fleißige Maus dachte nicht daran, sich von mir schrecken zu lassen und den Lebenskampf so billig aufzugeben. Hatte ich Licht gemacht, so trat sofort eine harmlos tückische Stille ein. Wurde es wieder finster, so begann unvermittelt von neuem das rege Geraschel, als habe jemand einen Papierkorb umgestürzt und wühle darin mit leichten, diplomatisch wohlerzogenen und flüchtigen Spionenfingern. Erst gegen zwei Uhr fiel mir ein, daß auf dem kleinen Tische unweit meines Bettes ein paar Mentholbonbons lagen, wie ich sie gegen meine unstillbare Tabakssucht zu verwenden pflege. Ich machte Licht, stand wieder auf und besah den Tisch. Kein Zweifel! Einige von den Pastillen fehlten. Die emsige Maus hatte sie verschleppt, um ihre Brut damit zu nähren. Ein Mausvater also, dachte ich, ein Hausvater! Ich versteckte listig das scharfe Zukkerzeug in der Schublade, hoffend, das erbarmungslos geschäftige Nagetier werde in Ermanglung dieser süßen Nährmittel seinen Kampf ums Dasein in die Nachbarschaft verlegen. Diese Hoffnung freilich täuschte. Das Geraschel im Dunkel wurde nur noch reger, nur noch rascher, nur noch schärfer vor plötzlicher Ratlosigkeit. Es drang als eine Stakkatomusik des zähesten Lebenswillens auf meine übermüdeten Sinne von allen Seiten ein. Jetzt wars dicht neben mir, jetzt wars am andern Ende des Zimmers auf dem Bücherbrett; immer wieder aber kehrte es zu dem kleinen Tisch zurück, rasend beinahe vor Enttäuschung und gereizter Erinnerung. Nichts hatte ich jemals vernommen, was sich mit der Unnachgiebigkeit dieses sorgenden Hin und Her und Her und Hin könnte zutreffend vergleichen lassen. Es mag wahrscheinlich komisch klingen, aber ich fühlte überdeutlich die besondere, die starke, die einmalige Persönlichkeit dieser Maus.

Da beschloß ich, die Persönlichkeit der Maus zu stellen, sie auf der frischen Tat zu ertappen, sie mit tückischer List sichtbar zu machen. Lautlos langsam näherte ich meine Hand dem Lichtschalter und drehte jäh auf. Der Überfall gelang vollkommen. Das übertölpelte Tier stand aufrecht am Tischbein, das es gerade hatte zum hundertsten Male erklettern wollen, obwohl die Glätte des Holzes es so oft zurückwarf. Nun aber glitt die Maus zu Boden und kauerte sich erschrocken dicht an dem Tischbein zusammen, als könne dieses ihr Schutz gewähren. Die Maus floh nicht. Vermutlich verließen sie in dieser Sekunde, nach so vielen Stunden der Anstrengung, die erschöpften Kräfte. Ich näherte ihr langsam und unerbittlich meinen Kopf. Die gebannte Maus rührte sich nicht. Sie sah mich an mit ihren ernsten, aufmerksamen und beinahe philosophischen Mausaugen. Es waren die Augen eines Wesens, überdies, das sich ertappt fühlt bei einer nicht ganz lauteren Art des Erwerbs.

Wenn man solche Dinge ausspricht, erscheinen sie sehr leicht übertrieben. Aber es war wirklich so, oder es wurde wirklich so, nach einigen Sekunden gegenseitigen Anstarrens: aus dem erschreckend intelligenten Mauseblick betrachtete mich die Einheit alles Lebens und die unfaßbar metaphysische Armut aller irdischen Kreatur. Menschenblicke haben das nie, diese Tiefe und Todesbereitschaft. Hundeblicke sind trotz aller abgründiger Trauer immer nur Hundeblicke. Sie haben die echte Trauer, aber sie simulieren sie zugleich, mittels ihrer um das Wohlwollen des Menschen werbend. Meine Maus war aber nur bedingtermaßen ein Haustier. Sie war eher ein graues Hausierertier, das nur in zudringlichen Geschäften von unten her nächtlicherweise ins Haus drang. Sie machte mir und sich nichts vor. Sie kannte die ganze Grausamkeit der Erde, ohne die Lüge des Glaubens an irgendeine Schonung. Sie erwartete von mir nichts andres, als was sie von einer Katze in mehrfacher Vergrößerung zu erwarten gehabt hätte: den Tod! das Ende! Die Einheit alles Lebens und die Armut aller Kreatur starrte mich aus diesen winzigen Hausiereräuglein voll gefaßter Klugheit an, die klar zu mir sprach. Ich verstand sie. Alle Übersetzungskunst ist schwer. Wie schwer aber ist es, die Aussage eines Mauseblicks in menschliche Worte zu übersetzen, wie etwa diese:

»Sie sehen doch, daß ich verloren bin, daß ich meine Beine nicht rühren kann. Worauf warten Sie noch, Monsieur? (Die Szene spielt in Frankreich, und die Maus ist natürlich eine französische Maus.) Es ist Ihnen gelungen, durch Lautlosigkeit, plötzliches Licht und langsame Annäherung Ihres gigantischen Gesichtes den schwachen Punkt im Nervensystem der Mäuse zu treffen und meine sonst so flinke und frische Entschlußkraft magnetisch zu lähmen. Ihr Zimmer, Monsieur, war für mich eine prächtige Arbeitsstätte. So viel nagbares Papier, wenn auch der Nährwert dieses Materials nicht groß ist und die Beschriftetheit es oft giftig macht. Aber dann diese betäubenden Süßigkeiten. Sie haben mich um meine helle Vernunft gebracht und zu schwerer Unvorsichtigkeit verleitet. Da hab ichs nun. Glücklicherweise konnte ich noch ein wenig für die Unsrigen zur Seite bringen. Jetzt ist es Herbst, und alles rückt wieder vom freien, ernährenden Lande in die Hausbezirke ein, so auch die gesamte Mausheit. Der Regen fällt Tag und Nacht. Das Kanalsystem, in dem wir uns aufhalten, hat Hochwasser. Der Lebensraum ist uns genommen, die alljährliche Hungersnot bricht an. Nur der unerschrockensten Tüchtigkeit gelingt es dann durch unmögliche Ritzen, Löcher und Gänge in ein freundliches Zimmer zu gelangen, wie es das Ihrige ist. Da hat man plötzlich alles Nötige um sich und findet wieder Arbeit... Warum solch ein Wesen wie ich lebt, das weiß ich nicht. Sie dürften es vermutlich besser wissen, bei Ihrem gigantischen Kopf. Ich weiß nur, daß mein Leben, was immer es sei, Arbeit heißt. Was könnte mehr der Inbegriff harter Arbeit sein als Fraß finden oder gar Fraß schaffen. Das Leben ist meiner Erfahrung nichts andres als der unermüdliche Drang, für sich und die Seinigen Fraß zu finden oder Fraß zu schaffen, demgemäß also Arbeit, Arbeit, Arbeit bis zum letzten Augenblick. Haben Sie eine andre Erfahrung davon, Monsieur? Ich glaube, mir hat die Arbeit dieser Nacht den Garaus gemacht. Was wollen Sie, der Fund war zu überwältigend. Nach wochenlangen Entbehrungen diese Süßigkeiten... So, und wann werden Sie nun zuschlagen? Bemerken Sie nicht, Monsieur, daß ich mich völlig aufgegeben habe und mit Qualen auf Ihren Mordschlag warte?«

Nein, diese Übersetzung des Mauseblicks ins Menschenwort ist sogar schlechter als Übersetzungen im allgemeinen sind. Doch ich schmeichle mir, jede andre Übersetzung des Mauseblicks wäre ebenso schlecht, denn die Einheit des Lebens und die Armut der Kreatur läßt sich in Sprache nicht übersetzen. Die

Maus und ich sahen uns eine Weile lang in die so verschiedenen und doch so ähnlichen Augen, und unsre ähnlichen und doch so verschiedenen Seelen berührten einander auf wechselseitig schreckhaft erstaunte Art.

Da machte ich selbst eine heftige und gequälte Bewegung, um die Maus zu entlassen. Sie verschwand wie ein Blitz in irgendein Nichts. Sofort aber, nachdem ich wiederum das Licht ausgelöscht hatte, nahm sie mit unnachgiebiger Zähigkeit ihr sorgendes Hin und Her und Her und Hin von neuem auf, als wollte sie mir damit beweisen, daß keine Philosophie aufs praktische Leben anwendbar sei. Diesmal ergab ich mich ihrer starken Persönlichkeit, beschloß jedoch schon im Einschlafen, am nächsten Tage eine Mausefalle anzuschaffen.

80

Oh, wie ist mein Auge der Fröhlichkeit zweier kleiner Mädchen dankbar, die zum Radioton einen Tanz improvisieren! Wie glüht mein Lebensgefühl auf beim Anblick eines Balls blutroten Garns...

81

Warum sterben die Völker so leicht für eine Macht- und Herrschaftsidee, die sie nichts angeht? Warum ist noch keines für eine höhere Erkenntnis gestorben oder für ein Sonett?

82

Des Menschen Zeit, des Lebens Spanne, ist immer Galgenfrist. Nur die Kinder schwimmen, strampeln und jubeln in dem dünnen Rinnsal dieser Frist, als wär sie ein weiter tiefer blauer Bergsee. Das unbedingte psychologische Unsterblichkeitsgefühl der Kinderzeit geht auf einen noch unerkannten Gnadenakt Gottes zurück, der darin seine besondere auszeichnende Liebe zum état d'enfance, zum Stand der Kindheit offenbart, dieselbe Liebe, die sich in dem Herrenwort ausdrückt: Lasset die Kinder zu mir kommen.

83

Die Maler verwenden gewisse Kunstgriffe, um ihren Bildern cachet und Präsentabilität zu geben, wie gut oder schlecht diese immer sein mögen: Firnis, Glasur, Glanz oder Mattigkeit, je nachdem, vor allem aber ein schöner Rahmen, der das Bild aus der öden Wirklichkeit der Wand herausschneidet und es in ein Fenster verwandelt, in dem gleichsam die besonnte Landschaft der Ewigkeit wandellos stecken bleibt. Was tuts, wenn die Perspektive nicht ganz richtig ist und die Schatten nicht völlig stimmen auf dieser Landschaft; der Rahmen hilft über manches Gebrechen hinweg, ohne daß der Betrachter dessen bewußt wird. – Die Geschichte handelt ähnlich wie ein Maler. Sie stellt eine ganze Epoche hinter den Rahmen eines Namens. Sie sagt »Gotik« zum Beispiel, oder »Barock«, »Klassik« oder »Romantik«, und wie durch einen Zauberschlag werden die Gebrechen der jeweiligen Epoche, ihre falschen Perspektiven, zu Stilisierungen, das heißt zu Absichten. Somit können auch wir hoffen, daß die Geschichte unserer Epoche einen Namen und Rahmen geben wird, der die überaus schweren Gebrechen unsrer Werke als Stilisierungen und Geheimabsichten höflich umdeutet.

84

Es gibt Menschen, die immer die Gebenden sein möchten und es niemals zustande bringen, die Nehmenden zu sein. Diese Unfähigkeit, zu nehmen, ist vielleicht die verletzendste menschliche Hochmut. Selbstverständlich ist Geben seliger denn Nehmen. Denn indem einer nimmt, macht er das freimütige und noble Geständnis, ein Bedürftiger zu sein, ein Schwacher, ein Bettler...

85

Zwischen Reden und Zuhören besteht ein ähnliches Verhältnis wie zwischen Geben und Nehmen. Natürlich ist Reden seliger denn Zuhören. Wie selbsterhebend plappert sichs gar, wenn man nichts zu sagen hat. Und niemand schweigt feindseliger und hört gekränkter zu als ein Hohlkopf.

86

Den echten Edelmann kennzeichnet weniger die Art wie er Ehren entgegenzunehmen weiß, als wie er Ehren auszuteilen versteht.

87

Der Journalist ist ein Extravertierter, der alles weiß, was geschrieben steht, obwohl er nichts gelesen hat. Der Literat ist ein Introvertierter, der nichts weiß, was geschrieben steht, obwohl er alles gelesen hat.

88

Der Snobismus ist eine geistige Spielart des Parricidiums, des Elternmords (durch Verleugnung). Zugleich aber ist er, wie jede Äußerung des Satanismus, ein verderbter, ein in Fäulnis übergegangener Wert, nämlich der pervertierte Drang zum Höheren.

89

Die Welterklärung ex posteriori, auf der aller Positivismus beruht, ist eine der siegreichsten Einflüsterungen des Teufels. Warum? Weil ihre schlagende Beweiskraft in nichts andrem besteht als in der einfachsten aller Kategorien, im Satz der Identität: X ist gleich X, zum Beispiel: »Ein Volk ist das Produkt seiner Geographie« – »Das Individuum wird durch sein Milieu bestimmt« – »Die politischen Ziele einer Gruppe hängen von ihrem ökonomischen Bedürfnis ab« – »Der Elefant besitzt seine Elefantenhaut deshalb, weil er ihrer bedarf, um durch den Dschungel zu brechen, ohne verletzt zu werden« – usw. Der teleologische Schlüssel sperrt für den Dummkopf jegliche Tür auf, auch die geheimste. Dem Teufel gelingt es durch diese bündige ex posteriori-Einflüsterung die Frage nach dem großen a priori wegzueskamotieren, die Frage nach dem Schöpfungsakt, nach dem Proton Kinoun, nach Gott. Das ununterbrochene Innewerden dieser Frage jedoch allein ist Geistigkeit.

90

Nur der Kranke, der sie nicht mehr besitzt, kann die niederwälzende Kraft ermessen, welche von jenem sinnlosen, stundenlangen, wechselseitigen Sichwichtigmachen verschlungen wird, das man als »geselliges Leben« zu bezeichnen pflegt: Ein Konzert, das Taube einander gleichzeitig mit wüstem Lärm geben, Taube, die nicht wissen, daß sie taub sind, weil sie sich selbst hören können.

91

Ich träume davon, daß eine lange Krankheit folgenden Sinn hat: Gott übt mit uns das Sterben ein. Wie die Schauspieler erscheinen wir täglich zur Probe und wiederholen unter der verständigen, aber hartnäckigen Leitung unsres Regisseurs Atemnot und Herzschwäche und Bluthusten, bis wir völlig sicher sind in unserm Text und uns fortan kein Lampenfieber droht und wir diese ganze Misere nicht mehr fürchten.

92

Tiefes Schuldgefühl, wenn man einen Kranken »aufgibt«. Es ist als ob man sich plötzlich entschlösse, die Briefe eines schutzflehenden Freundes nicht mehr zu beantworten, schlimmer noch, die Hilferufe eines Ertrinkenden nicht mehr zu hören. Einen Kranken aufgeben, das ist wie Töten vor dem Tod.

93

Die mystische Prüfung, welcher der Mensch durch den Todes-Augenblick unterworfen wird, besteht in einer irdisch ganz unfaßbaren Einsamkeit und Verlassenheit, die seine Seele zu durchschreiten hat, wahrscheinlich zum Zwecke ihrer übernatürlichen Kräftigung.

94

»Wenn ihr nicht werdet wie die Kinder...« Am ehesten noch werden wirs in tiefer Nacht, vor dem Einschlafen, da wir am entferntesten sind von unserem Berufs- und Utilitätsleben. Diese Spanne sollte jedermann, der es vermag, dazu verwenden, sich recht herzlich einzuschmiegen in das Sicherheits- und Hingabe-Gefühl: Gott.

95

Gott ist zu groß als daß die menschliche Sprache sein Dasein beweisen könnte. Seine Haupteigenschaft, die Allgüte, beweist die Kreatur durch sich selbst, indem sie trotz Schrecken, Siechtum, Leid und Tod lieber *ist* als *nicht ist*.

96

Der Quell hat zwei Freudenwünsche: daß man von ihm trinke und daß man ihn anschaue beim Trinken.

97

Was wir Tageslicht nennen, ist nur eine Nuance des kosmischen Dunkels... Somit wäre die unfaßbare Finsternis, besser das dichte Nicht-Licht in den Räumen jenseits aller Himmelskörper, die Grundfarbe der hiesigen Welt in ihrem weitesten Sinne.

98

Snobs verachten die Sentimentalität. Unter diesem Worte verstehn sie meist die ritterliche Ehrerbietung, die der Starke seiner Herkunft um so zarter entgegenbringt, je dunkler und unscheinbarer sie ist.

99

Das echte Talent erkennt man weniger in seinen erstaunlichen Anlagen als in der selbstlosen Fähigkeit, die überlegene Leistung eines andern glühend zu verehren. Das ist die Noblesse der Ebenbürtigkeit. Möge es auch eitel sein, das Talent, es läßt sich nicht verblenden. Sein schmerzlich waches Unterscheidungsvermögen für Wertgrade ist der Stab, an dem es höherklimmt. Der unrettbare Dilettant hingegen verrät sich in der ahnungslosen Freiheit, mit welcher er selbst berauscht, selbstzufrieden und selbstbeschränkt ist.

100

Wenn von einem Wunder die Rede ist, so empfindet der größere Teil der Anwesenden nicht nur heftigen Unglauben, sondern Abneigung bis zum Ekel bei dem Gedanken, es könnte sich in der Tat so etwas wie ein übernatürliches Ereignis innerhalb der gesicherten Wirklichkeit begeben haben. Der kleinere Teil der Gesellschaft jedoch empfindet den brennenden, ja beinahe betörenden Wunsch, es möchte sich endlich doch so etwas begeben haben wie ein Mirakel, das die Natur durchbricht. Hierin liegt ein psychologisch nicht tief genug einzuschätzender Einteilungsgrund der menschlichen Seelen. Man darf aber nicht vergessen, daß beide Teile bereit sind, je im Sinne ihrer Abneigung oder heimlichen Hoffnung eine fraus pia aut impia, einen jeweils frommen oder unfrommen Schwindel zu riskieren.

101

Auf dem Gebiete des Religiösen gibt es keine Kompromisse und Halbheiten. Die radikalste Entscheidung ist die einzig mögliche. Man kann nicht – was so viele der guten Leute möchten – den Versuch machen, die Wissenschaft dem Glauben anzupassen, oder umgekehrt. Man muß sich, eingedenk des Scheidewegs und beider Ziele, rückhaltlos zum Atheismus entschließen oder zum Offenbarungsglauben. Alles dazwischen ist recht eigentlich bodenlos, und da es vor den letzten Konsequenzen zurückschrickt, auch unaufrichtig. Allerdings, dieses »dazwischen« ist genau der Raum, in dem der Mensch heute lebt.

102

Der geometrische Ort, wo Parallelen sich schneiden, Gegensätze keine sind, der Tor bekehrt und der Schurke gebessert wird, liegt nicht im Unendlichen, sondern in der poetischen Komödie, einer Form des Schauspiels, für die wir die Kultiviertheit verloren haben.

103

Jene Macht im Menschen, die sich Geist nennt, versucht es durch alle Arten der Beeinflussung zu verhindern, daß er sich zu Hause fühle auf Erden. Die Wissenschaft tut das Gegenteil. In oberflächlichem Widerspruch wäre somit die Wissenschaft der Ungeist in geistiger Verkleidung. In Wirklichkeit ist aber auch sie eine übernatürliche Hilfe. Luzifer, der Lichtbringer, als unbewußter Angestellter Gottes, der des Menschen Aufenthalt in der Paradoxie erleichtern soll.

104

An mancher Wissenschaft, wie z. B. an der modernen Psychologie, kann man den satanistischen Antrieb mit Leichtigkeit aufdecken. Diese Art Wissenschaft ist meist nur eine tautologische Operation, die den gewöhnlichen Ausdruck für eine bekannte Tatsache durch ernüchternde und entwertende Fremdworte ersetzt. So las ich jüngst in einer solchen »Psychologie« anstatt des einfachen Wortes »weiblich« den terminologischen Galimathias: »Die passiv masochistische Grundhaltung der normalen Feminität«. Der Teufel lacht...

105

Die Stimme der meisten Prediger und Gottesmänner auf den verschiedenen Wellenlängen des Radios entspricht trotz der thematischen Umkehrung genau dem ordinären Nihilismus der modernen Massen, an die sie sich wenden. Schon an dem Schatten, den ihre Stimme wirft, erkennt man, daß sie weder glauben können noch auch beten. Eines aber können sie: Gott anöden mit ihrem salbungsvollen Reklameton, der unheimlich auswechselbar ist für Jesus oder Listerinmundwasser.

106

Der Nationalismus als häretische Religion beruht auf der Irrlehre, daß Völker eine Seele besitzen und daß diese dauernder, sozusagen »ewiger« sei als die des Individuums. Die echte Religion hingegen verkündet als grundlegende Wahrheit, daß nur das Individuum eine Seele besitze, die auf Ewigkeit und Unsterblichkeit Anspruch erheben kann, nicht hingegen irgendeine mechanische Quantität oder Summe von Individuen, sie seien vereinigt unter welch ehrwürdigem Naturgrund auch immer. Ausgenommen ist nur eine Quantität oder Summe von Individuen, die mystische des Corpus Christi. Diese aber ist reines Individuum schlechthin. Völker hingegen sind lediglich in der falschen Perspektive des Romantizismus Individuen und als solche dauernd. In Wirklichkeit aber hat zum Beispiel dieselbe Bauernfamilie in einem Alpental im Laufe der Jahrtausende zwanzig und mehr Völkern angehört, die wieder verschwunden sind, während sie dablieb und ihr mageres Korn auf demselben steinichten Acker weiterbaute. Nationen, ja selbst Sprachen sind, wie dieses Beispiel schlüssig erweist, nur Hüllen und Kostüme, die der Mensch anzieht und wieder ablegt, wenn ihre Zeit um ist.

107

Wär ich ein Apfel, ich würde mich bemühen, weit vom Stamme zu fallen.

108

Was in der Wirklichkeit wahr ist, das ist im Kunstwerk noch lange eine Lüge.

109

Die Wahrscheinlichkeit in einem Buch ist Voraussetzung der Wahrheit, nicht aber diese selbst.

110

Die verwerflichsten Worte, die ein Mensch sprechen kann aus der kreatürlichen Angst vor Denken und Fühlen: »Ich bin zu dumm dazu«, oder »Ich habe keinen Kopf dafür«. Das bequeme Verharren in der Niedrigkeit ist niedriger als diese Niedrigkeit selbst.

111

Geistige Stumpfheit ist eine Schuld, selbst dort, wo sie eine Eigenschaft ist. Sie ist nämlich meist eine Abwehr und ein vertracktes Sich-Dummstellen. Der geistig Stumpfe ist ein pfiffiger Schlaumeier, der seine Fensterläden am Morgen nicht öffnet, um sich nicht in die Unkosten eines blauen Tages zu stürzen.

112

Der seltene Gegensatz der dolosen Niedrigkeit (geistige Stumpfheit) ist die erzwungene Höhe. Ich habe einen gekannt, der daran zugrundeging, daß er sich eine echte Problematik anmaßte, die er gar nicht nötig hatte, die ihn aber an die Grenzen der Menschheit geraten ließ, wo er erfror.

113

Wehe dem Menschen, dem ungläubigen und dem gläubigen, an dem im Geistigen nicht mehr zu rütteln ist. Jeder zur kalten Sicherheit Erstarrte ist des Teufels, schlimmer, er ist ein Politiker. Unter Umständen kann eine verzweifelte Gotteslästerung heiliger sein als ein Gottesdienst.

114

Wir finden für unsre eigenen Erfolge und Mißerfolge stets eine ehrenvolle Erklärung, während die andern Menschen, darunter sogar unsre Nächsten, diese unsre Erfolge oder Mißerfolge meist in abschätziger Weise zu interpretieren pflegen. Selbstbetrug und Mißgunst sind die Brennpunkte der gesellschaftlichen Ellipse, die wir in unserer Laufbahn immer wieder durcheilen.

115

Sein Herz (im Sinne der Caritas) war gar nicht so gut, daß sein Herz (im Sinne des Muskels) plötzlich so schlecht werden mußte.

116

Den tröstlichsten religiösen Grundsatz, den ich kenne, hat einer der Väter der hebräischen Mischna gesprochen: Bereue am Tage vor deinem Tode. Vielleicht hab ich noch viel Zeit. Und vierundzwanzig Stunden Reue genügen. Vielleicht genügen zwölf Stunden, wenn der Tod in der Nacht erfolgt. Vielleicht genügen zwölf Minuten... In Christo freilich genügt eine Sekunde.

117

Die Sprachen sind nicht nur der Ausdruck derer, die sie sprechen, sondern zugleich auch die geheime Wahrheit über diese selbst. Sie sind die Steckbriefe, welche die Völker bis ans Ende ihrer Geschichte begleiten. Eine echte Sprachphilosophie müßte diese Steckbriefe zu lesen verstehn. Ein Beispiel: in den romanischen Sprachen ist »Tod« weiblich, im Germanischen männlich. Umgekehrt ist »Liebe« im Germanischen weiblich, im Romanischen männlich. Zwischen der romanischen Liebe (l'amore) und dem romanischen Tode (la morte) steht nichts als das ewige Kreuz des Buchstabens t. Der kriegerische Tod der Germanen hingegen ist Nachbar der Tat.

118

Das sogenannte kritisch-voraussetzungslose, das wissenschaftliche Denken hat trotz allem die Sprache zur Voraussetzung. Es gibt eine nihilistische Schule, die aus diesem Grunde für das wissenschaftliche Denken die Wortsprache durch eine mathematische Symbolsprache ersetzen will. Aber was hilfts? Man kommt aus dem Zirkel der Bedingtheit nicht heraus, wenn man eine Symbolik durch die andre ablöst. Sprache, i. e. Ausdruck durch Gleichsetzung, ist alles. In diesem Sinne ist die Metaphysik nicht weniger exakt als die Mathematik.

119

Ein Hauptprinzip der historisch-materialistischen Ästhetik: »Kunst soll eine der gesellschaftlichen Waffen sein, welche die Wirklichkeit des Menschen verändert.« Betrachten wir dieses Prinzip oder besser, diese Forschung auf ihren Wahrheitsgehalt: entweder wird die Wirklichkeit als menschliches Phänomen immer veränderungsbedürftig sein, dann jedoch ist die Forderung nach Tendenzkunst sinnlos, da diese Kunst nur helfen würde, einen ungenügenden Zustand durch einen anderen ungenügenden Zustand zu ersetzen und zwar in infinitum. Oder aber führt die marxistische Revolution, was sie von sich behauptet und behaupten muß wie jede Revolution, den höchstmöglichen Zustand gesellschaftlichen Glücks herauf, dann freilich ist jenes Hauptprinzip der historisch-materialistischen Ästhetik (die wirklichkeitsverändernde Kunst) nicht nur sinnlos, sondern staatsgefährlich, weil gegen den erreichten Glückszustand gerichtet, und der veränderungsfreudige Künstler gehört in den Kotter oder an den Galgen, die er ja, wie der Weltlauf der letzten Jahrzehnte lehrt, beide kennengelernt hat, wenn ers nicht vorzog, als ein plötzlich Konservativer vor dem verabsolutierten revolutionären Glück Kotau zu machen.

120

Die innere Lüge des historischen oder dialektischen Materialismus zeigt sich nicht nur in seinem Verhältnis zu den ästhetischen Werten, sondern nicht minder in seinem Verhältnis zur Psychologie. Die Materialisten lehnen z. B. die Trieblehre der Psychoanalyse nicht deshalb ab, weil sie unrichtig ist und als unrichtig bewiesen werden kann, sondern weil sie expressis verbis »zu einem kleinbürgerlich individualistischen Anarchismus führt«. Wie? Das Wahrheitsstreben unterliegt nicht der Kritik wissenschaftlicher Logik, sondern der Kritik politischer Konsequenzen? Damit beweist der historische Materialismus nur, daß er selbst ein bewußter Schwindel ist, eine wissenschaftliche Tartufferie, hinter der sich kein wirkliches Wahrheitsstreben verbirgt, sondern das Machtstreben von Niederträchtigen, die auf den Schultern der Unterdrückten aufsteigen wollen, um selbst zu unterdrücken.

Der moderne Geist entsetzt und ereifert sich schon seit fast zweihundert Jahren über die Inquisition des Mittelalters und die von ihr durchgeführten Hexenprozesse. Man verstehe mich recht, nichts liegt mir hier ferner, als etwa eine Lanze für Inquisition und Hexenwesen zu brechen, mein Interesse gilt eher dem Entsetzen des modernen Geistes und seiner tiefinnersten Überzeugung, er habe in der Epoche der Aufklärung jene dämonozentrische Geistesverfassung vernichtet, kraft welcher Inquisitor und Hexe, beide gleicherweise, an Inkuben und Sukkuben und nicht zuletzt an nächtliche Schwängerung durch den Teufel glaubten. – Der moderne Geist, das heißt die naturalistisch-nihilistische Denkverfassung, sollte ja nicht zu sehr darauf pochen, daß sie nicht in eine entsprechende Situation geraten könnte oder gar schon geraten sei wie die des Inquisitors, der da glaubt, daß die Hexe dem Teufel beigeschlafen habe, und wie die der Hexe, die in voller subjektiver Aufrichtigkeit ihres Schandtreibens mit dem Teufel geständig wird. – Niemand kann leugnen, daß sowohl Faschismus als auch Bolschewismus zwei formverschiedene aber wesensähnliche Konsequenzen des naturalistischen Nihilismus, das heißt des modernen Geistes sind. Was geschieht nun, wenn ein politischer Hexerich oder eine demgemäße Hexe in die gerichtliche Hackmaschine dieser beiden Systeme gerät, des faschistischen oder des bolschewistischen? Damit ich fairerweise nicht am schlechtern, sondern am bessern Beispiel expliziere, was ich meine, beschwöre ich den Fall des Doktor Levin aus der Vergessenheit. Der liebe brave jüdische Doktor Levin, Maxim Gorkis Hausarzt, war einer von den bis zur Schlemihlhaftigkeit gutartigen Typen, die keiner Fliege und nicht einmal einer Wanze ein Leid antun können. Während der großen antitrotzkistischen Prozesse von 1936 in Moskau aber gesteht derselbe brave Doktor Levin plötzlich, er habe seinen von ihm geliebten und bewunderten Ehrenpatienten Maxim Gorki auf Anstiften des GPU-Häuptlings Jagoda langsam durch eine teuflische Serie von anti-indizierten Injektionen ermordet. Dieser zartfühlende, hochmoralische Arzt, der keine Fliege und nicht einmal eine Wanze umbringen kann, und der in jeder Stunde seiner Tätigkeit des von ihm geleisteten hippokratischen Doktoreides eingedenk ist, er, der Doktor Levin, legt vor dem Gerichtspräsidenten, dem Staatsanwalt, den Schöffen und der ganzen Sowjetrepublik das volle Geständnis ab, daß er Rußlands großen Dichter in vorsätzlicher Tücke und wohl berechnetem Rhythmus während seiner Krankenbesuche mehrere Wochen hindurch Tag für Tag durch Verabfolgung falscher Medikamente dem Tode zugeführt habe. Warum? Kein andrer Grund als der Befehl Jagodas, des jetzt gestürzten GPU-Häuptlings, der auf jeden Fall verurteilt werden muß. – Darf ich den modernen Geist in Hinblick auf diesen Doktor Levin ganz ergebenst fragen, ob er noch immer seiner Fortgeschrittenheit so sehr gewiß ist, die ihn hoch über das Niveau der Inquisitoren und Hexen hinaufgeführt habe? Ebensowenig hat die geständige Hexe mit dem Teufel Unzucht getrieben als der gute Doktor Levin Maxim Gorki ermordet hat. Ein Unterschied besteht freilich, der weniger auf einen Fortschritt als auf einen moralischen Niedergang hinweist. Mochte die Hexe auch unschuldig sein, sowohl sie als ihr Inquisitor zweifelten nicht an der Tatsache, daß der Teufel mit Vorliebe irdischen Weibern beizuschlafen pflege, wenn diese sich ihm ergäben. Das Absurde, was geschah, geschah somit im guten Glauben. Im Moskauer Prozeß hingegen glaubte niemand daran, daß der kleine sanfte jüdische Doktor Levin den Dichter Maxim Gorki, den Stolz des Landes, listig um die Ecke gebracht habe. Nicht der Präsident glaubte daran, nicht der Staatsanwalt, nicht die dümmsten Schöffen, und der, der vorgab, daran zu glauben, der tat es, weil es für ihn politisch nützlich war oder weil er Angst hatte. Möglicherweise glaubte der durch totalitäre Psychotortur und Skopolamin verblödete Angeklagte – in genauer Entsprechung zur armen Hexe von einst – als einziger an sein Geständnis.

122

Wie schlechte Musik nichts andres ist als organisierte Leere der Zeit, so ist materialistisches Denken nichts andres als organisierte Leere des Geistes.

123

Da der Mensch selbst nur ein Kurzschluß ist zwischen Oben und Unten, so bringt ers zu nichts Besserem als zum Funken, der alle Sicherungen durchbrennt, das heißt zum Gedanken.

124

Vielleicht ist es gottgewollte Erziehung durch das Exil, daß die unabänderlich Emigrierten Heimat nur mehr in der Form des Heimwehs besitzen dürfen. Aller Fortschritt ist eine Klimax von Losreißungen. Die Pflanze wurzelt unbeweglich in ihrem bißchen Erdreich, das Tier schweift in engem Umkreis umher, der Mensch verreist und kehrt zurück. Das Exil aber, als Gleichnis der Seele gesehn, ist ein Zustand, in dem es kein Zurück mehr gibt, denn der Wegweiser, auf dem geschrieben steht »Nach Hause«, zeigt immer nur vorwärts.

125

Das Traumhafte als Kunstform, die Assoziationsflucht, das kühn Zusammenhanglose, die Neigung zu Echolalien, das Herumlöffeln im assonierenden Wortbrei, all das in seiner verstockten Entferntheit vom strengen Logos ist der letzte artistische Schlupfwinkel des Nihilismus, oft sogar unter dem Vorwand, ihn überwunden zu haben.

126

Ich habe viele Arten von Hochmut erlebt, an mir und an andern. Da ich aber in meiner Jugend eine Zeitlang selbst dazugehört habe, kann ich aus eigener Erfahrung bekennen, daß es keinen verzehrenderen, frecheren, höhnischeren, teufelsbesesseneren Hochmut gibt als den der avantgardistischen Künstler und radikalen Intellektuellen, die von eitler Sucht bersten, tief und dunkel und schwierig zu sein und wehe zu tun. Unter dem amüsiert empörten Gelächter einiger Philister waren wir die unansehnlichen Vorheizer der Hölle, in der nun die Menschheit brät.

127

Höchstmögliche Form moderner Epik: Die mystischen Grundtatsachen des Geisterreiches (Weltschöpfung, Sündenfall, Inkarnation, Auferstehung usw.), dargestellt mittels des verschlagenbescheidensten Realismus in unauffälligen Geschehnissen und Figuren des gegenwärtigen Alltags. Nur ganz wenige höhere Intellekte unter den Lesern erkennen die Symbolik, dürfen aber niemals das beglückende Gefühl verlieren, der Autor habe keine Ahnung von den Geheimnissen, die seine einfache Erzählung verbirgt.

128

Mit dem Zynismus verhält es sich oft sehr verwickelt. Ich erinnere mich z. B., daß mir der giftig gemütliche Journalist und Kritiker S. vor langer Zeit folgendes gestand: »Ich habe jüngst in meiner Zeitung den F. in Grund und Boden verrissen, obwohl ich ihn für gar keinen schlechten Autor halte. Heute tut es mir leid. Ich war aber überzeugt, F. sei ein echt und tief moralischer Mensch. Leider erfuhr ich zu spät, daß er auch nur ein Schwein ist wie z. B. ich. Hätte ich das beizeiten gewußt, ich hätte ihn ja mit dem besten Gewissen loben können.«

129

Wir Menschen sind nicht nur die hilflosen Eintagsfliegen, die ahnungslos von den historischen Wolkenbrüchen hinweggeschwemmt werden. Wir sind ebensogut die Laubfrösche der Geschichte, die Barometer, die das gute oder schlechte Wetter der weiteren Entwicklung anzeigen. Die Sätze zum Beispiel auf diesen Seiten hier bedeuten (neben sehr vielen gleichartigen Dokumenten anderer) nicht etwa nur einen Widerspruch gegen den herrschenden Geist, sondern den barometrischen Hinweis darauf, daß die Menschheit demnächst (in zwanzig oder in zweihundert Jahren) ihre ablehnende Stellung zur Theologie, ja sogar zur Theokratie von Grund auf revidieren wird.

130

Oft kann man sich des Verdachtes nicht erwehren, daß der hochgepriesene Rationalismus des modernen Geistes nichts andres ist als die starr angeschminkte Clownsmaske einer wüsten unsaubern mephitischen Emotionalität. Immer wieder entstehen »neue Wissenschaften«, die uns mit ihrem akademischen Präzisionskauderwelsch vorspiegeln wollen, sie seien legitime Kinder der »reinen« und »interesselosen« Vernunft, zumindest was ihre Methodik anbelangt. Da hat z. B. vor längerer Zeit ein deutscher militärischer Professor oder professoraler Militär eine solch neue und rasch berühmt gewordene Wissenschaft erfunden, die auf den Namen »Geopolitik« hört, welche Wortbildung schon darauf hinweist, daß es sich hiebei nicht nur um theoretische Forschung, sondern mehr noch um praktische Anwendung handelt. Die Theorie, die dieser neuen Wissenschaft zugrundeliegt, ist von erdrückender Selbstverständlichkeit und Simplizität, und ich bezweifle aufs lebhafteste, daß sie etwa für Cajus Julius Cäsar neuer gewesen ist als für uns. Ihr Grundprinzip läßt sich in einem einzigen Satz ausdrücken: Die geographische Gestalt eines Landes, einer Staatengruppe, eines Reiches mit ihren

Meeresküsten, ihren Gebirgen und Flußläufen, ihren Rohstoffarten, -quellen und -mengen, ihren Straßen, Eisenbahnen, Flughäfen, ihren Transportmitteln und Verkehrsrhythmen, ihrer agrarischen und industriellen Entwicklungsstufe, ihren ethnischen Grenzen, Einsprengseln, Verschmolzenheiten, ihren historischen Schwerpunkten und kulturellen Zu- oder Abneigungen – kurz das gesamte, tellurisch bedingte Energiesystem dieses Landes oder Reiches entscheidet seine Rolle in der politischen Strategie und strategischen Politik, die Rolle, die es vorgeschriebenermaßen zu spielen hat, um seinen Rang auf dem Globus zu behaupten und womöglich zu erhöhen. (Man beachte hier wieder den sonderbaren Zwang der Tautologie, zur Erklärung eines Phänomens durch sich selbst mit andern Worten, der allem deterministischen und relativistischen Denken notwendig zugrundeliegt.) Immerhin aber könnte die scharfsinnige Untersuchung der geopolitischen Bedingungen eines Landes den Lenkern seines Schicksals die wertvollsten Fingerzeige geben und ziemlich genau die Punkte abstecken, bis wohin die genannten Staatslenker im Glücksspiel der globalen Machtkämpfe sich vorwagen dürfen. Im Falle Deutschlands, für welche ja vom janusköpfigen General-Professor die ganze geopolitische Wissenschaft erfunden wurde, hätte derselbe unverzüglich als Dogma festzustellen gehabt, daß die deutsche Nation durch ihre geographische Lage rettungslos inmitten des eurasischen Kontinents inkrustiert ist und daher, trotz gelegentlich günstiger Scheinkonstellationen, immer wieder das Objekt von Einkreisungen werden muß. Nichts – so hätte der Professor-General es seinen nationalistischen Jüngern einzubleuen gehabt –, nichts und auch gar nichts könne Deutschland von seinem geographisch-historischen Schicksal lossprechen, durch jeglichen Krieg (und je universaler der Krieg, um so schlimmer) stets von neuem in die tödliche Lage der belagerten Festung zu geraten, was anfangs zwar den Vorteil der »Inneren Linie« in Form gleichgültiger Siege biete, schließlich aber zur Vernichtung durch die zerschmetternde Übermacht führe, welche der »äußere, konzentrische Kreis« mit derselben Naturnotwendigkeit erschafft. Nicht einmal ein Durchbruchsieg bis an die sibirische Küste des Pazifischen Ozeans hätte das geringste an dieser tragischen Naturnotwendigkeit ändern können, gemäß welcher überall dort, wo das kriegerische Deutschland kämpft, die Innere Linie verläuft, das heißt die Linie der Niederlage. Diese hoffnungslose Binnensituation bedeutet einen wichtigen Schlüssel zur Erkenntnis des deutschen Wesens. Der preußisch-teutonische Militarismus mit seinen manisch-depressiven »Ausfällen« aus der belagerten Festung ist nur die psychologische Folge dieser Binnensituation. Der hysterische Schrei deutscher Nationalisten nach »Plätzen an der Sonne«, nach »Lebensraum«, nach »Weltbeherrschung durch die nordische Edelrasse« entspricht der uralten germanischen Platzangst, die schon einmal zur Völkerwanderung in der römischen Spätzeit geführt hat.

Dies alles mit Hilfe wissenschaftlicher Analyse herauszufinden, wäre aber viel weniger unsre Sache gewesen, als Sache eben jener Geopolitik und ihres Begründers, des deutschen Herrn General-Professors. Unerschrocken als Soldat und unbestechlich als Gelehrter, hätte er den böhmischen Gefreiten und österreichischen Schmierenkomödianten germanischer Hundertprozentigkeit, seinen Schüler und Führer, darüber aufklären müssen, daß auf dem durch motorisierte Geschwindigkeit zusammengeschrumpften Erdball jeder deutsche Krieg, unbeschadet billiger Anfangserfolge, mit eiserner Notwendigkeit zur Vernichtung Deutschlands führen müsse, da es in des Deutschen Reiches politischer Entelechie nicht liege, die Welt einzukreisen, sondern vielmehr von ihr eingekreist zu werden. Unaufhörlich hätte der scharfsinnige General und tapfere Professor seinem Schüler und Führer in den Ohren liegen müssen, daß gemäß den Grundgesetzen der Geopolitik niemand weniger als die Deutschen es wagen dürften, die Welt durch perverse Barbareien, paranoide Rückfälligkeiten und glorifiziertes Verbrechertum in Rage zu bringen und mit der verkrampften Frechheit rotznäsiger Provokanten den Haß längst schon pazifizierter Nationen hervorzurufen. Ja, er hätte seinem Schüler und Führer immer und immer wieder predigen müssen, daß Deutschland nur dann die Hoffnung habe, einen würdigen Rang unter den Kulturvölkern einzunehmen, wenn es auf alle Expansions-Organismen verzichte, wenn es die gefährlichsten Nationalfanatiker (inklusive des Schülers und Führers) rechtzeitig hinter Schloß und Riegel setze und jegliche Fürsorge und Erziehungskunst und allen Bedacht und Aufwand einzig der geistigen Entwicklung seiner jungen Generation widme, mehr als die kommerziellen Weltnationen der ihren widmen können; und zwar geistige Entwicklung im Sinne des Universalismus, der Weltfreundschaft, der christlich-mystischen Sympathie.

So hätte der Professor-General vielleicht gepredigt, wäre er kein General und kein Professor gewesen und seine Geopolitik eine wirkliche Wissenschaft und nicht nur die starr angeschminkte Clownmaske mephitischer Emotionen. Aber nicht einmal die schrecklichste und perfekteste Niederlage wird diese Emotion zur Vernunft bringen können, sondern es wird wohl, noch mehr als früher, die Vernunft zur Emotion gebracht werden, und aus dem Sumpf der Selbstidentifikation scharfgeladener Nullen mit pompösen Großkomplexen steigt auf, vermutlich bis ins nächste Jahrtausend, der Giftdunst der nationalistischen Häresie.

Porträts

Gerhart Hauptmann

Bekenntnisse und Erinnerungen

Die deutsche Dichtkunst hat Gerhart Hauptmann die Entdekkung des Menschen zu danken. Unsere Dichter, auch die größten, haben uns den Menschen durch ein merkwürdiges Medium gezeigt, das seine Gestalt zurückschob und fremd machte. Je nach dem Wandel der Zeit war dieses Medium spekulativ-idealistisch, sentimental-romantisch, intellektuell-psychologisch – immer aber war es die schicksalhafte Einsamkeit des deutschen Menschen. – Wie die deutsche Musik im temperierten Instrument (Cembalo, Orgel, Klavier) und nicht in der Stimme wurzelt, das heißt in der abstrakten Note und nicht im lebendig-vieldeutigen Gesangston, so ist auch in der dichterischen Menschengestaltung das Abstrakte, Willensmäßige, der Zwang zum Problem selten überwunden worden. Diese Einsamkeit, die Vereinzelung, das lyrisch-philosophische Verhängnis, das ungesellige Sehn, die Produktivität der Innerlichkeit, die zugleich eine Ohnmacht ist, von außen zu empfangen!

Durch eine ungeheure Liebesfähigkeit und Identifikationskraft hat Hauptmann diesen Bann gebrochen. Seine Menschen sind elementare Unberechenbarkeiten, sie sind keine Abspaltungen und Bespiegelungen seiner selbst. Das intellektuelle Medium fehlt so ganz, daß gespitzte und neunmalkluge Literaten sich beleidigt fühlen. Eine geheimnisvolle unerschöpfte Liebe hat jenseits aller geistigen Müdigkeit eine Schar sichtbarer unalternder Menschen unter uns gesandt, damit wir reine Verwandte finden. Das ist die große Tat Gerhart Hauptmanns.

Gerhart Hauptmann hat für die neue Weltliteratur den Proletarier, besser gesagt, den Menschen des Volkes, entdeckt. Ich weiß wohl, wie groß diese Behauptung ist.

Hauptmann ist weniger bürgerlich als Zola und Tolstoi. Zola

schildert nicht die Wirklichkeit des Proletariers, sondern er legt ein gewaltig ausgedachtes Schema mit Mosaik aus. Sein Werk ist vor allem geistig, deduktiv. Das moderne Atridenepos! Es ist nicht die Geburt einer Anschauung, sondern einer kritischen Prophetie. Das Mechanische wirkt bis in die letzte Figur. Der vorgefaßte Zweck unterwirft sich jede Lebensregung, die deshalb oft so übertrieben und krampfhaft ausfällt, als wenn sie uns dadurch überzeugen wollte, daß sie selbständig und wirklich ist, und nicht etwa nur einem genialen Plan diene. – Der Proletarier Zolas ist ein Plakatproletarier, ein Wesen, in dem durch eine ordnende Hand Eigenschaften versammelt wurden, die als proletarisch gelten.

Auch in Tolstois erschütterndsten Volksfiguren ist eine leise Fremdheit zwischen ihnen und dem Erzähler zu verspüren. Der Erzähler, das lyrische Ich, ist immer da, in vielen Momenten kann er sich nicht verschweigen, ob es nun die Vorliebe für Pferde, Schlittenfahrten, Landschaften oder etwas anderes ist. Etwas leicht Begönnerndes, in der Bewunderung Distanzierendes herrscht in der Seele des Grafen seinen Geschöpfen gegenüber. – Der tragische Heroenkampf dieses Lebens, zu werden, was es nicht ist, ein mit vorweltlicher Bärenkraft geführter Kampf, auch in seinen wunderbarsten Meisterwerken führt er nicht zum Siege.

Ganz anders Hauptmann. Es ist kein unlabbarer Wille in ihm, kein Zerfall, kein Erobererwahn, nicht einmal ein Kunstzwang wie bei Flaubert. Fast scheint es, als wäre er dem modernen Stück der sich selbst erlebenden Persönlichkeit entrückt. Nichts ist Bewußtsein und alles ist Gnade. Eine homerische Blindheit, ein mythischer Schlummer ist über diesen Geist gebreitet. Bemüht er sich wach zu werden, so entsteht sogleich Unsicherheit, ein Schwanken schlaftrunkener Glieder, die übertriebene Maske eines Nachtwandlers, der sich nicht im Licht zurechtfinden kann und Haltung sucht. – Diese seltenen Augenblicke sind die einzigen Schwächen seines Werkes. Alle Kraft, alles Originale, die Persönlichkeit sind in der bildenden Hand konzentriert, die wie keine andre heute den belebenden Funken wahrt. Träumerisch schlaff ist die Haltung der vorüberschwebenden Gotteshand auf Michelangelos Adam. Anspannung ist der Widerspruch zur Produktivität.

Wir verdanken Gerhart Hauptmann, noch einmal sei es gesagt, die wahrhaftigsten atmendsten Volksgestalten der zeitgenössischen Literatur. Unbürgerlich nenne ich sie in dem Sinn, daß sie nicht die Perspektive des Klassengegensatzes in sich tragen, die tausendfach verborgene Fremdheit, sie sind klassenlos, göttlich richtig. Ich kann dies nicht besser bekräftigen, als daß ich sie herbeirufe. Welche Gestalt welchen Dramas wäre so gewaltig lebendig wie die Frau John in den ›Ratten‹? Wie unausdenkbar tief ist dieses »naturalistische Stück«, dagegen alle Symbol- und Problemdramen Geschwätz bleiben. Und nicht nur Frau John, alle andern Figuren in dem Werk. Und dann die Mutter Wolffen und ihr Mann, die Hanne Schäl, Henschel, Montezuma...

Ein endloser Zug!

Nicht irgendein Dialektschreiber oder ein nationalistischer Versklopffechter, Gerhart Hauptmann ist der Volksdichter neuerer Zeit.

Der einzige Volksdichter! Die Gegenrevolution bringt schwere geistige Gefahren für die Kunst mit sich. Die eine grobe liegt in der kindischen und blödsinnigen Verdrehung des Volksbegriffs. Als volklich gilt bei den Aufgeregten nur das, was im Geschirr einer bestimmten politischen Gesinnung läuft oder zumindest den treulichen Gestank gemeinsamer Imbezillität nicht verleugnet. Trotz der mobilisierten Traditionen, Mythen und Vergangenheitsheroen verbirgt sich hinter all der Aufregung nur das Gift einer beleidigten, längst vom Volksganzen abgesprengten lebensschwachen Kaste. Daran ändern alle kühnen Meuchelmörder nichts, in denen sich das Gift dieser Kaste manifestiert. Maxim Gorki hat in einem Aufsatz festgestellt, daß gerade der Rowdytyp, der Apache, die letzte notwendige Frucht solcher asozialer, entwurzelter, kastrierter Gesellschaftsteile ist. Die Bildungsschicht entsendet als ihr letztes Wort aber nicht nur politische Apachen, sondern auch künstlerische; ob die nun reaktionär oder radikal sind, der Wunsch des Lebenskrüppels, zu verletzen, zu stechen, der diabolische Bluff der Ohnmacht ist ihnen gemeinsam.

Feiner ist die andre Gefahr. In allerhand Programmen und Zeitschrift-Prospekten beginnt neuerdings das Wort »Gestaltung«, »Gestalt« sein Unwesen zu treiben. Gestaltung als Kunstprogramm ist so weise als wie ein politisches Programm, das sich in der Forderung, Kinder zu zeugen, erschöpfte. (Allerdings in einem Staate der Impotenten ist diese Forderung wohl angebracht!) Die snobistischen Seelen, die durch das Jahr 19 etwas verdonnert waren, kommen wieder zu sich und suchen Volksanschluß. Es gehört zu ihrem Wesen, daß sie immer falsch unterkriechen. Diese Literatur hat riesiges Talent und noch mehr Fleiß, aber keine Spur Wirklichkeit in sich. Was ist der Volksbegriff dieser Leute? Die Deutschstunde ihrer Gymnasialzeit!

Die Kontinuität der Literaturgeschichte! So wandeln diese verkappten Privatdozenten, innerlich aggressiv, Goethe als ausgespannten Regenschirm über sich, von Katastrophe zu Katastrophe. Sie werden immer wieder falsch unterkriechen. Aber mit ihrem verderblichen Infantilismus trüben sie den Blick vieler Menschen und lenken ihn ab.

Diese polemische Abschweifung habe ich nur unternommen, um immer wieder auf die einzige, geheimnisvoll große Erscheinung Hauptmanns hinzuweisen, der es in dieser zerfallenen, widrigen Zeit, in dieser Zeit ohne Volk vermocht hat, ein Volksdichter zu sein, wie vor ihm keiner.

Kunst ist: Weisung, Deutung, Preisung der Tiefe des Lebens!

Wer ist ein höherer Erfüller dieser drei Chiffren als er?

Unser irdischer Ruhm, sein Rang und Umfang ist der geheimnisvolle Ausdruck unserer Stellung in der verborgenen Hierarchie. Mag es auf anderen Ebenen des Lebens Ungerechtigkeit geben, hier nicht.

Gerecht ist der große Ruhm Gerhart Hauptmanns. – Man freut sich seiner. Er ist positiv, wie eine Bestätigung des Lebens, er kann nur Gewerbsmäßig-Unzufriedene zum Feind haben. Freude geht von dem Glanz um diesen Menschen aus.

Eine Gotteshandvoll Licht
Ward in einen schönen Mann gesenkt.
Er kann's nicht halten, er bezwingt es nicht.
Es wallt aus ihm, es drängt
Das herrliche Geschenk
Und wird sogleich Leib und Gesicht,
Und immer wieder Mensch-Blick-Bild und -Wort,
Wachsend fort
Von Licht-Geschaffnen zieht die Schar.
Sie leiden alle wunderbar,
Was auch mit armen Lauten jedes spricht.
Ach, was sie weinen, ist des Lichts Ermatten
Ach, was sie fluchen, ist des Lichtes Schatten
Ach, was sie bluten, finstres Licht.

Die Liebe war von Anbeginn
In dieser Seele tief gehalten.
Auf die entlassnen Licht-Gestalten
Blickt sie so zart, so süß, so innig hin,
Daß die in Tod, in Streit, in Schwung und Trunk
In ihrer dumpfen Wanderung
Einhalten mit gebannten Gliedern
Und dieser Liebe Blick erwidern
Mit offnen Lippen, hehrstem Herz-Entzücken,
Mit Lächeln ewiglich gelösten
Auch uns entrücken,
Daß wir des eignen Lebens uns getrösten.

Wir beten drum: Lieb, daß du lang noch bleibest!
Wir beten so: Licht, daß du fürder leibest!

[Festgrüße deutscher Dichter zu Gerhart Hauptmanns siebzigstem Geburtstag (15. November)]

Meine Damen und Herren! Vorerst möchte ich in unser aller Namen Gerhart Hauptmann den tiefsten Dank für die Ehre aussprechen, die er uns damit erweist, daß er in diesen Tagen und am heutigen Abend in unserer Mitte weilt. Es sind große Feiertage nicht nur für Wien, sondern für ganz Deutschland und die gesamte zivilisierte Welt. Ein herzbewegendes und andachtsvolles Gefühl erfüllt uns, wenn wir die leibhaftige Nähe dieses Mannes erleben, dessen Werk der mächtigste und stolzeste Nationalbesitz des gegenwärtigen deutschen Volkes ist. Wer unter uns hier, der jemals den Griffel der Menschengestaltung selbst in die Hand zu nehmen wagte, könnte Hauptmanns Hand anders als mit verzagender Erschütterung anschauen? Denn diese Hand schuf einen fast unübersehbaren Zug von Menschen, die nicht auf dem Wege verwelkt sind, sondern weiter wandern in jenes Reich des Gedächtnisses, wo die Grenzen zwischen dem, was Gott, und dem, was der Dichter schuf, immer zarter verschwimmen. Diese einzigartige Menschenschöpfung ist heute schon hoch emporgehoben über den Lärm, über dies schmerzvolle Für und Wider, das die Werke der anderen noch umkreischt. Das seine ist bereits im Stande der Ruhe und wird nunmehr den Kampf mit den rauhen Jahreszeiten der Unsterblichkeit zu bestehen haben.

In jedem Zeitalter gibt es Tausende von Kämpfern und nur ganz wenige Sieger, die es umgestalten, indem sie es prägen. Zu diesen seltenen Siegern gehört Gerhart Hauptmann. Er steht bei der sehr kleinen Dichterschar aller Zeiten, die hinter den Rücken der Vernichtung treten dürfen. So viele Kämpfer und so wenig Sieger. Und dabei hängt die Auserwählung zum Sieg nicht nur vom Verdienst des Kampfes ab. Es gibt immer wieder starke Persönlichkeiten, treffliche Werke, ehrenwerte Bemühungen, die zuschanden und vergessen werden. Tragisch und tröstlich zugleich, daß Kraft und Wille allein nicht genügen, daß die Götter vor das Werk zwar den Schweiß gesetzt haben, gegebenenfalls aber auf beides pfeifen, daß zum wirklichen Sieger nur ein Götterliebling werden kann. Gerhart Hauptmann ist der reinste Fall eines Götterlieblings, den wir kennen. Aus dem Auge strahlt ihm das Feengeschenk seiner Geburt: Holde Menschlichkeit.

Ich bitte Sie, meine Damen und Herren, sich von dem Worte »Menschlichkeit« alle phrasenhaften Beiklänge wegzudenken und darin etwas ebenso naturhaft Wirkliches zu sehen wie in der Schönheit und in der Anmut. Sie ist das beinahe physische Licht, das wir an Gerhart Hauptmann spüren, sie ist die Gnade, die ihm die Kraft zu seiner Tat gab und gibt. Um diese seine Tat auf eine Formel zu bringen, darf man das berühmte Wort vom »Schlaf der Welt« variieren. Hauptmann hat mit unerschrockener Zauberhand an den Schmerz der Welt gerührt. Wie kein Dichter neben ihm und fast keiner vor ihm erbarmt er sich des Leidens, das in die Schöpfung eingesprengt ist. Er hat gleichsam die Bitternis der Kreatur ausgepreßt und in seine Opferschale getan. Der Schmerz der Welt in der Gestalt des Weiblichen! Und das ist der tiefste Grund dafür, daß Gerhart Hauptmann der deutschen Dichtung die schönsten, unvergänglichsten Frauenseelen gestiftet hat. Nun drängt ihm für diese Tat seiner Liebe ein Strom von Liebe entgegen.

Wir wollen uns jetzt alle der fernen Tage erinnern, da wir zum erstenmal ›Hannele‹ und die ›Weber‹ lasen. Wir waren noch Kinder, als diese Wunder vor uns aufgingen. Welch ein begeisterndes und trauliches Gefühl ist es, daß der Dichter, diese getreue Macht, uns weiter geleitet und führt. Seitdem wir denken können, war er immer ein wichtiger Teil unseres Bewußtseins. Er ist einer unserer ältesten Bekannten und besten Jugendfreunde. Gerhart Hauptmann, du weißt gar nicht, daß du diesen Abend mit lauter Jugendfreunden verbringst, wenn auch nur mit einseitigen!

Sein Werk danken wir dem Dichter und der Macht, die ihn uns gesandt hat. Sein vorbildliches Leben danken wir ihm allein.

Heute, wo man alle Sentimentalität überwunden hat, um dafür alle Banalität (wenn auch eisgekühlt) einzutauschen, gilt für viele der echte begnadete Dichter als ein mythischer Restbestand der Postkutschenzeit. Fortgeschrittene Leute verlangen von der modernen Dichtung, sie möge eine Art Nationalökonomie mit verteilten Rollen sein. In Amerika wiederum ist das Dichten zu einem Schulgegenstand erhoben worden. Für einen erstklassigen Dramatiker sind vier Semester vorgeschrieben. Zu einem absolvierten Lyriker genügt, wie ich höre, schon eines. Immer dasselbe! Der Unglaube an das Charisma, der Aberglaube an das Herstellbare.

Durch viele Jahrzehnte ist Gerhart Hauptmann als Dichter im antiken Sinne geschritten und nun schreitet er in das neue, ewiger Jugend voll. Das innere Licht in ihm hat nie geschwankt und geflackert, weder damals, als die feindlichen Winde der offiziellen Vorkriegswelt es bedrohten, noch auch heute, da sich alles löst und wandelt. Er hat das seine getan und tut immer nur das seine, unberührt und unbestochen selbst vom bestechendsten Zeitgeist. So beweist in einer beglückenden, ja klassischen Wechselseitigkeit der reine Dichter in ihm wieder den reinen Menschen und der große Mensch immer wieder den großen Dichter. Von dem Wunder dieser Einheit erfüllt, grüßen wir ihn in dieser feierlichen Stunde als unseren Fürsten, unseren Führer, unseren Vater.

Das Unbehagen des Wortes ergreift mich. Je feierlicher es tönt, um so starrer wird es und erdrückt die einfacheren und innigeren Schwingungen der Ehrfurcht und Liebe. Vielleicht war dem italienischen Dichter Carducci ähnlich zumute, als er – aufgefordert, einen der Größten seines Volkes durch festliche Worte zu feiern – dem betreffenden Komitee antwortete: »Über Götter rede ich nicht, sondern ich beuge mich vor ihnen.«

Gerhart Hauptmann, wir beugen uns vor dir! Mögest du in der lauten Huldigung der Welt das tiefere Schweigen der Liebe vernehmen!

Nimm auch unsere Huldigung freundlich an, die laute und die leise:

Gerhart Hauptmann, schaffe und lebe noch viele lange, herrliche, werkerfüllte Jahre, so hoch wie bisher!

Hugo von Hofmannsthal

Hofmannsthals Tod

Angesichts des Entsetzlichen ist es noch nicht möglich, sich dieses herrlichen Menschen vollbewußt zu werden. Eines aber werden die Wissenden mit Bestürzung erkennen: Nun ist einer der allerletzten Dichter im heilig-antiken Sinn dahingegangen, den es auf der Welt gab. Er starb im Lärm einer selbstbewußten Zeit, die das höhere Gedicht als Anachronismus verketzert, in einer Zeit, da die Wortkunst sich ihrer selbst schämt und die Literatur zur Lesefutterversorgung gelangweilter Weekendler hinabzusinken beginnt, in einer Zeit der Sachlichkeits- und Aktualitätsbewegung in den Künsten, die nichts anderes ist als der Sklavenaufstand des geweckten Kommis gegen den träumenden Genius. Hofmannsthal war ein träumender Genius, er war ein Seraph, der Bote fremder Mächte in unserer Mitte. Schon seine zeitlos jugendliche Erscheinung bekräftigte dies. In den zwanzig Jahren, da ich ihn kannte, hat sich kein Zug seines schönen Gesichtes verändert. Und dann: Er war einer der allerseltensten Menschen, von dem man niemals etwas Unreines und über den man nie etwas Niedriges gehört hat. Er wurde als Dichter und als Mensch tief mißverstanden. Mit l'art pour l'art, Geschmäcklerei, Kulturkoketterie und wie die Vorwürfe alle lauten, die man einer verschollenen Mode macht, hatte er nichts zu tun. Der wahre Dichter ist meist die persongewordene Menschheitserinnerung. Mit unübertrefflicher Genauigkeit sprachen die Zeitalter aus Hofmannsthal.

Dies war weniger eine Kunst der Bildung als eine mediale Gabe. Er selber sagt:

»Ganz vergessener Völker Müdigkeiten
Kann ich nicht abtun von meinen Lidern.«

Als Mensch bemäntelte er die seraphische Fremdheit seines Wesens mit hundert Dingen. Ein allseitiges Interesse, praktische Mitarbeit an manchem Kunstunternehmen, unermüdliche Aufmerksamkeit, scharfer Zweckverstand, Entdeckerfreude und noch hunderterlei mehr diente dazu, sein inneres Licht gegen die Welt abzublenden. Er riß sich stets selber aus seinem Traum. Seine Freunde wissen, wie sehr sich Hofmannsthal in jeder Minute selber überwinden mußte, sie wissen, daß er eine Art Märtyrerleben geführt hat. Die Mattscheibe des Körpers und des Geistes, durch welche die Strahlen des Lebens in uns eindringen, bei ihm war sie krankhaft gelichtet. Er besaß einen allzu ungenügenden Reizschutz. Er litt unter einem Luftdruckwechsel mehr als andere unter einem Fieberanfall. Und ebenso wand sich sein Geist unter jeder Taktlosigkeit, jeder verlogenen Wendung, jedem falschen Ton. Der Aufenthalt unter Menschen wurde für ihn zur Riesenanstrengung. Wie der geniale Dichter immer, so war auch er identifikationskrank, das heißt, er spürte alles, was in den andern vorging, als eigenes Seelenereignis. Deshalb erschöpfte ihn der Verkehr mit Menschen so tief.

Und nun dieser Tod! Zuerst erschrickt man vor der lauten, entsetzlichen Tragik. Ist es Hofmannsthal, der Selbstverberger, der so furchtbar-offen stirbt? Sogleich aber wird es klar, daß dieser Tod des Dichters ganze Wahrheit und ganze Größe bewährt. Das feinste aller Präzisionsinstrumente, das auf die geringfügigste Schwankung schon mit großem Ausschlag erwidert, bei einem solchen Schicksalssturm mußte es zerbrechen. Dieser Tod ist groß und echt.

Wohl bleibt ein Trost: Das Ende eines großen Dichters ist sein Anfang. Hofmannsthal verschwindet nicht aus unserem Leben, sondern begleitet und erfüllt uns weiter. Mag solch ein Trost auch keine Lüge sein, er tröstet uns nicht, die wir in großem Schmerz diesem entschwindenden Menschen nachstarren.

Karl Kraus

Rundfrage über Karl Kraus

An einem windigen, wolkenbewegt zartblauen April-Sonntag eines alten Jahres ging ich auf dem Ohlsdorfer Friedhof von Hamburg spazieren. Ich geriet von der menschendurchzogenen Hauptallee ab in ein mildes Nebental von Gräbern, wo, wie es schien, das unendliche Laubdach von Nadelgehölz verfinstert war. Ohne sonst bei den Grabschriften stehen zu bleiben, zögerte plötzlich, ich weiß nicht wie, mein Fuß, und mein Auge blieb an einem Granitstein hangen, in dem das Profilrelief einer sehr schönen Dame gemeißelt war. Das Ende der Inschrift hieß, wenn ich mich recht erinnere: »In ewigem Angedenken – Karl Kraus.« Damals fast noch ein Knabe, war die Gewalt des Werkes von Karl Kraus noch nicht über mich gekommen; – ich kannte seinen Namen! Und doch – höchst, höchst wunderbar! Ich verdankte dieser blauen, windzerrissenen Stunde, diesem Stehenbleiben vor einem schönen Frauendenkmal unter unvergeßlichen Bäumen, diesen Worten »ewig« und »Angedenken«, diesem halb-fremden Namen »Karl Kraus« eine plötzliche, stürmische Erschütterung meines Lebens. Unverständliche Tränen kamen..... ich las die Worte »ewig« und »Angedenken« immer und immer wieder, Worte, die vielleicht ringsherum auf anderen Gräbern auch standen. Hier waren sie anders, von erfüllterer Bedeutung, hier hatten sie eine Stimme, die unterm Himmel klang, eine unsagbar überirdische Ritterlichkeit, waren zum erstenmal gesagt..... waren Gedicht.

Ich hatte in diesem mystischen Erlebnis die namenlose Persönlichkeit des Worts erfahren.

Ganz noch in Himmel, Grün, Wind und Baumdunkel verfangen fuhr ich nach Hause, legte mich zu Bett und träumte folgendes:

Wir stehen um ein offenes Grab im Regen. Man läßt einen deckellosen Sarg hinab, in dem ein ganz knabenhafter Mann liegt mit einer sehr zarten Brille vor den Augen. Er hat kurzes Haar und einen gar nicht zu verstehenden Mund. Ich liebe diesen Mann mit aller Schmerzlichkeit. Ich springe ins Grab und rufe in besinnungsloser Ekstase (dennoch auch mit höchster schauspielerischer Lust)...: Wer ist der, des Schmerz hier voll Emphase tönt?

Am Morgen weckte mich ein Brief von Karl Kraus, in dem er mir mitteilt, daß er meine von einem Freunde (ohne mein Wissen) eingesandten Gedichte in der ›Fackel‹ zu drucken beabsichtigt.

Ein Jahr später sah ich Kraus von Angesicht zu Angesicht und erkannte alle Schauer dieses Lebens im Leib, in ihm jene Traumerscheinung.

Verehrter Herr Herausgeber, Sie werden mit Recht fragen, was dieser Bericht über ein Erlebnis mit Ihrer Frage zu tun hat!

Ich habe gestern einige Seiten Philosophisches über Karl Kraus geschrieben.

Ich sende es Ihnen nicht – es ist ohnmächtig!

Ohnmächtig gegen das Ereignis, mit dem unerklärlich dieser Mann in mein Leben trat.

Denn hinter allem Essayistischen, das ich über Karl Kraus schreiben könnte, stünde gebieterisch und unverrückbar die Stunde, die meinen Planeten an den seinen bindet.

Gustav Mahler

Zum Gedächtnis von Gustav Mahler

Gustav Mahler wurde in einem kleinen Städtchen Böhmens geboren. Das böhmische Land ist ein sehr musikalisches Land. Melodisch flüstern und raunen seine Haine und Fluren, seine Saatenfelder und Flüsse. – Die Mädchen und Frauen singen bei ihrer Arbeit.

Das Lied des böhmischen Landes blieb das Urlied im Herzen Mahlers. Denn von allen menschlichen Begabungen erwacht die musikalische am frühsten und nichts formt sie entscheidender als die ersten harmonischen und rhythmischen Eindrücke, die sie empfängt. – Immer wieder kehren deshalb in Mahlers Symphonien die Stimmen des böhmischen Landes wieder, die Gesänge der Arbeitenden in Haus und Feld, ja selbst die Horn- und Trompetensignale der Soldaten in den Kasernen, die er als Kind so oft erlauschte...

Als Knabe wurde Gustav Mahler nach Wien gesandt, um am dortigen staatlichen Konservatorium Musik zu studieren. Nun lernte er eine neue, wenn auch nachbarlich verwandte Landschaft kennen. Wie mächtig, wie süß, wie herb, wie eigen die Melodie Wiens und des österreichischen Landes ist, das hat alle Welt aus den Werken eines Haydn, eines Mozart und Schuberts erfahren. – Der junge Mahler sog diese Melodie Österreichs in sich ein, und sie verband sich mit dem böhmischen Urlied in seiner Seele zu einer einzigartigen Einheit...

Es gibt keinen Komponisten, der tiefer der Natur verbunden wäre als Gustav Mahler. In allen neun Symphonien, die er geschrieben hat, beschwört er das Walten der Natur im Geheimen und im Offenbaren, das Knospen und Blühen, das Wuchern und Welken, und immer wieder das Sterben. – Die symphonische Form selbst, die Entwicklung und Fortführung der Themen, scheint das Schicksal der organischen Materie zu wiederholen. – Mahlers Musik hat kein Programm, aber sie hat Poesie. – Es ist eine dichterische Musik, voll von Bildern, Gleichnissen und Erschütterungen... Ihren ewigen Untergrund bildet die wunderbare und erbarmungslose Natur. In ihrer Mitte aber, da steht der Mensch... Wie Mahler nun den Menschen sieht, das wird im Altsolo der Zweiten Symphonie mit Worten ausgesprochen:

»Oh Röslein rot,
Der Mensch liegt in größter Not.«

Mahlers Musik ist tragische Musik. – Wahrhaftig, der Mensch liegt in großer Not. Er möchte sich in seiner kurzen Lebenszeit so gerne oberflächlich vergnügen und zwischen Wachen und Schlafengehen nichts als seine Begierden stillen. Ein dunkles Gesetz jedoch verbietet ihm diesen leichten Weg. – Müde, schwach und anfällig wie er ist – er wird zum Kämpfen gezwungen. Wie schlau er sich auch versteckt, der Krieg holt ihn immer wieder ein...

Mahler schildert in vielen Sätzen seiner Symphonien die titanische Anstrengung, zu der der Mensch verurteilt ist in seiner großen Not. Deshalb wirkt seine Musik niemals erschütternder als in Kriegszeiten. Der Untergrund dieser symphonischen Welt ist die Natur. In ihrer Mitte steht der Mensch. Über den Menschen aber wölbt sich der Himmel Gottes. – Gustav Mahlers Musik ist nicht nur tragische, sondern auch mystische Musik. Sie zeigt immer nach oben. – Wenn auch »der Mensch in großer Not liegt«, so verheißt jenes Alt-Solo in Mahlers zweiter Symphonie, wird Gott ihm ein Lichtchen in die Hand geben, das ihn ins ewige Leben führt. Dieses Lichtchen, das die hoffende und gläubige Seele selbst ist, durchleuchtet die höchsten Augenblicke in diesen Werken. Darum ist ihre Tragik niemals beklemmend, sondern tröstlich und erhebend...

Gustav Mahlers Leben ist eine Erklärung und Bewährung seiner Musik. – Er stammte aus den engsten Verhältnissen. Mit achtzehn Jahren war er bereits Kapellmeister an einem kleinen

Theater. Dann zog er jahrelang durch die Provinz, bis es seinem Talent und seiner kämpferischen Energie gelang, trotz gehässigster Widerstände mit siebenunddreißig zum allmächtigen Direktor der kaiserlich-königlichen Hofoper in Wien emporzusteigen. Seine Wirksamkeit dort bedeutete die Reformation des ganzen Musiklebens. Zehn Jahre später kam er als einer der größten und gefeiertesten Dirigenten seiner Zeit nach New York... Er starb mit fünfzig Jahren.

Seine Tätigkeit als Dirigent und Operndirektor hätte ein andres Leben bis zum Rande ausgefüllt. – Während andere aber auf Urlaub gingen und sich erholten, schuf er das große Werk: neun mächtige Symphonien und viele Liederzyklen, – ein Werk, das heute eindringlicher zu uns spricht als je. – So wurde er in den kurzen Pausen, die ihm sein äußeres Wirken ließ, zum letzten Großen jener Reihe, die mit Haydn beginnt und in Beethoven gipfelt...

Der amerikanische Kontinent muß nun durch die Bitternisse des Krieges hindurchgehen. Ist es aber nicht ein aufrichtender Gedanke, daß die großen Toten jener unseligen Welt dort drüben in Europa, jedesmal wenn ihre Musik und ihr Wort erklingt, an Amerikas Seite den Kampf um eine neue Menschheit mitkämpfen?...

Rainer Maria Rilke

Begegnungen mit Rilke

Ich hatte damals von Rilke einen Brief bekommen. Meine beiden Erstlingsbände waren erschienen, und ich weiß bestimmt, daß ich sie ihm aus zweifelnder Scheu nicht zugesandt habe. Er aber hatte die Bücher nicht nur erstanden und gelesen, er setzte sich hin, mich durch einen Brief auszuzeichnen, und was mehr als beides war, er nahm sich die Mühe, meine Adresse bei Bekannten auszukundschaften. Diese Mühe, die er sich sein Schreiben hat kosten lassen, machte mich am glücklichsten. Der Brief war sehr schön, einer jener Briefe, wie sie Rilke als Monologe seiner Einsamkeit an viele Adressaten richtete; Briefe, die Gedichte im kristallinischen Zustande sind, Briefe, in deren Essenz die wunderbarsten Gleichnisse aufgelöst wurden, um ihr einen zauberhaften Geschmack zu geben, aber dafür alle Unmittelbarkeit zu nehmen. Kunstwerke eines in jeder Regung wortbewußten Menschen, der alles, was er zu sagen hat, nur dichten kann!

Für mich hatte der Brief unschätzbare Bedeutung. Ich irrte auf allen guten und bösen Wegen des Anfangs, war ohne Führung aufgewachsen, kleinmütig und überheblich zugleich, da kam die Bestätigung durch einen Meister und gab mir neue Sicherheit.

In den damaligen Zeiten – (so entrückt muß man sie jetzt wohl bezeichnen) – hatte ein Name unvergleichlich schwereres Gewicht als heute, wenn auch die Möglichkeiten der Popularität geringer waren. »Dichter sein« – das war etwas Religiöses, Gnade jenseits alles Willens, besondere Lebensführung – keinesfalls aber bloße Gestaltungsgabe oder Originalität. Ein Mann, der ein paar wunderbare Gedichte geschrieben hatte, stand in höherem Rang für uns als die weltberühmtesten Romanciers und Dramatiker. Nicht umsonst haben die Meister der damaligen Jugend George, Hofmannsthal, Rilke geheißen. Ich glaube kaum, daß junge Menschen von heute die Entzückungen, ja, Lebenswandlungen verstehen können, die für uns aus einem Verse strömten. Die Lyrik, der Sinn für absolute Sprache, ist eines der letzten Kriegsopfer. Wir leben wieder am Beginn. Alles ist Zweck. Das knappe Wort, schwer von sachlicher Mitteilung, kann keine Flügel heben.

Rilke – (durch Landsmannschaft mir nahe) – hat mir den ersten Begriff vom Dichter gegeben: Ein unendliches Offensein und ständige Empfängnis des Lebens. Wenn mir dieser Begriff in seiner Passivität später nicht mehr genügen konnte – so erschien Rilke doch als seine reinste Verkörperung. Er war für mich der große Dichter. Ich muß also die Erregung nicht beschreiben, die mich erfaßte, als ich einige Monate nach Erhalt seines Briefes Rainer Maria Rilke persönlich kennenlernen sollte. Dies geschah im Jahre 1913 in Dresden.

Ich weiß nicht mehr, ob der erste Eindruck von seinem Mund ausging – es war ein großer, offener Mund mit dicken, fast kindhaften Lippen – oder von seinen Augen oder von der grauen Farbe des Gesichts. Ich weiß überhaupt nicht, ob es das Gesicht war, von dem der erste Eindruck kam. Ich glaube, das Gesicht war es nicht, doch auch nicht die Gestalt. Es war seine Krawatte, so erinnere ich mich, die mir auffiel, das heißt die Art, wie diese Krawatte gebunden war. Eine ganz gewöhnliche Krawatte natürlich und ebenso gewöhnlich geschlungen, aber wie von einer fremden Hand, so, wie man es bei Kindern merkt, daß ein Erwachsener die Schleife gebunden hat. Der Dichter war sehr adrett gekleidet. Aber diese Adrettheit schien nicht ganz zu ihm zu gehören. Fast fremd saßen die wohlgehaltenen Kleider an seinem unmateriellen Leib, fremd, wie die Kleider an den Puppen in der Auslage eines Herrenkonfektionsladens. Man konnte auch an die Sonntagsordentlichkeit eines Schulknaben denken. – Ich fühlte damals eine Spannung zwischen Rilkes innerem und äußerem Menschen, die mich rührte. Er hatte die faltenlose, unbewegte Äußerlichkeit eines Blinden. Seine schönen Bewegungen waren hilflos, als müßten sie immer erst Lähmungen überwinden. Solche Menschen sich im Alltag vorzustellen, die Handgriffe des Lebens verrichtend, hat etwas sehr Rührendes. Ich habe niemanden kennengelernt, bei dem die Unverbundenheit seelischer und alltäglicher Existenz rührender gewesen wäre.

Rilke sprach ein heimatloses Deutsch ohne jeden Dialektklang. Ich möchte es fast ein keimfreies Deutsch nennen. Nur bei sehr scharfem Zuhören konnte man Spuren des österreichisch-ärarischen Tonfalls böhmischer Provenienz entdecken. Mit diesem Sprachinstrument rezitierte er immer wieder Verse, fremde und eigene. Sein großer, offener Mund verlor im Vortrag alles Kindisch-Erstaunte, Stimme und Sprache schienen, nur wenn sie Gedichte sagten, in ihrem Element zu sein. Kaum, daß er mich begrüßt hatte, brachte er die Rede auf Goethes ›Pandora‹, die er in diesen Tagen eben las. Ich hatte Glück. Denn dieses Lieblingswerk kannte ich seit Jahren schon zum größten Teil auswendig. Ich schlug die ersten Verse an, Rilke setzte fort. Von solchen Stellen wie: »Wer von der Schönen zu scheiden verdammt ist – fliehe mit abgewendetem Blick!« konnte er sich gar nicht trennen und zehnmal wiederholte er:

»Fische, sie wimmeln da,
Vögel, sie himmeln da.«

Seine grauen Augen standen weit offen und der schöne Septembertag war für ihn völlig von den trunkenen Versen aufgesogen. Auf dem langen Spaziergang, den wir nachher machten, rezitierte er unaufhörlich weiter. Von seinen eigenen Gedichten, glaube ich, sprach er nur ein paar Stücke aus dem ›Marienleben‹. Als ich begeistert war, wehrte er ab und zeigte sich unbefriedigt. Auch zum ›Stundenbuch‹ wollte er sich damals nicht mehr bekennen. Er nannte es formlos und meinte, es wäre nur eine Improvisation: »So hätte ich ohne Anfang und Ende immer weiter dichten können.« Von dem ›Cornet‹ aber, der etwas später einen unerhörten Siegeslauf antreten sollte, sprach er mit einer kaum beherrschten Abneigung als von einem »Jugendwerk«.

Ich muß gestehen, daß ich in diesen Stunden Rilke noch nicht recht nahe kommen konnte. Seine Sphäre hatte etwas Fremdes für mich, etwas Saftlos-Verfeinertes, das mich anstrengte und müde machte. Ich war sehr jung, und mein Temperament wehrte sich dagegen, stundenlang nur »im Wort zu leben«. Ich sehnte mich nach irgendeiner Derbheit. Zum Überfluß mußte ich mittags mit dem Dichter in einer vegetarischen Wirtschaft einkehren, denn Rilke aß kein Fleisch. Ich bewundere jeden Vegetarianer. Nichts ist einleuchtender als Sündhaftigkeit und Barbarei des Tiermords, von dem wir uns nähren. Wahrscheinlich hängt die menschliche Raubtiernatur mit dem Fleischgenuß zusammen. Für alle Bestien gilt ja das gleiche Gesetz. Trotz dieser Einsichten habe ich eine aufrichtige Antipathie gegen vegetarische Speisehäuser. Es ist immer dasselbe. Die Menschen kompromittieren ihre schönsten Gesinnungen. In derartigen Lokalen verkehren allzuviel fanatische Sektierer, Bläßlinge, hochmütige Kranke, Überzeugungsprotzen, Leute von prinzipiell schlechtem Appetit, Menschen, denen der Genuß schwerer fällt als die Entsagung. Selbst an der Seite des verehrten Rilke wurde ich hier unruhig. Ich verschlang ein Grünzeug und sann auf Flucht.

Wie gut, daß mir diese Flucht nicht gelang, sonst hätte ich den wahren Rilke gar nicht kennengelernt. Vielleicht hat er meine Nervosität damals gespürt. Denn schon eine halbe Stunde später saßen wir auf der Terrasse des ›Italienischen Dörfchens‹ und sahen der Elbe zu. Und hier verwandelte sich der Künstler, der stundenlang vorher nur von Worten und Versen besessen war, in einen Menschen, der stockend von frühen Erlebnissen berichtete. Ich hatte das Gespräch auf unsere gemeinsame Vaterstadt, auf Prag gebracht. Rilke, der jahrzehntelang in Rußland, Deutschland, Paris gelebt hatte, sah die alte Stadt nicht ohne Ergriffenheit vor sich. Er fühlte das Erbteil aller nichtslawischen Prager: Doppelte und dreifache Heimatlosigkeit. In seinen letzten Lebensjahren hat sich dieser deutsche Dichter, dessen Seele in Rußland erwacht war und der französische Poesien schrieb, immer wieder die Frage stellen müssen: »Wohin gehöre ich?« Doch gerade auf diese Frage gibt es keine Antwort.

Rilke begann von seiner Kindheit zu erzählen. Von allem, was ich hörte, ist mir nichts so fest in Erinnerung geblieben, als die Jahre der Kadetten- oder Militär-Unterrealschule, die er durchleiden mußte. Dieser zarte Körper, an dem das Zivil so ordentlich und hilflos hing, hatte als Kind in einer »Montur« gesteckt, in formlosen blauen Hosen, in einem groben Rock mit Aufschlägen. Auf dem Kopf die Offizierskappe en miniature und um die Hüften den »Überschwung«! Ein Bild, zum Streicheln traurig! Rilke erzählte, daß er in seiner Schwächlichkeit den Anforderungen der Militärerziehung nicht gewachsen war, insbesondere physisch nicht. Er erzählte von der Qual der Turnstunden. So lebendig war dem Achtunddreißigjährigen noch diese Qual, daß er gewisse Übungen an Turngeräten, Momente des Exerzierens und Fechtens, die Angst, den Schreck des Frühgewecktwerdens, schlechten Schlaf und alles Grauen einer spartanisch reglementierten Kindheit genau darstellen konnte. Aber die Hölle wäre nicht vollkommen gewesen, wenn das schwächliche Kind nicht den Hohn robusterer Mitschüler und die Bissigkeiten schneidiger Lehrer in allstündlicher Blamage hätte ernten müssen. Und jetzt kommt das Wunderbare! Ein anderer Knabe würde seinen Vater um Erlösung angefleht haben, oder er hätte sich, wo es nur anging, zu drücken versucht, oder es wäre in ihm ein böser, verstockter Widerstand groß geworden. Aber der kleine Rilke hat in dieser Zeit die Wahrheit späterer Verse bewährt:

»Denn selig sind, die niemals sich entfernten,
Und still im Regen standen, ohne Dach.«

Täglich tritt er an. Täglich mit der gleichen unbewußten Ergebung, die sein ganzes Wesen ausmacht. Er entzieht sich der Pein und Schande nicht. Er klagt niemals. Täglich unternimmt er mit der gleichen Hoffnungslosigkeit die Bewältigung von Übungen, für die er zu schwach, zu ungeschickt oder zu verträumt ist. So lange, bis er eines Tages ohnmächtig zusammenbricht und schwer erkrankt.

Diese Krankheit, so erzählte der Dichter, war der Wendepunkt seines Schicksals.

Nicht nur, daß sie ihn in der Folge von der militärischen Laufbahn befreite! Von Stund an verwandelte sich auf die merkwürdigste Art das Verhältnis seiner Lehrer und Kameraden zu ihm. Der Ausgespottete und Verachtete fand jetzt Schonung, Liebe, ja, sogar Ehre. Nach jener Ohnmacht wuchsen in ihm, wie Rilke mir versicherte, magische Kräfte, die später wieder verlorengingen. Knaben, die an irgendwelchen Schmerzen litten, auch die der höheren Jahrgänge, kamen zu ihm, denn es hatte sich im Institut die Kunde verbreitet, der kleine Junge könne durch Handauflegen alle möglichen Beschwerden heilen...

Diese Krankheit war der Wendepunkt seines Lebens. Rilke hat recht. Aber mehr, sie war die Geburtsstunde des Dichters in ihm.

Das Leben erdulden! Am Leben versagen! Das Leben überwinden! Ist nicht aus diesen drei Elementen jeder Dichter geboren? In keinem waren sie je reiner gemischt als in Rilke. Auf der feinen Grenze zwischen Versagen und Überwinden hatte er seinen Wohnort errichtet, einen einsamen, unwohnlichen Ort. Er hat dort niemals Besuch empfangen. Der Tod war sein einziger Nachbar. In einem bequemeren Quartier hätten seine Gleichnisse nicht ihre zauberhafte Kraft bekommen. Die schönsten unter ihnen sind wie Handauflegen.

Arthur Schnitzler zu seinem sechzigsten Geburtstag (15. Mai 1922)

Wie schwer ist es, und zumal auf kargem Raum, über einen Dichter etwas auszusagen, was vor dem inneren Wahrheitssinn bestehen kann. Wie alles Lebendige, wie jeder Organismus erregt ein Gedicht tausend Gedanken, Assoziationen, Erkenntnisse, es wechselt mit dem Lichte der Stunden, Jahreszeiten und Lebensalter Farbe und Gesicht, es ist unfaßbar. Wer getraute sich, den nächsten Menschen, der mit ihm das Leben teilt, zu deuten? Und vor dem geheimnisvollen ewigen Wachstum eines Kunstwerks haben so viele die kecke Stirne der Definition! – Daß aber ein Werk, umfriedet von den Seiten des Buchs, sich verwandeln kann und immer wieder neue Züge trägt, ist eben Zeichen, daß es Organismus ist, Gedicht!

Ein Meister, wie Arthur Schnitzler, ist unter den Deutschen ein höchst seltener Fall. Schnitzler ist in unserm heutigen Schrifttum gewiß der einzige Vertreter der Latinität. Unter diesem Wort verstehe ich im Gegensatz zu allem Ausladenden, Verzweigten, Romantischen, Erziehungsromanhaften die Kunst der klaren geschmeidigen Linie. Die Novellen und Einakter Schnitzlers vor allem zeigen die Schärfe des nicht malenden, sondern zeichnerischen Menschen, des Künstlers, dem die notwendige unbeirrbare Abwicklung, die rapide Logik höherer Schaffensrausch ist als Überraschung und Verweilen während des Weges. Ich nenne hier Novellen wie ›Leutnant Gustl‹, ›Die Toten schweigen‹, ›Die Hirtenflöte‹, die Dramen ›Der grüne Kakadu‹, ›Die letzten Masken‹, ›Literatur‹, ›Komtesse Mizzi‹. – In diesen Werken herrscht eine großartige Nüchternheit, die erschüttert, weil sich hinter ihr die Scham einer starken Moralität verbirgt. Es ergreift uns die fast pedantische Geste eines Mannes, der mit bewußter Wortblässe und einem akkuraten kalten Vortrag die Leidenschaft seines Auges Lügen straft. Hierin ist Schnitzler mit Lessing zu vergleichen, ja in seiner Freude an der rationalen Lösung des Spiels nimmt er eine Richtung der deutschen Poesie wieder auf, die mit Lessing abbricht. Bewundernswert ist des Meisters Formensinn, sein Takt, sein Gefühl für Gleichgewichtsverteilung, für Steigerungen und Pausen. Diese gelungenen Maße allein schon bereiten dem Leser der Novellen die seltene ästhetische Befriedigung: Dies ist richtig. – Aber in diesen menschlichen Tugenden der Form bewährt sich nur der Meister und sein reiner Wille. Tiefer bewährt sich der Dichter.

Was ist das zentrale Gefühl dieses Dichters, was die Quelle seines Schaffensdrangs, sein Urkonflikt, seine tragische Problematik, sein Wesensnerv, sein Abgrund, aus dem Erkenntnis und Bekenntnis aufsteigt? – Soweit aus den Geheimnissen eines künstlerischen Werkes die Lösung dieser Frage versucht werden darf, möchte ich dies antworten: Wesensnerv ist die uneingestandene, bange, leidenschaftliche Sehnsucht, zu lieben und geliebt zu werden. In der Welt Schnitzlers herrscht eine fatale Einsamkeit, eine prädestinierte Beziehungslosigkeit der Seelen. Aber auch Eros herrscht, die zueinandergewandten Seelen reißen an der Kette; vergeblich, sie sind allzu bedingt, unbewußt bejahen sie ihre Einsamkeit. – So auch muß man die Rolle des Todes in diesen Dichtungen verstehn. Nicht der heroische, nicht der religiöse Tod wird geschaut, nicht der notwendige Tod, in den sich der Mensch nach den Worten des Alten Testaments »gesättigt an Leben« ergibt, nicht der Tod, der nur eine durchbrochene Larve bedeutet!! – Von den Schnitzlerschen Menschen wird der Tod, das Vergehn, das Aufhören gefürchtet, weil Lieben und Geliebtwerden ihnen niemals erschöpfend gelingt, weil der unendliche Vorhalt nicht aufgelöst ist, die Melodie ihre Kadenz nicht fand, auf Kind-Stufe der Eros stehengeblieben, der Stand der Sehnsucht nicht überschritten ward.

Schnitzler sieht nicht – wie ihm seit manchem Jahrzehnt die

Kritik nachsagt – den Tod als Arzt; er sieht ihn als Ethiker. In dem vielleicht unbewußten System seiner Weltanschauung bedeutet Tod die Strafe für Einsamkeit.

Des Dichters Frauengestalten sind im Gegensatz zu seinen Männerfiguren das heroische Element des Werks. Die Frau als die dem Leben Nähere durchbricht zuweilen die Mauer der Vereinsamung, sie erliegt dem Ruf des Lebens, sie verliert ihr Ich an die Liebe. Ich denke hier vor allem an Schnitzlers herrliche Novelle: ›Die Hirtenflöte‹. Das Weib ist das eudämonische Prinzip, und es klingt unter dem Spiegel all dieser Schriften, trotz Zweifels und analytischer Schärfe, ein verborgener Hymnus an die einsamkeitsvernichtende Kraft des Weibes mit.

Schnitzler arbeitet mit den antipathetischen, ametaphysischen, unparteiischen Mitteln seiner Generation, dennoch empfinde ich ihn vor allem als Ethiker. – Für einen tieferen Blick zeigt er immer wieder ein und dieselbe Leidenssituation: »Den einsamen Weg«, die Verschuldung am Leben, die Todesangst als Folge des »Nichtgelebthabens«.

So ist er der dichterisch große, vollkommene Ausdruck des uneingestandenen Schuldgefühls der bürgerlichen Epoche. Sein menschlich hohes, künstlerisch ungemein präzises, anmutiges und bedeutendes Werk lebt und wird leben. – Aber da er hinter der Maske der Skepsis und Ironie tief gelitten hat, so gehört er zu den Geretteten, zu den Menschen, die weiterschreiten!!

Wer je in den blauschönen, leidenschaftlich klaren Augen dieses nunmehr Sechzigjährigen, in diese jungen Feuer geblickt hat, der weiß, daß noch in manchem Werk der Dichter uns die Auflösung und Lösung seiner Musik schenken wird, und daß der einsame Weg noch lange nicht sein strahlendes Ziel gefunden hat.

Arthur Schnitzler
Gedenkrede

Es fiele mir leichter – meine sehr verehrten Zuhörer –, dürfte ich heute an dieser Stätte den abgeschiedenen Dichter nur in schönen Worten ohne alle Bitterkeit feiern. Ich vermag es nicht. Denn Arthur Schnitzlers blaue herrliche Augen sehen mich an, seine Augen, die sich auf Erden geschlossen haben, um für immer in den Seelen jener offen zu bleiben, die ihrem forschenden Blick jemals begegnet sind. Diese Augen besaßen eine solch schmerzhafte Lichtempfindlichkeit gegen alle Lügen, alle Phrase, alles Übertriebene, daß sie noch über den Tod hinaus den feierlichen Wohlklang einer Gedenkrede entlarven und ablehnen. Mit zwei knappen Sätzen seines Testamentes verbat sich der Dichter jeden Trauerprunk und ordnete ein Begräbnis letzter Klasse an. Er, der rechtmäßige und verborgene Repräsentant Österreichs, enthob damit die zufälligen und beamteten Repräsentanten der leidigen Pflicht, einem Manne die letzte Ehre zu erweisen, der zeitlebens auch auf die ersten, zweiten und dritten Ehren des jeweiligen Regierungsklüngels gepfiffen hatte. Arthur Schnitzler, der weltberühmte Dichter, von allen deutschen Autoren der internationalste – seine Werke sind sogar in japanischen und chinesischen Gesamtausgaben verbreitet –, er besaß weder Orden noch Auszeichnungen, und seine Unbescholtenheit war nicht einmal durch ein ganz kleines Ehrendoktorat getrübt. In Arthur Schnitzlers Leben haben wir im reinsten Sinne jene merkwürdige biographische Erscheinung vor uns, die man »ein österreichisches Schicksal« nennt. Dieses Schicksal ehrt ihn mehr als jede staatspathetische Anerkennung, denn er tritt mit ihm in die Reihe der hohen Gestalten, die Raimund, Stifter, Lenau und Grillparzer umfaßt.

Der Begriff des österreichischen Schicksals kann nicht in einer kurzen Formel erschöpft werden. Es entquillt einer doppelten Tragik. Die eigene Heimat, Wien, leidenschaftlich lieben und doch zu ihr in ebensolch leidenschaftlichem Gegensatz stehn, das ist die eine Seite der Tragik. – Ein Deutscher sein und für die

Deutschen des Reiches ein ewiger Fremdling bleiben müssen, dies die andere Seite. – Einer der traurigsten Umstände unserer Geschichte liegt in dem jahrhundertealten Mißtrauen der beiden deutschen Volkshälften gegeneinander. Darüber dürfen uns die oberflächlichen Sympathien und Antipathien des alltäglichen Tauschverkehrs nicht hinwegtrügen. Leider ist auch die Zollunion der Geister vorläufig nur ein schöner Traum.

Ich habe Raimund und Grillparzer genannt, zwei hohe Meister des Dramas; Raimund gar ist einer der tiefsten und holdesten Theaterdichter aller Zeiten. Und dennoch! Beide fehlen auf dem Spielplan der deutschen Bühnen vollkommen. Mit Arthur Schnitzler steht es nicht ganz so schlimm, doch schlimm genug, wenn man sich klar macht, daß er der stärkste deutsche Dramatiker neben Gerhart Hauptmann war. Ich bitte Sie zu bedenken, daß von all jenen Theaterstücken, die er in den letzten fünfzehn Jahren seines Lebens schrieb, so gut wie keines in Berlin aufgeführt wurde. Daran ist aber nicht allein das österreichische Schicksal schuld, nicht nur der Raum sozusagen, sondern auch die andere Dimension, die Zeit. Nach dem Kriege nämlich begann das kritische Zeitungspapier zu rascheln, Arthur Schnitzler sei überholt, sei veraltet, er wurzle in einer versunkenen Welt, er habe der Zeit nichts mehr zu sagen.

Die Nichtigkeit dieses Anwurfs jetzt und hier zu entkräften, scheint mir völlig überflüssig. Die Komödie vom grünen Kakadu mag dieses Amt übernehmen. Wahre Kunst kann nicht veralten und unwahre Unkunst kommt schon veraltet auf die Welt, wie krampfhaft sie den Mantel auch nach dem Zeitwind dreht. Man hat dem Publikum bis zum Ekel den Irrwahn einzubleuen versucht, daß der Dramatiker, ja der Dichter schlechthin nichts anderes zu sein habe als ein talentvoller Parteimann, ein rühriger Reporter der guten Sache, der seinen propagandistischen Zeitberichten ein mehr oder minder künstlerisches Kleid umhängt. (Nun, ich bin überzeugt davon, daß jemand, der das Leben der Bergarbeiter wirklich kennenlernen will, zu diesem Zwecke keinesfalls ins Theater geht.) Wir wissen alle, daß es keine brennendere Aufgabe jetzt auf diesem kleinen Erdstern gibt, als die Neugestaltung des sozialen Lebens. Vielleicht aber wissen wir nicht alle mehr, daß hinter dieser Aufgabe noch etwas steht, was jedem von uns, wenn er sich nicht selbst betrügt oder ein Eisklotz ist, weit weher tut. Jeder lebt und stirbt für sich, jeder liebt und verliert, was er liebt, allein. Nennen wir diesen wahren Hintergrund des Lebens unser Menschentum, oder um eine ganz verworfene Vokabel zu beschwören, das Private. Dieses Private aber ist das Ewige, das den Wandlungen der geschichtlichen Verhältnisse kaum unterworfen ist. Und dieses Ewig-Private bildet den eigentlichen Gegenstand der dramatischen Dichtkunst. Ich schäme mich, an solche Selbstverständlichkeiten Worte verschwenden zu müssen. Doch es scheint notwendig zu sein in einer Zeit, die alle Werte verdreht und in einer Menschheit, die einem kollektiven Stahlbad kaum entronnen, keine wollüstigere Sehnsucht kennt, als rechtsherum oder linksherum wieder Kanonenfutter zu werden.

Als Arthur Schnitzler vor Jahren einmal den Vorwurf las, daß seine Kunst der Vergangenheit angehöre und nicht aktuell sei, lachte er: »Ich stelle die Liebe und den Tod dar und kann nicht einsehen, daß diese Erscheinungen weniger allgemeingültig und zeitgemäß sind als etwa eine Matrosenrevolte.« Oh, wie konnte er über die eingebildete Beschränktheit lachen, die sich ihm feindlich in den Weg stellte! Und wie schön war er, wenn er lachte! Nichts vermochte diesen eisklaren Geist aus seiner vorbestimmten Bahn zu lenken, keine Mode, keine Zustimmung, keine Ablehnung. Während andere ihre geistigen Eltern verkauften und zeitläufig wurden, ging er hin und schrieb eine Seelentragödie in zartesten Versen. Zwei hohe Eigenschaften panzerten Schnitzlers weiche und gütige Natur gegen das Leben: Seine Unbestechlichkeit und seine Einsamkeit. Unbestechlich war er so sehr, daß er nicht einmal durch sich selbst bestochen werden konnte: Der Kriegsschauplatz seines Lebens lag nicht in der Außenwelt, sondern in seinem Gewissen. Welch ein Vorbild in unseren grausamen und wehleidigen Tagen, da jeder seine persönliche Schuld am liebsten auf die sozialen oder wirtschaftlichen Umstände abwälzen möchte. In dieser jammerliberalen Auffassung, daß auf der Welt alles nur soziales Schicksal ist, daß es nichts »Privates« gibt und mithin auch keine tiefere Schuld und höhere Verantwortung, in dieser rückschrittlichen Hordengesinnung müssen wir den Grund suchen, warum das große Zeittheater keine wirklichen Lösungen und das kleine kein wirkliches Drama hervorbringen kann. Noch wichtiger aber als diese Unbestechlichkeit erscheint mir des Dichters Einsamkeit. Arthur Schnitzler hat ihre Qualen und ihre Wunder erprobt wie niemand. Er war ein großer Meister der Einsamkeit. Sie bildet den tiefsten Inhalt all seiner Werke und Gestalten, vom ersten bis zum letzten. Selbst in der wirbligen Tragikomödie – dem ›Grünen Kakadu‹ –, die heute vor Ihnen abrollen wird, ist nicht die Französische Revolution die Heldin, sondern die Einsamkeit des Menschen, die Ohnmacht des Menschen gegen die Lebensrolle, die ihm auferlegt ist, und das wilde Spiel der Verwirrung, das dadurch entsteht, daß keiner weiß, wer der andere wirklich ist. Hier erkennen wir in ihm wie in jedem echten österreichischen Dichter einen Enkel Calderóns.

Schnitzler war aber nicht nur ein Meister, sondern auch ein Lehrer der Einsamkeit. Einsam-sein heißt, sich selber ins Auge sehen können. Der Dichter lehrte uns durch seine ganze Lebenshaltung, daß es die heiligste und gefährlichste Pflicht des Menschen sei, vor sich selbst nicht davonzulaufen. Er haßte die Politik glühend als eine Verderberin der Menschheit, weil sie der Jugend die billigste Gelegenheit bietet, vor sich selbst davonzulaufen. Der forschende Blick seiner herrlichen blauen Augen besaß die Macht, alle schlauen Ideale, alle Massenlügen, alles Fanatische und Ungenaue in nichts aufzulösen. Wer in Arthur Schnitzlers Augen sah, mochte wohl denken: Wie unglücklich ist dieser Unbestechliche und Einsame, dem auf Erden so wenig zu glauben übrigbleibt. Und wirklich! Dieser Mann war ein unerbittlicher Zweifler, der sich durch Wahrscheinlichkeitsrechnungen nicht beruhigen ließ. Nichts zersetzte sein Geist spöttischer als die Begriffe von Erfolg, Ruhm, Macht, Ehre, wie sie die Öffentlichkeit verteilt. Dieser Öffentlichkeit still den Rükken kehrend, stieg er ins Grab. Jetzt aber nach seinem Tode zeigt es sich, daß Arthur Schnitzler mehr Glauben besessen hat, als seine Freunde wußten. Einen Glauben vor allem, der ein Kennzeichen menschlicher Größe ist, den Glauben an sich selbst. Dies beweist sein letzter Wille, in dem er verfügt, daß gewisse Schriften seines Nachlasses erst dreißig, ja manche erst fünfzig Jahre nach seinem Ableben veröffentlicht werden dürfen. Fünfzig Jahre in diesem verrückten Jahrhundert sind schon eine recht ausgewachsene Ewigkeit. Der Dichter war demnach, als er starb, fest davon überzeugt, daß sein Werk und seine Person in fernen Zeiten weiterleben und fortwirken werden. Woran aber dieser alte unerbittliche Zweifler mit solcher Gewißheit glaubte, daran dürfen auch wir, die Verwaisten und Verarmten, getrost glauben.

Giuseppe Verdi

Verdis dunkle Epoche

Von seinem dreißigsten bis zu seinem vierzigsten Lebensjahr etwa vollendet Giuseppe Verdi siebzehn Opernpartituren. Dieser Zeit erschöpfenden Theaterdienstes von ›Nabucco‹ bis ›Rigoletto‹ hat die Kritik den Namen »die dunkle Epoche« gegeben; das betreffende Kapitel einer italienischen Biographie trägt die poetische Überschrift: ›Das Licht flackert‹.

Gewiß! Das Licht flackert; aber es ist ja keine Kerzenflamme, sondern ein gewaltiges Essenfeuer, das mit hundert Armen die Metallblöcke umgreift, die es einschmelzen will. Noch sieht die Musikgeschichte das Phänomen in seiner ganzen Gewalt nicht klar. Sie urteilt: auch der große Bellini, der einzige Rossini, auch Donizetti (ganz zu schweigen von Mercadante, Piccini, Ricci) haben in einer leichtsinnigen Mischung von Genie und Merkantilismus zwei, drei und noch mehr Opern während eines Jahres herausgeschleudert. Der Vergleich liegt nahe. Verdi, der ungebildete Bauernjunge von Busseto, ist in der »dunklen Epoche« ein italienischer Vielschreiber, ein Opernschneider nach Maß gewesen. Die Musikkritik wird gewiß umlernen. Allzu flüchtig war bisher der Blick, den sie in die Klavierauszüge von ›I Lombardi alla prima crociata‹ oder ›Macbeth‹ geworfen hat. Es ist ihr nicht zu verdenken. Es gibt keinen Komponisten, dessen Klavierauszüge ungenügender das Abbild der Wirklichkeit wären. Und dann: Es müssen trotz aller »Verdi-Renaissance« zehn Jahre mindestens noch vergehen, ehe die Zeit der Erkenntnis gekommen sein wird, daß kein anderer als Verdi der Shakespeare der dramatischen Musik gewesen ist.

Am Ausgang der »dunklen Epoche« stehen zwei Werke von hohem Wert, das eine ein Ende, das andere ein Anfang.

›La battaglia di Legnano‹ ist die Vollendung des heroisch politischen Opernstils, der für Verdis Jugend kennzeichnend ist. In der Geschichte der Kunst ist es übrigens niemals und niemandem als Verdi geglückt, kraft eines niederschmetternden Enthusiasmus politische Propaganda in Tönen zu treiben und dabei Künstler zu bleiben. An der italienischen Revolution hat die Musik des Meisters einen wesentlichen Anteil. Ein Beweis übrigens, daß nur gute Kunst gute Propaganda ist, und die flammendste Gesinnung kunstübender Intellektueller nichts anderes aufreizt als unsere Langeweile.

Die ›Schlacht von Legnano‹ ist die große politische Oper Verdis. Die hinreißende Atemführung ihrer Melodien wird auch von der ›Aida‹ nicht erreicht, und kein Finale, das der Maestro je geschrieben, von ihrem knappen, wahnsinnträchtigen dritten Aktschluß. Der bewußte und reine Gegensatz dieser »kollektivistischen« Oper ist ›Luisa Miller‹, der erste Versuch Verdis auf dem Gebiete der intimen Tragik. Welch eine seelische Spannweite mußte der Mann besitzen, der während weniger Monate zwei dermaßen einander fremde Gefühlswesen auszudrücken vermochte!

Wir Deutschen werden, um ›Luisa Miller‹ rein genießen zu können, uns vorerst von einigen Vorurteilen befreien müssen. ›Luisa Miller‹ nimmt Schillers ›Kabale und Liebe‹ zum Anlaß, sie ist aber und kann nicht eins sein mit der deutschen Tragödie. Der Italiener vermag die deutsche Kleinstadt und ihre Stimmung nicht zu verstehen, aus der Schillers Jugendwerk hervorwächst. Verdi muß sich die Stubenluft der kleinen Residenz in sein Bussetanisch übersetzen, in seine norditalienische Ländlichkeit, damit seine Seele in Schwingung gerät. So wird aus dem Orchestermusiker Miller ein alter Soldat, was auf uns wie die Klischierung einer wahren und originellen Figur wirkt. Überschätzen wir aber diese Entnationalisierung nicht! Wir werden im Menschlichen reich entschädigt. Die Vater-Tochter-Liebe, der Tochter-Vater-Konflikt tönt aus Verdis Melodien vielleicht stärker, gewiß aber nicht schwächer als aus Schillers Wort-Rhythmen. Alle Duette zwischen Luisa und dem alten Miller, das erste Final-Ensemble, das a-cappella-Quartett, die bitterlich-verklärten Lieder Luisens, die mächtigen Ausbrüche Rodolfos (Ferdinand) im letzten Akt, das herrliche Schlußterzett sind strahlende Gipfel im Gesamtwerk Verdis.

Zum Schluß ein persönliches Wort: Ich bin der Berliner Staatsoper und ihrem Führer von ganzer Seele dankbar für die mutige Tat der Wiedererweckung dieser verschollenen Oper. Denn ich habe den festen Glauben, daß durch die Erschließung des Riesenkomplexes »Verdi« (an der viele Köpfe und Hände werden arbeiten müssen) nicht nur das Publikum ein unausdenkliches Musikgeschenk empfängt, sondern mehr noch der erstarrten Opernproduktion neue, ja, neue Wege gewiesen werden.

Verdis ›Don Carlos‹ und seine Kritiker
Eine künstlerische Großtat unserer Oper und ihre Bedeutung
Aus einem Gespräch

Franz Werfels und Lothar Wallersteins Bearbeitung des Verdischen ›Don Carlos‹, dessen geradezu sensationeller Erfolg sich beim Publikum der bisher stattgefundenen Aufführungen weitaus stärker auswirkte als bei einigen Kritikern, gab uns Veranlassung, mit Franz Werfel über dieses Thema zu sprechen, dem heute größere Bedeutung denn je für die Zukunft unseres Theaters im allgemeinen und der Oper im besonderen zukommt.

Vor allem möchte ich, um jedem Mißverständnis vorzubeugen, betonen, daß ich weder eines meiner Werke noch meine Person jemals gegen Kritik verteidigt oder gerechtfertigt habe. Auch in diesem Falle spielt die Arbeit, die ich in Gemeinschaft mit Lothar Wallerstein an der Erneuerung des ›Don Carlos‹ leistete, eine unwichtige Rolle, denn wir haben sie nicht anders aufgefaßt als einen hingebungsvollen Dienst und begeisterten Zoll an einem Meisterwerk, das wir lieben. Die Einwendungen, die gegen die Gesinnung unserer Arbeit gemacht wurden, können mich nicht treffen und bleiben mir gleichgültig – nicht gleichgültig jedoch ist mir die kritische Herabminderung, die der Oper Verdis höchsterstaunlicherweise von einem Teil des Wiener Theaterreferats zuteil wurde.

Meiner Überzeugung nach ist es keineswegs Aufgabe der Kunstkritik, apodiktische Geschmacksurteile auszusprechen und sie dem Publikum als maßgebend aufzudiktieren. Ebensowenig wie man sagen kann, die Dolomiten seien schöner als das Mittelmeer, oder umgekehrt, ebensowenig kann man reine und vollkommene Kunstwerke gegeneinander abwägen und eines auf Kosten des anderen in den Himmel heben oder verurteilen. Ein solches Vorgehen könnte man gewissermaßen die »Kritik der praktischen Vorurteilskraft« nennen – ich fasse aber die Aufgabe der Kritik doch weit positiver auf. Wenn, wie es mein Glauben ist, Kunst die Weisung, Deutung und Preisung der Tiefe des Lebens darstellt, so wäre es Sache der Kritik, dem empfangenden oder genießenden Menschen den Weg zu diesen drei Toren des Kunsterlebnisses zu ebnen. Die Prätention aber, als Totenrichter vor diesen Toren zu stehen, ist längst überholt, und man muß dieser Kritik unbedingt den Vorwurf machen, daß sie der gegenwärtigen Lage des Operntheaters weder im sozialen noch im künstlerischen Sinne Rechnung trägt. Im sozialen Bereich hat sich im letzten Jahrzehnt ein völlig neues Publikum gebildet, das durch keine Tradition und kaum durch eine Kenntnis des bestehenden Musikschatzes belastet ist. Statt auf dieses Publikum erzieherisch einzuwirken, wird es von der Kritik so behandelt, als bestünde es noch aus den Habitués und Opernkennern der Vorkriegszeit. Jene Besserwisserschaft, welche die Spalten mit historischen und sachmusikalischen Andeutungen füllt, dient aber nur dazu, die Begriffe zu verwirren. Wenn zum Beispiel ein Kritiker schreibt, das Terzettino dialogato aus dem dritten Bild des ›Don Carlos‹ sei von der Opéra comique beeinflußt und könnte im ›Maskenball‹ stehen (wo es glücklicherweise nicht steht), so ist das eine Meinung, mit der zum Beispiel ein junger Leser, der weder etwas von der Opéra comique noch vom ›Maskenball‹ weiß, bestimmt nichts anfangen kann. Dabei stimmt im Auge eines tieferen Kenners des Verdischen Gesamtwerkes und der italienischen Oper dieses Urteil gar nicht, denn die melodisch begleitende Parlando-Form ist weit mehr von Rossini und schon von seinen Vorgängern als von der komischen Oper verwendet und vervollkommnet worden.

Man sieht schon an diesem einen Beispiel, wie ungenau und anfechtungswert jedes derartige Urteil ist. Um so bedenklicher muß es uns aber stimmen, wenn wir wissen, daß ein solches Urteil die Oper schädigt, die gerade heute der helfenden Liebe stärker bedarf als jemals. Ist es denn nicht erschreckend, wenn man den Spielplan der großen deutschen Opernbühnen betrachtet und erkennen muß, daß sie sich nur dadurch am Leben erhalten können, daß sie dreimal wöchentlich ›Das weiße Rössl‹ aufführen? Merkwürdigerweise aber werden alle möglichen Dreck- und kommerziellen Machwerke von eben dieser Kritik mit einem gutmütigen Augenzwinkern gutgeheißen, während sich ihre ganze Unduldsamkeit gegen Geniewerke entlädt! Man muß sich an den Kopf greifen über die Kühnheit von Menschen, die sich nach einer zweimaligen, mehr oder weniger mißgelaunten Anhörung eines solchen Werkes hinsetzen und ein Urteil produzieren, dem jedes Verantwortungsgefühl schon deshalb mangelt, weil ja der betreffende Richter für dieses Urteil niemals haftbar gemacht werden kann, eine Tatsache, in der allein schon die Überflüssigkeit, Überheblichkeit und Schädlichkeit jeder Theaterkritik beschlossen ist. Die Wiener Staatsoper hat mehrere Monate lang am ›Don Carlos‹ mit wahrem Feuereifer und mit nie ermüdendem Enthusiasmus gearbeitet, wir haben jeden Takt hundertmal durchgedacht, jedes szenische Detail wurde immer wieder besprochen, die kleinste Auslegung des Textes hat uns schlaflose Nächte gemacht – diese Riesenarbeit aber ist wohl vom Publikum keineswegs, aber von der Kritik – bis auf wenige erfreuliche Ausnahmen – so gewürdigt worden, wie sie es verdient hätte!

Was mich selbst anbetrifft, so ist der Dienst, den ich schon seit einem Jahrzehnt an der Neuentdeckung des Verdischen Opernwerkes leiste, ein schweres Opfer, da er mich den größten Teil meiner Arbeitszeit kostet: Ich bringe aber dieses Opfer, weil ich die Bereicherung der Welt durch die unerschöpfliche Musik des italienischen Meisters für eine Glückszufuhr in dieser tristen Zeit ansehe und weil ich nach wie vor der Ansicht bin, daß die moderne Oper sich durch die Erkenntnis Verdis und seiner Gestaltungsideen erneuern kann. Die Lektüre gewisser Kritiken hat mich aber davon überzeugt, daß diese meine Absicht nicht nur nicht verstanden, sondern auch falsch gedeutet wird. Die Wiener Staatsoper aber hat mit dieser Aufführung des ›Don Carlos‹ ein Riesenwerk vollbracht und dies in solch festlicher Vollendung, daß sie sich damit als eines der wesentlichsten Elemente der Existenzberechtigung Österreichs in den Vordergrund stellt. Nur unpatriotische Gleichgültigkeit und begeisterungsunfähige Fachsimpelei kann es fertig bringen, einer solchen Tat geistigen Ernstes und künstlerischer Hingabe die gebührende Anerkennung zu versagen.

Verdi in unserer Zeit

Ich hatte als Gymnasiast in meiner Vaterstadt das Glück, hinreißende Aufführungen einer italienischen Opernstagione zu erleben. Damals traf mich der verzehrende Blitz Verdis zum ersten Mal. Als ich aber dann von der Macht dieses Himmelsfeuers zu stammeln begann, wurde ich von den musikalisch neunmal Weisen bitter verlacht. Die Folge war, daß ich mich eine kurze Zeit meiner Schwärmerei schämte, dann aber mit Fanatismus für die Gerechtigkeit zu kämpfen begann.

Doch wie das Christentum trotz aller Schismata, Häresien, Reformationen und Sekten immerdar im römischen Katholizismus seine Heimat und Heimkehr besitzt, so wurzelt auch die verschiedenartige Opernkunst der Welt immerdar im recitar cantando des italienischen Melodrams... Das dialektische Gesetz, kraft dessen sich die menschliche Geschichte entwickelt, fordert von jeder Generation, daß sie das Gestern verachte, um das Vorgestern zu glorifizieren. Wir finden die Mode und die

Entzückungen unserer Väter lächerlich, während uns die Welt unserer Großväter als erhaben vorkommt, schon deshalb, weil wir sie nicht mehr verstehen. Heute aber ist der Zeitpunkt erreicht, wo dieses 19. Jahrhundert mit Giuseppe Verdi an der Spitze in eine farbigere Ferne taucht, und wir erkennen jetzt staunend, daß Italien im vergangenen Jahrhundert ein großes Volkstheater des Gesanges geschaffen hat, das sich dem englischen in der Zeit Calderóns als wurzelhafte Nationalerscheinung würdig an die Seite stellt...

Giuseppe Verdi war kein Reformator, sondern ein Gegenreformator.

Jeder große Künstler, jeder große Geist ist der Beauftragte, der Feldherr einer bestimmten ideellen Macht im ewigen Krieg der geistigen Welten.

Giuseppe Verdi wird als Kind jener Epoche geboren, die zwischen der Französischen Revolution und der Revolution von 1848 liegt. Wohin deutet die Entwicklung in diesem Zeitabschnitt? Unwiderstehliches Vordringen der Naturwissenschaften! Zurückweichen der religiösen und humanistischen Kräfte! Deutlicher gesprochen:

Der Mensch, der sich so lange als Sinn und Krone der Schöpfung fühlte, steht jetzt nicht mehr in ihrer Mitte, er ist zu einem Partikel geworden, zu einem hervorragenden, aber hoffnungslosen Mitglied des Naturreiches. Während also der politische Liberalismus, das absolute Individuum ihren großen Sieg zu erringen scheinen, vollendet sich schon ihr Untergang. Geheimnisvolles Gesetz! Der Tod der Ideen beginnt mit dem Augenblick ihrer Verwirklichung.

Wie spiegelt sich diese Lage in der musikalischen Geschichte? Unwiderstehliches Vordringen der symphonischen, der instrumentalen Welt. Ständiges Zurückweichen des Gesanges, der vokalen Melodie. Diese – die Gesangs-Melodie – versinnbildlicht den Menschen als Sinn und Krone der Schöpfung, den religiösen und humanen Menschen, der hoch über der Natur steht. Der Symphonismus entspricht in seinem Wesen der naturwissenschaftlichen Auffassung von der Welt, mit der sie sich parallel entwickelt. Woraus läßt sich dies erhärten? Der menschliche Gesang, die anima humana naturaliter christiana, wird vom Thron gestoßen, den einst die Elemente dienend umgaben.

Sie sinkt ins Meer der Natur hinab, ins Orchester gewissermaßen. Die Instrumente, die ihr einst demütig zur Begleitung dienten, verschlingen sie nun gleichgültig. Die Melodie, als höchster Ausdruck der menschlichen Stimme, zerfällt und zerbröckelt. Sie verliert ihre unabänderliche Einmaligkeit, sie wird zum Thema, das durchgeführt, zum Motiv, das variiert werden soll. Sie gleicht nun einem chemischen Element, das sich verwandelt, indem es immer neue Verbindungen eingeht. Das (ich möchte fast sagen) metaphysische Prinzip der Wiederholung des Gleichen, das Prinzip der modernen Reprise wird abgelöst durch das Prinzip der Variation, die ein Abbild des zeitgemäßen Relativismus ist.

Wir sehen also in der Musik haargenau die gleichen Geistesmächte im Kampf, wie sie in der Philosophie, ja in der Politik des ganzen 19. Jahrhunderts einander widerstreiten. Auf der einen Seite der christliche Humanismus, zu dem das alte italienische Melodrama gehört, und auf der anderen Seite die neuheidnische Naturgesinnung und Naturvergottung, die die Symphonie in all ihren Arten und Auswirkungen umfaßt. Verstehen wir uns richtig! Dieser Krieg läuft keineswegs klar und einheitlich ab. Oft scheinen sich die Fronten zu vertauschen, die Gegner wechseln ihre Stellung, und es fällt nicht immer leicht, Freund und Feind zu unterscheiden. Heute freilich wird es langsam deutlich, daß in diesem großen Ringen, das mit dem zeitlichen Sieg des Symphonismus endete, der unerschütterliche Feldherr der Melodie Giuseppe Verdi war. – Verdi Gegenreformator und Retter der Melodie...

Es ist jene stürmische, feuer-flüssige Welt, die hinter allen Opern Verdis steht, von der ersten bis zur letzten. Fast möchte man sagen, daß die manifeste Musik seiner Opern, die Partitur, nur den beleuchteten und uns zugewandten Teil dieser planetarischen Welt bildet. Durch ganze Akte geht ein unaufhörliches dumpfes Herzklopfen, ein dröhnender Marsch des Schicksals, das nicht nur die Personen auf der Bühne, sondern auch uns, die Hörer, an die Wand drückt. Da gibt es kleine Rezitative, die in ihren Noten alles menschliche Blut aus den Worten saugen. Sie sind manchmal wesenhafter als die großen Arien. Überhaupt die Rezitative. Sie bedeuten vielleicht Verdis wichtigste gegenreformatorische Tat. Im ›Othello‹ und im ›Falstaff‹ gibt es beinahe nurmehr Rezitative. Doch sie sind nichts anderes als konzentrierte, auf den engsten Raum zusammengepreßte Arien.

In diese Rezitative oder Ariosi hat Verdi, ohne das geringste Zugeständnis dem Symphonismus zu machen, die ewige Melodie des italienischen Melodramas in die Gegenwart herübergerettet und ihr in eine noch unbekannte Zukunft den neuen Weg gewiesen. –

Die Wagnersche Theorie weist dem Orchester die Rolle des antiken Chors zu, das Unbewußte des Dramas ins Bewußtsein zu heben. Bei Verdi hat es eine ganz andere Aufgabe. Wie der menschliche Körper der Träger der Seelenerregung ist, so ist das Verdische Orchester der Träger, nein, der Körper des Gesanges selbst, mitschwingend, mitschluchzend, mittönend, mitstrebend. In zehntausend knappen Wendungen, Rückungen, Pulsbeschleunigungen, Atemlosigkeiten, Schmerzrufen, Einwürfen, Nervenrissen nimmt dieser lebenszitternde Körper am singenden Schicksal teil, das tiefste Kunstgesetz des Dramas erfüllend, das dem physikalischen Gesetz so eng verwandt ist: »Größte Spannung bei kleinster Oberfläche!« –

Daß Verdi nicht nur ein Musiker, sondern auch ein echter Dichter ist, beweist seine Stoffwahl. –

Die Wahl seiner Stoffe erfolgt nicht aus Zufall, sondern entspricht den Gesetzen seiner inneren Welt, bestimmten Erfahrungen und produktiven Konflikten, die ihn durchs Leben begleiten. –

Verdi besitzt eine geschlossene dichterische Welt, aus welcher die musikdramatische Neugestaltung seiner Opern fließt. Diese Welt wird von einigen grundlegenden Konflikten beherrscht, die immer wiederkehren. – Zwei der wichtigsten: Der Konflikt des väterlichen Herzens, und der Konflikt der Unterdrückten,

Verlachten, Fremden oder Andersgearteten in einer feindlichen Umwelt. – Im ersten Komplex ist Verdi ganz und gar Italiener, im zweiten ganz und gar ein Sohn des Jahres 1848. – Vater-Tochter. Der Konflikt Vater-Sohn spielt kaum eine Rolle...

Ich stelle fest, daß Verdi in allen seinen Melodramen zwei Welten tiefdramatisch kontrapunktiert. Die Welt der Glücklichen, die im Lichte wandeln, und die Unterwelt der Dunklen und Ausgeschlossenen. Dieser Dualismus, der natürlich gar nichts mit politischen Anschauungen zu tun hat, ist das tragische Bekenntnis der Verdischen Kunst. Die beiden Welten, die lichte und die dunkle, durchdringen sich mit Liebe und Haß. Sie suchen die Einheit. Da es aber diese auf Erden nicht gibt, gehen sie aneinander zugrunde. – Wagner und Verdi sind im gleichen Jahre geboren. Ihre Werke beherrschen gemeinsam die musikalischen Theater der Welt. Sie sind im Leben einander niemals begegnet. Auch ihre Werke berühren sich niemals. Im ›Parsifal‹ und ›Falstaff‹ freilich sind die Gegensätze so weit gediehen, daß sie sich in einem tieferen Sinn beinahe aufheben. Beide Alterswerke sind sowohl letzte Testamente ihrer Schöpfer als auch Fingerzeige zur Weltüberwindung. Wagner, Protestant, Städter, Bürger, Schopenhauerianer, Revolutionär, errichtet im ›Parsifal‹ dem katholischen Glauben eine der herrlichsten Kathedralen, in der er das Mysterium des Meßopfers feiert, in der er selbst zerknirscht sich hinwirft, in der er für sein eigenes leidenschaftskrankes Herz um Frieden fleht. Von ferne hallen in diese mystische Kathedrale noch die alten drängenden Lockrufe der Triebwelt, die schmachtenden Sündenklänge aus Klingsors Zaubergarten. Sie vergehen im Jenseits einer Entrückung, wie sie kein Sterblicher vor und nach Wagner je erreicht hat.

Wie aber überwindet Verdi in ›Falstaff‹ die Welt? Er ist nicht Bürger, sondern Bauer. Die katholische Kirche bedeutet für ihn kein fremdes Land, wo eine beladene Seele Buße und Rettung sucht. Er ist ein Sohn der Kirche wie tausend andere. In seiner Jugend hat er ihr als Organist gedient, jahrelang. Wie frei sich auch sein Denken im Laufe des Lebens gestaltet, er verläßt seinen Glauben nie. Dieser ist für ihn so selbstverständlich wie seine Heimat, wie die Wolken, wie der Fluß, wie die Weizenfelder der Po-Ebene. Man findet auch in seinen Opern auf Schritt und Tritt kirchliche Szenen. Kaum eine gibt es, eine, in der nicht ein ›Miserere‹ oder ›Tedeum‹ gesungen würde. In jene Erlösung, welche der Dichter des heidnischen Nibelungenringes am Ende seines Lebens sucht, ist der Komponist des ›Requiems‹ hineingeboren. Sein letztes Wort muß anders lauten.

Und wirklich! ›Falstaff‹ ist ein religiöses Bekenntnis, das sich im leichten Gewande eines sehr weltlichen Lustspiels listig verbirgt. Verdi packt voll übermütiger Laune die menschliche Geduld an ihrer Wurzel. Falstaff, der Fresser und Säufer, der gierige Dickwanst, das gute Monstrum Falstaff, der große Aufschneider, »Enormo Falstaff« – was ist er denn anderes als die menschliche Eitelkeit oder, genau, die menschliche Ichheit?? Sir Johns Bauch verkörpert das aufgeplusterte Menschen-Ich, das auf den spitzbübischesten Wegen die Sünde sucht, dabei aber heillos gefoppt wird, eine kalte Taufe erleidet, um endlich, zerzaust und verprügelt zur Besinnung seiner Nichtigkeit zu kommen: »Tutto nel mondo è burla«. D. h., diese Welt, in die wir uns so leidenschaftlich verbeißen, ist nur ein Schattenspiel, wie es schon Plato definiert hat. Man soll den Protagonisten, das eigene Ich, nicht zu ernst nehmen und durch die Überwindung dieses Ich, die Schattenwelt selbst überwinden. –

Es ist lateinische Weisheit Calderóns, zu der Verdi vordrang, als er Shakespeare vertonte. Wie Calderón und Shakespeare das spanische und englische Nationaldrama in sich zusammenfassen, um es zu überragen, so faßt Verdi das italienische Melodrama in sich zusammen und überragt es. –

Als echter nationaler Meister lehrt uns in einer stickigen Welt nationalistischen Irrwahns Verdi, was wahrhaft nationale Kunst ist. Alles Große entstammt selbstverständlich irgendeiner Provinz des Menschentums. Es wächst wohlgemerkt aus ihr und nicht für sie. –

Ein Bildnis Giuseppe Verdis

I

Achtundachtzig Jahre währt Giuseppe Verdis Leben. Fast sechzig davon stehen im Strahl eines schnell wachsenden und unwandelbar blühenden Ruhmes. Es ist der große ruhige Weltruhm, der nur Schritt für Schritt im wirklichen Siege errungen wird, der Ruhm, der nur den seltensten und den erlauchtesten Künstlern winkt. Es sammelt sich aber, zumal in den Anfängen seiner Laufbahn, noch ein anderer, grellerer Ruhm um den Namen dieses Mannes. Ihn verleiht eine erregte Nation im Augenblick ihres Sich-Besinnens und Sich-Gestaltens demjenigen, der wie kein anderer ihre Not und Sehnsucht künstlerisch ausdrückt.

Zwischen 1820 und 1870 erlebt die italienische Nation die Zeit ihrer Erhebung, ihrer Wiedergeburt, ihrer Einigung. Es ist dies ein großer kultureller und politischer Aufstand gegen Tyrannei und Unterdrückung durch fremde Herrscher und fremde Methoden, der in die Geschichte unter dem Namen ›Il Risorgimento‹ eingeht. Das Risorgimento ist eine nationale Revolution, aber keineswegs eine nationalistische Revolution im modernen Sinne. Dafür bürgen schon die geistigen Urheber dieser Bewegung. Gioberti ist ein christlicher und Mazzini ein demokratisch sozialer Universalist. Das ist die Epoche, in der zum ersten Male die rauhen Chöre, die furiosen Cabaletten und Stretten der Verdi-Opern ertönen. Sie sind die rechten Flammenzungen, um leicht entzündliche Temperamente in Brand zu setzen. Schon während der vierziger Jahre wird Giuseppe Verdi zu einer Art Inkarnation der italienischen Volksseele, er, der als Künstler niemals einem äußeren Zwecke dienen wollte, er, der wenn er schrieb, immer nur seinem Herzen gehorchte.

Der Komponist Adolphe Adam erzählt von dem frenetischen Kult, der damals mit dem Namen des Meisters in Rom, Mailand, Neapel getrieben wurde. Die Raserei – anders kann man es nicht nennen – die zu jener Zeit solche Jugendwerke wie ›I Lombardi‹, ›Attila‹, ›La Battaglia di Legnano‹ entfesselten, machten auf den Fremden fast einen feindlich gewalttätigen Eindruck. – Jahrelang konnte man an den Häuserwänden von Mailand und Venedig, von Rom und Neapel in flüchtigen Kreidestrichen eine Inschrift lesen. Wenn die Polizei sie auslöschte, half es nichts, denn eine Stunde später prangte sie wieder an allen Ecken und Enden der Städte: »Viva Verdi« lautete die Inschrift, und die bedeutete verschlagenerweise nicht nur, daß der Komponist Verdi hochleben möge. Die fünf Buchstaben seines Namens bildeten nämlich das Anagramm für einen weit gefährlicheren Hochruf, der die habsburgische, päpstliche und bourbonische Polizei in keinen geringen Schrecken versetzte: ›Viva *V*ittorio *E*manuele *R*è *d'I*talia!‹ Es war der Name des nationalen Königs, von dem die damaligen Italiener alles Heil der Zukunft erhofften. – Mit all diesen Dingen hatte Giuseppe Verdi selbst nichts zu tun. Er war ein guter Patriot und besaß einen sachlich kühlen Blick für die Realitäten des sozialen Lebens. Doch in seinen Briefen schreibt er immer wieder: »Ich verstehe nichts von Politik und möchte von ihr in Ruhe gelassen werden!« Er wehrt sich redlich gegen den großen Staatsmann Cavour, der ihn schließlich überwindet und zwingt, ein Abgeordnetenmandat im ersten Parlament des geeinten Italiens anzunehmen. Cavour weiß genau, was der Name Verdi für das Prestige einer Nationalversammlung bedeutet. Der Meister aber gesteht aufrichtig: »In Italien soll es 450 Abgeordnete geben. Das ist nicht wahr. Es gibt nur 449, denn der Abgeordnete Verdi ist keiner...«

Während der Erstaufführung der Oper ›La Battaglia di Legnano‹ kam es zu einem Zwischenfall, der grell die aufpeitschende Kraft beleuchtet, mit welcher die Musik Verdis im Jahre 1848 auf das italienische Volk wirkt. Eine der stärksten Szenen dieser Oper führt den Helden vor, den sein eigener Bruder aus Rache für vermeintlichen Ehebruch gefangengesetzt hat, damit er nicht die Ehre genieße, mit der italienischen Ritterschaft gegen die deutschen Unterdrücker und Barbaren Kaiser Barbarossas in den Kampf zu ziehen. Der Schauplatz ist das versperrte Gemach in einer Burg, zu deren Füßen der breite Po strömt. Die

Musik malt in den wildesten Farben den Marschgesang der Italiener, die in den Kampf ziehen, und im Gegensatz dazu die Verzweiflung des gefangenen Patrioten, der zu der Schmach verurteilt ist, diesem Kampf gegen Hochmut und Niedertracht fernbleiben zu müssen. Aus dem Kontrast, in den auch noch auf das wunderbarste das beständige Rauschen des Flusses eingewoben ist, wächst eines der aufregendsten Musikstücke, die Verdi je geschrieben hat. Die Szene schließt damit, daß der Held, der keinen anderen Ausweg hat, mit einem herrlichen Jubelschrei sich vom Gesims des Fensters in den Fluß stürzt, um durch diesen gefährlichen, aber befreienden Sprung seine Ehre zu retten. – Genau bei dieser Stelle tat ein Sergeant der Dragoner auf der Galerie des Teatro Costanzi dasselbe wie der Tenor auf der Bühne. Durch den herzbestürmenden Rhythmus dieser Musik um den Verstand gebracht, riß er sich den Waffenrock vom Leibe und sprang von der Brüstung der Galerie in das Parkett hinab, wo er sich erstaunlicherweise weder den Hals brach, noch auch jemand andern ernstlich verletzte. Ich glaube ruhig behaupten zu können, daß es in der ganzen Musikgeschichte kein ähnliches Beispiel von »zündender Wirkung« gibt.

Sonderbar! Man sollte doch meinen, daß das Leben eines Mannes, der Herr über solche Leidenschaften war, der mit Werken der Kunst auf den Gipfel symbolischer Existenz emporgetragen wurde, man sollte doch meinen, daß ein solches Leben nicht nur klar vor uns liege, sondern mehr als das, bis in die letzte Einzelheit durchforscht, bewahrt und erklärt unser Besitz ist. Dem aber ist nicht so. Denkmäler, Denktafeln, Denkstraßen und -plätze gibt es genug, und nicht nur in Italien. Als ich mich aber selbst im Jahre 1910, von Begeisterung und von Widerspruch gegen die herrschende Unterschätzung Giuseppe Verdis getrieben, mit der Erscheinung dieses Mannes und Meisters zu befassen begann, gab es nur ganz wenige banale Biographien, eine wie die andere, und eine einzige Werkanalyse von einem gewissen Basevi, man höre und staune, aus dem Jahre 1857.

Vergleichen wir das mit dem großen Gegenbeispiel! Schon zu Lebzeiten Richard Wagners, der 1883 gestorben ist, sind ganze

Bibliotheken über ihn geschrieben worden. Die Anzahl der Buchpublikationen, die ihm gelten, hat heute die runde Nummer Tausend weit überschritten. Und es vergeht kein Jahr, ohne daß sich diese Ziffer durch dickleibige Werke erklecklich vermehren würde. Es gibt keine Champagner- oder Modistinnen-Rechnung, auf seinen Namen ausgestellt, die man nicht mit dem gewissenhaftesten philologischen Apparat veröffentlicht hätte. Von der Analyse seiner Motivwelt, seiner chromatischen Harmonie, seiner Theorien und Philosopheme lebte und lebt noch immer eine ganze alexandrinische Wissenschaft.

Warum ist das so ganz anders im Falle Giuseppe Verdis, der in der Welt der Oper dem Gegner um keinen Fußbreit gewichen ist, der den Spielplan mit derselben, wenn nicht mit größerer Unverwüstlichkeit beherrscht? Warum ist das so?

»Wie können Sie«, höre ich sagen, »den Opernkomponisten Giuseppe Verdi mit Richard Wagner vergleichen, der kein Opernkomponist war, sondern der Schöpfer des Musikdramas aus dem Nichts, der große Reformator der Tonkunst, ein Dichter hohen Grades, ein Theoretiker von dauerndem Einfluß? Denken Sie an den berühmten Ausspruch des Philosophen Hegel, der Napoléon ›den Weltgeist zu Pferde‹ nannte. Hegel hätte Richard Wagner ›den Weltgeist in Noten‹ nennen müssen. Giuseppe Verdi hingegen ist nur ein recht guter Meister der Musik, der sich mit ein paar schönen Melodien ins Herz der Menschheit eingesungen hat, weiter nichts. Er steht als Mensch und Künstler in der Tradition. Seine Erscheinung kann uns nicht verführen, ihr nachzuforschen. Sie ist vermutlich nicht sehr interessant und nicht besonders ergiebig...«

Niemand würde dieser Ansicht schneller beipflichten als Giuseppe Verdi selbst. Die Frage aber bleibt: Kann ein »uninteressanter Mensch« ein Geniewerk schaffen, das schon die Krise der Vergeßlichkeit bestanden hat, das ohne jemals abgeblüht zu haben, in seine zweite »klassische« Blüte getreten ist, was sich nur von den wenigsten Werken der Kunst sagen läßt? »Elementare Kraft« und »animalische Blutfülle«, das sind so die Phrasen, die man in der Verlegenheit schnell bei der Hand hat, um zu erklären, daß aus einem uninteressanten Menschen etwas hervorbrechen könne, das unvergänglich ist. Was erschüttert denn an einer Melodie? Ihre Schönheit? Die ist dem Zeitalter unterworfen. Melodien aus dem sechzehnten Jahrhundert sind für uns kaum mehr schön, wenn uns der Mensch nicht ergreift, der sie gesungen hat. An einer Melodie erschüttert einzig und allein die Aussage, die Offenbarung des Herzens, die sie enthält. Es gibt kein Kunstwerk, das nicht Bekenntnis wäre.

Hier hängt das Geheimnis Verdi mit unserer Frage zusammen: Ein Erschütterer! Und die Biographien verraten nur ein biedermännisches Leben? Ein König der Leidenschaft! Und nicht ein Liebesbrief ist veröffentlicht?

Ich will die Antwort ganz leise geben.

Verdi selbst ist schuld. Er hat die Spuren seines privaten Lebens immer wieder zu verwischen gesucht.

Ich sage das sehr leise, weil die Pathetik dieses Ausdrucks schon eine halbe Fälschung ist. Verdi hat nie die Pose gekannt, keine Pose zu haben. Er hat gewiß Briefe an Frauen geschrieben, die er gewiß nicht zurückgefordert hat, um sie zu vernichten. Warum auch!? Aber siehe, diese Briefe sind nicht da. Wie nichts ganz deutlich da ist, was seine innerste Menschlichkeit, das Herz seines Herzens verraten könnte, das sich nur in einigen Melodien offen ausgeweint hat. Das Verschleiern seiner selbst war keine Absicht, es war eine organische Eigenschaft, keine Tugend, sondern ein Trieb von höchstem Rang. Giuseppe Verdi ist – ein ganz seltener Fall bei einem Künstler – ein Dissimulant, ein Mensch, der von sich und seinen Leiden nicht viel Aufhebens macht. Wie merkwürdig, da doch von sich und seinen Leiden viel Aufhebens zu machen eine wichtige Voraussetzung künstlerischer Produktion ist!

Dies ist die Ursache, daß man den Menschen Giuseppe Verdi, von dem man gar manches weiß, so wenig kennt. Wir blicken in sein Leben, wie man durch ein Fenster in ein wohlgeordnetes Zimmer blickt. Alles steht gut an seinem Platz. Der Spaziergänger geht weiter: »Was gibt es da zu sehen«, denkt er. Ein andrer aber tritt vom Fenster weg und meint beunruhigt: »Ich habe etwas gesehen und doch nichts gesehen.« Der Zauber eines nicht in der Finsternis und im Geheimnis, sondern im nüchternen Lichte verborgenen Lebens lockt ihn immer wieder zurück.

Diesen Zauber haben die Briefe Giuseppe Verdis. Nicht auf den ersten Blick ergeben sie sich, denn sie sind ein sehr sonderbares Dokument der Scham und des Stolzes.

2

Giuseppe Verdi wird 1813 geboren, in demselben Jahre, da sein großer Rivale zur Welt kommt, der Feind und Drachentöter der italienischen Oper, Richard Wagner. Das niedrige Vaterhaus Verdis steht in einem Dörfchen des ehemaligen Herzogtums Parma. Es trägt den Namen Roncole. Nicht sehr weit davon wälzt der Po seine trüben Fluten durch die gewaltige Ebene, die sich von dem Bogen der Alpen hinab zum Adriatischen Meere erstreckt. Diese Ebene ist die Heimat Verdis, die er liebt und der er dient, ein ganzes Leben hindurch.

Über der schmalen Eingangstür des baufälligen Häuschens in Roncole, das vom Staate als Nationalheiligtum erhalten wird, stand geschrieben: ›Sali e Tabacchi‹ und vielleicht auch noch ›Vini nostrani‹. Vater Carlo Verdi, der Schankwirt und Spezereiwarenhändler des Örtchens, verkaufte den ausgehungerten Bauern der napoleonischen und nachnapoleonischen Zeitläufe die armseligen Genußmittel, die sie zum Leben brauchten. Inmitten der tiefsten Armut ist Giuseppe Verdi aufgewachsen. Eine rauchgeschwärzte Schankstube, ein offener Herd, ein Krampult, zwei winzige Kammern nebenan, das war genug für die Familie. Am Sonntag brüteten in der engen Schankstube ein paar Bauern über ihrem Wein...

Mit der Mythologie von Verdis Kindheit ist es sehr dürftig bestellt. Eine hübsche Geschichte berichtet von der Angst und Erregung, welche die Städte und Dörfer Parmas befiel, als zu Ende des Jahres 1813 die marodierenden Truppen Eugène Beauharnais' das Land verließen und die Soldaten der heiligen Allianz es besetzten. Unter diesen standen zumal die Kosaken in dem ebenso unberechtigten wie schlimmen Rufe, Kinder zu schlachten oder mindestens zu rauben. Auch die Frauen von Roncole, so erzählt die Geschichte, irrten in der Gegend umher, ein sicheres Versteck für ihre Jüngsten suchend. Die junge Luigia Verdi aber – sie hieß mit dem Mädchennamen Uttini – nahm ihren Säugling Beppino, wickelte ihn in die Schürze und erklomm mit dem Neugeborenen den Campanile, den Glockenturm des Dorfkirchleins. Dort wußte sie sich vor den bärenmützigen Kinderräubern sicher, obgleich der eisige Dezemberwind ihr und dem Kindchen nicht wenig kosakisch um die Nase blies. Diese Sage enthält kein übles Symbol für einen Mann, der sein ganzes Leben lang so einsam, so hoch und so tönend über diesem Lande stehen wird wie ein Campanile.

Von allen menschlichen Begabungen gibt die musikalische sich am frühesten zu erkennen. Die meisten großen Musiker dürften Wunderkinder gewesen sein. Ob sie es auch wirklich vor den Augen der Welt waren, das hing von dem Milieu ab, in dem sie aufwuchsen. Nicht jedes sechsjährige Genie hatte einen Leopold Mozart zum Vater, der ein trefflicher Musikus, ein vorbildlicher Pädagoge und unermüdlicher Impresario in einer Person war. Immerhin muß es dem armen Taverniere Carlo Verdi zur hohen Ehre angerechnet werden, daß er eines Tages seinen derben Stock in die Hand nahm und auf der staubigen Landstraße in die Kreisstadt Busseto wanderte, um dort eine wichtige Persönlichkeit seines Söhnchens wegen zu Rate zu ziehen.

Wer ihn als erster auf die musikalische Natur Beppinos aufmerksam gemacht hat, ist unbekannt. Carlo Verdi und sein Weib waren sehr unwissende Seelen, die von Musik nichts verstanden. Dennoch aber haben die Eltern schon in früher Zeit eine recht beträchtliche Aufwendung nicht gescheut, um ein wackliges Spinett unter die Fingerchen Beppinos zu stellen. Vielleicht war's Bagasset, dem Giuseppe Verdi seine Entdekkung dankt. Bagasset steht mit einem Fuß in der Mythologie, mit dem andern in der biographischen Wirklichkeit. Bagasset war ein Wander-Musikant, der in den Dörfern der Umgebung herumzog, um bei Kirchweih, Hochzeit und festlicher Gelegenheit sonst den Leuten aufzuspielen. Dem Klang seines Namens zufolge hätte Bagasset Fagott oder Klarinette blasen müssen. In Wirklichkeit aber fiedelte er die Schlager der damaligen Zeit schlecht und recht auf einer winselnden Geige. Es heißt, daß ihn der kleine Verdi auf Schritt und Tritt verfolgte und stundenlang neben ihm saß, wenn er sich da und dort produzierte. Diesem Bagasset hat der durchaus nicht sentimentale Maestro ein gutes Andenken bewahrt. Besucher des Landsitzes von Sant' Agata sollen den alten Wandermusikanten dort noch zu Ende der fünfziger Jahre angetroffen haben.

Wenn Bagasset nicht der Entdecker Verdis sein sollte, so ist es vermutlich der Pfarrer von Roncole gewesen. Mit dem Pfarrer hatte es Ungelegenheiten während der Messe am Sonntag gegeben. Beppino pflegte bei der Messe zu ministrieren. Es spielte aber an diesem Sonntag die Orgel. Nur selten geschah es, daß in der Kirche von Roncole die Orgel spielte, eigentlich nur dann, wenn ein Organist der Gegend ins Dorf auf Besuch kam. Beppino, tief versunken in die wogenden Klänge, vergaß alles um sich her, versäumte seine Pflichten als Ministrant während des heiligen Vorgangs. Er respondierte nicht. Er kniete nicht hin. Er vergaß das Weihrauchfäßchen zu schwingen. Zweimal schon hatte ihn der Pfarrer leise angeknurrt. Als alles nichts half, versetzte er ihm einen Rippenstoß, worauf der kleine Junge unversehens auf den Stufen des Altars in Ohnmacht fiel. Diese Szene verrät ein höchst irritierbares Nervensystem. Dorfburschen pflegen meist nicht in Ohnmacht zu fallen, wenn sie durch einen leichten Stoß aus musikalischen Träumen geweckt werden. Die Szene zeigt aber zugleich, wie sehr geniale Begabung und Fähigkeit zu höchster Konzentration miteinander in Verbindung stehen.

Wer aber auch immer als erster den Gedanken gefaßt haben mag, in Beppino stecke ein Musiker, es gab weit und breit nur einen einzigen Mann, der helfen konnte. Dieser Mann aber war Antonio Barezzi. Mit ihm stand der Dorfwirt von Roncole in bescheidenen Geschäftsbeziehungen. Der wohlhabende Antonio Barezzi war der größte Kaufmann der Stadt Busseto. Heute würde man sagen, er sei der Inhaber des prächtigsten Warenhauses in Stadt und Land gewesen, wo man sämtliche Artikel erhielt, angefangen von Lebensmitteln bis zu landwirtschaftlichen Geräten, von Kleiderstoffen bis zu Sattelzeug und Jagdgewehren. Barezzis Haus, am Hauptplatz gelegen, war der stattlichsten eines von ganz Busseto. Über den gewölbten Magazinen des Erdgeschosses befanden sich die Wohnräume der Familie, zu denen ein weitläufiger Saal gehörte, wo sich zwei- oder dreimal wöchentlich die Mitglieder der »Società Filharmonica« versammelten, um ihre Proben abzuhalten. Signor Barezzi nämlich – dem Carlo Verdi sein Anliegen Giuseppe betreffend vorbrachte – war nicht nur ein guter Kaufmann, sondern weit mehr als das, ein begeisterter Musiknarr, weswegen sein Andenken für alle Zeit gesegnet bleibt. Antonio Barezzi nannte sich Präsident der besagten »Società Filharmonica«, eine pompöse Bezeichnung übrigens, unter welcher ja kein philharmonisches Orchester im modernen Sinne verstanden werden darf, sondern eine primitive Blasmusik, eine »Banda Municipale«, wie sie heute noch glücklicherweise in den kleinsten Nestern Italiens unterhalten wird. Der Präsident war zugleich Orchestermitglied. Er blies guten Mutes die Klarinette. Am Sonntag nach dem Hochamt gab man gewöhnlich ein Konzert auf dem Stadtplatz. Sonst wirkte man bei solennen Anlässen in der Kirche mit und brachte unter weinerlichen Feierklängen verdienstvolle Mitbürger zu Grabe.

Ob sich in jenen Läuften dann und wann eine Opernstagione nach Busseto verirrt haben mag und die »Società Filharmonica« dabei die Ehre hatte, als Theaterorchester zu fungieren, das kann heute die Wissenschaft nicht mehr feststellen. Man möchte es aber von Herzen gerne annehmen. Denn erstens läßt sich ein italienisches Städtchen ohne eine durchreisende Operntruppe kaum denken, und zweitens war der musikalische Ehrgeiz des Präsidenten Barezzi recht hoch gespannt. Er begnügte sich nicht mit den Bearbeitungen Rossinischer Ouvertüren und populärer Opernpotpourris für seine waghalsigen Philharmoniker, sondern gab selbsttätig den heimischen Tonsetzern Aufträge für Märsche, Kirchenmusiken und sogar für Festkantaten. Auch war Signor Antonio stets auf der Suche nach Talenten. Diesem lokalpatriotischen Ehrgeiz haben wir es zu verdanken, daß der Hochherzige den Taverniere Verdi nicht kurzerhand zur Tür hinauswarf, sondern sich den damals zehnjährigen Beppino ins Haus bestellte, um ihn vorerst einmal zu betrachten. Einen trefflichen Blick hat er bewiesen, der gute Signor Antonio. Schon nach dem ersten Besuche des schüchternen, ungelenken und schweigsamen Dorfburschen entschloß er sich, den musikalischen Unterricht und die Schulbildung Giuseppe Verdis aus eigener Tasche zu bezahlen. Von Stund an ist Antonio Barezzi der Schutzengel von Verdis Jugend gewesen, ein breiter, gemütlicher, stets neugieriger, etwas banaler Schutzengel in einem kindlich warmen Herzen.

Beppino wird nun in Kost und Quartier zu dem Holzschuhmacher Pugnatta gegeben. Hier geht es vielleicht noch ärmlicher zu als in seinem eigenen Vaterhaus. Aber was bedeutet das, da der große Traum sich zu erfüllen scheint? Das musikalische Kirchenlicht von Busseto ist zu jener Zeit ein Abbé namens Prevosi. Die Priester spielen in der Musikgeschichte Italiens eine ehrenvolle Rolle, zumal als Lehrer. Noch ist der berühmte Padre Martini von Bologna in aller Erinnerung, ein kontrapunktischer Hexenmeister, der noch aus der Zeit der Klassiker ins neue Jahrhundert ragt. Zu ihm sind Rossini und eine Weile lang auch der junge Donizetti in die Schule gegangen. Der brave Prevosi ist freilich kein Padre Martini. Seine Künste sind recht bescheiden. Er bringt dem Schüler die ersten Grundlagen der Harmonie und des musikalischen Satzes bei. Nicht weniger wichtig jedoch ist die humanistische Bildung, die der junge Mensch diesem sanften Priester zu danken hat, ein gutes Latein, eine profunde Bibelkenntnis, ein feingeschliffener Sinn für Sprache, Vers, Metrik, der sich in den vielen Briefen an die Textdichter auf das erstaunlichste offenbaren soll.

Schon in den ersten Jahren dieses Unterrichts aber muß der Knabe praktische Dienste aller Art leisten. Man sendet ihn als

Organisten weit herum in die Dörfer der Provinz. Im Winter bedeutet das keine geringe Strapaze. Da heißt es, bei Nacht und Nebel heraus und stundenlang über die frostbeulige Chaussee stapfen, um die Kirche irgendeines weit entfernten Ortes beizeiten zu erreichen. Eines Sonntagmorgens im Januar wäre es da beinahe schiefgegangen. Das Klima der Gegend ist sehr rauh, es stürmte und stöberte an diesem Morgen, der Knabe verirrte sich in der Dunkelheit und blieb erschöpft irgendwo jenseits der Straße im Schnee liegen, bis endlich ein Bauernwagen des Weges kam, der seine Hilferufe hörte.

Einen andern Teil seiner musikalischen Dienste aber nimmt die »Società Filharmonica« in Anspruch. Sehr früh schon beginnt Signor Antonio seinem Schützling zu vertrauen. Nur wenige Jahre vergehen, und Giuseppe ist zum Faktotum des Orchesters geworden. Er lernt schnell, wie man ein Musikstück für einen solchen Klangkörper arrangiert und instrumentiert. Neben derartigen Bearbeitungen beginnt er selbst für die »Società« allerlei Märsche, Serenaden und Ouvertüren zu schreiben. Das wichtigste aber, er lernt den Charakter der Instrumente auf das genaueste kennen und beherrschen, zumal den der Bläser. Als er Jahrzehnte später in seinen Opern Baß-Klarinette und Kontrafagott verwendet, diese damals noch nicht sehr gebräuchlichen Instrumente der modernen romantischen Orchesterkoloristik, und damit die kleineren Theater in Verlegenheit bringt, meint er lachend: »Ich habe schon als junger Bursche zwischen 1820 und 30 ganze Soli für Baß-Klarinette und Kontrafagott komponiert...«

Und wiederum ist es Antonio Barezzi, der erkennt, daß seine »Società Filharmonica« von Busseto und der gute Padre Prevosi nicht die rechte Schule sind für einen Komponisten von großer Zukunft. Daß aber auf Giuseppe eine solche Zukunft warte, daran zweifelt Signor Antonio nicht mehr. Er hat den magern Dorfburschen mit der schönen klaren Stirn und den seltsam tiefliegenden blauen Augen sehr liebgewonnen. Er hat ihn aufgenommen in seine eigene Familie, wo er unter den Geschwistern Barezzi, Söhnen und Töchtern, groß wird. Giuseppe hat nun die

Lateinschule absolviert. Er gehört nach Mailand, denkt der Kaufmann von Busseto. Dort soll er an dem berühmten Konservatorium die letzten Weihen bekommen. Wer die Klassen dieses Konservatoriums durchlaufen hat, besitzt einen Vorsprung für die Karriere. Und dann: Mailand ist zur Zeit die musikalische Hauptstadt Italiens, wie es ein oder zwei Generationen früher Neapel war. Es ist der große Markt aller Sänger, Maestri, Impresarii und vor allem der Markt aller Opernpartituren. In Mailand steht das weltberühmte ›Teatro alla Scala‹ mit seiner gewaltigen Bühne und seinem gewaltigen Zuschauerraum. Die ›Scala‹ ist das Traumziel aller Musiker. Für einen Italiener ist ja Musik und Oper ein und dasselbe. Es wird ein schönes Stück Geld kosten, denkt Signor Antonio noch...

Vor der Prüfungskommission des ›Imperiale e reale Conservatorio di Milano‹ erleidet der achtzehnjährige Giuseppe Verdi eine der schwersten Niederlagen seines Lebens. Es sind unter Vorsitz des gestrengen Basily versammelt die musikalischen Zöpfe und Perücken der lombardischen Kapitale. Ein einziger unter den Professoren, der alte Rolla, ein Freund von Monsignore Provesi, der von diesem einen Empfehlungsbrief erhalten hat, ist angesichts des ärmlich gekleideten und sehr unscheinbaren Dorfburschen nicht ganz so eisig wie die andern. Verdi legt ein paar seiner Kompositionen vor, vermutlich solche, die er für die »Banda« von Busseto geschrieben hat. Unfreundlich ruhen die Augen der Prüfungskommission auf ihnen. Dann fordert man ihn auf, ein Stück auf dem Klavier vorzuspielen. Der schamhafte Mensch, obwohl ein geläufiger Pianist, hat es nie geliebt, sich zu produzieren, am wenigsten vor Kommissionen. Um den Perücken zu gefallen und um seinen guten Geschmack zu beweisen, hätte er irgendeine Sonate von Corelli, Vivaldi, Scarlatti oder einen Mozart wählen sollen. Anstelle dessen spielt er ein staubtrockenes Virtuosenstück von Kalkbrenner. – Einige Tage später teilt ihm der alte Rolla mit, daß er sich das Konservatorium aus dem Kopf schlagen soll. Er möge sich in der Stadt nach einem Lehrer umsehen.

Ein besserer Geschäftsmann und ein schlechterer Musiknarr

als Antonio Barezzi würde nach dieser Erfahrung vermutlich gesagt haben: Mit diesem Verdi bin ich hereingefallen. – Signor Antonio sagte das nicht, sondern bestimmte, Giuseppe möge auf seine Kosten weiter in Mailand bleiben und einen Meister für sich suchen. Giuseppe fand diesen Meister. Er hieß Lavigna und war Dirigent an der ›Scala‹. Dem Erfolg nach zu schließen, ist Maestro Lavigna kein schlechter Meister gewesen. Sein Steckenpferd war – so erzählt Verdi selbst – die Analyse der Partitur von Mozarts ›Don Giovanni‹. Jeden Morgen pflegte er zu sagen: »Nun, Giuseppe, heute schauen wir uns wieder einmal die Introduktion an und das große Fest-Finale...« Die Wahl dieses Lehrstoffs scheint drauf hinzuweisen, daß Lavigna es gewesen ist, der in dem Schüler den Geschmack an dramatisch kontrapunktischen Kontrasten erweckte, der sich zum Erstaunen des Kenners bereits in Verdis frühen Opern offenbart, um bald schon im ›Rigoletto‹ zur höchsten Vollendung gebracht zu werden.

Der junge Mann aus Roncole blieb mehrere Jahre in der Hauptstadt. Er versuchte alles, um sein Brot als Musiker zu verdienen. Es gelang nicht. Enttäuschung folgte auf Enttäuschung. Auf den Rat eines Gönners hin begann er, auf einen alten Text des berühmten Felice Romani eine Oper zu komponieren. (Später schrieb er mit eigener Hand das ganze Material dieser Oper aus, Soli, Chor- und Orchesterstimmen.) Doch wer brauchte die tragische Oper eines jungen Mannes aus Roncole?

Es half nichts. Die Zeit verging. Das Debakel wurde immer fühlbarer. Ewig konnte man nicht untätig in der großen Stadt herumlungern und immer wieder Vater Barezzi in Anspruch nehmen, um nicht ganz zu verkommen. Eines Tages erhielt Verdi einen Brief aus Busseto. Die Stelle eines Organisten sei dort frei geworden und ein Wettbewerb ausgeschrieben. Er möge sich doch an diesem Wettbewerb beteiligen. So schwer es Giuseppe Verdi gefallen sein mochte, als ein »Besiegter«, als eine »Niete« in die Heimat zurückzukehren, er kehrte heim und bewarb sich um die Organisten-Stelle. Er bekam die Stelle auch, wenngleich ihm selbst dieses dürftige Glück durch allerlei Intrigen und Rivalitäten vergällt wurde. Antonio Barezzi freilich empfing ihn mit offenen Armen. Der Mißerfolg in Mailand hatte seinem starken Glauben an Verdi nichts anhaben können.

Während dieser drei Jahre, die er als Organist in Busseto diente, vollendete der junge Maestro seine erste Oper ›Oberto, Conte di San Bonifacio‹. Später hat Verdi kaum drei oder vier Monate gebraucht, um ein Werk fix und fertig zu Papier zu bringen. Seinem ganzen Wesen nach war er überzeugt von den Vorteilen einer schnellen, ja einer stürmischen Arbeit. Nur noch zur Vollendung seines vorletzten und seines letzten Werkes, als ein Achtzigjähriger, brauchte er eine ähnlich lange Zeit wie zur Vollendung seines ersten Werkes.

Wir besitzen ein Album von Romanzen, die in den Tagen des ›Oberto‹ entstanden sein mögen. Sie sind von hohem biographischen Wert deshalb, weil sie eine Traurigkeit der Seele, eine Melancholie offenbaren, die nichts von der rhythmischen Spannkraft des späteren Verdi verrät. Diese Romanzen singen in resignierenden Tönen vom Tode und vom Exil. Denkwürdigerweise befinden sich die beiden Gretchen-Lieder aus Goethes ›Faust‹ in dem Album.

Die Traurigkeit dieser ersten Schaffensperiode ist deshalb so verwunderlich, weil gerade in diesen drei Jahren Verdi den Grund zu seinem Lebensglück legte, oder wenigstens zu legen glaubte. Margherita Barezzi, eine der Töchter Signor Antonios, verliebte sich in ihn, und er verliebte sich in sie, Margherita war ein sehr hübsches Geschöpf und selbst hochmusikalisch. Das Paar hatte sich am Klavier gefunden. Das Mädchen war die echte Tochter ihres Vaters. Sie teilte seinen Glauben und seine Bewunderung für Verdi. Sie erglühte in Ehrgeiz für ihn und seine Laufbahn.

Es ist eine schlichte Liebesgeschichte, ohne alle Verwicklungen, wie man sie sich freundlicher gar nicht denken kann. Zwei sehr junge, wohlgeratene wertvolle Menschen, die gut zueinander passen, die sich von Kind auf kennen. Und nicht einmal ein gereizter Großkaufmann von Papa ist da, der darüber wütet, daß seine Tochter keinen reichen Freier nimmt, sondern einen armen Schlucker. Ganz im Gegenteil, dieser Papa ist hochzufrieden und glücklich über die Wahl seiner Tochter, bekommt er doch ein Genie zum Schwiegersohn, dessen geistiger Vater er selbst ist. Bald feiert man Hochzeit. Aus Mailand treffen günstige Nachrichten ein, die es nicht unmöglich erscheinen lassen, daß ein Theaterunternehmer den ›Oberto‹ aufführen werde. Verdi will noch einmal sein Glück in der Hauptstadt versuchen. Jetzt ist er nicht mehr allein. Er hat eine Frau, die ihn liebt. Und ein Kind ist auch schon unterwegs. Diesmal wird es, diesmal muß es gelingen!

Begleitet von den behaglichen Segenswünschen und einem Monatswechsel des guten Signor Antonio, reisen die jungen Eheleute mit dem Postwagen nach Mailand. Es wird ein sehr bescheidenes, enges Leben werden, das ihrer wartet, doch die stolze Margherita weiß genau, was es heißt, die Frau eines jungen Künstlers zu sein, der jetzt noch um Anerkennung ringt, dem aber zweifellos der große Ruhm sicher ist. Einst wird sie, Margherita Verdi, diesen Ruhm teilen dürfen. In einem unfreundlichen, feuchten Hause in dem unfreundlichen Gassenwerk nahe der Porta Ticinese findet man eine sehr kleine, billige Wohnung. In einem Winkel dieser düsteren Wohnung aber wartet des Mieters Verdi unbeweglich schon ein grau verhülltes Schicksal, eine unerbittliche Tragödie, wie sie nur selten ein Mensch und ein Künstler zu überstehen hatte.

An einer andern Stelle unseres Buches erzählt Giuseppe Verdi diese Tragödie mit eigenen Worten. Es sind die einfachsten, die schmucklosesten Worte, die diesem einzigen literarischen Dokument, das wir von ihm besitzen, eine unvergleichliche Reinheit und Würde verleihen. Sehr charakteristisch ist es auch, daß in diesem Dokument die eigentliche Tragödie, der Tod seiner beiden Kinder, der Tod seiner jungen Frau, der Schlag auf Schlag erfolgte, nur in wenigen Zeilen berichtet wird. Von den Qualen, die ihm eine unbezahlte Miete bereitet, spricht er ausführlicher. Es ist immer wieder dieselbe Schamhaftigkeit, derselbe Stolz. Verdi verhüllt sein Herz. Die selbstbiographische

Skizze schließt mit der Darstellung des Premierenabends der biblischen Oper ›Nabuccodonosor‹ oder ›Nabucco‹, wie sie in populärer Abkürzung genannt wird.

›Nabucco‹ ist die dritte Oper und der erste Erfolg Verdis nach den bitteren Fehlschlägen der Jugend. Das Werk, das im Jahre 1942 seinen hundertsten Geburtstag feiert, ist voll schöner Musik, echter Verdi-Musik. Es ist voll von langen Melodien, getragenen und synkopisch schwingenden, vor allem aber voll von wuchtigen Chorsätzen, die des verbannten Bibelvolkes Sehnsucht und Trauer und Wildheit schildern. Mit dem herrlichsten dieser Chöre, dem »Va pensiero sull' ali d'orate« hat Verdi das Höchste erreicht, das einem Musiker beschieden sein kann. Er ist mit dieser Melodie damals und für alle Zeiten der Freiheitssänger seines Volkes geworden. Schon am Tage nach der Premiere des ›Nabucco‹ sangen die Leute jene Weise auf allen Straßen. Sie wurde zur Hymne der Erhebung gegen Fremdherrschaft und Unterdrückung. Seit hundert Jahren kennt und singt sie jedes italienische Kind. Wer weiß, vielleicht wird sie noch einmal als Dankgesang erschallen, wenn die gegenwärtige Unterdrückung und Fremdherrschaft in Italien zerschmettert ist.

Der Psalm aus ›Nabucco‹ zieht sich wie eine Reminiszenz durch Verdis Leben. Einer seiner Biographen erzählt die folgende ergreifende Anekdote: Als der sehr alte Signor Antonio zum Sterben kam, eilte Giuseppe Verdi von weit her, von Turin, oder vielleicht gar von Paris, an sein Krankenlager. Still saß er neben dem Schweratmenden. Barezzi konnte kaum mehr sprechen. Vielleicht auch hatte er nicht den Mut, sich zu seinem Wunsch zu bekennen. Unruhig deuteten seine Augen auf die offene Tür, die ins Nebenzimmer führte. Verdi aber verstand seinen Wohltäter. Langsam erhob er sich, ging leise ins Nebenzimmer, setzte sich ans Klavier und spielte den Sehnsuchts-Chor aus ›Nabucco‹: »Va pensiero« – »flieg, Gedanke, auf goldenen Schwingen«.

Diese Anekdote ist zu Lebzeiten des Meisters veröffentlicht worden. Man kann ihr Glauben schenken, denn der große Dementierer aller Unwahrheiten und Übertriebenheiten hat sie nicht widerrufen. Das letzte Wort des guten Kaufmanns von Busseto war mit Recht: »Verdi...«

Mit dem Triumph des ›Nabucco‹ schließt die Jugendgeschichte Giuseppe Verdis, ja, man könnte fast sagen, schließt seine Biographie, soweit sie Bewegung, schweres Mißgeschick und äußeren Kampf umfaßt. Was folgt, ist ein großer Aufstieg, unterbrochen von Rückschlägen und Umwegen, aber in eindeutig klarer Richtung. Die äußeren Kämpfe werden zu inneren Kämpfen, vor der Welt verborgen, aber darum nicht minder schwer. Von jetzt an ist die Biographie Verdis die Biographie seiner Opern. Sie wird zur Biographie der italienischen Oper des neunzehnten Jahrhunderts und ihres Kampfes auf Tod und Leben...

Was aber ist das überhaupt für ein Ding: Oper?

3

Im Mittelpunkt der Städte stehen die großen Opernhäuser. Das ist nicht nur der Fall in Mailand und Neapel, sondern ebensosehr und noch bedeutsamer in Paris und Wien. Und wenn die Metropolitan Opera nicht gerade das topographische Zentrum Manhattans bildet, so weiß doch jedes New Yorker Kind, welchen gesellschaftlichen Zauber sie ausgestrahlt hat und noch immer ausstrahlt. Diese Tatsache – daß nämlich musikalische Schaustätten (wo Histrionen, den Dolch im Herzen, minutenlang die schönsten Melodien singen, ehe sie den Bühnentod sterben) den ehrenvollsten Platz der Hauptstädte neben Kathedralen, Parlamenten, Königsschlössern einnehmen und nicht etwa wie Zirkus oder Vaudeville in die Vergnügungsbezirke verbannt sind – diese kulturhistorische Tatsache nehmen wir längst als selbstverständlich hin. Sie ist aber alles eher als selbstverständlich. Was hat, so muß man fragen, jener anerkannt zweifelhaften Kunstform, die Oper heißt, die robuste Kraft gegeben, einen solchen Rang im Leben der zivilisierten Menschheit zu erobern und ihn jahrhundertelang zu behaupten?

An der Wende des sechzehnten und siebzehnten Saeculum gab es in Florenz ein paar sehr geistvolle feinbesaitete Aristokraten, die einen literarisch-musikalischen Zirkel bildeten. Diese ästhetischen Herren, noch ganz im Banne des Humanismus, spekulierten und diskutierten viel über die griechische Tragödie. Während solcher Diskussionen kamen sie zu der Einsicht, daß jene Griechen die Dramen des Aischylos, Sophokles und Euripides nicht deklamiert, sondern gesungen haben. Wer also das hohe Ziel erreichen wollte, die griechische Tragödie wieder zu erwecken – und die Herren hatten dieses nicht gerade bescheidene Ziel –, mußte dramatische Handlungen, Monologe, Dialoge, Chöre in Musik setzen. Die akademischen Unterhaltungen der hochgeborenen Dilettanten von Florenz sind der Ursprung der Oper. Es ist genau der umgekehrte Vorgang, wie ihn der Titel der berühmten Schrift von Nietzsche ausdrückt: NICHT ›Die Geburt der Tragödie aus dem Geiste der Musik‹, SONDERN: Die Geburt einer neuen Musik aus dem Geiste der Tragödie.

Die ›wiedergeborene‹ klassische Tragödie hatte das unschätzbare Glück, schon in den ersten Jahren ihrer Existenz auf einen veritablen musikalischen Genius zu stoßen. Dieser Genius war der Komponist Claudio Monteverdi. Seine Werke zeigen bereits in einer sonderbaren Verkürzung die ganze Antithetik der neuen Kunstform, jene inneren Gegensätzlichkeiten, die ihre Geschichte für alle Zeiten bestimmen werden. Anfangs steht Monteverdi noch im Geiste der sehr gelehrten Herrn von Florenz. ›Orfeo‹ und ›Arianna‹ singen end- und gestaltlose Rezitative, sonderbare Tonbögen von edelstem Ausdruck, die an das Prinzip der »Unendlichen Melodie« gemahnen. Diese monotone Erhabenheit wird nur selten durch einen gebundenen Satz oder durch ein Ritornell der Begleitung unterbrochen. In seinem letzten Werke aber, der ›L'Incoronazione di Poppea‹, verläßt Monteverdi den hohen Stil der nur zum Scheine wiedergeborenen Tragödie und opfert bedenkenlos der nun wirklich neugeborenen, echten höchst verführerischen Muse, der Oper. In dem Spätwerk ›Poppea‹ tritt das edle ausdrucksvolle

Rezitativ zurück. Arietten, Arien, Duette, Chöre folgen einander in reicherer Abwechslung, und schon taucht sogar das Ballett auf.

Der große stürmische Sieg winkt aber erst Claudio Monteverdis Nachfolgern – den Cavalli, Cesti usw. Für diesen Sieg gibt es einen schlagenden Beweis. Um das Jahr 1650 bereits zählt die Stadt Venedig, zu jener Zeit die Opernstadt par excellence, nicht mehr und nicht weniger als elf Operntheater. Heute gibt es kaum so viele Cinemas dort.

Was war es also, das der neuen Gattung diesen berauschenden Erfolg brachte? Die gelehrte Idee, die an ihrer Wiege stand, ist es bestimmt nicht gewesen. – Es war die menschliche Stimme, in Sonderheit die italienische Stimme, die das erstemal in einer bisher unbekannten Kraftform zum Ausdruck kam, im gespannten, dramatischen Gesang. Mit einem Male war eine neue, hundertfach eindringlichere Gesangsart da, als die bisherige, kühle, objektive, in der das Volk seine Canzonetten trällerte und die musikalische Welt ihre vielstimmigen Madrigale zur Aufführung brachte. Die vier Grundtypen der menschlichen Stimme differenzierten sich. Der Sopran zerfiel in eine hohe leichte und in eine schwere, aber wärmere Type. Zum pastosen Contralto leitete der umfangreiche Mezzosopran hinüber. Es entwickelte sich der geschmeidige Tenorino, dessen Rouladen mit dem Koloratursopran wetteifern konnten. In demselben Schlüssel aber erfreute sich der tragische Held der größten Beliebtheit, der echte Tenor, dessen hohe A's, B's, H's und C's dem Publikum hochbezahlte Wonneschauer einjagten. Schließlich zweigte noch von der tiefsten Stimmlage, dem ernsten Baß, der jugendliche Bariton ab, mit seinem männlich strömenden Wohllaut. Die Oper schuf mithin eine unvergleichliche Entwicklung und Bereicherung des wichtigsten Musikinstrumentes, das es gibt, des Menschen. (Es ist vielleicht mehr als ein Zufall, daß Italien zur selben Zeit der Musik noch ein zweites Geschenk vom höchsten Range machte, die Geigen der Meister von Cremona. Amati und Guarneri haben in ähnlicher Weise die Stimme der Geige vermenschlicht, vertieft und dramatisiert.)

Die Maestri lernten schnell erkennen, daß der neue, der dramatische Gesang, der »Bel Canto« eine ganz andere Musik brauchte als die bisherige. Weder die üblichen Canzonetten, noch auch der polyphone Satz der weltlichen Madrigale für die Oper, und erst recht nicht die erhabenen psalmodierenden Rezitative der Monodien Monteverdis. Was die neue theatralische Form brauchte, waren breite Melodien, die sich der Eigenart der menschlichen Stimme anschmiegten, seelenvolle oder explosive Weisen in faßlichen Perioden geformt, damit das Ohr der Hörer sie erkenne und behalte, so wie es ja auch im gesprochenen Drama jeden einzelnen Satz verstehen muß, um die ganze Handlung zu begreifen. Was freilich das Drama anbelangt, welches jeder Oper zugrunde liegt, so erfuhren die Maestri sehr bald, daß die Musik, daß der Gesang es einschmolz wie Wachs. So kam schon einige Jahrzehnte nach den Tagen von Florenz die wiedergeborene Tragödie gewissermaßen auf den literarischen Hund. Sie wurde zum Libretto...

Kein Mensch geht ins Theater, weil er die Handlung eines Stückes kennenlernen möchte, deren Verständnis durch unmotivierten ein- oder mehrstimmigen Gesang, der alle Textworte rettungslos verschluckt, aufs äußerste erschwert wird. Und das ist genau der Grund, warum die Oper so oft ein Paradox genannt wurde, wenn auch ein glorreiches Paradox. Das ist aber auch der Grund, warum rationalistische Menschen und Rassen wie z. B. die Nordeuropäer und Angelsachsen die Oper stets verketzert haben, sich gegen sie wehrten und sie immer wieder zu parodieren oder gar zu reformieren versuchten, wie die Deutschen. Ist es nicht wirklich und wahrhaftig ein Unsinn, wenn ein Sterbender in schmelzendem Ges-Dur behauptet, der Tod könne ihn von der Geliebten nicht trennen, worauf die Geliebte in derselben Tonart und Melodie verzweiflungsvoll das Gegenteil behauptet, bis schließlich beide im Unisono ihre gegensätzliche Behauptung und gleiche Melodie wiederholen, um dann (nach dem alten Theaterscherz) auf der Fermate des hohen B zu verhungern? – Es ist ein Unsinn, und doch liegt gerade in diesem Unsinn das Geheimnis der Triumphes, den die Oper errungen hat. Nur sehr wenige wissen heute um die Tiefe dieses Geheimnisses, das mit den feinsten Verzückungen zusammenhängt, deren der Mensch fähig ist, mit dem Gefühl der Unwirklichkeit aller Dinge und dem flugleichten Glück der Ironie...

Doch Unsinn oder Sinn, die Oper entwickelte Schritt für Schritt ihre Form. Zu Arie und Duett traten kompliziertere Bildungen, Terzette, Quartette, Quintette und schließlich die großen Ensembles, in die sich alle Stimmen ergossen. Die Rhythmen der Orchesterbegleitung wurden bewegter. Schon der große Monteverdi hatte als dramatischen Effekt das erregte Tremolo der Violinen erfunden. Seine Nachfolger begründeten das reiche Orchester, das bis zum heutigen Tag unser symphonisches Orchester ist, welches sich demnach ebenfalls von der Erfindung der Oper herleitet. Auch das Rezitativ belebte sich, zumal in den komischen Stücken. Von den trockenen Akkorden des Clavicembalo unterbrochen (recitativo secco), bot es dem Sänger Gelegenheit, sich auch als Schauspieler hervorzutun.

Mit der Generation nach Monteverdi bereits beginnt die Oper ihren Triumphzug durch Europa, der vielleicht nur mit der Eroberung der Welt durch den Film verglichen werden kann, wobei freilich gesagt werden muß, daß der Film keine oder noch keine Kunstform ist. Alle Fürstenhöfe, die größten und die kleinsten, wetteifern miteinander, ein eigenes Operntheater und eine eigene Sängergruppe zu erhalten. Da es aber in Italien und Deutschland allein ein schieres Hundert solcher Fürstenhöfe oder souveränen Städte gibt, so kann man leicht errechnen, welch ungeheure Bedeutung die Oper in der Barockzeit gewinnt.

Neben dem Rausch des Gesangs tritt jetzt ein neues sinnberückendes Element hervor: die Ausstattung, die Dekoration. Bei Opern zumal, die zu großen Anlässen eigens komponiert werden, wie es z. B. die Krönung eines Dynasten ist, verschwendet man Unsummen für das Szenenbild. Große Maler und Architekten werden herangezogen, um den Bühnenzauber zu erhöhen. Die Götter erscheinen und entschweben auf sinnreichen Maschinen in den Soffitten. Versenkungen öffnen sich, um die stygischen Geister in höllenroter Beleuchtung zu verschlingen. Immer pompöser werden die Kostüme, die Aufzüge, die Tänze. Das »Gesamt-Kunstwerk«, das »Kunstwerk der Zukunft« ist schon da, lange bevor Richard Wagner diese unbehaglichen Worte geprägt hat.

Die Gefahren liegen auf der Hand. Die erste Gefahr kommt von den Sängern her, die sich nicht genug tun können an effektvoller Stimmakrobatik und durch ihre Eitelkeit und Applausgier den Wert der Musik gefährden. Die zweite Gefahr entstammt dem leeren Schaugepränge, das alle höheren, seelischen Emotionen erstickt. Für die dritte Gefahr ist das damalige Publikum verantwortlich, das durchaus nur aus hohen Herrschaften besteht, die in ihren Logen schwätzen, liebeln, intrigieren, politisieren, um dann und wann einer Lieblingsmelodie wegen für ein paar Minuten den Kopf der Bühne zuzuwenden. Doch immer wieder ersteht ein Genius, der in seinen Meisterwerken die höchsten musikdramatischen Werte mit den notwendigsten Konzessionen in Einklang bringt.

Die Oper entspringt der italienischen Natur, der italienischen Stimme, der italienischen Seele. Ihre platonische Idee liegt im erregten Gesang, im »Canto Concitato«. Wenn sie dieser platonischen Idee untreu wird, so gerät sie selbst in der Hand des größten Musikers auf einen Abweg, um schließlich in ein oder mehreren Sackgassen stecken zu bleiben, wie uns die Musikgeschichte der letzten Jahrzehnte lehrt. Bis zur Französischen Revolution gab es überhaupt keine andere Oper als die italienische. Gluck und Mozart schrieben, wenn auch in musikalisch fremder Diktion, italienische Opern. Die ›Zauberflöte‹, auf einen deutschen Text komponiert, taugt nicht zum Gegenbeispiel. Sie ist nicht Oper, sondern »Singspiel«. Ebenso ist die Pariser »Opéra Comique« nicht Oper, sondern Singspiel. Was aber die französische »Große Oper« anbelangt, so war ihr Begründer Lully ein italienischer Maestro.

In den beiden letzten Jahrzehnten vor der Französischen Revolution beginnt sich die Sachlage zu ändern. Die heiter geistige Gesellschaft des achtzehnten Jahrhunderts wird langsam abgedrängt von dumpferen plebejischen Massen. Es ist eine gewaltige Bewegung, voll von großartigen Kräften und voll von schlimmen Ressentiments. Der Nationalismus der europäischen Völker entsteht im Zuge dieser Bewegung, zumal der deutsche Nationalismus, wenn er sich auch vorerst noch hinter einer universal-idealistischen Maske verbirgt.

Die italienische Oper ist wie jede echte Kunstgattung supranational auf nationaler Grundlage. Sie beherrscht die Welt, obwohl sie ihre eigene Sprache bewahrt. Jetzt aber kommt das nationalistische Ressentiment und sagt: »Warum italienische Oper? Warum dieses leere Tongetändel eitler und lächerlicher Gesangsvirtuosen? Warum diese platten Melodiechen, zu einer mandolinenhaften Orchesterbegleitung geplärrt, die einschläfert? Haben wir es nötig, unsern ernsten und erhabenen musikalischen Geschmack durch diese Fremden prostituieren zu lassen, die unser Geld einstecken? Können wir nicht eine nationale Oper uns selbst erschaffen?«

Während solche Worte immer öfter und immer heischender erschallen, bricht das neue, das neunzehnte Jahrhundert an. Die deutsche Instrumentalmusik hat in einer kurzen Spanne Zeit den Gipfel erstürmt, von Haydn zu Beethoven. Wiederum ist eine neue Sprache gegründet. Wiederum hat der Genius einer Nation eine bis dahin unbekannte Kunstform beinahe aus dem Nichts hervorgezaubert. Diese Sprache ist dunkler, diese Form verwikkelter und gelehrter. Denn ein anderes Geschlecht drückt sich in ihr aus, ein Geschlecht, das sein Leben nicht mehr so furchtlos leicht nimmt wie das hochgeboren Vergangene. Die menschliche Stimme wird zurückgedrängt, der gespannte Gesang und seine süßen Melodien, die so mühelos entzücken. Die Deutschen und die Nordeuropäer sind keine Sänger. Nun reden die Instrumente. Sie können ihre Bekenntnisse nicht so strahlend souverän hervorbringen wie die menschliche Stimme. Sie sind nicht so aristokratisch wie sie. Sie sind zu einer Art demokratisch kollektivem Austausch ihrer Meinungen verpflichtet wie die Parlamente, die das politische Wunschbild jener Zeit bedeuten. Der Fachmann nennt diesen musikalischen Meinungsaustausch der instrumentalen Stimmen »thematische Arbeit«. Das moderne Orchester verdankt somit seinen Aufstieg einem deutschen Bastillen-Sturm gegen die italienische Stimme und den schönen Gesang. – Die Symphonie ersetzt die Menschenstimme durch eine neue Macht, die sie in die Tonkunst einführt, die Natur und ihr Leben und Weben. Und wiederum ist es höchst lehrreich, die Geistesgeschichte zu betrachten und zu erkennen, daß durch tiefe Zusammenhänge die Naturwissenschaft genau zur selben Zeit wie das symphonische Orchester groß wird.

Dennoch! Die italienische Oper ist alles eher als geschlagen. Ganz im Gegenteil, sie feiert in der ersten Hälfte des neunzehnten Jahrhunderts einen neuen Aufstieg, denn trotz aller Symphonie, unerschöpflich bleibt die Freude an Melodie und Gesang. Es haben sich zwar nationale Opern abgespalten. Aber das Resultat ist ärmlich. Zwischen Mozart und Wagner entstehen in Deutschland alles in allem zwei Musikdramen von universalem Wert: Beethovens ›Fidelio‹, ein unbegreiflicher und unbegriffener Ausnahmefall, und Webers ›Freischütz‹, eine sehr originelle Oper, die aber niemals Weltgeltung erreichen konnte. – In Italien hingegen blühen während derselben Epoche zwischen Cimarosa und Verdi drei Meister, welche unwidersprochen die Welt beherrschen. Der größte unter ihnen ist Rossini, ein echtes Originalgenie, der Erfinder eines neuen Typs der musikalischen Komödie, der einzige Schöpfer wirklich komischer Musik, der je gelebt hat, wo herrlich auch viele seiner ernsten Melodien sind, wie z. B. im ›Stabat Mater‹. Das große Crescendo in allen seinen Ouvertüren, das halsbrecherische Tempo seiner Rezitative, das tolle Stimmengeschnatter seiner Ensemblesätze sind musikalische Großtaten, die keiner vor und keiner nach ihm zustandegebracht hat. Doch auch die beiden jüngeren Maestri, Bellini und Donizetti, sind mit Fug und Recht lebendig bis zum heutigen Tag. Sowohl Wagner wie auch Verdi schreiben dem Bellini, der fast noch als Jüngling starb, die Erfindung der langen modernen Gesangsmelodie zu. Das letzte Finale der ›Norma‹ klingt bis in den ›Tristan‹ nach. – Und Donizetti seinerseits hat, ganz abgesehen von seinen heiteren Meisterwerken (›Don Pasquale‹, ›Figlia di Reggimento‹, ›Elisir d'Amore‹) einen besonderen Nerv für romantische Liebesgesänge, denen Verdi so manchen Dank schuldet.

Dies ungefähr war die Situation der italienischen Oper, als der junge Mann aus Roncole seine Karriere mit dem gewaltigen Erfolg des ›Nabucco‹ begann. Man sollte nun meinen, daß Verdi nach so harten Schicksalsschlägen hätte von Glück und Genugtuung erfüllt sein müssen, weil ihn sein Erfolg von einer Stunde zur anderen in die Reihe der Großen gestellt hatte, neben einen Rossini, Donizetti und Bellini. Wenn wir näher hinsehen, so erkennen wir aber, daß Giuseppe Verdi auch in den Tagen seiner ersten Triumphe keinen Augenblick lang von dem Glück einer ruhigen Genugtuung erfüllt gewesen ist. Während er Oper auf Oper schrieb, hielt eine tiefe Unrast sein Herz umkrampft, ein nervöses Mißbehagen, das sich in vielen Briefen verrät. Er fühlte die heraufsteigende Krise, die später in offener oder verborgener Form den Grundton seiner ganzen Korrespondenz färbt. Er fühlte die Krise der italienischen Oper, deren Schicksal in seinen Händen lag.

4

Um der Leistung gerecht zu werden, die Verdi zwischen 1842 und 1851, zwischen ›Nabucco‹ und ›Rigoletto‹ vollbracht hat, ist es nötig, einen Blick auf das musikalische Theater der wichtigsten Länder in jener Epoche zu werfen. Ein französischer, ein deutscher Komponist stand unter ganz anderen Bedingungen als ein Italiener. Frankreich war Paris, und deshalb gab es in Frankreich nur eine einzige Opernbühne, die Große Oper, »La Grande Boutique«, wie sie spöttisch genannt wurde. Der Weg zu diesem Prunkpalast war einem jungen Musiker so gut wie versperrt. »Nicht dem Talent öffnen sich die Tore der großen Oper, sondern den Beziehungen, Schlichen, Intrigen und der allseits anerkannten Mittelmäßigkeit.« – So lautete die Erfahrung des jungen Richard Wagner, der in Paris hungern mußte.

Und die jungen französischen Musiker teilten diese Erfahrung. Die Kunst des 19. Jahrhunderts in Frankreich muß sich auf allen Gebieten gegen den »Salon« durchsetzen. – Im kleinstädtischen Deutschland mit seinen braven »Hof- und Stadttheatern« fehlt selbst dieser Impuls des Protestes und verzweifelten Ehrgeizes, den die Weltstadt allen Strebenden erteilt. Wagner muß daheim keinen andern Feind erlegen als den provinziellen Abklatsch alles dessen, was draußen in der Welt als Erfolg approbiert worden ist. Er baut in unberührter Einsamkeit sein klangumbrandetes Wolkentheater aus dem Nichts.

Wie anders Italien! Noch immer ist dieses Land der unerschöpfliche Fruchtboden der berauschendsten aller Künste. Wie der Wein die verflüssigte, so ist die Oper die Melodie gewordene Sonne Italiens. Von Ort zu Ort reisen die Operntruppen noch immer. Es gibt eine stattliche Anzahl herrlicher Sänger, die nicht nur den nationalen Stimmsegen und das gewisse Etwas des Belcanto in der Kehle tragen, sondern hinreißenden Ausdruck und die Tradition einer zweihundertjährigen Opernkultur. Und der Faden reißt nicht ab. Verschwinden die einen, so erscheinen die andern. Nach einer Malibran, einem Rubini und Lablache ist Coletti da und die Tadolini; nach diesen glänzenden Gestirnen geht die Sonne der Adelina Patti auf, dann kommt ein Tamagno, ein Maurel, bis schließlich in unserm Jahrhundert Caruso und Battistini emporsteigen.

In Italien ist Oper Leben, und durchaus kein unwichtiger Teil dieses Lebens. Eine Statistik von Basevi stellt fest, daß innerhalb des ersten Jahrzehnts der Verdi-Epoche in Italien mehr als 500 neue Opern komponiert und aufgeführt wurden. (Um die Wucht dieser Ziffer recht auszukosten, müssen wir uns vor Augen halten, daß in unserer Zeit so manch ein Jahr vergeht, in dem in den größten Opernhäusern überhaupt kein neues Werk zur Aufführung gelangt.) Während überall anders das Angebot an dramatischer Musik die Nachfrage weit übertraf, war es in Italien umgekehrt. Dazu kam, daß tief bis in die zweite Hälfte des neunzehnten Jahrhunderts die Operntheater der ganzen Welt fast ausschließlich von der italienischen Produktion lebten. Die

Maestri wurden rettungslos in die Stromschnellen dieses Betriebes gerissen, und es stand ihnen nicht mehr frei, sich ans Ufer zu retten. So sind die herrlichen Talente Bellini und Donizetti früh untergegangen. Letzterer wurde mit fünfundvierzig Jahren wahnsinnig, und es ist noch immer nicht aufgeklärt, welchen Anteil an seiner Krankheit die Übermüdung eines Nervensystems und Gehirns hatte, das in manchem Jahr sechs Opern hervorbrachte. Oh, sie ist eine gefährliche Göttin, diese Oper! Rausch und Entfesselung ist sie! Sie stammt wirklich und wahrhaftig wie die antike Tragödie von Dionysos ab. Gar oft schlägt sie ihre Priester mit dem tödlichen Thyrsos-Stab. – Selbst Rossini, ein echtes Genie, verstummte plötzlich mit siebenunddreißig Jahren nach dem ›Guglielmo Tell‹ und schrieb, obwohl er über siebzig alt wurde, keine Opern mehr. Und wenn es den Großen so erging, wie konnte es da dem Kometenschwarm der Epigonen ergehen, all den Mercadante und Pacini, von denen doch jeglichem eine echte Melodie zu singen verliehen war? Einzig und allein Giuseppe Verdi, der stärkste Mensch unter ihnen, ist Sieger geblieben, mit, gegen und über den Strom.

Bedenken wir: In der Zeit, da der junge Wagner seine Kraft auf vier Werke konzentrieren konnte, vom ›Rienzi‹ bis ›Lohengrin‹, war der junge Verdi gezwungen, siebzehn Opern zu schreiben. Gezwungen? Ja, gezwungen! Es mag wahr sein, daß die Seele eines jungen Menschen, der eine harte Kindheit, Hunger, Mißerfolge, einen furchtbaren Schicksalsschlag überwunden hat, daß diese Seele leichter der Lockung von Geld und Erfolg erliegen könnte als eine andere. Aber nicht das war es, was Verdi zu der grausamen Arbeitsleistung seines ersten Werk-Jahrzehnts zwang. Es war das Publikum, das Volk selbst. Es war das aktuelle, das mächtige Bedürfnis nach seiner Musik allenthalben im Lande. Die Auftraggeber, Impresarii und Verleger waren nur die Ausbeuter dieses nationalen Bedürfnisses.

Der achtundzwanzigjährige Maestro hat mit ›Nabucco‹ das entscheidende Wort gesprochen: »Va pensiero«. Der neue wuchtige Hymnus ist erklungen. Die prickelnde Geschmeidigkeit Rossinis, die himmlisch sanfte Traurigkeit Bellinis, die sinnlich schwärmerische Melodik Donizettis treten langsam in den Schatten der Vergangenheit. Ganz jenseits rein musikalischer Werte ist plötzlich etwas Neues zum überraschenden Klang geworden: Energie und zornige Leidenschaft. Rauheit, »Ruvidezza« nennen's die Italiener. In dieser Ruvidezza verbirgt sich ein Stampfen, Knirschen und unterirdisches Beben, das jene erstaunliche Wirkung hervorbringt, die Italien mit dem treffenden Ausdruck »Furore« bezeichnet (der Dragoner im Teatro Costanzi).

Die Scala in Mailand hat einige Partituren des jungen Komponisten zur Aufführung gebracht. Schon aber kommen Neapel, Rom, Venedig, Florenz, Genua, Triest! Jede Stadt will eine neue Oper für den Karneval. Welch ein Rausch muß es für den Bauernburschen aus Roncole sein, daß heute alles nach seiner Musik dürstet, von der gestern noch niemand etwas wissen wollte. Er schließt Verträge. Aber sehr bitter drücken diese Verträge, sobald der erste Rausch verflogen ist. Es heißt in diesen Kontrakten zum Beispiel: »Vier Monate vor der ersten Orchesterprobe erhält der Komponist das Textbuch.« Also nicht länger als ein paar Wochen hat der Maestro Zeit, sich in das Buch einzuleben, Änderungen vorzunehmen, die Musik zu skizzieren, sie durchzukomponieren und schließlich die Partitur zu vollenden. So wird der ›Rigoletto‹ binnen vierzig Tagen vertont und instrumentiert, was rein mechanisch schon eine unfaßliche Arbeitsleistung ist und künstlerisch noch weit weniger zu verstehen. Giuseppe Verdi notierte niemals musikalische Einfälle in Skizzenbücher, um sie später zu verwenden. Alle Musik sprang ihm lebendig aus dem Textwort hervor. Wir müssen also nicht nur die Phantasie, sondern auch die Arbeitskraft bestaunen, die innerhalb eines einzigen Monats die unsterbliche Melodienfülle des ›Rigoletto‹ aufs Papier werfen konnte. Der Maestro schreibt einmal: »In meiner Jugend bin ich oft ununterbrochen vom frühen Morgen bis in die späte Nacht am Schreibtisch gesessen, mit nichts anderem im Leibe als einer Tasse schwarzem Kaffee.« – Und ein andermal seufzt er: »Ich muß wieder zu meinen Noten zurück, obwohl mir das eine wahre Marter ist.«

Während um ihn herum die meisten Maestri komponierten, um der Nachfrage zu dienen, hat der junge Dramatiker, der einen bequemeren Weg hätte gehen können, sich und anderen das Leben schwer gemacht.

Was bis dahin unerhört war, er verweigerte sehr bald den Sängern Zusatz-Arien und Rondi, er duldete nicht die kleinste Änderung seiner Musik, und man mußte mit Zähneknirschen die Generalprobe in Kostüm und Maske singen. So tyrannisierte er, wenn es um seine künstlerische Gesinnung ging, die Tyrannen. Und am unerbittlichsten tyrannisierte er die stärksten Tyrannen, die Theaterunternehmer und Verleger. Wir brauchen dem Leser dieser Korrespondenz keine Geschichten darüber zu erzählen. Es wäre aber ganz falsch, aus den Briefen an die Unternehmer irgendeine Geldgier und Gewinnsucht herauszulesen. Verdi war kein Mann des Geldes. Der tiefste Gerechtigkeitssinn allein bestimmt sein Verhältnis zu den Geschäftsleuten. Zu derselben Zeit, in der andere junge Komponisten sich die Füße wundlaufen, um irgendwo eine Aufführung zu erzwingen, ist Giuseppe Verdi leidenschaftlich bereit, jede seiner Opern aus dem Umlauf zu ziehen, so groß der materielle Verlust auch sein möge, wenn eine einzige seiner künstlerischen Bedingungen nicht erfüllt wird. Er nimmt schon in frühen Jahren in seine Verträge einen Punkt auf, demzufolge für jede Änderung oder Streichung in einer Partitur, ja auch nur für die Transposition einer Stimme jedesmal tausend Franken Strafe gezahlt werden müssen. Der Verleger wird für diese Buße-Summe haftbar gemacht. Geld ist für Verdi in dem Augenblick Luft, wenn die Kunst in Frage gestellt wird. In keiner Stunde seines Lebens denkt er kommerziell. Schon als Dreiunddreißigjähriger verbietet er dem Verleger Ricordi, seine neuen Opern der Scala in Mailand zur Aufführung zu überlassen. Man denke: Die Scala ist das große Heiligtum des italienischen Melodrams, und Verdi ist beinahe noch ein Anfänger. Ein Erfolg an der Scala bringt ein Vermögen. Dennoch! An diesem Heiligtum ist man mit seiner Musik schluderhaft umgegangen. Folglich verhängt er den Bann über die Scala, der so recht erst in der Schaffensperiode seines Alters aufgehoben wird.

Es wäre ein schwerer Fehler, den Ausdruck »Tyrann« allzu wörtlich zu nehmen und in Verdi eine diktatorische Natur zu vermuten, die eine bittere Kindheit nicht überwinden kann und sich, zu einiger Macht gelangt, an allen rächt, die von ihr abhängig sind. Der Maestro fordert niemals etwas andres für seine Person, als daß man sie aus dem Spiele lasse. Alles, was er begehrt, gilt nur der objektiven Sache, die ein künstlerisches Werk ist, das man vor's Publikum bringen will. Hundertmal pflegt er zu wiederholen: »Ich habe die Oper so und nicht anders geschrieben, vermutlich hätte ein andrer sie viel besser gemacht. Da ich selbst aber sie nicht besser machen konnte, muß man die Oper spielen, wie ich sie erdacht habe, andernfalls werden alle ein Fiasko erleiden, der Impresario, der Sänger und auch ich.«

Auf diese Weise sind siebzehn Werke entstanden, und darunter wunderschöne und kühne Arbeiten, wie ›Macbeth‹, ›Luisa Miller‹ und ›La Battaglia di Legnano‹. Die Größe Verdis gegenüber seinen Vorgängern und Mitläufern kann am ehesten daran ermessen werden, daß er unter diesen mörderischen Bedingungen dennoch niemals verantwortungslos oder oberflächlich arbeitete, wie begreiflich das auch gewesen wäre. Die Reinheit seines künstlerischen Willens nahm den Kampf mit dem italienischen Theaterbetrieb auf und beugte ihn, was die eigenen Opern betraf, in kurzer Zeit unter *sein* Gesetz. Dem Impresario, dem Dirigenten, dem Orchester und nicht zuletzt dem Textdichter war ein furchtbarer Herrscher erwachsen. Was insbesondere diese Librettisten anbelangt, so zeigen uns die Briefe, daß Verdi stets sein eigener Dichter gewesen ist, der das Scenario selbst entwarf, die Charaktere formte, den Dialog schrieb und dem Literaten nur die Aufgabe übrig ließ, seine rasche Prosa in die von ihm aufs peinlichste vorherbestimmten Metren zu fassen. Der Librettist diente ihm einzig und allein als Verse-Schmied. – Es gibt auch heute noch Kritiker, die der Ansicht sind, Giuseppe Verdi habe seine Musik auf leblose Texte drapiert, wie ein Kleid auf eine Schaufensterpuppe. Dies sei eben der Mangel, der die italienische Oper vom hohen Musikdrama unterscheidet. In Wahrheit aber hat der Maestro mit dem unbestechlichen Feingefühl des großen Dramatikers nicht nur jeden Charakter und jede Situation bis auf den Grund durchleuchtet, ehe er an die Komposition ging, sondern jedes einzelne Wort bis in seine Silben. Die Briefe an die Textdichter sind der lebendige Beweis dafür, daß keines dieser Worte ihm zu unwichtig war, um nicht auf seinen suggestiven Wert geprüft zu werden. Die Analyse der Texte von ›Un Ballo in Maschera‹ und ›Aida‹, die in diesen Briefen enthalten ist, sollte in jeder dramatischen und musikalischen Schule zu einem Lehrgegenstand erhoben werden. – Ein wichtiger Wesenszug ist es auch, daß der Maestro trotz seiner Überlegenheit dem Poeten niemals etwas abfordert oder aufdrängt, sondern immer nur in aller Bescheidenheit seinen Wunsch in die Form eines Vorschlags kleidet.

Nichts vermöchte das Verhältnis Verdis zum Theater besser zu charakterisieren als das nachfolgende Stück aus den vergilbten Memoiren der Sängerin Barbieri-Nini, das die Proben und die Aufführung der Oper ›Macbeth‹ schildert. Die Begebenheit spielt im Jahre 1846 zur Zeit des finstersten italienischen Melodrams, das gewöhnlich nach zwei oder drei Orchesterproben an die Rampe gepeitscht wurde. Zum Vergleich: Das deutsche Musikdrama war noch kaum geboren. Richard Wagner hatte gerade den ›Tannhäuser‹ vollendet. Von den drei Shakespeare-Opern, die Verdi komponiert hat – ob von der vierten, dem ›König Lear‹, ein Teil der Musik niedergeschrieben worden ist, bleibt ein Geheimnis – ist ›Macbeth‹ die früheste und im gewissen Sinne die interessanteste. Der Stoff war unerlaubt verwegen im Hinblick auf Zeit und Welt, in der das Werk aufgeführt wurde. Schottischer Nebel, Hexen, Gespenster, Mord, Finsternis und nicht die kleinste Liebesgeschichte, um eine schwingende Melodie anzubringen. Und der Komponist dieses schauervollen »Thrillers«, ein Sohn der italienischen Sonne! Heute wissen wir, daß die Lösung, die Verdi für den Stoff gefunden hat, ebenso kühn war wie dieser Stoff selbst. ›Macbeth‹ ist in der Geschichte der Oper um nichts weniger neu und aufrührerisch als jener ›Tannhäuser‹. Mit dreiunddreißig Jahren macht Verdi an der Hand Shakespeares den Sprung vom alten Melodram zum modernen Musikdrama, ohne in einem einzigen Takt seinen Stil und seine Überzeugung zu verleugnen. Italien aber ist nicht reif, ihn zu verstehen. Obwohl ›Macbeth‹ am Abend der ersten Aufführung ein Erfolg wird, so ist es doch nur der Erfolg eines Mißverständnisses. Verdi fühlt, daß in das neue Land, das er erobert hat, ihm niemand nachfolgen wird. – Die Sängerin der Lady Macbeth beschreibt sehr lebendig den Kampf, den der Maestro um seinen ›Macbeth‹ gegen das konventionelle Theater führt:

»Mehr als hundert Klavier- und Orchesterproben zu ›Macbeth‹ wurden abgehalten, da sich Verdi niemals zufrieden zeigte und eine immer intensivere Wiedergabe ihrer Partien von den Sängern verlangte, die alle wegen seiner übertriebenen Anforderungen und seines wortkargverschlossenen Charakters sehr wenig Sympathie für ihn übrig hatten. Morgens und abends, wenn der Maestro zur Probe kam, forschten auf der Bühne und in den Probesälen alle Blicke in seinem Gesicht, ob er wieder eine neue Tortur für uns mitbringe. Kam er mit einem freundlichen Lächeln herein, so war es so gut wie gewiß, daß er heute eine endlose Überstundenprobe begehren werde. Die Oper hatte, so erinnere ich mich, zwei Höhepunkte: die Szene des Nachtwandels und mein Duett mit Macbeth nach dem Mord. Niemand wird es glauben, aber es ist Tatsache, daß die Nachtwandel-Szene allein mehr als drei Monate der Proben verbrauchte. Drei Monate lang versuchte ich früh und abends einen Menschen darzustellen, der aus dem Schlaf spricht, der, wie es der Maestro wollte, Worte hervorbringt, ohne die Lippen zu bewegen. Die Augen geschlossen, das ganze Antlitz maskenstarr. Oft war das zum Verrücktwerden...

Das Duett mit dem Bariton: ›Fatal, mia donna, un murmure‹ wurde, man wird mir nicht glauben, hundertfünfzigmal probiert. Verdi wollte erzwingen, daß die Musik in unserm Mund mehr g e s p r o c h e n als g e s u n g e n klänge. Nun, auch das ging vorüber! Am Abend der Generalprobe versteifte sich Verdi darauf, daß alles in Kostüm singen müsse, etwas bis dahin ganz Unerhörtes. Und gegen seinen Willen gab es nie und nirgends einen Widerspruch. Wir waren endlich alle angekleidet, die Bühne war bereit, das Orchester wartete schon mit gestimmten Instrumenten, als Verdi plötzlich mich und den Bariton Varesi mit einem Wink zu sich in die Kulisse rief und uns bat, wir möchten ihm den Gefallen tun, im Probesaal dieses gottverdammte Duett noch einmal mit ihm durchzunehmen.

Man mußte diesem Tyrannen unweigerlich gehorchen. Ich erinnere mich noch genau des finsteren Blickes, den Varese Verdi zuwarf, als er den Probesaal betrat, die Hand fest um den Schwertknauf, als wolle er den Maestro niederstoßen wie den König Duncan. Trotzdem beugte auch er sich und die hunderteinundfünfzigste Probe fand statt, während das ungeduldige Publikum schon im Hause tobte. Wer aber nicht mehr sagte, als daß dieses Duett Begeisterung geweckt habe, der würde gar nichts sagen. Denn etwas Unerhörtes, etwas ganz Neues, etwas Nie-Erlebtes war das. Wo ich auch immer den Macbeth gesungen habe, an allen Abenden der Stagione des Teatro Pergola (das Theater der Uraufführung) mußten wir das Duett wiederholen, zwei-, drei-, viermal, an einem Abend sogar ein fünftes Mal.

Auch werde ich nicht vergessen, wie mich Verdi während der Uraufführung, ehe die Szene des Nachtwandels nahte, wortlos und unruhig umkreiste. Es war zu sehen, daß für ihn der Erfolg der Oper, so groß er schon zu sein schien, sich erst mit dieser Szene entscheiden würde. – Die Zeitungen jener Tage mögen urteilen, ob ich den musikalisch-dramatischen Gedanken des großen Meisters richtig erfaßt habe. Ich weiß nur eins: Noch hatte sich das Wüten des Applauses nicht gelegt, ich stand am ganzen Körper zitternd, keines Wortes fähig in meiner Garderobe, als die Tür aufflog und – (ich war schon halb ausgekleidet) – Verdi vor mir stand. Er gestikulierte, arbeitete mit den Lippen, als wolle er mir eine Rede halten, aber kein einziges Wort brachte er heraus. Auch ich konnte nicht sprechen, nur lachen und weinen. Da aber sah ich, daß auch Verdis Augen rot waren. Er drückte mir fest die Hand und stürzte hinaus. – Ein herrlicher Dank für so viele Monate der Arbeit und Aufregung.« –

Die Sachlichkeit dieses Dreißigjährigen ist bewunderungswürdig. Wir sehen einen empfindsamen Autor, der sich verlegen im Theater herumdrückt und durch teils kleinlaute, teils überhebliche Bemerkungen das Personal verwirrt. Der junge Verdi tritt in den Saal und kraft eines unbeugsamen Willens und natürlicher Souveränität ist der Herr da, der den Befehl übernimmt. Es ist nicht wichtig, daß ein Mann namens Giuseppe Verdi der Verfasser des aufzuführenden Werkes ist. Dieses Werk hat sich von seiner Person abgelöst. Es gehört ihm nicht mehr an. Er hat nur dafür zu sorgen, daß alles, was er erfühlt und erdacht hat, möglichst vollkommen in Wirklichkeit umgesetzt werde. Die eiligste aller menschlichen Einrichtungen, das Theater, stößt auf das unglaubwürdige Phänomen eines Künstlers ohne Eitelkeit.

Wir haben somit erkannt, wie Giuseppe Verdi von den Bedingungen der italienischen Oper bestimmt wurde, und wie er gar bald sie selbst zu bestimmen begann. Bei aller Liebe für das Verwegene und Neue, konnte er den in Jahrhunderten gefestigten und geheiligten Kanon der Opernform, die er von seinen Vorgängern übernommen hatte, nicht zerschmettern, wie Richard Wagner es tat. Mehr als das, er wollte die geheiligte Form des schönen Gesanges durch weise Fortentwicklung und unermüdliche Erneuerung bewahren, retten und weiterreichen in eine unbekannte Zukunft. Dies war ja der Sinn seiner Sendung und seines Kampfes von Anfang an.

5

Mit vierunddreißig Jahren geht Giuseppe Verdi zum ersten Mal hinaus in die Welt. Er hat für »Her Majesty's Theatre« in London ›I Masnadieri‹ (›Die Räuber‹ von Schiller) und für die Große Oper in Paris ›Gerusalemme‹ geschrieben. Es ist die erste große Reise, die er unternimmt, um diese beiden Werke an Ort und Stelle einzustudieren. England und englische Lebensart machen einen starken Eindruck auf den Realisten Verdi. Er erkennt in der Weltstadt London mitten im Nebel und im Kohlendunst der

Industrie die ganze Kraft der angelsächsischen Rasse. »Wer könnte diesem Volke widerstreben!« ruft er aus. Zugleich aber gesteht er, daß er krank sei an diesem Nebel und Rauch und sich nach der heimischen Sonne sehne und die Tage zähle...

Für Paris hegt Verdi eine weit geringere Bewunderung als für London. »Ich sehne mich nicht, nach Paris zu gehn«, »diese Stadt hat keine besonderen Reize für mich, aber sie wird mir sehr gefallen, weil ich dort das Leben führen kann, das ich führen will...« Wie prophetisch diese Worte »sie wird mir sehr gefallen« – Paris wird ihm sehr gefallen. »Es ist hier ein großes Vergnügen, tun zu können, was einem beliebt!« Der beständige Drang nach Unabhängigkeit ist eine der tiefsten Eigenschaften der Verdi-Seele. Von nun an lebt er jedes Jahr einige Wochen, oft sogar Monate in Paris, und am liebsten ist ihm dieser Aufenthalt dann, wenn er ihm nicht durch Aufführungen seiner Opern vergällt wird. Wenn er hier in Paris arbeitet, so arbeitet er gemächlicher als früher. Er siedelt sich zumeist in den Vorstädten an. Er flaniert stundenlang über die Boulevards, durch die Gärten und die Quais der Seine entlang.

Aber, ach, dieses Paris ist nicht nur die Stadt der Boulevards, des Montmartre, der Gärten, der Quais, wo man frei und unbeobachtet durch die frische Luft und die silbergrauen Farben des Vorfrühlings spazieren kann, als wäre man der eifersüchtigen Göttin »Oper« nicht verpflichtet. Paris ist die Hauptstadt der geistigen Welt, Mittelpunkt der Politik, der Literatur, Malerei, Musik dieses ganzen Zeitalters. Hier erst erhalten die großen Künstler aller Länder den Stempel, der sie weltgültig macht. Hier in Paris aber sammeln sich auch um die Flamme die Motten. Das sind die Literaten, die Journalisten, die Theaterleute, die Kritiker, die Dilettanten, die Besucher der Cafés, die Snobs. Sie brauen die öffentliche Meinung über Bücher, Schauspiele, Opern, Bilder. Es ist ein Reich des Hochmuts, geeint durch den Korpsgeist der Negation. Denn wer eine Null ist, wird beinahe ein Einser, wenn er von einem Einser behauptet, er sei eine Null.

Diesem Reich des Hochmuts, an dessen Spitze die große Kritik steht, begegnet der Mann aus Roncole zum ersten Mal in

Paris. Es ist bezeichnend, und man möchte es fast für einen Charakterzug halten, daß die ersten Opern, die Verdi für die »Grande Boutique« schreibt, ›Gerusalemme‹ und ›I Vespri Siciliani‹, beinahe noch italienischer sind, als die für Italien geschriebenen. Dies aber geschieht in einer Zeit und in einer Stadt, der die italienische Musik schon bedenklich auf die Nerven zu gehen beginnt. Rossini, Donizetti, Bellini hat man hingenommen und eingebürgert als Wahrzeichen der holden Leichtigkeit einer zerrinnenden Epoche. Jetzt ist es aber Schluß damit, denken die Literaten und Kritiker. Und da kommt dieser Mann aus Roncole und wagt es, seine gemeinen Männerchöre im Polkatakt auf die Bühne der Großen Oper zu bringen.

Bei allen Proben flüstert es hinter Verdi: »Pas de bon goût« – Immer wieder dieses schreckliche Wort vom »schlechten Geschmack« – und dazu die Dolchstöße: »Banalität« und »Trivialität«. Zwar das Publikum beklatscht diese Banalitäten und sie dringen ins Volk, und die Drehorgeln spielen sie in den Höfen der Häuser. Zur Entschädigung aber darf Verdi in den Zeitungen von Paris und aller anderen Metropolen lesen, was für ein erbärmlicher Straßenmusikant er sei, und daß seine populäre Opernmusik weltentief unter dem stehe, was man als wahre Kunst ernst zu nehmen habe.

Es hat in der Geschichte wohl keinen Meister gegeben, der von der »großen Kritik« so schlecht behandelt worden ist, wie Verdi. Ein Beispiel dafür sind die Rezensionen des berühmten Wiener Kritikers Hanslick. Wenn dieser glänzende Stilist Wagner angreift (welchen Angriffen er seinen Ruhm zu verdanken hat), so tut er das mit merklichen Gewissensbissen, mit Vorbehalten, mit Ehrfurcht, in Selbstverteidigung gleichsam. Ganz anders bei Verdi. Da streift Hanslick gemütlich seine Hemdsärmel hoch, denn er hat ja nichts zu fürchten. Er zeigt mit genußvollem Witz die Lächerlichkeit seines Opfers auf. Und die andern Leuchten der Musikkritik in Frankreich, England, Amerika, Deutschland handeln nicht anders.

Als dann später ›Aida‹, das Requiem, ›Othello‹ und ›Falstaff‹ ertönen, geraten die Herren keineswegs in Verlegenheit über sich selbst. Sie konstatieren mit jenem Wohlwollen, das schließlich das Alter zu fordern hat, daß sich der schlechte Schüler gebessert habe und wagen sogar die melancholische Bemerkung, in den schlimmen Streichen der Jugend sei doch wesentlich mehr »Blut« enthalten gewesen als in diesen Meisterwerken der Reife.

Es ist ein wundervoller Beweis von Seelenkraft, wie Giuseppe Verdi mit diesen Mißhandlungen durch Kritik und intellektuellen Snobismus fertig zu werden weiß. Er verfällt in keine Gereiztheit; er beruhigt sich aber ebensowenig mit seinem äußeren Erfolg. Er weicht nicht einen Fuß breit von seinem Wege, bleibt aber auch nicht starr. Er blickt der Negation fest ins Auge. Er versucht, selbst aus Hohn und Tadel die Wahrheit herauszulesen und mit kältester Objektivität gewissermaßen seinen eigenen Rücken zu sehen.

An der in hundert Feuern geschmiedeten Gesetzmäßigkeit der italienischen Opernform zweifelt er niemals. König ist und bleibt der dramatische Gesang, aufgeteilt zwischen Rezitativ und Arie. Im Rezitativ drängt die Handlung vorwärts, damit die nötige Windstille entstehe für die Arie. Eine getragene Melodie strebt danach, durch einen beschleunigten, elektrisierenden Rhythmus abgelöst zu werden. Und das ist nicht nur ein Gesetz der Oper, sondern ein Urgesetz der Musik überhaupt, das ein Komponist nur zu seinem eigenen Nachteil mißachtet. Darum fordert Verdi noch zu einer Zeit, die all jene elektrisierenden Beschleunigungen, die man »Cabaletten« nennt, längst mit Stumpf und Stil ausgerottet hat, vom Textdichter der ›Aida‹ die nötigen Verse für eine solche »Cabaletta«, und er fügt ausdrücklich hinzu: »Ich habe keine Furcht vor Cabaletten.« Die feindselige Entwicklung kann ihn nicht unsicher machen in seiner Überzeugung.

In Paris hört Verdi gar manche Musik und gewiß nicht nur die von Auber und Meyerbeer. Es ist anzunehmen, daß er in den Konzertsälen diesem oder jenem Stück von Berlioz begegnet ist. Eine fremde Welt, eine gegnerische Welt. Er erkennt den Fortschritt. Er selbst will fortschreiten. Aber der musikalische Fortschritt, der sich in gebrochenen Farben und romantischen Nervenqualen ausdrückt, ist nicht der seine. Andere Gaben hat Giuseppe Verdi ins Treffen zu führen, das um eine neue Kunst geliefert wird: ein unbestechliches Gefühl für Maß, geschliffenen Scharfsinn, unerschöpfliche Empfindung und Erfindung, Gerechtigkeit bis zum Närrischen, und einen erleuchteten Realismus, welcher, erst heute verstanden, die ewige Jugend seiner Musik geworden ist.

Der Realist greift nach neuen Stoffen, unvorstellbar für das bisherige lyrische Theater. Er bringt auf die Bühne einen buckligen Krüppel (›Rigoletto‹) und eine tuberkulöse Kokotte (›Traviata‹). Auf der traditionellen Opernszene erscheinen vielleicht zum ersten Mal keine konstümierten Sänger, sondern leidende Menschen. Heute, da schon drei Generationen sich mit diesen populärsten aller Opern vertraut gemacht haben, können wir den revolutionären Mut nicht mehr ermessen, der sich gegen die Zensur und die geltende Ästhetik an solch aufreizende Stoffe heranwagte. Und der Maestro wäre nicht einmal davor zurückgeschreckt – er bekennt es selbst –, im ›Rigoletto‹ die verfänglichste aller Situationen in ein echt Verdisches Liebesduett zu verwandeln: Der Verführer und die Verführte im Schlafgemach: »Das wäre ein Duett, ein großartiges Duett... aber man würde uns auspeitschen.«

Noch einmal, damit wir diesen Lebens- und Arbeitsweg ganz verstehen, sei es zusammengefaßt: Ein Italiener von starker Bauernrasse, dessen Lehrjahre in die Zeit fallen, da Rossini, Bellini, Donizetti mit alljährlichen Triumphen die Operntheater der ganzen Welt beherrschen und es der Traum aller dramatischen Komponisten ist, diesem Dreigestirn nachzueifern! Ein Italiener, der aus einem elenden Dorf kommt, aus der tiefsten Armut, der im Konservatorium von Mailand keine Aufnahme findet und seine ganze Wissenschaft bei einem Theater-Kapellmeister erlernen muß, der mit ihm für Gottes Dank ein paar Opernpartituren durchgeht, um dem Schüler die wichtigsten Handgriffe des Erfolges beizubringen! Ein Italiener, der in seiner Jugend die Werke Bachs und Beethovens vermutlich überhaupt nicht, und die Palestrinas nur vom Hörensagen kennt! Ein Italiener, der sehr bald unter drückenden Umständen Familienvater wird, der bitter zu kämpfen hat, dem die Kunst keine Träumerei sein darf, sondern Brot werden muß! Ein Italiener, der durch ein grauenhaftes Ereignis alles verliert, Frau und Kinder, dessen Oper in diesen Tagen des Entsetzens ausgepfiffen wird, der sich aber an der Pforte des Nichts zusammenreißt und binnen wenigen Jahren dreimal sechs Melodramen herausschleudert, von denen dieses und jenes unsterblich werden, während seine Musik überhaupt zum Kampflied der nationalen Wiedergeburt gedeiht! Ich frage: Hätte nach einem solchen Weg dieser Italiener nicht jedes Recht zur Müdigkeit gehabt? Hätte er sich nicht zufrieden geben können mit dem Erreichten? Was ging diesen Italiener die Welt an, Paris, die Kritik, die Snobs, die deutsche Musik? »Nach der ›Traviata‹«, schreibt Verdi einmal, »hätte ich mir's leicht machen und jedes Jahr nach dem bewährten Modell eine Oper schreiben können...«

Er machte es sich nicht leicht. Er wich der Krise nicht aus, von welcher die italienische Oper bedroht war. Er stellte sich dieser Krise. Sein klarer Geist blieb frei. Die Schmähungen gegen die Oper, alt wie sie selbst, begannen sich zu häufen, von allen Seiten, und nicht zuletzt in Italien. Verdi hörte aufmerksam zu. Er geriet nicht in Zorn, als er sah, daß der Feind in seinem eigenen Land Stellung um Stellung eroberte. Er schüttelte später nur verneinend den Kopf, wenn man ihn aufforderte, einer »Gesellschaft für Kammermusik« oder dem »Vorstand eines symphonischen Orchesters« beizutreten. Ja, merkten diese Narren nicht, daß sie einer fremden, dem Gesang übel gesinnten Gottheit dienten, daß sie dem Feinde Vorschub leisteten? Der Feind des reinen Gesangs, der Feind der italienischen Oper aber war die symphonische Gesinnung, oder mit einem andern Worte: die deutsche Musik, samt ihren Priestern, Anbetern und Nachahmern in aller Welt. Giuseppe Verdi kannte sein Ziel. Er wußte genau, daß angesichts dieser Wendezeit jeder Künstler verloren war, der stehen blieb und im Vergangenen verharrte. Mit kühlen und scharfen Augen beobachtete er den Feind, immer bereit, auch von diesem Feinde anzunehmen, was der Überzeugung seiner eigenen Natur entsprach. Und so schritt Giuseppe Verdi vorwärts, tapfer und umsichtig wie ein guter Soldat.

Der Weg von ›Nabucco‹, ›Ernani‹, ›Macbeth‹ über ›Rigoletto‹, ›Trovatore‹, ›Ballo in Maschera‹ und weiter von ›La Forza del Destino‹ zu ›Don Carlos‹ ist ein gerader Aufstieg. Aber das Fortschreiten ist das geringere Wunder gegenüber der Selbsttreue innerhalb dieses Fortschritts. Zwischen der Partitur des ›Nabucco‹ und der des ›Othello‹ ist kein wesenhafter Unterschied. Es ist nicht die Form, die sich bedeutsam verändert, sondern der seelische Ausdruck, der sich über alle Begriffe veredelt.

In einer bestimmten Zeit freilich verdichtet sich die Gefahr um Giuseppe Verdi. Es ist die Zeit zwischen 1865 und 1870, die Zeit, in welcher der Maestro ›Don Carlos‹ für Paris schreibt, ein Werk, das eine fast krampfhafte Anspannung aller Kräfte verrät und sogar eine gewisse Überladenheit. Feine Ohren hörten die Gefahr sofort heraus. Es ist kein Geringerer als der Komponist der ›Carmen‹, der nach diesem ›Don Carlos‹ seiner Angst um Verdi in einem Briefe Ausdruck gibt. Wie, sollte auch dieser alte und starke Italiener dem neuen Gotte erliegen? Die Gefahr, von der Bizet zu dieser Zeit Verdi bedroht sah, trug einen Namen: Richard Wagner.

Es ist hier nicht der Ort, musikhistorische Vergleiche zu ziehen. Auch ist der Vergleich zwischen großen Gegensätzen eine einfache und deshalb sehr heikle Sache. Diese beiden Männer lebten oft in räumlicher Nähe und sind einander nie begegnet. Das ist sinnbildlich genug.

Die Frage ist nicht wichtig, ob Giuseppe Verdi die Größe Richard Wagners erreicht oder nicht erreicht. Wichtig ist nur die Tatsache, daß er sich als einziger gegen sie behauptet. Wagner war mehr als ein genialer Theaterdichter und dramatischer Komponist. Er war der Schöpfer einer neuen musikalischen Sprache. Man mag diese Sprache lieben oder hassen, gleichviel, alle Zeitgenossen sind ihr erlegen und alle Nachfahren bis auf den heutigen Tag. Alle Komponisten nach 1870 sprachen und sprechen die Sprache Wagners mit Varianten, die in hundert Jahren verwischt sein werden. Selbst die Kakophonien und rhythmischen Krämpfe der modernsten Musik entstammen dem Bedürfnis, die Wagnersprache durch künstliches Fieber aus dem Blute zu scheiden.

Verdi ist durch die Kraft seiner Persönlichkeit vor zwei Übeln geschützt geblieben: von Wagner verführt zu werden, oder durch Wagner zu veralten. Er sagte einmal zu dem Marchese Monaldi: »Vi pare, che sotto questo sole e questo cielo io avrei potuto scrivere il Tristano o la Tetralogia? Siamo italiani, per Dio! In tutto! Anche nella musica!« Aber nicht nur Sonne und Himmel haben ihn davor gerettet, sich selbst zu verlieren, auch die Oper Italiens, der er in seinen jungen Jahren so hart dienen mußte, rettete ihn, damit er ihr Retter werde. Nicht eine Minute lang wurde er in seinen Grundsätzen schwankend. Das Drama ist der Mensch! Folglich ist auch die Oper der Mensch, das heißt die menschliche Stimme, das heißt der Gesang. Die Melodien des Instrumentes »Mensch« stehen unter anderen Gesetzen als die Themen der Orchester-Instrumente. Wer das nicht begreift, verkennt den Sinn und die Existenzbedingung der Oper. Werden der Mensch und seine Melodien zugunsten eines noch so überwältigenden orchestralen Stimmgeflechts zurückgedrängt, so ist die Idee der Oper vernichtet. Verdi nennt es einmal den »Einbruch des Barocken«. Und er hat recht, wenn er behauptet, daß dieser Einbruch des Barocken in der Geschichte der Oper gar nicht so neu ist, sondern sich im Laufe der Jahrhunderte schon ein paar Mal begeben habe. Für ihn wird das Falsche nicht richtig dadurch, daß ein Großer es tut mit allem Aufwand seines Genies. Verdi zuckt die Achseln. Wie unheimlich sind ihm doch diese Deutschen, mit ihrer ewigen Auflehnung gegen die Grundtatsachen der Humanität und mit ihrer fanatischen Sucht, alles zu erobern und sich einzuverleiben, was ihnen widersprechen könnte...

Die Gefahr »Wagner« mag Verdi oft in seinem Selbstbewußtsein, niemals aber in seiner künstlerischen Gesinnung unsicher gemacht haben. Er blickte umher. Die Komponisten alle, Italiener und Nicht-Italiener schwankten, unterwarfen sich mehr oder weniger dem neuen Prinzip. Die italienische Oper glich einer belagerten Festung, und innerhalb dieser belagerten Festung tummelten sich die Verräter der »Fünften Kolonne«, wie man heute sagen würde. Ein Freund Verdis, der Dirigent Angelo Mariani, einer der einflußreichsten Musiker Italiens, war zu den Wagnerianern übergegangen und brachte in Bologna unter mächtigem Rollen der Reklametrommel den ›Lohengrin‹ zur Aufführung. Wiederum verschleierte Giuseppe Verdi sein Herz. Er saß sogar, mit einem Klavierauszug bewaffnet, in der Generalprobe dieses ›Lohengrin‹ und sah dem Gegner ins Auge.

In dieser Zeit spannte der noch nicht Sechzigjährige all seine Kräfte an und machte einen siegreichen Ausfall aus der belagerten Festung. Dieser Ausfall trägt den Namen ›Aida‹. Obgleich auf Bestellung und für die festliche Eröffnung des Suezkanals geschrieben, hat dieses sonderbare Gelegenheitswerk eine historische Bedeutung hohen Ranges. ›Aida‹ bedeutet die Selbstbehauptung, Rettung und Erneuerung der italienischen Oper gegen den Ansturm des symphonischen Dramas. Sie ist der endgültige Entsatz der belagerten Festung. Verdi ringt in dieser Musik dem erregten Gesange, dem Canto Concitato, eine fanatische Ausdruckskraft ab, wie sie bis dahin selbst in seinen eigenen Werken unbekannt war. Eine dramatische Melodie jagt atemberaubend die andere, und jede einzelne zeichnet mit schärfster Vollkommenheit die Leidenschaft der handelnden Personen. Die instrumentale Begleitung ist immer noch Begleitung, so abendlich goldhaltig auch ihre Farben und so zukkend wechselvoll ihre Rhythmen geworden sind. Heute erst wissen wir, daß ›Aida‹ nicht nur eine populäre Festoper, sondern eine gewonnene Schlacht in einem langen Kriege ist.

Die europäische Kritik jener Zeit nahm, vor diese neuen Tatsachen gestellt, die Gelegenheit eilig wahr, sich ihrem alten Freunde gegenüber auszuzeichnen und das epochale Werk bis auf den Grund mißzuverstehen. War Verdi einst der geschmacklose Theaterkomponist mit ein paar schönen Melodien gewesen, so avancierte er nach der ›Aida‹ rasch zum Nachahmer und zum Epigonen Wagners. Diese greuliche Marke sollte er nicht mehr loswerden.

Immer wieder und mit allem Nachdruck sei es gesagt: Giuseppe Verdi hat von Richard Wagner nichts angenommen. Mögen auch die eifersüchtigen Wagnerianer hier einen ungewöhnlichen Akkord, eine Farbe des Orchesters, dort eine Tonfolge, eine Reminiszenz in Anspruch nehmen, all das ist leere Bemühung, dergleichen liegt in der Luft einer Epoche, in der gemeinsamen Entwicklung, und bedeutet nicht das geringste. Ebenso gegenstandslos wäre es zu behaupten, Wagner sei von Verdi beeinflußt worden, weil etwa das »Vertragsmotiv« aus dem ›Ring des Nibelungen‹ der absteigenden Notenreihe ähnelt, die am Schluß der Szene den Pakt zwischen Rigoletto und dem Banditen Sparafucile charakterisiert. – Die Sprache Verdis ist von ›Nabucco‹ zu ›Falstaff‹ immer dieselbe, eine knappe, harte, aphoristische Sprache, und nichts ist ihr fremder, als der gedehnte Ausdruck Wagners, der den Hörer überreden und überwältigen will. Gerade die letzten Werke, ›Othello‹ und ›Falstaff‹, von vielen Unverständigen noch immer als wagnerähnlich gescholten, sind der beste Beweis für diese Behauptung. Nicht ein symphonischer Takt ist in ihnen zu finden, der den Gesang dem thematischen Geflecht unterordnet, dafür aber die ganze alte Oper in einer genialen Verkürzung und Neubesetzung. Was früher »Arie« war, ist nun auf engen Raum zusammengepreßt als melodie- und harmoniegetränkte »Phrase«, der singende Mensch triumphiert nach wie vor, und das Orchester übernimmt niemals die Führung, sondern lebt und bebt gehorsam mit diesem Menschen und seinem Schicksal. In ›Othello‹ und ›Falstaff‹ sind die ästhetischen Widersprüche, die seit ihrer Entstehung der »Wiedergeborenen Tragödie« anhaften, beinahe aufgehoben.

Es ist klar. Verdi hat durch und an Wagner sehr gelitten. Dieses Leiden ist seit dem ›Don Carlos‹ ein geheimes Motiv seiner Aussprüche und Briefe. Überall bricht es durch, wenn er über »Zukunftsmusik« schreibt oder über »Hohe Kunst«, über die Gründung von Symphonie-Orchestern in Italien, über den Niedergang des Gesanges und ähnliche Themen. Einmal klagt er ungewohnt offen: »Ein schönes Los das, nach mehr als fünfunddreißigjähriger Arbeit als Nachahmer Wagners zu enden!« Und ein andermal: »Hätte ich diese ›Aida‹ doch niemals geschrieben, oder wenigstens niemals veröffentlicht!« und er fährt fort: »Nicht ein Wort bekam ich zu hören, das der Kunst würdig gewesen wäre!« Er hat recht. Trotz des Welterfolgs dieser ›Aida‹, niemand verstand den Kampf, der in diesem Werke ausgetragen worden ist...

Es dürfte keine allzu phantastische Hypothese sein, wenn man die lange Schaffenspause zwischen Verdis sechzigstem und dreiundsiebzigstem Jahr mit den hier angedeuteten Depressionen in Zusammenhang bringt. »Warum soll ich schreiben«, fragte er immer wieder.

Dennoch! Giuseppe Verdi hat Richard Wagner niemals gehaßt, obwohl es Zwischenträger in Hülle und Fülle gegeben haben mochte. Der große Italiener dürfte wohl gewußt haben, daß ihn der große Deutsche mißachtete, denn eine solche Mißachtung spürt man, und sie ist die schwerste Prüfung des eigenen Gerechtigkeitssinnes. (Wagner pflegte die Arie des Vater Germont aus ›Traviata‹ auf dem Klavier als Beweis für den Niedergang der italienischen Oper zu zitieren.) Und doch, es gibt nicht die leiseste Äußerung, die auf ein Haßgefühl Verdis gegen Wagner hinweisen würde. Aller Haß ist plebejisch, denn er setzt voraus, daß eine Seele erniedrigt werden kann. Verdis Seele konnte nicht erniedrigt werden.

Das Ehepaar Verdi – der Maestro hatte mehrere Jahre nach dem Tode Margherita Barezzis die gefeierte Diva seines ›Nabucco‹ Giuseppina Strepponi geheiratet – das Ehepaar Verdi pflegte die Wintermonate in dem milden Genua zu verbringen, und zwar im Palazzo Doria, in der großen Wohnung des ersten Stockwerkes. Hier in einem der hochfenstrigen Zimmer dieses Palastes geschah es am Abend des 13. Februar 1883, daß der siebzigjährige Giuseppe Verdi die Zeitung aufschlug und die Depesche las, die der Welt vermeldete, daß Richard Wagner vor wenigen Stunden im Palazzo Vendramin zu Venedig eines plötzlichen Todes gestorben sei. Was mochte im Herzen des Maestro vorgehen, als er langsam die Zeitung, die diese Nachricht enthielt, auf den Schreibtisch zurücklegte? Der gewissenhafteste Biograph, der sich wohlweislich vor jeder romanhaften Ausschmückung in acht nimmt, könnte doch nicht umhin, diesem großen Augenblick nachzuträumen...

Wagner war tot. Der Brandherd war erloschen, dessen Feuer und Rauch der italienischen Oper und ihrem Meister den Atem verschlagen hatte seit Jahrzehnten! Wagner war tot. Verdi aber lebte, und der Lebende hat recht. Und der Lebende ist Sieger über den Toten, immer. Und der Sieger lebte nicht nur mit seinen siebzig Jahren, sondern war gesund, gesünder als in seiner Jugend, und fühlte die Kraft in sich zu neuen Taten, während der Tote tatlos schweigen mußte für ewig. Wäre es nicht nur menschlich gewesen, wenn in dieser Stunde der schwarze Blitz eines unaussprechlichen Triumphes das Herz Verdis durchzuckt hätte?

Wir besitzen glücklicherweise ein Dokument dieser Stunde. Es ist ein Brief, gerichtet an Giulio Ricordi, den Sohn des Verlegers, den jungen Freund und Vertrauten.

Hier der Brief in getreuer Wiedergabe:

»Traurig Traurig Traurig!

Vagner ist tot!

Als ich gestern die Nachricht las, da war ich, das darf ich wohl sagen, völlig niedergeschmettert.

Schweigen wir! Es ist eine große Persönlichkeit, die verschwindet. Ein Name, dessen übermächtige Spur in der Geschichte der Kunst nie erlöschen wird...«

Das Faksimile dieses Briefes kann man nicht lange genug studieren. Da ist zuerst dieses »Triste Triste Triste« ohne Kommata, mit beinahe zitternder Schrift aufs Papier gehaucht. Es ist zweifellos das großmütige Bekenntnis einer echten Trauer, hinter welcher sich keine heimliche Befriedigung verbergen kann. Das Wort Wagner ist anstatt mit »W« mit »V« geschrieben. Es scheint, als könne Verdi einen Augenblick lang in seiner Erschütterung dem Rivalen nicht auf den schmerzlich vertrauten

Namen kommen. Und dann das Auffälligste! Verdi streicht das Beiwort »mächtig« (potente) aus und ersetzt es durch den Superlativ »übermächtig« (potentissima). Der Gerechtigkeitssinn des Maestro, der durchaus kein Freund von Superlativen ist, duldet die schwächere Bezeichnung nicht, die er zuerst gewählt hat.

So senkt ein Krieger den Degen vor dem gefallenen Feind. Reinen Herzens.

6

In demselben Lebensalter, da Giuseppe Verdi zum ersten Male mit der Fremde, mit der großen Welt, mit Paris in Berührung kommt, erwirbt er, nicht fern von Roncole, auf heimatlicher Scholle Haus, Hof und Feld. Nach dem Dörfchen Sant' Agata ist dieser ansehnliche Landbesitz genannt. Wie der Riese in der griechischen Sage wird nun der Maestro immer wieder die Erde berühren, aus der er kommt, und seine Kraft aus ihr erneuern. Wenn auch die Kunst und sein Werk von ihm fordern, daß er lange Aufenthalte nimmt in Mailand, Genua, Rom, Neapel, in Paris, ja in St. Petersburg und Madrid, wenn er sogar einmal im Jahre 1875 ganz gegen seine Prinzipien eine Tournée als Dirigent seines Requiems durch Europa unternehmen muß – überall in der Welt ist er ein ungeduldiger Gast, in Sant' Agata allein zu Hause und bei sich selbst.

Als Giuseppe Verdi das Gut von Sant' Agata kaufte, da war es ein heruntergewirtschaftetes Anwesen, jenseits der Bezirksstraße, ein planes, trostloses Stück Land mit einem verfallenen Haus drauf inmitten der ödesten Gegend, die sich denken läßt. Der Maestro hatte doch viele lange Wochen in Neapel verbracht, in Florenz, in Rom; hatten ihn diese Landschaften der Schönheit nicht verlockt, sich unter Cypressen, Lorbeeren und Mimosen anzusiedeln? Besaß er so wenig »künstlerisches« Empfinden, daß es der monotonste und melancholischste Fleck Italiens sein mußte, wo er seine bleibende Stätte errichtete? Den Bauernsohn von Roncole verführten nicht die Hügel Toscanas und die Zaubergärten Sorents, sondern die nüchterne, aber fruchtbare Erde der Väter. Dort baute er sein Haus.

Er baute ein Herrenhaus. Es ist ein helles, ziemlich weitläufiges Gebäude, Erdgeschoß und erster Stock, völlig schmucklos. Um dieses Haus, das so ernst und klar ist wie sein Herr, dehnt sich der große Park. In der Nähe finden sich geschnittene Hekken, Beete und Rondelle. Je mehr der Park sich aber vom Wohnhaus entfernt, um so mehr bleibt er sich selbst überlassen. Verdis Stolz sind die schönen Bäume. Oh, es war nicht leicht, die Schößlinge hierherzubringen, anzupflanzen und groß zu ziehen. Die Jahre vergehen. Immer dichter wurden die Wipfel, und nun ziehen lange dunkle Alleen durch den Park, der einst ein Stück Wüste gewesen ist. Er hat eine fruchtbare Hand, der Maestro. Dennoch schreibt der Dissimulant noch im Jahre 1865 über die »Wunder von Sant' Agata«:

»Vier Wände, um mich gegen die Sonne und die Unbilden der Witterung zu schützen; einige Dutzend zum größten Teil von meiner Hand gepflanzter Bäume und ein Tümpel, den ich mit dem Titel ›See‹ beehren würde, wenn ich Wasser hätte, ihn zu füllen...«

Das Innere dieser vier Wände, die ihn nicht nur gegen Sonne und Wetter schützen, gibt denselben Begriff von dem Menschen Verdi. Sein Arbeitszimmer ist recht groß, nicht allzu hell. Ein schweres Licht dringt durch die Fenster, deren Leibungen sehr dick sind. Sonniges Dunkel könnte man dieses Licht nennen. Ein wuchtiger Schreibtisch in der Mitte des Raumes. Ein zweiter kleinerer Schreibtisch links davon. Daneben ein schwerer Bücherkasten. Unter den Büchern Verdis befinden sich nicht nur mehrere Ausgaben von Shakespeare, sondern auch die theoretischen Schriften Richard Wagners. Letztere bilden wiederum einen Beweis für den langen ernsten Kampf, den der Maestro um Sein und Nichtsein der italienischen Oper führte. An die Längswand gerückt, steht der große Flügel, ein Geschenk der Firma Erard. Darüber hängt ein Portrait, das niemanden andern darstellt als den guten Signor Antonio, den trefflichen Kaufmann von Busseto.

All das ist sehr einfach und zeigt wenig von der Überladenheit der Epoche zwischen 1870 und 1900, die sich nicht genug tun konnte an schweren Vorhängen, an Möbeln gleich Festungen oder Bergen, die kaum einen Platz ließen, sich zwischen ihnen hindurchzuzwängen. Hören wir nun einen Besucher an, der uns Sant' Agata beschreibt. Es ist Antonio Ghislanzoni, der Textdichter der ›Aida‹:

»Die Natur hat dieser Landschaft keinen Reiz verliehen. Eintönig zieht sich die Ebene hin. Reich für den Landmann, arm für den Dichter. Mitten in einer langen Pappelallee bleibt das Auge überrascht und wehmütig berührt auf zwei Trauerweiden ruhen, die eine Gartenpforte flankieren. Die beiden Riesenbäume, die anderswo kaum auffallen würden, beunruhigen hier den Geist wie eine seltsam fremde Erscheinung. Der diese Bäume gerade an dieser Stelle gepflanzt hat, das kann kein gewöhnlicher Mensch sein... Er ist vielleicht gar ein Menschenfeind, denn eine Zugbrücke stellt die einzige Verbindung zwischen seinem Besitz und der Welt her.«

Während Ghislanzoni in seiner Beschreibung fortfährt, kann er sich, obwohl er die Schönheit des Parkes lobt, einer gewissen Melancholie nicht erwehren. Er kommt zu folgender Erkenntnis:

»Wenn ein Genius dieses Haus bewohnt, so muß es ein Genius des Schmerzes und der Leidenschaft sein.«

Nachdem der Besucher noch einen Blick auf den sonderbaren See inmitten des Parkes wirft, schließt er seine Betrachtungen:

»Jenseits des Sees breiten sich die weiten Besitzungen des Meisters aus. Ihre Kultur zeugt von den wissenschaftlichen Prinzipien, die durch ihn aus dem weniger gesegneten Ausland hier eingeführt worden sind. Die scharfe Beobachtungsgabe Verdis hat sich alle Fortschritte der englischen und französischen Landwirtschaft zum Heile seiner eigenen Heimat zunutze gemacht. Während die Trauerweiden, das dichte Baumdunkel, der wehmütige See die träumende Leidenschaft des Künstlers spiegeln, offenbart sich draußen in den Feldern die ordnende Kraft und der scharfe Verstand des Menschen.«

Der letzte Satz dieser Beschreibung umfaßt einen großen Widerspruch. Träumende Leidenschaft und Wirklichkeitssinn! Kann sich dieser Widerspruch in einer Seele aufheben? Die Auffassung des neunzehnten Jahrhunderts vom Künstler leugnete diese Möglichkeit. Inbegriff des Künstlers für diese Zeit war der Romantiker. Der Romantiker setzte sich über die Wirklichkeit hinweg. Er fühlte sich nicht gebunden an die »bürgerliche« Moral. Er war stolz darauf, nichts zu verstehen von Geld, von Ökonomie, von den Bedingungen des menschlichen Lebens, das sich tief zu seinen Füßen abspielte. Wenn er hungern mußte, so empfand er es als eine Gotteslästerung der bürgerlichen Gesellschaft gegen den Geist. Da die Religion im Verwelken war, da die Menschen nicht mehr an Gott glaubten, so warf der romantische Künstler in seinem Hochmut ohnegleichen sich selbst zu einer Art Ersatz für Gott auf. Schimmern durch diese raschen Umrisse nicht die Züge Richard Wagners hindurch?

Auch in der äußeren Gestaltung seines Lebens blieb Giuseppe Verdi der große Gegensatz seines Rivalen. Der Autor von beinahe dreißig Opernpartituren, der Komponist der ›Messa da Requiem‹ und der ›Quattro Pezzi Sacri‹ war alles eher als nur der Besitzer einer prächtigen Herrschaft und eines schönen Ruhesitzes. Er war ein redlicher Landwirt, ein Großbauer durch und durch und dies nicht im gewöhnlichen, sondern im schöpferischen Grade. Er wars mit allen Arbeiten, Plänen, Einfällen, Beunruhigungen, Kümmernissen, Sorgen, Freuden und Schmerzen des echten ernsthaften Gutsbesitzers. Die Musterwirtschaft von Sant' Agata wirkte reformierend auf die Agrikultur des ganzen Bezirks. Immer neue Einführungen und Verbesserungen überraschten die konservativen und skeptischen Bauern der Provinz. Verdi legte Kanäle an, er brachte die Dreschmaschine und den Dampfpflug ins Land, er errichtete Meiereien ringsum, er baute Wege.

Immer wieder vergrößerte er seinen Landbesitz. Einen beträchtlichen Teil der Summen, die seine Opern verdienten, schluckte die Erde von Sant' Agata. Die Musik machte Verdi zu einem reichen Mann. Und er war stolz auf das Vermögen, das er seiner Feder zu verdanken hatte. Kein Wunder, daß der Neid alle möglichen Infamien gegen seine Person in Umlauf setzte. Verdi sei habgierig und geizig, flüsterte der Neid. Dieser Habgierige aber diente dem Gelde nicht eine Stunde seines Lebens. Niemals ließ er es auf den Börsen arbeiten, in der Welt der Aktien und komplizierten Verzinsung. Was er nicht für sein Leben und die Landwirtschaft aufwandte, das legte er in der mehr patriotischen als ertragreichen »italienischen Rente« an. Verdi war niemals geldsüchtig, er war das Gegenteil davon: er war wirtschaftlich. Und daß er in völlig selbstloser Weise wirtschaftlich denken und handeln konnte wie ein Patriarch, das verrät uns folgende Episode.

Um das Jahr 1880 erlebte Italien eine schwere ökonomische Depression. Die Arbeitslosigkeit wuchs von Monat zu Monat. Die Menschen in Stadt und Land, und besonders auf dem Land, fanden nicht mehr ihr Brot. Die Auswanderung nach Amerika nahm einen erschreckenden Umfang an. Während die romantischen Künstler jener Zeit solche Dinge überhaupt nicht zur Kenntnis nahmen, griff der italienische Opernkomponist Verdi in seinem eigenen Bereich sofort mit kräftiger Hand zu. Er verließ mitten im Winter den so behaglichen Palazzo Doria und ging nach Sant' Agata. Dort begann er nicht nur mit dem langgeplanten Umbau des Wohnhauses, er ließ auf seinem Grund und Boden drei große Meiereien und landwirtschaftliche Betriebe errichten, wodurch er zweihundert Arbeitslosen und ihren kinderreichen Familien Arbeit und Brot geben konnte. Bald durfte er befriedigt ausrufen: »Aus meinem Dorfe wandert niemand mehr aus!«

Giuseppe Verdi, dessen prophetisches Gemüt während des französisch-preußischen Feldzuges von 1870 bereits die Weltkriege unserer Zeit voraussah, weissagte nicht minder prophetisch: »Denn ihr müßt wissen, ihr Bürger der Städte, das Elend unter den armen Leuten ist groß, sehr groß, übergroß... Und wenn nichts dagegen geschieht, sei es von unten, sei es von oben, so werden wir großes Unheil erleben...«

Verdi war kein Freund der Sozialisten, wie er keiner politischen Partei Freund war. Er besaß aber eine verantwortungsbewußte, eine soziale Seele, wie kein andrer Musiker seiner Zeit. Und bei ihm gab es nicht den leisesten Widerspruch zwischen Reden und Handeln.

Dieselbe Einheit und Reinheit des Charakters bewies er in allen Fragen der Wohltätigkeit. Er haßte sie, soweit sie nur das Almosen war, womit der Besitzende sein Gewissen erleichtert. Wo etwas nach »Benefizenz«, nach »Charity« roch, verweigerte er die Teilnahme. Er nahm jede Last auf sich, selbst die des Wohltuns. So hat er z. B. in dem nahen Villanova das Hospital nicht nur aus eigenen Mitteln erbaut, sondern er beaufsichtigte die Verwaltung des Hauses, er kümmerte sich um Wein, Milch, Fleisch und sorgte dafür, daß die Patienten in nichts verkürzt wurden. Erschien aber in den Zeitungen eine Notiz, Giuseppe Verdi habe eine Stiftung gemacht, damit das Kirchlein seines Heimatortes renoviert werde oder Busseto ein Theater bekomme, da wurde er wütend, und dieses Zeitungsgeschreibsel war ihm nicht zu geringfügig, um es durch barsche Dementis berichtigen zu lassen.

Auch zu seinen Dienern und Angestellten verhielt sich der Herr von Sant' Agata wie ein Patriarch. Sie fürchteten ihn, denn er war ein wirklicher Herr und trug Sorge um sein Gut, wenn er sich in Paris oder Genua aufhielt. »Bewegt der Kutscher die Pferde täglich?« (Ähnlich wie Leo Tolstoi liebte Verdi seine Pferde.) – Wer hat es gewagt, den Schlüssel des Maschinenhauses gegen seinen Befehl an Unbefugte auszuliefern? – Wie? Die Cholera wütet in Norditalien. Und der Verwalter findet es nicht einmal der Mühe wert, ihm eine Zeile zu schreiben, ob alles wohlauf ist daheim? – Doch nicht nur um sein Gut trug dieser Herr Sorge im Herzen, sondern mehr noch um seine Leute. Davon gibt nicht nur sein Testament Zeugnis, wo auch der Geringste und Jüngste seiner Bediensteten nicht vergessen ist, sondern eine ganze Menge von Fällen. Um z. B. einen armen Teufel, den Sohn eines Kutschers, vom Militärdienst zu retten, setzte er Himmel und Hölle in Bewegung, schrieb Bettelbriefe (welche Pein!) an einflußreiche Bekannte, um schließlich zu erkennen, daß selbst der große Verdi in den Augen der Bürokratie ein kleiner Mann ist.

Viel Ärger bereitete dem Maestro während seiner Tage in Sant' Agata die Geschichte mit dem Theater in Busseto. Sie reichte weit zurück, noch bis in die Lebenszeit von Barezzi. Der alte Signor Antonio, durch den Ruhm des von ihm Entdeckten und Geförderten selbst eine Berühmtheit – oh, der Ruhm ist ein Trank, der den Durst nach ihm nicht stillt –, hatte wahrscheinlich als erster den Einfall gehabt, die Stadt Busseto möge zu Ehren ihres großen Sohnes ein »Teatro Verdi« bauen. Als einige Bussetaner dem Maestro mit dieser Idee nahten, erlebten sie sogleich eine rauhe Abfuhr. Die Jahre eilten dahin. Inzwischen entstand der Plan des Festspielhauses in Bayreuth, dem Werke eines einzigen gewidmet. »Bayreuth« wurde zu einer ständigen Rubrik der europäischen Presse. Wer weiß, vielleicht machten jene Festspiele von Bayreuth die guten Bussetaner noch begehrlicher nach ihrem »Teatro Verdi«. Sie steckten sich hinter Signor Carrara, den Rechtsanwalt des Maestro. Die Abfuhr war noch schärfer als früher: »Ich sage Ihnen, daß ich den Nutzen eines Theaters in Busseto nie eingesehen habe.« – Noch einige Male wiederholte sich dieses Spiel, und immer mit demselben Resultat. Verdi wünschte kein »Teatro Verdi«.

So oft er auch mit dem Einsatz seiner ganzen Person für die vollkommene Verkörperung seiner Musik gewirkt hatte, er dachte keinen Augenblick daran, eine feste Tradition zu schaffen, oder gar aus Busseto ein Bayreuth zu machen. Die Liebestat seines Alters sollte nicht den eigenen Opern gelten, sondern jenen menschlichen Wesen, welche diese Opern zum Erklingen gebracht hatten, den Veteranen des Gesanges und des Orchesters. Auf dem Piazzale Michelangelo in Mailand erwarb der Maestro ein Grundstück. Auf diesem Grundstück – an der Peripherie der Stadt, von wo man am Horizont die blaue Kette der Alpen sieht – errichtete er ein sehr stattliches Haus. Es ist das Versorgungshaus für alte Musiker, das den feinfühligeren Namen führt: ›Casa di Riposo‹. In diesem Hause der Ruhe oder des Ausruhens wurden und werden jeweils hundert alte Musiker beherbergt und verköstigt bis zu ihrem Tode. Neben dem vom Maestro gestifteten Grundkapital bilden die Tantièmen der Verdi-Opern das beständige Einkommen dieses Hauses. Solange diese Opern leben und Erträgnisse abwerfen, werden auch hundert ausgediente Künstler Obdach und Brot haben, Generation nach Generation...

Dies aber ist der Alltag von Sant' Agata. Giuseppe Verdi erhebt sich sehr früh. Wie die meisten Italiener nimmt er nichts anderes zu sich als einen leeren schwarzen Kaffee. Dann reitet er hinaus – in späteren Jahren läßt er den Wagen anspannen –, um die Arbeiten auf den Feldern, Gehöften, Meiereien zu besichtigen oder diesen und jenen Pächter aufzusuchen. Er ist der Gutsherr und nicht der Maestro. Zwischen neun und zehn Uhr kehrt er heim. Inzwischen ist die Post angekommen. Die Post ist ja das große Tagesereignis jedes Landhauses. Signora Giuseppina hat die Briefe sortiert, die Belästigungen der Berühmtheit von den wichtigen Stücken gesondert. Einige Zeit vergeht mit der täglichen Beantwortung dieser Korrespondenz. Wenn Gäste kommen, so kommen sie meist um die Mittagsstunde. Verdis Equipage pflegt sie von der nächsten Bahnstation Firenzuola Arda abzuholen. Der Kreis der Freunde ist klein und wird nicht größer trotz der ungeheuren Menge von Beziehungen, die ein langes, glänzendes Leben sammelt. Nur selten trifft ein Außenstehender hinzu, wie Monsieur Du Locle, der Direktor der Großen Oper von Paris, der von Verdi vergebens ein neues Werk für sein Institut erbittet. Nach 1870 besteht der Freundeskreis vorzüglich aus der Sängerin Teresina Stolz, einer Tschechin mit wunderbarer Stimme, die in der Scala die ›Aida‹ kreiert hat, aus Giulio Ricordi und Arrigo Boito, dem Dichter-Komponisten des ›Mefistofele‹, einem starken Talent und stärkeren Intellekt, der für Verdi die Meistertexte von ›Othello‹ und ›Falstaff‹ schreibt. – Die Hauptmahlzeit findet gegen sechs Uhr abends statt. Verdi hat einen Namen als Kenner und Liebhaber guter Küche; obwohl er sich in dieser Beziehung mit Rossini nicht vergleichen kann, so ißt man doch vorzüglich an seiner Tafel. Er liebt den leichten Wein Italiens und schwere Havanna-Zigarren und verschmäht auch nicht eine Kartenpartie nach der Abendmahlzeit.

Die Musik scheint in diesem Hause keine große Rolle zu spielen. Verdi liebt keine Diskussionen über Musik. Er warnt gewisse Besucher, sie würden bei ihm nicht nur keine Noten finden, sondern sogar ein Klavier mit zerrissenen Saiten...

Manchmal aber, am späteren Abend oder in der Nacht, wenn die Gäste alle fort sind, geschieht es, daß Signora Giuseppina allein in ihrem Zimmer sitzt. Sie mag darüber nachdenken, wie das alles so gekommen ist. Einst, vor langer Zeit, da war sie die junge, strahlende Diva und der Maestro ein düster bescheidener Mann, dem ihre Protektion zum Siege und zum großen Lichte verhalf. Und nun? Da kommen gedämpfte Klänge aus dem Zimmer Verdis. Peppina läßt die Handarbeit sinken, hebt den Kopf. Was ist das? Das ist ja neu! Es gehört ein wenig Mut zu dem, was die Frau nun tut. Sie kann aber nicht anders. Langsam, auf Zehenspitzen, schleicht sie näher, horcht an der Tür und öffnet sie schließlich. Eine jener Melodien wurde geboren, die, wenn sie das erste Mal erklingen, so alt zu sein scheinen wie die Welt und wie von jeher erschaffen: ›Addio di bei giorni‹ der ›Traviata‹ – ›Ai nostri monti ritorneremo‹ des ›Travatore‹ – ›Rivedrai le foreste inbalsamate‹ aus ›Aida‹. Giuseppe Verdis Gesicht ist verfallen, seine Augen sind feucht. Die gewaltige Emotionskraft seiner Seele, die er vor der Welt so männlich zu verbergen weiß, nun offenbart sie sich der Frau, der alten Gefährtin in der Musik...

7

Die Unterschrift, die Giuseppe Verdi unter seine Briefe setzt, macht im Laufe der Jahrzehnte eine gewisse Entwicklung durch. Man muß nicht gerade ein Graphologe sein, um die seelische Bedeutung des verschlungenen Kreises zu verstehen, mit dem der Maestro seinen Namen immer geschlossener zu umrunden pflegt. Der unterschriebene Name selbst repräsentiert das Ich, preisgegeben den schamlosen Zumutungen einer stets fordernden Welt. So sehr dieses Ich sich auch mit Härte und Gleichmut zu wappnen meint, es ist und bleibt ein Noli-me-tangere, grausam erregbar, und von jedem feindlichen Windhauch tödlich verletzt. Zum Schutze dieses Ichs, das in dem Namenszug verkörpert ist, zieht die schreibende Hand eine Art Hecke um ihn, einen zugleich vorsichtigen und schwungvollen Zaun oder Wall, der ihn verteidigt. Dies ist der Sinn der Schlinge, die den Namenszug umkreist und eine immer kleinere Öffnung frei läßt, um der Welt Einlaß zu gewähren;

Erregbarkeit und Empfindlichkeit des Ich, das ist die naturnotwendige Voraussetzung jeder künstlerischen Persönlichkeit. In den meisten Fällen führt sie zu einer krankhaften Steigerung des Selbstgefühls, zu einem egozentrischen Rausch, der die Autonomie der äußeren Welt leugnet und diese den Begierden und Zwecken des beständig leidenden Ichs zu unterwerfen sucht. – Ganz anders Verdi. Durch alle seine Briefe von Jugend an geht der erzieherische Wille, das Ego zurücktreten zu lassen. Oh, über dieses großgeschriebene Ich der eitlen Selbstbespiegelungen! Ein gebändigtes und gesiebtes Ich kommt uns entgegen, das vielen Dämpfungen unterzogen wurde und sich nur selten einen freien Ausbruch gestattet. Hingegen treten all jene kühlen kritischen Kräfte in den Vordergrund, die dem Selbstbewußtsein feindlich gesinnt sind.

Wenn ein Theaterdichter oder ein Schauspieler einen Durchfall erlebt, so wird er im allgemeinen, nachdem er sich von der ersten Betäubung erholt hat, die Schuld für das Fiasko nicht in sich selbst suchen, sondern in seinen Mitarbeitern, in einer schlimmen Konstellation der Umstände oder gar beim Publikum. Der eitle Egozentriker ist gar nicht imstande, seiner eigenen Person Unrecht zu geben. Verdi hingegen berichtet mit einer Kälte, die fast schon an eine sonderbare Schadenfreude grenzt, über solche Durchfälle, die er selbst erleidet. Er ist noch sehr jung, hat gerade erst den Erfolg von ›Nabucco‹ hinter sich, seine neue Oper ›I Lombardi‹ wird in Venedig aufgeführt. Es hängt so viel davon ab, daß jetzt kein Rückschlag kommt. Eine Viertelstunde, nachdem der Vorhang über dem letzten Akt gefallen ist, schreibt der Dreißigjährige an eine Freundin:

»Die ›Lombarden‹ sind vollständig durchgefallen. Es war einer von den wahrhaft klassischen Durchfällen. Alles mißfiel oder ist gerade nur hingenommen worden... Das ist die einfache aber wahre Geschichte, und ich erzähle sie ohne Freude, doch auch ohne Schmerz...« Ungefähr zehn Jahre später erlebt die ›Traviata‹ bei der Erstaufführung in demselben Venedig eine Niederlage von solchen Ausmaßen, daß der letzte Vorhang unter dem erbarmungslosen Gelächter des Publikums niedergehen muß. Man denke, dies geschieht der ›Traviata‹ an dem ersten Abend ihres zum hohen Alter bestimmten Bühnenlebens. Da schreibt Verdi einen von den seltenen Briefen seiner Hand, die berühmt geworden sind:

»›Traviata‹ war gestern abend ein Fiasko. Bin ich schuld oder die Sänger? Die Zeit wird es lehren.«

Dieser Brief von drei Sätzen ist wie ein Kristall. Ein Kristall menschlicher Wahrhaftigkeit.

Der Mann einer solch keuschen Wahrhaftigkeit ist Opernkomponist, lebt in der Welt des Theaters, in einer Welt der beständigen Selbstüberhebung und Selbstanpreisung. Es ist kein Wunder, wenn seine Abneigung gegen das, was er »Reklame« nennt, schon früh zu keimen beginnt, um sich später in den bittersten Ekel zu steigern. Andere Künstler sind sehr froh, wenn sie ihrem Namen recht oft in den Zeitungen begegnen dürfen. Sei es auch nur in Verbindung mit Klatschgeschichten oder stupiden Anekdoten. Schon der junge Verdi wird in solchen Fällen von heftigen Unlustgefühlen heimgesucht. In seinem späteren Alter aber leidet er an einer sonderbaren Onomaphobie: »Ich erschrecke«, sagt er, »wenn ich meinen Namen lese, er riecht nach Staub...«

Zur Zeit der ›Aida‹ wird der Name Giuseppe Verdi zu einem Prunkstück der Weltreklame. Der Khedive von Ägypten hat eine Oper zur Eröffnung des Suezkanals bestellt. Die Wahl, so schwärmt die Reklame, schwankte zwischen Richard Wagner und Giuseppe Verdi. Und sie schwärmt weiter, die Reklame: Der Khedive zahlt zweihunderttausend Louisdors nach Ablieferung der Partitur (in Wahrheit sind es hundertfünfzigtausend Francs). Der Stoff der Oper stammt von dem großen Ägyptologen Mariette Bey. Kaiser und Könige sagen ihr Erscheinen zu, die ganze Presse der Welt wird eigene Korrespondenten nach Kairo schicken. – Tag für Tag wiederholt so die Reklame ihr aus Wahrheit und Übertreibung gemengtes Lied. Würde ein anderer Autor sich nicht die Hände reiben? Der Name des Werkes klingt schon in aller Ohren, ehe es noch vollendet ist. Dem Maestro aber schnürt das beständige Tam-Tam die Kehle zu. Als ihm eines Tages der Kritiker Filippo Filippi (einer der Überläufer zu Wagner übrigens) voll Stolz mitteilt, daß auch er im Dienst seiner Zeitung nach Kairo gehen werde, da bricht Verdi in einen Zorngesang aus, in einen wahren Psalm gegen die Reklame:

»Mir kommt es so vor, als wäre, wenn das so weitergeht, die Kunst keine Kunst mehr, sondern ein leeres Metier, eine Vergnügungsreise, eine Jagd, ein Irgendetwas, hinter dem man herläuft und dem man, wenn schon nicht Erfolg, so doch um jeden Preis Publizität geben möchte. Was ich dabei fühle, ist Ekel und Erniedrigung! Ich erinnere mich immer mit Freuden der Zeit meiner Anfänge, als ich fast ohne Freund, ohne einen Menschen, der von mir gesprochen hätte, ohne Vorbereitungen, ohne die gewissen Einflüsse, mit meinen Werken vor das Publikum trat, bereit, alle Kugeln aufzufangen, und überglücklich, wenn es mir gelang, einen günstigen Eindruck hervorzurufen. Und nun, welch ein Apparat für solch eine Oper?! Journalisten, Solisten,

Choristen, Direktoren, Professoren usw., sie alle müssen ihr Steinchen zum Gebäude der Reklame herbeitragen...«

Ekel und Erniedrigung! Oh, wieviel mehr Ekel und Erniedrigung würde Giuseppe Verdi heutigen Tages empfinden müssen. Da stünde irgendwo in seiner Wohnung vermutlich ein Radiokasten, aus dem zwischen zwei Schlachtberichten, zwei Arien, zwei symphonischen Sätzen eine widermenschlich gleichgültige Stimme ertönte, um eine Autofirma, eine Seife oder ein Abführmittel lobzupreisen! Und was würde er zu einer Kunst sagen, die nicht einmal mehr Scham vor der Reklame heuchelt, sondern sich ihr in nackter Offenheit hingibt?

Ihm genügte schon die biedere und gemächliche Propaganda jener Zeit, um ihm das Blut in den Kopf zu treiben. Was wollten diese Leute alle mit ihrer »deutschen Geschäftigkeit«, die ein Kunstwerk monatelang im »Hexenkessel der öffentlichen Meinung« garkochen? Verdi denkt bei diesen Worten an Meyerbeer und an den Wagner des Pariser ›Tannhäuser‹. Kann man irgendeiner Sache dieser Welt durch Überredung auf die Beine helfen? Was haben Beziehungen, Diners, Diplomaten, Minister, Protektionen, Korruptionen, Zeitungsartikel mit einem Werke der Kunst zu tun? Wird ein Werk der Kunst dadurch besser, daß ein Mandarin der Kritik dazu nickt, oder daß eine Clique halbreifer Gehirne künstlich dafür fanatisiert wird? Zwischen Melodie und Hörer besteht ein unbestechliches Verhältnis: entweder bleibt diese Melodie im Bewußtsein des Hörers haften, oder sie zerrinnt für immer. Jedes Nachhelfen oder Vermitteln ist naturwidrig, ja unmöglich. Nicht nur aus innerster Abscheu, aus klarer Vernunft begreift Verdi nicht, daß schöpferische Menschen die Gesetze des Lebens so mißverstehen können. So ist ihm auch jedes theoretische Wirken für die eigene Sache fremd. Und hierin entfernt er sich am weitesten von Wagner. Er ist kein Messias, sondern nur ein Meister italienischer Opernmusik. Und wie könnte ein Meister sich und das Seine über- oder unterschätzen? Und wie dürfte ein Meister der Welt etwas aufzudrängen versuchen, wonach sie nicht selbst greift!? Meisterschaft ist ein sicheres Ruhen in der natürlichen Rangordnung der Dinge.

Und so geschieht es wirklich und wahrhaftig, daß Giuseppe Verdi während seiner langen Aufenthalte in Paris vierzig Jahre hindurch keine Interviews gibt, kaum jemals bei großen Empfängen zu sehen ist, die Salons ebenso meidet wie die Cenacle der Künstler, und daß er seine unberührbare Einsamkeit eifersüchtig wahrt. Er kennt weder Meyerbeer persönlich noch Berlioz noch Gounod, ja es scheint, daß er nicht einmal dem Rossini begegnet ist, den er hoch verehrt.

Derselbe Rossini mußte einst feststellen, daß sein Landsmann aus Roncole – er nennt ihn »den Meister mit dem Helm auf dem Kopf« –, der ja als Opernkomponist in diesem Paris Erfolg haben will, nicht dazu überredet werden kann, die notwendigen und üblichen Visiten zu machen.

Immer dichter schließt sich die Linienhecke um Giuseppe Verdis Namenszug. Es kommen die Jahre des Schweigens, die Jahre der seltsamen Schaffenspause. Ungeschwächt beherrschen seine erfolgreichen Opern den Spielplan der ganzen Welt. Es ist aber still um ihn geworden. Er braucht die Reklame nicht mehr zu verfluchen. Dem Namen Richard Wagner wird göttliche Ehre gezollt. Verdi gilt nur als populärer Opernkomponist. Kein fortgeschrittener Musikfreund jener Zeit würde es wagen, ihm den Rang des Rivalen zuzubilligen.

Die Kenner nicken wehmütig: ›Aida‹ ist der Schwanengesang der italienischen Oper, die durch das Musikdrama Wagners vernichtet wurde, ein für allemal. Die Welt ist überzeugt davon, daß auch der alte Maestro mit ›Aida‹ sein letztes Wort gesprochen habe und nichts mehr schreiben werde. Verdi wird siebzig Jahre alt. Die Zeitungen beginnen, ihm kostenlos den Ehrentitel zu verleihen: »Der ehrwürdige Greis von Sant' Agata«. Er wird zweiundsiebzig alt und dreiundsiebzig. Da eines Abends erdonnert in der Mailänder Scala zum ersten Mal der ungeheure dissonante Anfangsakkord aus ›Othello‹. Dieser Faustschlag eines Riesen, der den Stein der Gruft zertrümmert. Noch bin ich da, so schreit die italienische Oper auf, und zwar in einer Orchestersprache, die ihr niemand zugetraut hätte. – Und der ehrwürdige Greis von Sant' Agata wird achtzig Jahre alt, als in der Scala zum ersten Mal der Anfangsakkord des ›Falstaff‹ ertönt, ein neuer toller Kraftbeweis, diesmal auf dem schwachen Taktteil der Vierviertel. So ungestüm und wider das gerade Maß platzt ›Falstaff‹ mitten hinein in die erstaunte Welt.

Mit diesen zwei Werken aber schleudert Verdi die italienische Oper, die ohne ihn der Krise erlegen wäre, wie einen goldenen Diskus in eine ferne Zukunft. Der Traum der gelehrten Herrn von Florenz ist in Erfüllung gegangen, wenn auch auf ungedachte Art. Da gibt es keine der lieben alten Unarten mehr, die im Laufe der Epochen der Oper an den Leib gewachsen sind. Da gibt es aber auch nicht das aufgeschwemmte Zuviel, das redselige Gleich- und Übermaß des symphonischen Dramas. Und alles, alles bleibt Gesang. ›Othello‹, das ist der leidende Mensch, der bis in das leiseste Zucken seines Nervensystems musikalisch offenbar wird. Nie zuvor hat die Musik den physiologischen Vorgang des Seelenschmerzes so schneidend wiederzugeben gewußt. – Und ›Falstaff‹?

›Falstaff‹ ist die Komödie der Weltüberwindung, wie ›Parsifal‹ das Mysterienspiel der Weltüberwindung ist. Doch welch ein Gegensatz! Im ›Falstaff‹ bekommt die eingeborene Ironie der italienischen Oper noch einmal Flügel, jenes tänzerische Grundgefühl, daß die Dinge dieser Welt nicht ganz wirklich sind, sondern ein Spiel der Götter. Das Werk schließt mit einer mächtigen Chorfuge, um durch diese ernsteste aller musikalischen Formen die Überzeugung auszudrücken, daß alles Spaß auf Erden sei:

›Tutto nel mondo è burla‹

Ja, alles ist Spaß auf Erden. Und inmitten dieses Spaßes ist der Mensch »Il nato burlone« – der geborene Narr, der unbewußte Spaßmacher des Schicksals. Die Freuden vergehen, ja selbst die Schmerzen vergehen, die wirklicher sind als die Freuden. Übrig bleibt das seltsame Spiel, der Spaß in der kosmischen Form der Fuge. Doch auch in ›Falstaff‹ ist alles, alles reiner Gesang. Es gibt da sogar ein Liebespaar, das die süßesten Melodien zu singen hat. Diese Weisen freilich atmen eine rührende Kühle aus, wie sie den Liebesgesängen der ›Traviata‹ und ›Aida‹ durchaus nicht eigen war. Es läßt sich nicht leugnen, ein Achtzigjähriger hat diese Weisen erdacht. Sie gleichen den entzückenden Eisblumen an einem Fenster, durch welches das tiefe blaue Auge des Alters in eine sonnige Winterlandschaft hinauslächelt.

Nun aber war der Feierabend unwiderruflich gekommen. Einen überlangen Weg hatte Verdi zurückgelegt, einen Weg des Werkes, und einen Weg der Seele. Er hatte seinen Kampf zu Ende gekämpft. Die Unbedingtheit seines Wesens, ein Muß aus Diamant, hatte ihn niemals ermüden, niemals Kompromisse eingehen lassen und jung und zukünftig erhalten, bis an die arktische Grenze des Lebens. Der Ruhm war für ihn keine Verführung gewesen, und selbst die echte Inspiration keine Ausrede. Die beständige Arbeit des Geistes forderte keine nervöse Erschlaffung heraus, sondern eine andere Art der Arbeit in der Landwirtschaft. Jahr für Jahr fortschreitend entwickelte sich so in diesem dem Theater verbundenen Manne das göttliche Streben nach Anonymität oder, klarer gesagt, das Streben nach einem Sein ohne Schein.

Jetzt geht er dahin, der Alte, durch die Straßen von Mailand, Genua, Rom; jeder dreht sich nach ihm um, ihn aber stört's nicht mehr. Die Hecke der Anonymität ist zugewachsen um ihn. – Nur selten kommt es mehr zu einem Ausbruch von Zorn oder Widerwillen. Wie ein bläulicher Schatten liegt der ritterliche Humor des ›Falstaff‹ über seinem alten Schöpfer und macht ihn milde. Manchesmal zieht sich noch ein Gewölk über Verdis Haupt zusammen. Der König von Italien und seine Minister hegen den Plan, den Maestro zum »Marchese von Busseto« zu erheben. Der peinlich Betroffene bittet ganz ergebenst, man möge ihn mit dieser Erhebung in den Adelsstand verschonen. Er würde sich lächerlich vorkommen. Das ist weder Stolz, noch demokratische Gesinnung, sondern das feinste Gefühl für Würde.

In diesen Jahren hält sich Verdi oft in dem Badeort Montecatini auf. In Montecatini wimmelt es von Drehorgelmännern. Der Maestro muß durch seine eigenen Melodien Spießruten laufen, denn diese Drehorgeln spielen erbarmungslos das ›Miserere‹

aus ›Il Trovatore‹ und das Quartett aus ›Rigoletto‹. Eines Tages versammelt Verdi diese Musikmänner um sich, um sie durch hohe Abstandssummen von der weiteren Verbreitung seiner Melodien abzuhalten. Es gelingt ihm vielleicht für das Badestädtchen Montecatini, es gelingt ihm nicht für die ganze andere Welt. – Ein andermal aber hört Verdi in Rom durch einen Zufall von fern ein Orchester, das die Einleitung zum letzten Akt der ›Traviata‹ spielt. Da kann er sich nicht beherrschen und beginnt zu weinen, an seinen eigenen Kohlen schmelzend, wie Goethe es nennt.

»So alt ich bin, ein Rest von Herz ist mir noch geblieben«, verrät er einmal, »und ich kann noch weinen...«

Als Giuseppina stirbt, die treue Gefährtin eines halben Jahrhunderts von Leben und Musik, da kann er die Einsamkeit von Sant' Agata nicht länger ertragen. Er zieht nach Mailand ins ›Grand Hôtel Milan‹, dort kann ihn jeder sehen, in der Halle, im Schreibzimmer, im Aufzug, ja selbst im Restaurant. Er zieht keine äußere Grenze zwischen sich und den Menschen, als trüge er nicht mehr die Last seines Namens. Er weist Besucher nicht zurück. Er empfängt nicht nur Freund Ricordi und Freund Boito, sondern auch junge Musiker wie Mascagni und Giordano. Er sieht der Welt zu und dem neuen Jahrhundert, das angebrochen ist. Doch schon vom andern Ufer.

Das Ende kommt jäh. Ein Schlaganfall. Die Ursache ist der Hemdsknopf. Die Nichte, die den Maestro betreut, hat für ein paar Minuten sein Zimmer verlassen. Er kleidet sich gerade an. Da entfällt das Knöpfchen seiner Hand und rollt unters Bett. Der alte Verdi aber ist noch immer der alte Verdi. Er denkt, er brauche wie eh und je weder Hilfe noch Handreichung. Flugs kniet er hin und steckt den Kopf unters Bett, um den kleinen Knopf zu suchen. Da schlägt der Tod zu.

Aber der Tod hat es nicht leicht mit diesem Manne. Sieben Tage lang währt der Kampf zwischen ihm und Giuseppe Verdi. Dieser eiserne Körper, herrlicher Akkumulator aller irdischen Harmonien und Rhythmen, verteidigt sich zäh. Draußen vor dem ›Grand Hôtel Milan‹ drängt sich sieben Tage lang eine stumme, dunkle Menge. Der Verkehr wird von der Via Manzoni abgelenkt. Alle Menschen der Stadt scheinen in diesen Tagen nur zu flüstern.

Der Dichter D'Annunzio hat eine große Ode über das Sterben Verdis geschrieben. Er sieht in dem Hotelzimmer von Mailand die Gestalten Dantes, Michelangelos und Lionardos, wie sie sich über den Bewußtlosen beugen. Die schönste Strophe dieses Gedichts verrät in erschüttertem Überschwang, was Verdi für Italiens Volk bedeutet und für die Welt:

»Er nährte uns wie die Naturkraft,
Die freie, ringswaltende Sphäre
Der Luft uns nährt, allgemeinsam.
Seines Lebens Schönheit und Urkraft,
So einsam,
Zog hoch über uns wie die singenden Himmelsmeere.
Er riß seine Chöre
Aus dem innersten Atem der schmachtenden Massen,
Daß Trauer und Hoffnung erschalle.
Er liebte und weinte für alle.«

Am 27. Januar 1901 steht der Herzschlag Italiens einen Augenblick still. Italien weiß, daß die Musik Verdis wie die Luft ist, ohne die man nicht leben kann. Nun aber ist er dahingegangen, der seine Chöre aus dem innersten Atem des schmachtenden Volkes riß und in seinen Melodien für alle liebte und für alle weinte. Italien will seinem großen Sohne eine Totenfeier bereiten, wie sie kein Vorbild hat.

In gewohnter Voraussicht macht niemand andrer einen dikken Strich durch diese Rechnung als der Maestro in Person. Bei Eröffnung des Testaments findet man recht bestürzt folgende letzte Willensäußerung:

»Ich bestimme, daß mein Begräbnis sehr bescheiden sein und bei Tagesanbruch oder abends um das Aveläuten stattfinden soll, ohne Gesang und Musik.«

So und nicht anders hatte es zu geschehen und geschah es.

Glücklicherweise aber gab es noch eine andere Bestimmung in diesem Testamente. Verdi wünschte in der Kapelle seiner ›Casa di Riposo‹ begraben zu werden. Das erforderte Zeit und Vorbereitung und machte ein zweites Begräbnis notwendig, über das in dem Testamente nichts zu lesen stand.

Diese zweite Bestattung, ein paar Monate später – man überführt den Sarg vom Mailänder Monumental-Friedhof in die ›Casa di Riposo‹ – wird zur großen nationalen Totenfeier. Hunderttausend Menschen umwogen den Zug. Das Königshaus nimmt teil, die Regierung, die Armee in Parade. Und da begibt sich einer der großen und seltenen Augenblicke, in denen Volk und Musik zur Einheit wird. Ohne Plan und Verabredung, aus einer unerklärlichen Eingebung geboren, dringt plötzlich aus der Riesenseele der Menge jener Chor aus ›Nabucco‹, mit dem vor sechzig Jahren Giuseppe Verdi zur Trostes- und Hoffnungsstimme seines Volkes geworden ist.

›Va pensiero sull' ali d'orate!‹

Der Gesang der Hebräer an den Wassern von Babylon, nach den Worten des Psalms...

Das Urteil über Verdis Musik unterliegt dem Wandel der Zeit, obwohl es schwer zu denken ist, daß jemals menschliche Herzen und Ohren für den schlanken Strahl seiner dramatischen Melodie verschlossen bleiben sollten. Sein Leben ist gleichnishaft und weist als Vorbild in die Zukunft. In diesem Augenblick der Wende und Umwälzung haben wir so viele Götter begraben. Nie schmolz schneller als heute die Schminke von der erschreckten Wange jener Komödianten, die Helden mimten. Der Sinn für Echtheit ist unerbittlich geworden und mit ihm der Konsum an Enttäuschungen. Als eine Mitschuldige am Chaos der Werte steht die moderne Kunst da, wie sie sich in den ersten drei Jahrzehnten dieses Jahrhunderts entwickelt hat. Niemand glaubt mehr an sie. Die großen Meister haben keine Nachfolge. Der Fanatismus hat die Erbschaft des Geistes angetreten. Der pöbelhafte Zweifel an aller höheren Existenz steigt uns wie ein Hochwasser.

In einem solchen Augenblick wirkt ein wahrheitserfülltes und illusionsloses Leben wie das des Dichters und Landwirts Giuseppe Verdi als Stern im Nebel. Der junge Künstler zumal, der Musiker, Schriftsteller, Sänger, Schauspieler, der am Anfang seiner Laufbahn steht, wird von Verdis Briefen, wenn er sie recht zu lesen weiß, geheime Kräfte empfangen, wie von einem radiumhaltigen Bad.

Stefan Zweigs Tod

Ein Mann ist mit seiner Frau aus dem Leben gegangen. Inmitten des millionenfältigen unfreiwilligen Sterbens in dieser Kriegszeit hat die Welt einen Augenblick lang aufgehorcht, betroffen von diesem freiwilligen Sterben. Nicht nur die persönlichen Freunde und nicht nur die Bewunderer und Verehrer dieses Mannes fragen mit erschrockener Stimme: Warum? Sooft ein Mensch, und sei es der bescheidenste und unauffälligste, diese schwere Tat tut, geht ein Schauder durch die Seele derer, die ihn kennen, ein Schauder, der viel tiefer ist als das allgemeine menschliche Grauen vor dem Tod. Jene Tat nämlich, von der wir sprechen, ist genau dort zu Hause, wo das menschliche Wesen die Grenzen der Natur überschreitet. Innerhalb der gesamten Schöpfung gibt es außer dem Menschen keine Kreatur, die freiwillig stirbt. Im Sinne der Naturordnung ist es ganz und gar absurd, daß der Lebenstrieb sich selbst aufhebt. Nur der Geist ist imstande, das Absurde zu vollbringen. Jeder freiwillige Tod ist darum ein Geheimnis, das der Tote mit sich nimmt, obwohl er es vermutlich selbst nicht kennt.

Wird aber unsere Vernunft vor solch ein Geheimnis gestellt, so wächst heimwehartig ihr Drang nach rationalistischen Erklärungen. Sie findet solche Erklärungen in Menge, und in den meisten Fällen sind sie schlüssig und einleuchtend: Unheilbare Krankheit, Armut und Not in jeder Form, unerfüllte Liebe, enttäuschte Liebe, Angst vor einem verlassenen Alter, überhaupt Angst aller Arten vor der Zukunft, Exil, Verlust des Vermögens, der Arbeitsmöglichkeit, der Sicherheiten des Lebens – all das sind zureichende Gründe dafür, daß die Waage der Seele in einer dunklen Stunde aus dem Gleichgewicht geraten kann und der Lebenstrieb sich gegen sich selbst kehrt. Stimmen aber diese

Gründe und Erklärungen für den Mann, für den Freund, dessen Gedächtnis wir heute ergriffenen Herzens feiern?

In keinem der Briefe Stefan Zweigs bis zum letzten Tage deutet auch nur ein Wort auf eine Minderung seines körperlichen Wohlbefindens hin, geschweige denn auf Krankheit. Stefan Zweig war auch nicht einsam. Er hatte eine junge Frau, die mit ihm in den Tod ging. Er hatte Freunde, mehr als jeder andere in der ganzen Welt. Diese Freunde hingen an ihm. Er lebte in einem Land, das er als das schönste Land dieser Erde liebte und mit Begeisterung pries. – Stefan Zweig war zweifellos wohlhabend. Es gibt keinen zweiten Schriftsteller, der mit ähnlicher Großmut und Freigebigkeit seinen Kollegen geholfen hat wie er. Wo ihm ein großes Talent begegnete, nahm er sich seiner mit vollkommener Neidlosigkeit und seltenem Fanatismus an, immer wieder, obwohl er aus Erfahrung wußte, daß große Talente solche Dienste oft mit absprechender Kritik und höhnischen Entlarvungen vergelten. – Stefan Zweig war weltberühmt. Die Universalität des Namens teilte er nur mit ganz wenigen, und ich wüßte niemanden, mit dem er die Universalität eines breiten und andauernden Erfolges geteilt hätte. Das Publikum liebte nicht nur eines, sondern die meisten seiner Werke und blieb ihm nicht nur ein Jahr lang treu, sondern nun schon zwei Jahrzehnte. Ob man nach Kairo kam oder nach Kapstadt, nach Lissabon oder Shanghai, nach Batavia oder Mexico City, es gab keine Buchhandlung, in der die Bücher Stefan Zweigs nicht in der vordersten Reihe prangten, und zwar fast ohne Unterbrechung. Man sollte denken, solch ein Erfolg sei eine Droge, begeisternder als Heroin und solch ein Ruhm ein ewiger Champagnerrausch. (Weder diesem Ruhm noch seinem Erfolg drohte wie bei anderen Meistern ein Ermatten und der Abstieg.) War der Rausch nicht stark genug, die inneren Stimmen zu betäuben, Stimmen unerbittlicher Selbstbetrachtung. Stimmen der Angst? – Lebte in Stefan Zweig die Vision einer so furchtbaren Zukunft, daß er die Emigration in das unbekannteste aller Länder dem drohenden Kampf um ein Visum in einen möglicherweise nicht vorhandenen Zukunftsstaat vorzog?

Es ist wahr. Auch diesem von Schicksalssternen und eigenen Gaben so sehr begünstigten Manne ist das Exil nicht erspart worden. Wie wir anderen alle wurde er nicht nur aus den räumlichen, sondern auch aus den geistigen Grenzen der Heimatwelt verbannt. Spätere Geschlechter werden einmal die Tragik jener Dichter und Schriftsteller ermessen, die man ausgestoßen hatte aus ihrer Sprache und die wie ahasverische Bettler auf der Schwelle einer fremden Grammatik und einer fremden Kultur hockten und weder die Jugendkraft noch auch das Verlangen und die Demut besaßen, diese Schwelle zu übertreten. Doch auch in dieser Hinsicht war Stefan Zweig ein Hoch-Bevorzugter. Im kaiserlichen Wien aufgewachsen, in Reichtum groß geworden, in einer Epoche und an einer Stätte der Verfeinerung und des künstlerischen Enthusiasmus, war er schon als ganz junger Mensch in die große Welt gekommen. Er hatte die halbe Erde bereist und hatte viele Sprachen gelernt, er hatte Beziehungen und Freundschaften zu den Besten überall angeknüpft, ich nenne nur Verhaeren und Romain Rolland. Und er, der den fremden Kulturen so sehr verpflichtet war, verpflichtete sich als ein Meister der Übertragung und des Austausches dieser Kulturen wieder. Wenn ich nicht irre, war er der erste, der Gedichte von Arthur Rimbaud in vollkommene deutsche Verse gegossen hat. Der uralte Hang des Juden zum Mittlertum – auf einer fast schmerzhaften Hochspannung von Gegensätzen in der eigenen Brust beruhend – beseelte ihn mit idealem Feuer. Keiner war weniger an die sogenannte Scholle gebunden als Stefan Zweig. Keiner unter allen Emigranten war weniger Emigrant als dieser wirkliche Weltbürger, der in den Ländern des Exils zu Hause war, ehe es noch ein Exil gab.

Man könnte demnach fast meinen, dieser Wunderkluge habe mit der ahnungskräftigen Besonnenheit des biblischen Joseph in den sieben fetten Jahren für die sieben mageren Jahre vorgesorgt. Wahrhaftig, ein Wunderkluger. Er gehörte zu den ganz wenigen, denen es gelungen ist, mit dem Todfeind niemals in Berührung zu kommen. Der Mahnung »Lieber ein Jahr zu früh, als einen Tag zu spät« hat er treulich gehorcht. Er verließ Österreich zu einer Zeit, als die schwärzesten Schwarzseher noch eine Katastrophe nicht sahen. Obgleich er Frankreich und Paris über alles liebte, dachte er nicht daran, sich dort anzusiedeln trotz aller Maginotlinien. Von England ging er nach New York und von New York nach Brasilien, genau ein paar Monate vor Pearl Harbor. (Rechtzeitigkeit ist eine Tugend, die Stefan Zweig nicht nur in der Stoffwahl seiner Werke, sondern auch in der Gestaltung seines Lebens bewährt hat.) Denken wir einen Augenblick an jene, die dem Todfeind in die Hände fielen, die in Gefängnissen und Konzentrationslagern hängen blieben, die auf den Landstraßen der okkupierten Länder umherirrten, die nach Polen verschickt wurden, die hoffnungslos Tage und Nächte vor den Türen der Konsulate lungern mußten! Doch denken wir nur an jene, die ihre Existenz verloren und wieder aufbauten und noch einmal verloren und sie nun mit leeren und wunden Händen das soundsovieltemal neuerlich aufbauen müssen! Erscheint uns da das Emigrantenlos von Stefan Zweig, der in jeder Stadt seines Exils von internationalen und literarischen Würdenträgern bewillkommnet wurde, nicht als ein ausgesuchtes Himmelsgeschenk? Können all jene Erklärungen, die ich angeführt habe, für uns noch länger gelten? Ist das Geheimnis dieser Tat nicht dunkler geworden, anstatt lichter?

Seitdem in undenklicher Vorzeit der erste Unglückliche sich selbst gerichtet hat, schweigen die Stimmen nicht, die den freiwilligen Tod verdammen. Die älteste, die weiseste, die anerkennungswürdigste dieser Stimmen ist die Stimme der Religion. Sie spricht mit unwiderlegbarer Folgerichtigkeit etwa so: Unser Ich gehört uns nicht selbst an. Körper und Seele erhalten wir fix und fertig durch Gottes Hand aus dem Depot der Natur, so etwa wie ein einrückender Soldat die Uniform fix und fertig übernimmt. Wir haben nicht das Recht, über dieses geliehene Gut frei zu verfügen. Oder mit einem anderen Gleichnis! Wenn unser Ich ein Haus ist, so wohnen wir in ihm nur zur Miete, denn wir haben es weder erdacht, noch erbaut, noch erworben. Den Zins für diese Wohnung zahlen wir mit unserem ganzen Leben. Willkürlich kündigen und ausziehen, heißt Gott um den Zins prellen! – Diesen Einwand der Religion muß man voll gelten lassen. Es ist aber sehr charakteristisch, daß er von modernen Menschen nicht erhoben wird. Sehr häufig hingegen habe ich in den letzten Tagen Stimmen vernommen, die mit großer Entrüstung das Recht des politischen Kampfes gegen diese Tat verteidigten. »Ja, hat denn Stefan Zweig nicht gewußt«, fragen diese Stimmen, »daß er dem Todfeind zu einem Sieg verhilft?« Hat er sich das Triumphgeheul der deutschen Zeitungen nicht vorgestellt, die diesen Selbstmord feierten wie den Untergang eines englischen Panzerkreuzers? Haben dem guten Journalisten die Schlagzeilen nicht in den Ohren gegellt: »Der kluge Jude Stefan Zweig gibt das Rennen auf. – Er war überzeugt, daß nichts mehr die Pluto-Demokratien vor dem Untergang retten kann!«

Der Vorwurf, den diese Stimmen erheben, ist vollgültig und unwiderlegbar. Und doch kann ich ihn, wenn ich von mir selbst reden darf, nicht anerkennen. Der Kampf, den der Mensch gegen das Übel führt, ist groß und heilig. Demnach darf selbst dieser heilige Kampf den Menschen nur bis an die Schwelle seines Sterbezimmers begleiten und nicht über sie. Der tiefste Sinn des Wortes »Freiheit« steht und fällt damit, daß die Geschäfte der Welt – und hinge von ihnen das Heil des Jahrhunderts ab – sich nicht in die letzte Entscheidung, in die letzte Einsamkeit zwischen Individuum und Gott eindrängen dürfen. Das Recht auf diese letzte Entscheidung, diese letzte Einsamkeit ist der haarscharfe Meridian, der die Menschheit von endgültiger Kollektivierung, Kasernierung und Termitisierung trennt. –

Noch ein drittes Argument wird immer wieder laut. Es ist billig und abgeleiert. Ein Mensch, so pflegen die Leute zu sagen, der Hand an sich selbst legt, ist ein Feigling. Betrachten wir mit kühler Objektivität den nackten Vorgang dieser Feigheit. Ein Mann, dessen Herz gesund pocht, dessen Lungen die Düfte eines tropischen Gartens atmen, die durchs offene Fenster dringen, ein Mann, vom Leben verwöhnt, der Schönheit hingegeben, noch immer jung genug, um sich nach allen Genüssen des Körpers und Geistes zu sehnen, dieser Mann hält ein Glas mit tödlichem Gift in der Hand. Er weiß, wenn er dieses Glas geleert hat, wird sein Blut sich zersetzen, der Atem röcheln, das liebe, gierige Herz gelähmt sein. Vor dem Mann stehen nicht mehr die Gründe, die ihn dazu getrieben haben, das Todesurteil über sich zu verhängen. Vor dem Mann steht nur mehr das nackte Todesurteil selbst und die Gehorsamspflicht, es zu vollstrecken. – Einen Giftbecher hielt auch ein anderer Mann einst in der Hand. Und als er ihn mit heiterem Gleichmut leerte, dem unsinnigen Todesurteil seines Vaterlandes gehorsam, da war eine Tat geschehen, die durch die Zeiten leuchtet. Verstehen Sie mich recht, meine Zuhörer, ich bin nicht so geistesgestört, um Sokrates zum Vergleich heranzuziehen, ich vergleiche nur einen nackten Vorgang mit dem anderen, den Vorwurf der »Feigheit« prüfend. Dieser Vergleich aber fällt durchaus nicht schlecht für denjenigen aus, welcher das Todesurteil in Freiheit und eigenem Auftrag an sich selber vollstreckt, ohne von der Staatsgewalt dazu gezwungen zu sein.

Hunderttausende scheiden alljährlich freiwillig aus dem Leben. Niemand billigt darum ihrem furchtbaren Entschluß irgendeine Größe zu. Im Falle Stefan Zweig ist es anders. Ich wenigstens, als ich die erschütternde Nachricht hörte, hatte das dunkle Gefühl, daß in dieser Tat eine heimliche Größe verborgen sei.

Ich kann und will das Geheimnis nicht entschleiern. Nachspüren aber möchte ich jenem dunklen Gefühl, das mich beschlich. Vor vielen Jahren sagte Stefan Zweig einmal zu mir: »Als ich ein Kind war, hab ich fest geglaubt, daß die Medizindoktoren, wenn ich alt bin, den Tod bereits abgeschafft haben werden.« Dieser Satz entschleiert eine ganze Epoche, eine ganze Welt. Es ist die Welt des liberalen Optimismus, die mit abergläubischer Naivität an die Selbstherrlichkeit des Menschen glaubte, das heißt in Wahrheit an die Selbstherrlichkeit einer winzigen bürgerlichen Bildungsschicht, an ihr heiliges Recht, ihren ewigen Bestand, ihren schnurgeraden Fortschritt. Die Ordnung aller Dinge schien geschützt und gestützt zu sein durch ein System von tausend Sicherungen. Dieser humane Optimismus war die Religion Stefan Zweigs, dieser Wahn der Sicherheit sein väterliches

Erbteil. Im Gegensatz zu anderen war er nicht nur ein Mitläufer, sondern ein echt und kindlich Gläubiger der humanistischen Religion, in deren Hut er aufgewachsen ist. Wohl kannte er die Abgründe und näherte sich ihnen immer wieder als psychologischer Deuter und Gestalter. Aber unverrückbar dehnte sich über ihm der Himmel seiner Jugend, den er anbetete, der Himmel des Geistes, der Literatur, der Kunst, der einzige Himmel, den der liberale Optimismus kannte und gelten ließ. Vielleicht war die Verdunkelung dieses Geisteshimmels einer der Schläge, die Zweig nicht überwinden konnte. – »Es ist mir«, klagte er einmal, »als hätten wir nicht eine, sondern drei Generationen durchstehen müssen.« So furchtbar war die Erde geworden, wie es der verwegenste Angsttraum eines satanischen Utopisten nicht zu ahnen gewagt hätte. Der Mensch, früh aus dem Liberalismus kommend, aller Bindung ledig, voll ökonomischer Naseweisheit und sozialer Schwindelei, drauf und dran, durch Wissenschaft den Tod und das Übel abzuschaffen, derselbe Mensch, siehe da, entpuppte sich als Todbringer, Mörder, Missetäter, Folterer und Gefolterter wie noch nie in der Geschichte. Und im Zusammenbruch stand unser Freund, hilflos, mit dem Leiden, aber nicht mit dem Zorn des Jeremias, den er einst dramatisiert hatte.

Ja, Stefan Zweig war ein Mann ohne Zorn. Darum war er auch einer der ganz wenigen echten Pazifisten, die es gibt. Für ihn bedeutete der Krieg die irdische Hölle, an die man nur mit Heulen und Zähneklappern denkt. Wenn in der Zeit des Entschlusses, in der Zeit von München der Krieg in seiner Gegenwart von uns Zornigen herbeigesehnt wurde, dann erblaßte er bis in die Lippen und kehrte sich ab. Siegeswillen, Verfemung und Verbannung waren nicht stark genug, in ihm Racheglut zu erwecken. Das Strohfeuer eines ebenso natürlichen wie oft kostenlosen Hasses, der sich für Gesinnung hält, brannte in seiner Seele nicht. Viele der Nur-Zornigen mißverstanden ihn deshalb.

Sie hielten ihn für einen Leisetreter und Opportunisten, während in ihm ein Zehren des Leidens am Werke war. Ich weiß genau von diesem Leiden, habe ich doch schon während des Ersten Weltkrieges seine fassungslose Verzweiflung gekannt.

Es ist nicht zu leugnen, Stefan Zweig floh vor dem Krieg. Er floh vor dem Kriege in das ferne Brasilien, um dort eines seiner Opfer zu werden. – In einem seiner letzten Briefe habe ich folgende Zeilen gefunden: »Die Leute reden so leicht von Bombardements, wenn ich aber lese, daß die Häuser zusammenstürzen, stürze ich selbst mit den Häusern zusammen –« Sein Tod beweist, daß diese Worte wahrhaftig nicht übertrieben sind.

Es wird mir, so hoffe ich, nicht verdacht werden, wenn ich als Nicht-Berufener und als Laie an diesem ehrwürdigen Orte vor der heiligen Lade einen Midrasch zitiere, eine uralte talmudische Legende. Als Moses und die Kinder Israels, so erzählt der Midrasch, nach dem Untergang Pharaos und seines Heeres im Roten Meer, am rettenden Ufer in jubelnden Triumphgesang ausbrachen, da unterbrach die Stimme Gottes das wilde Lied. »Wie«, klagte die Stimme Gottes, »so viele Geschöpfe meiner Hand sind vernichtet, und ihr, die ihr auch nur Geschöpfe seid, ihr jubelt, ihr tanzet, ihr triumphiert?«

Wir Zornigen, wir Rachsüchtigen, wir triumphieren über jeden Untergang, der dem Todfeinde bereitet wird, und ich tadle uns nicht darob. In Stefan Zweig aber war etwas von jener Stimme Gottes inkarniert. Wenn er in den Zeitungen von Millionenverlusten in Rußland las, so begann sein Gesicht nicht zu strahlen, sondern sich zu verfärben. Er sah nicht Zahlen vor sich, die ihn befriedigten, sondern Geschöpfe in Todesqual, mit denen er sich identifizierte. Und mehr als das. Er verlor die flugbereite Hoffnung aller Wunschträume, die Frucht des Entsetzlichen werde das Gute sein und eine geklärte lichte Welt warte hinter den Kulissen der Katastrophe schon auf ihren Auftritt. Nein, er ahnte, er wußte, es werde und müsse schlimmer werden von Tag zu Tag. Sein vom humanistischen Optimismus verwöhntes Herz erkannte urplötzlich die ganze eisige, unlösbare Tragik des Menschen auf der Erde, die eine metaphysische Tragik ist und daher jedes ausgeklügelten Heilmittels spottet. Es war in ihm zuletzt nur mehr schwarze Hoffnungslosigkeit, das

Gefühl der Schwäche und ein bißchen ohnmächtige Liebe. Da nahm er die Welt ernst und sich selbst ernst und die Erkenntnisstufe, auf der er sich befand. Dieses Ernstnehmen aber ist die Größe, die in seiner Tat liegt und die so mancher gefühlt hat. Diese Größe sei nicht unser Vorbild. Wir sind keine Pazifisten. Wir verleugnen die Kriege nicht. Unser Zorn ist uns heilig. Komme was wolle, wir werden unser Leben verteidigen. Wir glauben an den Sieg. Stefan Zweig glaubte nicht an den Sieg. Er suchte den Frieden. Er suchte ihn im Nichtsein. Möge er ihn gefunden haben im wahren Sein, an das die weisesten Herzen glauben, und aus dem die einzige Hilfe quillt, die es gibt im Sternenall, dessen wir ein Teil sind.

Bibliographischer Nachweis

Betrachtungen zum Zeitgeschehen

Ein Ulan. Erstmals in ›Das Zeit-Echo. Ein Kriegs-Tagebuch der Künstler‹, München 1914, H. 3, S. 26–27; Textvorlage. Aufgenommen in F. W., ›Zwischen Oben und Unten. Prosa, Tagebücher, Aphorismen, Literarische Nachträge‹, (aus dem Nachlaß herausgegeben von Adolf D. Klarmann), [München–Wien:] Langen Müller 1975 (= Gesammelte Werke), S. 204–205

Anmerkungen

11 *Max Scheler*: (1874–1928), Philosoph; charakterisierte in seinen Untersuchungen zur Kulturphilosophie Typen des religiösen, metaphysischen und wissenschaftlichen Denkens
Mêlée: Handgemenge

Fragment gegen das Männergeschlecht. (Geschrieben 1916 in Jezierne, im Juni 1918 von der Zensur verboten.) Erstmals in ›Der Friede. Wochenschrift für Politik, Volkswirtschaft und Literatur‹, Wien, Jg. 2, Nr. 48 und 49, 23. Dezember 1918, S. 530–532; Textvorlage. Aufgenommen in F. W., ›Zwischen Oben und Unten‹, a. a. O., S. 205–210

Anmerkungen

15 *Barbagitti*: vermutlich meint FW Barbagianni = Dummkopf, Tölpel

16 *Antichambre*: Vorzimmer
Bernal Días del Castillo: (1492 – um 1580), ›Historia verdadera de la conquista de la nueva España‹ (Wahrhafte Geschichte der Eroberung Neu-Spaniens, 1632)
Ferdinand Cortés: (Hernando Cortez, 1485–1547), unter-

warf in den Jahren 1519–1521 die Azteken in Mexiko (Neu-Spanien)

17 *gerät selbst Faust nicht in die Sphäre der Mütter*: Johann Wolfgang von Goethe (1748–1832), ›Faust. Der Tragödie zweiter Teil‹, Erster Auftritt, Finstere Galerie (1832)

18 *Horeb*: (hebr. Choreb, öder Berg), biblischer Name des Sinaigebirges

omne animal tristissimum post, ante et inter coitum: jedes Lebewesen ist tieftraurig nach, vor und während der geschlechtlichen Vereinigung

Brief an einen Staatsmann. Erstmals in ›Das Ziel. Aufrufe zu tätigem Geist‹, herausgegeben von Kurt Hiller, München 1916, S. 91–98; Textvorlage. Aufgenommen in F. W., ›Zwischen Oben und Unten‹, a. a. O., S. 210–215

Anmerkungen

22 *action directe*: unmittelbarer Eingriff in Politik und Wirtschaft

Ödipus: ›König Oidipus‹ (vor 425 vor Chr.) bzw. ›Oidipus auf Kolonos‹ (401 vor Chr.), Tragödien von Sophokles (497/96 – 406 vor Chr.)

23 *Raskolnikow*: Hauptgestalt des Romans ›Schuld und Sühne‹ (1866) von Fedor Michailowitsch Dostojewski (1821 – 1881)

Mädchen des Madahö: aus der indischen Legende ›Der Gott und die Bajadere‹ von Johann Wolfgang von Goethe

Ego per se ipse: das selbstbewußte Ich

Ananke: Zwang, Geschick

Leo Nikolajewitsch Graf *Tolstoij*: (1828–1910)

Betrachtung über den Krieg von morgen, angestellt im Jänner 1938. Erstmals in ›Paneuropa‹, Zürich–Wien, Jg. 14, H. 3, März 1938, S. 65–77; Textvorlage. Aufgenommen in F. W., ›Zwischen Oben und Unten‹, a. a. O., S. 291–304

27 Radomir *Putnik*: (1847–1917)

28 *Kaiser Franz Joseph*: (1830–1916)
»Rencontre«: Gefecht
»Mêlée«: siehe Anm. zu Seite 11

29 *polyfrontal*: an vielen Fronten
Episodenkriege in Abessinien, in China: 1935/36 eroberte Italien Abessinien und vereinigte es mit Eritrea und Italienisch-Somaliland zu Italienisch-Ostafrika; 1937 begann der japanisch-chinesische Krieg, der erst 1945 beendet wurde
den spanischen Bürgerkrieg: er begann am 18. Juli 1936 mit einer Militärrevolte in Spanisch-Marokko unter General Franco gegen die Volksfront-Regierung in Madrid und endete mit dem Sieg Francos im März 1939

30 *Fürstenmord in Serajewo*: am 28. Juni 1914 wurde der österreichische Thronfolger Franz Ferdinand, Erzherzog von Österreich-Este, gemeinsam mit seiner Frau Sophie, Herzogin von Hohenberg, geb. Gräfin Chotek, in Serajewo (Sarajewo) von serbischen Nationalisten erschossen. Diese Tat löste den Ersten Weltkrieg aus

31 Erich von *Ludendorff*: (1865–1937), preußischer General
»Der Aufstand der Massen«: Anspielung auf den kulturphilosophischen Essay ›La rebelión de las masas‹ (1930) von José Ortega y Gasset (1883–1955)

33 *religionssurrogierend*: Religion ersetzend

37 *Massenmord an den Armeniern*: im Sommer 1915 verfolgte die sogenannte jungtürkische Regierung die Armenier, um sie zu vernichten. FW widmete der Erinnerung an dieses Massaker 1933 seinen Roman ›Die vierzig Tage des Musa Dagh‹

38 *Presseämter des Weltkrieges*: in Wien wurde während des Ersten Weltkriegs ein Kriegspressequartier eingerichtet, dessen Aufgabe es war, der Bevölkerung durch propagandistische Publikationen die nationale Bedeutung dieses Krieges verständlich zu machen. Viele österreichische Schriftsteller, zeitweise auch FW, taten hier ihren Dienst

40 *Ilion*: ein anderer Name für Troja

Das Geschenk der Tschechen an Europa. Erstmals in ›Das neue Tage-Buch‹, Paris, 6. Jg., H. 38, 17. September 1938, S. 902–905; Textvorlage. Aufgenommen in F. W., ›Zwischen Oben und Unten‹, a. a. O., S. 312–317

Anmerkungen

43 *Schlacht von Sadowa*: Dorf bei Königgrätz; nach ihm wird in England und Frankreich die Schlacht von Königgrätz am 3. Juli 1866 genannt, in der Österreich und Sachsen von Preußen geschlagen wurden

Otto von *Bismarck*-Schönhausen: (seit 1871 Fürst, seit 1890 Herzog, 1815–1898)

44 *Jehan von Luxemburg*: (1296–1346), 1310–1346 König von Böhmen

König *Karl IV.*: (1316–1378), seit 1355 römisch-deutscher Kaiser

45 *die erste Universität Deutschlands*: 1348 gegründet

John *Wiclif*: (um 1320–1384), englischer Theologe und Kirchenreformer

Johannes *Hus*: (eigtl. Jan Hus, dt. Johannes Huß, um 1368–1415), Rektor der Prager Universität, als Ketzer verbrannt

Martin *Luther*: (1483–1546)

Calvin: (Jean Cauvin, dt. Johannes Calvin, 1509–1564), französischer Theologe

Giuliano de Cesarini: (1398–1444), seit 1426 Kardinal

Enea Silvio (de') Piccolomini: (1405–1464), seit 1458 als Pius II. einer der bedeutendsten Päpste der Renaissance

der deutsche Kaiser: Karl IV.; vgl. Anmerkung zu Seite 44

46 *Philibert, Erzbischof von Paris*: nicht ermittelt

Archipädagogen: Haupterzieher; die wichtigsten Pädagogen

Jan (Johann Amos) *Comenius*: (latin. aus Komensky, 1592 bis 1670), Theologe und Pädagoge
»Pereant sequentes«: Mögen die folgenden untergehen

Die kulturelle Einheit Böhmens. Erstmals in ›Pariser Tageszeitung, Quotidien de Paris‹, 3. Jg., Nr. 799, 25./26. September 1938, S. 1–2; Textvorlage. Aufgenommen in F. W., ›Zwischen Oben und Unten‹, a. a. O., S. 317–321

Anmerkungen

48 *Edda*: altnordische Sammlung von Götter- und Heldenliedern sowie Spruchsammlung

49 *Österreich verschlungen*: am 11. März 1938 waren deutsche Truppen in Österreich einmarschiert, dessen »Anschluß« an das Reich eine Volksabstimmung am 10. April 1938 mit mehr als 99 Prozent der abgegebenen Stimmen bestätigte
Böhmen, Mähren, Schlesien: am 29. September 1938 erreichte Hitler in der Münchner Konferenz die kurzfristige Abtretung des sudetendeutschen Raumes, den reichsdeutscheTruppen daraufhin besetzten; im März 1939 wurden Böhmen und Mähren zum deutschen »Reichsprotektorat« erklärt. Im sogenannten »Polen-Feldzug« (September 1939) eroberte Hitler die Gebiete Schlesiens, die 1921 vom Völkerbundsrat Polen zugesprochen worden waren
seit 1918: Am 30. Mai 1918 hatte der tschechische Präsident Tomáš Garrigue Masaryk mit slowakischen Verbänden in den USA den Pittsburger Vertrag über den Zusammenschluß von Böhmen und Mähren zur Tschechoslowakei geschlossen

50 *Herzog Sobeslav II.*: nicht ermittelt. In der Zeit von 1173–1197 machten sich in Böhmen zehn Prinzen die Krone streitig

König Přemysl Ottokar II.: (Ottokar II. Přemysl, 1233–1278), seit 1253 König von Böhmen
Franz Palacký: (František P., 1798–1876), tschechischer Historiker und Politiker
»*Wassersuppen*«: Ort in der Nähe der böhmisch-bayerischen Grenze

51 *während der hussitischen Revolution*: nach der Hinrichtung von Jan Hus (vgl. Anm. zu Seite 45) kam es in Böhmen zwischen seinen Anhängern und den kaiserlichen Truppen zu Kämpfen, aus denen sich der sogenannte 1. Hussitenkrieg (1419/20–1433/34) entwickelte
austropetal: auf der Seite Österreichs

52 *Tomáš Garrigue Masaryk*: (1850–1937), (vgl. Anm. zu Seite 49)
Ernst Mach: (1838–1916)
Popper-Lynkeus: Josef Popper (Psd. Lynkeus, 1838–1921)
Karl Kautsky: (1854–1938)
Victor Adler: (1852–1918)
Bernhard *Bolzano*: (1781–1848)
Sigmund Freud: (1856–1939)
Christoph *Willibald Ritter von Gluck*: (1714–1787)
Friedrich Smetana: (Bedřich S., 1824–1884)
Antonin Dvóřak: (1841–1904)
Gustav Mahler: (1860–1911)
Josef Šuk: (1874–1935)
Leoš Janáček: (1854–1928)
›*Jenufa*‹: Oper in drei Akten; 1904 in Brünn uraufgeführt
Wolfgang Amadeus *Mozart*: (1756–1791)
Carl Maria von Weber: (1786–1826)
Adalbert Stifter: (1805–1868)
Jan Neruda: (1834–1891)
Otokar Březina: (eigtl. Václav Jebavý, 1868–1929)
Rainer Maria Rilke: (1875–1926)
Franz Kafka: (1883–1924)
Hugo von Hofmannsthal: (1874–1929)
Arthur Schnitzler: (1862–1931)

Peter Altenberg: (eigtl. Richard Engländer, 1859–1919)
Richard Beer-Hofmann: (1866–1945)
Max Reinhardt: (eigtl. Max Goldmann, 1873–1943)

Das Geschenk Israels an die Menschheit. Eine Liste mit Kommentar. Erstmals in ›Das neue Tage-Buch‹, Paris, 6. Jg., H. 48, 26. November 1938, S. 1144–1146; Textvorlage. Aufgenommen in F. W., ›Zwischen Oben und Unten‹, a. a. O., S. 322–329

Anmerkungen

54 *Jesaja*: (Jeschahu ben Amoz), Haupt der israelitischen Propheten, wirkte im 8. Jahrhundert vor Chr.

Jeremia: (Jirmejahu), zweiter der großen Propheten der Israeliten, wurde im Jahre 627/626 vor Chr. berufen

Deuterojesaja: Zweiter Jesaja, sein eigentlicher Name ist unbekannt

Ezechiel: (Hesekiel) wurde 593 vor Chr. zum Propheten berufen

Jahvist: Quellenschrift zur Anerkennung einer selbständigen vom Ersten bis zum Fünften Buch Mose (Pentateuch) durchlaufenden Grundschrift

Elohist: eine weitere Quellenschrift des Pentateuch

König David: wurde um das Jahr 1000 vor Chr. durch die Ältesten Judas zum König erhoben

Goethes ›Faust‹: Der Tragödie Erster Teil erschien 1803, der Tragödie Zweiter Teil 1832

Dostojewskis ›Idiot‹: Roman, 1868/69

›Brüder Karamasow‹: Roman in vier Büchern und in einem Epilog, 1879/80

›Romeo und Julia‹: ›An Excellent Conceited Tragedie of Romeo and Juliet‹ (1597) von William Shakespeare (1564–1616)

›Tristan und Isolde‹: Handlung in vier Akten von Richard Wagner (1813–1883); 1865 in München uraufgeführt

Kohelet: (Prediger); das Buch Kohelet wird am Laubhüttenfest gelesen

Marc Aurel: (121–180), römischer Kaiser und Philosoph
Friedrich Nietzsche: (1844–1900)
55 *Hillel*: aus Babylon; um 30 vor Chr. – 10 nach Chr. in Jerusalem; einer der Begründer der »mündlichen« Lehre
Philo von Alexandrien: (geb. um 20 vor Chr.)
Joseph: Sohn von Jaakob und Rahel; der Liebling seines Vaters wurde von seinen Brüdern nach Ägypten verkauft
Gamaliel: (Gamiel), Name mehrerer Patriarchen aus dem Hause Hillel
Rabbi Akiba ben Josef: (um 50–135)
Jochanan ben Sakkai: führender Tamaite (Lehrer) im 1. Jahrhundert nach Chr.
Basilides: (2. Jahrhundert nach Chr.)
Moses Maimonides: (Mose ben Maimon, 1135–1204)
Thomas von Aquin: (um 1225–1274)
Isaak Lurja: (Isaak ben Salomo, 1534–1572), Mystiker; gab der Kabbala ihre letzte rezipierte Form
Johannes *Tauler*: (um 1300–1361)
Jakob Böhme: (1575–1624)
Angelus Silesius: (eigtl. Johannes Scheffler, 1624–1677)
56 Emanuel *Swedenborg*: (eigtl. E. Svedberg, 1688–1772)
Comenius: siehe Anm. zu Seite 46
Baruch Spinoza: (1632–1677)
Apostat: abtrünniger Jude
Moses Mendelssohn: (1729–1786)
Lessings ... ›Nathan der Weise‹: Versdrama in fünf Akten von Gotthold Ephraim Lessing (1729–1781), 1779/1783
Moses Heß: (1812–1875)
Karl Marx: (1818–1883)
Ferdinand Lassalle: (1825–1864)
Hermann Cohen: (1842–1918)
Philo: siehe Anm. zu Seite 55
Immanuel *Kant*: (1724–1804)
Henri Bergson: (1859–1941)
Edmund Husserl: (1859–1938)
Paul *Ehrlich*: (1854–1915)

Albert Einstein: (1879–1955)

57 Claudius *Ptolemäus*: (lebte um 140 nach Chr. in Alexandria)

Nikolaus *Kopernikus*: (eigtl. Kopernigk, 1473–1543)

Johannes *Kepler*: (1571–1630)

Isaac *Newton*: (1643–1727)

Sigmund Freud: siehe Anm. zu Seite 52

den Kindern Asaphs: Asaph war nach Überlieferung der Chronik-Bücher unter König David der Leiter der Tempelmusik

Baemen: nicht ermittelt

58 *Lorenzo Da Ponte*: (eigtl. Emmanuele Conegliano, 1749 bis 1838)

›*Le nozze di Figaro*‹: (Die Hochzeit des Figaro), Komische Oper in vier Akten; 1786 in Wien uraufgeführt

›*Don Giovanni*‹: Dramma giocosa in zwei Akten von Wolfgang Amadeus Mozart; 1787 in Prag uraufgeführt

Felix Mendelssohn Bartholdy: (1809–1847)

Ouvertüre zu Shakespeares ›*Sommernachtstraum*‹: op. 21 (1826)

Hector *Berlioz*: (1803–1869)

›*Fee Mab*‹: nicht ermittelt

Verdis ›Falstaff‹: Lyrische Komödie in drei Akten (6 Bildern) von Giuseppe Verdi (1813–1901); 1893 in Mailand uraufgeführt

Mendelssohns ›Hebriden‹ und seiner ›Fingalsgrotte‹: ›Die Hebriden oder Die Fingalshöhle‹, op. 26 (1830)

Richard *Wagner*: (1813–1883)

Claude *Debussy*: (1862–1918)

Johann Sebastian Bach: (1685–1750)

›*Matthäuspassion*‹: für Soli, zwei Chöre und Orchester, BWV 244 (1729)

Giacomo Meyerbeer: (eigtl. Jakob Liebmann Beer, 1791 bis 1864)

Richard Strauss: (1864–1949)

›Die *Hugenotten*‹: Große Oper in fünf Akten (6 Bildern) von Giacomo Meyerbeer; 1836 in Paris uraufgeführt

»Das Judentum in der Musik«: 1850

59 Eugène *Scribe*: (1791–1861)

Jacques Offenbach: (1819–1880)

›Hoffmanns Erzählungen‹: Oper in einem Vorspiel, drei Akten und einem Nachspiel; 1881 in Paris uraufgeführt

Ludovic Halévy: (1834–1908)

George *Bernard Shaw*: (1856–1950)

Gustav Mahler: siehe Anm. zu Seite 52

Ludwig van *Beethoven*: (1770–1827)

Johannes *Brahms*: (1833–1897)

Anton *Bruckner*: (1824–1896)

seinem schönsten Werk: ›Das Lied von der Erde‹ für Alt, Tenor und Orchester (1908)

Jehuda ben Halevy: (Juda Halevi, um 1080–1145)

Heinrich Heine: (1797–1856)

Franz *Schubert*: (1797–1828)

Robert *Schumann*: (1810–1856)

60 *Ludwig Börne*: (eigtl. Ludwig Baruch, 1786–1837)

Jaroslav Vrchlicky: (eigtl. Emil Frida, 1853–1912)

Georg Brandes: (eigtl. Morris Cohen, 1842–1927)

Paul Heyse: (1830–1914)

Hugo von Hofmannsthal: siehe Anm. zu Seite 52

Marcel Proust: (1871–1922)

Arthur Schnitzler: siehe Anm. zu Seite 52

›Liebelei‹: Schauspiel in drei Akten (1894/96)

Jakob Wassermann: (1873–1934)

Franz Kafka: siehe Anm. zu Seite 52

61 Blaise *Pascal*: (1623–1662)

Sören Kierkegaard: (1813–1855)

Benjamin *Disraeli*: (seit 1876 Earl of Beaconsfield, 1804 bis 1881)

Daniel *Manin*: (1804–1857)

Joseph Freiherr von *Sonnenfels*: (1733–1817)

Theodor *Herzl*: (1860–1904)

Walther *Rathenau*: (1867–1922)

Josef *Israels*: (1824–1911)

Max Liebermann: (1847–1935)
di minorum gentium: die niederen Götter
Ludovic *Halévy*: siehe Anm. zu Seite 59
Anton *Rubinstein*: (1829–1894), russischer Pianist
Karl *Goldmark*: (1830–1915), ungarischer Komponist
Johann Adam *Hiller*: (1728–1804)
Max *Bruch*: (1838–1920)
Alberto *Franchetti*: (1860–1942)
Ermanno *Wolf-Ferrari*: (1876–1948)
Franz *Schreker*: (1878–1934)
Arnold *Schönberg*: (1874–1951)
Rembrandt: (R. Harmensz van Rijn, 1606–1669)

Heimkehr ins Reich. Erstmals in ›Die österreichische Post, Courrier autrichien‹, Paris, 1. Jg., Nr. 4, 1. Feber 1939, S. 1–2; Textvorlage. Aufgenommen in F. W., ›Zwischen Oben und Unten‹, a. a. O., S. 329–333

Anmerkungen

63 *Heilig Römisches Reich Deutscher Nation*: seit dem 15. Jahrhundert gebräuchlicher Name für das alte Deutsche Reich, das zuvor seit dem 11. Jahrhundert Römisches Reich genannt wurde

Palladium: etwas Heiligzuhaltendes

1813: nach der Katastrophe Napoleons in Rußland erließ der preußische König Friedrich Wilhelm III. am 17. März 1813 den Aufruf ›An mein Volk‹, stiftete das Eiserne Kreuz und befahl die Aufstellung der sogenannten Landwehr und der freiwilligen Jägerkorps; dadurch nahm das ganze Volk an den Befreiungskriegen teil, die damit begannen

Friedrich der Zweite, der Große: (1712–1786, seit 1740 König von Preußen)

Karl der Große: (742–814, seit 768 König der Franken, seit 800 römischer Kaiser; vgl. Anm. zu Seite 63

Bonifatius: (um 672–754), Benediktinermönch und Missions-Erzbischof
Risorgimento: (»Wiedererstehung«), Einigungsbestrebung im Italien des 19. Jahrhunderts
Luther: siehe Anm. zu Seite 45
Saint-Germain: der Friedensvertrag von Saint-Germain (1919) beschränkte die Grenzen der Republik Österreich
65 *Ideae ante res – Ideae ante et post res*: Ideen vor der Tat – Ideen vor und nach der Tat
Aeneas: Held des trojanischen Sagenkreises
Vergil: Publius Vergilius Maro (70–19 vor Chr.), ›Aeneis‹ (entst. 30–19 vor Chr.)
66 *Romulus*: römische Sagengestalt; gründete mit seinem Bruder Remus Rom
Cäsar: Gajus Julius Caesar (100–44 vor Chr.)
Augustus: (63 vor Chr. – 14 nach Chr.), römischer Kaiser, Adoptivsohn Caesars
sacrificium nationis: Nationalheiligtum
Prinz Franz *Eugen* von Savoyen-Carignan: (1663–1736), österreichischer Feldherr und Staatsmann
Franz *Grillparzer*: (1791–1872)
Kaiser *Franz Joseph*: siehe Anm. zu Seite 28
Th. G. Masaryk: siehe Anm. zu Seite 52
Stendhal: (eigtl. Marie-Henri Beyle, 1783–1842)
67 *civitas humana*: menschliche Gemeinschaft

Unser Weg geht weiter. Erstmals in ›Aufbau. Serving the Americanization and the Interests of the Immigrants‹, New York, vol. VI, Nr. 52, 27. Dezember 1940, S. 1–2; Textvorlage. Aufgenommen in F. W., ›Zwischen Oben und Unten‹, a. a. O., S. 333–337

Anmerkungen
68 *Professor* Hans Friedrich Karl *Günther*: (1891–1968)
69 *Nietzsche*: siehe Anm. zu Seite 54

Nur ein Weg zur deutschen Rettung. Erstmals in ›New Yorker Staatszeitung und Herold‹, New York, 13. Mai 1945; Textvorlage. Aufgenommen in F. W., ›Zwischen Oben und Unten‹, a. a. O., S. 337–339

Anmerkungen
73 *Kapitulationen von Reims und Berlin*: nach Unterzeichnung der deutschen Streitkräfte gegenüber den Briten in Berlin am 5. Mai 1945 flog Generaladmiral von Friedeburg nach Reims in das Hauptquartier General Dwight D. Eisenhowers, der die Gesamtkapitulation der deutschen Wehrmacht verlangte; zu seiner Unterstützung wurde Generaloberst Jodl am 6. Mai nach Reims gesandt – er unterzeichnete am 7. Mai 1945 die Gesamtkapitulation
häretisch: ketzerisch
Johann Gottlieb *Fichte*: (1762–1814)
Otto von *Bismarck*-Schönhausen: siehe Anmerkung zu Seite 43
Arthur *Moeller van den Bruck*: (1876–1925), Geschichtsphilosoph
Alfred *Rosenberg*: (1893–1946), nationalsozialistischer Politiker
Arthur *Schopenhauer*: (1788–1860)
Nietzsche: siehe Anm. zu Seite 54
Oswald *Spengler*: (1860–1936), Kulturphilosoph

Zwischen Oben und Unten
Unter diesem Titel erschien 1946 im Bermann-Fischer Verlag in Stockholm die Buchausgabe der folgenden drei Reden und der Theologumena. FW hatte den Band, der postum erschien, noch

selbst zusammengestellt und ihm – außer dem hier übernommenen Motto – eine Vorrede beigegeben:
»Die vier Kapitel dieses Buches sind vier Dokumente eines langen Kampfs. Der Kampf galt und gilt einer bestimmten allmächtigen und allbeherrschenden Geistesverfassung, die auf diesen Seiten verschiedene Namen führt, unter welchen ›naturalistischer Nihilismus‹ der klarste und zutreffendste sein dürfte. Ich, der Verfasser dieser Kampfschriften, bin nicht etwa fern von der Geistesverfassung des naturalistischen Nihilismus geboren worden, sondern gleichsam in ihrem Schoß. Als Sohn des europäischen liberalen Bürgertums wuchs ich auf und wurde erzogen im Geiste der humanitären Autonomie und Fortschrittsgewißheit, im naiven Ammenglauben an Weltverbesserung durch Wissenschaft, in tief skeptischer Abgekehrtheit von metaphysischem, religiösem oder gar mystischem Denken und Fühlen und in der verhängnisvollsten Verwechslung von Freiheit mit moralischer Anarchie. Wenn ich mich bereits in jugendlichem Alter losreißen durfte von diesem mentalen Dunstkreis, der mich umgab und nährte, so verdanke ich es, nach Gott, vor allem meiner Liebe und meinem Hange zur Dichtkunst, der sich von Anbeginn an gegen die leere Seichtigkeit der materialistisch-realistischen Weltdeutung empörte. Dasjenige freilich, was ich hier mit dem Wort ›losreißen‹ bezeichnet habe, war durchaus kein so einfacher und einmaliger Akt, es war eher ein gewundener, vielverschlungener Weg, der mich nur allzu oft an dieselbe Stelle zurückführte. Das vorliegende Buch enthält demnach nicht nur vier Dokumente eines Kampfes, sondern vier Stationen dieses gewundenen, vielverschlungenen Weges, dessen Ziel mir, dem Reisenden unterwegs, ebenso unbekannt ist wie mein eigener Todestag.
Warum sind es gerade vier Dokumente oder vier Stationen? Der Grund dafür ist rein äußerlicher Natur. Als Flüchtling aus zwei europäischen Ländern, Österreich und Frankreich, habe ich nicht nur den größten Teil meiner ungedruckten Manuskripte verloren, sondern auch jene vielen kleineren Schriften, die ich zwischen 1910 und 1938 in deutschen, österreichischen, euro-

päischen Revuen und Jahrbüchern veröffentlicht habe. Bei Zusammenstellung dieses Buches war ich somit nur auf diejenigen meiner Publikationen angewiesen, die in Buch- oder Broschürenform deutsch vorlagen und die ich in Amerika auftreiben konnte. Dies sind vor allem die drei Stücke, die den ersten Teil des geistigen Rechenschaftsberichtes ausmachen, als welchen ich dieses Buch selbst betrachte: ›Realismus und Innerlichkeit‹ (1930) – ›Können wir ohne Gottesglauben leben?‹ (1932) – ›Von der reinsten Glückseligkeit des Menschen‹ (1937).
Das vierte Hauptstück, ›Theologumena‹, das den ganzen zweiten Teil meines Buches bildet, wurde in Amerika zwischen 1942 und 1944 niedergeschrieben und wird hier zum erstenmal einem Publikum vorgelegt.
Die obengenannten drei ersten Stücke sind nicht als Essays und Traktate abgefaßt, sondern als Reden gehalten worden. Sie wurden erst später für den Druck eingerichtet und ergänzt, jedoch nicht verändert. Ich erwähne das nur, um den oratorisch beschwörenden Ton zu erklären, der dem Leser auffallen mag, sofern er im Vertrauen auf die verschiedenen Titel kühl abstrakter Abhandlungen gewärtig war.
Es muß hinzugefügt werden, daß ich mit den beiden ersten Reden durch die großen und kleinen Städte Deutschlands zu einer Zeit zog, als der Nationalsozialismus noch um die Macht kämpfte und die Schicksalswaage der Weltgeschichte unentschieden zu schwanken schien. Ich hielt es in halbbewußter Don-Quixotterie für meine Pflicht, den deutschen Literatur- und Studentenklubs, die sich schon längst entschieden hatten, aus voller Seele ins Gesicht zu sagen, die wahre Entscheidung liege nicht zwischen rechts und links, sondern zwischen oben und unten. Daraufhin geschah es eines Abends in des finsteren Ostpreußens sinistrer Industriestadt Insterburg, daß die Studenten behaupteten, meine Überzeugung, die Menschheit könne ohne Gottesglauben und Christentum nicht leben, sei ein jüdisch-kommunistischer Trick, worauf ich mit dem Pfuigeheul derselbigen Studenten auf Zureden der Veranstalter und unter dem spöttischen Schutz der Polizei den Vortragssaal verlassen

mußte. Nicht minder ungern nahm man von rechts und links meine Feststellung entgegen, daß Sozialismus und Nationalismus politische Ersatzreligionen seien, welche Analyse damals bei weitem noch nicht so abgedroschen war wie heute.
Ich habe inzwischen gelernt, daß es nicht nur eine Torheit, sondern auch eine anmaßende Selbstüberschätzung ist, den herrschenden Zeitgeist aus seiner Richtung drängen zu wollen. Der Mensch ist sehr schwach. Wer sich für ein Original ausgibt, der bringt es bestenfalls schreibender-, malender-, musizierenderweise zum Clown. Jeder aber bedarf der Rück-Verbindung, der re-ligio zu einem großen Ganzen. Die meisten nehmen die Ersatzreligionen, die ihnen der nihilistische Zeitgeist bietet, ebenso gedankenlos an, wie sie vordem die echte Religion angenommen haben. Ein Versuch, der es wagt, diesen starken Zeitgeist womöglich in seiner eigenen Sprache zur Unsicherheit an sich selbst zu bewegen, was hat er zu erhoffen?
Die Schriftsteller können sich nur in zwei literarischen Grundformen ausdrücken, in der Form des Unterhaltens und in der Form des Bekennens. Der Leser möge es mir vergeben, daß ich ihm diesmal die zweite Form unvermischter anbiete als sonst.«

Los Angeles, Calif.
Ende Mai 1944

Realismus und Innerlichkeit. Rede, gehalten am 6. Mai 1931 im Kulturbund, Wien. Erste Buchausgabe: Paul Zsolnay Verlag, Berlin–Wien–Leipzig 1931; Textvorlage. Aufgenommen in F. W., ›Zwischen Oben und Unten‹, a. a. O., S. 16–40

Anmerkungen

78 *chiliastisch-messianisch*: Chiliasmus ist die religiöse Lehre von der Erwartung des Tausendjährigen Reiches nach der Wiederkunft Christi – Messianismus sind religiös, sozial oder politisch motivierte Erneuerungsbewegungen mit der Erwartung eines dem Messias vergleichbaren Heilsbringers

Sigmund Freud: siehe Anm. zu Seite 52
Schopenhauer: siehe Anm. zu Seite 73
Wagner: siehe Anm. zu Seite 58
Doktor John Broadus *Watson*: (1878–1958), amerikanischer Psychologe, Begründer des *Behaviorismus*, d. i. eine Hauptrichtung der amerikanischen Psychologie, die lediglich das objektive, meßbare Verhalten, nicht dagegen Begriffe wie Bewußtsein, Seele, Gefühl usw. gelten läßt

79 Burkart *Waldis*: (um 1490–1556), Franziskanermönch, der zum Protestantismus übertrat
Wiclif: siehe Anm. zu Seite 45
Hus: siehe Anm. zu Seite 45
Honoré de *Balzac*: (1799–1850)
Emile *Zola*: (1840–1902)
Fedor Michailowitsch *Dostojewski*: (1821–1881)
Leo Nikolajewitsch Graf *Tolstoij*: siehe Anm. zu Seite 23
Edouard *Manet*: (1832–1883)

80 *»Auf- und Untergänge des Abendlandes«*: Anspielung auf Oswald Spenglers kulturphilosophisches Werk ›Der Untergang des Abendlandes. Umrisse einer Morphologie der Weltgeschichte‹ (1918)

81 *taylorisiert*: Taylorismus ist das nach dem amerikanischen Ingenieur und Betriebswirtschaftler Frederick Winslow Taylor (1856–1915) benannte System der wissenschaftlichen Betriebsführung mit dem Ziel, einen möglichst wirtschaftlichen Betriebsablauf zu erzielen

82 *Hernando Cortez*: (Cortés), siehe Anm. zu Seite 16

83 *Lazzarone*: Bettler

84 *Heloten*: Staatssklaven im alten Sparta

85 *Arcana*: Geheimnisse
Friedrich *Hölderlin*: (1770–1843)
Georg Wilhelm Friedrich *Hegel*: (1770–1831)
Extra pecuniam non est vita: Außerhalb des Geldes gibt es kein Leben. Analog gebildet zu dem mittelalterlichen Grundsatz: Extra ecclesiam nulla salus – Außerhalb der Kirche gibt es keine Erlösung

Richard *Baxter*: (1615–1691), englischer Theologe
Taylorsystem: siehe Anm. zu Seite 81

87 Henry *Ford*: (1863–1947)
Greisler: Krämer
Johann Wolfgang von *Goethe*: (1748–1832)
William *Shakespeare*: (1564–1616)
Rembrandt: siehe Anm. zu Seite 61

88 *»Glückseligkeit ist Tugend, nicht ihr Lohn«*: Baruch Spinoza (1632–1677), ›Die Ethik‹, V, 42 – »Glückseligkeit ist nicht der Lohn, sondern die Tugend selber«
Axiom: als absolut richtig erkannter Grundsatz; gültige Wahrheit, die keines Beweises bedarf

89 *Hysteron-Proteron*: Redefigur, bei der das nach Logik oder Zeitfolge Spätere zuerst steht
Nietzsches Sklavenaufstand in der Moral: ›Jenseits von Gut und Böse. Vorspiel einer Philosophie der Zukunft. Fünftes Hauptstück: Zur Naturgeschichte der Moral‹, 195

90 *Novalis*: (eigtl. Friedrich Leopold Freiherr von Hardenberg, 1772–1801)
»Helft uns nur den Erdgeist binden ...«: »Helft uns nur den Erdgeist binden, / Lernt den Sinn des Todes fassen / Und das Wort des Lebens finden.« (›Heinrich von Ofterdingen, Paralipomena, Das Lied der Toten‹ – Urfassung, 15)
eudämonistisch: Eudämonismus ist die philosophische Lehre, die im Glück des einzelnen oder der Gemeinschaft die Sinnerfüllung menschlichen Daseins sieht

91 *»Das Himmelreich ist in euch!«*: Zitat nicht ermittelt

92 Georg Christoph *Lichtenberg*: (1742–1799)

93 *Thomas* von Aquin: siehe Anm. zu Seite 55
Franziskus: (eigtl. Giovanni Bernadone, 1181/82–1296)

94 *Einstein*: siehe Anm. zu Seite 56

95 *Blaise Pascal*: siehe Anm. zu Seite 61

97 *Irredenta*: (eigtl. Italia irredenta, unerlöstes Italien), die politische Bewegung im geeinten Italien (nach 1866), die auf Angliederung der vorwiegend italienischsprachigen Gebiete Österreichs an den italienischen Nationalstaat drängte

98 *Walter Lippmann*: (1889–1974)
99 *Musaget*: Freund und Förderer der Künste und Wissenschaften
Friedrich *Nicolai*: (1733–1811)
›*Faust*‹: siehe Anm. zu Seite 54
Goethe-Jahr: 1932 wurde Goethes 100. Todestages gedacht
Fexereien: Narrheiten
100 *Homer*: (8. Jahrhundert vor Chr.)
101 *Al Capone*: (eigtl. Alphonse Capone, 1895–1947), amerikanischer Gangster italienischer Herkunft
Jack Diamond: nicht ermittelt
102 Charles *Chaplin*: (1889–1977)
Friedrich *Schiller*: (1759–1805)
Feudum: Lehen
Voltaire: (eigtl. François Marie Arouet, 1694–1778)
Jean-Jacques *Rousseau*: (1712–1778)
Marx: siehe Anm. zu Seite 56
Tolstoij: siehe Anm. zu Seite 23
Zola: siehe Anm. zu Seite 79

Können wir ohne Gottesglauben leben? Rede, gehalten in Wien am 5. März 1932. Erste Buchausgabe: Paul Zsolnay Verlag, Berlin–Wien–Leipzig 1932 (= Reden und Schriften von Franz Werfel); Textvorlage. (Nach dem Verlagssignet, Paul Zsolnay Verlag, auf Seite 1 und der Reihenbezeichnung als Zwischentitel auf Seite 3 folgt auf Seite 5 der Vorsatz: »Unter dem Titel ›Reden und Schriften‹ beginnt hiemit eine Publikationsreihe, die in freier Folge mehrere Male im Jahr erscheinen soll. Jede der beabsichtigten Broschüren wird entweder einen umfangreichen Essay, eine große Rede oder einige kleinere Auseinandersetzungen enthalten. Alle diese Arbeiten werden sich mit Problemen der Religion, Philosophie und Kunst befassen, doch ebenso auch zu den geistigen und politischen Fragen des Tages Stellung nehmen. Wien, im März 1932 Franz Werfel.«). Aufgenommen in F. W., ›Zwischen Oben und Unten‹, a. a. O., S. 41–85

105 *Fritz Mauthner*: (1849–1923), ›Wörterbuch der Philosophie. Neue Beiträge zu einer Kritik der Sprache. Erster Band‹, Georg Müller, München und Leipzig 1910, S. 454 (Abschnitt ›Gott‹, III: »Ich schicke voraus, daß ich Gretchens Frage: ›Nun sag, wie hast du's mit der Religion?‹ nicht für so wichtig halte, wie sie traditionell, nach jahrhundertelanger Katechisation, genommen zu werden pflegt. Es gibt wichtigere Fragen.«

»Wächter, wie weit in der Nacht?«: Luther übersetzt: »Hüter, ist die Nacht schier hin?«

106 *Bezbožniki*: nicht ermittelt

Propaganda fidei: Glaubensverbreitung

109 *Exhorten*: Mahnreden

›Welträtsel‹ von Ernst Haeckel: (1834–1919), ›Die Welträthsel. Gemeinverständliche Studien über Monistische Philosophie‹, Verlag von Emil Strauß, Bonn 1899

110 *Indolenz*: geistige Trägheit und Gleichgültigkeit

114 *Rückertsche Fabel... des ›Mannes im Syrerland‹*: Friedrich Rückert (1788–1866), ›Parabel‹ – »Es ging ein Mann im Syrerland, / Führt' ein Kamel am Halfterband...«

115 *Thomas von Aquino*: siehe Anm. zu Seite 55

Karl Marx: siehe Anm. zu Seite 56

Galileo *Galilei*: (1564–1642)

Kepler: siehe Anm. zu Seite 57

Newton: siehe Anm. zu Seite 57

117 *Credo quia absurdum*: Ich glaube, weil es widersinnig ist. (Quintus Septimius Florens Tertullianus, um 160–230, ›Über das Fleisch Christi‹, 5.) Der genaue Wortlaut ist: »Credibile quia ineptum est« – Glaubhaft, weil es unbrauchbar ist

Friedrich Albert Lange: (1828–1875)

Adam Smith: (1723–1790)

118 *»Rediskont«*: Weiterverkauf von diskontierten, also vor ihrer Fälligkeit aufgekauften Wechseln an die Notenbank

»Disagio«: Abschlag, um den der Preis oder Kurs hinter dem Nennwert oder der Parität eines Wertpapiers oder einer Geldsorte zurückbleibt

Shakespeares Hamlet: ›The Tragicall Historie of Hamlet, Prince of Denmarke‹, Tragödie in fünf Akten (Vers und Prosa) von William Shakespeare (1564–1616), um 1600

Hammurabi: (1792–1740 vor Chr.), babylonischer König

James Joyce: (1882–1941)

119 *»Der Mensch muß immer wieder ruiniert werden«*: Zitat nicht genau zu eruieren. Goethe, ›Zahme Xenien‹, V: »Man zieht den Toten ihr ehrenvolles Gewand an / Und denkt nicht, daß man zunächst auch wohl balsamiert wird; / Ruinen sieht man als malerisch interessant an / Und fühlt nicht, daß man soeben auch ruiniert wird«

122 *Defaitisten*: Menschen, die mut- und hoffnungslos sind und die eigene Sache für aussichtslos halten

123 *paganisch*: heidnisch innerhalb des christlichen Brauchtums

124 *Rastaquouères*: (eigtl. Leder-Schlepper, Spitzname der in Amerika reich gewordenen Lederhändler), großen Aufwand machender Kerl, besonders Ausländer, dessen Unterhaltsmittel man nicht kennt, Hochstapler, Aufschneider

Hypostasierung: Verselbständigung

125 *religionssurrogierend*: siehe Anm. zu Seite 33

126 *Kasuistik*: spitzfindige Argumentation

Usurpatoren: Menschen, die widerrechtlich die Staatsgewalt an sich reißen

127 *Aristoteles*: (384–322 vor Chr.)

130 *Ludwig Feuerbach*: (1804–1872)

Thomas *Hobbes*: (1588–1679)

numinos: in bezug auf das Göttliche schauervoll und anziehend zugleich

»Primus in orbe Deos fecit Timor«: Als erstes in der Welt schuf die Furcht die Götter. – Zitat nicht ermittelt

Johann Jakob *Bachofen*: (1815–1887), ›Das Mutterrecht. Eine Untersuchung der Gynaikokratie der alten Welt nach ihrer religiösen und rechtlichen Natur‹, 2. unveränderte

Auflage, Benno Schwabe Verlagsbuchhandlung, Basel 1897, S. XXVIII

132 René *Descartes*: (1596–1650)

133 Sir *James* Hopwood *Jeans*: (1877–1946), ›Sterne, Welten, Atome‹, Stuttgart 1931
Ophiten: Schlangenanbeter bzw. -verehrer
Basilides: siehe Anm. zu Seite 55

134 Sir Arthur Stanley *Eddington*: (1882–1944)
Non in tempore, sed cum tempore finxit Deus mundum: Nicht in der Zeit, sondern mit der Zeit hat Gott die Welt geschaffen

135 *Angelus Silesius*: siehe Anm. zu Seite 55

136 *more geometrico*: nach geometrischem Gesetz

137 *Platon*: (427–347 vor Chr.)
Friedrich Heiler: (1892–1967)

141 *Kriminal*: Strafanstalt, Zuchthaus
Kant: siehe Anm. zu Seite 56

144 *a posteriori*: aus der Erfahrung

150 *Anthropismus*: eigtl. Menschentum; FWs Aussage bleibt undeutlich
Teleologie: Auffassung, nach der Ereignisse oder Entwicklungen durch bestimmte Zwecke oder ideale Endzustände im voraus bestimmt sind

151 Charles *Darwin*: (1809–1882)
Plato: siehe Anm. zu Seite 137

152 *Dante: La somma sapienza e 'l primo amore*: »Giustizia mosse il mio alto fattore; / fecemi la divina potestate, / la somma sapienza e 'l primo amore.« (Die Allgerechtigkeit hat mich geschichtet, / Die Allmacht hat in einem Offenbaren, / Als Weisheit mich und Liebe aufgerichtet.) ›Die Göttliche Komödie‹, Dritter Gesang, In der Vorhölle. Die Lauen. Charon. (Übertragung von August Venzi, Freiburg und Rom 1956)
Entelechie: die sich im Stoff verwirklichende Form

Von der reinsten Glückseligkeit des Menschen. Eine Rede, gehalten vor der Völkerbundliga zu Wien im Dezember 1937. Erste Buchausgabe: Bermann-Fischer Verlag, Stockholm 1938 (= Schriftenreihe ›Ausblicke‹); Textvorlage. Aufgenommen in F. W., ›Zwischen Oben und Unten‹, a. a. O., S. 86–109

Anmerkungen

157 *Verlust eines geliebten Menschen*: FWs Stieftochter Manon Gropius war am 22. April 1935 gestorben

›Mignon‹: Oper in drei Akten (4 bzw. 5 Bildern) von Ambroise Thomas (1811–1896); wurde 1866 in Paris uraufgeführt

158 *einer ägyptischen Reise*: in den Jahren 1925 und 1940 bereisten Alma Mahler und Franz Werfel Ägypten und Palästina

161 *»Was für die Teile, das gilt fürs Ganze«*: das lateinische Sprichwort lautet: pars pro toto

164 *Plato*: siehe Anm. zu Seite 137

166 *pränoachidisch*: vor Noah, dem letzten in der Reihe der biblischen Urväter existierenden Geschlecht

168 Ralph Waldo *Emerson*: (1803–1882), amerikanischer Philosoph und Dichter

170 *Aoriste*: Zeitformen der Vergangenheit

anthropomorph: von menschlicher Gestalt

173 *Apriori*: Vernunftsatz

176 *Harpagon*: Hauptgestalt aus Molières (eigtl. Jean-Baptiste Poquelin, 1622–1673) ›L'avare‹ (Der Geizige), Komödie in fünf Akten (1668)

König Salomo: (965–926 vor Chr., israelitischer König

Christoph *Kolumbus*: (Cristóbal Colón, um 1451–1506)

tellurisch: erdverbunden

180 *Pyrrhussiege*: (nach den verlustreichen Siegen des Königs Pyrrhus von Epirus über die Römer 280/279 vor Chr.), Erfolg, der mit hohem Einsatz, mit Opfern verbunden ist und der eher einem Fehlschlag gleichkommt

Kakophonien: Mißklänge einer Folge von Tönen oder Lauten

181 Nikolaus *Lenau*: (eigtl. Niembsch, Edler von Strehlenau, 1802–1850)

Theologumena. Erstmals in F. W., ›Zwischen Oben und Unten‹, Bermann-Fischer Verlag, Stockholm 1946, S. 199–369; Textvorlage. Aufgenommen in F. W., ›Zwischen Oben und Unten‹, a. a. O., S. 110–195

Anmerkungen

185 *Liber Scriptus Proferetur, / In Quo Totum Continetur,* / Unde Mundus Iudicetur: Und ein Buch wird aufgeschlagen, / Treu darin ist eingetragen / Jede Schuld aus Erdentagen (Requiem, Sequentia / Sequenz)

188 *Verbum caro factum*: Das Wort ist Fleisch geworden (Joh 1,16)

»Es kommt niemand zum Vater...«: Joh 14,6

der hypostatischen Union: der vergegenständlichenden Vereinigung

189 *Integritas und Incorruptibilitas*: Reinheit und Unversehrtheit

191 *hostil*: feindlich

200 *Infusorium*: Wimpertierchen

Kokkus: (Kokke), kugelförmige Bakterie

203 *»En Soph«*: in der kabbalistischen Philosophie mystischer Name für das göttliche Wesen

»Ens Primum et Ultimum«: das Erste und das Letzte Sein

Demiurg: göttlicher Baumeister

mit masturbantischer Exuberanz: mit selbstbefriedigendem Überschwang

204 *»Wer nicht arbeitet...«*: 2. Thess 3,10

Visio beatifica: glücklichmachende Vorstellung

205 *katexochen*: schlechthin, im eigentlichen Sinn

206 Max *Stirner*: (eigtl. Kaspar Schmidt, 1806–1856)

»Eigentum ist Diebstahl«: »La proprieté c'est le vol.« Aus-

spruch von Pierre Joseph Proudhon (1809–1865) in ›Qu'est-ce que la proprieté?‹
Integral: Summenausdruck in der Mathematik
Akkumulation: Anhäufung, Speicherung
»Gib all dein Gut den Armen...«: Mk 10,21
208 *Garrotte*: Halseisen; in Spanien Würgschraube zur Vollstreckung der Todesstrafe
209 *Synergismus*: Heilslehre, nach der der Mensch neben der Gnade Gottes ursächlich am eigenen Heil mitwirken kann
James Jeans: siehe Anm. zu Seite 133
210 *Hysteron-Proteron*: siehe Anm. zu Seite 89
211 *›Der Mönch von Heisterbach‹*: Wolfgang Müller (1816–1873) – »Dem Herren ist ein Tag wie tausend Jahr', Und tausend Jahre sind ihm wie ein Tag«
evaporiert: verdunstet
212 *Ausgedinge*: Altenteil
213 *Depravierung*: Erscheinungsform der Entartung
215 *Professor* Iwan Petrowitsch *Pawlow*: (1849–1936)
Quod erat demonstrandum: Was zu beweisen war. Bei Euklid (um 325 vor Chr.) Schlußformel jeder Beweisführung
Korrekturen »de la fortune«: Anspielung auf den Leutnant Riccaut de la Marlinière in Gotthold Ephraim Lessings (1729–1781) Lustspiel ›Minna von Barnhelm oder Das Soldatenglück‹, dem es beim Spielen auf ein wenig »Corriger la fortune« nicht ankommt
217 *äquivok*: mehrdeutig
tristitia: Traurigkeit; siehe auch Anm. zu Seite 18
Expropriation: Ausbeutung
219 *sit venia verbo*: mit Verlaub zu sagen. Lateinische Redensart nach Plinius d. J. (61–um 113), Ep. 5,6,46 (venia sit dicto)
221 *X-Strahlenprüfung*: Röntgen-Strahlenprüfung
Hagiographie: Erforschung und Beschreibung von Heiligenleben
223 *habituell*: zur Gewohnheit geworden
226 *Matrize*: Schema zur Zuordnung von Merkmalen

227 *Remedur*: Beseitigung von Mißständen
228 *Providenz*: Vorsehung
Mysten: Eingeweihte
230 *utilitaristisch*: auf den Nutzen gerichtet
231 *»visio beatifica«*: siehe Anm. zu Seite 204
233 *»Eckstein, den die Bauleute verworfen haben«*: Der Stein, den die Bauleute verworfen haben, ist zum Eckstein geworden (!) – Mat 21,42
234 *»Die Ersten werden die letzten sein«*: Mat 19,30
»Sie sind ein halsstarriges Volk«: 2. Mose 32,9
»ehe die Zeit erfüllt ist«: Jo 7,8
237 *locus minoris resistentiae*: Ort geringeren Widerstandes
Konsanguinität: Blutsverwandtschaft
239 *Sabbatai Zwi*: (1626–1676), Pseudomessias
241 *Irenaeus*: († um 202), Heiliger, Kirchenvater
Titus Flavius *Clemens*: (um 150 – um 215)
Origines: (185–254)
Tertullian: siehe Anm. zu Seite 117
Claudius Nero *Tiberius*: (42 vor Chr. – 37 nach Chr.), von 14 nach Chr. an römischer Kaiser
242 *ein großer Schriftsteller unserer Tage*: Thomas Mann (1875–1955), ›Joseph und seine Brüder‹ (1933–1943)
246 *Pascal*: siehe Anm. zu Seite 61
prärogieren: FWs Ableitung von praerogare = vorschlagen
251 *Heliotropismus*: durch einseitigen Einfall von Licht hervorgerufene Veränderung
256 *Aphel und Perihel*: Punkte der größten und der geringsten Entfernung eines Planeten von der Sonne
257 *Graf Sternberg*: Alexander Freiherr von Ungern-Sternberg (1806–1868)
258 *Nietzsche*: siehe Anm. zu Seite 54
Troglodyten: als Höhlenbewohner lebende Eiszeitmenschen
262 *demotisch*: altägyptisch
267 *Anläßlich eines Mauseblicks*: vgl. FW, ›Weißenstein, der Welt-

verbesserer‹, S. Fischer Verlag, Frankfurt am Main 1990, S. 83–86

272 *cachet und Präsentabilität*: Eigentümlichkeit und Anschaulichkeit

273 *ex posteriori*: anhand des Zurückliegenden

274 *teleologisch*: siehe Anm. zu Seite 150

wegzueskamotieren: (tautologisch), durch einen Taschenspielertrick verschwinden lassen

Proton Kinoun (Akineton): in der Metaphysik des Aristoteles das »erste (unbewegte) Bewegende«

275 *»Wenn ihr nicht werdet wie die Kinder…«*: Mat 18,3

278 *Galimathias*: Unsinn

280 *dolos*: vorsätzlich

281 *Mischna*: grundlegender Teil des Talmuds

283 *Kotter*: Gefängnis

284 *Inkuben und Sukkuben*: im Volksglauben des Mittelalters Teufel, die mit einer Hexe geschlechtlich verkehren, und weibliche Dämonen, die Männer nachts heimsuchen und mit ihnen geschlechtlich verkehren

Maxim Gorki: (eigtl. Alexej Maximowitsch Peschkow, 1868–1936)

Schlemihlhaftigkeit: Pechvogelhaftigkeit

GPU-Häuptling Jagoda: Genrich Georgijewitsch Jagoda (1891–1938), 1924–1934 stellvertr. Vorsitzender der GPU (Gossudarstwennije Polititschkoje Uprawlinije), der politischen Polizei der UdSSR mit weitreichenden Vollmachten

286 *Echolalie*: sinnloses Nachsprechen von Gehörtem

assonierend: sich auf die Vokale als Gleichklang beschränkend

288 *mephitische Emotionalität*: (hebr. mephir = zerstören), zerstörerisch erregte Ausdrucksform

289 *tellurisch*: siehe Anm. zu Seite 176

290 *Entelechie*: siehe Anm. zu Seite 152

Porträts

Gerhart Hauptmann

Bekenntnisse und Erinnerungen. Erstmals in ›Die neue Rundschau‹, Berlin, Jg. 33, November 1922 (Hauptmann-Heft), S. 1159–1162; Textvorlage. Aufgenommen in F. W., ›Zwischen Oben und Unten‹, a. a. O., S. 440–444 (Gerhart Hauptmann zum 60. Geburtstag)

Anmerkungen

295 *Gerhart Hauptmann*: (1862–1946)
Zola: siehe Anm. zu Seite 79
Tolstoi: siehe Anm. zu Seite 79

296 *Atridenepos*: Epos um das griechische Sagengeschlecht der Atriden (Agamemnon)
Gustave *Flaubert*: (1821–1880)

297 *Michelangelo* Buonarroti: (1475–1564)
›Die *Ratten*‹: Berliner Tragikomödie (1911)
Mutter Wolffen: Hauptgestalt aus ›Der Biberpelz‹, eine Diebskomödie in vier Akten (1893)
Hanne Schäl: Hauptgestalt aus ›Hanneles Himmelfahrt‹, Traumdichtung in zwei Teilen (1893)
Henschel: Hauptgestalt aus ›Fuhrmann Henschel‹, Schauspiel in fünf Akten (1898)
Montezuma: Hauptgestalt aus ›Der weiße Heiland‹, Dramatische Phantasie (1920)
Imbezillität: Schwachsinn mittleren Grades
Maxim Gorki: siehe Anm. zu Seite 284

[Festgrüße deutscher Dichter zu Gerhart Hauptmanns siebzigstem Geburtstag (15. November)]. Erstmals in ›Neue Freie Presse‹, Wien, 15. November 1932, S. 11, Chronikbeilage der ›Neuen Freien Presse‹; Textvorlage. Aufgenommen in F. W., ›Zwischen Oben und Unten‹, a. a. O., S. 447–450

Anmerkungen

301 ›*Hannele*‹: siehe Anm. zu Seite 297
›Die *Weber*‹: Schauspiel aus den vierziger Jahren. Soziales Drama (1893)

302 Giosuè *Carducci*: (1835–1907)

Hugo von Hofmannsthal

Hofmannsthals Tod. Datiert: Breitenstein, 16. Juli 1929. Erstmals in ›Neue Freie Presse‹, Wien, 21. Juli 1929, S. 25, Chronikbeilage der ›Neuen Freien Presse‹: Gedenkblatt für Hofmannsthal. Äußerungen von Thomas Mann, Franz Werfel, Alexander Moissi, Klaus Mann; Textvorlage. Aufgenommen in F. W., ›Zwischen Oben und Unten‹, a. a. O., S. 428–429

Anmerkungen

303 *Hugo von Hofmannsthal*: siehe Anm. zu Seite 52
»*Ganz vergessener Völker Müdigkeiten* ...«: Zitat aus dem Gedicht ›Manche freilich ...‹ (1895)

Karl Kraus

Rundfrage über Karl Kraus. Erstmals in ›Der Brenner‹, Innsbruck, 3. Jahr, H. 20, 15. Juli 1913, S. 934–935 (Rundfrage über Karl Kraus. Dritte Folge); Textvorlage. Aufgenommen in F. W., ›Zwischen Oben und Unten‹, a. a. O., S. 340–341 (Karl Kraus)

Anmerkung

305 *Karl Kraus*: (1874–1936)

Gustav Mahler

Zum Gedächtnis von Gustav Mahler. Einführung in den Mahler-Zyklus der NBC (National Broadcasting Corporation). Geschrieben 31. Dezember 1941 in New York. Mit belanglosen Änderungen gedruckt in ›Freies Deutschland‹, Mexico, 15. Mai 1942; Textvorlage. Aufgenommen in F. W., ›Zwischen Oben und Unten‹, a. a. O., S. 457–459 (Gustav Mahler)

Anmerkungen

307 *Gustav Mahler*: siehe Anm. zu Seite 52

308 *Altsolo der Zweiten Symphonie* c-moll für großes Orchester, Sopran- und Altsolo. – »O Röslein rot! / Der Mensch liegt in größter Not!« Zitat aus ›Des Knaben Wunderhorn. Alte deutsche Lieder. Gesammelt von L. Achim von Arnim und Clemens Brentano. Zweiter Teil, Urlicht‹ (O Röschen rot...) vermischt mit Mahlers eigenem Text

Rainer Maria Rilke

Begegnungen mit Rilke. Erstmals in ›Das Tage-Buch‹, Berlin, Jg. 8, H. 4, 22. Januar 1927, S. 140–144; Textvorlage. Aufgenommen in F. W., ›Zwischen Oben und Unten‹, a. a. O., S. 418–433

Anmerkungen

310 *Rainer Maria Rilke*: (1875–1926)

311 Stefan *George*: (1868–1933)
Hofmannsthal: siehe Anm. zu Seite 52

312 ›Das *Marienleben*‹: 1913 (= Insel-Bücherei 43)
›*Cornet*‹: ›Die Weise von Liebe und Tod des Cornets Christoph Rilke‹ (1906)

314 *»Denn selig sind, die niemals sich entfernten...«*: Zitat nicht ermittelt

Arthur Schnitzler
Arthur Schnitzler zu seinem sechzigsten Geburtstag (15. Mai 1922). Erstmals gekürzt in ›Die neue Rundschau‹, Berlin, Jg. 33, Mai 1922, S. 508–510; Textvorlage. Aufgenommen in F. W., ›Zwischen Oben und Unten‹, a. a. O., S. 434–436 (Arthur Schnitzler zum 60. Geburtstag)

Anmerkungen

316 *Arthur Schnitzler*: siehe Anm. zu Seite 52
›*Leutnant Gustl*‹: 1900
›*Die Toten schweigen*‹: 1897
›*Die Hirtenflöte*‹: 1909
›*Der grüne Kakadu*‹: 1898
›*Die letzten Masken*‹: ›Lebendige Stunden‹, Vier Einakter (3), 1900–1901
›*Literatur*‹: ›Lebendige Stunden‹, Vier Einakter (4), 1900 bis 1901
›*Komtesse Mizzi* oder Der Familientag‹: 1907
317 *»gesättigt an Leben«*: 1. Mose 25,8

Arthur Schnitzler. Gedenkrede. Erstmals in ›Die Neue Rundschau‹, Berlin, Jg. 43, Januar 1932, S. 1–4; Textvorlage. Aufgenommen in F. W., ›Zwischen Oben und Unten‹, a. a. O., S. 436–440

Anmerkungen

319 Ferdinand *Raimund*: (eigtl. Raimann, 1790–1836)
Stifter: siehe Anm. zu Seite 52
Lenau: siehe Anm. zu Seite 181
Grillparzer: siehe Anm. zu Seite 66
320 *Gerhart Hauptmann*: siehe Anm. zu Seite 295
322 Pedro *Calderón* de la Barca: (1600–1681)

Giuseppe Verdi

Verdis dunkle Epoche. Erstmals anläßlich der Berliner Aufführung von ›Luisa Miller‹ in ›Vossische Zeitung‹, Berlin, 10. Dezember 1927; Textvorlage. Aufgenommen in F. W., ›Zwischen Oben und Unten‹, a. a. O., S. 349–351

Anmerkungen

324 *Giuseppe Verdi*: (1813–1901)
›*Nabucco*‹: Oper in vier Akten; 1842 in Mailand uraufgeführt
›*Rigoletto*‹: Oper in drei Aufzügen; 1851 in Venedig uraufgeführt
Vincenzo *Bellini*: (1801–1835)
Gioacchino *Rossini*: (1792–1868)
Gaetano *Donizetti*: (1797–1848)
Saverio *Mercadante*: (1795–1870)
Nicola *Piccini*: (1728–1800)
Luigi *Ricci*: (1805–1859) oder Federico Ricci (1809–1877)
›*I Lombardi alla prima crociata*‹: (Die Lombarden beim ersten Kreuzzug), Oper in vier Akten; 1842 in Mailand uraufgeführt
›*Macbeth*‹: Oper in vier Akten; 1847 in Florenz uraufgeführt
›*La battaglia di Legnano*‹: (Die Schlacht von Legnano), Oper in drei Akten; 1849 in Rom uraufgeführt

325 ›*Aida*‹: Oper in vier Akten; 1871 in Kairo uraufgeführt
›*Luisa Miller*‹: Oper in drei Akten; 1849 in Neapel uraufgeführt
Schillers ›Kabale und Liebe‹: Bürgerliches Trauerspiel in fünf Akten von Friedrich Schiller (1759–1805), 1784

Verdis ›Don Carlos‹ und seine Kritiker. Eine künstlerische Großtat unserer Oper und ihre Bedeutung. Aus einem Gespräch. Erstmals in ›Neues Wiener Journal‹, 15. Mai 1932, S. 17; Textvorlage. Aufgenommen in F. W., ›Zwischen Oben und Unten‹, a. a. O., S. 351–353

Anmerkungen

326 ›*Don Carlos*‹: Oper in fünf (vier) Akten; 1867 in Paris uraufgeführt; die überarbeitete Fassung wurde 1884 in Mailand uraufgeführt
Lothar Wallerstein: (1882–1949), Dirigent und Opernregisseur

327 *Habitués*: Stammgäste
›*Ein Maskenball*‹: Oper in drei Akten (6 Bildern); 1859 in Rom uraufgeführt

328 *Rossini*: siehe Anm. zu Seite 324
›*Das weiße Rössl*‹: ›Im weißen Rössl‹, Singspiel-Operette in drei Akten (22 Bildern) von Ralph Benatzky (1887–1957)

Verdi in unserer Zeit. 1936. Während eines Besuchs bei FW in Breitenstein von Adolf D. Klarmann gemachte Auszüge aus einem Manuskript des Vortrags, den FW als ›Verdi nell' epoca nostra‹ beim Maggio Fiorentino 1933 und dann in Wien, Amsterdam und anderen Städten hielt. Aufgenommen in F. W., ›Zwischen Oben und Unten‹, a. a. O., S. 353–358; Textvorlage

Anmerkungen

329 *Opernstagione*: Opernensemble

330 *Calderón*: siehe Anm. zu Seite 322

332 ›*Othello*‹: Oper in vier Akten; 1887 in Mailand uraufgeführt
›*Falstaff*‹: siehe Anm. zu Seite 58
Wagner: siehe Anm. zu Seite 58

333 ›*Parsifal*‹: Ein Bühnenweihfestspiel in drei Akten (7 Bildern); 1882 in Bayreuth uraufgeführt

334 *Nibelungenring*: ›Der Ring des Nibelungen‹, ein Bühnenfestspiel für einen Vorabend und drei Tage. Vorabend: ›Das Rheingold‹ (1869 in München uraufgeführt), Erster Tag: ›Die Walküre‹ (1870 in München uraufgeführt), Zweiter Tag: ›Siegfried‹ (1876 in Bayreuth uraufgeführt),

Dritter Tag: ›Götterdämmerung‹ (1876 in Bayreuth uraufgeführt)
›Requiem‹: Messa da Requiem; 1874 in Mailand uraufgeführt
Plato: siehe Anm. zu Seite 137
William *Shakespeare*: siehe Anm. zu Seite 87

Ein Bildnis Giuseppe Verdis. Erweiterte Einleitung zu der amerikanischen Ausgabe der Verdi-Briefe, New York 1942, die deutsch 1926 in Wien erschienen waren. FW hat seine Essays ›Verdi und die Romantik‹ (›Die literarische Welt‹, Berlin, 22. Oktober 1926, S. 3–4), ›Verdis Verhältnis zum Theater‹ (›Blätter der Staatsoper und der Städtischen Oper‹, Berlin, Jg. 10, H. 30, Mai 1930) und ›Der Komponist Verdi. Zur Neueinstudierung des ‹Troubadour›‹ (›Freiburger Theaterblätter‹, 1931/32, S. 292–293) größtenteils hier eingearbeitet. Der deutsche Text erschien erstmals in F. W., ›Zwischen Oben und Unten‹, a. a. O., S. 358–416; Textvorlage

Anmerkungen

335 *›Il Risorgimento‹*: siehe Anm. zu Seite 63
Vincenzo *Gioberti*: (1801–1852), italienischer Theologe, Philosoph und Staatsmann
Giuseppe *Mazzini*: (1805–1872), republikanischer Patriot
Cabaletten und Stretten: kleine Arien und Schlußsteigerungen
Adolphe Charles *Adam*: (1803–1856)
›I Lombardi‹: siehe Anm. zu Seite 324

336 *›Attila‹*: 1846 in Venedig uraufgeführt
›La battaglia di Legnano‹: siehe Anm. zu Seite 324
Graf Camillo Benso di *Cavour*: (1810–1861), italienischer Staatsmann

337 Abramo *Basevi*: (1818–1885), italienischer Musikschriftsteller
Richard Wagner: siehe Anm. zu Seite 58

338 *Hegel*: siehe Anm. zu Seite 85
Napoléon I.: (1769–1821), 1804–1815 Kaiser der Franzosen
340 ›*Sali e Tabacchi*‹: Salze und Tabake
›*Vini nostrani*‹: Einheimische Weine
Eugène Beauharnais: (1781–1824), Stiefsohn Napoléons I.; 1805 zum Vizekönig von Italien erhoben
341 *Luigia Verdi*: (1787–1851)
Leopold Mozart: (1719–1787)
Carlo Verdi: (1775–1867)
342 *Sant' Agata*: Wohnort Verdis seit 1848
Antonio Barezzi: (1787–1867)
344 *Padre Martini*: nicht ermittelt
Rossini: siehe Anm. zu Seite 324
Donizetti: siehe Anm. zu Seite 324
346 *Basily*: nicht ermittelt
Rolla: nicht ermittelt
Fernando *Provesi*: (1770–1833), Leiter der Musikschule in Busseto
Arcangelo *Corelli*: (1653–1713)
Antonio *Vivaldi*: (um 1678–1741)
Domenico *Scarlatti*: (1685–1757)
Mozart: siehe Anm. zu Seite 52
Friedrich Wilhelm Michael *Kalkbrenner*: (um 1788–1849)
347 Vincenzo *Lavigna*: (1766–1836)
Mozarts ›Don Giovanni‹: siehe Anm. zu Seite 58
›*Rigoletto*‹: siehe Anm. zu Seite 324
Felice Romani: (1788–1865)
348 ›*Oberto, Conte di San Bonifacio*‹: Oper in zwei Akten; 1839 in Mailand uraufgeführt
Margherita Barezzi: (1814–1840), Verdis erste Frau
349 *unseres Buches*: Giuseppe Verdi, ›Letters‹, New York 1942
der Tod seiner beiden Kinder, der Tod seiner jungen Frau: Verdis erste Frau gebar ihm zwei Kinder, die früh starben: Virginia (1837–1838) und Icilio (1838–1839); vgl. auch Anm. zu Seite 348
350 ›*Nabucco*‹: siehe Anm. zu Seite 324

»Va pensiero sull' ali d'orate«: Flieg Gedanke auf goldenen Schwingen (›Nabucco‹, Dritter Akt, Chor der hebräischen Sklaven)

351 *Histrionen*: Schauspieler (im Rom der Antike)

Vaudeville: (im Frankreich des 18. Jahrhunderts) burleskes oder satirisches, Aktualitäten aufgreifendes Singspiel

352 *Aischylos*: (um 525 – um 456 vor Chr.)

Sophokles: (497/496–406/405 vor Chr.)

Euripides: (um 480 – 406 vor Chr.)

Nietzsche: siehe Anm. zu Seite 54

Claudio Monteverdi: (1567–1643)

›Orfeo‹: Favola in musica; 1607 in Mantua uraufgeführt

›Arianna‹: 1608; das Werk ist bis auf das berühmte ›Lamento‹ verschollen

Ritornell: sich mehrfach wiederholender Teil eines Musikstücks

›L'Incoronazione di Poppea‹: (Die Krönung der Poppea), Dramma in musica in einem Prolog und drei Akten; 1642 in Venedig uraufgeführt

353 Francesco *Cavalli*: (1602–1676)

Marc' Antonio *Cesti*: (1623–1669)

Rouladen: im Gesang die rollenden Läufe, mit denen die Melodie verziert wird

Amati: italienische Geigenbauerfamilie; Andrea Amati (zwischen 1520 und 1535 – zwischen 1575 und 1611) und Nicola Amati (1596–1684) sind die berühmtesten Meister

Guarneri: italienische Geigenbauerfamilie; Andrea Guarneri (vor 1626–1698) und Giuseppe Antonio Guarneri (gen. Guarneri del Gesù, 1698–1744) sind die berühmtesten Meister

354 *Canzonetten*: kleine Gesangs- oder Instrumentalstücke

Monodien: einstimmige Gesänge

Fermate: Zeichen der musikalischen Notation über einer Note oder Pause, die dadurch auf eine nicht festgelegte Zeit verlängert wird

355 *Soffitten*: vom Schnürboden des Theaters herabhängende Dekorationen

356 *stygisch*: (nach dem Fluß Styx in der Unterwelt der griechischen Sage) schauerlich kalt

Richard Wagner: siehe Anm. zu Seite 58

Gluck: siehe Anm. zu Seite 52

Mozart: siehe Anm. zu Seite 52

›*Die Zauberflöte*‹: Oper in zwei Akten (13 Bildern); 1791 in Wien uraufgeführt

Jean-Baptiste *Lully*: (1632–1687)

357 Joseph *Haydn*: (1732–1809)

Beethoven: siehe Anm. zu Seite 59

358 ›*Fidelio*‹: Oper in zwei Akten (4 Bildern); erste Fassung 1805, zweite Fassung 1814 in Wien uraufgeführt

Webers ›*Freischütz*‹: Romantische Oper in drei Akten (5 Bildern) von Carl Maria von Weber (1786–1826); 1821 in Berlin uraufgeführt

Domenico *Cimarosa*: (1749–1801)

Rossini: siehe Anm. zu Seite 324

›*Stabat Mater*‹: 1841

Bellini: siehe Anm. zu Seite 324

Donizetti: siehe Anm. zu Seite 324

›*Norma*‹: Oper in zwei Akten (5 Bildern); 1831 in Mailand uraufgeführt

›*Tristan und Isolde*‹: siehe Anm. zu Seite 54

›*Don Pasquale*‹: Komische Oper in drei Akten (5 Bildern); 1843 in Paris uraufgeführt

359 ›*Figlia di Reggimento*‹: (Die Regimentstochter), Komische Oper in zwei Akten; 1840 uraufgeführt

›*Elisir d'Amore*‹: (Der Liebestrank), Komische Oper in drei Aufzügen; 1832 in Mailand uraufgeführt

›*Nabucco*‹: siehe Anm. zu Seite 324

›*Rigoletto*‹: siehe Anm. zu Seite 324

Richard Wagner: siehe Anm. zu Seite 58

360 Marie (Maria Felicita) *Malibran*: (1808–1836, spanisch-französische Sopranistin von internationalem Rang

Giovanni Battista *Rubini*: (1795–1854)
Luigi *Lablache*: (1794–1854)
Filippo *Coletti*: (1811–1894)
Eugenia *Tadolini*: (eigtl. Savonari, 1809–?)
Adelina Patti: (1843–1919)
Francesco *Tamagno*: (1850–1905)
Victor *Maurel*: (1848–1923)
Enrico *Caruso*: (1873–1921)
Mattia *Battistini*: (1856–1928)
Basevi: siehe Anm. zu Seite 337
361 *Bellini*: siehe Anm. zu Seite 324
Donizetti: siehe Anm. zu Seite 324
Thyrsos-Stab: mit Efeu und Weinlaub umwundener, von einem Pinienzapfen gekrönter Stab
Rossini: siehe Anm. zu Seite 324
›*Guglielmo Tell*‹: (Guillaume Tell), Oper in vier Akten; 1829 in Paris uraufgeführt
Mercadante: siehe Anm. zu Seite 324
Giovanni *Pacini*: (1796–1867)
›*Rienzi*‹: Große tragische Oper in fünf Akten (6 Bildern); 1842 in Dresden uraufgeführt
›*Lohengrin*‹: Romantische Oper in drei Akten (4 Bildern); 1850 in Weimar uraufgeführt
›*Nabucco*‹: siehe Anm. zu Seite 324
»Va pensiero«: siehe Anm. zu Seite 350
362 ›*Rigoletto*‹: siehe Anm. zu Seite 324
363 *Rondi*: Schlußsätze von Sonaten oder Symphonien, in denen das Hauptthema nach mehreren in Tonart und Charakter entgegengesetzten Zwischensätzen wiederkehrt
Giulio *Ricordi*: (1840–1912); der bedeutende Musikverleger war ein naher Freund Verdis
364 *Macbeth*‹: siehe Anm. zu Seite 324
›*Luisa Miller*‹: siehe Anm. zu Seite 325
›*La battaglia di Legnano*‹: siehe Anm. zu Seite 324
365 ›*Un ballo in maschera*‹: (Ein Maskenball), siehe Anm. zu Seite 327

›*Aida*‹: siehe Anm. zu Seite 325
Marianna *Barbieri-Nini*: (etwa 1820–1887)
Richard Wagner: siehe Anm. zu Seite 58
›*Tannhäuser* und der Sängerkrieg auf der Wartburg‹: Romantische Oper in drei Akten (4 Bildern); 1845 in Dresden uraufgeführt
William *Shakespeare*: siehe Anm. zu Seite 87
›*König Lear*‹: (›Re Lear‹), seit 1850 Plan einer Oper nach William Shakespeare

366 »*Fatal, mia donna, un murmure / Com'io, non intendesti?*«: (Mein schicksalhaftes Weib! Ein Flüstern / hast du es nicht, wie ich, gehört?), ›Macbeth‹, Akt I, Dreizehnte Szene

367 Felice *Varesi* (1813–1889)

368 ›*I masnadieri*‹: (Die Räuber), Oper in vier Akten; 1847 in London uraufgeführt
›*Die Räuber*‹ *von Schiller*: Schauspiel in fünf Akten (1781)
›*Gerusalemme*‹: (Jérusalem), Bearbeitung von ›I Lombardi alla prima crociata‹, Oper in vier Akten; 1847 in Paris uraufgeführt

370 ›*I Vespri Siciliani*‹: (Les vêpres siciliennes), Oper in fünf Akten; 1855 in Paris uraufgeführt
Eduard *Hanslick*: (1825–1904)
›*Aida*‹: siehe Anm. zu Seite 325
Requiem: siehe Anm. zu Seite 334
›*Othello*‹: siehe Anm. zu Seite 332
›*Falstaff*‹: siehe Anm. zu Seite 58

371 Daniel François Esprit *Auber*: (1782–1871)
Meyerbeer: siehe Anm. zu Seite 58
Berlioz: siehe Anm. zu Seite 58

372 ›*Rigoletto*‹: siehe Anm. zu Seite 324
›*La Traviata*‹: Oper in drei Akten (4 Bildern); 1853 in Venedig uraufgeführt
Bach: siehe Anm. zu Seite 58
Beethoven: siehe Anm. zu Seite 59

373 Giovanni Pierluigi da *Palestrina*: (um 1525–1594)

374 ›*Nabucco*‹: siehe Anm. zu Seite 324

›*Ernani*‹: Lyrisches Drama in vier Akten; 1844 in Venedig uraufgeführt
›*Macbeth*‹: siehe Anm. zu Seite 324
›*Rigoletto*‹: siehe Anm. zu Seite 324
›*Il Trovatore*‹: (Der Troubadour), Oper in vier Akten (8 Bildern); 1853 in Rom uraufgeführt
›*Un ballo in maschera*‹: (Ein Maskenball), siehe Anm. zu Seite 327
›*La forza del destino*‹: (Die Macht des Schicksals), Oper in vier Akten (8 Bildern); erste Fassung 1862 in St. Petersburg, zweite Fassung 1869 in Mailand uraufgeführt
›*Don Carlos*‹: siehe Anm. zu Seite 326
›*Othello*‹: siehe Anm. zu Seite 332
›*Carmen*‹: Oper in vier Akten von Georges Bizet (1838–1875); 1875 in Paris uraufgeführt

375 *Marchese* Gino *Monaldi*: (1847–1932), Musikschriftsteller, Kritiker, Impresario, Komponist
»*Vi pare, che sotto questo sole...*«: Meinen Sie, daß ich unter dieser Sonne und unter diesem Himmel den Tristan und die Trilogie hätte schreiben können? Wir sind Italiener, bei Gott! In allem! Auch in der Musik! – Quelle nicht ermittelt
›*Tristano*‹: ›Tristan und Isolde‹ von Richard Wagner; siehe Anm. zu Seite 54
la Tetralogia: ›Der Ring des Nibelungen‹ von Richard Wagner; siehe Anm. zu Seite 334

376 *Angelo Mariani*: (1822–1873), einer der angesehensten Dirigenten seiner Zeit
›*Lohengrin*‹: siehe Anm. zu Seite 361
›*Aida*‹: siehe Anm. zu Seite 325

377 ›*Der Ring des Nibelungen*‹: siehe Anm. zu Seite 334
›*Nabucco*‹: siehe Anm. zu Seite 324
›*Falstaff*‹: siehe Anm. zu Seite 58
›*Othello*‹: siehe Anm. zu Seite 332
›*Don Carlos*‹: siehe Anm. zu Seite 326

378 ›*La Traviata*‹: siehe Anm. zu Seite 372
Margherita Barezzi: siehe Anm. zu Seite 348

Giuseppina Strepponi: (1815–1897), Verdis zweite Frau; sie heirateten 1859

379 *Giulio Ricordi*: siehe Anm. zu Seite 363

380 *Requiem*: siehe Anm. zu Seite 334

382 *Antonio Ghislanzoni*: (1824–1893), Bariton, Impresario, Schriftsteller, Librettist

383 ›*Quattro Pezzi Sacri*‹: (Ave Maria – Laudi alla Vergine Maria – Te Deum – Stabat Mater); 1878 in Paris und Mailand uraufgeführt, Gesamturaufführung 1898 in Wien

Sant' Agata: siehe Anm. zu Seite 342

385 *Leo* Nikolajewitsch Graf *Tolstoi*: siehe Anm. zu Seite 79

386 Antonio *Barezzi*: siehe Anm. zu Seite 342

Alberto *Carrara*: Ehemann von Verdis Adoptivtochter Filomena Maria

387 *Signorina Giuseppina Strepponi*: siehe Anm. zu Seite 378

Camille *Du Locle*: (1832–1903)

Teresina Stolz: (1834–1902)

Giulio Ricordi: siehe Anm. zu Seite 363

Arrigo Boito: (1842–1918), der Komponist und Librettist stand zu Verdi in einer Art Vater-Sohn-Verhältnis

›*Mefistofele*‹: Oper in einem Prolog, vier Akten und einem Epilog; 1868 in Mailand uraufgeführt

›*Othello*‹: siehe Anm. zu Seite 332

›*Falstaff*‹: siehe Anm. zu Seite 58

388 »*Addio di bei giorni*«: FW meint vermutlich »Addio, del passato / bei sogni ridenti« (Lebt wohl nun, holde Träume, die mich ehmals umfangen); ›La Traviata‹, Dritter Akt, Szene und Arie Violetta

»*Ai nostri monti ritorneremo*«: In unsere Berge werden wir ziehen; ›Il Trovatore‹, Fünfte Szene, Szene und Duett Manrico und Azucena

»*Rivedrai le foreste inbalsamate*«: Wiedersehen wirst du die grünen Wälder; ›Aida‹, Dritter Akt, Duett Aida und Amonasro

390 ›*Nabucco*‹: siehe Anm. zu Seite 324

›*I Lombardi*‹: siehe Anm. zu Seite 324

›*La Traviata*‹: siehe Anm. zu Seite 372

391 ›*Aida*‹: siehe Anm. zu Seite 325
Khedive von Ägypten: Ismail (1830–1895), türkischer Vizekönig von Ägypten
Mariette Bey: Auguste Edouard Mariette (1821–1881), erhielt den Rang eines Pascha mit dem Titel Bey
Filippo Filippi: (1830–1887), der in ganz Europa einflußreichste italienische Musikkritiker
392 *Meyerbeer*: siehe Anm. zu Seite 58
›*Tannhäuser*‹: siehe Anm. zu Seite 365
393 *Cenacle*: Zusammenkunft
Berlioz: siehe Anm. zu Seite 58
Charles *Gounod*: (1818–1893)
Rossini: siehe Anm. zu Seite 324
›*Aida*‹: siehe Anm. zu Seite 325
›*Othello*‹: siehe Anm. zu Seite 333
394 ›*Falstaff*‹: siehe Anm. zu Seite 58
›*Parsifal*‹: siehe Anm. zu Seite 333
395 *König von Italien*: Umberto I. (1844–1900), seit 1878 König von Italien
›*Miserere*‹ *aus* ›*Il Trovatore*‹: Vierter Akt: ›Die Hinrichtung‹, Zweite Szene; siehe auch Anm. zu Seite 374
396 *Quartett aus* ›*Rigoletto*‹: Dritter Akt, Nr. 12, Gilda, Maddalena, Herzog, Rigoletto; siehe auch Anm. zu Seite 324
an seinen eigenen Kohlen schmelzend: Zitat nicht ermittelt
Giuseppina Strepponi: siehe Anm. zu Seite 378
Ricordi: siehe Anm. zu Seite 379
Boito: siehe Anm. zu Seite 387
Pietro *Mascagni*: (1863–1945)
Umberto *Giordano*: (1867–1948)
397 Gabriele *D'Annunzio*: (1863–1938)
Dante Alighieri: (1265–1321)
Michelangelo: siehe Anm. zu Seite 295
Lionardo da Vinci: (1452–1519)
398 ›*Nabucco*‹: siehe Anm. zu Seite 324
»Va pensiero sull' ali d'orate!«: siehe Anm. zu Seite 350
an den Wassern von Babylon: Ps 137,1

Stefan Zweig

Stefan Zweigs Tod. Rede zur Trauerfeier, Los Angeles 1942. Erstmals in Hanns Arens (Hrsg.), ›Stefan Zweig. Sein Leben – Sein Werk‹, Bechtle Verlag, Esslingen 1949, S. 177–187; Textvorlage. Aufgenommen in F. W., ›Zwischen Oben und Unten‹, a. a. O., S. 459–466

Anmerkungen

402 Emile *Verhaeren*: (1855–1916)
Romain Rolland: (1866–1944)
Arthur Rimbaud: (1854–1891); FW verwechselt ihn hier mit Paul Verlaine, von dessen Gedichten Stefan Zweig bereits 1902 eine ›Anthologie der besten Übertragungen‹ (mit eigenen Beiträgen) herausgebracht hatte

405 *Sokrates*: (469–399 vor Chr.)

406 *Jeremias, den er einst dramatisiert hatte*: ›Jeremias. Eine dramatische Dichtung in neun Bildern‹ (1917); vgl. auch Anm. zu Seite 54

Erzähler-Bibliothek

D.H.Lawrencc
Die Frau, die davonritt
Erzählung
Band 9324

Thomas Mann
Mario und
der Zauberer
Ein tragisches
Reiseerlebnis
Band 9320

Der Tod in Venedig
Novelle
Band 11266

Tristan
Novelle
Band 10572

Die vertauschten
Köpfe
Eine indische
Legende
Band 9305

Daphne Du Maurier
Der Apfelbaum
Erzählungen
Band 9307

Herman Melville
Bartleby
Erzählung
Band 9302

Arthur Miller
Die Nacht
des Monteurs
Erzählung
Band 9332

Franz Nabl
Die Augen
Erzählung
Band 9329

René de Obaldia
Graf Zeppelin
oder Emiles Leiden
Erzählung
Band 10177

Vladimir Pozner
Die Verzauberten
Roman. Band 9301

V. S. Pritchett
Die Heimkehr der
verlorenen Tochter
Erzählung
Band 11265

Alexander Puschkin
Die Erzählungen des
verstorbenen Iwan
Petrowitsch Belkin
Band 9331

Peter Rühmkorf
Auf Wiedersehen
in Kenilworth
Ein Märchen in
dreizehn Kapiteln
Band 9333

Antoine
de Saint-Exupéry
Nachtflug
Roman. Band 9316

Fischer Taschenbuch Verlag

fi 669/4b

Erzähler-Bibliothek

William Saroyan
Traceys Tiger
Roman
Band 9325

Arthur Schnitzler
Frau Beate
und ihr Sohn
Eine Novelle
Band 9318

Anna Seghers
Wiedereinführung
der Sklaverei
in Guadeloupe
Band 9321

Isaac Bashevis Singer
Die Zerstörung
von Kreschew
Erzählung
Band 10267

Adalbert Stifter
Abdias
Erzählung
Band 10178

Mark Twain
Der Mann,
der Hadleyburg
korrumpierte
Band 9317

Jurij Tynjanow
Sekondeleutnant Saber
Erzählung
Band 10541

Franz Werfel
Eine blaßblaue
Frauenschrift
Erzählung
Band 9308

Geheimnis
eines Menschen
Novelle. Band 9327

Edith Wharton
Granatapfelkerne
Erzählung. Band 10180

Patrick White
Eine Seele von Mensch
Short Story
Band 10710

Oscar Wilde
Der Fischer
und seine Seele
Märchen. Band 11320

Virginia Woolf
Lappin und
Lapinova
Fünf Erzählungen
Band 11027

Carl Zuckmayer
Eine Liebesgeschichte
Band 10260

Der Seelenbräu
Erzählung. Band 9306

Stefan Zweig
Angst
Novelle. Band 10494

Brennendes Geheimnis
Erzählung. Band 9311

Brief einer
Unbekannten
Erzählung. Band 9323

Fischer Taschenbuch Verlag

fi 669/5c